北朝文学的本土性及其对南朝文学的揆纳

国家社科基金
后期资助项目

◎ 金溪 著

Primordialism of China's
Northern Dynasties Literature
and Its Reception to Counterpart
of Southern Dynasties

上海古籍出版社

2016年度国家社科基金后期资助项目

（项目批准号：16FZW013）

国家社科基金后期资助项目
出版说明

　　后期资助项目是国家社科基金设立的一类重要项目,旨在鼓励广大社科研究者潜心治学,支持基础研究多出优秀成果。它是经过严格评审,从接近完成的科研成果中遴选立项的。为扩大后期资助项目的影响,更好地推动学术发展,促进成果转化,全国哲学社会科学工作办公室按照"统一设计、统一标识、统一版式、形成系列"的总体要求,组织出版国家社科基金后期资助项目成果。

全国哲学社会科学工作办公室

序　一

袁行霈

　　北朝文学以及南北朝文化的交流是一个十分重要的课题，也是一个处理起来相当困难的课题。金溪女史毅然选择这个题目撰写博士论文，大量阅读原始资料，提要钩玄，披沙拣金，终于在2012年写成一篇颇有分量的博士论文，取得北大的博士学位。随后她追随王小盾教授，进入中国音乐学院博士后流动站，出站后在中国音乐学院任教。在音乐学院期间，她整理了大量的中国音乐史的资料，发表了不少优秀的论文，这些论文已结集出版，取名《四达集》，显示了她在文学、史学、佛学、音乐史等许多学科的功力。现在，她已将自己的博士论文修改增订完毕，交上海古籍出版社出版，并邀我撰一短序，作为她的博士导师，这是十分高兴的事情。

　　金溪的专业是中国古代文学，但她并不局限于此，而能在更广泛的文化领域提出问题，给予创新性的解答。这种努力完全符合北大国学研究院一向倡导的跨学科研究的宗旨。本书中关于北朝上层对入北南人及南朝文化态度变化的论述，关于北魏治国意识形态的概括，关于墓志文献的运用以及入北琅琊王氏的考证，关于麟趾殿与文林馆中入北南士的考察，都能发前人所未发，言之有据令人信服。尤其值得注意的是，书中关于北朝文学与文化"自主性"的阐述，并将这种"自主性"与地域性相联系，进而指出北朝文化进程与文学发展的主要推动者，并非通常所认为的南朝士人，而是以河北大族与平齐民为主的北方士人，可谓慧眼独具。

　　另外，书中关于北朝礼乐制度建设与官方音乐文献编纂的论述，乃是文学与音乐史交叉研究的可喜成果，作者从官方音乐文献的编纂这一角度入手，对于北朝礼乐建设的性质与流程所取得的一些新的认识，足以发人深思。其方法论的意义值得学术界借鉴。

金溪素以读书为乐事，并转益多师，遨游于文学及多个文化领域，其学术前景未可限量。在我看来，此书仍不过是锋芒初试，期待着她不断取得新的更大的成果。

序 二

傅 刚

金溪大著《北朝文学的本土性及其对南朝文学的接纳》经过长时间的打磨修订,即将在上海古籍出版社出版,此前她请我写一个序,我非常高兴地应允。现在看到书的校样,重新阅读一过,感受颇多。

说重新,是因为这本书是她的博士论文,我参加了她的答辩,所以先读过。金溪是北京大学国学院2008级博士,2012年毕业。她在北大读书的四年,我参加了她的开题、资格考、预答辩和答辩全过程,所以对她题目的选择和写作中的不断调整、修改,都略有了解。金溪是袁行霈师的博士研究生,与我算是师出同门。其实还不仅于此,金溪是北京大学中文系2000级本科学生,我是她们这一级古代文学(先秦两汉文学)专业课老师。我对她的印象很深,是因为她的作业和报告都很深入、细致,条理清楚,注重材料分析。她一直都用繁体字写作,让人印象深刻。她对古代文学甚所热爱,知识也比较全面,期末考试,无论知识填空,还是问答题都十分优异,所以我给她的成绩是98分,是全年级最高的分数。她也非常高兴和激动,后来她说这个成绩大大提高了她对古代文学研究的热情和兴趣。金溪本科毕业后被推荐到清华大学中文系随王小盾老师攻读硕士研究生学位,后又转到孙明君教授门下。所以她转益多师,不同的研究方法训练,让她得到了多方面的培养,所以提高很快。和她熟悉的老师和同学都很夸赞,并且看好她的发展。我对她一直关注,她2008年从清华大学毕业,又考入袁老师门下,我十分高兴:一是她又回母校,二是得从名师,又是在以跨学科学习和研究著称的北京大学国学研究院中读书,相信她一定会在学业上有更好的表现。

金溪很早就确定了博士论文题目,她对研究北朝文学产生兴趣,因此就以此为题目,想深入研究北朝文学的发生、发展以及应该如何评价它的性质和成就。但要研究这个问题,就要对北朝文学的大背景——北朝文化是怎样形成的、它与南朝文化间的关系到底处于怎样的状态——作研究,所以她开始的题目定为"北朝文化对南朝文化的接纳与反馈"。从这个题目看出，她一开始的重心是"接纳与反馈"，北朝文化对南朝文化的接纳，是学术界都认可的，文学史和相关的历史论著，也多是这样的看法，但金溪显然还关注到北朝本土文化对南朝文化的反作用，也就是北朝对接纳的南朝文化进行了改造，从而形成具有北朝特点的文化，并对南朝文化产生反作用。这个研究思路是很有价值的，得到了老师们的肯定。不过，现在呈现的题目是"北朝文学的本土性及其对南朝文学的接纳"，与原先的论文题目发生了一些变化。首先她把观察的对象，由文化转为文学，我觉得这比原来的题目更好。因为北朝文化的范围太大，论述起来容易空虚，着力点太过广泛，不易深入讨论。而落实到文学一题上，既切合她的专业，也更能深入而精专。其次，她把关注点放到了北朝文学的本土性上，不再讨论"反馈"，而是集中讨论本土性问题，并在此基础上讨论北朝文学对南朝的接纳。也就是说，原来关注的重点，在接纳南朝文化下形成了自己特征的北朝文化，是如何又反作用于南朝，而如今这个题目的改变，则将重点放在北朝文学的本土性，以及北朝文学对南朝文学的接纳上了。应该说这两个题目的思考都各有意义，都是有价值的研究，但金溪的这个改变，却反映了她学术视野上的变化，即她更关注北朝本土性问题，关注北朝文学的性质和写作如何评价问题。

当代的北朝文学研究，是从上世纪初开始的，发轫人是曹道衡先生。北朝文学长期以来被认为没有成就，都是受南朝文学影响的模仿之作，能够写进文学史的，也就是北朝民歌。曹道衡先生说他决定要研究北朝文学，是因为访问日本时，日本学者问起北朝文学如何评价，这引起他的思考，所以回国后，就开始对北朝文学展开研究。他先是对十六国文学家一一考订，将北朝文学史料仔细梳理，对北朝文学发生、发展的背景、社会环境、历史条件以及作家、作品都作了分析、清理，从而对北朝文学发展的阶段，作出分期和归纳，并判断其性质，概括其特征，总结成绩和不足。他这方面的研究成果，除了系列论文以外，著作有《南北朝文学史》中的北朝部分，以及《南朝文学与北朝文学研究》。他的研究结论是，在南北朝后期，北朝文学是处于上升阶段而南朝文学则多少处于下降阶段。曹道衡先生的这个研究，开辟了北朝文学研究新领域，从而带动了北朝文学研究的开展。曹先生之后，他的学生吴先宁博士论文就沿着曹先生思路和方法，题目为"北朝文化特质与文学进程"，将北朝文化特质作为研究中心，其实也就是充分肯定北朝文化本土性。再其后，北京大学中文系研究生蔡丹君，也沿着曹道衡先生思路和方法，特别关注北朝文学发生、发展中的生活方式因素。她的论文题目是"从乡里到都城——历史与空间变迁视野中的十六国北朝文学"，对十六国时期大多生活在乡野坞壁中的年轻学子，走向都城之后，在北朝文学活动中所起的作用，进行深入分析。这些都是继曹道衡先生之后，近些年来北朝文学研究产生的优秀成果。金溪的论文写作，也正处于这样一个时期。她的中心观点是："北朝的政治文化与精神文化，都是在本地文化传统的基础上，有目的有选择地吸取或借用了南方文化的某些因素而定型的，南朝因素在其中并不能占主导地位。"这个认识是符合北朝文化的实际的，也与曹道衡先生的观点相符。但是如何证明这个观点呢？金溪共用六章的篇幅讨论这个问题。具体内容，读者可以参考她的《绪论》和著作本身，我想强调的是，金溪从本土性探讨北朝文学特质，是一个很好的研究视角。

　　本土性，其实就是指的北朝文学的本质。北朝文学在很长一段时间内被认为受南朝文学影响，其写作手段、审美趋向甚至题材，都被看作是模仿南朝文学的产物。因此，北朝文学一直被文学史所忽略，评价自然也不会高。在曹道衡先生研究之后，这种局面改变了，学术界开始认识到北朝文学并不像以前描述的那样，只是南朝文学的陪衬。作为北方强大的政权，其幅员辽阔，人口繁盛，都远远超过南方，以至最终征服南方。北朝的政治、文化、制度等等，为隋、唐两代政权的发展奠定了基础，这不可能只是武力的原因。强大的武力，也必须建立在政治、文化等基础之上，没有良好的政治和深厚的文化，是很难征服南方政权，并收束人心，转变制度，建立新社会的。因此，如果再忽视北朝文学的特质和写作中呈现的北朝文化气象、面貌，就不可能真实反映北朝文学，也就不能知道北朝文学成绩所在。这个认识，应该说已经被当代学术界所接受，不少学者都认真看待北朝文学，正视北朝文学的发展和取得的成就。但是北朝文学是一个长期发展的过程，相对南方的东晋和宋、齐、梁、陈四朝，北朝文学不如南朝文学那样靡丽和精致。南朝文学精丽的风格，一直被视为评价文学成就高低的标准，南朝文风也一直影响到唐初。因此，所谓北朝文学不如南朝，评价的标准是建立在以南朝文化为正宗的基础之上的。这一个标准，影响至于今天，所以在当代正面评价北朝文学之前，学术界都依据这个标准。这种评价，牵涉到如何看待文学本质的问题，即文学的功能到底是什么？是一味以形式技巧为主，还是以反映真实的社会生活、人生遭际为主？我的意见是，文学是从属于社会的，没有脱离社会的文学，文学的功能是帮助和促进社会健康发展的。就这个意义上说，古代学者对南朝文学靡丽风格的批评，是正确的。正是从这个意义上说，北朝文学的发展是健康的，所谓"词义贞刚，重乎气质"者也。北朝文学的这一种特质，符合中国古代社会在政治和文化上的需求。当然，质胜文则野，孔子对文化性质的定义就是"文质彬彬"，文质相符，才是中国社会发展的需要。北朝文学早期无疑是质胜文，这是一个很令人思考的现象，魏与西晋时，中国思想和文化已经非常发达，且精致化，为什么在晋室南渡后，北方十六国及北魏的文化，表现出落后的蛮荒状态？汉魏晋政权时的北方，文化是超越了南方的，何以一夕之间的文化便落后如此？西晋末，大批北方士人南渡，但毫无疑问，留在本土的士人更多，很多家族多以《诗》《书》传家，族中亦多宿儒，何以文化便一下子就呈现为倒退？

我想，这个所谓的文化落后，主要是从文学写作上作的评价。晋室南渡以后，北方在十六国时期，诗歌写作的确很少，这或许是因为十六国的统治者不文，加上政权残暴，士人生存艰难，衣食不继，也就无心作诗。但是他们的精力都放在经学上，所以北方的经学很发达。经学发达，就不能说文化落后，可见学术界关于北方文化落后的印象是来自文学上的考量。其实，南朝文学繁荣，主要表现在五言诗写作上，五言诗在东汉末产生，由于建安诗人的写作，使得这一种新体裁在魏晋和南朝流行开来，从而成为中国古代诗歌的主要体裁。五言诗在建安和西晋已经产生了影响，出现了一批有影响的大诗人，但当时正统的观念，还认为四言才是正宗，五言是流调（《文心雕龙·明诗》），而这个时候，还是五言诗发展的初期，真正成熟要到南朝。所以十六国时的北方政权，本来统治者不重文化，加上五言诗还没有很成熟，社会观念上承认的还是四言，所以北方的诗歌写作，尤其是五言诗写作便很沉寂了。正如上面所说，诗歌写作沉寂，并不是文化落后，北方的士人沉淀在经学中，为日后文学发展积累文化底蕴。十六国以后，北魏统一北方，统治者有了提升文化的要求，尤其是孝文帝，更是积极推进与汉文化融合，因此大量汲取南方文化，同时也笼络南方士人，提高他们的待遇，北方文化得到了发展，文学也开始呈现繁荣的势头。以前的研究者，都将重心放在南朝文学对北朝文学的影响上，所以将北朝文学的写作和发展，看作是对南朝文学的效仿，当代学者则从北朝文学本身出发，探讨北朝文学并不是一味效仿南朝文学，也有自己的发展之路。金溪本书便抓住本土性这一核心点，探讨北朝文学是在怎样的条件下发生、发展，并形成自己的特色的。我想，这才是金溪本书的意义所在。

如何界定本土性，从什么样的角度去观察本土性对文学发展的影响呢？金溪指出本土性是一个复合性概念，首先，是北朝政权的主体性和正统性。所谓政权的主体性，是指北朝政权，这个政权几次变化，几次变化均与地域有关。比如北魏前期主要通过武力征服汉人，文化特征是以北魏本民族文化，即鲜卑文化为主，用以增强内部凝聚力。孝文帝时，定都洛阳，开始一系列文化政策改革，加强融合南朝文化，但是主体以北朝文化为本。其次，金溪从北朝政权中文人成份构成切入，通过考索北朝文化进程参与者的籍贯出身，认为推进北朝文化进程与文学发展的主要推动者，并非通常所认为的南朝士人，而是以河北大族与平齐民为主体的北方士人。第三，北朝文学中呈现的北方地域性内容，如民歌、酒令等所表现的北方地域性特征。以上是金溪从本土性切入研究北朝文学的视角，我想是一个很有价值的切入点，在茫昧的北朝文学发展过程中，清理出文学发生、发展的痕迹，汇溪成流，揭示出北朝文学发展的内在原因和特质所在，是北朝文学研究的一个新收获。

在研究方法上，金溪很强调原始史料的钩稽，尽量在还原历史原貌基础上作分析和判断。她作了许多资料搜辑考校的工作，编制目录，撰写解题，使得研究不会成为无根之谈。因为北朝文学的特殊性，需要在复杂的历史事件和制度建立中梳理文学的发展，因此研究就需要使用各种手段，这也是本书使用多学科方法的原因。跨学科研究，可以增广学者的视野，对现象的考察和判断，会更全面，更能抓住问题的本质。当代学者多认识到这一点，有很多年轻学者都在尝试这种研究。不过，也要注意不要脱离原来的研究方向。我看到有些古代文学研究著作，本来研究文学，但因为追求跨学科，变成了别的学科著作了。当然，古代文史研究，本来是不分的，古代文学研究，必须熟悉史料，对现象发生的历史背景要有全面的了解，但是对相关学科的了解，乃至根据需要，不可避免地作一些专题研究，都是为古代文学研究服务的。我很高兴金溪坚持住了这个原则，她的多学科研究方法的使用，都是围绕着北朝文学的本土性和对南朝文学的接纳展开的。比如她对北齐文林阁和北周麟趾阁的建立，对北朝礼乐制度建设及官方音乐文献的编纂等研究，都是为证明北朝文化的本土性问题，是切题的。当然，也许金溪偏爱制度和音乐文献，稍稍用力过多。

金溪毕业有年，现在已经在学术界崭露头角，这一本博士论文，经过她长时间的思考和修改，变得更有趣味和有价值，其中有许多题目，相信会引起关注和讨论，这也是她本人期待的吧。我很高兴为她的这本书写序，就我对她的了解，和对这本书的认识，谈一些看法，请金溪和读者们批评。

目 录

序一 ………………………………………………… 袁行霈 1
序二 ………………………………………………… 傅 刚 1

绪论 …………………………………………………………… 1
 一、研究综述 ………………………………………………… 1
 二、选题意义 ………………………………………………… 10
 三、研究方法 ………………………………………………… 12
 四、基本思路 ………………………………………………… 13

第一章 南朝士人入北的两种模式——兼论北魏中期的正统意识及对
    南朝的态度 ……………………………………………… 17
 第一节 "内迁模式"入北南人回归北魏社会的过程 ………… 17
  一、河北大族南下青齐后的本土化与南朝化 ………………… 17
  二、入北青齐士人的知识结构 ………………………………… 25
  三、青齐士人融入北魏上层社会的途径 ……………………… 37
 第二节 北魏中期归降南人的地位、作用及其原因 …………… 43
  一、孝文帝汉化改革参与者的构成 …………………………… 44
  二、归降南人进入北魏政权的方式 …………………………… 60
  三、太和年间归降南人在北地位与南北正统性之争 ………… 66
 结语 ……………………………………………………………… 75

第二章 墓志文献中所见的入北琅琊王氏
    ——兼论宣武、孝明帝时期对待入北南人态度的转变 ……… 86
 第一节 入北琅琊王氏成员的基本状况 ………………………… 88

一、王奂子孙的集中入北 …………………………………………… 88
　　二、琅邪王氏成员在洛阳的住所与葬地 …………………………… 91
　第二节　入北琅邪王氏的婚姻状况及其融入北魏上层的方式 ……… 94
　　一、入北琅邪王氏的婚姻状况 ……………………………………… 94
　　二、入北琅邪王氏婚姻状况的时代背景与新特点 ………………… 98
　　三、入宫琅邪王氏女性与王氏地位提高的深层原因 ……………… 103
　第三节　琅邪王氏在北仕宦及其政治背景与文化意蕴 ……………… 107
　　一、琅邪王氏在北仕宦的基本情况 ………………………………… 107
　　二、中书侍郎与给事黄门侍郎人员构成的变化 …………………… 109
　第四节　琅邪王氏墓志个案研究——《王诵墓志》考释 …………… 114
　　一、《王诵墓志》的历史价值 ……………………………………… 115
　　二、《王诵墓志》的文学价值 ……………………………………… 118
　结语 …………………………………………………………………… 127
　附录：《王诵墓志》录文与校注 …………………………………… 128

第三章　麟趾学士与待诏文林馆中的入北南士
　　　　——兼论北齐、北周对南人的接纳 ………………………… 138
　第一节　麟趾殿与文林馆的渊源与建置 ……………………………… 140
　　一、皇家著述机构的渊源与发展过程 ……………………………… 140
　　二、"麟趾殿"一词的多重性质与北周麟趾学士的设立 ………… 146
　　三、北齐文林馆的设置、职掌与成果 ……………………………… 150
　第二节　南人学士在北仕宦及北朝政权在政治层面对其的接纳 …… 159
　　一、麟趾殿南人学士的仕宦与地位 ………………………………… 159
　　二、文林馆南人学士在北齐的仕宦与地位 ………………………… 169
　第三节　麟趾殿、文林馆学士的文学活动及北朝对其在文化层面的
　　　　接纳 ……………………………………………………………… 179
　　一、麟趾殿南人学士在北周的文学活动 …………………………… 180
　　二、文林馆南北士人的文学活动及其作用 ………………………… 190
　结语 …………………………………………………………………… 199

第四章　北朝礼乐制度建设与官方音乐文献编纂 … 208
第一节　"正统"观念下的北魏礼乐建设：北朝礼乐建设的指导思想与文献依据 … 212
一、引论：北魏前后两阶段礼乐建设的推进方式 … 212
二、北魏后期礼乐建设中的评判标准 … 217
三、北魏礼乐建设的根本出发点 … 221
四、北朝礼乐制度对南朝因素选择与接纳 … 234
第二节　官方音乐文献制撰与北朝礼乐政治 … 237
一、引论：北朝官方音乐文献的类型、特征及研究方法 … 238
二、北朝官方音乐文献编纂活动的参与者 … 240
三、北朝官方音乐文献编纂的流程 … 248
四、北朝官方音乐文献的类型 … 255
第三节　北朝官方音乐文献的编纂思路及其南朝渊源——从《隋书·音乐志》所载北朝仪式歌辞的文献来源说起 … 264
一、《隋书·音乐志》所载四代雅乐歌辞的不同体例 … 266
二、北齐雅乐仪式歌辞著录体例及编纂思路的来源 … 272
三、北齐雅乐歌辞创作中的南朝因素 … 275
结语 … 279

第五章　"3+5"起句杂言诗体在南北两地的演变轨迹——兼论南北朝诗体的共生与分流 … 282
第一节　《悲平城》《悲彭城》和《问松林》的创作情况 … 282
一、《悲平城》与《问松林》创作情况考辨 … 283
二、元勰叹美《悲平城》之原因试析 … 286
第二节　"3+5"起句杂言诗的起源及其在南北方的共生 … 288
一、"3+5+5+5"体杂言诗的起源 … 288
二、"3+5"起句杂言诗在东晋南朝的存在状况 … 291
三、"3+5"起句杂言诗在北朝的存在状况 … 303
结语 … 315

第六章　北齐文人对齐梁诗的学习与改造 … 322
第一节　北齐文人对齐梁诗的学习与模仿 … 322

一、北齐诗人用韵的南化 …………………………………………… 324
　　二、北齐诗的格律化趋势 …………………………………………… 332
　第二节　北齐士人对已有诗风的改造及诗歌述怀功用的复归 ……… 342
　　一、东魏北齐河北士人的进取心态与文学观念 …………………… 342
　　二、南北士人在文学理论和创作方面的共同尝试 ………………… 347
　结语 …………………………………………………………………… 350

结论 …………………………………………………………………… 351

参考文献 ……………………………………………………………… 359

后记 …………………………………………………………………… 392

绪　　论

一、研究综述

南北朝文学、文化方面的交流以及南朝文学的北传，是南北朝文学史上非常重要的论题，因此有不少论著专门以此为题或兼及此处。其中首屈一指的大学者是曹道衡。曹先生在整个北朝文学研究方面可称开风气之先，而在南北文学的交流这一问题上建树尤多。曹道衡与沈玉成合著的《南北朝文学史》（北京：人民文学出版社，1998年）以及曹先生的《南朝文学与北朝文学》（南京：江苏古籍出版社，1998年）、《中古文学史论文集》（北京：中华书局，2002年）、《中古文史丛稿》（保定：河北大学出版社，2003年）等论著中，都就南北文风的异同、融合及其原因，乃至于对隋唐以后文学、文选学等方面的影响等一系列问题进行了深入研究。除了这些较为宏观的问题之外，曹先生还有一篇重要著作，即《读贾岱宗〈大狗赋〉兼论伪〈古文尚书〉流行北朝时间》（《文史》1999年第4辑，又见于《中古文学史论文集续编》，北京：中华书局，2011年），这篇文章从"越彼西旅，大犬是获"一句入手，考订出其出于伪《古文尚书》的《旅獒》一篇，从而指出本篇不可能如《初学记》所说作于三国曹魏，而是作于北魏，并且在此基础上，进一步考证出伪《古文尚书》在北魏时而非北齐以后，就已经由平齐民带入北方。本文是通过文献考证而以小见大的经典之作，在南北朝时期书籍传播研究中有着重要的地位。曹先生在这些专著和论文中所阐述的观点，具有很强的说服力，至今仍无人能出其右。而且曹先生的研究成果立足于充实的史料勾稽和考证之上，具有非常扎实的基础。这些考证大多保存在曹道衡与沈玉成合著的《中古文学史料丛考》（北京：中华书局，2003年）及与刘跃进合著的《南北朝文学编年史》（北京：人民文学出版社，2000年）之中。

20世纪90年代，大陆学者接连出版了几部关于北朝文学的专著，这意味着继曹道衡之后，越来越多的学者开始关心这一时期的文学。由于南北朝文学、文化交流史在北朝文学领域中的重要地位，关于北朝文学乃至南北朝文学研究的著作往往很难绕过这一问题。例如吴先宁的《北朝文化特质与文学进程》(北京：东方出版社,1997年)专设一章讨论了南风北渐与北人的接受和选择,周建江的《北朝文学史》(北京：中国社会科学出版社,1997年)虽然没有设立关于南北文学交流的章节,但是讨论了王褒、颜之推、庾信等重要的入北南人作家。

除了北朝文学专著外,在这一时期,还有不少文学史和中古文学论著中涉及到北朝文学研究的问题。如袁行霈主编《中国文学史》(北京：高等教育出版社,1999年)第三编第七章《庾信与南朝文风的北渐》,介绍了北朝文化、文学的概况,南北文风交融的途径,以及庾信的创作和他在文学史中承前启后的地位等问题;傅刚的《魏晋南北朝诗歌史论》(北京：商务印书馆,2017年)第十章《作为对峙的北方诗歌》中介绍了南北交流的途径、讨论了北地三才等北朝文人在南方文风影响下的诗作和入北南人如颜之推、王褒等人在北方的创作,第十一章则以一章的篇幅讨论庾信的文学成就;杜晓勤的《齐梁诗歌向盛唐诗歌的嬗变》(北京：北京大学出版社,2009年)和《初盛唐诗歌的文化阐释》(北京：东方出版社,1997年)两部著作中也都详细讨论了北朝诗歌的诗体与诗人心态等问题。另外,王永平的《中古士人迁移与文化交流》(北京：社会科学文献出版社,2005年)一书中,分《北魏之南朝流亡士人与南北文化交流》《青齐士人之北徙与北魏文化的变迁》《隋代江南士人之北播及其命运之沉浮》三章讨论南人入北与南北文化交流的问题。

近二十年来,南北朝文学交流研究也进入了一个新的阶段。论文数量逐渐增多,并出现了一系列以此为研究对象的论著。在北朝文学方面,有王美秀《北魏文学与汉化关系之研究》(新北：花木兰文化出版社,2009年)、张鹏《北魏儒学与文学》(北京：中国社会科学出版社,2012年)、卢有全《北朝诗歌研究》(太原：山西教育出版社,2013年)等。在分体文学研究中,近年来一个显著特征是北朝碑志文研究成为热门,其中既有文献整理类的著作,如王连龙《新见北朝墓志集释》(北京：中国书籍出版社,2013年),也有从文体或文学角度展开的研究,如马立军《北朝墓志文体与北朝文化》(北京：中国社会科学出版社,2015年)、魏宏利《北朝碑志文研究》(北京：中国社会科学出版社,2016年)等。这充分说明,北朝墓志这类新材料由于其鲜明的体式特征,不但在历史研究中发挥着重要作用,也日益在文学研究中占据了不可替代的地位。在地域、空间维度的北朝文学研究方面,近年来的专著有宋燕鹏《籍贯与流动：北朝文士的历史地理学研究》(保定：河北大学出版社,2011年)、李建栋《北朝东西部文学交流研究》(芜湖：安徽师范大学出版社,2017年)以及2019年出版的蔡丹君《从乡里到都城：历史与空间变迁视野中的十六国北朝文学》(北京：生活·读书·新知三联书店,2019年)等。在北朝学术方面，有施拓全《北朝学术之研究》(新北：花木兰文化出版社,2009年)等。而在南北朝文学、文化交流方面，则有蔡宗宪《中古前期的交聘与南北互动》(台北：稻乡出版社,2008年)、王允亮《南北朝文学交流研究》(上海：上海古籍出版社,2010年)、于涌《北朝文学南传研究》(北京：中国社会科学出版社,2016年)等。总体看来，这十年间，北朝文学研究的迅猛发展，不仅仅体现在专著、期刊论文以及学位论文数量的迅速增长，更体现为研究主题越发细化，且非常注重新思路、新材料与新方法的使用。在此十年间，北朝文学，乃至更为广义的北朝文化研究，从几乎附庸于南朝文化史研究的边缘话题，演变为一个成规模，成体系的重要研究方向。

关于这一主题的研究，可以分为几个方向：

1. 北朝文风形成的原因以及北朝文学劣于南朝文学的原因。

就这两个密切相关的问题，研究者多认为与北朝士人的生活状况、普遍心态以及当时的社会、文化环境有密切关系。

曹道衡在《南朝文学与北朝文学》的第八章《北方的生活情况及文化的衰落》中指出，造成北魏前期北方文化衰落的原因，一是当时平城的地理位置和缺乏文化氛围，二是北方士人聚族而居，结成坞堡的生活方式，以及这种生活方式所导致的北方士人缺乏交流、书籍，并拒绝批评意见的学术风气，三是南北学风不同，北方儒释道等学术思想均崇尚礼法的特点①。

吴先宁的《北朝文化特质与文学进程》与曹观点相近，认为门第士族的婚姻限制在一个很窄的高门圈子之中，在官学失守、学在私门的条件下，使得士族所受的教育和学术的接触非常狭窄；再加上与南朝士族喜聚居城市的生活方式不同，北朝士族与土地的关系更为密切，多散居乡村，互相交流的机会十分稀少，这就使得北朝士族在文化上较为保守，难以创新；学术眼界较为狭窄，淹滞不通②。

杜晓勤的《初盛唐诗歌的文化阐释》则提出，由于北方一直处于文明程度甚低的鲜卑族统治下，统治者大多不重文化教育，更"不悦诗书"，中原士族出于政治之高压、威胁，也很少以诗文传家，就使得他们的诗歌写作能力、尤其是艺术感觉在很大程度上退化、萎缩了。再加上北方大族尚简约，诗风相应地也较质木无文，整个北魏时期诗歌艺术形式并无多少发展，更不能与

---

① 详见曹道衡著：《南朝文学与北朝文学》，南京：江苏古籍出版社,1998年，第209—240页。
② 吴先宁著：《北朝文化特质与文学进程》，北京：东方出版社,1997年，第33页。

南朝精致、优美、绮艳之诗相媲美①。

关于北方文学劣于南方文学的原因,吉定的《南朝文学盛于北朝的原因》(《东南大学学报(哲学社会科学版)》,2002年第2期)中指出,南朝文学盛于北朝的重要原因至少有五:(1)中国经济重心的南移;(2)南北朝文学基础不同;(3)南北朝社会条件存在差异;(4)南朝统治者更为提倡文学创作;(5)南北朝文学集团影响有差。另外,张国星的《北朝文化主潮与文学的式微》(《社会科学辑刊》,1991年第3期、第4期)分为正、续两篇,从北朝文化背景和北朝文论中所体现的文化风尚详细讨论北朝文学式微的原因,认为北朝文学式微的深刻原因,并非在于历来所论的种种物质性的客观条件,而在各种文化因素"合力"所形成的以儒教复古主义为特征的社会文化主潮。而曹道衡明确提出反对"北朝文学的衰微是由于十六国和北朝的统治者尊崇孔子,士人多致力于经学"这个观点,指出北朝的经学并不特别发达,《隋书·经籍志》中北朝人的经部著作比集部更少,而且经学和文学在北朝绝非不兼容,而是同步发展的②。相比之下,张国星的说法确实是有失偏颇的。

2. 南北文化交流对北朝以及南朝的影响。

南北交流可以算得上是北朝研究中最重要的问题,可以分为交流途径、南朝对北朝的影响以及北朝对南朝的影响三个方面。

就交流途径而言,葛晓音在《八代诗史》中指出,北魏诗歌受到南方影响主要来自两方面。一是孝文、宣武在征伐江淮时,将南朝声乐带到北方,引起一些作者模仿南朝乐府民歌的兴趣。另一方面,南北互通使者,特别是南人投北,对北魏诗歌的影响最为直接③。而吴先宁则称,南北文化交流及北人对南朝文化的接受,大致有三条途径:其一是书籍的流通,其二是使者的互聘,其三是南人入北带去南朝的文化④。

使者互聘和南人入北,是研究北朝文学时几乎无法绕过的问题,因此一直以来不乏这方面的研究成果。其中,逯耀东的《北魏与南朝对峙期间的外交关系》(收于《从平城到洛阳——拓跋魏文化转变的历程》,北京:中华书局,2006年)一文,详细讨论了北魏与南朝的外交中使节交聘对南北和平的贡献、使节的遴选与门第的关系、主客与对聘使的接待、"边荒"与使节的往来,以及使节与贸易的关系等问题,并且详细列出了自北魏明元帝泰常六年

---

① 杜晓勤著:《初盛唐诗歌的文化阐释》,北京:东方出版社,1997年,第12页。
② 《南朝文学与北朝文学》,第20页。
③ 葛晓音著:《八代诗史》,西安:陕西人民出版社,1989年,第284—285页。
④ 《北朝文化特质与文学进程》,第50页。

（421）至孝静帝武定六年（548）之间南北使者的姓名与官职。虽然是史学上的研究，但对于文学研究也颇有帮助，尤其是"使节的遴选与门第的关系"与"主客与对聘使的接待"两节值得重视。

在入北南朝文人中，被讨论较多的是南朝宗室与士族文人，尤以王肃、王褒、庾信等人为甚。而王永平在《中古士人迁移与文化交流》的《北魏之南朝流亡士人与南北文化交流》一章中，除了这两大类型以外，又提出了第三种入北南人，即叛逃北魏的南朝边镇军将及其幕僚。他认为："这些亡魏的南朝将领及其子孙，有的出身较高，有一定的文化教养，自然会沟通南北文化交流。但更重要的是，与这些军将'同谋归诚'的幕僚、属吏，有不少是'衣冠之士'。"①因此，这些人自然能够对南北文化交流起到推动作用。

有研究者认为，在北朝文学研究仍未起步时，北朝文学完全是照搬南朝的仿制品。现在看来，这一说法带有很大偏见。但是不可否认，南朝文学对北朝产生了很大的影响，这是历来被学者公认的。在此，仅列举几家具有代表性的学说。

唐长孺的《论南朝文学的北传》（《武汉大学学报（社会科学版）》，1993年第6期）指出，北朝自太和改革，礼乐刑政在颇大程度上仿效南朝，江左文学也从那时开始为北方文人所崇尚。颜、谢、任、沈、徐、庾先后为洛都、邺下以及关中文士所师法。北朝文学与南朝文学存在着师承关系，原来由中原南传江左的魏晋新兴文风在太和以后重又北传，北方文人随着南朝文学发展的倾向而相继以颜、谢、任、沈、徐、庾为学习楷模和衡量作品的标准。而在当时，南朝人对于北土文士的评价具有一定的权威性。

葛晓音在《八代诗史》中分析了南朝诗风影响北朝的过程，指出："萧齐时，北魏诗以学汉、魏、晋、宋为主，直到北齐时，齐梁诗风才在北方流行开来。"②

杜晓勤的《齐梁诗歌向盛唐诗歌的嬗变》中则讨论了南北朝后期南朝文学对北朝的影响。认为当时新体诗声律之发展，在很大程度上应归功于徐陵、庾信在南、北两地的影响。尤其是，如果没有徐陵出使北齐、庾信入仕北周，北方诗歌声律的发展无疑要缓慢得多。所以，当杨隋统一南北时，两地诗人齐聚京师、宫廷，各自诗歌的声律水平并无高下之分。卢思道、薛道衡、李德林、辛德源等人均是由北齐入周，再由周入隋的。他们的五言新体诗基本上以南朝永明体、徐庾体为楷则，亦深得南诗之艺术真味③。而其《初盛

---

① 王永平著：《中古士人迁移与文化交流》，北京：社会科学文献出版社，2005年，第179页。
② 《八代诗史》第288页。
③ 杜晓勤著：《齐梁诗歌向盛唐诗歌的嬗变》，北京：北京大学出版社，2009年，第22页。

唐诗歌的文化阐释》中讨论了南北朝中后期的三大地域文化体系，即江左文化、山东文化、关陇文化。他认为，受地域文化因素影响，三地之诗歌风格和审美趣尚也不相同，各具特色。首先，三地士子的人生追求、仕进方式有别，并使得三地诗歌所吟咏之题材也各有侧重。其次，三地士子的性格也各不相同。三大地域文化体系中的艺术审美观趣尚各异，对诗歌艺术皆有正面及负面影响，三地诗风都有优缺点，都不是诗歌创作的理想形态，故三地士人为了发挥各自的诗歌艺术也都自觉不自觉地吸取其它地域文化体系中的文化艺术精髓，借鉴另两地诗人的艺术长处①。

与南朝文学对北朝的影响相比，在北朝的文学、文化对南朝的影响这一方面的研究，却呈现出另外一种面貌。关于北朝对南朝的影响的讨论，主要集中在政治史领域。阎步克曾经撰文论述在官制方面北朝对南朝的回馈，指出萧衍建十八班制及流外七班制等重大更革，是对北魏孝文帝所创类似制度的模仿袭用②。梁武帝天监改革是否受到北魏孝文帝改革的影响，也是日本学界有所关注的问题。牟发松《从南北朝到隋唐——唐代的南朝化倾向再论》即列举了冈崎文夫《南朝贵族制的一个侧面》、藤家礼之助《汉三国两晋南朝的田制和税制》与川合安《北魏孝文帝的官制改革和南朝的官制》等论文，比较详细地梳理了学者对这一问题的讨论③。此外，一些出土文物也体现出北朝对南朝的影响。如倪润安指出，在墓葬文化方面，始见于梁朝晚期的梳辫为双丫髻的女俑，就是北朝影响所致，北魏熙平元年（516）赠洛州刺史元睿墓中已出现这种新式女俑④。但在文学方面，相关研究却并不多见。目前在这一问题上研究较为细致的当属曹道衡的《东晋南北朝时代北方文化对南方文学的影响》，文中讨论了由北朝传入南朝的《梁鼓角横吹曲》、北方的佛学与南方文学的关系（包括慧远的诗文偈颂创作、鸠摩罗什的佛经翻译、僧肇的《肇论》在南方的影响、佛教翻译与南方文人对"四声说"及诗歌格律探索的关系、北方哲学散文的地位等问题）以及北方文学在南方所引起的反响（如苏蕙、王嘉、谢艾、张骏等十六国作家对南方的影响；北方诗歌尤其是民歌作品的南传；北魏中后期及之后南方对北方文人的评

---

① 《初盛唐诗歌的文化阐释》第 32 页。
② 参见阎步克《北朝对南朝的制度回馈——以萧梁、北魏官品改革为线索》，《传统文化与现代化》，1997 年第 3 期；又收于阎步克著：《乐师与史官》，北京：生活·读书·新知三联书店，2001 年。
③ 见李洪天主编：《回望如梦的六朝——六朝文史论集》，南京：凤凰出版社，2009 年，第 73—74 页。
④ 见倪润安著：《光宅中原：拓跋至北魏的墓葬文化与社会演进》，上海：上海古籍出版社，2017 年，第 296 页。

价等问题）①。其他研究者讨论此问题多局限于北朝民歌对南朝边塞诗的影响这一角度。如阎采平《北朝乐府民歌的南流及其对南朝文坛的影响》（《湘潭大学学报（社会科学版）》1989年第1期）认为《梁鼓角横吹曲》等北方乐府民歌是齐末梁初传入南朝，对南朝文学创作活动的影响是促进了边塞乐府的繁荣。总体来看，研究视野仍比较狭窄。

3. 南北朝晚期的南北文风融合问题。

南北朝晚期及隋和唐初的南北文风融合，从总的趋势上来看仍是"南风北渐"。很多学者曾论及此问题。如曹道衡的《南北文风之融合和唐代〈文选〉学之兴盛》中先是指出，"正当卢、薛等人在北方文坛初露头角之际，南方的文坛却日渐趋向衰落"，也就是说，在南北朝晚期，北朝文学处于上升阶段，而南朝文学却在衰落，这往往是容易为人忽视的。随后又谈到，隋代的统一使南北各地的文人聚集到了长安，促进了文风的融合，但北方籍文人仍保持某些清刚的特色。唐太宗采取利用一定的场合，因势利导，让士人们有分析地对待南朝文学的传统的办法改变文风，尤其体现在纂修史书之中②。

而杜晓勤在《齐梁诗歌向盛唐诗歌的嬗变》一书中，也谈到了在南北朝晚期，北朝文人以及南朝入北诗人的新的人生精神在南北文风融合的过程中与南方士风文风的分庭抗礼。他认为："入北诗人新的人生精神虽然在北方生根，并与北地经世致用、积极干进的士风融会在一起，在周隋及唐初亦颇有影响，但也只能与南方士风分庭抗礼，而未能彻底改变整个士族阶层的文化心态。"③这说明，南北文风融合虽然是"南风北渐"占主要地位，但北朝文学已有其一席之地，并非完全的附庸。

4. 入北南朝作家研究。

关于入北南朝诗人的创作，大部份都对庾信、王褒、颜之推等著名文人进行个案研究。关于这一群体的整体研究，有周建江《论北朝社会对入北南朝士人文学的改造》（《西北师大学报（社会科学版）》2001年第4期），文中认为，南北朝时，北朝社会独特的政治氛围、地理风物是北方文学生成的重要因素。南朝入北的士人文学都经过了北朝社会的改造，南朝士人的文学只有经过北朝社会的洗礼，才能更臻完善。杜晓勤《齐梁诗歌向盛唐诗歌的嬗变》也谈到了入北诗人的诗风转变问题，提出："自初盛唐以来，人们一直用乡关之思和北地文化影响这两大原因来解释入北诗人诗风之变。但是我

---

① 见曹道衡著：《中古文学史论文集》，北京：中华书局，2002年，第106—116页。
② 曹道衡著：《中古文史丛稿》，保定：河北大学出版社，2003年，第6—10页。
③ 《齐梁诗歌向盛唐诗歌的嬗变》第287页。

认为，入北诗人因国破家亡、沦落他乡后对梁朝覆亡原因的思考和对南朝士风的自觉反省，以及反思后又无所适从的痛苦心态，可能是促使他们诗风转变更深层的原因。"①

入北南人作家个人研究绝大部份集中在庾信、王褒、颜之推等作家上，其中关于庾信的论著最多，在近十年来就有林怡著《庾信研究》（北京：人民文学出版社，2000年）、徐宝余著《庾信研究》（上海：学林出版社，2003年）、吉定著《庾信研究》（上海：上海古籍出版社，2008年）等数种。吉定有《回顾与展望：庾信研究六十年》（《建国六十年来六朝史研究的回顾与展望学术研讨会论文集》，2009年），详细回顾了建国以来庾信研究的情况。此外，庾信研究在日本也蔚为大观，例如矢岛美都子的《庾信研究》（东京：明治书院，2000年），除了文学史角度的阐述外，还从日本学者所擅长的某一意象的流变研究入手，讨论了庾信作品对唐诗的影响。关于日本庾信研究概况，可参见樋口泰裕《庾信研究文献目录初稿（2001年止）》（《筑波中国文化论丛》21号，2002年）。另外，由于东魏北齐乃至入隋时的北方士人与南人交流较多，因此对"北地三才"和后期的卢思道、薛道衡等文人的研究中也会涉及他们与南人接触，学习南朝诗风的内容。

5. 隋唐文人对南北朝文学的评价。

关于隋唐文人对南北朝文学的评价，研究者往往会讨论隋唐时期南北朝文学势力在文化中心的消长，以及出身于北方的隋唐文人对南朝文学的评价。曹道衡指出，《周书·王褒庾信传论》对庾信进行了全面否定，而且对南朝自宋末以后的文学似乎也颇有非议。《隋书·文学传论》对梁代中期以前的文学并无批评，对梁后期文学则颇为反对。这两段话都反映了北方士大夫对南朝文学的看法。其中《隋书·文学传论》反映的是东部北齐旧地一些文人的观点，他们在文风上取法梁中叶以前的南朝作家，主要是颜延之、谢灵运和沈约、任昉②。杜晓勤则阐释了造成这种观点的原因："在诗歌创作观念上，由于山东微族人士对关陇集团政治上的高度依附，以及其自身浑厚的儒家政治教化观念，使得他们在评价江左诗歌时，严格执行'关中文化本位政策'，对齐梁绮靡、轻艳的诗风大加抨击，斥之为'亡国之音'，对西魏、北周、隋初关陇文化保守派的'复古明道'观称颂不已。"然而，他进一步指出："由于唐太宗本人已不恪守'关中文化本位政策'，加上唐太宗在贞观中后期对山东微族的大臣也渐疏远，所以魏徵等人对南朝诗风之批评，对当

---

① 《齐梁诗歌向盛唐诗歌的嬗变》第130页。
② 《南朝文学与北朝文学》第258—259页。

时的创作风尚影响并不十分明显。"①

综上所述,在相当长的时间内,北朝文学研究以及南北朝文学交流研究,是沿着一条比较典范性的道路发展的,而且并未体现出蓬勃的发展态势。这和北朝文学作品保留相对较少、水平普遍不高有直接关系,也和中古文学研究长期以作家作品为中心,形成了相对固定的范式,且"南朝中心论"多年来占据主流有关。但是,在最近十年来,随着中古史研究的发展,这一情况也有了变化。

21世纪以来,北朝史研究一直不断地在宏观度、纵深度以及精细度等方面有条不紊地发展。而在最近十年中,除了传统的研究领域和研究方法继续发展以外,更出现了一种不可忽视的新态势:与中青年学者群体的成熟相同步,北朝史研究呈现出新材料、新视角、新理论和新方法迅速成熟的面貌。这表现在以下几个方面:

1. 在研究对象方面,近十年的研究重视"重返历史现场"与"重建历史景观",显示出对于政治史、知识史、生命史、社会史与历史书写的密切关注。其中与本书有密切关联的,是对于十六国北朝政权正统性的研究,这大抵是通过两个角度实现的:一是以所谓"内亚视角"或者说北族传统为切入点,二是通过与南朝的对比,观察其政治与文化等方面的碰撞与交融来实现。

2. 在研究材料方面,不断发掘和使用新材料的同时,中青年学者普遍关注对已有材料的进一步整理与分析,使用了一批在先前研究中并未被给予足够关注,因此未得到充分使用的材料,如术数、律历、星象、官方文书、新出墓志、正史文献来源等零碎文献。这一点在对于正统性的讨论中,有着突出的呈现②。

3. 在研究方法方面,中青年学者体现出对文献细读、史料批判、专题研

---

① 《初盛唐诗歌的文化阐释》第43页。
② 参见韩雪松《北魏外交文书试探》(《史学集刊》2013年第1期)、胡鸿《中古前期有关异族的知识建构——正史异族传的基础性研究》(《中国中古史研究:中国中古史青年学者联谊会会刊》第4卷,北京:中华书局,2014年)、孙英刚《洛阳测影与"洛州无影"——中古知识世界与政治中心观》(《复旦学报》2014年第1期)、同氏《"黄旗紫盖"与"帝出乎震"——中古时代术数语境下的政权对立》(《中国中古史研究:中国中古史青年学者联谊会会刊》第4卷,中华书局,2014年)、胡鸿《星空中的华夷秩序——两汉至南北朝时期有关华夷的星占言说》(《文史》2014年第1辑)、同氏《十六国的华夏化:"史相"与"史实"之间》(《中国史研究》2015年第1期)、同氏《能夏则大与渐慕华风:政治体视角下的华夏与华夏化》(北京:北京师范大学出版社,2017年)、郭硕《北魏时代的名号变迁与政权转型》(北京:中华书局,2024年)、姜望来《皇权象征与信仰竞争:刘宋、北魏对峙时期之嵩岳》(《魏晋南北朝隋唐史资料》第31辑,上海古籍出版社,2015年)、李磊《〈魏书·岛夷萧衍传〉的叙事与魏齐易代之际的南北观》(《史学月刊》2018年第11期)等。

究方法的细化以及交叉性综合研究的重视,并且具有明确的方法论建设意识。往往通过在具体问题中探索研究方法——梳理学术史发展态势①——通过"笔谈"、召集研讨会与工作坊、专题集刊编纂等形式讨论与凝练方法论②的三个步骤,来为新时期的中古史研究建构新的空间。在这个过程中,形成了或大或小的学术共同体,更加强化了中古史研究的整体发展。

史学领域的这种发展动向,同样体现在文学研究领域,如"周秦汉唐读书会"在数年中对于钞本时代的文本特质进行了系统的探讨③。在同样的研究思路的推动下,中古文学研究呈现两种同步出现的态势:一方面是对传统文献的回归与再解读;一方面则是与史学研究的合流。这就使近年来的南北朝文学研究著作体现出关注政治史、社会史、生命史视阈下的文学行为与文学现象,同时重视文献的来源、生成、传播、接受史的情况。这在蔡丹君、庄芸、童岭、林晓光等学者的研究中都有所体现。

二、选题意义

从研究综述中可以看出,数十年来的南北朝文学交流研究虽然已有相当规模,但仍存在几个较为常见的问题。

首先,对南北双方在文学交流中所处的位置,有两种均有失偏颇的看法。第一种是认为自孝文帝朝开始,北朝文士对于南朝文化所抱有的是完

---

① 参见范兆飞《中古地域集团学说的运用及流变——以关陇集团理论的影响为线索》(《厦门大学学报》2016年第1期)、孙正军《魏晋南北朝史研究中的史料批判研究》(《文史哲》2016年第1期)、同氏《近十年来中古碑志研究的新动向》(《史学月刊》2021年第4期)、徐冲《历史书写与中古王权》(《中国史研究动态》2016年第4期)、仇鹿鸣《十余年来中古墓志整理与刊布情况述评》(《唐宋历史评论》2017年第4辑)、林晓光《比较视域下的回顾与批判:日本六朝贵族制研究平议》(《文史哲》2017年第5期)、仇鹿鸣《失焦:历史分期论证与中文世界的士族研究》(《文史哲》2018年第6期)、同氏《事件、过程与政治文化——近年来中古政治史研究的评述与思考》(《学术月刊》2019年第10期)、夏炎《士族社会史研究范式重建及其理论意义》(《中国史研究动态》2017年第1期)、黄桢《从"书写"到"阅读":中古制度文献研究的回顾与展望》(《中国中古史研究》第七卷"何谓制度"专号,2019年)、杨英《改革开放四十年来的中古礼学与礼制研究》(《文史哲》2020年第5期)、陈怀宇《中国中古史研究:从中国走向世界》(《历史研究》2020年第4期)等。
② 参见范兆飞、夏炎、林晓光、王彬《笔谈:中古士族研究再出发》(《中国史研究动态》2017年第1期),魏斌、孙正军、仇鹿鸣、永田拓治、胡鸿、吴承翰《重绘中古史的可能性(笔谈)》,(《文史哲》2020年第6期)等。
③ 参见刘跃进、徐建伟、罗剑波、童岭、林晓光、程苏东、孙少华《钞本时代的经典研读与存在的问题(笔谈)》(《求是学刊》2014年第5期),刘跃进、孙少华、徐建委、童岭、林晓光、程苏东、罗剑波《周秦汉唐经典的形成与诠释(笔谈)》(《复旦学报》2016年第1期),刘跃进、程苏东主编《早期文本的生成与传播:周秦汉唐读书会文汇》(第1辑)(北京:中华书局,2017年),孙少华、徐建委著《从文献到文本:先唐经典文本的抄撰与流变》(上海:上海古籍出版社,2016年)等。

全欣赏、仰慕的态度，因此南北文学、文化交流，实际上就是北朝文化学习南朝的过程。这种倾向不光存在于北朝文学研究中，而且在北朝历史、北朝佛教史及艺术史领域也普遍出现。不少学者将其当做了研究南北交流史的前提，因此出现了一种状况，即如果在北朝文化中发现了与南朝相类似的现象，就会下意识地将其当做学习南朝的产物。而从另一方面讲，由于近年来北朝文学研究的兴起，一些学者为了发掘北朝文学的价值，不免对其有过誉之嫌，例如贺玉萍称北魏洛阳的石窟文"评价怎么高都不为过"，然而实际上，虽然石窟碑刻和造像记确实有比较重要的史学意义和文学史意义，但是由于大多是民间创作，其文学价值是很有限的。因此，不论是不加考辨地认为北朝文学、文化模仿南方，还是过高评价北朝文学水平，都是有失公允客观的。

其次，南北文学交流研究通常会限于具体的方面，以前述《南北朝文学交流研究》为例，书中从文士、文体等具体方面出发，但也仅止于此，并未继续向更深的层面发掘。事实上，在南北交流中，观念、态度的转变应该是更为根本的，具体的某些文人，选择具体的某种文体来学习南方进行创作，是建立在北朝上层对南朝文化的态度转变基础上。单纯在骈文、散文等某一类型文学入手，在两地文学中寻找相似的体裁和作品进行比较，未免失于表面化。

在意识到以上几点问题的基础上，本书希望尝试以与先前研究有所不同的角度，对南北朝文化交流进行研究。本书以"北朝文学的本土性及其对南朝文学的接纳"为名，关注点并不完全在于交流本身。其中有几个概念，需要略作说明。

1. 所谓"本土性"，并非仅指北朝文学作品中所表现出的地域特征，而是一个复合性的概念，包括以下几层含义。

首先，它指的是北朝政权的主体性与正统性。作为占据中原的胡族政权，北朝数个政权的主体性是几经变化的，而这些变化，往往都与地域变化有直接关联。北魏前期"起自朔漠"的自我认知，导致其在用武力达到征服与威慑之外，主要是用其本民族文化特征明显的方式去增强内部凝聚力；孝文帝经过数年酝酿，迁都洛阳后，对带有神圣意味的王畿洛阳的占领，使其在与南朝对正统的争夺中甚至占据了一定优势，并直接导致了为表达正统性而采取的一系列文化措施的确立；河阴之变后，起自六镇的胡化军事豪强建立的政权退出洛阳，一方面不再掩饰对胡乐等胡化文化的喜好，一方面则因为本国文化建设的需要、大量逃入北方的南朝士人需要安置与利用，以及南朝乐器典籍等物质文化批量入北等客观上的原因，而潜移默化地对南朝文化采取了较北魏出现本质转变的吸纳,真正导致南北文化融合,并且为南北统一之后隋唐文化所呈现出的面貌打下基础。简言之,本土性不等于正统性,但与正统性始终密不可分。

其次,"本土性"指的是北朝文化进程参与者的籍贯出身,以及因此所蕴含的地域文化特征。本书通过研究发现,在北朝,至少是北魏与北齐,文化进程与文学发展的主要推动者,并非通常所认为的南朝士人,而是以河北大族与平齐民为主体的北方士人。平齐民虽然自青齐入北,历来被认为是入北南人,然而究其出身,与河北士人其实同出一源,在亲属关系上与学术底蕴上都密不可分,这就使他们融入北魏,以及其思想体系被北魏上层所接受,呈现出与南朝入北士人完全不相同的模式。

第三,"本土性"指地域因素在文学中的体现。北朝占据中原地区,北魏奉西晋为正朔,且定都洛阳后,一方面继承了汉晋洛下诗风,一方面也仍然保留着北方的民歌、酒令等较为民间化的乐府与谣歌形态。这种地域性在北方士人,乃至南朝入北士人创作中的表现是需要被重视的。

2. 本书之所以将北朝对南朝文学的吸收称为"接纳"而非"接受",是因为笔者以为,北朝对南朝文化与文学的接纳绝非是被动的一味接受,而是带有主动性的、有选择的吸收并且加以改造的过程。换言之,北朝文化并非单纯地学习传入北方的南朝文化,更非对南朝一味模仿乃至崇拜,而是能够在立足于本土文化传统,以及某一时期特定的文化喜好的基础上,通过沟通探讨,对其加以改造,在文化史中迈出新的一步。

此外,本书标题中的"及其"一词,说明本书并非以单纯研究南北文学交流为目的,而是以标题前半部分的"本土性"为出发点,一切对于"对南朝的接纳"的研究,都基于对北朝本身文化传统与自我表达的分析。

总而言之,本书的立意在于,以北朝文化的本土性为出发点。书中在充分承认其在文化史上的独立地位的基础上,来探讨北朝对南朝文学与文化的逐渐接纳,以及对传入北方的南朝文化的改造。

三、研究方法

在研究方法上,本书有两大指导思想。首先,大处着眼,小处着手的方法,从前人较少论及的具体问题入手,通过细致的分析,来探求北朝文化对南朝的接纳与反馈。其次,以跨学科的眼光进行多学科综合、交叉的研究。而本书所具体使用的研究方法有以下几点。

第一,利用史料勾稽的方法,整理南北朝的主要文化交流事件和成果,并将其与时代特征及具体目的相结合,以"回归历史现场"的思路,探索这些事件背后体现出的南北文化交往的阶段性特征。

第二，利用文献整理与史源考索的方法，以北朝文学、文化方面的文献散失严重，现存文献亦比较琐碎的特征为出发点，采用辑佚、校勘、编制目录、撰写解题等方法，对北朝文献，以及文献形成过程进行分析，尽可能地从中勾勒出文化发展脉络。

第三，将文学作品、地域文化和国家制度等方面结合起来。例如，以中书省为三者的交叉点，讨论中书学生——中书博士——中书侍郎这一升迁模式所导致的北魏文学与政治紧密结合的原因，并且分析中书省官员出身地域所表现出的北魏文化政策变化。

第四，利用考证学的方法，尽可能对史料进行审慎、客观的梳理与考辨，以求揭示出历史的真正面貌。

第五，利用金石学的方法，对北朝的某一部份墓志进行录文、识字、辨误、校读的工作，再将这些墓志文作为材料，进行史学和文学方面的研究。

第六，对待北朝文学作品，主要的研究方法是在细读基础上，必要时利用校勘、训诂手段，来考证其文体、诗体、句式、用典等细节问题。与此同时，也关注不同作品的风格、文学价值和审美趣味的差别以及体裁分合演进等具有文学史意义的宏观问题。

第七，除了这些占主要地位的文学、语言学、文献学和史学研究方法之外，也会兼及考古学、音乐学、民俗学以及艺术史等学科的研究方法，以便更为深入透彻地进行分析。

四、基本思路

本书共分为六章，关注点在于从北朝中期即孝文帝统治时期，到北朝晚期即北周、北齐分立时，北朝统治阶层和士族阶层基于自身文化传统以及本国文化建设所需，对于入北南朝士人、南朝文化与南朝文学的态度变化，以及南北朝文化的分立、并存，北朝对南朝文化的接纳、学习、改造等问题。

第一章探讨孝文帝时期，平齐民与逃亡士族这两类入北南人的不同模式。虽然学者通常将其统称为入北南人，他们的地位和作用其实截然不同。实际上，孝文帝时并不将平齐民视为南朝士人。这一方面是因为平齐民中具有学识修养的士人，绝大多数是跟随南燕迁入青齐的河北士族，他们在作为南朝属地的青齐定居的时间有限，而且大多数时间是在州郡任职，很少进入中央，因此并不能代表以建康、荆州、会稽等地为代表的南朝文化；另一方面，则是崔光、崔亮、刘芳等在北魏具有极高地位的平齐民入北时都年纪尚轻，而他们得以出仕并受到重用已经是数十年后之事。在中间的这些年里，他们大多以佣书为业,而佣书不仅是谋生手段,也是学习途径。换言之,他们建立起知识体系的过程,是在北朝而非南方完成的。所以,当他们终于得以在北魏文化建设中起到作用时,他们的知识结构已经是北朝化的。另外,平齐民虽然地位低下,但却与在北魏占据重要地位的河北文化集团有着密切的亲眷关系,河北士人并不将其视为外来因素,而是将其视为本集团成员的回归,并因此大力扶植与提携。正因如此,当平齐民得以厕身于基本由河北士人垄断的北魏重要文化机构中书省中,并且成为孝文帝朝文化改革、文学集会的主要参加者时,南朝入北人士却在以"南境自效"的方式投身军旅。即使是对北魏汉化起到重要作用的王肃,仍难免被排斥出政治中心。这说明在孝文帝时期,虽然难免要学习南朝文化中所保留的魏晋文化,但对以南朝归人为代表的南朝文化仍然抱有排斥和防范的情绪。

第二章通过墓志文献中所保存的入北琅琊王氏子弟的情况,探讨宣武、孝文朝入北南朝士人的地位上升及其原因。在宣武帝后期和孝明帝时期,南朝入北士人的地位有了明显的改变。从入北琅琊王氏墓志可以看出,在这一时期,南朝士人即使曾任军职,也只是加号,并不需真正率兵出征。相反,他们进入了中央政府的核心,频繁地出任诸王幕僚和中书侍郎、黄门侍郎等掌诏诰文书的要职。这使得他们所具有的南朝文化背景能够在当时的政策中体现出来。而且在这一时期,文学集会已经从君臣唱和发展到同僚雅集,因此南朝士人得以参与其中,使这种雅集成为南北文化交流融合的一个渠道。需要注意的是,此时出现南朝文士地位上升是有国家首脑的个人意志参与其中的:与以希望继承汉晋文化传统为目的的孝文帝不同,此时掌权的胡太后所关注的一个重点是提升其家族的地位。由于安定胡氏作为北方士族,地位并不算高,所以胡太后在执政时有意地用宗室、宠臣和南朝士人任要职,借以抑制北方士人,以此抬高胡氏。这表现在中书、门下的官员地望与之前相比出现了显著的变化。虽然其初衷并非是为了引入南朝文化,但这一举措在客观上造成南北士族出任同样的职务,北方士人、宗室对待南人的态度产生根本变化。这使双方得以作为同一文学、文化集团的成员平等地沟通交流,南方士人在文化上的优势也在这样的交流中得到北方士人的承认。这种态度上的转变,为此后直至东魏、北齐时,北方士人全面接受南方文学、文化打下了基础。

第三章通过北周麟趾殿和北齐文林馆这两处皇家著述机构的设立和用途,讨论梁代灭亡,大量南朝士族入北后,北朝官方对南朝文化以及南朝士人态度的第三次转变。北方齐周分立之后,由于侯景之乱与江陵陷落,大量梁朝衣冠士族或是逃亡邺下,或是被迁入长安。为了安置这些南朝士人,北周和北齐分别仿照南朝传统，设立了麟趾殿和文林馆这两个皇家著述机构，从根本来说，北周和北齐上层在政治层面对待南士的态度是基本一致的，均是以防范、排斥为主。因此，这些入北士人绝大多数只能充当文学侍从之臣，而并不能在政治上有所作为。北周统治者对待王、庾等南士尚且保持着表面上的恩遇，而且在政治上也相对来说比较稳定，南士虽然不能获得显赫地位，而且大多较为贫苦窘迫，但也并不用为自身安危担忧。而在北齐，南士却连封爵、加衔这类虚授的优待都不能获得，加之政治局面始终相当恶劣，面对着君主滥杀，胡族与汉人政治集团惨烈争斗的现状，他们必然会对自身存亡抱有忧虑。正因如此，麟趾殿是北周统治者为了安置、优遇南士而建，而文林馆则在某种程度上来说是南人本身要求设立的避祸容身之所，这种性质上的差异，正是由两国上层对待南人态度的微妙差别以及政治形势的差异所导致的。这两处文化机构都有助于南士融入北方社会，但在程度上有所差别。

第四章从音乐文献的角度，讨论北朝的礼乐制度建设。礼乐制度可以说是最能体现一国之正统性的方面，其内容既包括纲领性的制度，带有时代特征的政策，也包括仪式流程、仪式参与人员所承担的责任、仪式中所使用的服装、器具、乐曲等被视为"末节"的具体环节。自北魏开始，北朝各个政权与南朝存在着华夷之辩与正统之争的双重对立竞争关系，对通过礼乐制度来表达政治、文化的主体性有迫切的需求。在建设礼乐制度的过程中，北朝的各个政权必然会以确立自身的权威性与主体性为根本目的，并且选择强调其依据与主导权的推进方式。虽然各朝的礼乐观念及具体乐种、歌辞等各有异同，但这一出发点是一以贯之的。在这一共同前提下，其王朝礼乐建设的根本出发点为何，通过什么方式去构建理论体系，以及如何接受从"敌国"转变为"僭伪"的南朝政权礼乐文化的传入，如何对待从华夷之辩转变为正朔之争的正统性争夺，都成为需要详加分析的问题。本章最为重要的切入点是北朝的官方音乐文献及其编纂方式。这是因为，北朝的官方音乐文献，是直观体现北朝礼乐建设流程以及当时的统治者及士人的礼乐观念的重要材料，对其进行研究，既可以探求相关文献的"古本之真"，也可以以此为途径，去梳理其中所蕴含的历史真实。虽然北朝的官方音乐文献至今已几乎全部散佚，但是通过正史乐志的描述及取用、后代典籍的引用，以及历代书目的著录，仍可以勾勒其面貌，并且从而对北朝音乐文化的整体面貌有新的了解。

第五章通过"3+5"起句体杂言诗在南北的诗体变迁情况来研究北朝文化的独立性和与南朝的同源共生，力求用一种非常不起眼的文体的存在情况,来见微知著地梳理南北朝文学史中文体分合演进的状况,说明其保留文体独立性,为唐代文学蔚为大观所奠定的基础。本章并且进一步提出,北朝文学与南朝的一个根本差别,是在北朝的大部分时间里,北方诗人缺乏南朝诗人的那种在文体上的自觉性和敏锐性。他们也许可以掌握很多种诗体,并且依照场合、用途的不同来选择不同体裁进行创作,但是他们始终没有主动地从自己的需求以及时代、环境的要求出发,去改造乃至创造一种诗体,使其创作能够清晰地与前代作品或同时代的南朝作品区分开来。正因如此,北朝晚期的士人已经具有相当高的文学素养,南朝的文学发展在逐渐衰落,双方文士在具体的文学创作中,在逐渐地消弭差距,但从文体层面上讲,北朝文士始终不能打破前代和南朝的桎梏,因此仍然很难从根本上扭转落于人后,亦步亦趋的局面。

第六章讨论东魏北齐时期以河北士人为主体的北方士人对齐梁诗体的学习与改造。北齐诗的用韵和平仄搭配都显示出,当时文人充分学习了齐梁诗的体式。这一进程分为两个阶段,第一阶段是东魏至北齐前期的使臣文学集团在两国交聘燕集时通过与南方使臣的唱和而进行的,第二个阶段则是北齐后期文林馆文学集团的北方士人,通过集团内部文学交流活动学习的,在这一阶段,相当一部分北方士人已经掌握了用韵、单独律句、两句平仄搭配等方面都完全格律化的新诗体。然而北齐诗人的探索并未止于此,他们进一步依据本身的文学观念与集团中的入齐南人进行交流,确立了融合了文学形式与内涵的文学理论架构,并且以此为据进行了创作尝试,为初唐的诗歌革新打下了基础。

第一章　南朝士人入北的两种模式
——兼论北魏中期的正统意识及对南朝的态度

入北南朝士人在北魏前期、中期对北魏汉化进程与文化建设的推动作用，在相当长的时间里，是北朝文化研究中最为重要的论题之一，不论史学研究抑或文学研究，都难免涉及这一问题。近些年来，陆续有研究者提出，北魏汉化改制中并未照搬南朝，甚至还对南朝有反馈影响。但在已有研究成果中，占有主流地位的观点仍认为北魏孝文帝通过入北南人这一媒介，全面学习了南朝文化，而这不但是出于汉化改制的需要，也是由于孝文帝等北魏上层对南朝文化的仰慕乃至崇尚。就研究对象而言，学者通常将献文帝皇兴年间内徙至平城的平齐民与逃亡、归降入北的南朝宗室、士人等并称为"入北南人"，将他们均视为南朝文化的代表。

然而，青齐士人和归降的南朝上层人士无论是在家族背景、知识结构、入北后的身份地位以及在北魏汉化中起到的作用等各个方面，都存在不可忽视的差别，甚至可以被视为入北南人的两种不同模式，因此并不能一概而论。本章拟将这两种模式分别称为"内迁模式"和"归降模式"，并对这一问题进行尽可能详尽的分析。

第一节　"内迁模式"入北南人回归北魏社会的过程

北魏平青齐后，将青齐士望数百家内迁至桑乾，立平齐郡以居之。这些平齐民毫无疑问属于入北南朝士人，然而，他们是否像学者通常所认为的那样，代表了南朝文化呢？为弄清这一问题，需要梳理青齐士人的来源、家族背景与知识结构等诸多方面。

一、河北大族南下青齐后的本土化与南朝化

《魏书》中明确载为平齐民的入北士人中，出身于彭城刘氏的刘芳在刘

义宣起事后方随其伯母房氏自彭城奔青州,在青齐生活的时间甚短①,而确为青齐本土人士的只有乐安蒋少游一人,至于清河崔氏、清河房氏、清河张氏、平原刘氏等青齐著姓以及渤海高氏等,实际上都是祖上曾仕于慕容氏,随慕容德迁入广固的河北士族②。这些大族之所以能够顺利地在青齐落脚,迅速成为当地的头等大族,并被视为"土民",与自两晋以来青齐地区的局势有着直接关联。

两晋南北朝时期,青齐地区始终处于颇为敏感的位置。永嘉元年(307),王弥于青、徐二州起事,聚众数万进逼洛阳,先投刘渊,再归石勒。数年后,曹嶷奉王弥之命率兵五千返回青州,击败西晋青州刺史苟晞,"攻汶阳关、公丘,陷之,害齐郡太守徐浮,执建威刘宣,齐鲁之间郡县垒壁降者四十余所。嶷遂略地,西下祝阿、平阴,众十余万,临河置戍,而归于临淄。嶷于是遂有雄据全齐之志"③。可见,早在西晋灭亡之前,青齐一带就已经处于半割据的状态。

自东晋十六国起,作为南北方的中间地带,青齐更成为各种势力争抢的要地。曹嶷在青齐的割据持续至东晋太宁元年(323),在此之后先后占据青齐的,既有东晋、前秦、前燕、南燕等南北政权,也有苏峻、段龛、辟闾浑等胡汉小型割据势力。由于实力有限,这些小股势力往往会同时依附于南北主要政权,曹嶷、辟闾浑、段龛等莫不如是④,因此在这一时期,青齐地区一方

---

① 《魏书》卷五五《刘芳传》云"(芳)祖该,刘义隆征房将军,青徐二州刺史"([北齐]魏收撰:《魏书》,北京:中华书局,1974年,第1219页),《宋书》卷五一《刘道怜传》则载"北青州刺史刘该反,引索房为援"([梁]沈约撰:《宋书》,北京:中华书局,1974年,第1461页),而刘该妻崔氏为崔浩之姑、崔玄伯之妹。刘该降魏之后不久就被刘道怜率军击败斩杀(见《宋书》卷五一《刘道怜传》,第1461页),其子刘邕和刘逊之虽都在刘宋为官,但应有在北生活的经历。

② 《魏书》卷二四《崔玄伯传附崔道固传》:"崔琼,慕容垂车骑属也。父辑,南徙青州,为泰山太守。"(第628页)卷四三《刘休宾传》:"祖昶,从慕容德度河,家于北海之都昌县。"(第964页)卷六七《崔光传》:"祖旷,从慕容德南渡河,居青州之时水。"(第1487页)卷六八《高聪传》:"曾祖轨,随慕容德徙青州,因居北海之剧县。"(第1520页)卷七六《张烈传》:"曾祖恂,散骑常侍,随慕容德南渡,因居齐郡之临淄。"(第1685页)《北史》卷三九《房法寿传》:"曾祖谌,仕燕,位太尉掾。随慕容氏迁于齐,子孙因家之,遂为东清河绎幕人焉。"([唐]李延寿撰:《北史》,北京:中华书局,1974年,第1414页)

③ 见[唐]房玄龄等撰:《晋书》卷一〇二《刘聪载记》,北京:中华书局,1974年,第2667页。

④ 《晋书》卷一〇四《石勒载记上》载:"曹嶷据有青州,既叛刘聪,南禀王命,以建邺悬远,势援不接,惧勒袭之,故遣通和。"(第2727页)《晋书》卷九《孝武帝纪》称辟闾浑为"北平原太守"(第239页),卷一〇《安帝纪》载"慕容德陷青州,害龙骧将军辟闾浑"(第251页),而《资治通鉴》卷一一一《晋纪三十三》载南燕韩范言曰"辟闾浑昔为燕臣",胡三省注曰"孝武太元十九年,辟闾浑为慕容农所破,遂臣于燕",则辟闾浑曾同时臣服于后燕与东晋。《魏书》卷一〇六《徒何段就六眷传》曰:"郁兰奔石虎,以所徙鲜卑五千人配之,使伶令支。郁兰死,子龛代之。及冉闵之乱,龛率众南移,遂据齐地。"(第2306页)《晋书》卷八《孝宗穆帝纪》则载"辛丑,鲜卑段龛以青州来降。……二月戊寅,以段龛为镇北将军,封齐公。"(第197页)后段龛又曾降于后燕。

面与南北双方都有所联系,一方面又保持着一定的独立性。东晋义熙六年(410)刘裕破广固、灭南燕之前,青齐地区的势力更迭非常频繁,而每一次势力变更往往都伴随着屠戮或人员迁徙。牵涉人数较多的,有如下几次:

  时曹嶷领青州刺史,表峻为掖令,峻辞疾不受。嶷恶其得众,恐必为患,将讨之。峻惧,率其所部数百家泛海南渡。①(《晋书》卷一〇〇《苏峻传》)

  初,鞠羡既死,苟晞复以羡子彭为东莱太守。会曹嶷徇青州,与彭相攻;嶷兵虽强,郡人皆为彭死战,嶷不能克。久之,彭叹曰:"今天下大乱,强者为雄。曹亦乡里,为天所相,苟可依凭,即为民主,何必与之力争,使百姓肝脑涂地!吾去此,则祸自息矣。"郡人以为不可,争献拒嶷之策,彭一无所用,与乡里千余家浮海归崔毖。②(《资治通鉴》卷九一《晋纪一三》)

  又遣季龙统中外步骑四万讨曹嶷。……左军石挺济师于广固,曹嶷降,送于襄国。勒害之,坑其众三万。季龙将尽杀嶷众,其青州刺史刘徵曰:"今留徵,使牧人也;无人焉牧?徵将归矣。"季龙乃留男女七百口配徵,镇广固。③(《晋书》卷一〇五《石勒载记下》)

  十二年十一月,齐城陷,执段龛,杀三千余人。④(《晋书》卷一三《天文志下》)

  (慕容)恪遂克广固,以龛为伏顺将军,徙鲜卑胡羯三千余户于蓟,留慕容尘镇广固,恪振旅而归。⑤(《晋书》卷一一〇《慕容儁载记》)

通过这些材料可以看出,前期在青州有较大势力的王弥、曹嶷、苏峻、鞠彭等均为当地豪强,他们的迁出或失势直接导致大批青齐民众离开本乡,这一趋势在王弥率众进逼洛阳时即已开始,至石季龙杀曹嶷众三万,仅"留男女七百口"时,青齐原有的本土势力基本被消磨殆尽,此后段龛等胡族得以在青州立足,在很大程度上正是以此为前提,而段龛的鲜卑胡羯在其败后亦不免被杀和整体外徙。当崔、刘、房、张、封、垣、韩、明等河北大族南下时,青

---

① 《晋书》第 2628 页。
② [宋] 司马光编著,[元] 胡三省音注:《资治通鉴》,北京:中华书局,1956 年,第 2874—2875 页。
③ 《晋书》第 2740 页。
④ 《晋书》第 375 页。
⑤ 《晋书》第 2837 页。

齐已没有本土豪强或比其先进入此地的外来势力可与之相抗衡，而他们又因与慕容德关系密切、多在南燕政权中任职而受到扶持，因此得以迅速而顺利地在此立足。《宋书》卷四七《刘敬宣传》载敬宣"结青州大姓诸崔、封，并要鲜卑大帅免逵，谋灭德"①，时为晋安帝元兴三年（404），则河北诸姓扎根青齐不满五年便已取得"大姓"地位。经过相对稳定的十年发展，至刘裕灭慕容德时，他们更已充分完成了本土化进程。当然，这一过程中并非没有危机。刘裕攻打广固时，诸大姓效忠南燕，顽强抵抗，《资治通鉴》载"裕忿广固久不下，欲尽阬之，以妻女赏将士"②，只是由于韩范切谏，方才改容谢之，却仍不免"斩王公以下三千人，没入家口万余，夷其城隍"③。但斩杀和没入家口的对象，似乎并不以广固的汉族大族为主，而在此同时，刘裕又采取"抚纳降附，华戎欢悦，援才授爵，因而任之"的安抚策略④，这使得在此定居十年的南燕河北大族，并未像先前的本土豪强和鲜卑势力一样退出青齐，反而在刘宋控制青齐的五十年中大大加强了其在地方的势力与威信，真正成为青齐土人的民望领袖。

如果说"本土化"指的是随慕容德南渡的河北士族在青齐地区立足的过程，那么"南朝化"则指的是他们被南朝文化同化、融入南朝社会的过程。然而，与顺利完成的本土化形成对比的是，青齐大族的南朝化实际上并不彻底。

从政治角度来看，诸大姓的势力主要集中于青齐，并未延伸至建康或其他南朝核心地区。这从他们所担任的官职中可见一斑，在此仅以清河崔氏与平原刘氏为例，略作叙述。

随慕容德南渡的平原刘氏成员中，较为重要的似乎只有刘昶，其子孙众多，故刘氏在青齐势力发展较快。《宋书》《魏书》《南齐书》等史籍中所载出仕刘宋的刘氏成员中，除刘昶为青州治中外，较为重要者尚有：刘怀民为齐、北海二郡太守；刘怀恭为北海太守；刘奉伯为陈、南顿二郡太守；刘休宾为平原太守，兖州刺史；刘乘民为高阳、勃海二郡太守，冀州刺史；刘善明为北海太守，青、冀二州刺史。

而清河崔氏在刘宋出仕为官者中，崔谭为振威将军，东莱太守，冀州刺史，青州刺史；崔公烈、崔平俱为兖州刺史；崔道固为冀州刺史、徐州刺史；崔邪利为平北将军，鲁郡、阳平二郡太守；崔辑为泰山太守；崔勋之为梁邹成

① 《宋书》第1411页。
② 《资治通鉴》卷第一一五《晋纪三十七》，第3627页。
③ 《资治通鉴》第3627页。
④ 《宋书》卷一《武帝纪上》，第16页。

主,宣威将军,乐安、渤海二郡太守;崔目连为青州别驾;崔灵延为龙骧将军,长广太守。

当然,刘氏与崔氏中不乏在中央任职的成员,但多为尚书诸曹郎中,如刘善明曾为尚书金部郎,刘怀慰为尚书驾部郎,崔元孙为尚书度支郎,崔灵茂为尚书库部郎。刘宋时"高流官序,不为台郎"①,尚书郎职位并不清贵,但即使如此,能够出任此职的青齐大族成员也远远少于在青齐一带出任州佐郡守者。

集中在本乡及附近为官的情况并非崔、刘两家所独有,而是在自河北迁至青齐的诸大姓中普遍存在。此外,青齐大族还在相当程度上掌握着当地武装,如《南齐书》卷二七《刘怀珍传》云:"怀珍北州旧姓,门附殷积,启上门生千人充宿卫,孝武大惊,召取青、冀豪家私附得数千人,土人怨之。"②

造成这种鲜明本土性的原因大概有两点。其一,时至刘宋,东晋时青齐地区"建邺悬远,势援不接"③的情况并未从根本上解决,在当时,这恐怕是青、齐、兖、徐等距离政治中心较远的地区的共同状况④。正因如此,虽然国家对青齐豪族有所防范,青州刺史等一方大员大多由皇帝腹心担任,但地方上的管理,则在相当程度上要依赖本地大族的力量。北魏攻克青齐时,由青州治所东阳入魏的人员出身较为多样,如刺史沈文秀为吴地豪门吴兴沈氏成员,袁宣为侨姓士族陈郡袁氏成员,蒋少游为青州土著等;而从梁邹、历城入北的"民望",则以崔、刘、房等豪族为主。这种一州之内不同地区的人员构成差别,可以从侧面显示出国家派遣的刺史与当地豪族共同治理青齐,却又各有侧重的情况。

其二,青齐大族虽然在本乡有很深根基,但没有足够的力量更加靠近政治中心。《南齐书》卷二七《刘怀珍传》曰:"(怀珍)拜建武将军,乐陵、河间二郡太守,赐爵广晋县侯。明年,怀珍启求还,孝武答曰:'边维须才,未宜陈请。'"⑤可见他们被有意地排斥在政治中心之外。在壁垒森严的晋宋门阀

---

① 《宋书》卷五九《江智渊传》,第1609页。
② [梁]萧子显撰:《南齐书》,北京:中华书局,1972年,第500页。按,"土人",中华书局整理本《南齐书》正文作"士人",《校勘记》称南监本、殿本均作"土人"。今依文义,径引作"土人"。
③ 《晋书》卷一〇四《石勒载记上》,第2727页。
④ 宋文帝元嘉二十七年,北魏攻陷鲁郡之邹山,刘宋鲁郡、阳平二郡太守崔邪利降魏。其后北魏兵至彭城,太武帝遣李孝伯于阵前与刘宋名士张畅接对,论及邹山之陷,张畅曰:"邹山小戍,虽有微险,河畔之民,多是新附,始慕政化,奸盗未息,示使崔邪利抚之而已。今虽陷没,何损于国。"(见《魏书》卷五三《李孝伯传》,第1171页。)虽是外交辞令,未可尽信,但也可以从侧面看出刘宋时青徐等与北朝交界僵持之地在刘宋的边缘地位。
⑤ 《南齐书》第500页。

体系中，作为青齐大族的崔、封、张、房、明诸姓只能算是一方之豪强，并没有获得高门士族的地位。他们绝大多数是出任地方上的吏职和军职，也就是说，他们只是刘宋地方政策和军事命令的执行者，很难获得参与集议、制定律令礼仪等文化政策的机会。因此，他们不可能像王谢等士族那样了解南朝的礼乐政治制度。

从思想学术等文化角度上看，青齐大族的家族传统也与南朝文化不尽相同。唐长孺在《读〈抱朴子〉推论南北学风的异同》中指出，《世说新语·文学篇》中的"北人学问渊综广博""南人学问清通简要"，其所谓南北并非日后南北朝的界限，而是指河南、河北。魏晋新学风的兴起在于以洛阳为中心的河南地区，而当时的河北与江南学风都比较保守①。晋宋时的所谓南朝文化，实际上是渡江侨姓士族所持，并逐渐影响吴地士人的京洛新风，与河北士人继承自汉儒的经学思想相差甚远。不可否认，南下青齐后，清河崔氏等河北士人的学术思想必然会受到江左文化的影响，这不但是因为他们身处南朝疆域之内，难免耳濡目染，也是因为十六国乃至北魏早期的北方士人大多奉东晋为正朔，对东晋的典制文化怀有向往之情。崔玄伯、崔浩、崔逞等在北崔氏成员，都对江左政权或士族甚为向往与尊重。因此，青齐大姓与南方土著一样，在学风、文化上效仿侨姓士族，几乎是不可避免的。然而，他们对江左文化的学习恐怕相当有限，并未到达被江左文化完全同化的程度。

首先，南渡河北大姓的学术文化中最为重要的因素，应是家学传承而非地域影响。南下诸姓中，具有好学能文家风的家族并不鲜见。晋武帝时，平原刘智曾撰《正历》四卷②。而《晋书》卷一〇八《慕容廆载记》载"平原刘讚儒学该通，引为东庠祭酒，其世子皝率国胄束脩受业焉。廆览政之暇，亲临听之，于是路有颂声，礼让兴矣"③，渤海封弈则"以文章才俊任居枢要"④。清河崔氏崔逞一支的家学影响更为直接。崔逞六世祖崔琰曾就郑玄受学，为一代名贤，曾祖崔谅在晋世曾任太子庶子、黄门侍郎、尚书大鸿胪等，《晋书》卷二〇《礼志中》载其于太康元年与谢衡、虞溥、陈寿、荀勖、和峤、夏侯湛等同议丧服事，则崔谅亦对礼学颇有造诣。虽然崔遇、崔瑜两代于史未载，但"少好学，有文才"的崔逞依然保持着儒学家风。崔逞于皇始年间入魏，其妻则携四子至广固，崔逞诸子与其后人在青齐大族中有着相当重要的

---

① 参见唐长孺著：《魏晋南北朝史论丛》，北京：中华书局，2011年，第348—358页。
② 《晋书》第562页。
③ 《晋书》第2806页。
④ 《晋书》第2806页。

地位,如果说其后代崔休、崔相如、崔祖思等入南日久,难免受南朝学风影响的话,至少崔谌、崔祎、崔灵和、崔僧护等崔逞子孙辈的知识结构,应是仍以承自崔逞的家学为主体的。除家学外,青齐大族也往往保持着北人家风。《魏书》卷二四《崔玄伯传附崔道固传》载:"道固贱出,嫡母兄攸之、目连等轻侮之。辑谓攸之曰:'此儿姿识如此,或能兴人门户,汝等何以轻之?'攸之等遇之弥薄,略无兄弟之礼。"①崔道固出仕是在宋文帝元嘉后期,崔氏居青州已久,但仍保持着轻贱庶子的北方习惯,并且不惮以"逼道固所生母自致酒炙于客前"的方式在南人面前变本加厉地表现出来,以至于"诸客皆叹美道固母子,贱其诸兄"②,这正是"江左不讳庶孽"与"河北鄙于侧出"③两种风气的矛盾碰撞,也反映了青齐大族固守河北积习,并未被南朝同化的状况。

其次,南燕虽存在时间不长,但继承了诸燕政权喜好儒学的传统。慕容德于广固登基时"建立学官,简公卿已下子弟及二品士门二百人为太学生"④,并且"大集诸生,亲临策试"⑤。这种以士门子弟为太学生的学官制度及帝王亲临策试的考试方式,显然是对前燕东庠制度的继承⑥。而慕容超即位之后,向姚兴求被拘于长安的母妻,姚兴"责超称藩,求太乐诸伎,若不可,使送吴口千人",南燕左仆射段晖议曰"太乐诸伎,皆是前世伶人,不可与彼,使移风易俗,宜掠吴口与之"⑦。从这两条材料可以看出,南燕的礼乐文教上承前燕、后燕等"前世"慕容氏政权,以河北地区的儒学为基础,在后秦与东晋之间自成体系。因此,诸大族在定居青齐后的最初十年中,仍然保持着先前的文化传统,基本未受江左文化影响。

第三,即使在青齐归入东晋刘宋之后,青齐士人在学术乃至文学等方面所受到的江左影响恐怕仍相当有限,这是由其在地域上和文化地位上的双重边缘性所决定的。青齐地区获得南朝所流行的典籍著作并不困难,青齐士人固然可以借此来了解江左文化,但在当时,文化传播的一个重要途径是士人之间的交流,例如玄学在很大程度上是通过清谈这一口头媒介传播与

---

① 《魏书》第628页。
② 《魏书》第629页。
③ 见王利器撰:《颜氏家训集解》卷一《后娶第四》,北京:中华书局,1996年,第34页。
④ 《晋书》卷一二七《慕容德载记》,第3168页。
⑤ 《晋书》卷一二七《慕容德载记》,第3170页。
⑥ 又《晋书》卷一〇九《慕容皝载记》载:"(皝)赐其大臣子弟为官学生者号高门生,立东庠于旧宫,以行乡射之礼,每月临观,考试优劣。皝雅好文籍,勤于讲授,学徒甚盛,至千余人。亲造《太上章》以代《急就》,又著《典诫》十五篇,以教胄子。"见《晋书》第2826页。
⑦ 《晋书》卷一二八《慕容超载记》,第3178页。

发展的,而晋宋诗歌也有相当一部分是文学集会中的唱和之作。从这个角度讲,在东晋建国后视京洛文化为正统,并努力向侨姓士族学习的江南士族具有得天独厚的条件:他们世代居住的吴越地区,也正是很多侨姓士族的寓居之地,这使他们有机会频繁参与侨姓士族的文化活动。作为结果,以吴郡张氏为代表的吴地高门在受到玄学思想熏陶的同时,也向侨姓士族学习了洛阳雅音与"详缓方雅"的清谈音仪。相形之下,青齐士人则很难获得这种与侨姓士族密切接触的机会。青齐处于边境地区,远离建康、会稽乃至荆州等高门士族集中的文化中心。由于通常在本乡为官,青齐大族也很难有机会参与以侨姓士族为主导的文学集会和清谈讲论。从另一方面讲,自义熙年间至北魏攻占青齐的五十余年内,曾任青州刺史的约二十人中,无一人是出身高门、具有高度文化素养的士族子弟,刺史僚属中虽偶有"有才笔"的士族成员(如沈文秀府主簿陈郡袁宣),但应随刺史驻于东阳,与当地大族有所隔绝。由此可见,青齐大族与东晋南朝士族阶层的关系甚为疏远,这必然会成为他们学习、效仿江左文化的巨大障碍。

总而言之,作为慕容氏政权的支持者,一部分河北大族的成员在定居青齐之后,在各个方面都具有封闭性。在婚姻上,他们相当严格地恪守河北诸姓联姻的习惯,即使偶有例外,与外姓结为婚姻者也会被其他人排斥。在仕宦上,他们大部分出任青齐地区的州佐郡守及周边地区的刺史等职。在文化上,这种封闭性一方面表现为青齐大族与江左冠冕士族缺乏沟通交流,不利于借鉴、学习江左文化,另一方面则是其家学并不为江左所重。在《宋书》《南史》等史籍中,既没有对刘宋时青齐大族成员参与文化活动的记载,也没有对其学养的评价。他们只是"以将吏见知"①,并不能凭借家传的河北儒学素养跻身于东晋南朝的文化建设之中。可见,青齐大族虽然迅速完成了本土化,而且不可避免地受到江左文化的熏陶影响,但直至随着青齐被北魏攻占而重新入北,都没有完全被南朝文化同化。直到南齐时,方在留在南方的青齐士族身上有所改变。这种情况不仅反映在史书记载中,亦直观地反映在青齐地区出土文物的形制、纹饰等元素中。杨泓曾梳理了青州地区佛教造像、墓葬壁画、随葬俑、瓷器等出土文物类型,尤其是龙兴寺窖藏造像、崔芬墓七贤屏风壁画以及和庄墓青釉莲花尊等带有独特风格因素的文物,并对其进行归纳,称"正是北朝规制、南朝影响和地方特色杂错交织在一起,才形成青州地区南北朝时期地方文化丰富多彩的内涵"②。这三点非常准

---

① 《宋书》卷六五《申恬传附崔谭传》,第 1726 页。
② 见杨泓《关于南北朝时期青州考古的思考》,载于《文物》1998 年第 2 期,第 46—53 页。

确地勾勒出将青齐地区的文化特质,将这一地区从文化层面简单地归为"南朝",是无法体现出其特殊性的。

二、入北青齐士人的知识结构

通过以上各方面的分析可以看出,处于刘宋治下的五十年中,由于地域和身份的隔阂,青齐士人并未彻底完成南朝化。那么,平齐民在北魏的汉化改制中是否起到了将南朝文化传入北方的作用呢?要弄清这个问题,需要对入北青齐士人的知识结构略作考察。

北魏献文帝皇兴二年(468),慕容白曜攻占青齐,当地诸民望大族数百家被内迁至桑乾。在入北后的最初十余年中,平齐民的生活甚为困顿,即使是跻身于客席的上层人士,大多数也是担任平齐郡太守、县令等官职,社会地位并不很高。而至孝文帝于太和年间接受韩麒麟建议,开始起用平齐民时,大部分曾参与青齐战事的平齐民都已去世,在北魏文化改革中发挥了巨大作用的,主要是其子侄辈的刘芳、崔光等人①。

崔光、刘芳均为孝文、宣武朝的股肱之臣,《魏书》卷八四《儒林传序》曰"刘芳、李彪诸人以经书进,崔光、邢峦之徒以文史达"②,由此看来,北魏中期文化水平最高的这四位汉族大臣中有两位是由南朝入北的平齐民,似乎能够说明南朝文化对北朝强有力的影响。陈寅恪《隋唐制度渊源略论稿》中提出"刘芳、崔光皆南朝俘虏,其所以见知于魏孝文及其嗣主者,乃以北朝正欲模仿南朝之典章文物,而二人适值其会,故能拔起俘囚,致身通显也"③,多年以来也被当做定论。然而,这个观点不乏值得商榷之处。将新附之地的居民大规模迁至平城附近,是北魏前期至中期的惯例,平齐民虽然在入北初期较为困顿,但在十年中已经比较深入地融入北朝社会乃至汉人大族阶层,其身份并非俘囚。更重要的是,崔、刘等人所代表的并不是纯粹的南朝

---

① 从辈分上来看,皇兴年间入北的平齐民约有四代,第一代为崔道固、房法延、房元庆等,第二代为刘休宾、房法寿、房崇吉等,第三代为崔光、崔亮、刘芳等,第四代中颇有一些出生于桑乾,但也有年龄与第三代相差无几者如蒋少游等。初附时的平齐民以第一、二代为主体,其中的上层人士大多卒于孝文帝亲政之前,如刘休宾卒于延兴二年(472),崔道固亦卒于延兴中,唯房法寿卒于太和中。另外,年龄较长的平齐民不乏虽具才识却终身不得出仕者,如房灵宾、房灵建兄弟,《魏书》卷四三《房法寿传附房灵宾传》云:"灵宾,文藻不如兄灵建,而辩悟过之。灵建在南,官至州治中、勃海太守,以才名见称。兄弟俱入国,为平齐民。虽流漂屯乜,操尚卓然。并卒于平齐。"(第971页)第二代平齐民至太和年间得以出仕的,有房灵宾从弟房坚,房法延之子房亮,二人均曾任秘书郎,房亮还曾作为使副出使南齐。但他们在北魏文化建设中的作用,远比不上比其低一辈的崔光、刘芳等人。
② 《魏书》第1842页。
③ 陈寅恪著:《隋唐制度渊源略论稿》,北京:生活·读书·新知三联书店,2001年,第12页。

文化,而孝文帝重用平齐民,所借重的也并非是其南朝文化因素。这一点可从多个方面得到印证。

崔、刘等虽同为在日后起到重要作用的平齐民,但其彼此间的文化素养与家学渊源相差甚远。同为崔氏成员,崔亮家学背景中的南朝化成分似多于崔光。其父崔元孙任刘宋尚书度支郎,能够与南朝文化有较多的接触。《魏书》卷六六《崔亮传》载元孙曾作《相命论》,文虽不存,但题目中的"相命"应指人先天所形成的骨相。魏晋之际,嵇康、阮侃(一说为张邈)曾就"宅无吉凶"进行论辩,保存于《宅无吉凶摄生论》等一系列文章当中,其中的重要问题就是相命与占卜的关系。崔元孙的《相命论》很可能是上承竹林名士之说,带有相当强的玄学色彩。而崔亮熟习此文,应对其父的学说亦有一定了解。这在以儒学为重的清河崔氏中较为特殊。

与其相比,刘芳则出身于典型的玄学世家。其六世祖刘讷入洛之后,作为二十四友之一,与贾谧集团中的其他成员以及王衍、乐广、张华等西晋玄学名士多有交游①。刘讷子孙中,刘畴字王乔,善谈名理,为王导、蔡谟等南渡名流所推重;刘劭字彦祖,曾为王导丞相掾,后历侍中、尚书等,《世说新语·言语篇》刘孝标注引《文字志》称其"博识好学,多艺能,善草隶"②。劭又有族子名黄老,注《慎子》《老子》,并行于世。"王乔""黄老"等名字显示出刘氏的思想背景中带有明显的京洛新风因素,而刘黄老于太元间任尚书郎,与刘芳祖父刘该辈分相同,且年代基本重合,则刘氏至少到晋宋之交仍保持着这种家学传统。何况刘芳并非自幼居于青齐,他在入北之前很可能受南朝学风较深影响。

虽然这些平齐民具有一定的南朝学术根底,但不可忽视的是,他们被内迁桑乾时均年纪尚轻。据《魏书》《北史》等史籍记载,皇兴二年崔光十七岁,刘芳、高聪十六岁,崔亮十岁,刘法武(孝标)七岁,而房景伯、房景先兄弟则是出生于桑乾。这对他们的学术思想会产生两方面影响。其一,他们在南朝均未及解褐出仕,甚至未必曾到过建康等南朝文化核心区域,因此,他们对南朝的礼乐、典制、律令等方面应并不熟悉,这就从客观上决定了他们即使在十数年后成为北魏汉化的重要力量,也难以将南朝政治文化套用于北魏。其二,即使南朝士人子弟开蒙极早,仍不足以在十几岁时便形成固定的学术思想,在此时脱离原先的地域环境,势必会对其学术进程产生影响。

---

① 《晋书》卷六九《刘隗传附刘讷传》云:"(讷)初入洛,见诸名士而叹曰:'王夷甫太鲜明,乐彦辅我所敬,张茂先我所不解,周弘武巧于用短,杜方叔拙于用长。'"(见《晋书》第 1841 页)
② 余嘉锡撰,周祖谟、余淑宜整理:《世说新语笺疏》,北京:中华书局,1983 年,第 112 页。

而这一代平齐民中,少年失怙的现象颇为普遍,如高聪父高法昂早卒,刘芳之父刘邕、伯父刘逊之及崔光之父崔元孙均于北魏攻占青齐之前便已去世,也会使家学传承受到影响。在此双重因素下,崔刘等人入北后虽未改好学之初衷,但其所学内容与就学途径已经改变,这必然会使其知识结构发生极大的转变。

北魏平中山、凉州及北燕时,均曾将其地居民整体迁至平城附近,每次皆多至数万人。与之相比,平齐民不惟迁徙人数少,而且待遇也不如前者。《魏书》卷一一〇《食货志》载:"既定中山,分徙吏民及徒何种人、工伎巧十万余家以充京都,各给耕牛,计口授田。"①而在内迁青齐人士中,只有因主动归降而得以为"客"的上层才能受到赐田宅、牲畜、奴婢乃至赐妻的待遇。身为下客,仅仅"给以粗衣蔬食"②,普通平齐民的生活则更加窘迫,年青一代多处于"无资从师"③的境况。虽然他们仍有多样化的求学途径,但除父母亲授之外,其他途径多与谋生立身手段相重合。在此仅就几种重要途径略论一二。

第一,佣书是平齐民最为常见,也最为重要的谋生途径。《魏书》中明确载为随父母入北的平齐民中,除了傅永是以"佣丐"为生计外④,崔光、崔亮、刘芳、蒋少游、房景伯等均"佣书自业"。不仅如此,《魏书》中载为曾以此为业者均为平齐民。虽然不能因此认为当时佣书行业是以平齐民为主体的,但至少可以看出,这种要求有一定的文化水平,却不需"强于人事"的职业非常适合家道中落,却又年纪尚轻,不擅长体力劳动的青齐士人子弟。从另一方面说,它也为青齐子弟的继续求学提供了很大便利。自东汉时起,对于穷困士子来说,佣书就不仅是谋生养亲之途,也是成学之道。如《三国志》卷五三《吴书·阚泽传》云:"家世农夫,至泽好学,居贫无资,常为人佣书,以供纸笔,所写既毕,诵读亦遍。"⑤《梁书》卷三三《王僧孺传》亦云"家贫,常佣书以养母,所写既毕,讽诵亦通"⑥,同传载始安王萧遥光表荐僧孺,则称其"既笔耕为养,亦佣书成学"⑦。就平齐民而言,他们在内迁时应无暇将自家藏书携至桑乾,史书中所说的"夜诵经史""昼耕夜诵",所诵的很可能是他们所抄写之书。《魏书》卷六六《崔亮传》曰:

---

① 《魏书》第 2849—2850 页。
② 见《魏书》卷六一《沈文秀传》,第 1367 页。
③ 见《魏书》卷四三《房景先传》,第 978 页。
④ 见《魏书》卷七〇《傅永传》,第 1551 页。
⑤ [晋]陈寿撰:《三国志》,北京:中华书局,1974 年,第 1249 页。
⑥ [唐]姚思廉撰:《梁书》,北京:中华书局,1974 年,第 469 页。
⑦ 《梁书》第 469 页。

> 时陇西李冲当朝任事，亮从兄光往依之，谓亮曰："安能久事笔砚，而不往托李氏也？彼家饶书，因可得学。"亮曰："弟妹饥寒，岂可独饱？自可观书于市，安能看人眉睫乎！"①

从这条记载可以清晰地看出，利用佣书来"观书于市"是平齐民子弟积累知识的重要途径。但是，作为抄书人，不论是在市中为私人抄写图书，还是作为官方的中书写书生，他们所能接触到的，绝大多数是在北方流传较广的典籍。也就是说，从事这一职业并不能使其进一步巩固其南朝学术思想，反而会使其学风复归于遵循汉儒传统的河北儒学。

第二，依靠北魏汉人大族的提携，也是平齐民得以在北魏社会立足的重要原因。尽其所能接济平齐民的主要是与其有姻亲戚旧关系的河北大族人士，出身凉州名门的李冲等人也出力甚多。《魏书》载曰：

> （蒋少游）自在中书，恒庇李冲兄弟子侄之门。始北方不悉青州蒋族，或谓少游本非人士，又少游微因工艺自达，是以公私人望不至相重。唯高允、李冲曲为体练，由少游舅氏崔光与李冲从叔衍对门婚姻也。②
> （房）景伯生于桑乾，少丧父，以孝闻。家贫，佣书自给，养母甚谨。尚书卢渊称之于李冲。冲时典选，拔为奉朝请、司空祭酒、给事中、尚书仪曹郎。③

这两条材料分别记载了以李冲为代表的陇西李氏对平齐民在生活上的庇护与在仕途上的提携。实际上，北方大族在平齐民求学中也起到不可忽视的作用。汉人大族是北魏前期、中期的主要文化传承者，其家中藏书也许不能与南朝士族相比，但应较作为佣书者在市中可见的更为丰富。前引崔光、崔亮依李冲为馆客事，已明言其初衷是为了借李氏藏书就学。而与北方大族的频繁接触，不止便于观书，也会使平齐民受到北方文化传统潜移默化的影响。

第三，平齐民与宗教势力接触，并借此谋生的情况也屡见不鲜，其中既有替僧人佣书者，如刘芳"常为诸僧佣写经论，笔迹称善，卷直一缣，岁中能入百余匹，如此数年，赖以颇振"④，也有依附佛寺立身者，如刘旋之妻及其

---

① 《魏书》第1476页。
② 《魏书》卷九一《术艺传·蒋少游传》，第1970—1971页。
③ 《魏书》卷四三《房法寿传附房景伯传》，第977页。
④ 《北史》卷九一《刘芳传》，第1542页。

子法凤、法武"孤贫不自立,母子并出家为尼僧"①。由于青齐士民通常具有较深的文化素养,且工于书法,出家为僧者在佛教活动中也会从事与佣书类似的书写工作。《开元释教录》卷六《总括群经录》载西域沙门吉迦夜"以孝文帝延兴二年壬子,为昭玄统沙门昙曜译《大方广十地》等经五部,刘孝标笔受"②,刘孝标(法武)以七岁之龄入北,于延兴二年(472)不过十一岁,大概不能像一些汉人高僧、奉佛士人那般,在笔受的同时讨论佛理、润色文字,而只是单纯地记录书写。然而,无论是佣写经论,还是出家为僧,对平齐民来说,并不仅仅是一时权宜之计,也是出于信仰上的归属感。

据《晋书》卷一〇九《慕容皝载记》,东晋永和元年(345),慕容皝立龙翔佛寺③。至迟自此时起,慕容鲜卑宗室及上层官僚已接受佛教。作为南燕拥护者的后代,青齐大姓多奉佛。北魏平滑台时归降的崔模"深所归向,每虽粪土之中,礼拜形象"④,崔光则"崇信佛法,礼拜读诵,老而逾甚"⑤。另外崔、房、明、刘诸姓中,屡见以"僧""法""灵"等带有典型佛教意味的字眼为名的现象,如房法寿、房法延、明僧胤、明僧皓、崔僧渊、崔灵和、高法昂,以及高聪字僧智等,这从侧面体现出佛教信仰的普遍性。

平齐民入北时,北方佛教已从太武灭佛的打击中复苏,在社会各阶层普及开来。共同的信仰基础有助于平齐民融入北魏社会乃至借此谋生。不过,青齐地区的佛教与北魏佛教并非同一系统。青齐佛教应包括两方面因素,一方面继承自南燕乃至更早的慕容氏佛教,其内容与模式与佛图澄主持下的后赵佛教类似,另一方面则是受到南方佛教义学影响。而北魏佛教则是直接延续了北凉的佛教意识形态⑥。正因如此,不论是"与德学大僧,多

---

① 《北史》卷三九《刘休宾传》,第1414页。
② [日]高楠顺次郎编:《大正新修大藏经》,东京:大正一切经刊行会,1932年,第55册,第540a叶。
③ 见《晋书》第2826页。
④ 《魏书》卷三五《崔浩传》,第827页。
⑤ 《魏书》第1499页。
⑥ 《晋书》卷一〇六《石季龙载记上》载石季龙将伐慕容皝,"天竺佛图澄进曰:'燕福德之国,未可加兵。'"(第2768页)佛图澄以"福德"为由劝阻石季龙,很可能是因为前燕同样信仰佛教而欲加保全。《晋书》卷一二三《慕容垂载记》曰:"(垂)遣其太子宝及农与慕容麟率众八万伐魏,慕容德、慕容绍以步骑一万八千为宝后继。魏闻宝将至,徙往河西。宝进师临河,惧不敢济。还次参合,忽有大风黑气,状若堤防,或高或下,临覆军上。沙门支昙猛言于宝曰:'风气暴迅,魏军将至之候,宜遣兵御之。'宝笑而不纳。昙猛固以为言,乃遣麟率骑三万为后殿,以御非常。麟以昙猛言为虚,纵骑游猎。"(第3089页)卷一二七《慕容德载记》则载慕容德失滑台后,南燕上层或主张进攻彭城,或主张夺回滑台,或主张转攻广固,"德犹豫未决。沙门朗公素知占候,德因访其所适。朗曰:'敬览三策,潘尚书之议可谓兴邦之术矣。今岁初,长星起于奎娄,遂扫虚危,而虚危,齐之分野,除旧布新之(转下页)

有还往"①的刘芳,还是参与译经的刘孝标,均会在这些佛教活动和交流中逐渐接触到河西佛教的经典、佛教观乃至更为具体的佛教仪轨、造像样式等方面,使其原本的佛教观念产生变化。刘孝标南归之后,在一定程度上推动了北方佛教意识形态在南朝的传播,这是因为经过在北方的近二十年耳濡目染,其佛教观念已经充分北方化了。

以上三种求学兼谋生的途径充分说明,年纪尚轻的平齐民子弟入北之后,所能接触到的书籍和具有较高学养的人士均属于河北或河西系统,而其接触南方文化乃至延续青齐学风的途径却被基本切断。在这种情况下,他们在儒学和佛教两方面的学术思想都必然会出现北方化倾向,其学风和著作中往往显示出南北混杂,又以北学为主的面貌。《魏书》卷五五《刘芳传》中,详细列出了刘芳的著作:

> 芳撰郑玄所注《周官》《仪礼音》、干宝所注《周官音》、王肃所注《尚书音》、何休所注《公羊音》、范宁所注《谷梁音》、韦昭所注《国语音》、范晔《后汉书音》各一卷,《辨类》三卷,《徐州人地录》四十卷,《急就篇续注音义证》三卷,《毛诗笺音义证》十卷,《礼记义证》十卷,《周官》《仪礼义证》各五卷。②

当然,以上十五种注疏著作所涉及的典籍并非全属北方系统:刘芳为《后汉书》撰音注,也许是因为当时《后汉书》已传入北魏,未必与其平齐民身份相关。然《北史》卷八一《儒林传序》言河洛"《尚书》《周易》则郑康成"③,皮锡瑞《经学历史》则称"北人俗尚朴纯,未染清言之风、浮华之习,故

(接上页)象。宜先定旧鲁,巡抚琅邪,待秋风戒节,然后北围临齐,天之道也。'德大悦,引师而南,兖州北鄙诸县悉降,置守宰以抚之。"(第 3166 页)从这两条记载来看,慕容垂、慕容宝、慕容德等人与僧侣的交往都不仅限于佛教活动,而是常在国家政治、军事活动中征求僧人的意见,而支昙猛观风气之候,竺僧朗亦"素知占候",均是依靠方术为燕主出谋划策,这与佛图澄在后赵的作用完全相同。竺僧朗身为佛图澄弟子,其所持佛教观亦应继承自佛图澄。这就使诸燕佛教与后赵佛教处于同一模式。反观北魏佛教,虽然与后赵、诸燕佛教一样,带有浓厚的国家佛教色彩,但是僧侣的作用主要在于通过礼佛、造像等宗教行为来吸引信众,敷导民俗,在政治军事决策中完全没有发言权。古正美在其《从天王传统到佛王传统:中国中世佛教治国意识形态研究》(台北:商周出版,2003 年)中曾提出一种分类法,认为南燕佛教应与后赵一样,属于"天王传统的国家佛教意识形态",而北魏佛教意识形态则是"由凉州传入平城的佛王传统"。可备一说。

① 《魏书》第 1219 页。
② 《魏书》第 1227 页。
③ 《北史》第 2709 页。

能专宗郑、服,不为伪孔、王、杜所惑"①,而刘芳撰《尚书音》非本郑注,却选择了与孔安国注多有类似的王肃注本,与河北儒生所传有较大差别。不过其中的北学因素同样明显,例如《公羊》何休注,《北史·儒林传序》曰:"汉世,郑玄并为众经注解,服虔、何休,各有所说。玄《易》《诗》《书》《礼》《论语》《孝经》,虔《左氏春秋》,休《公羊传》,大行于河北。"②整体看来,北魏传习《公羊》者不多,但前期儒生尊汉儒传统,多通阴阳历数,亦不乏善《公羊》者,如高允"博通经史天文术数,尤好《春秋公羊》",又曾撰《公羊释》③,梁祚"历治诸经,尤善《公羊春秋》、郑氏《易》"④。《急就章》则是北魏时最为重要的蒙学典籍。《魏书》卷三五《崔浩传》载崔浩表曰"太宗即位元年,敕臣解《急就章》《孝经》《论语》《诗》《尚书》《春秋》《礼记》《周易》。三年成讫"⑤,刘芳所撰名为"续注音义注",有可能是在崔浩所解的基础上更进一步的注解。

如果说刘芳著作中所涉及的典籍显示出兼有南北的面貌,其治学方法则更多偏于北学传统。以上著作中绝大多数属于注疏音训,这正可印证《魏书》对其"才思深敏,特精经义,博闻强记,兼览《苍》《雅》,尤长音训,辨析无疑"⑥的评价。而南朝专精音义训诂的儒生极少,《隋书·经籍志》中,自东晋徐邈、李轨等人之后,直至梁代,几乎全无音义训诂方面的经学著作。刘芳的这些著作,无疑显示出北方儒学重视训诂的特点。

房景先《五经疑问》中有"问《尚书·胤征》"条,《胤征》乃是伪古文尚书篇目,南北朝时期,北方儒生习《尚书》尊郑注,南朝则重孔注伪古文经,可谓泾渭分明。房景先论及《胤征》,自然体现出其对南朝经学的了解。不过,曹道衡《读贾岱宗〈大狗赋〉兼论伪〈古文尚书〉流行北朝时间》一文中据此称"北朝人谈到伪《古文尚书》内容的,最早当推房法寿之族子房景先"⑦,却值得商榷。《魏书》卷四三《房法寿传附房景先传》载景先卒于神龟元年(518),时年四十三岁⑧,则应生于孝文帝承明元年(476),又载其兄景伯卒于孝昌三年(527),卒年五十,推其生年为太和二年(478),反晚于景先,二者必有一误,不过由此可知房氏兄弟是在太和初年左右生于桑乾。而曹文

---

① [清]皮锡瑞撰,周予同注释:《经学历史》,北京:中华书局,2008年,第127页。
② 《北史》第2708页。
③ 《魏书》卷四八《高允传》,第1090页。
④ 《魏书》卷八四《儒林传·梁祚传》,第1843页。
⑤ 《魏书》第825页。
⑥ 《魏书》第1220页。
⑦ 曹道衡著:《中古文学史论文集续编》,北京:中华书局,2011年,第108页。
⑧ 见《魏书》第978页。

中所引其他用伪《古文尚书》典之事，韩显宗上言引《大禹谟》"与其杀不辜，宁失不经"应在太和十七年（493）议定迁都之时，邢峦作歌曰"舜舞干戚兮天下归"则为太和十九年（495）冬从征沔北事，此时房景先虽已"例得还乡"，但尚未出仕，撰《五经疑问》并传于时应是在此之后。也就是说，房景先固然有可能是由于平齐民家学而比北方士人更早了解伪《古文尚书》，但也同样有可能是因为伪《古文尚书》已在北魏上层文士中流传开来才得以接触。从《魏书》所引其《五经疑问》中"切于世教者"来看，其中显示出的仍然是南北儒学兼而有之的面貌。

除个人撰述之外，青齐士人在官方或私人场合讨论礼制、经义等问题时所发表的观点，也可以清楚地显示出其知识结构。在此仅从三个问题对《魏书》中关于这一类文化事件的记载略作讨论。

第一，青齐士人所倡导的，是古礼还是南朝新礼？《魏书》卷二〇《广川王略传附谐传》载曰：

> （广川王谐，于太和）十九年薨。诏曰："朕宗室多故，从弟谐丧逝，悲痛摧割，不能已已。古者，大臣之丧，有三临之礼，此盖三公已上。至于卿司已下，故应□。自汉已降，多无此礼。朕欲遵古典，哀感从情，虽以尊降伏，私痛宁爽。欲令诸王有期亲者为之三临，大功之亲者为之再临，小功缌麻为之一临。广川王于朕大功，必欲再临。再临者，欲于大殓之日，亲临尽哀，成服之后，缌衰而吊。既殡之缌麻，理在无疑，大殓之临，当否如何？为须抚柩于始丧，为应尽哀于阖棺？早晚之宜，择其厌中。"黄门侍郎崔光、宋弁，通直常侍刘芳，典命下大夫李元凯，中书侍郎高聪等议曰："三临之事，乃自古礼，爰及汉魏，行之者稀。陛下至圣慈仁，方遵前轨，志必哀丧，虑同宁戚。臣等以为若期亲三临，大功宜再。始丧之初，哀之至极，既以情降，宜从始丧。大殓之临，伏如圣旨。"诏曰："魏晋已来，亲临多阙，至于戚臣，必于东堂哭之。顷大司马、安定王薨，朕既临之后，复更受慰于东堂。今日之事，应更哭否？"光等议曰："东堂之哭，盖以不临之故。今陛下躬亲抚视，群臣从驾，臣等参议，以为不宜复哭。"①

恢复三临是魏孝文帝礼制改革的重要部分，三临之礼是古时国君在大夫等重臣去世之后，三次亲临致哀的礼仪，出现甚早，《荀子》卷一九《大略

---

① 《魏书》526—527页。

篇》即有"君于大夫,三问其疾,三临其丧"之语。然而汉文帝时贾山上《至言》,即已将其称为"古之贤君"所为①,可见不惟两晋南朝,即使是汉魏,也已不再行此礼。魏孝文帝将三临之礼制度化,体现出其依据古礼进行改革的意图。除古礼之外,北魏帝王亦会借鉴时代较近的先朝故事。《魏书》卷一〇八《礼志》载:

> 延昌四年正月,世宗崩,肃宗即位。三月甲子,尚书令、任城王澄奏,太常卿崔亮上言:"秋七月应祫祭于太祖,今世宗宣武皇帝主虽入庙,然烝尝时祭,犹别寝室,至于殷祫,宜存古典。案《礼》,三年丧毕,祫于太祖,明年春禘于群庙。又案杜预亦云,卒哭而除,三年丧毕而禘。魏武宣后以太和四年六月崩,其月既葬,除服即吉。四时行事,而犹未禘。王肃、韦诞并以为今除即吉,故特时祭。至于禘祫,宜存古礼。高堂隆亦如肃议,于是停不殷祭。仰寻太和二十三年四月一日,高祖孝文皇帝崩,其年十月祭庙,景明二年秋七月祫于太祖,三年春禘于群庙。亦三年乃祫。谨准古礼及晋魏之议,并景明故事,愚谓来秋七月,祫祭应停,宜待三年终乃后祫禘。"②

"准古礼及晋魏之议"一语,几可被视为北魏中期礼制建设的原则。其参考对象为从三代殷周至魏晋的礼仪,至少从史书表述来看,并不包括南朝的新礼在内——在本书第四章对北魏礼乐建设的讨论中,可以更为清晰地看出这一点。而在此次参与商议制定三临之礼的五位汉人大臣中,青齐士人占了三位,向孝明帝上言论祫禘之礼的亦是曾为平齐民的崔亮。从这一点来看,在北魏礼制建设中,青齐士人起到的作用是以其对古礼的了解为帝王提供理论支持和事实例证,而非将南朝礼仪引入北魏。

第二,青齐士人在议礼活动中所支持的,是郑义还是王义?南北朝时期,在吉礼的圜丘祭天之礼、凶礼的三年之丧等至关重要的礼制问题中,都存在郑玄义与王肃义的分歧,这也是当时君臣争论不休的问题。例如太和十三年(489)孝文帝于皇信堂引群臣议祫禘,诸臣子分为两派,各执一义:

> 尚书游明根、左丞郭祚、中书侍郎封琳、著作郎崔光等对曰:"郑氏

---

① [汉]班固撰,[唐]颜师古注:《汉书》卷五一《贾山传》,北京:中华书局,1974年,第2334页。
② 《魏书》第2761页。

之义,禘者大祭之名。大祭圆丘谓之禘者,审谛五精星辰也;大祭宗庙谓之禘者,审谛其昭穆。圆丘常合不言祫,宗庙时合故言祫。斯则宗庙祫禘并行,圆丘一禘而已。宜于宗庙俱行禘祫之礼。二礼异,故名殊。依《礼》,春废礿祠,于尝于蒸则祫,不于三时皆行禘祫之礼。"中书监高闾、仪曹令李韶、中书侍郎高遵等十三人对称:"禘祭圆丘之禘与郑义同,其宗庙禘祫之祭与王义同。与郑义同者,以为有虞禘黄帝,黄帝非虞在庙之帝,不在庙,非圆丘而何?又《大传》称祖其所自出之祖,又非在庙之文。《论》称'禘自既灌',事似据。《尔雅》称'禘,大祭也'。《颂》'《长发》,大禘也',殷王之祭。斯皆非诸侯之礼,诸侯无禘。礼唯夏殷,夏祭称禘,又非宗庙之禘。鲁行天子之仪,不敢专行圆丘之禘,改殷之禘,取其禘名于宗庙,因先有祫,遂生两名。据王氏之义,祫而禘祭之,故言禘祫,总谓再殷祭,明不异也。禘祫一名也。其禘祫止于一时,止于一时者,祭不欲数,数则黩。一岁而三禘,愚以为过数。"①

这一次议礼最终以孝文帝"互取郑、王二义"②告终,根据《魏书·高祖纪》中太和十二年(488)冬闰十月甲子,孝文帝"观筑圆丘于南郊"③的记载,当时北魏的郊祀制度所遵从的是圜丘南郊合一的王肃义,在初迁洛时大概也遵循了这一原则。但由于北魏儒生多遵从郑学,并且郑义较王义更加适合北魏的实际情况,宣武帝即位后,于景明二年(501)六月赞成孙惠蔚"取郑舍王"之议,并于当年冬十一月改筑圆丘于伊水之阳。而与此相对应的是,南朝始终继承了两晋圆丘南郊合一的传统,依王义"禘祫一祭"。《北史》卷八一《儒林传上·李业兴传》载东魏天平四年(537)李业兴使梁,与朱异论礼之事:"梁散骑常侍朱异问业兴曰:'魏洛中委粟山是南郊邪?圆丘邪?'业兴曰:'委粟是圆丘,非南郊。'异曰:'比闻郊、丘异所,是用郑义。我此中用王义。'业兴曰:'然。洛京郊丘之处,用郑解。'"④可见南北朝在郊庙祭祀的理论差别自北魏宣武帝起始终存在。反观太和十三年议礼,在孝文帝尚未独遵郑义之时,作为青齐士人的崔光所主张的已是禘祫分祭的郑义,而非南朝礼学历来遵从的王义。这应可以说明,郑玄礼学在其知识结构中占有重要位置。不过,客观来说,我们并不能仅根据其议便认为他和北方儒生一样以郑学为尊,因为官方议礼与个人著述不尽相同,身为臣子,在其中

---

① 《魏书》第2742页。
② 《魏书》第2743页。
③ 《魏书》第103页。
④ 《北史》第2723页。

所持的不一定是自己的见解,也有可能是为了迎合帝王的需求。梁满仓《魏晋南北朝五礼制度考论》中提出,孝文帝力推三年之丧之时,李彪、高闾、游明根等汉人持反对态度,实际上是在孝文帝授意下故意为之,以便通过辩论来申明孝文帝自己的主张①。这种欲擒故纵的策略在孝文帝改制中屡见不鲜。从这个角度说,崔光等人执郑义与高闾等人争论,很可能也是出于孝文帝的授意。但从中至少可以确定,孝文帝所希望青齐士人在北魏礼制改革中所起到的作用,是根据他的需要为其提供相应的理论,而不是一味向其引介南朝所使用的制度。事实上,在史籍记载中,出身平齐民的汉族士人也似并无将南朝礼法制度引入北魏的举动。

第三,在有南人参与的礼学探讨中,平齐民与南人的观点是否一致?就这一问题,最具代表性的是王肃与刘芳论男子是否有笄,并为刘芳所屈之事。此事被研究者讨论甚多,故不再引用史书原文。《魏书》载王肃称刘芳为"刘石经",又云"吾少来留意三《礼》,在南诸儒,亟共讨论,皆谓此义如吾向言,今闻往释,顿祛平生之惑"②,颇有钦服之语,也许有史家尊北抑南之意掺杂其中,未必皆为实录,但从中可知刘芳的观点与"在南诸儒"所认可的通行之论不同。

以上三点是在礼学讨论中所体现的平齐民学术观点与知识结构,此外,作为青齐士人翘楚,崔光有一个颇为值得注意的特点:他的章表议论中,频繁地引用《汉书》记载或汉代故事。在此略举几例:

> (宣武)帝崩后二日,广平王怀扶疾入临,以母弟之亲,径至太极西庑,哀恸禁内,呼侍中、黄门、领军、二卫,云身欲上殿哭大行,又须入见主上。诸人皆愕然相视,无敢抗对者。光独攘衰振杖,引汉光武初崩,太尉赵熹横剑当阶,推下亲王故事,辞色甚厉,闻者莫不称善,壮光理义有据。怀声泪俱止,云:"侍中以古事裁我,我不敢不服。"于是遂还,频遣左右致谢。③

> (神龟)二年八月,灵太后幸永宁寺,躬登九层佛图。光表谏曰:"伏见亲升上级,伫眄表刹之下,祗心图构,诚为福善。圣躬玉趾,非所践陟,臣庶恇惶,窃谓未可。按《礼记》:'为人子者,不登高,不临深。'古贤有言:策画失于庙堂,大人蹶于中野。《汉书》:上欲西驰下峻坂,

---

① 参见梁满仓撰:《魏晋南北朝五礼制度考论》,北京:社会科学文献出版社,2009年,第642—644页。
② 《魏书》第1220页。
③ 《魏书》卷六七《崔光传》,第1491页。

爰盎揽辔停舆曰:'臣闻千金之子不垂堂,百金之子不倚衡,如有车败马惊,奈高庙太后何?'又云:上酎祭宗庙,出,欲御楼船。薛广德免冠顿首,曰:'宜从桥,陛下不听臣,臣以血污车轮。'"①

(灵)太后欲以帏幔自鄣,观三公行事。重问侍中崔光,光便据汉和熹邓后荐祭故事。太后大悦,遂摄行初祀。②

之所以出现这种情况,固然有崔光多年掌国史,精熟史书的缘故,并且能够印证刘芳"以经书进",崔光"以文史达"的学术差别,然而在此之外,还有更深层的原因。在制度建设中以《汉书》等史籍中所记载的汉代故事为依据,是北魏前期帝王及汉人谋臣频繁使用的手段,子贵母死、公主下嫁归附之国等制度的确立都与此相关③。张衮、崔玄伯、崔浩等早期汉族重臣的章表上书中,也频繁引用《史记》《汉书》典故。这或是因为对于文化水平不甚高的鲜卑贵族来说,史籍记载的前代故事远比三《礼》等儒家典籍容易理解,且方便用作依据。献文、孝文之后,帝王宗室的文化水平提高,已经熟习经义并可以参与礼学等文化问题的讨论,所以直接引事逐渐被引用经典注疏取代。但考察崔光引汉代事的几例可以发现,其引事大多是针对只是"粗学书计",文化素养并不高的胡太后,或者是在事发突然,来不及令礼官博议的情况下的应急之策,并都取得了预期效果。可见,崔光频繁引用汉代故事,不仅是其知识结构的体现,而且继承了北魏前期北方士人的传统,并顺应了特定情况以及统治者的需要。

综上所述,刘芳、崔光、崔亮、高聪等入北时年纪尚轻的青齐士人在入北之后,面临的是脱离南方文化土壤,家学传承受到破坏的客观环境,其所能接触到的书籍和具有一定学养的士人、僧侣等都属于河北、河西等北方文化系统。这必然会使其知识结构出现明显的北方化趋势。他们入仕后所持的礼学等方面的学术观点,也基本上与北方士人一脉相承,而与南朝流行的观点有所不同。总体看来,没有证据可以证明青齐士人代表了南朝文化,同样,北魏统治者任用其参与文化建设的目的,应该也不是为了照搬南朝礼乐制度,而是为了利用他们所提供的理论与事实依据贯彻自己的意图。研究者所通常认为的,

---

① 《魏书》卷六七《崔光传》,第1495页。
② 《魏书》卷一三《宣武灵皇后胡氏传》,第338页。
③ 《魏书》卷二四《崔玄伯传》载:"太祖曾引玄伯讲《汉书》,至娄敬说汉祖欲以鲁元公主妻匈奴,善之,嗟叹者良久。是以诸公主皆厘降于宾附之国,朝臣子弟,虽名族美彦,不得尚焉。"(第621页)卷三《明元帝纪》曰:"初,帝母刘贵人赐死,太祖告帝曰:'昔汉武帝将立其子而杀其母,不令妇人后与国政,使外家为乱。汝当继统,故吾远同汉武,为长久之计。'"(第49页)

青齐士人起到了将南朝文化北传的作用这一观点,应该是不能成立的。

三、青齐士人融入北魏上层社会的途径

青齐士人在学风、治学方法和学术思想等方面的北方化,为其融入北魏社会、参与汉化进程奠定了思想基础。然而,平齐民之所以能在太和年间普遍摆脱贫穷窘迫的地位,在中书省等政府核心机构出任官职,并没有像平凉户以及逃亡、归降南人那样遇到阻力,直接原因是其复杂的婚姻戚旧关系。从更深层面讲,青齐集团内部的婚姻以及入北后与北方大族的联姻,体现出慕容燕集团分裂之后,曾作为其重要组成部分的河北士人对传统的恪守,以及这一集团在北魏的重新整合,因此具有相当重要的文化意义。

慕容鲜卑建立的诸燕政权曾网罗了大批汉族士人,除李元护等少数辽东人士外,绝大多数为河北大族,如清河崔氏、范阳卢氏、赵郡李氏、渤海高氏、渤海封氏、清河张氏以及燕郡公孙氏等,这些汉族人士不仅支持慕容氏政权,而且各姓之间也保持着密切联系,其中一个重要表现,就是在集团内部通过联姻结为亲戚。道武帝皇始年间,北魏进攻后燕,慕容宝东走和龙,慕容氏汉人集团也随之分裂,其中大部分仍留在本乡。道武帝平中山前后,清河崔玄伯、崔逞、渤海高湖、高展、高韬、渤海封懿等河北豪族及广平宋隐、昌黎屈遵、河内张蒲、燕郡公孙表等汉族士人归阙,但此时河北地区整体上仍处于"东方罕有仕者"①的不合作状态。直到太武帝神䴥四年(431),下诏"理废职,举逸民,拔起幽穷,延登俊乂"②,据高允《徵士颂》,应命者有范阳卢玄,博陵崔绰,渤海高允、高毗,赵郡李诜、李灵,河间邢颖,广平游雅等三十余人,基本将旧属慕容燕集团的高门大族纳入政权之内。虽然如此,燕赵集团并未彻底融入北魏社会,而是在一定程度上坚持其独立性,其重要手段就是婚姻。当时的河北士族相当严格地遵守本集团内部联姻的习惯,如崔玄伯妻为范阳卢氏,封恺妻为卢玄姊,崔览妻为渤海封氏,公孙叡娶崔浩弟女,公孙轨则娶封氏女。至于崔逞妻张氏,虽史书中未载其氏族,但很可能出身于河北士人集团中的上谷、中山或清河张氏。

由于慕容氏内部的权力之争,跟随慕容德南渡的河北士人,既有在本乡仍有很大势力的崔、封诸姓成员,也有清河房氏、平原刘氏、清河张氏等地位不显的家族,而南燕内部河北士人的势力也有更替变化。渤海封氏在南燕前期极受倚重,一门之中,封恺为尚书,封逞为中书郎,封孚为太尉,封嵩为

---

① 《魏书》卷九四《阉官传·仇洛齐传》,第2013页。
② 《魏书》卷四《世祖太武帝纪》,第79页。

仆射，故《宋书·刘敬宣传》中提及青州大姓，仅举崔、封二家。而慕容超以谋反罪车裂封嵩，封融奔魏，封恺被刘裕俘获，重臣封孚亦直称超为"桀纣之主"①，与之决裂，封氏在南燕刘宋之际逐渐退出青齐。不过总体来看，青齐集团仍然保持着本集团内部联姻的传统，时至刘宋，这种传统基本固定为崔、房、刘、张的通婚，而其中最为常见的就是崔氏与房氏互为婚姻。例如：

  清河房爱亲妻崔氏者，同郡崔元孙之女。②
  崔亮，字敬儒，清河东武城人也。父元孙，刘骏尚书郎。刘彧之僭立也，或青州刺史沈文秀阻兵叛之。或使元孙讨文秀，为文秀所害。亮母房氏，携亮依冀州刺史崔道固于历城，道固即亮之叔祖也。③
  （崔）僧渊元妻房氏生二子伯骥、伯骧。④
  始（崔）休母房氏欲以休女妻其外孙邢氏，休不欲，乃违其母情，以妻（元）叉子，议者非之。⑤

  其时崔房通婚远不止以上几例，在此仅根据《魏书》《北史》等史籍以及崔鸿、崔混、崔猷等崔氏成员的墓志梳理出崔旷、崔修之两支的婚姻关系，见篇末附表一、二。通过两表，我们可以一目了然地看出，在现今可考的崔氏婚姻关系中，与房氏通婚情况最多，由于太过频繁，甚至数次出现并非同辈而成婚的情况，例如房灵民本为房法寿从弟，其子房沙应为房法寿女房氏的族弟，却娶了房氏之女崔始怜；又如房元庆为房法寿从叔，与崔道固、崔修之同辈，而其子房爱亲与崔修之孙女结为婚姻。此外，清河崔氏与平原刘氏、清河张氏的通婚同样频繁，不乏数代内皆结为婚姻，或者兄弟数人皆与同一家族联姻的情况。
  另一个值得注意的特殊现象是青齐士人与彭城刘氏的通婚⑥。虽然崔、房等姓与其他家族联姻者亦时有出现，但通常也是和慕容燕集团成员或河北人士⑦。唯独彭城刘该虽然曾北降，但其后不久便战死，其二子复归南

---

① 《晋书》第3185页。
② 《魏书》卷九二《列女传·房爱亲妻崔氏传》，第1980页。
③ 《魏书》卷六六《崔亮传》，第1476页。
④ 《魏书》卷二四《崔玄伯传附崔僧渊传》，第633页。
⑤ 《魏书》卷六九《崔休传》，第1527页。
⑥ 参见附表三。
⑦ 例如随慕容德南渡的李元护子娶房伯玉女，崔猷一女嫁武威贾渊，《魏书》卷三三《贾彝传》载："（彝）弱冠，为慕容垂骠骑大将军、辽西王农记室参军。太祖先闻其名，尝遣使求彝于垂。垂弥增器敬，更加宠秩，迁骠骑长史，带昌黎太守。垂遣其太子宝来寇，大败于参合陂，执彝及其从兄代郡太守润等。"（第792页）可见贾氏非仅贾彝一人仕于慕容氏；而另一女则嫁给同为清河人氏的傅氏子弟。

方,并且在刘宋担任兖州刺史和东平太守,均在彭城本乡一带生活,直到刘邕被杀,其妻方携刘芳投历城。也就是说,彭城刘氏(主要指刘该一支)非但不算北方大族,在北方生活时间不长,而且甚至并没有居于青齐。那么,为什么他们能够顺利地融入相当自我封闭的青齐大族集团之中呢?窃以为,这是因为留在本乡的河北大族先行接纳了刘该。刘该大约于东晋安帝隆安、元兴之际降北①,此时慕容燕集团早已分裂成本乡与青齐两部分。刘该入北后即娶崔玄伯妹,田余庆认为是朝廷赐婚的结果②,然而,北魏前期南朝降人所得赐妻,往往身份并不高,如崔模后妻金氏。以降将身份,得以被赐婚于当时最受宠任的重臣之妹,似乎有些不合常例。前文已经说到,彭城刘氏虽并非头等士族,但刘该祖上为玄学名士,可称得京洛文化精髓,而崔玄伯对江左文化甚为向往。因此,窃以为刘该与崔氏成婚,很可能像王慧龙娶崔氏女一样,是清河崔氏主动结亲的结果。除崔氏外,渤海封卓也娶彭城刘氏女③,虽不详此女与刘该的关系,但这可以说明,彭城刘氏已迅速融入河北士人集团中。

《魏书》卷五五《刘芳传》载:"崔光于芳有中表之敬,每事询仰。"④这就有刘逊之娶崔氏女、崔灵延娶刘氏女,以及逊之、灵延二人为连襟等数种可能,在附表三中,暂采用第一种可能性。但不论哪一种可能,都说明刘氏返回南朝后已与崔氏结为姻亲。而刘逊之兄刘邕则娶房氏女,兄弟二人得以皆与青齐大族联姻,其根本原因在于刘氏与河北士族的婚姻关系。从这一个案中可以看出,虽然分处两地,但青齐大族并没有完全与河北本乡割裂开来,甚至仍然以本乡士人的行为作为标准,在姻亲关系上保持着相同的原则。这种貌离神合的微妙关系,正是青齐士人入北后,北方士族对其倾力资助提携的前提。

平齐民入北之后,在北士人对其的接济可分为四种情况:

---

① 《宋书》卷一《武帝纪》上载"北青州刺史刘该反"(第11页),为东晋安帝元兴三年(404)事,然考其文义,应与卷五一《长沙景王道怜传》所载同为刘该引北魏军南侵事,非谓其初降北。《魏书》卷二六《长孙肥传》载:"除肥镇远将军、兖州刺史,给步骑二万,南徇许昌,略地至彭城。司马德宗将刘该遣使诣肥请降,贡其方物。"(第652页)考《道武帝纪》,诏肥南徇许昌为道武帝天兴四年(401,即晋安帝隆安五年)秋七月事,则刘该降肥当在当年或明年。

② 田余庆《南北对立时期的彭城丛亭里刘氏》称:"北魏朝廷为羁縻自南奔北重要官员的政治需要,多以宗室或大臣子女与之联姻,所以刘该才有机缘与崔玄伯之姊妹婚配。"见田余庆著:《秦汉魏晋史探微》,北京:中华书局,2004年,第378页。

③ 见《魏书》卷九二《列女传·封卓妻刘氏传》,传云"中书令高允为之诗",高允任中书令是在文成帝太安年间,此时刘邕兄弟已归刘宋,不知刘氏与其是何关系。

④ 《魏书》第1227页。

第一，同宗亲戚接济，其中最为典型的是高允。《魏书》中对此事记载甚详：

  大军攻克东阳，聪徙入平城，与蒋少游为云中兵户，窘困无所不至。族祖允视之若孙，大加赒给。聪涉猎经史，颇有文才，允嘉之，数称其美，言之朝廷，云："青州蒋少游与从孙僧智，虽为孤弱，然皆有文情。"由是与少游同拜中书博士。①

  初，平齐之后，光禄大夫高聪徙于北京，中书监高允为之娉妻，给其资宅。②

高允对高聪的帮助涵盖了资产、田宅、娶妻和入仕等各个方面，甚至对与高聪关系密切的蒋少游同样提携，可称是不遗余力。但从平齐民整体来看，这种模式并不多见，这大概是因为清河房氏、平原刘氏等在北方的根基不深，而清河崔氏在崔浩事后元气大伤，也无力接济入北同宗。入北诸崔所依靠的，主要是其姻亲的帮助。

第二，姻亲戚旧多方接济，这在北方士族对平齐民的帮助中占主导地位。虽然有刘芳被李敷妻崔氏"耻芳流播，拒不见之"③的遭遇，但这毕竟是极少数。更多的北方士族积极为平齐民"曲为体练"，如卢度世"青州既陷，诸崔坠落，多所收赎"④，卢渊向李冲举荐房景伯等。《魏书》卷四八《高允传》载："显祖平青齐，徙其族望于代。时诸士人流移远至，率皆饥寒。徙人之中，多允姻媾，皆徒步造门。允散财竭产，以相赠赈，慰问周至。无不感其仁厚。收其才能，表奏申用。"⑤《北史》卷二六《刁雍传附刁整传》则曰"崔光、崔亮皆经允接待，是以凉燠之际，光等每致拜焉"⑥，可见高允也并非只提携其族孙高聪及蒋少游，而是对平齐民中的众多"姻媾"均尽力帮衬。这种扶助还从有直接姻亲关系的家族进一步扩大为整个汉族士人集团，陇西李冲对崔光、崔亮、房景伯等众多平齐民均有提拔举荐之恩，已见前文。而与清河崔氏等大族少有婚媾关系的东崔亦对平齐民施以援手⑦。此外，平

---

① 《魏书》卷六八《高聪传》，第1520页。
② 《魏书》卷八二《常景传》，第1803页。
③ 《魏书》卷五五《刘芳传》，第1219页。
④ 《魏书》卷四七《卢玄传附卢度世传》，第1062页。
⑤ 《魏书》第1089页。
⑥ 《北史》第950页。
⑦ 《魏书》卷五七《崔挺传》载："初，崔光之在贫贱也，挺赠遗衣食，常亲敬焉。"（第1266页）崔挺为博陵崔氏。

齐民出仕之后，多在中书省任中书博士、中书侍郎等职，这看似是北魏政府对其文化水平的认可，但实际上也有河北士族的作用在内。自道武平中山、太武征士之后，北魏中书省就基本被河北士人长期掌握，北魏宗室贵族及包括陇西李氏、弘农杨氏等在内的其他汉族高门都很难在其中担任职务，而河北士人在中书省的职位却往往父子相继。这一问题，在下一章中还将涉及，在此暂不详论，但从中可以看出，如果说北方同宗对于平齐民的周济可以显示其家族发展状况的话，其他家族对于平齐民的资给，以及平齐民顺利进入中书省的出仕方式，则显示出河北士人集团在北魏社会中不可忽视的凝聚力和对北魏政权的影响力。

第三，青齐士人内部的婚姻关系，对其在北方立足也有很大的作用，这可以表现在三个方面。首先，一些入北较早，在北魏地位较高的青齐士族应对平齐民多有抚恤。例如清河张谠，在尉元平徐兖时归降，封平陆侯，并曾任平远将军、东徐州刺史等职。史载其"笃于抚恤，青齐之士，虽疏族末姻，咸相敬视"①。其次，青齐士人在南时的频繁通婚，在其入北后有利于维护平齐民集团。从本章末附表来看，刘休宾、房法寿及崔灵延、崔修之等可称青齐领袖的大族首脑彼此间均有姻亲关系，而被迁入平齐郡的青齐人士，实际上就是同崔道固守城的数百家"齐士望"，他们之间的联姻同样极其频繁，因此可以在贫困窘迫时互相依靠扶植。最后，较早获得政治地位的平齐民，会在生活、出仕等方面对其姻亲多有照应。最典型的就是崔光与刘芳二人互让官职，彼此"询仰"。而《魏书》卷四三《房景先传》载："时太常刘芳、侍中崔光当世儒宗，叹其精博，光遂奏兼著作佐郎，修国史。"②如果考虑到刘芳与崔光二人为中表兄弟，两人均算是房景先兄弟的从舅，就可以理解，他们对房景先的举荐同样不单纯是因为学问精博。总而言之，在以崔道固、刘休宾、房崇吉为太守、县令的平齐郡中，以姻亲关系紧密联系起来的平齐民虽然生活困顿，但足以互相扶持以容身。而一旦其中有人身份发生变化，地位上升，就会一荣俱荣地整体崛起。

第四，在平青齐时入北的民众中，有一些并非出身于河北大族。他们想要在北魏社会中立身，就需要找到较为有利的依靠，但其所遇到的阻力往往大于平齐民。蒋少游为青齐本土人士，虽然在入北后以高聪为媒介，得到高允的照应，又因舅氏崔光而得以依附李冲兄弟，但仍不免因"北方不悉青州

---

① 《魏书》卷六一《张谠传》，第1369页。
② 《魏书》第978页。

蒋族"以致"公私人望,不致相重",即使不乏文思,却只能"以规矩刻缋为务"①,官职地位远不能与崔、刘相比。而身为侨姓士族的袁宣则被由南入北的宋王刘昶所提引,虽然并非依附河北士族,但所凭借的同样是姻亲关系②。

　　对于当时入北的青齐民众来说,想要在北魏出仕为官,获得一定地位,固然需要具有相当的学养文化根基,但仅此一点远远不够。刘法武在北的遭遇清晰地显示出这一点。法武自幼好学,且曾参与平城的佛教译经活动,然而他在北魏所面临的却始终是"无可收用,不蒙选授"③的境地,并最终南奔。之所以会出现这种情况,其中一个相当重要的原因是其家被青齐——河北士人集团所排斥。需要注意的是,刘法武母子入北,并非以平齐民的身份,而是被人掠至中山充当奴仆④,被徙至桑乾是日后的事情。也就是说,他本不属于"青齐士望"阶层。《魏书》载其母为许氏,《梁书》本传则称"峻生期月,母携还乡里"⑤,可见其母应是青州本地人士,氏族不显,而其父似并未与母子一起归青州,很可能是其母独自抚养法凤、法武兄弟二人。加之他是从青州治所东阳入魏,以上种种都显示出,虽然出身于平原刘氏,但他实际上已经与青齐大族隔绝甚深,即使入北数年后得以居于桑乾平齐郡,但仍然不能得到青齐——河北士人集团的承认。他的"无所收用",正是由于缺乏宗族归属,无人举荐而导致的。

　　上文分析了慕容燕士人集团的婚姻情况,其目的是为了说明,平齐民之所以能够融入北魏社会并且顺利出仕,直接原因是其延续慕容燕集团传统、形成固定模式的婚姻关系。平齐民通过姻亲关系互相扶助提携,作为一个整体较为迅速地融入河北士族集团之内,在北魏社会中获得与河北士族同等的地位,并因此得以接触到北魏政权的核心,以自己所掌握的汉族文化为北魏汉化进程起到重要推动作用。这种可称得天独厚的客观条件,是其他归降南人乃至同时入北的青齐本土人士所不具备的。

　　综上所述,在北魏时入北的南朝人士中,平齐民群体带有绝对的特殊性,从某种意义来说,称其为"入北"并不准确。它应被列为一种单独的模

---

① 《魏书》第1971页。
② 《魏书》卷六九《袁翻传》云:"(宣)皇兴中,东阳州平,随文秀入国。而大将军刘昶每提引之,言是其外祖淑之近亲,令与其府谘议参军袁济为宗。宣时孤寒,甚相依附。"(第1536页)
③ 《魏书》第969页。
④ 《梁书》卷五〇《刘峻传》云:"宋泰始初,青州陷魏,峻年八岁,为人所略至中山,中山富人刘实愍峻,以束帛赎之,教以书学。"(第701页)
⑤ 《梁书》第701页。

式,也即本节所称的"内迁模式"。青齐大族本就属于河北文化系统,虽然在南朝居住五十年,但由于其地区、婚宦等的封闭性,他们仍然保留了相当程度的北方传统。因此,当其被内迁桑乾时,与其称为"入北",不如说是一种地域、身份和文化传统等多重意义上的回归。从宏观上讲,青齐士人入北意味着慕容燕士人集团在数十年分裂之后的再度整合。因为他们的特殊身份,北方士人并没有将其当作外来人士去审视、试探性接触并最终接纳,而是将其作为本集团的一部分,主动而大力地提携举荐。这种态度也影响了鲜卑统治者,至少从孝文帝开始,北魏皇室及上层贵族对平齐民的态度中,完全没有对待归降南人的戒备和轻视,在统治者以南人为官又缺乏信任,需要心腹取而代之或对其监视制约时,青齐士人往往是合适的人选①。种种方面都体现出,青齐大族在北魏社会的地位与逃亡入北的南朝人士不同;他们的思想背景即使有一部分南朝因素,但仍以河北儒学为基础,并掺杂了凉州儒学和凉州佛教的内容;他们在政府文化建设以及私人学术探讨中所持的观点也往往与北方士人相似,却与入北南人存在较大分歧。因此,平齐民不能被视为南朝文化的代表,他们受到重用,与河北士人一同成为北魏中期汉化进程的重要参与者,并不意味着北魏统治者通过他们来学习、模仿南朝文化,反而体现出继承了汉儒传统的河北儒学在北魏文化进程中的重要地位。

第二节 北魏中期归降南人的地位、作用及其原因

上一节中,我们认为青齐士人虽然具备一定程度的南朝因素,但是从根本上讲还是属于河北士人集团,因此他们是以河北高门为媒介,融入北魏社会。而相比之下,与其同时或稍后,零星降入北魏的南朝人士,则不具有这种便利条件。本节意图探讨归降南人被北魏接纳的方式,但在此之前,必须要先讨论另一个问题:研究者通常认为,北魏中期的汉化改革是在王肃等

---

① 《魏书》卷七六《张烈传》云:"时顺阳太守王青石世官江南,荆州刺史、广阳王嘉虑其有异,表请代之。高祖诏侍臣各举所知,互有申荐者。高祖曰:'此郡今当必争之地,须得堪济之才,何容泛举也?太子步兵张烈每论军国之事,时有人意处,朕欲用之,何如?'彭城王勰称赞之,遂敕除陵江将军、顺阳太守。"(第1685—1686页)张烈为清河张氏,"青州三徽"之一;前书卷七〇《傅永传》云:"(王)肃之为豫州,以永为建武将军、平南长史。咸阳王禧虑肃难信,言于高祖。高祖曰:'已选傅修期为其长史,虽威仪不足,而文武有余矣。'"(第1551页)

几位入北南人的主导下进行的,而这可以证明入北南人在孝文帝朝具有较高的地位。因此,本节中首先要通过史籍对孝文帝改革的记载,来分析其参与者的身份和籍贯,从而了解南人在其中所占的比重。

一、孝文帝汉化改革参与者的构成

"南朝入北人士在北魏汉化改革中占有主导地位"这一观点出现得相当早,《魏书》中称太和改革朝仪时刘昶、蒋少游"专主其事"①,《北史》卷四二《王肃传》曰:"肃明练旧事,虚心受委,朝仪国典,咸自肃出。"②《资治通鉴》也继承了这一观点,卷一三八云"时魏主方议兴礼乐,变华风,凡威仪文物,多肃所定"③,卷一四二则称"王肃为魏制官品百司,皆如江南之制,凡九品,品各有二"④,从以上几种评价来看,太和时的朝仪、礼乐、官制等改革似均是由南人主持,甚至以一人之力进行的。但是详查《魏书》等史籍的记载,却可以发现实际上并非如此。在此将北魏中期的汉化改革分为几个方面,一一进行分析。

(一)礼制改革

《魏书》卷一○八《礼志》中,对北魏前期的礼制建设记载甚为简略,直到孝文帝朝,才开始记录议定礼制的具体过程。其中包括太和年间的几次重要的议礼活动,如太和十三年(489)议祫禘,太和十四年(490)、十五年(491)议定行次,太和十六年(492)祭孔,太和十九年(495)议定圜丘等,具体情况参见本章末附表四。

这几次议礼参与者共二十二人,其中四人参与两次,二人(高闾、李彪)参与三次,一人(游明根)参与四次。从地域、身份来看,北魏宗室两名,勋旧鲜卑贵族两名,宠臣、外戚各一名,平齐民崔光、刘芳两名,南人则只有刘昶一名,其余皆为北方士人。当然,曾参与太和时期礼制建设的人员并不止于此数,例如《魏书》卷四五《裴骏传附裴修传》曰:"(修)转中大夫,兼祠部曹事,职主礼乐,每有疑议,修斟酌故实,咸有条贯。"⑤卷五三《李冲传》载:"及议礼仪律令,润饰辞旨,刊定轻重,高祖虽自下笔,无不访决焉。"⑥裴修是河东裴氏成员,而李冲则是当时头等高门陇西李氏的翘楚人物,同样都是北方

---

① 《魏书》第1309页。
② 《北史》第1540页。
③ 《资治通鉴》第4342页。
④ 《资治通鉴》第4457页。
⑤ 《魏书》第1021页。
⑥ 《魏书》第1181页。

士人。上一节已经提到,在太和十四年(490)因文明太后薨而议三年之丧事时,汉族士人们并没有均持与鲜卑贵族对立的观点,而是在孝文帝授意之下,各执一意进行论辩。虽然《礼志》中仅载李冲在此事中替孝文帝宣旨,但他应该也参与了这次重要的礼制建设。

值得注意的是,参与礼制建设的北方汉人官员中,全部有中书省背景,大部分都曾在太和初年任中书博士及中书侍郎之职,个别不曾任职于此的,也都曾就学于中书学并由此起家。这说明他们具有非常相似的知识结构和政治观点,由此为这次改革确立了大体上的方向。

这一系列活动大部分是在王肃入北之前进行的,即使是迁洛之后的议定圜丘,史书中也并没有记载王肃曾经参与其中。而同样作为南人的刘昶只是参与了议定祭孔之事。《礼志》中所能体现出的南人作用并不多。王肃真正参与,且起到比较重要作用的礼制活动,是他于孝文帝崩后制定与施行了一系列丧仪。《魏书》卷六三《王肃传》载:"自鲁阳至于京洛,行途丧纪,委肃参量,忧勤经综,有过旧戚。"①卷六五《邢峦传附邢虬传》亦称:"高祖崩,尚书令王肃多用新仪。"②由此看来,孝文帝身后之事是由王肃主持操办的。然而《刘芳传》中又载"高祖崩于行宫。及世宗即位,芳手加衮冕。高祖自袭敛暨于启祖、山陵、练除,始末丧事,皆芳撰定"③,记录了葬仪中由刘芳负责的具体内容。客观地说,王肃在孝文帝丧礼中确实是很重要的人物,但并不能算绝对主导,只是参与撰定礼仪者之一。何况,由其所制定的内容在整个丧仪中占有多大的比重,仍是值得考量的。《邢虬传》在记载王肃多用新仪之后,又称"虬往往折以《五经》正礼"④,这在当时并不是偶然一见的现象。

所谓"新仪",应是指王肃的礼学思想中,受王俭《丧服记》影响比较明显。这一点在研究界中可称共识,如陈寅恪已提出:"王俭以熟练自晋以来江东之朝章国故,著名当时。其《丧服记》本为少时所撰,久已流行于世,故掌故学乃南朝一时风尚也。仲宝卒年为永明七年,王肃北奔之岁为北魏太和十七年,即南齐永明十一年,在俭卒以后,是肃必经受其宗贤之流风遗著所薰习,遂能抱持南朝之利器,遇北主之新知,殆由于此欤。"⑤而在孝文帝

---

① 《魏书》第1410页。
② 《魏书》第1450页。
③ 《魏书》第1221页。
④ 《魏书》第1450页。
⑤ 陈寅恪著:《隋唐制度渊源略论稿 唐代政治史述论稿》,北京:生活·读书·新知三联书店,2001年版,第16页。

时,北朝礼学仍以郑义为主,偶尔兼用王肃义,对王俭新礼颇为不以为然。除邢虬之外,卢道虔"好《礼》学,难齐尚书令王俭《丧服集记》七十余条"①,直到东魏天平四年(537)李业兴出使梁朝,与朱异论礼时,仍以王俭所订丧礼作为诘问对象②。可见,对王俭新礼的抵触态度并非能在短期内由某一人改变的。《隋书》卷八《礼仪志》曰:"江南王俭,偏隅一臣,私撰仪注,多违古法。……两萧累代,举国遵行。后魏及齐,风牛本隔,殊不寻究,遥相师祖。"③这说明南朝新礼最终还是影响了北朝的礼制,但至少在北魏中期,这种趋势还并未出现。

(二) 朝仪、冠服改革

《魏书》卷七下《孝文帝纪下》载,太和十年(486)"夏四月辛酉朔,始制五等公服"④,又载太和十五年(491)十二月癸巳"颁赐刺史已下衣冠"⑤,冠服改革应是在此数年之内完成的,这也符合《术艺传·蒋少游传》中"积六载乃成"⑥的记载,陈寅恪称其为太和十年以前事⑦,恐怕并不准确。而朝仪改革的时间并没有确切记载,不过朝仪与冠服改革同由刘昶、蒋少游二人"主其事",二者的开展时间应相差不多,而参与者也基本相同。

与同时期礼制建设中,河北士人在数量上占绝对多数的情况相比,朝仪、冠服改革的参与者在籍贯分布和文化背景上更为多样。大体上讲,可分为三类:

1. 凉州人士。《魏书》卷三九《李宝传附李韶传》载"时修改车服及羽仪制度,皆令韶典焉"⑧,同卷《李宝传附李彦传》则云"时朝仪典章咸未周备,彦留心考定,号为称职"。李韶、李彦同为李宝之孙、李承之子,他们之所以能分别参与朝仪与冠服改革,除了学识素养外,原因之一应是其叔父李冲在这一系列改革之中总领规划,使得陇西李氏成员在其中获得相当重要的位置。

2. 河北人士。除游明根、高闾等重臣之外,参与朝仪改革的河北人士还

---

① 《北史》卷三〇《卢玄传附卢道虔传》,第1078页。
② 《魏书》卷八四《儒林传·李业兴传》载此事曰:"异曰:'北间郊、丘异所,是用郑义。我此中用王义。'业兴曰:'然,洛京郊、丘之处专用郑解。'异曰:'若然,女子逆降傍亲亦从郑以不?'业兴曰:'此之一事,亦不专从。若卿此间用王义,除禫应用二十五月,何以王俭《丧礼》禫用二十七月也?'异遂不答。"(第1863页)
③ 《隋书》第156页。
④ 《魏书》第161页。
⑤ 《魏书》第168—169页。
⑥ 《魏书》第1971页。
⑦ 见《隋唐制度渊源略论稿 唐代政治史述论稿》第10页。
⑧ 《魏书》第886页。

有博陵崔逸与昌黎韩显宗等①。崔逸参与了太和十九年的议定圜丘,韩显宗虽然没有参与礼制改革,但也曾任中书侍郎②,可见礼制改革参与者在知识与政治背景方面的一致性,在朝仪、冠服改革中仍然存在。

3. 南朝人士。史书明确载为参与了朝仪、冠服改革并且在其中起到重要作用的南朝人士是刘昶和蒋少游。但是,虽然此二人均被归入南朝系统,实际上仍有较大差别。《魏书》中称刘昶"学不渊洽,略览子史"③,相当于否定了其在经学上的造诣,可见其作为仪曹尚书,在朝仪、冠服改革中的主要工作并非从五经中提供理论支持,而是以其在刘宋时所见所知的朝仪作为事实依据,也即是史书中所说的"条上旧式"。《魏书》在对汉化改革的记载中曾反复强调"旧式"或"旧事",由此看来,北魏政府的主要目的是借鉴南朝朝仪中的魏晋旧仪,但其中也会不可避免地掺入刘宋的新成分。

而蒋少游则属于另一种情况。上节中已经提到,蒋少游是青齐本地人士,而且应该是戍守于东阳的军人(这很可能是其虽"充平齐户",却并未迁入平齐郡中,而是被配往云中为兵的原因)。因此,其知识结构应与具有河北文化基底的诸青齐大族成员不尽相同,带有较强的南朝色彩。然而,地位不高并远离政治中心的客观情况,也决定了他无法像刘昶那样,得以直观地了解刘宋朝仪的具体内容。那么,在朝仪建设中,蒋少游究竟处于怎样的位置呢?《魏书》卷九一《术艺传·蒋少游传》载:

> 及诏尚书李冲与冯诞、游明根、高闾等议定衣冠于禁中,少游巧思,令主其事,亦访于刘昶。二意相乖,时致诤竞,积六载乃成,始班赐百官。④

一直以来,学者往往认为所谓"二意"指的是刘昶与蒋少游二人的观点,窃以为这是值得商榷的。因为在当时的制度建设中,存在"议"与"事"的两分,"议"是为了确定规范,从上引材料来看,参加"议定"的都是当时最为重要也最受皇帝信任的汉人大臣,而此次集议在禁中进行,则说明孝文帝本人很有可能亲自参与其中。"事"则是具体的操作执行。由于在朝中具有较高且较特殊的地位,刘昶参与了议、事两方面,而蒋少游即使在青齐也只是平

---

① 《魏书》卷五六《崔辩传附崔逸传》载"后为员外散骑侍郎,与著作郎韩兴宗参定朝仪"(第1251页),事在崔逸接齐使萧琛、范云之后,然萧琛、范云使北魏是于太和十六年(492),兴宗则卒于太和十四年(490)。据卷六〇《韩麒麟传附韩显宗传》,与崔逸同参定朝仪的应为兴宗弟显宗。
② 《魏书》卷六〇《韩麒麟传附韩显宗传》,第1338页。
③ 《魏书》第1307页。
④ 《魏书》第1971页。

民阶层,入北之后虽有高允、李冲等人的大力扶植,但仍不为时人所重,最直接的表现是,不仅其氏族被人轻视,而且他的学养文才也被无视,以至于"没其学思,艺成为下"①,甚至在史书中只能列于《术艺传》中。由于这种身份上的限制,他不太有机会厕身于上层士人的行列之中。本条材料中称其"主其事"的原因是"巧思",这实际上与"性机巧,颇能画刻"一样,是指其工艺高超。因此,文中的"二意"所指的,应是李冲等人议定于禁中的观点与南朝背景的刘昶所持的观点。

制定冠服的工作之所以延续六年之久,正是因为南北文化中所保留的汉晋旧仪已有了相当大的分歧。而从另一方面讲,这也可说明孝文帝时的朝仪改革并非直接袭用江左、凉州文化传统中的某一方,而是有意地在二者之间进行了辨别与取舍。

早在孝文帝之前,北魏已进行了两次朝仪建设,第一次在太祖道武帝时,由崔玄伯主持,参与者有清河董谧、安定邓渊等人;第二次在世祖太武帝时,主持者则为崔浩。两次均以河北士人为绝对主体,且具有父子相继的性质,虽然无法确知其内容,但应该会系统地体现出河北文化的特点。当然,这两次朝仪制定远远称不上完善,此后北魏仍处于"朝仪多阙"的状况,然而,孝文帝改革在此基础上将朝仪系统化,应也沿袭了前人的成果。而在宣武帝时,曾参与孝文帝改革的李韶、刘芳等人又对其作了进一步完善,此时的朝仪应包括了河北、凉州与江左三部分因素,其中南朝新风所占的比重应是最少的。从时间上看,在孝文帝开始进行朝仪改革时,王肃尚未入北,而在宣武帝令刘芳等人继续制定朝仪时,王肃已经去世,何况从道武帝至宣武帝乃至孝明帝时的朝仪改革,在人员构成和文化传统上具有相当强的连续性,即使假定孝文帝确实向王肃请教过南朝朝仪,并且应用于北朝,《北史》中那句"朝仪国典,咸自肃出"也带有相当多的夸大成分。

(三)律令制定

关于《魏律》的性质,前辈学者看法不一。陈寅恪认为:"至宣武正始定律河西与江左二因子俱关重要,于是元魏之律遂汇集中原、河西、江左三大文化因子于一炉而冶之,取精用宏,宜其经由北齐,至于隋唐,成为二千年来东亚刑律之准则也。"②而程树德在《九朝律考》中则认为北魏律法与南朝律法属于两个不同的系统:南朝律法是汉律——魏律——晋律——梁律的传

---

① 《魏书》第1972页。
② 《隋唐制度渊源略论稿 唐代政治史述论稿》第119页。

承,而后魏律则直接上承汉律①。阎步克则认为《魏律》与江左才子名声的风流浮诞不能相容②,因此是南朝无法学习或推行的。

与制定朝仪相同,北魏的律令制定也经历了道武帝、太武帝、孝文帝、宣武帝几个阶段。根据本章附表五的统计,参与太和修律的人员与当时的议礼官员基本重合,仍以河北士人为主,而且除平齐民外,直到宣武帝时,才有具有入北南人身份的士人参与。虽然刘芳、崔光都参与了正始修律,而且刘芳为"大议之主",在其中居主导地位,但正如上一节中所说,刘、崔等平齐民其实并不能代表南朝政治文化,而且正始修律是在之前几次修律的基础上进行的,所以它并不能实现"南朝律法的北传"。

另一个有趣的现象是,从太武帝到孝文帝时,修律的汉人士族亦均出身于中书省,而正始修律的参与者虽然仍以北方士人为主体,却已不再具有这种统一的身份。这大概与孝文帝太和中取消中书学有密切关系,一方面表现为中书博士消失,中书侍郎的重要性在此后逐渐让位于给事黄门侍郎及中书舍人,另一方面也体现出,自太武帝正式启用中书省始便已形成,并一直延续至太和时的河北士人门第界限被包含更多因素的"四姓"所取代,因此宣武帝朝及其后的文化制度建设参与者身份更为多样化,其中也包括归降入北南人,因此从宣武帝统治中后期开始,南朝文化的各种因素得以渐渐传入北魏社会。在下一章中,我们将详细讨论这一问题。

(四) 官制

孝文帝在太和十五年(491)和太和二十三年(499)分别进行了一次职令改革,其成果分别在太和十七年(493)与宣武帝景明元年(500)颁布。与朝仪、礼制、律令等改革不同,"议定官品"的参与者并没有被详细地记录在史籍中,能够知其中起到重要作用的只有崔亮一人③,因此无法详尽地了解这一群体的地域、籍贯、知识结构等构成。

《资治通鉴》中称景明初颁行的"凡九品,品各有二"④的新官制是王肃模仿南朝官制所制,这一观点至今仍被大部分研究者所接受,例如王仲荦认为"(孝文帝)重用来自南朝的世族大地主王肃,厘定官制,完全模仿两晋、

---

① 程树德著:《九朝律考》,北京:中华书局,2006年,第4页。
② 参见阎步克《北朝对南朝的制度反馈——以萧梁、北魏官品改革为线索》,《传统文化与现代化》1997年第3期,第51页。
③ 《魏书》卷六六《崔亮传》载"高祖在洛,欲创革旧制,选置百官"(第1476页),选崔亮兼吏部郎。《资治通鉴》卷一三九曰:"魏主至洛阳,欲澄清流品,以尚书崔亮兼吏部郎。"(第4369页)亦言此事,然记载有误。依《魏书》,崔亮时为尚书二千石郎而非尚书。
④ 《资治通鉴》第4457页。

南朝的官制、军号"①,宫崎市定的观点也大体相同。但近年来已有学者通过考证,指出北魏官制并非借鉴南朝官制而来,其中具有代表性的是阎步克与石冬梅的研究。石冬梅详细对比了北魏太和新官制与南朝官制的机构设置,由此发现二者总体架构相同,但是在九卿、六部、尚书诸曹等机构设置方面有许多重要区别,太和新官制应是孝文帝君臣以西晋制度为蓝本制定,并根据北魏实际情况进行创造所形成的完整官僚体系②。阎步克则通过梳理太和十五年、二十三年的两次定官品以及太和十九年(495)颁布的《品令》,证明"凡九品,品各有二"的新官制以及流外七班制非但不是王肃带至北朝的,反而是王肃在南所未闻者③。也就是说,《资治通鉴》中的说法,很可能恰恰颠倒了当时的实际情况。

这两篇论文虽出发点不同,但是恰恰可以打破南北朝文化交流研究中的两种习见。第一种习见是,每当太和改制所确立的新制度与南朝制度有相似之处,研究者便往往会认为它是模仿或移植了南朝制度。然而实际上,这更可能是因为它们所仿效的源头相同。南北双方在政治、礼乐制度等方面均是大体上继承汉魏西晋传统,并根据本朝的实际情况进行一定的改动,这必然会使其制度在相当程度上甚为相似。第二种则是,如果北魏中期之后出现了新的文化、政治现象,便会被认为是王肃、刘芳等南方士人北投时携入的南方文化因素,太和新官制是其中的一个典型例子。但从《魏书》中即能看出,魏人不仅是有意识地创制了分为正从二品,并有流外七班的制度,而且颇为以此为傲,是故卷一一三《官氏志》中称"前世职次皆无从品,魏氏始置之,亦一代之别制也"④。正如阎步克所说:"经孝文帝大规模汉化改制,北魏政治法律制度的完善已不逊色于南朝;其政治潜力和创制能力甚至已发展到如是程度:足以青出于蓝,转'徒'为'师',反过来向南朝提供制度的反馈了。"⑤如果无视北魏中期君臣以学习汉晋古制为主的初衷,以北方,尤其是河北士人为主体的改革参与者以及建立在同样知识背景上的创制能力,单纯将北魏汉化改革归为学习南方文化,就无法解释,为何隋唐的律法、官制、礼乐等政治制度所继承的是北魏——北齐——北周这一系统,而反而与南朝制度有相当大的区别。

---

① 王仲荦著:《魏晋南北朝史》,上海:上海人民出版社,2003年,第511页。
② 参见石冬梅《北魏太和新官制并未模仿南朝》,《天府新论》2007年第3期,第121页。
③ 参见阎步克《北朝对南朝的制度反馈——以萧梁、北魏官品改革为线索》,《传统文化与现代化》1997年第3期。
④ 《魏书》第3003页。
⑤ 阎步克《北朝对南朝的制度反馈——以萧梁、北魏官品改革为线索》,《传统文化与现代化》1997年第3期,第51页。

（五）都城建设

孝文帝虽然在太和十八年将都城迁往洛阳，但并没有与平城建设割裂开来。首先，太和时改建平城与经营洛京的人员详情见下表：

人 员	平 城 建 设	洛 阳 建 设
穆 亮	营改太极殿①	经始洛京，缮洛阳宫室
李 冲	1. 营建明堂、圜丘、太庙 2. 营改太极殿	洛都初基，安处郊兆，新起堂寝，皆李冲所制
蒋少游	1. 营建太庙、太极殿 2. 领水池湖泛戏舟楫之具	1. 建华林园 2. 改作金墉 3. 建太极殿
王 遇	1. 方山灵泉道俗居宇 2. 文明太后陵庙	1. 东郊马射坛殿 2. 文昭皇后墓园 3. 太极殿 4. 东西两堂 5. 内外诸门制度
董 爵②	不详	1. 经始洛京，缮洛阳宫室 2. 建太极殿
崔长文	不详	营构华林园

从表中可以看出，当时营建平城、洛阳二都的参与者基本相同，而且在具体工程中也具有一致性，如蒋少游在平城曾参与建太极殿，而迁洛后复参建太极殿；王遇在平城曾建文明太后陵庙，迁洛后则负责文昭皇后陵等。这必然导致他们在改建平城时的知识与经验带入建设洛阳的工作之中，使二者具有密切的内在联系。

其次，根据考古发掘和逯耀东、宿白等前辈学者的研究，北魏洛阳在各个方面都延续了平城的都城制度，例如改变汉魏洛阳的南北宫设计，将宫廷建筑集中于宫城中；不设后市，将晋大市废为佛寺；施行严格的坊里制度；位

---

① 《魏书》卷五三《李冲传》载太和十六年孝文帝《营改太极殿诏》曰："尚书冲器怀渊博，经度明远，可领将作大匠。司空、长乐冲亮，可与大匠共监兴缮。"（第 1182 页）按，《北史》卷一〇〇《序传·李暠传附李冲传》载："及营明堂，诏冲领将作大匠，与司空、长乐公共监兴缮。"（第 3331 页）应是将营改太极殿事误作营造明堂，李冲、穆亮共监兴缮时，平城明堂已经建成。
② 《魏书》卷一〇五《天象志》载"司空穆亮、将作董迩缮洛阳宫室"（第 2427 页），卷九一《术艺传·蒋少游传》载"少游又为太极立模范，与董尔、王遇等参建之"（第 1971 页），此三者应为同一人。

于邙山的帝王陵区仍然秉承云中金陵之制等等。而从具体建筑来说,洛阳永宁寺与平城永宁寺名一脉相承,其形制又与平城明堂甚为相似①。以上种种都可以说明太和时期都城建设的指导思想和具体实施都是具有连续性的,并没有因为都城的改变而割裂为两种不同的模式。

除平城传统之外,太和都城建设中还融合了多种地域因素,大概包括以下几类:

1. 河北因素。值得注意的是,太和时的都城建设并没有河北士人的参与,这在孝文帝改革中是非常罕见的现象。当然,这不是说北魏都城制度中没有河北因素。早在道武帝初建平城时,即已"模邺、洛、长安之制"②,平中山后,道武帝"至邺,巡登台榭,遍览宫城,将有定都之意"③,又"分徙吏民及徒何种人、工伎巧十万余家以充京都"④,对邺城宫室制度的看重和大量人口的迁入必然会将河北因素带入平城建设之中。直到迁都前后,孝文帝仍时常在邺宫停留,不过,由于缺乏参与者,孝文帝时期的都城建设中河北因素的减弱应是不可避免的。

2. 河西因素。河西因素最初进入北魏都城建设的途径应与河北因素类似,是由于平凉州后大量凉州人口的迁入。而在孝文帝时期,由于李冲在都城营建中起到的是整体规划、制定规则制度的主导作用,更必然会使洛阳新制受到河西文化传统的极大影响。

3. 魏晋洛阳因素。道武帝建平城时,洛阳已是其模仿对象之一,但大概所占比例不大。魏晋因素比重增加的直接契机是孝文帝汉化改革对汉魏制度的追慕以及显示其正朔地位的需要。从派遣蒋少游前往洛阳量准魏晋基趾来看,平城太庙、太极殿等宫廷建筑已经参照了魏晋遗风。而北魏洛阳则几乎可称为将北魏平城与魏晋洛阳相融合的产物。洛阳宫城正殿太极殿、正门阊阖门,以及华林园等重要建筑的名称均是曹魏时定名,西晋沿用的,而北魏阊阖门的考古报告中指出:"北魏阊阖门的门、阙、院墙及宫墙等基础夯土的始建时代皆为魏晋时期,而宫墙基础下层还发现有更早期的夯土墙遗迹。也就是说,这座带有门前双阙、附属院落遗迹殿堂式门楼的北魏宫城正门,其总体平面布局和基本规模早在魏晋时期就已形成。"⑤可见北魏迁

---

① 参见王银田《北魏平城明堂遗址再研究》,殷宪、马志强著:《北朝研究》第2辑,北京:北京燕山出版社,2008年,第174—175页。
② 《魏书》卷二三《莫含传附莫题传》,第604页。
③ 《魏书》卷二《太祖道武帝纪》,第31页。
④ 《魏书》卷一一〇《食货志》,第2849—2850页。
⑤ 见洛阳师范学院河洛文化国际研究中心编:《洛阳考古集成·秦汉魏晋南北朝卷》,北京:北京图书馆出版社,2007年,第223页。

都后,不仅是袭用这些魏晋旧称,而且在相当程度上沿袭了宫城的规模形制。

4. 南朝建康因素。孝文帝都城建设中受到南朝都城建康的影响是无需置疑的,这主要是由于王肃与蒋少游两个人在其中都起到一定作用。《洛阳伽蓝记》卷三《城南》曰:"时高祖新营洛邑,多所造制,肃博识旧事,大有裨益。"①虽不专指都城制度而言,但既言"新营洛邑",则应不缺少这方面的内容。关于蒋少游的作用,《南齐书》卷五七《魏虏传》称"房宫室制度,皆从其出"②,陈寅恪称此语"言过其实",实为公允之论。而蒋少游在都城建造中的地位,其实与其在朝仪制定中的作用相似,是在李冲等人制定规划之后,主持具体的实施,因此才会被派往洛阳,进行"量准魏晋基趾"这种技术性的工作。逯耀东认为太和十二年(488)七月改建平城到太和十六年(492)十月太极殿完成为止的四年多时间可分为两个阶段:太庙、明堂、孔庙等由蒋少游主持完成,而后一个阶段是李冲担任将作大匠,主持太极殿的建筑工程,而蒋少游又参与其中,因此太极殿综合了江南、洛阳、河西的各种因素③,但这其实混淆了蒋少游与李冲在分工上的差别。史书明载"北京明堂、圜丘、太庙……皆资于冲"④,可见即使蒋少游主持了这几处建造工作,也是按照李冲的指示完成的。因此,蒋少游虽然参与营建甚为频繁,而且确实曾至建康"观京师宫殿楷式",但其工作中体现出的江左文化因素,恐怕不会超过上述的平城、河西、魏晋洛阳三大因素。另外,由于六朝建康城的城址考古成果较少,学者们虽然都承认建康对北魏洛阳城的影响,但并不能提出确定无疑的证据,例如佐川英治《北魏洛阳城的中轴线及其空间设计试论》先是提出北魏洛阳城以太极殿——圜丘为中轴线的设计应是受到建康城御道的影响,随即却又称建康是否基于这个中轴线而设计的还不明确,"以中轴线为基准设计城郭的方法,很可能是从北魏洛阳的外郭城建设时开始的"⑤。可见,建康对北魏洛阳的影响,还有待考古发现的进一步证实。

综上所述,孝文帝时期对平城、洛阳二都的建设是具有连续性系统性的工作,其中包含了平城、河西、河北、魏晋洛阳和南朝建康等多方面的影响,

---

① [魏]杨衒之撰,周祖谟校释:《洛阳伽蓝记校释》,北京:中华书局,2010年,第108—109页。
② 《南齐书》第990页。
③ 逯耀东著:《从平城到洛阳——拓跋魏文化转变的历程》,北京:中华书局,第175页。
④ 《魏书》第1187页。
⑤ 中国魏晋南北朝史学会、武汉大学中国三至九世纪研究所编:《魏晋南北朝史研究:回顾与探索——中国魏晋南北朝史学会第九届年会论文集》,武汉:湖北教育出版社,2009年,第732页。

但建康的影响和蒋少游的个人作用绝非其中最为关键的因素。至于"房宫室制度,皆从其出"这一说法出现的原因,下文中再作进一步探讨。

(六) 文学集会与创作

太武帝时期,由于崔浩案的牵连,大量汉族士人被杀,幸免于难者为避祸起见,亦多藏匿、销毁旧作,此后多年不再进行文学创作,文学集会、诗文唱和等活动更是在多年内销声匿迹。高允《徵士颂》中所谓"不为文二十年矣"①,不只是其个人情况,而是士人阶层的普遍现象。文学创作风气的复苏,大概是从献文帝时开始,在孝文帝时形成第一个高潮。《魏书》卷九三《恩倖传·王叡传》载曰:

(叡薨)内侍长董丑奴营坟墓,将葬于城东,高祖登城楼以望之。京都文士为作哀诗及诔者百余人。②

此时为太和前期,冯太后尚在世,而作哀诗及诔者已有百余人,具有了一定规模。造成文学复苏的根本原因应是距太武帝诛汉族高门已久,而且汉族士人逐渐融入北魏社会,不再对这一胡族政权抱有不信任与恐惧感。而孝文帝的大力倡导和参与,则是重要的外在推动力。从史书中的记载来看,孝文帝时文学活动的主流是以孝文帝以及文明太后为主导的宫廷唱和活动。

史书记载中,北魏最早的宫廷唱和赋诗活动是神䴥三年(430)上巳,太武帝于白虎殿命百僚赋诗之事。但在此后相当长时间内,史书中不再见有此类记载。而孝文帝时期,宫廷唱和不但蓬勃复兴,而且呈现出从和歌至赋诗的明显转变。鲜卑民族向来善歌,并以此为在重大场合抒发感情的途径,如太武帝出生时,道武帝夜召拓跋仪入,"告以世祖生,仪起拜而歌舞,遂对饮申旦"③,又如神䴥三年春正月,太武帝"行幸广宁,临温泉,作《温泉之歌》"④。孝文帝与冯太后共同统治时期,以"歌"作为劝诫或庆祝的情况屡见不鲜。其中有个人行为,例如:

(文明)太后以高祖富于春秋,乃作《劝戒歌》三百余章,又作《皇诰》十八篇,文多不载。⑤

---

① 《魏书》第1081页。
② 《魏书》第1990页。
③ 《魏书》卷五《昭成子孙传·拓跋仪传》,第371页。
④ 《魏书》卷四《世祖纪》,第75页。
⑤ 《魏书》卷一三《皇后传·文成文明皇后冯氏传》,第329页。

(文明)太后亲造《劝戒歌辞》以赐群官,丕上疏赞谢。①

但更多的则是群体行为:

(太和)五年,文明太后、高祖并为歌章,戒劝上下,皆宣之管弦。②

太后曾与高祖幸灵泉池,燕群臣及藩国使人、诸方渠帅,各令为其方舞。高祖帅群臣上寿,太后忻然作歌,帝亦和歌。遂命群臣各言其志,于是和歌者九十人。③

是年冬至,高祖、文明太后大飨群官。高祖亲舞于太后前,群臣皆舞。高祖乃歌,仍率群臣再拜上寿。④

上引的三条记载中,第一条发生于太和五年,相比之下时间最早;第二条并未记载时间,但应不早于太和十年;第三条虽称"是年冬至",但也没有写明时间,只是在前文载左仆射穆亮、高闾等人与孝文帝议伐蠕蠕。穆亮任左仆射是在太和十二、十三年(488、489),则冬至歌舞事也应系于此时。这体现出孝文帝统治前期,北魏上层鲜卑风气仍甚为浓厚,这种君臣和歌皆舞的场面,在当时应该并不罕见。不过,在此同时,也出现了孝文帝与群臣赋诗的记载。《魏书》卷七《高祖纪》载:

(太和十三年秋七月)丙寅,幸灵泉池,与群臣御龙舟,赋诗而罢⑤。

史籍中对太和十四年以前宫廷集会中赋诗的记载尚少于和歌,然而自冯太后薨后,这一情况有了极大的改观。在此后近十年的孝文帝统治时期内,不再有对群体性、仪式性的鲜卑族和歌活动的记载,作为个人行为的鲜卑歌也仅出现一次,见于《魏书》卷一四《神元平文诸帝子孙传·元丕传》:

及车驾南伐,丕与广陵王羽留守京师,并加使持节。……及高祖还代,丕请作歌,诏许之。歌讫,高祖曰:"公倾朕还车,故亲歌述志。今经

---

① 《魏书》卷一三《神元平文诸帝子孙传·元丕传》,第358页。
② 《魏书》卷一〇九《乐志》,第2829页。
③ 《魏书》卷一三《皇后传·文成文明皇后冯氏传》,第329页。
④ 《魏书》卷五四《高闾传》,第1203页。
⑤ 《魏书》第165页。

构既有次第,故暂还旧京,愿后时亦同兹适。"①

元丕作为孝文帝朝的元老,是"大意不乐迁洛"的鲜卑保守势力的代表人物,他的这一行为,是试图以本民族的旧俗作为表达意愿的方式,打动孝文帝,然而却并没有取得效果,孝文帝对此的反应甚为冷淡。与之形成鲜明对比的,是宫廷集会中赋诗活动的兴盛。现仅将《魏书》中所记载的唱和活动列表如下:

时　间	地　点	参 与 者	活动内容	诗　体
冯太后薨后,迁洛之前	平城	孝文帝、元禧	饯别,赋诗叙意	不详
太和十六年	平城皇信堂	孝文帝、元澄等宗室	宗室饮宴,各赋诗言志	元澄所作为七言连韵
太和十八年	洛阳洪池	孝文帝、元澄	游宴,赋诗序怀	不详
太和十八年	洛阳	孝文帝、刘昶、百僚	饯别,百僚赋诗赠昶	不详
太和十九年	悬瓠方丈竹堂	孝文帝、元勰、郑懿、郑道昭、邢峦、宋弁等侍臣	飨侍臣,以歌连句	七言衬虚字楚歌体
太和十九年	悬瓠汝坟	孝文帝、元澄	饯别,赋诗而别	不详
太和十九年	洛阳华林都亭	孝文帝、元桢文武官员	饯别,群臣赋诗申意	不详
太和二十年	洛阳清徽堂	孝文帝,元澄、崔光、崔休、郭祚、邢峦、李冲等侍臣	引见王公侍臣,赋诗言志	不详
太和二十年	洛阳金墉城	孝文帝、元勰、崔光等侍臣	读暮春群臣应诏诗	不详
太和二十一年	上党铜鞮山	孝文帝、元勰	行而赋诗	元勰诗为杂言

上表仅就《魏书》而言,并非囊括孝文帝所主持的所有文学集会,但已具有相当大的代表性。从表中可以看出,在冯太后薨后,尤其是迁都之后,宫

---

① 《魏书》第358—359页。

廷文学集会愈发频繁，而且呈现出从大规模的，带有仪式性的集会，向人数不多，参与者文学水平接近的帝王、侍臣联句唱和活动的变化趋势，其文学性在逐渐增加。而这一类文学集会的参与者，以及赋诗时所使用的诗体，也是颇为值得玩味的。

从参与者来看，表中所列出的太和后期文学集会的参加者中，除宗室外，几乎全是北方士人及青齐士人，即使是在太和十八年为饯别刘昶所举行的文学集会中，也只是"高祖亲饯之，命百僚赋诗赠昶，又以其《文集》一部赐昶"①，并未载刘昶答诗。当然，这并不是说刘昶、王肃等入北南人完全被排斥于文学集会之外，《洛阳伽蓝记》中所载的一次孝文帝在宴群臣时与李彪、甄琛联句猜谜之事，当时王肃亦在席中，而王肃名作《悲平城》，亦可能是在文学集会中所作。但是从上表来看，太和宫廷文学集会的主体无疑是备受孝文帝信任倚重的河北文化集团成员以及汉化程度较高的北魏宗室，而且大多参与了太和改制，并在其中起到重要作用。

除了召集亲信侍臣进行唱和外，孝文帝对臣下的文学水平也多有评论。被他点评过的有元勰、韩显宗等，而其最为推崇的则当属崔光。《魏书》卷六七《崔光传》载其常曰："孝伯之才，浩浩如黄河东注，固今日之文宗也。"②卷六〇《韩麒麟传附韩显宗传》又载孝文帝谓韩显宗与程灵虬曰："若求之当世，文学之能，卿等应推崔孝伯。"③《魏书》本传称："初，光太和中，依宫商角徵羽本音而为五韵诗，以赠李彪，彪为十二次诗以报光。光又为百三郡国诗以答之，国别为卷，为百三卷焉。"④可见其诗作甚多，而其文集并未著录于《隋书·经籍志》，很可能在唐前即已亡佚殆尽，因此无法确知孝文帝所看重的是何种诗风。不过依宫商本音为韵，似与魏晋诗人的自然声律观相近，而与同时期南朝的永明新声律说有较大区别。此外，崔光入北时正值刘宋泰始年间，南朝的新一轮诗体革新尚未完全展开，新体也还未出现。由于缺乏文献依据，姑且猜测崔光诗仍是魏晋一体。

另外值得注意的是，崔光、韩显宗、李彪等人互有赠答，三人皆曾多年任著作，掌国史，他们之间的赠答之作大概可以说明，经过数十年沉寂，文人文学集团已在初步恢复，而且最先出现于史官团体中。这就为自宣武帝朝以后，文学集团的活动方式由帝王主导逐渐转为同僚酬唱打下了基础。

从诗体上看，太和宫廷文学集会在使用诗体上的显著特点是偏爱七言

---

① 《魏书》卷五九《刘昶传》，第1310页。
② 《魏书》第1487页。
③ 《魏书》第1342页。
④ 《魏书》第1499页。

连韵。实际上,当时士人的个人创作仍以五言为主,如韩显宗、崔光二人赠李彪诗等均为五言。因此,在君臣联句中使用七言联句,反映出的并非创作士人的创作习惯,而是孝文帝的喜好与主导作用。这种对创作形式的偏好应该并非从南朝传入北方,因为永明诗人虽然确实创作了一些联句诗,但均为五言体,并无七言。在此之前,曾以七言形式为联句者,似只有传为汉武帝与群臣所作的《柏梁台诗》。太和十六年孝文帝与元澄在皇信堂所作者,史书中只称是"七言连韵",不能详其面貌。不过这种君臣创作形式一直保留到孝明帝时,《魏书》卷一三《皇后传·宣武灵皇后传》载:"太后与肃宗幸华林园,宴群臣于都亭曲水,令王公已下各赋七言诗。太后诗曰:'化光造物含气贞。'帝诗曰:'恭己无为赖慈英。'王公已下赐帛有差。"①太后诗句押"清"韵,孝明帝诗压"庚"韵,以此时北方音尚不分青、清、庚、耕的情况来看,其联句确实是一人一句、每句均押韵的柏梁诗体。胡太后只是"粗学书计",文学素养并不高,而孝明帝年龄尚幼,其与臣下联句赋诗之所以选择在萧衍之前几无人仿效的柏梁体,大概是因为以此体作为宫廷联诗体裁已成为定势,而这一传统的开创者,则可能是孝文帝及其侍臣。从这段记载里还可以了解到,"王公已下各赋七言诗"实际上是各赋七言句。由此观之,孝文帝时的几次史书未载诗体,只称为百僚群臣赋诗的活动,很可能也并非每人赋一首,而是众人联句之体。

  太和十九年(495)在悬瓠方丈竹堂进行的唱和联句也是一次非常重要的文学集会,这不但因为《魏书》对其记载甚详,而且因为其中所用体裁具有独特性。在此次活动中,群臣唱和是以"歌"的形式,然而却并非之前常见的鲜卑歌舞,而是以七言为主体,两句为一单位,而首句的"4-3"结构之间衬一"兮"字的楚歌体。这不但意味着胡汉传统的转变,而且同样可以看出孝文帝的喜好与模仿对象:楚歌在西汉风行一时,汉高祖、汉武帝及众多诸侯王均有自作歌之举。孝文帝在复兴文学活动时,没有使用两晋南朝所习用的五言体,而是选择了汉代曾流行,但在后世甚少使用的体裁,这应可以说明,孝文帝在文学方面同样并非追随南朝新风,而是推崇、效仿汉魏。

  综上所述,参与者与使用诗体两个角度都能够说明,太和时的君臣唱和及文学创作复兴虽然并不能算是汉化改革的一部分,但和汉化改革是在同样的背景与指导思想下,由同一批人进行的,因此应具有内在的连续性。另外,学者往往认为王肃的《悲平城》对北魏诗歌创作影响很大,关于这个问题,下文还将专门论述,在此暂不详论。

---

① 《魏书》第338页。

通过上文分门别类的分析可以看出,孝文帝主导的汉化改革具有几方面的特点:

1. 从改革进行时间来看,虽然在孝文帝统治前期,冯太后已经进行了多方面的改革,但文化、制度方面改革是由孝文帝主导的。这一系列改革均始于太和十年孝文帝亲政之后,在冯太后薨后的太和十五、十六年达到第一个高峰。在这两年中,礼制、朝仪、律令、职官、都城建设等方面均取得了阶段性的成果。迁洛后文化、制度改革的完成,很大程度上是以太和十五、十六年成果为基础的进一步延续。

2. 从参与者来看,孝文帝汉化改革并不是由不同的人负责不同的方面。虽然各自侧重不同,但其各个方面基本上是由同一批人参与的。此次改革中规划大计的统领者当属李冲,而在其中有明确职责的,则绝大部分是河北、凉州、青齐士人,他们不仅出身相近,彼此间交往密切,而且均曾有任职或就学于中书省的经历,知识背景与政治观念均颇为相似,可以被视为一个力量相当强大的文化集团。然而,此次改革所体现的并不是他们本身的喜好和意图,而是将他们的学术思想作为手段,为贯彻孝文帝的政治理念服务。

3. 从进行手段来看,孝文帝的汉化改革在各个方面都经过反复的论证议定,是相当严谨的。这种方式被刘芳等人一直保持到世宗时的礼乐制定之中。《魏书》卷五五《刘芳传》载世宗使公孙崇与刘芳共主修理雅乐时,刘芳"表以礼乐事大,不容辄决,自非博延公卿,广集儒彦,讨论得失,研究是非,则无以垂之万叶,为不朽之式。被报听许,数旬之间,频烦三议"①,可见当时士人在考究礼乐时的谨慎态度。在这种情况下,即使是孝文帝本人的意图,也不太可能不经群臣议定这一流程便直接推行。

从以上三点可以看出,孝文帝改革的延续性、严谨性和知识背景的一致性,使得具有不同文化背景的归降南人很难真正地融入其中。至于以一人之力,为北魏创立官制朝仪等数种重要制度,更是不甚可能的。《魏书》卷二一《献文六王传上·元禧传》载孝文帝诏曰:"卿等欲令魏朝齐美于殷周,为令汉晋独擅于上代?"②从其中可以看出孝文帝改革的初衷:在其改革内容中,礼制力求复古,追慕周礼,而制度、官品、文学等方面则以汉晋为基础。以此为出发点,无论是礼制改革中的"谨准古礼及晋魏之议并景明故事",还是职令改革中的"远依往籍,近采时宜",实际上都指的是遵照殷周汉晋旧

---

① 《魏书》第 1225 页。
② 《魏书》第 535 页。

事,并考虑本朝的具体情况。这是孝文帝改革的基本原则。相比之下,南朝因素在其中的影响是相当微弱的。

如果按照传统观点,将青齐士人与归降南人不加区分,均视为入北南人,就会发现二者在孝文帝改革中所处的地位存在很大差别:青齐士人在改革中起到了重要作用,而且各有侧重:礼乐则有刘芳,文学国史则有崔光,朝仪建筑则有蒋少游,官制则有崔亮。相比之下,归降南人中则只有刘昶作为仪曹尚书参与了朝仪与冠服制定,至于王肃,虽然固有看法认为他是改革中贡献最大者,但关于汉化改革的记载中均未提到他参与其中,因此他即使对改革有一定影响,很可能也只是起到参谋建议的作用。另外,有学者认为刘芳、崔光等人对北魏汉化的作用不如王肃,但实际上应并非如此,刘、崔等人不仅参与了孝文帝改革,而且在宣武帝乃至孝明帝时,仍在文化制度建设处于不可忽视的地位。他们作为儒宗和士人领袖的作用,并非仅仅入北七年,其中大部分时间驻于南境的王肃所能相比的。

二、归降南人进入北魏政权的方式

孝文帝太和年间,内迁的青齐士人纷纷进入北魏政权核心,成为帝王的心腹侍臣,而相比之下,归降南人的入仕方式及在北魏社会中的地位却与其有相当大的差别。为了直观地了解这一问题,现将北魏前期、中期时归降南人情况作一统计,统计结果见附表六中。

关于此表,有几点需要说明。首先,表中所列的并非至太和末年为止的全部归降南人,而是其中比较重要,有事迹可查的一部分。实际上入北南人的数量要远多于表中所列,尤其是武将一类,如《魏书》卷七《高祖纪》载"(太和四年)九月,萧道成汝南太守常元真、龙骧将军胡青苟率户内属"①,太和末年,因南朝局势动荡,更有多次南人北降之事,如太和二十一年(497)十一月"萧鸾前军将军韩秀方、弋阳太守王副之、后军将军赵祖悦等十五将来降"②,但大多名位不显,入北后也并无事迹流传,因此一并不再收录。其次,表中"士族"一类甚为宽泛,大体上包括三类人:传统意义上的士族子弟如袁式、王肃等;出身大族但身为武将入国者,如崔模、房伯玉等;氏族不显,但具有学养文才者,如成淹、刘藻等,而"武将"则主要指寒人及外族的武将。

通过此表可以看出,南朝降北人员从身份上来说可分为南朝宗室、士族与武将三种。而从归降方式来说,则大体上可分为逃亡入北、战败归降与主

---

① 《魏书》第149页。
② 《魏书》第182页。

动携众据地归降三种。从数量上看，宗室共十四人，其中东晋宗室十三人，刘宋宗室一人，士族十九人，武将十三人。从数字来看，似乎士族所占人数最多，但这是因为分类的宽泛所造成的，士族一类中真正符合南朝所通行的"士族"概念的其实并不多，严格说来，只有袁式、刁雍、王慧龙、王肃等寥寥数人。然而，从"是否在边"一栏可以看出，表中事迹可查的三十三人中，只有袁式、韦崇、成淹、刘昶不曾或较少出任外官，而他们各有其特殊原因。

袁式是《魏书》卷三八中所载晋宋之交逃亡入魏的诸位南朝士人中唯一一位不曾在边出任军职的，但这似乎是因为其入北之后，始终并未出仕。《魏书》载"卫大将军、乐安王范为雍州刺史，诏式与中书侍郎高允俱为从事中郎，辞而获免"①，此后只载其卒后赠官，而时人称其为"袁咨议"，则是因为他在南曾为武陵王咨议参军。可见，虽然袁式"博于古事"，但没有任军职却并非由其学养和士族身份所造成的。

韦崇在北魏解褐为中书博士，这在北魏宣武帝朝之前入北的南人中是绝无仅有的。上文已经说到，太武帝至孝文帝时的中书省可谓门第森严，其中基本只有河北士人。在韦崇之前，具有南朝背景，而与中书省有所接触的，只有司马楚之之子司马金龙曾为中书学生。不过，韦崇之所以能进入中书省，并非是其自身素养所导致。《魏书》卷四五《韦崇传》称其"少为舅兖州刺史郑羲所器赏"②，韦崇是在其十岁丧父之后，由其母携入北魏的，其母此举应正是为投奔郑羲。而郑羲作为确立了荥阳郑氏"四姓"地位的关键人物，在当时具有相当高的地位，又曾任中书令，韦崇得以进入中书省，必然是借其舅氏的提携。如此看来，他的经历在归降南人中极其罕见，却与青齐士人更为相似。

成淹的仕宦经历与韦崇同样具有特殊性：他与崔道固等同样自青齐归降，得以封侯，此后却并未入平齐郡或任地方官员，而是直接进入中央政府，任著作郎、主客令等职，并多次与南朝使节接交。促成徐兖、青齐等要地入魏的南朝将领往往以"归国勋"受到极优厚的待遇，但即使是毕、薛等人也不免外任刺史，为何惟独身份、作用均并不出众的成淹能进入侍臣之列，并受到孝文帝的亲信，至今似尚未有合理的解释，只能待日后进一步探索。

刘昶入北之后，大部分时间居于都城，直至迁洛之后方领兵南伐，此外还得以三尚公主，担任仪曹尚书、中书监等要职，并直接参与汉化改革，之所以会得到这种特殊待遇，大抵是因其身为宋明帝刘彧的兄长，并且自文成帝

---

① 《魏书》第880—881页。
② 《魏书》第1012页。

和平末入北,直至太和二十一年去世,都是北魏朝中唯一一位归降的南朝宗室,因此其获得的待遇,不但远远高于当时其他入北南人,而且也高于之前的诸多东晋宗室。但是需要注意的是,从多方面看,他虽然身居高位,却并没有真正融入北魏上层之中。下文还将就这一点进行讨论。

与以上四人形成对照的是,从附表六中看,绝大部分入北南人在北魏的仕宦经历都以坐镇边境为主,而且往往担任军职,参与边境战事。这些南人之中,虽然很多都是武将出身,具有军事经验,但也不乏在南不曾担任武职,行事立身全为士族文人风范者,如刁雍"性宽柔,好尚文典,手不释书,明敏多智。凡所为诗赋颂论并杂文,百有余篇。又泛施爱士,怡静寡欲。笃信佛道,著教诫二十余篇,以训导子孙"①。不过,从史书记载来看,投身军伍似乎是这些江左士族本人的强烈要求。《魏书》对此的记载甚为常见,刁雍曾"上表陈诚,于南境自效"②、王慧龙在明元帝时"请效力南讨。言终,俯而流涕,天子为之动容"③,至太武帝时又"抗表,愿得南垂自效"④。这些逃亡士族与南朝政权往往有国恨家仇,其意欲一雪前耻的心态应不乏真情流露,但从根本目的上说,大概仍是以向北魏统治者表达忠心为主。也有学者认为,投身军旅是入北南朝士人为了融入北朝社会而有意扭转其士族门风之举。但窃以为,这种现象的出现,绝非仅由入北南人的个人意愿造成的,其中的主导因素,应在于北魏统治者,而非入北士人。在宣武帝之前,南人从军驻边可分为两个阶段,而期间的差别,正显示了北魏统治者在此事上的绝对主导作用。

南人从军的第一阶段是从明元帝朝直到孝文帝亲政之后。这时的从军南人中,大部分都具有一个特点:既参与过南鄙战事,又有长期驻守西北边镇的经历。例如司马文思、司马楚之都曾参与太平真君三年(442)南征,而其后文思为怀朔镇将,司马楚之则为云中镇将,且其子司马金龙、司马跃也在此后常年镇云中,史称"楚之父子相继镇云中,朔土服其威德"⑤。刁雍自泰常至太平真君年间数次南进,此后守薄骨律镇十余年。在武人中,毛秀之任吴兵将军讨蠕蠕,朱修之为云中镇将,薛辩为雍州刺史,薛谨为秦州刺史等。这种状况一直延续至献文帝初年,例如刘藻入国之后,先后任北地太守、雍城镇将、离城镇将等,至孝文帝时方任平南将军,与刘昶、王肃等一同

---

① 《魏书》第 871 页。
② 《魏书》第 865 页。
③ 《魏书》第 875 页。
④ 《魏书》第 876 页。
⑤ 《魏书》第 860 页。

南伐。

王永平《中古士人迁徙与文化交流》中提出:"北部兵镇在孝文帝迁都前为平城的门户,出任镇将者地位较高,以南人为之,有宠显南人之效。北魏如此以南人领兵,确实具有相当的开放性,少有其他王朝可比。"①这一说法是值得商榷的。窃以为,这并非是宠显南人,反而体现出北魏上层对南人的防范意识。

太武帝在有事于南境时,往往使南人充任前锋将领,例如宋元嘉十九年(即魏太平真君三年)北魏南征时,魏武昌王宜勒库莫提移书徐州,详列北魏"十道并进"的南征将领,其中南人有司马文思、司马楚之、司马天助、鲁轨及刁雍五路。遣南人南讨有明显的便利之处,逃亡入北的司马氏集团及其僚属在入北之前,基本都曾据地与刘裕抗衡,他们对南北交界地区的地形、刘宋军队及将领的情况等都相当熟悉,而其前朝宗室旧臣的身份,也会起到一些动摇南朝方面军心、民心的作用,这些无疑都是符合北魏统治者需要的。然而,一旦南方边境形式平稳,北魏前期统治者们并不命令征南中颇有功勋而且熟悉南境的南人将领驻守南境,而是将其调往北部边陲,这是担心任南人留在南境,会使其借机招揽势力,以图南叛。

在北魏前期,入北南人尤其是战败降人对南朝并非全无留恋,他们在南方的亲属戚旧也往往会用各种手段进行赎救。因此,南人叛归江左是相当常见的情况,例如申谟"乃弃妻子,走还江外"②,而朱修之虽然已被派驻北境,远离南朝,却仍"欲率吴兵谋为大逆,因入和龙,冀浮海南归"③,逃奔冯文通并最终得归南朝。可见,北朝前期统治者对南朝降人的防范心理绝非无据。

而在另一方面,除将新归附人员迁至平城附近外,将叛民或有可能谋叛者迁离本土,在北魏前期也属常例。《魏书》载:

(太平真君五年)六月,北部民杀立义将军、衡阳公莫孤,率五千余落北走。追击于漠南,杀其渠帅,余徙居冀、相、定三州为营户。④

(延兴元年)冬十月丁亥,沃野、统万二镇敕勒叛。诏太尉、陇西王源贺追击,至枹罕,灭之,斩首三万余级;徙其遗迸于冀、定、相三州为

---

① 王永平著:《中古士人迁移与文化交流》,北京:社会科学文献出版社,2005 年,第 182 页。
② 《魏书》第 627 页。
③ 《魏书》第 960 页。
④ 《魏书》卷四《世祖纪》,第 97 页。

营户。①

（延兴二年三月）连川敕勒谋叛，徙配青、徐、齐、兖四州为营户。②

命毛修之率"吴兵"攻打和龙、以南朝降人为北部边镇守将，乃至将蒋少游、高聪等东阳守军发往云中为兵户，可能都与这一常例有关。而即使是在北魏中后期，青齐民早已返回本乡之后，统治者的防范仍然没有完全消除。孝明帝时，灵太后反政，以清河张烈为镇东将军、青州刺史，"于时议者以烈家产畜殖，僮客甚多，虑其怨望，不宜出为本州，改授安北将军、瀛州刺史"③，可以视为北魏前期迁离本土政策的遗绪。

自献文帝皇兴中开始，南人驻边的情况有所改变。薛安都、毕众敬以徐兖归附后，分别任徐州与兖州刺史，赞成其事的韦道福父子则得以"家于彭城"。当然，此时北魏统治者对南人仍防范甚严，因此在一段短暂时期内出现了"对为刺史"制度，即一名北魏官吏（通常为文臣）和一名归附南人共同担任其所在州的刺史。而能够代表其进入第二阶段的，是尉元在太和十六年（492）的上表：

夫国之大计，豫备为先。且臣初克徐方，青齐未定，从河以南，犹怀彼此。时刘彧遣张永、沈攸之、陈显达、萧顺之等前后数度，规取彭城，势连青兖。唯以彭城既固，而永等摧屈。今计彼戍兵，多是胡人，臣前镇徐州之日，胡人子都将呼延笼达因于负罪，便尔叛乱，鸠引胡类，一时扇动。赖威灵遐被，罪人斯戮。又团城子都将胡人王敕勤负衅南叛，每惧奸图，狡诱同党。愚诚所见，宜以彭城胡军换取南豫州徙民之兵，转戍彭城；又以中州鲜卑增实兵数，于事为宜。④

从这道上表中看，由敕勒等胡军驻守南垂，其造成叛乱的危险已经高过了以新附汉人徙民为兵，成为一个亟待解决的问题，故孝文帝答诏曰："公之所陈，甚合事机。"⑤太和中平齐民"例得还乡"，也许也与统治者意欲改变青、齐、兖、徐等边境地区的人员构成，从而稳定当地局势，并招抚远人有关。正因如此，此时已不见将南人将领派往北部边镇之举，而是往往依其入国之

---

① 《魏书》卷七上《高祖纪上》，第135页。
② 《魏书》第136—137页。
③ 《魏书》卷七六《张烈传》，第1686页。
④ 《魏书》卷五〇《尉元传》，第1113—1114页。
⑤ 《魏书》卷五〇《尉元传》，第1114页。

地,将其就近任命为地方官员,并常年外任,既参与军事活动,亦着力于招募抚接,这种情况一直保持至宣武帝统治前期。

太武帝与孝文帝均为锐意南讨之君,他们在与南作战时皆以入北南人作为先锋将领,其差异则在于当边境无事之时,一将南人调派至朔北,一则令南人驻守南境。但无论哪种,都是北魏君主以本国利益为出发点,为了控制边境局势、防范叛乱而采取的措施,并不是出于对入北南人的宠信,也不是对入北南人请求的认可。北魏君主所重视的,是归降南人在南北交界地带所具备的战略优势、在南朝保留的民望,以及对南朝政治局势的了解。因此,对于他们来说,归降南人的作用在于防范南朝进攻与间谍渗透、招抚南朝民众归附北魏,以及向君主提供南朝的政治、军事机密,规划南伐进程。《魏书》卷六一《薛安都传附薛真度传》载:"初,迁洛后,真度每献计于高祖,劝先取樊、邓,后攻南阳,故为高祖所赏。"①而王肃所起到的作用,同样如此。《魏书》卷六八《高聪传》曰:"高祖锐意南讨,专访王肃以军事。"②而《王肃传》载曰:

> 高祖幸邺,闻肃至,虚襟待之,引见问故。肃辞义敏切,辩而有礼,高祖甚哀恻之。遂语及为国之道,肃陈说治乱,音韵雅畅,深会帝旨。高祖嗟纳之,促席移景,不觉坐之疲淹也。因言萧氏危灭之兆,可乘之机,劝高祖大举。于是图南之规转锐。器重礼遇日有加焉,亲贵旧臣莫能间也。或屏左右相对谈说,至夜分不罢。肃亦尽忠输诚,无所隐避,自谓君臣之际犹玄德之遇孔明也。③

研究者往往认为,"遂语及为国之道,肃陈说治乱,音韵雅畅,深会帝旨"指的是王肃向孝文帝陈说南朝的礼乐、文化制度,并由此认为这体现了孝文帝对南朝文化的倾慕。然而不论是从后文所记载的谈论内容,其对孝文帝的影响,还是"犹玄德之遇孔明"之比,无不表明他们所谈论的主要内容是南齐的政治局势以及率军南讨,吞并天下之计,而并不一定与汉化改革有太大关联。也就是说,孝文帝所重视的,是归降南人的政治军事作用,而非文化意义,他之所以重视王肃,大概是因为当时的归降南人大多都是边境武将,只有王肃来自南齐政治核心,对建康的政治动向和危机最为了解。

---

① 《魏书》第1356页。
② 《魏书》第1521页。
③ 《魏书》第1407页。

总而言之,北魏前期至中期的归降南人进入北魏政权的方式,并非是参与文化、制度改革,而是以武将或地方官员的身份被派驻边境,参与战事。对于北魏君主来说,他们的重要性在于作为制约南朝的屏障以及了解、进攻南方的工具,也就是说,他们所被看重的是其政治、军事作用,而不是文化层面上的作用。正因如此,不论是寒人武将还是高门宗室,基本上均担任武职,并无高低清浊之分。而由于当时北魏上层优待归降南人的标准是"归国勋"而非其出身的高低,因此最受优待的往往是出身不高,但是以战略要地内附的武将,《魏书》中明载入魏得为上客或第一客者,除袁式外,几全为寒人。献文、孝文时薛安都、毕众敬、田益宗等人尤为贵盛,《魏书》卷六一《毕众敬传》载其"子侄群从并处上客,皆封侯,至于门生无不收叙焉。又为起第宅,馆宇崇丽,资给甚厚"①,即使是刘昶、王肃等地位最高,最受帝王亲信、重视的南朝上层人士,论及宠任优遇,恐怕也不及毕、薛乃至身为蛮帅的田益宗。而且,归降南士除非有极特殊的原因,否则很难留在都城,而是被派外任,且多年不得朝京师。这种地域上的边缘化,在某种意义上反映出他们在北朝社会、文化、心理等多方面的边缘化。

三、太和年间归降南人在北地位与南北正统性之争

基于上文的分析,笔者认为,同样是从南朝入北,在太和年间,归降南人,尤其是只身逃亡入北的南朝上层人士,虽然被封爵授官,但其政治地位并不高,更没有像后人通常所认为的那样,在文化建设中备受倚重。而这并不是因为他们入北时间尚短。以刘昶为例,刘昶以和平六年(465)入国,尚早于平齐民,而且甫一入北就得以尚公主、封王,但最终并没有像李冲、刘芳、崔光那样进入文化制度建设的核心;而在另一方面,这无疑也并不是因为归降南人文化水平劣于平齐民。王肃的文化素养虽在南朝算不上第一流,也不如平齐民了解北方学术,但也足可以作为南朝文化的代表,理应深入参与到汉化改革之中。然而,即使是在孝文帝时,王肃亦频繁南讨,留在平城的时间并不多。窃以为,直接导致逃亡南人不受重视的原因大概是他们往往只身入魏,在北方缺乏根基,虽居高位,却难以像平齐民那样毫无隔阂地融入北魏社会,而从更为深层的层面来讲,这是北魏国家正统性确立所导致的必然结果。

太武帝朝至孝文帝朝的六七十年间,是北魏统治者自我意识与正统意识确立的关键时期,而其中又可以分为两个不同的阶段。

---

① 《魏书》第1354页。

太武帝统治时期可以算是北魏国家力量迅速上升的第一个高潮。此时的对外战争接连取得胜利，对内则确立了一系列治国政策和管理民众、敷导民俗的方针，并通过征士、迁徙等手段将大批汉族人士吸纳入政权中，使道武、明元帝时一直形同虚设的中书省真正充实起来，并在其后数十年中都发挥着重要作用。而制礼、作乐、修律等制度建设也在道武帝时所打下的基础上进一步展开。在这一背景下，北魏统治者自然会要求在政治与文化上竖立绝对的正统地位。然而在当时，虽然也有在与刘宋交战或交接应对时对双方正统地位的争论，但统治者面临的首要问题是在逐渐进入政权但并未尽心归附的汉族士人面前，竖立起其胡族统治的绝对权威。也就是说，在太武帝阶段，确立国家正统性的核心问题是国家内部胡、汉之间的对立。其直接表现是，在北魏前期，很多汉族士人不愿为北魏政权服务，即使出仕为官，也往往仍视江左为正统，对东晋政权怀有仰慕向往之情。最典型的例子当属在道武、太武帝朝为一时贵要的崔玄伯、崔浩父子。《魏书》卷二四《崔玄伯传》载：

> 始玄伯因苻坚乱，欲避地江南，于泰山为张愿所获。本图不遂，乃作诗以自伤，而不行于时，盖惧罪也。①

《魏书》中又有数处记载崔浩与王慧龙、袁式、毛修之等入北南人交游之事：

> （袁式）与司徒崔浩一面，便尽国士之交。是时，朝仪典章，悉出于浩。浩以式博于古事，每所草创，恒顾访之。②
>
> 初，崔浩弟恬闻慧龙王氏子，以女妻之。浩既婚姻，及见慧龙，曰："信王家儿也。"王氏世齇鼻，江东谓之齇王。慧龙鼻大，浩曰："真贵种矣。"数向诸公称其美。司徒长孙嵩闻之，不悦，言于世祖，以其叹服南人，则有讪鄙国化之意。③
>
> 浩以其中国旧门，虽学不博洽，而犹涉猎书传。每推重之，与共论说。④

---

① 《魏书》第624页。
② 《魏书》卷三八《袁式传》，第880页。
③ 《魏书》卷三八《王慧龙传》，第875页。
④ 《魏书》卷四三《毛修之传》，第960页。

有学者认为,自太武帝起,入北南士即已参与制度改革,但其实并不尽然,袁式、毛修之等人并没能直接参与当时的制度建设,只是通过与崔浩讨论古事,间接地对草创制度起到一些影响。然而,崔浩所敬重的不仅是确实出身于侨姓高门的王慧龙、袁式。即使是并非士族,而且"学不博洽"的武将毛修之,崔浩仍对其甚为敬重,甚至与之探讨经史。这足可显示出当时北方汉族士人对江左政权的仰慕之情。而在当时,"叹服南人"与"讪鄙国化"往往互为表里,被认为是否认胡族政权的正统性,并因此激起统治者的震怒。崔逞奉旨报东晋常山王司马遵书中未"贬其主号",而是称晋安帝为"贵主",竟因此被道武帝赐死,即是鲜卑统治者捍卫其正统权威的极端表现。而崔浩因国史案被诛,且牵连与其为姻亲戚旧的诸汉人大族,虽其原因甚为复杂,但胡汉之争无疑是其中一个重要因素。

时至孝文帝时,汉族士人对待北魏政权的态度已发生了相当大的变化。这可能是由两方面原因造成的。其一是汉族士人对待江左政权的态度发生了转变。刘裕代晋使江左统治者从东汉以降的高门司马氏变为平民出身的北府兵武将,士族政治受到严重打击,而一些司马氏宗室及其拥护者北逃入魏,也会使刘宋政权在北魏汉族士人印象中更具妖魔化色彩,并使北方士人不再承认江左的正统地位。川本芳昭《关于五胡十六国北朝时代的"正统"王朝》中指出,正是因为这一原因,在刘宋建立之后,基本看不到华北士大夫从华北逃亡到江南[①]。其二则是由于文成、献文等帝统治时期的缓冲及局势的平稳,入仕北魏的北方士人已经可以不再顾忌北魏统治者的胡族身份,而是能够承认其绝对权威,并全力为其服务。这说明汉族士人所认定的归属,由处于江左的汉族政权转变为自己所处的胡族国家,是北方士人心态上的一个重要改变,也意味着北魏国家正统地位所面临的挑战由民族间的对立转为两国间的竞争。正因如此,孝文帝于太和十四年进行了议定五德行次,也即确定国家正朔的工作,这次议定中持两种不同意见者分别是高闾与李彪、崔光。《魏书》卷一○八《礼志》载高闾议曰:

> 魏承汉,火生土,故魏为土德。晋承魏,土生金,故晋为金德。赵承晋,金生水,故赵为水德。燕承赵,水生木,故燕为木德。秦承燕,木生火,故秦为火德。秦之未灭,皇魏未克神州,秦氏既亡,大魏称制玄朔。故平文之庙,始称"太祖",以明受命之证,如周在岐之阳。若继晋,晋亡已久;若弃秦,则中原有寄。推此而言,承秦之理,事为明验。故以魏承

---

① 载于《北朝研究》第2辑,第92页。

秦,魏为土德,又五纬表验,黄星曜彩,考氏定实,合德轩辕,承土祖未,事为著矣。①

李彪、崔光议曰:

> 自有晋倾沦,暨登国肇号,亦几六十余载,物色旗帜,率多从黑。是又自然合应,玄同汉始。且秦并天下,革创法度,汉仍其制,少所变易。犹仰推五运,竟踵隆姬。而况刘、石、苻、燕,世业促褊,纲纪弗立。魏接其弊,自有彝典,岂可异汉之承木,舍晋而为土耶?夫皇统崇极,承运至重,必当推协天绪,考审王次,不可杂以僭窃,参之强狡。神元既晋武同世,桓、穆与怀、愍接时。晋室之沦,平文始大,庙号太祖,抑亦有由。绍晋定德,孰曰不可,而欲次兹伪僭,岂非惑乎?②

论辩双方均为汉族士人,况且崔光是由南朝入北的平齐民,但这次关于正朔的论辩中,却没有丝毫涉及江左政权。这两种观点虽然一主张承前秦之火德而为土德,一主张承西晋之金德而为水德,但却有一共同点:不仅不承认刘宋,甚至也不再承认曾被道武、太武时的北方士人心向往之的东晋,将江左政权彻底排斥于正朔之外。虽然这很可能体现了孝文帝本人的正朔观念,但却是被北方士人广泛接受的,因此并没有遇到来自汉族士人的阻力和抗拒,于太和十五年正式颁行。由于确定了五德行次的正统地位,对此时的北魏君臣来说,其与南朝不再是胡汉政权的对立,而是正统与僭伪的差别。这种态度对于树立文化上的自信心有极大的推动作用。道武帝、太武帝以诛杀等方式来应对汉族士人对江左的仰慕,其实是因为他们仍在文化层面上具有自卑感。而这种心态在太和中期得以彻底扭转。不论是汉化程度较高的帝王宗室,还是河北、凉州等地出身的汉族士人,均已能够以从容的态度应对南朝文化,并不认为本国的文化水平劣于对方。这种态度是他们与入北南人相交接的基础。

在这一时期,入北南人不但在出任官职上难以进入北魏政权核心,而且也很难融入北魏社会。由于其来自僭伪之国的身份,北魏上层对他们的态度,往往存在两种模式:

从鲜卑贵族角度讲,太和时的北魏贵族,尤其是掌握兵权的宗室及上层

---

① 《魏书》第2745页。
② 《魏书》第2746页。

武将,往往对南人抱有不信任感乃至敌意,王肃常常是他们严加防范的对象。《魏书》卷一九《景穆十二王列传第七中·元澄传》曰:"世宗初,有降人严叔懋告尚书令王肃遣孔思达潜通宝卷,图为叛逆,宝卷遣俞公喜送敕于肃,公喜还南,肃与裴叔业马为信。澄信之,乃表肃将叛,辄下禁止。"①卷七六《张烈传》则云:"时顺阳太守王青石世官江南,荆州刺史、广阳王嘉虑其有异,表请代之。"②这种戒备心理并非无据,在这一时期,归降南人复南叛之事时有发生,甚至有些与王肃直接相关③。而与此同时,南齐方面也诈言王肃有归国之意,挑拨王肃与北魏君臣的关系④。因此,这种戒备往往受到孝文帝的默许乃至纵容。例如王肃为豫州时,咸阳王元禧向孝文帝称其难信,而孝文帝则称已选傅永为其长史,其潜台词应是傅永身负监督王肃之任。

另外,北魏诸王对刘昶"每侮弄之,或戾手啮臂,至于痛伤,笑呼之声,闻于御听"⑤,以往学者有将其解释为鲜卑的野蛮风俗,但似乎并无旁证,何况时至献文、孝文帝时,对皇子诸王的教育已要求甚严,如冯太后于太和九年立皇宗学,专门用于教育宗室子弟。且不论学养颇深的元澄、元勰,即使是未褪鲜卑习气、不好书学的废太子元恂,史中亦载"其进止仪礼,高祖皆为定"⑥,可见孝文帝对其进退举止要求甚严。在这种情况下,于"公座"之上公然嬉闹侮弄,似乎是不合常情的。窃以为,这一行为大概也是北魏贵族夸张地表达其对僭伪国降人的敌意,因此孝文帝才会像默许贵族宗室防范南人一样,纵容这一行为,即使"闻于御听",仍"每优假之,不以怪问"⑦。这种可称极端的行为,显示出北魏鲜卑贵族对逃亡南朝上层人士的矛盾态度。

而从汉族士人角度讲,孝文帝时的汉族士人,也已经对南朝降人失去了崔浩时的那种亲近与仰慕的态度,并不把其视为先进文化的代表者,其直接表现是《魏书》中对归降南人的文化水平往往评价不高,《刘昶传》中称其

---

① 《魏书》第 470 页。
② 《魏书》第 1685 页。
③ 《魏书》卷六一《沈文秀传附沈陵传》载:"及高祖崩,陵阴有叛心,长史赵俨密言于朝廷,尚书令王肃深保明之,切责俨。既而果叛,杀数十人,驱掠城中男女百余口,夜走南入。"(第 1368 页)
④ 《南齐书》卷一九《魏房传》:"时王肃伪征南将军、豫州都督。朝廷既新失大镇,荒人往来,诈云肃欲归国。少帝诏以肃为使持节、侍中、都督豫徐司三州、右将军、豫州刺史、西丰公,邑二千户。"(第 470 页)
⑤ 《魏书》卷五九《刘昶传》,第 1308 页。
⑥ 《魏书》卷二二《孝文五王传·废太子恂传》,第 588 页。
⑦ 《魏书》第 1308 页。

"学不渊洽,略览子史"①,《王肃传》则称王肃"自谓《礼》《易》为长,亦未能通其大义也"②。而从一些记载来看,北朝士人对归降南人甚至颇有疏离排斥之感。《魏书》卷六〇《韩麒麟传附韩显宗传》载太和二十一年韩显宗击退萧鸾军之事,曰:

> 显宗至新野,高祖诏曰:"卿破贼斩帅,殊益军势,朕方攻坚城,何为不作露布也?"显宗曰:"臣顷闻镇南将军王肃获贼二三,驴马数匹,皆为露布,臣在东观,私每哂之。近虽仰凭威灵,得摧丑虏,兵寡力弱,擒斩不多。脱复高曳长缣,虚张功捷,尤而效之,其罪弥甚。臣所以敛毫卷帛,解上而已。"③

此外,在有南北士人共同参与的文化论辩中,太和时的北方士人所持的已是与南人平起平坐,不落其后的态度,甚至带有争胜心态。而《魏书》中所载的数次王肃与北方士人争论之事,竟无不以王肃为北士所屈告终。值得注意的是,每当此时,孝文帝的反应往往是欢喜大笑。这是因为,北方士人在辩论中胜过南人,在某种意义上意味着北魏文化胜过了南朝文化。孝文帝的态度非但不能说明其仰慕南朝文化,反而是北魏文化自豪感的体现。

然而,太和时期的文化自尊心同样表现为北魏君臣对南朝文化并不是一味地否定,而且在相当多的方面也抱有欣赏甚至学习的心态。不过孝文帝君臣最为仰慕的南朝士人却并非王肃,而是从不曾入北的王融。这是一个有趣的现象:虽然文学史研究中曾低估了王融在南齐文化中的地位,但他在永明时毕竟只是文坛领袖之一,绝非独领风骚的人物,而在当时的北魏,他似乎具有不同寻常的地位,上至孝文帝,下至出使南齐的宋弁、房亮,均对其不吝称美。最令人费解的是正光元年(520)《李璧墓志》中的一段志文:

> 昔晋人失驭,群书南徙。魏因沙乡,文风北缺。高祖孝文皇帝追悦淹中,游心稷下,观书亡落,恨阅不周,与为连和,规借完典。而齐主昏迷,孤违天意。为中书郎王融思狎渊云,韵乘琳瑀,气轹江南,声兰岱北,耸调孤远,鉴赏绝伦,远服君风,遥深纻缟,启称在朝,宜借副书。④

---

① 《魏书》第 1307 页。
② 《魏书》第 1407 页。
③ 《魏书》第 1344 页。
④ 赵超著:《汉魏南北朝墓志汇编》,天津:天津古籍出版社,2008 年,第 118 页。

在墓志中突然插入对他人的评价且与墓主并无关联,这违背了墓志的体例。何况北魏墓志中对南朝大体上持贬抑态度,这种对南人的称美之词,在现存北魏墓志中几乎绝无仅有。虽然笔者尚不能理解撰者为何要插入这样一段内容,但它以极端方式表现出了魏人对王融的推崇,并且很可能为此提供了解释:这种态度的出现,很可能与太和中期北魏向南齐求借书有直接关系。

据曹道衡考证,北魏求书于南齐,王融上《上疏请给虏书》是在南齐武帝永明六年(488年,即北魏孝文帝太和十二年)事,但此年无北使至建康,窃以为此事发生在次年邢产、侯灵绍出使南齐之后。《南齐书》卷四七《王融传》载"虏使遣求书,朝议欲不与",王融上疏请与之副书,武帝诏答曰"吾意不异卿。今所启,比相见更委悉",但事终不行①。然揣摩《李璧墓志》之意,似乎借书之事竟由王融促成。向南齐借书如果成功,对北魏文化建设和汉化改革的推动作用,势必较刘昶、王肃等一二南人入北更为重要,而北人对王融的特殊好感也就可以理解了。退一步讲,即使正如南朝史书所载,借书之举未成,王融"求给虏书"的上书毕竟是符合北魏需求的。从这个角度看,魏人看重王融,并非仅因其文学水平与文化地位,而是因为其对北魏文化建设有所帮助。这也就可以说明,北魏君臣已能够确定自身的立场,并以此为出发点,来评价南朝文化与士人。而这正是由文化上的自我意识和自信心的树立所造成的。

一旦了解了太和时北魏国家正统地位和文化自信心的确立,就可以理解,在这种氛围的引导下,北魏君臣在文化改革中,会以独立而自信的态度按照其思路推动改革进程,即使有吸收南朝文化之处,也是适度地依本国所需借鉴和吸收。有学者认为,孝文帝对南朝人士及文化抱有溢于言表的喜好之心,但窃以为,这种心态对于太武帝时的北方士人如崔浩等来说尚有可能,但时至太和时,则是不论帝王贵族还是汉人臣子,均已不太可能带有此态度,因为它已不符合当时政权与文化上的双重正统观念。

那么,"孝文帝以王肃等南人为媒介,模仿了南朝文化制度"这一习见又是如何形成的呢?这是南北双方国家正统性之争所带来的结果。不过,与北魏正统性表现在实际的政治行为之中不同,南朝在这一问题上对其正统性的维护,相对隐蔽地体现在史书记载之中。

史书本就是树立本国政权正统性的重要途径,孝文帝议定五德行次时,

---

① 《南齐书》第819页。

即以"彪等职主东观,详究图史,所据之理,其致难夺"①的原因,采纳了多年掌著作、修国史的李彪、崔光的意见。而他们的正朔观念自然也反映在其所修史书中,并最终被魏收继承。从这个角度来看,《魏书》中所体现出的对归降南人颇为不以为然的评价,也许能够体现李、崔等人的态度。而与此同时,南朝史书中同样渗入了宋、齐、梁诸朝史官的正统意识,因此其对史事的记载与北朝史书常有区别。例如《魏书》中记载对李孝伯、张畅对接之事时,有以下一段内容:

> 孝伯曰:"君南土士人,何为著屩?君而著此,将士云何?"畅曰:"士人之言,诚为多愧。但以不武,受命统军,戎陈之间,不容缓服。"孝伯曰:"永昌王自顷恒镇长安,今领精骑八万直造淮南,寿春亦闭门自固,不敢相御。向送刘康祖首,彼之所见王玄谟,甚是所悉,亦是常才耳。"②

《宋书》而对此的记载则为:

> 孝伯又曰:"君南土膏粱,何为著屩。君而著此,使将士云何?"畅曰:"膏粱之言,诚为多愧。但以不武,受命统军,戎阵之间,不容缓服。"孝伯又曰:"长史,我是中州人,久处北国,自隔华风,相去步武,不得致尽,边皆是北人听我语者,长史当深得我。"孝伯又曰:"永昌王,魏主从弟,自顷常镇长安,今领精骑八万,直造淮南,寿春久闭门自固,不敢相御。向送刘康祖头,彼之所见。王玄谟甚是所悉,亦是常才耳。"③

二者字句几乎全同,惟《宋书》中多"长史,我是中州人,久处北国,自隔华风,相去步武,不得致尽,边皆是北人听我语者,长史当深得我"一句,而恰是这一句,使李孝伯在这两部史书中的形象迥然不同。造成这一差异的原因,固然有可能是北魏史官为维护北魏尊严而删去了这一句,然而从对整个事件的记载来看,这句示好之辞与李孝伯始终不卑不亢、应答机辩的使节风范大相违背,而且本为一往一复的对话,至此突然变为李孝伯连说两句而张畅并无回应之辞,也显得甚为突兀。此外,沈约《宋书》至迟在孝明帝正光年

---

① 《魏书》卷一〇八《礼志》,第 2747 页。
② 《魏书》卷五三《李孝伯传》,第 1170—1171 页。
③ 《宋书》卷五九《张畅传》,第 1603 页。

间已传入北魏,李孝伯子李豹子于正光三年(522)上书曰:"刘氏伪书,翻流上国,寻其讪谤,百无一实,前后使人,不书姓字,亦无名爵。至于《张畅传》中,略叙先臣对问,虽改脱略尽,自欲矜高;然逸韵难亏,犹见称载,非直存益于时,没亦有彰国美。"①则足可见二者中不合实情的,更可能是《宋书》,而所谓"自欲矜高",正是指其通过增改史实达到显示本国正统性的目的。

而这种以史笔来贬低对方,提升自身正统地位的做法,在《南齐书》的《魏虏传》中,则有了更为明显的体现。《魏虏传》中有以下几条记载:

少游,安乐人。虏宫室制度,皆从其出。②

是年(太和二十三年),王肃为虏制官品百司,皆如中国。凡九品,品各有二。③

每使至,宏亲相应接,申以言义。甚重齐人,常谓其臣下曰:"江南多好臣。"伪侍臣李元凯对曰:"江南多好臣,岁一易主;江北无好臣,而百年一主。"④

初,佛狸母是汉人,为木末所杀,佛狸以乳母为太后。自此以来,太子立,辄诛其母。一云冯氏本江都人,佛狸元嘉二十七年南侵,略得冯氏,濬以为妾,独得全焉。⑤

除最后一条外,上引记载在南北朝文化交流研究中被引用极其频繁,通常被当做南人为北魏制定制度,乃至孝文帝重视南人的论据。然而,它们是否可信,却是个需要辨明的问题。上文已经论述过,蒋少游为北魏制定宫室制度和王肃制定官制未必符合历史真实,上引孝文帝称"江南多好臣"之事,可信度也值得存疑。至于最后一条称冯太后为江都人,则与《魏书》所载生于长安者大相抵牾。这固然可能是将冯太后与献文帝生母文成李皇后混淆,但也有可能是有意为之,以此来加重冯太后——孝文帝改革中的南朝色彩。总之,《南齐书·魏虏传》中所下断语甚多,这不仅是史家之言,也是南朝士人的普遍观点。《南史》卷六二《徐摛传附徐陵传》载徐陵出使北魏,嘲魏收曰"昔王肃至此,为魏始制礼仪。今我来聘,使卿复知寒暑"⑥,与其说是王

---

① 《魏书》卷五三《李孝伯传附李豹子传》,第1174页。
② 《南齐书》第990页。
③ 《南齐书》第998页。
④ 《南齐书》第991—992页。
⑤ 《南齐书》第986页。
⑥ 《南史》第1523页。

肃在北魏的重要作用之旁证，倒不如说是南朝士人文化优势心态的体现。

南人有意地将北朝制度源头归于江左其实很好理解，作为向来以正朔自居的汉族政权，江左对北魏的看法并没有随其汉化改革、制度完善及正统性的确立而有所转变，而是始终将其视为索虏，不可能容许其在文化上与南朝平起平坐。而将北魏制度归为南人所传，就可以取得文化和政权地位等多方面都高其一等的优势地位。可以说，面对北魏中后期政治制度日趋完备，军事上亦胜于南朝的状况，江左政权一方面甚至要在官制改革中移花接木地借用北魏新制，一方面又拒绝承认国家实力的此消彼长，因此要通过史笔来维护其正统地位。就此说来，设立《魏虏传》的目的并非是客观地记录北魏历史，而是为了藉贬抑敌国来抬高本国的正统地位，因此其中与北朝历史记录相牴牾之处甚多，恐怕不能直接用作论据。

然而，持这一正统观的史籍，并非仅仅是南朝史官所撰。隋唐之初，在文化方面面临着尚北与宗南之间的抉择。虽然隋唐初年的律令、官制等政治制度主要沿袭了北朝系统，但南朝在文化方面的优势地位一时难以撼动。相比之下，南朝四史的水平确实高过北朝诸史。而唐初编撰前代诸史时，《北史》的编撰者李延寿同样负责编修《南史》，对南朝史书极为熟悉，因此他极有可能接受了南朝史书中的正统史观，并将其带入了《北史》的编撰中。《北史》中不但出现了"朝仪国典，咸自肃出"这种不见于《魏书》，却与《南齐书》《南史》观点相似的评价，更为有趣的是，上文所引《魏书》中对刘昶、王肃文化水平略带贬抑的评价均被删去，而且是一段之中，唯独删去此句，明显是有意为之。这均是李延寿接受了以南朝为正统的观念之证。此后南朝正统观成为主流，《资治通鉴》无疑也持此观点，并以江左朝代年号为编年，书中"凡威仪文物，多肃所定"的说法据李延寿而来，"王肃为魏制官品百司"则承《南齐书》而来。至此，南人为北魏定制度之事，虽并非当时实情，却随着南朝正朔意识的巩固而被确定下来，并被后人广泛接受，成为习见与共识。

值得一提的是，《魏书》中有意忽视乃至贬低南人的作用，实际上和南朝史书中夸大其作用一样，也带有以史笔巩固本国正统性的性质。因此，在讨论这一问题时，直接引用南北史之中的结论均是不甚稳妥的，相比之下，通过分析改革的参与者、内容与成果来辨别其性质，也许能获得更为客观的结果。

结　　语

本章意图讨论南朝士人及其所代表的南朝文化在太武帝至孝文帝时期

被北魏社会接纳的情况,却用较长的篇幅讨论这一时期内北方士人在北魏的地位和作用。窃以为,这是有必要的,因为北朝君臣对南朝文化的接纳,实际上是以其对自身政治、文化的定位为基础。只有了解了汉化改革进程中不同文化集团所占的比重,才能更为清晰地了解南朝文化在其中到底处于什么位置,以及南朝士人及其所代表的南朝文化在太武帝至孝文帝时期如何被北魏社会有目的、有选择地接纳。

通过上文中的各方面分析,能够得出两个结论。

第一,将青齐士人和归降南人统称为"入北南人",并且将他们在北魏中期汉化改革中的作用混为一谈,是不甚符合实情的。青齐士人从地位、身份、文化背景等各个方面来说,都与正统的南朝士族有相当大的差别。而二者在进入北魏之后,青齐士人由于与河北士人,或者说慕容燕文化集团的密切关系,迅速且顺利地进入了北魏政治与文化的核心,而由于当时北魏正朔意识和文化自我意识的树立,上层人士对南朝士人抱有隔阂感,因此只能以边境自效的方式进入北魏政权。由此看来,二者融入北魏社会的方式是完全不同的,青齐士人的进入可被称为"内迁模式",实际上是一种河北文化支系向本文化圈的回归,因此受到的阻力甚小。而以"归降模式"入北的南人,尤其是其中的士族,其融入北魏社会的速度则要缓慢得多,而且带有"异类"色彩的身份标签,直到孝文帝末年乃至宣武帝初期仍未能消除。

第二,历来的研究中,有不少都夸大了以王肃为代表的南朝士人在孝文帝汉化改革中的作用。通过分析文化制度改革的各个方面可以发现,这次改革的主要参与者是以河北士人为主体,河西士人次之的北方大族士人阶层。从历史渊源来讲,它是慕容燕文化集团在北魏的重组与延续,秉承了魏晋乃至汉代河北士人的学术传统,而从改革的背景机构来说,参与者以中书省为依托,都曾经有在中书省就学和任职的经历,因此具有相同的知识结构和政治理念,常年负责为孝文帝制撰诏令,也使他们非常了解应该如何以自身学识为孝文帝的政治意图代言。从个人学识水平来讲,虽然日后的北地三才等人在文学素养上要优于这一代士人,但李冲、李彪、刘芳、崔光、邢峦、郭祚等人,在学术素养上都已经甚为成熟,有足够能力支持此次改革以及日后的余绪。在这种情况下,虽然有零星南士直接参与改革或者起到参谋建议的作用,但是想要打破这一成熟文化集团的整体架构,以个人之力改变这次改革的方向,是不甚可能的。至于"南士为北魏制定各方面制度"这一观点,实际上是在《南齐书》中提出,并且在日后被持南朝正统论的各种史籍所接受,因此一直流传下来,并逐渐成为主流意见的。这是北魏文化改革中必须辨明的一个问题。

虽然本章中认为王肃在孝文帝时起到的主要是政治、军事上的作用,而并非传播文化思想的关键人物,但不可否认的是,在将南朝文化传入北魏的进程中,琅琊王氏起到了非常重要的作用。不过进行这一工作的并非王肃,而是在他去世前不久集体入北的,其子侄辈的家族成员。他们在北魏社会和文化中均获得了与前辈南士有着极大差别的地位,并造成了南朝文化的北传及与北朝文化的碰撞交流。然而,造成这一现象的根本原因,是因为在宣武帝至孝明帝统治时期,北朝上层人士看待南士的态度再次发生了变化。

附表一:崔旷一系婚姻关系图

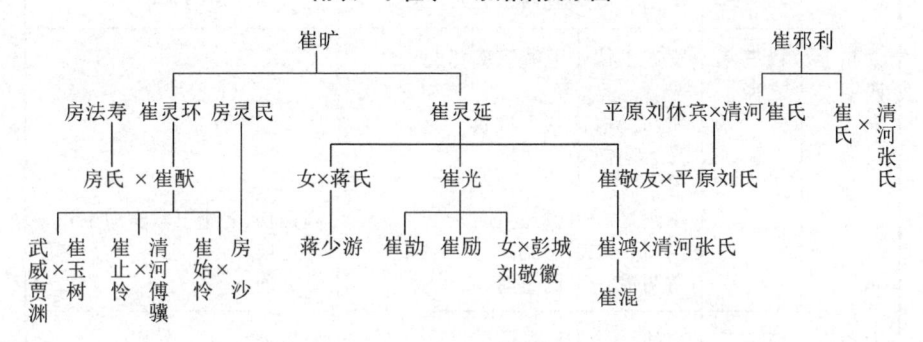

```
                                     崔旷                              崔邪利
        ┌──────────┬─────────┐         ┌─────────┬────────┐         ┌──────┐
     房法寿      崔灵环    房灵民       崔灵延              平原刘休宾×清河崔氏   崔氏×清河张氏
                    │
                  房氏×崔猷           女×蒋氏   崔光           崔敬友×平原刘氏
        ┌────┬────┬────┬────┐        │      ┌──┬──┐        ┌────────┐
       武   崔   清   崔   房        蒋少游   崔劼 崔励  女×彭城    崔鸿×清河张氏
       威   玉   河   始   沙                         刘敬徽       │
       贾   树   止   怜                                           崔混
       渊       怜   傅
                    骥
```

附表二:崔修一系婚姻关系图

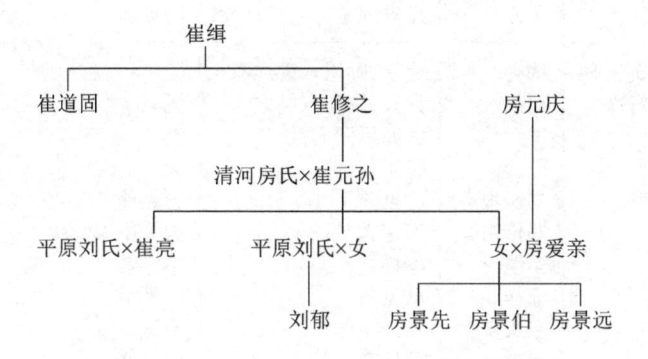

```
                        崔缉
              ┌──────────┴──────────┐
            崔道固              崔修之           房元庆
                                  │
                            清河房氏×崔元孙
              ┌──────────────┼──────────────┐
         平原刘氏×崔亮    平原刘氏×女        女×房爱亲
                              │          ┌────┬────┐
                             刘郁        房景先 房景伯 房景远
```

附表三:彭城刘氏与河北/青齐大族的婚姻关系

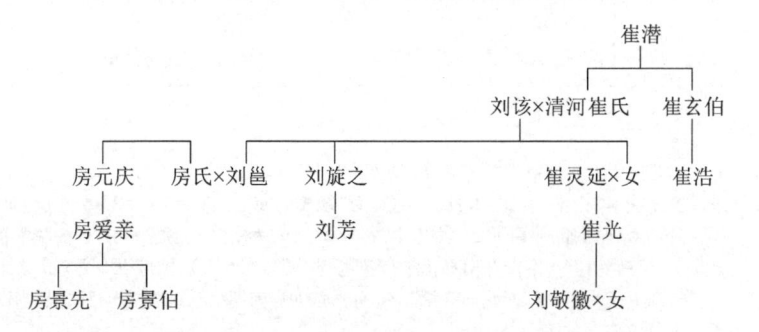

```
                                                          崔潜
                                                    ┌──────┴──────┐
                                                 刘该×清河崔氏  崔玄伯
              ┌───────┬──────┬──────┐                 │
           房元庆   房氏×刘邕  刘旋之           崔灵延×女      崔浩
              │               │                    │
            房爱亲           刘芳                  崔光
         ┌────┴────┐                            │
       房景先    房景伯                        刘敬徽×女
```

附表四：太和年间议礼活动参与者概况

时间	内容	参加者	籍贯身份	是否曾在中书省任职
太和十三年	议祫禘	游明根	广平任人	世祖擢为中书学生
		郭祚	太原晋阳人	高祖初任中书博士,转侍郎
		封琳	勃海蓚人	显祖末任中书博士,高祖初转侍郎
		崔光	东清河鄃人,平齐民	太和六年任中书博士,迁侍郎
		高闾	渔阳雍奴人	太平真君九年任中书博士,和平末迁侍郎
		高遵	勃海蓚人	太和初年任中书侍郎
		李韶	陇西狄道人	延兴中为中书学生
太和十四年	议三年之丧	安定王休等	北魏宗室九人	
		尉元、穆亮、陆叡等	代人贵族	
		李彪	顿丘卫国人	高祖初,为中书教学博士
		高闾	已见前	已见前
		游明根	已见前	已见前
太和十四年	议五德行次	高闾	已见前	已见前
		李彪	已见前	已见前
		崔光	已见前	已见前
太和十五年	定五德行次	穆亮	代人,勋臣八姓之首	无
		陆叡	代人,勋臣八姓之一	无
		王元孙①	太原晋阳人	无
		冯诞	长乐信都人	无
		游明根	已见前	已见前
		邓侍祖②	安定人	曾为中书学生
		李恺	不详	不详
		郭祚	已见前	已见前
		卫庆③	不详	不详
		封琳	已见前	已见前
		崔挺	博陵安平人	太和初拜中书博士,转中书侍郎
		贾元寿	齐郡益都人	时为中书侍郎

---

① 王元孙即文明太后倖臣王叡子王袭,袭父爵中山王。
② 邓侍祖,《魏书》中惟《礼志》载此人,称其为"散骑常侍、南部令"(第2746页)。而卷二四《邓渊传》载邓渊孙、邓颖子、邓宗庆"以中书学生,入为中散。稍迁尚书,加散骑常侍,赐爵定安侯。转典南部。宗庆在南部积年,多所敷奏"(第636页),疑侍祖即为宗庆之字。
③ 《礼志》载卫庆为"右丞、霸城子"(第2746页),按太和前期韦珍封霸城子,疑"卫"当作"韦"。

续表

时间	内容	参加者	籍贯身份	是否曾在中书省任职
太和十六年	祭孔子	刘昶 游明根 李韶	彭城人，刘宋义阳王 已见前 已见前	无 已见前 已见前
太和十九年	议定圜丘	元禧 元澄 穆亮 刘芳 崔逸 李彪	北魏宗室 北魏宗室 已见前 彭城人，平齐民 博陵安平人 已见前	无 无 无 太和时拜中书博士，后迁中书侍郎 起家时征拜中书博士 已见前

附表五：北魏前期、中期修律参与者概况

时间	参与者	籍贯	是否曾在中书省任职
道武帝时	崔玄伯 邓渊 王德	清河东武城人 安定人 不详	无 无 无
太武帝时	高允 公孙质 李虚 胡方回 游雅	渤海人 燕郡广阳人 不详 安定临泾人 广平任人	神䴥中拜中书博士，转侍郎 初为中书学生，迁博士，定律令时为中书侍郎 时为中书侍郎 由中书博士迁侍郎 征拜中书博士
孝文帝时	穆亮 冯诞 源思礼 李冲 李韶 游明根 高闾 高遵 高绰 封琳 高祐 崔挺 李彪 郑道昭	代人 长乐信都人 西平乐都人 陇西狄道人 陇西狄道人 广平任人 渔阳雍奴人 勃海蓨人 勃海蓨人 勃海蓨人 勃海蓨人 博陵安平人 顿丘卫国人 荥阳开封人	无 无 无 已见上表 曾为中书学生 已见上表 已见上表 已见上表 不详 已见上表 拜中书学生，转博士、侍郎 已见上表 已见上表 为中书学生，后兼中书侍郎

续表

时间	参与者	籍贯	是否曾在中书省任职
世宗时	元雍、元勰等	北魏宗室四人	无
	常景	河内温县人	无,于门下省任职多年,世宗崩后方为中书舍人
	刘芳	彭城人	已见上表
	崔光	东清河鄃人	已见上表
	崔鸿	东清河鄃人	无
	李韶	陇西狄道人	已见上表
	孙绍	昌黎人	无
	袁翻	陈郡项人,第二代入北南人	无
	张彪①	不详	不详
	侯坚固	冀州人	不详
	高绰	勃海蓨人	无
	邢苗	河间人	不详
	程灵虬	本广平曲安人,平凉户	
	王元龟②	不详	不详
	祖莹	范阳遒人	少为中书学生
	宋世景	广平人	无
	李琰之	陇西狄道人	曾任中书侍郎
	公孙崇	不详,应为燕君人	无
	郑道昭	荥阳开封人	已见前
	王显	阳平乐平人	无

附表六：北魏前期、中期归降南人身份构成与仕宦情况

姓名	身份	籍贯氏族	入北方式	是否在边	官职	参与战役
司马休之	东晋宗室	河内温人	逃亡	无	无	无
司马文思	同上	同上	逃亡	是	1. 都督荆梁南雍三州诸军事,征南大将军 2. 云中镇将	太平真君三年征刘义隆将裴方明,南下襄阳

---

① 《北史》及《通志》《册府元龟》均载为"张彪",惟《魏书》载为"张虎",生平未详。
② 按,《魏书》中载"王元龟"仅此一处,不详其生平,疑其即王叡之子王椿(字元寿)。王叡一门贵盛,椿兄袭曾参与太和议礼,已见前表。而王椿恰于正始前不久任羽林监,很可能即是此处的"王元龟"。

续 表

姓 名	身份	籍贯氏族	入北方式	是否在边	官 职	参与战役
司马国璠	同上	同上	逃亡	不详	封淮南侯,三年后以谋反被诛	不详
司马叔璠	同上	同上	逃亡	不详	安远将军	不详
司马道赐	同上	同上	逃亡	不详	封池阳侯,与国璠同伏诛	不详
司马楚之	同上	同上	逃亡	是	1. 安南大将军 2. 都督梁益宁三州诸军事、镇西大将军、扬州刺史 3. 镇西大将军、云中镇大将、朔州刺史	1. 太武帝初年,屯颍川拒刘义隆 2. 神䴥三年破到彦之别军。 3. 神䴥四年平滑台 4. 太平真君三年征刘义隆将裴方明,会于仇池,南趋寿春 5. 从征凉州,伐蠕蠕
司马景之	同上	同上	逃亡	不详	征南大将军	不详
司马准	同上	同上	率户归国	是	宁远将军、相州刺史、广宁太守	不详
司马顺明	同上	同上	逃亡	不详	不详	不详
司马道恭	同上	同上	逃亡	不详	不详	不详
司马爱之	同上	同上	逃亡	不详	不详	不详
司马秀之	同上	同上	逃亡	不详	不详	不详
司马天助	同上	同上	逃亡	是	平东将军、青徐二州刺史;都督青徐兖三州诸军事、征东将军	1. 太平真君三年,与文思等南讨,趋济南 2. 从驾北征
刘昶	刘宋宗室	彭城	逃亡	曾南讨	侍中、征南将军、内都坐大官、仪曹尚书、中书监、都督吴越楚彭城诸军事,大将军	太和初南伐,太和十七、十八年讨义阳

续　表

姓　名	身份	籍贯氏族	入北方式	是否在边	官　职	参与战役
温楷	武将	不详	逃亡	不详	与国璠同被诛	不详
鲁轨	武将	雍州扶风人	逃亡	是	宁远将军、荆州刺史	太平真君三年征刘义隆将裴方明,随司马文思南征荆州
韩延之	士族	南阳赭阳人	逃亡	是	虎牢镇将	不详
殷约	不详	不详	逃亡	不详	不详	不详
桓谧	士族	谯国人	逃亡	不详	不详	不详
桓璲	士族	谯国人	逃亡	不详	不详	不详
桓道子	士族	谯国人,桓温孙	逃亡	不详	不详	不详
刁雍	士族	勃海蓨人	逃亡	是	1. 建义将军 2. 镇东将军、青州刺史 3. 平南将军、徐州刺史 4. 都督扬豫兖徐四州诸军事,征南将军,徐兖二州刺史 5. 薄骨律镇将	1. 泰常年间,攻徐兖,斩刘裕将李嵩于蒙山,进屯固山 2. 攻青州,克项城 3. 太平真君三年征刘义隆将裴方明,东趋广陵,南至京口
袁式	士族	陈郡阳夏人	逃亡	否	封阳夏子,似未出仕。	无
王慧龙	士族	太原晋阳人	逃亡	是	1. 南蛮校尉,安南大将军左长史 2. 楚兵将军 3. 荥阳太守	1. 始光三年应谢晦求援,拔刘宋思陵戍,围项城 2. 神䴥三年讨滑台 3. 在任十年,招携边远,屡克到彦之、檀道济
韦道福	士族	京兆杜陵人	徐兖内附	是	安远将军,家于彭城	无

续　表

姓　名	身份	籍贯氏族	入北方式	是否在边	官　职	参与战役
韦欣宗	士族	京兆杜陵人	徐兖内附	是	彭城内史、宋王谘议参军、徐州刺史长史	无
韦　崇	士族	京兆杜陵人	随母逃亡	无	解褐为中书博士,转司徒从事中郎	无
郑德玄	士族	荥阳开封人	淮南内附	是	荥阳太守	无
崔　模	士族	清河东武城人	滑台归降	无	宁远将军	不详
崔邪利	士族	清河人	鲁郡内附	是	广宁太守	不详
刘　藻	士族	广平益阳人	以外戚身份归附	是	北地太守、雍城镇将、离城镇将、平南将军	1. 太和十八年与刘昶、元衍等共南伐,出兵南郑 2. 太和二十二年受王肃节度,救涡阳
张　忠	士族	清河东武城人	归降	不详	新兴太守	无
张　谠	士族	清河东武城人	随徐兖内附	是	东徐州刺史、平远将军	无
成　淹	士族	上谷居庸人	随青齐内附	否	著作郎、主客令、羽林监等	无
王　肃	士族	琅琊临沂人	逃亡	是	辅国将军、大将军长史、平南将军、都督豫□东郢三州诸军事、豫州刺史;镇南将军、都督豫、南兖、东荆、东豫四州诸军事	1. 太和十八年,随刘昶讨义阳 2. 破萧鸾将裴叔业 3. 太和二十二年,攻萧鸾义阳,救涡阳 4. 世宗初,与元勰赴寿春,破死虎,进讨合肥

续 表

姓 名	身份	籍贯氏族	入北方式	是否在边	官 职	参与战役
房伯玉	士族	清河人	平齐民南叛后战败归降	是	世宗时为冯翊相	
薛辩	武将	河东汾阴人	逃亡	是	平西将军、雍州刺史	史载其"立功于河际",具体不详
严棱	武将	冯翊临晋人	率众归降	是	平远将军、荆州刺史、中山太守	不详
毛修之	武将	荥阳阳武人	随地内附	是	吴兵将军、步兵校尉、前将军	1. 神䴥中领吴兵讨蠕蠕大檀 2. 从太武帝平凉 3. 从讨和龙,破三堡
朱修之	武将	不详	滑台被俘	是	云中镇将	从毛修之等讨和龙
薛谨	武将	同上	逃亡	是	河东太守、平西将军、秦州刺史、安西将军	始光中讨赫连昌,讨山胡白龙。太延初征吐没骨
常珍奇	武将	汝南人	以悬瓠内附	是	平南将军、豫州刺史,岁余南叛	无
薛安都	武将	河东汾阴人	以徐州内附	是	都督徐、南北兖、青、冀五州、冀州之梁郡诸军事,镇南大将军,徐州刺史	无
薛真度	武将	同上	随安度内附	是	镇远将军、平州刺史、平南将军、护南蛮校尉、荆州刺史	1. 随孝文帝南讨 2. 太和十八年萧赜将曹虎诈降,真度督四将出襄阳 3. 征赭阳
毕众敬	武将	东平须昌人	以兖州内附	是	宁南将军、兖州刺史	无

续 表

姓　名	身份	籍贯氏族	入北方式	是否在边	官　职	参与战役
毕元宾	武将	同上	随众敬内附	是	平南将军、兖州刺史	无
田益宗	蛮帅	光城蛮	率众归附	是	都督光城弋阳汝南新蔡宋安五郡诸军事、冠军将军、南司州刺史、东豫州刺史	世宗初破萧衍将吴子阳等
崔延伯	武将	博陵人	归降	是	征虏将军、荆州刺史等	世宗时讨萧衍将赵祖悦等
孟　表	武将	济北蛇丘人	以郡归附	是	辅国将军、南兖州刺史,镇涡阳,后为征虏将军、济州刺史	固守涡阳,拒萧鸾将裴叔业

第二章　墓志文献中所见的入北琅琊王氏

——兼论宣武、孝明帝时期对待入北南人态度的转变

北魏宣武、孝明二帝统治时期，南北关系非常敏感。一方面是两国始终处于战争状态，且激烈程度胜过前朝，经常出现斩首数万的情况。而从另一方面讲，北魏内部对南朝士族的态度却逐渐产生变化，并且为此后北魏士人热切学习南朝文学的风气打下了基础。因此可以说，在北朝接纳南朝文化的过程中，宣武帝至孝明帝时期是个重要的转折阶段。

由于江左的梁武帝统治前期社会比较安定，因此在正光年间梁豫章王萧综北逃之前的二十多年中，南朝很少有上层人士逃亡入北的情况，倒是北魏方面因为胡太后、元叉等人的擅政，政治局势日渐混乱，使得不少宗室和士人叛逃江左。不过，在宣武帝景明初年，有两次南朝士族集体入北的事件，涉及人员较多，影响也颇为甚远，在其中显示出南士在北方的地位变化。

宣武帝时第一次南人集中入北的原因，是裴叔业以寿春归降北魏。虽然这从本质上来说属于武将据地归附，但裴叔业本人身为河东裴氏成员，其子侄、僚属中不少人都是士族出身，具有高门子弟的才学修养和行事风度。例如裴叔业从子裴植"少而好学，览综经史，尤长释典，善谈理义"①，裴粲"沉重，善风仪"②，叔业从姑子北地梁佑"从容风雅，好为诗咏"③，其下属中清河崔高客"博学，善文札，美风流"④，天水阎庆胤"博识洽闻，善于谈论，听其言说，不觉忘疲"⑤。而这些人入北后的经历，也显示出宣武帝时，南方士人在北方的身份与地位已经发生了变化。

---

① 《魏书》卷七一《裴叔业传》，第1570页。
② 《魏书》第1573页。
③ 《魏书》第1579页。
④ 《魏书》第1580页。
⑤ 《魏书》第1580页。

此时入北的南朝士族,已经不惮于强调本身的高门士族身份,并试图以此换取特殊待遇。裴植"公私集论,自言人门不后王肃,怏怏朝廷处之不高"①,不仅如此,他甚至"又表毁征南将军田益宗,言华夷异类,不应在百世衣冠之上"②,不顾当时田益宗甚受宠遇的实情,试图以身份为依据压低其地位。这应该是因为他久在江左,习惯了以出身门第来区分高低清浊,没有接受北魏对待南朝降人以勋而不以氏族身份的标准。这无疑打乱了北魏多年来通行的惯例,不符合鲜卑贵族等北魏上层的利益,因此"侍中于忠、黄门元昭览之切齿,寝而不奏"③,甚至裴植最终被于忠矫诏杀害,也与此事不乏关系。然而,《魏书·裴叔业传》中将其僚属清晰地分为"爪牙心膂所寄者"④和"衣冠之士,预叔业勋者"⑤两类,"爪牙心膂所寄"之中基本是武将,出身均非名门,其中记魏承祖的身份时明确写为"广陵寒人也"⑥,这种明确地以出身高低将入北小集团的成员区分开来的情况,在孝文帝时是不曾出现的。从这一点来看,似乎北魏本地人士也接受了这种士人与寒人身份的差异。

另外,宣武帝正始元年(504)任命南朝降人时,采取的是"随才擢叙"⑦,这与太武帝时命南人驻于北镇,有战事需要时再将其派往南方边境的做法,以及孝文帝依南人入国之地就近派遣其为地方官员的做法都不相同,是一种新的选拔标准。之所以会出现这种变化,很可能是与太和晚期至景明时的官制改革有关。太和十九年《品令》是以纠正"清浊同流,混齐一等,君子小人,名品无别"的状况为目的,并且将"士人品第"与"小人之官"分开,创立了流外七班制度。在《品令》颁行一段之间之后,这种分类方法为人所接受,必然会导致时人树立起重视士族身份和官职清浊的意识。也就是说,此时开始出现的,区分入北南人身份的看法,并不是因为宣武帝继位之后入北的南士在身份和作用上高过前人,而是因为重视清浊之辨的习惯已经在北方流传开来,这也就再一次印证了,北人看待、接纳南人的态度,是建立在其自身定位的基础上的。

在裴叔业集团入北之后不久,发生了宣武帝初年第二次南朝士族集体入北事件,其参与者是琅琊王氏王奂的子孙辈,数量大概有近十人。虽然人

---

① 《魏书》第1570页。
② 《魏书》第1570页。
③ 《魏书》第1570页。
④ 《魏书》第1578页。
⑤ 《魏书》第1579页。
⑥ 《魏书》第1578页。
⑦ 《魏书》卷八《世宗纪》,第198页。

数上大概不如随同裴叔业入北的亲戚僚属，但作为南朝的第一流士族高门，琅琊王氏中的这一支在北魏宣武帝即位之初集中入北，对北朝文学、文化的发展起到了相当大的作用。与孝文帝时期的入北士人相比，他们进入北魏上层的方式既带有裴叔业集团同样表现出的普遍性，也具有由其家族地位决定的独特性，能够反映出宣武帝后期至孝明帝朝这段时间内，北人对南朝态度的变化。而王氏成员墓志的集中出土，更有助于研究者了解其家族在北的生活状态。因此，入北琅琊王氏比裴叔业集团更具有研究价值。

目前已有墓志出土的王氏成员中，男性有王肃子王绍、王肃从子王诵与王翊，女性有王肃女王普贤、王翊女王令媛和尚不能确认身份的元飏妻王夫人。此外，与王氏有姻亲关系的，则有王诵的两位妻子宁陵公主和元贵妃、王令媛之夫、王肃外孙广阳王湛以及元飏等。这些人的墓志结合史书中的记载，可以勾勒出琅琊王氏在北魏后期婚姻、仕宦、参加文化活动等情况。其中最具有代表性的是由王衍、李奖同撰的王诵墓志。因此，本章中着重对王诵墓志进行考释，再结合其他人的墓志，对琅琊王氏融入北魏社会的过程进行探讨。

第一节 入北琅琊王氏成员的基本状况

在《魏书》《北史》等史籍，以及王氏成员墓志中，记载了一系列入北琅琊王氏成员在北朝的生活状况，包括入北的时间、人员，在北的住所、葬地等。这些虽属于细节问题，但也能体现出以琅琊王氏为代表的南朝士人在北朝的地位。因此，在讨论其婚宦情况之前，有必要先对这些基本情况略作分析。

一、王奂子孙的集中入北

早在南齐永明十一年（北魏太和十七年，493）王奂被杀时，王肃就已逃至北方，但此次仓皇入北，并没有携亲眷子侄。《魏书》卷六三《王肃传附王绍传》曰："绍，肃前妻谢生也。肃临薨，谢始携二女及绍至寿春。"①同卷《王肃传附王秉传》又曰："肃弟秉，字文政。涉猎书史，微有兄风。世宗初，携兄子诵、翊、衍等入国。"②王肃于景明二年（501）薨于寿春，而王普贤墓志云：

---

① 《魏书》第1412页。
② 《魏书》第1412页。

"考昔钟家耻，投诚象魏。夫人痛皋鱼之晚悟，感树静之莫因，遂乘险就夷，庶恬方寸。惟道冥昧，仍罹极罚，茹荼泣血，哀深乎礼。"①王绍墓志则称："君年裁数岁，便慨违晨省，念阙温清，提诚出崄，用申膝庆。天道茫茫，俄钟极罚，婴号茹血，哀瘠过礼。"②都说明王普贤姐弟入国后不久，王肃即去世，可以印证《王肃传》的记载。由此看来，谢氏入北应在景明元年中到景明二年前期左右，亦是世宗初年。则谢氏和王秉应并非分别北奔，而是携子侄辈同时自南入寿春投奔王肃。《王诵墓志》中载曰"尊卑席卷，投诚魏阙"③，也可说明王氏的此次入北人数颇多，除了史书中记载的王绍、王诵、王翊、王衍、王普贤等，不排除还有其他人的可能。例如《元飏妻王夫人墓志》的墓主，志中未载其父名，只称其为琅琊人，卒于延昌二年（513），而其夫元飏卒于次年，年四十五，则王氏大抵亦是王肃诸兄之女，与王普贤同辈，而年龄略长。

　　这批琅琊王氏成员入国之时，距家门之变已有五六年之久。选择在此时北奔，已不是为自身的生死担忧，而是出于对整个时局的不安。宣武帝景明元年（500），于南正值东昏侯永元二年。早在齐明帝末年，一些洞察时局的士大夫就已觉察到隐藏的政治危机，因此颇有抗表不应命者，其中以何胤、谢朓为代表。《梁书》卷一五《谢朓传》云："建武四年，诏征为侍中、中书令，遂抗表不应召。遣诸子还京师，独与母留，筑室郡之西郭。……时国子祭酒庐江何胤亦抗表还会稽。永元二年，诏征朓为散骑常侍、中书监，胤为散骑常侍、太常卿，并不屈。三年，又诏征朓为侍中、太子少傅，胤散骑常侍、太子詹事。时东昏皆下在所，使迫遣之，值义师已近，故并得不到。"④谢朓正是王肃妻谢氏之兄，他与母留居吴兴县，避不入京的做法，很可能会影响到谢氏，使其对时局抱有危机感。东昏即位之后，频杀大臣，永元元年（499）八月，始光王萧遥光举兵反，十一月，太尉陈显达又反于寻阳，局势日益动荡，这些都可能是谢氏、王秉为避祸而举家入北的原因。而其动身之时，最晚应不晚于永元二年（即北魏景明元年，500）冬十一月，其契机是萧衍于是月在雍州起兵，移檄京邑。如果是在此时从建康动身，至寿阳之时应在景明二年初，其时王肃适在寿春，而且与魏书中"肃临薨，谢始携二女及绍至寿春"的记载相符。

　　根据墓志和史籍中的记载，我们可以推断出王氏子弟入国时的年龄。

---

① 《汉魏南北朝墓志汇编》第 70 页。
② 《汉魏南北朝墓志汇编》第 82 页。
③ 《汉魏南北朝墓志汇编》第 242 页。
④ 《梁书》第 263 页。

其中以王诵年齿最长，生于齐高帝建元四年（482）①，以景明二年入国计，其时二十岁。王衍生于永明三年（485）②，其时十七岁。王普贤生于永明五年（487）③，其年十五岁。王绍最幼，生于永明十年（492）④，其时年方十岁。而王翊的生年则有两说，《魏书·王肃传附王翊传》载其"永安元年冬卒，年三十七"⑤，依此其生年为永明十年，与王绍同；而墓志称"春秋卌有五，永安元年岁在戊申十二月壬午朔廿日辛丑终于位"⑥，依此则应生于永明二年（484）。《魏书》和墓志中对其事迹均无明确纪年，而且"三十七"与"四十五"之差异也并不像是因形近而造成的，因此不能贸然断其正误。然而，王肃兄弟中，年纪较长的三人为王融、王琛、王彪，其后才为王肃、王爽、王弼、王秉等人，而王绍本为王肃幼子，较其女尚年幼五岁。次子王琛之子，于理似不应与其弟的幼子年龄相同，因此窃以为出生于永明二年，年纪介于王融长子、次子之间较为合理。

需要注意的是，这几位王氏子弟虽然入北时均为十许岁，年龄与刘芳、崔光等平齐民的代表人物相仿，但其在南朝文化传播上所起到的作用却截然不同。在王诵、王绍、王翊的墓志中，都有"解褐"或"起家"之语，可见他们在北魏年至弱冠便随即出仕。虽然他们随着在北生活日久，势必会接受北朝文化的影响，但在进入政坛之时，其知识结构内却仍以南朝文化占绝对优势地位，这就与在北生活数十年，学习了北朝文化思想方才得以出仕的青齐士人有着本质上的差别。另外，作为南朝冠冕士族，虽然王氏兄弟幼年便遭家变，但他们能够接触到的南朝文化，绝非远在南北中间地带的青齐士人可比。可以说，王氏子弟带至北魏的，是齐梁之际混杂着正统与新变色彩的南朝士族文化。而王诵诸兄弟年龄相差无几，几乎同时解褐出仕，并且均以清要之职进入北魏政府的核心，得以与诸王和北方士人等具有较高文化水平的北魏上层人士朝夕相处，这对南朝文化的北传有相当大的推动作用。从这个角度讲，王氏子弟的入北，是南北文化交流史中非常重要的事件。

---

① 《王诵墓志》载其建义元年卒，年四十七岁。见《汉魏南北朝墓志汇编》第242页。
② 《魏书》卷六三《王肃传附王衍传》载其"天平三年卒，年五十二"，则生年应为永明三年。见《魏书》第1413页。
③ 《王普贤墓志》载："春秋廿有七，魏延昌二年太岁癸巳，四月乙卯朔，廿二日乙巳，寝疾薨于金墉之内。"见《汉魏南北朝墓志汇编》第70页。
④ 《王绍墓志》载其："春秋廿有四，延昌四年八月二日遘疾薨于第。"见《汉魏南北朝墓志汇编》第83页。
⑤ 《魏书》第1413页。
⑥ 《汉魏南北朝墓志汇编》第254页。

二、琅琊王氏成员在洛阳的住所与葬地

关于南朝入北者在洛阳所居之地,《洛阳伽蓝记》卷三载曰:"吴人投国者,处金陵馆。三年已后,赐宅归正里。"①卷二"景宁寺"条则称归正里"民间号为'吴人坊',南来投化者多居其内。近伊洛二水,任其习御。里三千余家,自立巷市"②。从其规模、人数来看,绝大多数南人入魏后,应都居于此地。然而,入北的琅琊王氏子弟却均别有住处。

《洛阳伽蓝记》卷三"正觉寺"条曰:"劝学里东有延贤里,里内有正觉寺,尚书令王肃所立也。"又云:"肃博识旧事,大有裨益,高祖甚重之,常呼王生。延贤之名,因肃立之。"③可见王肃甫一至魏,就被安顿在延贤里内,并未入住金陵馆和归正里,而既然在延贤里中为前妻谢氏造正觉寺,则其子女在其去世后应仍居于此地。王诵妻元贵妃墓志则曰"岁次丁酉二月壬辰朔十四日乙巳亡于洛阳之学里宅"④,可见王诵亦未居归正里,而是住在与延贤里相比邻的劝学里内。延贤、劝学里虽与归正里同在城南,但相距甚远,归正里在城西南,洛水之南,延贤、劝学则在城东南,开阳门外,洛水之北。此外,《洛阳伽蓝记》卷一"昭仪尼寺"条复称城内石崇池"西南有愿会寺,中书侍郎王翊舍宅所立也"⑤。而王衍的住处虽然不详,但不太可能在诸兄弟都居于他所的情况下,王衍却独住在归正里内,因此可以确定,太和至景明间入北的琅琊王氏成员,无人居于"南人入国"所居的归正里。

《洛阳伽蓝记》中有关萧宝夤和萧正德入北后被筑宅于归正里之事⑥,可见入北南人并不是凭借政治身份高就可以摆脱入住归正里的定例。那么,为什么琅琊王氏得以不遵此例呢?窃以为这是由洛阳不同里坊的用途,及北魏统治者看待入北南朝皇族和琅琊王氏的态度差异所导致的。

仅从"归正、归德、慕化、慕义"之名就可以看出,四夷里带有明确的令四方归顺臣服的正统意味。从这个角度讲,萧宝夤、萧正德乃至阿那瑰等人比从他国入魏的普通人更有必要被安置于此,因为他们的皇族身份能够更好地衬托出四夷里的象征意义。而劝学里是东汉国子学堂所在,汉熹平石经、魏三体石经和魏文帝《典论》六碑等俱立于此。对于亲题"劝学里",又因王

---

① 《洛阳伽蓝记校释》第 115 页。
② 《洛阳伽蓝记校释》第 89 页。
③ 《洛阳伽蓝记校释》第 109 页。
④ 《汉魏南北朝墓志汇编》第 92 页。
⑤ 《洛阳伽蓝记校释》第 45 页。
⑥ 《洛阳伽蓝记校释》第 115—116 页。

肃而立延贤之名的孝文帝来说,延贤、劝学二里是汉魏时的中原文化的象征。

因此,从王氏子弟被安置在延贤、劝学二里来看,北魏统治者所看重的是入北琅琊王氏所具备的文化优势和侨姓高门的历史地位,而并非上层降臣身份,甚至刻意抹去其身份中的南人色彩。也就是说,孝文、宣武二帝希望在文化建设中借助琅琊王氏的力量,因此要将他们树立为文化精英的典范,但他们所想要学习倚重的并非南朝士族文化,而是琅琊王氏所掌握的汉魏文化。上一章中已经提到,王肃被孝文帝所重的是其对"旧事"的了解,而其所主张的"新礼"却往往被北魏人士抗拒。由此看来,从安置住处所体现出的文化意图,其实和史书中所记载的文化政策是相吻合的。

除住处外,葬地也是一个值得关注的细节问题。在卒于洛阳的王氏成员及其配偶的墓志中,都记载了其所葬之处的信息:

> 王普贤墓志:粤六月二日乙酉窆于洛阳西乡里。
> 王绍墓志:闰十月庚子朔廿二日辛酉窆于洛阳西乡里。
> 王诵墓志:粤七月丙辰朔廿七日壬午祔葬芒阜之隈。
> 王诵妻元贵妃墓志:粤八月庚寅朔廿日己酉窆于河阴之西北山。
> 王翊墓志:以(永安)二年岁次己酉二月癸未朔廿七日己酉窆于洛阳西乡里。
> 元飏妻王夫人墓志:十二月辛巳朔四日甲申葬于瀍涧之东。
> 元飏墓志:越十一月丙寅朔四日己巳窆于洛阳之西陵。

在这些记载中频繁出现"西乡里"一词,而且这个地名在《汉魏南北朝墓志汇编》所收的墓志中,仅在王氏墓志出现。仅就墓志文本来看,这很容易让人认为,西乡里是入北王氏的家族墓地所在。但结合其出土之地便可知并非如此。根据《六朝墓志检要》记载,王诵夫妻墓志出土于现洛阳孟津区北陈庄村东北大冢内,王绍墓志出土于孟津区南陈庄村南,王普贤墓志的出土位置大抵在孟津区郑家凹、南石山二村之间。这三处墓葬的距离并不算太远,位置最北的王诵墓志和位置最南的王普贤墓志相距大约四公里。然而王翊墓却位于现瀍河区马沟村,距离王绍墓尚有近十公里。相比之下,按记载窆于西陵的元飏夫妇之墓则位于孟津区张阳村(墓志于清末出土时,此地尚名为张羊村),与南陈庄相邻,位于北陈庄与南石山之间,因此元飏墓反而比王翊墓更接近其他王氏成员的墓葬。也就是说,虽然王绍、王普贤和王翊的墓志中都称葬于西乡里,但实际上"西乡里"是一个比较大的地区,这就与位于伯乐凹,带有明确"先茔""旧茔"性质的于氏家族葬地不同。

既然记为葬于"西陵"的元飏墓与记为葬于"西乡里"的王绍墓毗邻,那我们可以推测,"西乡里"也许是"西陵"的别称。这一点在出土墓志中也可以得到验证。《汉魏南北朝墓志汇编》中所收的,载为葬于"西陵"的墓志极多,能够从其记载中看出西陵的大体位置在洛阳郭城西北,瀍河之东的邙山上,而这些墓志的出土地大多集中于北自伯乐凹,南至郑家凹,东起高沟,西至小梁的这一区域内。然而值得注意的是,葬于此处的墓主绝大多数是元魏妃嫔、诸王或王妃、宗室乃至内官等,无一例北方士族葬于此地,而王诵、王绍、王普贤等琅琊王氏成员更是仅有的葬于此的入北南人。从这种墓葬安排来看,这块正位于孝文帝长陵西南方的土地,本是元魏皇室成员的家族墓地。

宿白《北魏洛阳城和北邙陵墓》一文中专门论述了这个问题。宿先生指出,瀍河两侧的北邙山域,既包括了帝陵,又包括了元氏墓室、"九姓帝族"、"勋旧八姓"和其他内入的"余部诸姓"以及此外的一些重要降臣的墓葬,并且以孝文帝长陵为中心。然而,"九姓帝族"等重要臣下的墓地主要分布在这一地区的外围,而最重要的墓区是位于长陵左前方的海拔 250 至 300 米等高线之间的那块高地。这块高地上以孝文帝七世祖道武帝子孙的墓地为中心,明元、景穆、献文子孙的墓地位于其右侧,太武、文成子孙列于其左,是经过国家规划与安排的,专属于北魏统治集团的墓区①。

了解了这一葬制后,我们就可以看出,王翊墓之所以离其他王氏成员墓较远,是因为它处于葬区外围的重臣葬地中,例如同葬在马沟一带的,有侯刚、丘哲、陆绍等人。而王普贤之所以葬于南石山附近,是因为此地与原文昭高皇后终宁陵相近,是当时嫔妃女官的集中葬所,因此与其墓比邻的孟元华、李嫔、于仙姬、成嫔等均为历代帝王的妃嫔。也就是说,王普贤是以世宗贵华夫人,而非王肃之女的身份葬入此地的。然而,王绍、王诵兄弟能够同被葬在这块被称为"皇室之兆"②的高地中,具有非常重要的意义,它所体现出的不仅是北魏统治者对某一降臣的重视,更是宣武、孝明朝北魏统治者对于琅琊王氏成员归降这一文化事件的态度,并且表明了王氏成员在这一时期所占据的地位。

综上所述,入北琅琊王氏的住处和葬地都显示出家族聚集与国家安排相结合的特点,而其中又以国家安排为主。从这两方面,我们都可以看出北

---

① 参见宿白著:《魏晋南北朝唐宋考古文稿辑丛》,北京:文物出版社,2011 年,第 31—34 页。
② 见神龟二年(512)十一月《元腾墓志》,《汉魏南北朝墓志汇编》第 110 页。

魏统治者有意淡化琅琊王氏的南人降臣身份,而是将其推为汉晋中原文化的代表。从这个角度来说,王氏的归降就带有了一种正统文化弃南而重归北方的象征意义,使北魏统治者不但可以向其借鉴具体的文化内容,更可以此来标榜正朔。正因如此,琅琊王氏在北魏中后期获得了极高的社会地位,如果说其住处安排表现出王氏被有意地与其他入北南人区别开来,那么其葬地甚至可以说明,此时的琅琊王氏在统治者眼中具有凌驾于所有汉人士族之上的意义。

本节分析了宣武帝时入北的琅琊王氏王奂一系的入北时间与原因、在北的住处与葬地等一系列问题,通过这些细节,来讨论家族思想背景和北魏统治者对其入北所作出的反应等问题。当然,琅琊王氏的住处等问题只是其在宣武、孝明朝贵盛情况的外在表现,论其原因,则是王氏子弟通过婚姻和出仕两种途径,顺利地融入了北魏的上层社会中。

第二节 入北琅琊王氏的婚姻状况及其融入北魏上层的方式

孝文帝迁都洛阳之后,定四海士族,颁婚禁诏令,姻戚关系在维系北魏上层社会结构等级,促进鲜卑宗室与汉人士族的融合等方面的作用益发重要。而对于入北南人来说,婚姻一方面是北魏政府安抚新附士族,以示优遇的必要手段,另一方面也是在北缺乏根基的入北士人迅速融入北方社会的捷径,因此具有非常重要的意义。与在此之前的入北南人相比,入北琅琊王氏的婚姻关系颇为特别,显示出宣武、孝明时期,入北南人进入北魏上层的新途径。

一、入北琅琊王氏的婚姻状况

从《魏书》与《洛阳伽蓝记》等传世文献中的记载中,无法得知王氏婚姻关系的详细情况。幸而北朝墓志中对入北琅琊王氏成员及其后代的婚姻情况有着非常详细的记录,使我们得以窥其大概。而在墓志中,又可以分为明确记载婚姻关系和可以间接推测出婚姻关系的两种文献。

(一)直接记录王氏婚姻关系的墓志

1. 魏故贵华恭夫人王普贤墓志:

> 服阕,乃降皇命,爰登紫掖。

《魏书》卷六三《王肃传》载"世宗纳其女为夫人,肃宗又纳绍女为嫔"①,由墓志可知世祖纳为夫人的为王普贤。"贵华"之名未见于史籍,然《魏书》卷一三《皇后传·宣武灵皇后胡氏传》载"世宗闻之,乃召入掖庭为承华世妇"②,又称"既诞肃宗,进为充华嫔"③,则可能当时每级妃嫔都以"某华"为头衔,而"贵华"为夫人之衔。

《魏书》卷一三《皇后传序》曰:"高祖改定内官,左右昭仪位视大司马,三夫人视三公,三嫔视三卿,六嫔视六卿,世妇视中大夫,御女视元士。"④按,《晋书》卷二五《舆服志》曰:"贵人、夫人、贵嫔,是为三夫人。"⑤则贵华夫人为三夫人之一,且在其中位居第二位,高于贵嫔。《皇后传》载"宣武皇后高氏,文昭皇后弟偃之女也。世宗纳为贵人"⑥,而卷八三下《外戚传下·高肇传附高偃传》载"(高)偃,字仲游,太和十年卒。……景明四年,世宗纳其女为贵嫔"⑦。景明四年恰是王普贤服阕之时,因此二人可能是在景明四年同时被宣武帝纳为三夫人,而其时曾为贵人的于氏已被立为皇后,因此当时的三夫人现今只知其二。

2. 元飑妻王夫人墓志:

> 作配魏宗,□□皇帝之孙、阳平王第六弟元飑之妻也。

元飑虽未载于史书,但阳平王元新成一支在孝文、宣武朝绝非默默无闻。《魏书》《北史》中未载元新成子嗣之数,《元飑墓志》载元飑为元新成第六子,而元钦为其季弟,则其子嗣不止六个。其中于史有载的,有阳平王元颐,广陵侯、徐州刺史元衍,钜平县公、司空公元钦三人,永安元年《元道隆墓志》中则称其父为"征西大将军、夏州刺史文烈公振"⑧。而《魏书》卷一九《景穆十二王传·广平王洛侯传附嗣子济南王匡传》载:"广平王洛侯,和平二年封。薨,谥曰殇。无子,后以阳平幽王第五子匡后之。"⑨综上,现在有记载可循的元新成之子有六人,其中二王,二公,一侯,唯有元飑爵位不详。

---

① 《魏书》第1412页。
② 《魏书》第337页。
③ 《魏书》第337页。
④ 《魏书》第321页。
⑤ 《晋书》第774页。
⑥ 并见《魏书》336页。
⑦ 《魏书》第1832页。
⑧ 见赵君平编:《邙洛墓志三百种》,北京:中华书局,2004年,第27页。
⑨ 《魏书》第452页。

3. 王诵妻元贵妃墓志：

　　祖高宗文成皇帝，父侍中、太尉安丰围王。

　　按，安丰围王，即安丰王元猛。元贵妃墓志称其"年廿九，岁次丁酉二月壬辰朔十四日乙巳亡"，则应生于太和十三年（489），而《魏书》卷七下《高祖纪下》载"（太和十三年）十有一月己未，安丰王猛薨"①，则贵妃为安丰王幼女，出生不久即遭父丧。

4. 广阳文献王妃墓志铭：

　　父翊，魏侍中司空孝献公。母河南元氏，父澄，假黄钺太傅任城文宣王。妃姓王，讳令媛。

　　按，广阳文献王为元湛，王令媛墓志载"以武定二年岁在甲子八月庚申合葬于武城之北原"，二人墓志同时同地出土。从本墓志中复可见王翊与任城王元澄之女婚配。

（二）可间接推测婚姻关系的墓志

1. 王夫人宁陵公主墓志：

　　祖显宗献文皇帝，父侍中、司徒、录尚书、太师、彭城王。夫琅耶王君。

　　按，墓志中未记"琅耶王君"之名，然本墓志于1921年出土于洛阳城北北陈庄东北，与王诵墓志同出一兆，自当为王诵之妻。墓志载"永平三年正月八日夜薨，时年廿二"，则与元贵妃同生于太和十三年。赵万里称"贵妃卒于熙平三年，上距永平三年公主卒时已历七年，是公主为初配，而贵妃乃继室矣"②。

2. 元乂（即元叉）③墓志：

---

① 《魏书》第165页。
② 见赵万里撰：《汉魏南北朝墓志集释》四，《石刻史料新编》第3辑，台北：新文丰出版公司，1986年，第109页。
③ 按，江阳王元叉之名，《魏书》《北史》等史籍均作"元叉"，其墓志及《梁书》作"元乂"。"元乂"与其字"伯俊"相关，而"叉"与其小字"夜叉"相关，且与其弟元罗本名"罗刹"的命名方式一脉相承。故"元叉"应为其本名，后以不雅之故改为"乂"，且与元罗依改定之名，分别有"伯俊""仲纲"之字。本书中除《元乂墓志》用"元乂"意以外，均依《魏书》，仍作"元叉"，在此一并说明。

女僧儿,年十七,适琅琊王子建,父散骑常侍、济州刺史。

按,《魏书》卷六三《王肃传附王翊传》云:"(翊)颇锐于荣利,结婚于元叉,超拜左将军、济州刺史,寻加平东将军。"①可知元叉女僧儿之夫为其子王渊,子建为王渊之字。

3. 广阳文献王元湛墓志:

父讳渊,侍中、吏部尚书、司徒公、雍州刺史、广阳忠武王。母琅琊王氏,父肃,尚书令、司空宣简公。

由此墓志可知,谢氏入国时所携二女,王普贤入宫为世宗夫人,另一女则为广阳王元渊妃。从广阳王妃角度看,其与王翊实为从兄弟,而其子湛又娶王翊之女,从王翊一方来看,元湛与王令媛实为中表兄妹。然翊妻为任城王女。而元湛与王翊妻元氏均为太武帝五世孙,因此元湛与王令媛既是中表兄妹,又为甥舅。

根据以上墓志并结合史书所载,我们可以列出琅琊王氏王奂一系在北魏的婚姻状况:

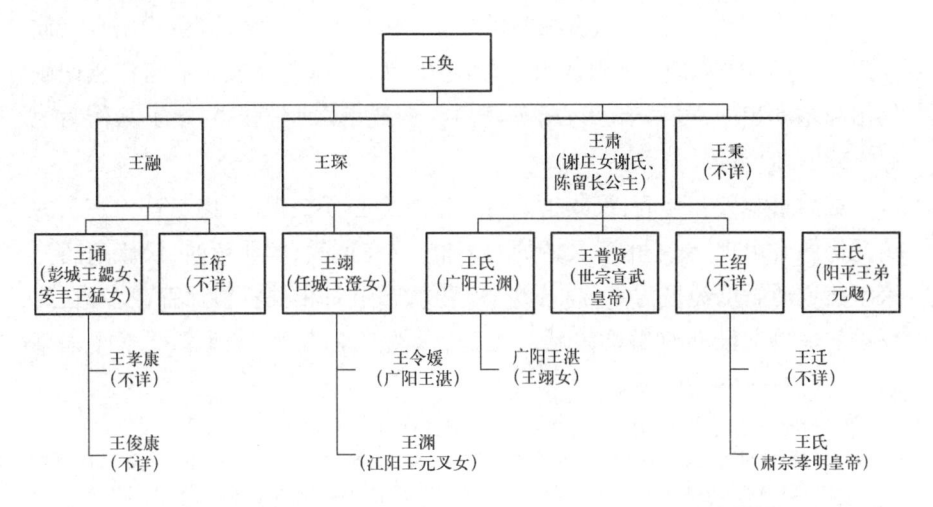

```
                              王奂
     ┌──────────┬──────────┬──────────┬──────────┐
    王融        王琛        王肃                   王秉
                          (谢庄女谢氏、            (不详)
                           陈留长公主)
  ┌────┬────┐           ┌────┬────┬────┬────┐
 王诵  王衍  王翊      王氏   王普贤  王绍  王氏
(彭城王勰女、(不详)(任城王澄女)(广阳王渊)(世宗宣武(不详)(阳平王弟
 安丰王猛女)                         皇帝)        元飚)
  │           │
 王孝康      王令媛    广阳王湛           王迁
 (不详)    (广阳王湛) (王翊女)          (不详)
  │
 王俊康      王渊                        王氏
 (不详)    (江阳王元叉女)              (肃宗孝明皇帝)
```

通过上表可以直观的看出,除了王秉、王衍、王绍的婚姻情况不详之外,入北之后的琅琊王氏婚姻显示出一个鲜明的特点,即与北魏皇族宗室频繁联姻。这种婚姻模式符合当时的时代特征,但与此同时,也具有与其他入北南人乃是北方士族差异鲜明的新特点。

---

① 《魏书》第1413页。

二、入北琅琊王氏婚姻状况的时代背景与新特点

北魏皇族宗室向来有与汉族高门联姻的情况,在孝文帝迁洛之后,更是风气大盛。牟润孙《敦煌唐写姓氏录残卷考证》称:"北魏改代人姓氏,令著河南,以其八姓与汉人高门并论,与令宗室通婚高门为一贯之华化政策。"①为贯彻其华化政策,孝文帝多纳汉人高门之女为嫔妃。依《魏书》记载,高祖纳陇西李氏李冲女为夫人②,而其九嫔之中,至少曾有七位出自汉族高门。其中荥阳郑氏两人③,范阳卢氏一人④,京兆韦氏一人⑤,清河崔氏一人⑥,博陵崔氏一人⑦,太原王氏一人⑧。不仅如此,他还同样从汉族高门中为诸弟挑选王妃。《北史》卷一九《献文六王传·咸阳王禧传》曰:

> 时王国舍人应取八族及清修之门,禧取任城王隶户为之,深为帝责。帝以诸王婚多猥滥,于是为禧娉故颍川太守陇西李辅女;河南王干娉故中散代郡穆明乐女;广陵王羽娉骠骑谘议参军荥阳郑平城女;颍川王雍娉故中书博士范阳卢神宝女;始平王勰娉廷尉卿陇西李冲女;北海王详娉吏部郎中荥阳郑懿女。⑨

从这段记载中可见,只有穆明乐之女一人为鲜卑旧族,其余皆出自汉族高门,而且以陇西李氏、荥阳郑氏、范阳卢氏为主,这与孝文帝后宫汉族妃嫔的出身基本相同,可见李、卢、郑等高门在初迁洛之时就已确定了其作为冠冕士族的地位。

虽然直至太和年间,汉族士人对鲜卑贵族心存轻视,不愿与其为姻亲的情况仍偶有出现,但经由孝文帝的大力推行,在宣武、孝明帝时,汉族高门与宗室诸王通婚已经极为寻常。《魏书》和墓志中对相关资料保存甚多,在此仅以与琅琊王氏亦有婚姻关系的元勰、元叉二王为例。《元勰妃李媛华墓

---

① 牟润孙著:《注史斋丛稿》,北京:中华书局,1987年,第185页。
② 《魏书》卷五三《李冲传》:"高祖初依《周礼》,置夫、嫔之列,以冲女为夫人。"(第1181页)
③ 《魏书》卷五六《郑羲传》:"文明太后为高祖纳其女为嫔,征为秘书监。"(第1239页)《魏书》卷五六《郑羲传附郑胤伯传》:"高祖纳其女为嫔。"(第1243页)
④ 《魏书》卷四七《卢玄传附卢敏传》:"高祖纳其女为嫔。"(第1053页)
⑤ 《魏书》卷四四《韦阆传附韦崇传》:"高祖纳其女为充华嫔。"(第1012页)
⑥ 《魏书》卷六九《崔休传》:"高祖纳休妹为嫔,以为尚书主客郎。"(第1525页)
⑦ 《魏书》卷五七《崔挺传》:"高祖以挺女为嫔。"(第1264页)
⑧ 《魏书》卷三八《王慧龙传附王琼传》:"高祖纳其长女为嫔,拜前军将军、并州大中正。"(第878页)
⑨ [唐]李延寿撰:《北史》,北京:中华书局,1974年,第689页。

志》载曰:"子子讷,字令言,今彭城郡王。妃陇西李氏,父休纂。……女楚华,今光城县主,适故光禄大夫长乐郡开国公长乐冯颢,父诞,故使持节侍中司徒长乐元公。女季望,今安乐乡主,适今员外散骑侍郎清渊世子陇西李惑,父延寔。"①李媛华薨于正光五年(524),此时王诵前妻宁陵主已去世多年,因此墓志上没有提及。但从其他子女的婚姻来看,除元楚华嫁与后族长乐冯氏外,其一子一女均与陇西李氏结婚,其女所嫁为李媛华胞兄之子,其子所娶则为其胞弟之女,足可见元勰一支与陇西李氏的姻亲关系何等密切。而《元义墓志》则载曰:"息亮,字休明,年十一,平原郡开国公。息妻范阳卢氏,父聿,驸马都尉、太尉司马。息颖,字稚舒,年十五,秘书郎中。舒妻清河崔氏,父休,尚书仆射。"②元叉本人娶胡太后妹,并因此权倾一时,但其子女仍不免与范阳卢氏、清河崔氏、琅琊王氏等高门结婚,足可见当时宗室与汉族高门通婚的普遍乃至不可避免。

在这种时代背景下,琅琊王氏作为南朝第一流高门,在入北后与宗室成员联姻是再正常不过的,然而,这种入北南人的婚姻模式仍然表现出了一些不可忽视的新特点。

在北魏早期,就已经出现了入北南人与宗室女结婚的情况,如《魏书》卷四三《毛修之传附朱修之传》载"世祖善其固守,授以内职,以宗室女妻之"③。然而这带有明显的赐婚性质,是为了安抚降人而采取的措施。而在琅琊王氏入北之前的数次南朝皇族北奔后均尚公主,也是如此。然而琅琊王氏中除了王肃尚公主仍多少带有这种意味外,其子侄辈与北魏皇族的通婚已并非是皇帝所决定的政治婚姻,而是以相互结纳为目的。王氏子弟成婚时虽均入国不久,但在这一点上与北方士族并没有本质差别,也就是说,其归降南人的身份标记在婚姻中并不明显。

然而,王氏子弟的婚姻情况与之前入北南人乃至北方士人存在一个极大的差别:在史书和墓志中有记载可查的王氏成员,无一例外,全部是与宗室通婚,绝无一例与北方士族结为姻戚的情况。这在入北南人中是极其罕见的情况。

在北魏前期与中期,南方士人入北后,往往需要依靠有亲戚故交的在北人士取得立身之地,再通过与北方士人联姻而融入北方的士族阶层,从而获得相应的社会地位。在前一点上,平齐民是非常典型的例子。前一章中已

---

① 《汉魏南北朝墓志汇编》第 149 页。
② 《汉魏南北朝墓志汇编》第 184 页。
③ 《魏书》第 962 页。

经论述过,平齐民中的代表人物如刘芳、崔光、高聪等之所以在孝文帝时得以顺利进入政权中心,一个重要原因是其留在北方,且已名位兼备的亲族直接向皇帝引荐。同样身为平齐民的刘孝标,虽然自身学识并不逊于人,却因缺少投靠对象而终难获官职。除本身久在北地的北方士族外,早先入北,已具有一定地位的南人,亦会以宗亲为出发点为后至者提供关照,《魏书》卷六九《袁翻传》载:"父宣,有才笔,为刘彧青州刺史沈文秀府主簿。皇兴中,东阳平,随文秀入国。而大将军刘昶每提引之,言是其外祖淑之近亲,令与其府谘议参军袁济为宗。宣时孤寒,甚相依附。"①卷六四《刘昶传附刘武英传》则称:"有通直郎刘武英者,太和十九年从淮南内附,自云刘裕弟长沙景王道怜之曾孙。……而昶不以为族亲也。"②这两条记载中,刘昶对袁宣与刘武英的态度的恰恰相反,充分说明宗亲、人脉对于入北之初的南士的重要性。

　　通过与北方士族通婚来提升自己家族地位的典型例子则是太原王氏。王慧龙只身入北后,"生一男一女,遂绝房室"③,所谓太原王氏,其实在北只有寥寥数人,这本不利于家族的发展。然而太原王氏却通过婚姻关系,成功地迅速在北魏士族阶层立足并取得了相当高的地位。值得注意的是,太原王氏并不重视与皇族结姻,目前史书所载的二者联姻只有一例,即孝文帝纳王琼女为嫔。相反,在不长的时间里,王氏与清河崔氏④、范阳卢氏⑤、陇西李氏⑥等北方第一等高门均缔结了婚姻。当然,能够轻易地打破北方士族严格的婚姻门第界限,是借助其"江东贵种"的身份。但从其婚姻关系看来,太原王氏成为北朝一流高门,并非是借助皇族力量,而是首先获得了北方士族的认可与推崇。《资治通鉴》卷一四〇《齐纪六》曰"魏主雅重门族,以范阳卢敏、清河崔宗伯、荥阳郑羲、太原王琼四姓,衣冠所推,咸纳其女,以充后宫"⑦,是在其家门地位已经确立之后的事了。

---

① 《魏书》第1536页。
② 《魏书》第1312页。
③ 《魏书》第877页。
④ 《魏书》卷三八《王慧龙传》载:"初,崔浩弟恬闻慧龙王氏子,以女妻之。浩既婚姻,及见慧龙,曰:'信王家儿也。'王氏世齄鼻,江东谓之'齄王'。慧龙鼻大,浩曰:'真贵种矣!'"(第875页)
⑤ 《魏书》卷三八《王慧龙传附王宝兴传》云:"及浩被诛,卢遐后妻,宝兴从母也。缘坐没官。"(第877页)又曰:"(王)琼女适范阳卢道亮。"(第878页)
⑥ 正始二年《李蕤墓志》载曰:"亡父承,字伯业,雍州刺史、姑臧穆侯。夫人太原王氏,父慧龙,荆州刺史、长社穆侯。君夫人太原王氏,讳恩荣,封晋阳县君。"见《汉魏南北朝墓志汇编》第48页。
⑦ 《资治通鉴》第4393页。

琅琊王氏为何没有选择与其他入北南士相同的途径,通过与北方士族婚配而获得社会地位,而是毫无例外地与宗室通婚呢？这是一个颇为令人费解的问题。和与北方士族交游相比,与宗室关系过于密切是有政治风险的。在政局动荡之时,名门士族虽也会遭受打击,但往往仍有转圜之机,而宗室皇族在朝代更替时,往往会遭灭顶之灾。以北朝为例,北方大族在经历崔浩被诛、河阴之变等数次惨变之后,仍然能够恢复生机,而东魏宗室却在北齐时被屠戮殆尽。在南方经历了数次政治变动的琅琊王氏成员,似应对此有清醒的认识。而从另一角度来看,王肃子侄辈在入北后,并没有鄙夷北方士族之意,而且也没有被北方士族排斥。在当时以同僚为成员的文学集团中,他们与北方士族保持着良好的关系。因此,他们不与北方士族互为婚姻,应该也不是由南北相轻所导致的。造成这一现象的,大抵有两方面的原因。一方面是王氏成员"锐于荣利",希望与诸王结婚以迅速获得政治资本,另一方面则是由于宣武、孝明帝时期,琅琊王氏的文化正统形象得以竖立,鲜卑贵族对琅琊王氏的态度转变,主动与之结纳,使人数本就不多的王氏子弟在婚姻关系中成为宗室诸王的禁脔,以至于北方士族没有获得与其缔结婚姻的机会。

与宗室通婚对琅琊王氏在政治上的帮助是显而易见的,在其姻亲中,彭城王勰、任城王澄在太和年间就最受孝文帝亲近信任,而至宣武帝朝也具有极高权力与威信,元叉更是权倾一时。而琅琊王氏在短短十许年中,从被诸王猜忌排斥①变为诸王之婿,亦足可见北魏统治者对其态度的转变。

然而,在王氏与宗室的婚姻关系中,还有一个特点不可忽视,即婚姻成为一种文化交流的渠道。从王氏子弟墓志中可以看出,他们幼年时就在南朝接受了良好的教育,不仅男性成员"丕承祖烈,实体上操,天纵英才,幼挺岐嶷"②,王肃女普贤亦"妙闲草隶,雅好篇什。春登秋泛,每缉辞藻。抽情挥翰,触韵飞瑛"③,不但具备文学素养,而且颇擅长书法。草隶本为王氏家学,王氏自二王起,多有善草隶者,日后王褒于北周时入北,更是使其草隶书风在北兴盛一时。王普贤"妙闲草隶",可以说明她具有良好的家族文化背景。而其墓志中专门提到这一点,也可推测其书风至少在掖庭中颇有影响。

---

① 《魏书》卷七〇《傅永传》载"肃之为豫州,以永为建武将军、平南长史。咸阳王愉虑肃难信,言于高祖"(第1551页),卷六三《王肃传》则载肃"寻为澄所奏劾,称肃谋叛,言寻申释"(第1410页)。而王肃在景明初出镇寿春,实际上是被诸王排挤出政治中心洛阳,不仅如此,彭城王勰与王肃同镇寿春,应亦与当时以北方士族和南方降人在南北边界"对为刺史"的制度类似,带有监视防范之意。
② 见《王绍墓志》,《汉魏南北朝墓志汇编》第82页。
③ 见《王普贤墓志》,《汉魏南北朝墓志汇编》第70页。

另外，与王氏通婚的元魏宗室，也大多具有较高的汉化程度与文化水平。史载任城王元澄事曰："萧赜使庾荜来朝，荜见澄音韵遒雅，风仪秀逸，谓主客郎张彝曰：'往魏任城以武著称，今魏任城乃以文见美也。'"①而彭城王元勰"敏而耽学，不舍昼夜，博综经史，雅好属文"②，《元飏墓志》则称其"倾衿慕道，殷勤引德。俊士游于高门，英彦翔于云馆。若夫优游典谟之中，纵容史籍之表，才逸自天，制每惊绝"③。可见，他们在洛阳汉魏文化的熏陶下，不论是知识修养还是举止风度都已士大夫化。在这种情况下，与王氏为姻亲，有助于其放下猜疑戒备之心，平等地在日常交游中进行文化领域的交流探讨。

在王氏子弟的几桩婚姻中，王诵与元贵妃的婚姻值得特别关注。元贵妃为安丰王猛之女，但如前所言，在其与王诵成婚之时，元猛已去世多年，赞成其事的应是其兄，即袭爵安丰王的元延明。《魏书》卷二〇《安丰王猛传附安丰王延明传》曰"延明既博极群书，兼有文藻，鸠集图籍万有余卷。性清俭，不营产业。与中山王熙及弟临淮王彧等，并以才学令望有名于世。虽风流造次不及熙、彧，而稽古淳笃过之"，又称其"所著诗赋赞颂铭诔三百余篇，又撰《五经宗略》《诗礼别义》，注《帝王世纪》及《列仙传》"④，是诸王中擅长文学的翘楚人物。而《魏书》卷九三《恩幸传·茹皓传》载："皓又为弟聘安丰王延明妹，延明耻非旧流，不许。详劝强之云：'欲觅官职，如何不与茹皓婚姻也？'延明乃从焉。"⑤从这段记载中可以得到很多信息，例如可知延明有一妹嫁与宣武宠臣茹皓之弟。这也许是其别有一妹，但也可能指的就是元贵妃。《魏书》卷八《宣武帝纪》载正始元年（504）五月，太傅、北海王详以罪废为庶人，而茹皓之死则略早于北海王详，当亦在此年，此时元贵妃十六岁。既然元延明是为"觅官职"而将其妹嫁入茹家，那么在茹皓死后，贵妃与夫离绝，甚至其夫被牵连而死，都并非不可能。从另一角度说，元贵妃与王诵前妻宁陵公主同岁，宁陵主卒时，贵妃已二十二岁，若从未婚配，未免与北魏的早婚之习相左，因此，她可能在王诵之前已有前夫，而且很可能就是茹皓之弟。

通过这次延明为妹选婿之事可以得知，在父亲去世后，元延明确实对其妹的婚姻有决定权，而且其选择婚配对象时的首要标准为是否是"旧流"，也

---

① 《魏书》第 464 页。
② 《魏书》第 571 页。
③ 《汉魏南北朝墓志汇编》第 75 页。
④ 《魏书》第 530 页。
⑤ 《魏书》第 2001 页。

即是否出身高门。而他将贵妃嫁入琅邪王氏,自然也是因为王诵的门第出身符合他的要求。除此之外,这可能也因为他欣赏王诵的才学举止。退一步讲,即使他的初衷只是从名位门第考虑,在结为姻亲之后,双方接触机会增多,作为同样颇具才华和文化素养的北魏宗室和入北南朝士族,他们也有充分可能来进行交流。前述孝文、宣武时的三位"才学令望有名于世"的诸王中,王肃与元彧、元熙均有文化层面的往来①,史书中独不载其与元延明的交往情况。但实际上,作为姻亲,王诵与元延明的文学、文化交往,可能比与其他二王的更要频繁。

综上所述,宣武帝初年入北的琅邪王氏成员,在融入北方上层社会时选择了与元魏宗室通婚一途,这与大多数入北南士依靠宗亲和士族姻亲立足有着明显的区别。这一方式可以在短期内起到明显效果,并且符合双方的利益和需求。由于被接纳进北魏宗室集团内部,诸王之前对琅邪王氏的戒备敌意在此时已经消失,这就为双方将身份差别抛诸脑后,平等地进行文化探讨和文学活动创造了条件,使得婚姻关系成为推动文化交流的动力。然而,琅邪王氏也并未与北朝士人完全隔绝,他们与北朝士人的交流主要是以同僚和文学集团参加者的身份进行的。也就是说,在这一时期,琅邪王氏在北朝上层集团中处于一种与宗室结亲,与士族为友的状态。下一节中将详细论及这一问题。

三、入宫琅邪王氏女性与王氏地位提高的深层原因

琅邪王氏女性入宫为妃嫔者有王普贤和王绍之女二人,王普贤贵为三夫人之一,其他二位夫人都分别得皇后之号,只有其默默无闻,韶年早逝,由此看来,她似乎在宣武帝后宫之中并无重要地位。而王绍之女在孝明帝时仅为九嫔之一,身份较王普贤为低,这似乎又意味着琅邪王氏在此时的地位有所下降。然而,经过分析此时后宫中的各种势力便可发现,事情并非如此。虽然王诵兄弟与诸王的姻亲关系在宣武帝时就已基本结成,但造成王氏在孝明帝朝一时贵盛的深层原因之一是后宫中的利益纷争。

王普贤卒于延昌二年(513),据《魏书》中的《世宗纪》与《皇后传》,正始四年(507)冬十月皇后于氏暴崩,而"世议归咎于高夫人"②,永平元年

---

① 《魏书》卷一九下《南安王桢传附南安王熙传》载:"始熙之镇邺也,知友才学之士袁翻、李琰、李神俊、王诵兄弟、裴敬宪等咸饯于河梁,赋诗告别。"(第504页)卷一八《临淮王谭传附临淮王彧传》云:"彧姿制闲裕,吐发流靡,琅邪王诵有名人也,见之未尝不心醉忘疲。"(第419页)

② 《魏书》第336页。

(508)七月,以高氏为皇后。史称"世宗暮年,高后悍忌,夫人嫔御有至帝崩不蒙侍接者"①,宣武帝崩于延昌四年(515)正月,所谓"暮年",大抵是延昌年间,而高后之悍忌,大抵与永平三年(510)皇子诞生不无关系。宣武帝在肃宗诞生后"深加慎护。为择乳保,皆取良家宜子者。养于别宫,皇后及充华嫔皆莫得而抚视焉"②,这是为了避免"频丧皇子"之事再次发生,而写明"皇后及充华嫔莫得而抚视焉",则说明这很可能是为防范高后而作的举措。由此可见,虽不能盲目猜测王普贤之死是否另有蹊跷,但可以知道,她去世之时,宣武帝后宫处于一种甚为紧张的气氛中。虽然如此,她在宫中却并非毫无依靠,而依靠的来源,则微妙地与其母谢氏联系起来。

王肃的前妻谢氏于景明初年携子女入北投奔王肃,却因王肃已尚公主而被迫出家为尼,而且入北不久王肃即去世。因此,她在后世的想象中一直是一个颇为凄苦的弱女子形象。然而,这种印象却和墓志记载大相径庭。现已发现的三块提及谢氏的墓志,即《王绍墓志》《王普贤墓志》和《释僧芝墓志》,都将其称为王肃夫人。如果说其子女墓志中的这种称呼,只是因为对生母的尊敬的话,那么《释僧芝墓志》大概能够代表当时北人对她的态度。

释僧芝俗姓胡,即是胡太后之姑。《魏书·皇后传》称"(胡)后姑为尼,颇能讲道,世宗初,入讲禁中。积数岁,讽左右称后姿行,世宗闻之,乃召入掖庭为承华世妇。"③可知她在胡太后地位上升的过程中有不可忽视的作用。宣武帝时,僧芝任比丘尼统,是管理比丘尼的最高僧官。迁洛之后,尼寺极盛,僧芝的影响力也日益增加,众多宫掖妃嫔都拜入其门下为弟子。其墓志见于赵君平、赵文成编《河洛墓刻拾零》,其中记曰:

> 孝文冯皇后、宣武高太后逮诸夫嫔廿许人,及故车骑将军、尚书令、司空公王肃之夫人谢氏,乃是齐右光禄大夫、吏部尚书庄之女,越自金陵,归荫天阙。以法师道观宇宙,德兼造物,故捐舍华俗,服膺法门,皆为法师弟子。④

这段记载颇有些微妙,它本为叙述北魏比丘尼统释僧芝之弟子,以此来赞美释僧芝的地位与影响,但在其中突然转用很多笔墨详述谢氏的身份,以至于显得头重脚轻。从中可以看出,在释僧芝的诸弟子中,最为人所推崇的似乎并不是冯皇后、高太后等,而是谢氏。释僧芝墓志与王绍、王普贤墓志

---

① 《魏书》第337页。
② 《魏书》第337页。
③ 《魏书》第337页。
④ 赵君平、赵文成著:《河洛墓刻拾零》,北京:北京图书馆出版社,2007年,第20页。

一样，将谢氏称为"王肃之夫人"，并且还罗列了其父官职，以及她来自南朝的背景。这就体现出，虽然按照《魏书》《洛阳伽蓝记》等记载，谢氏没能与王肃复合，但是北人仍将其当做王肃的夫人。不仅如此，谢氏凭借其谢庄之女的身份，在北朝获得了相当高的声望。

王奂一支虽然出自琅琊王氏，但在宋齐时，既不能算在王氏中官位最为通显，也绝非文化素养最高者。从刘祥在王奂长子王融面前嘲笑其父的记载来看，南齐时人对王奂似乎颇有非议。而谢氏的出身则不甚相同，陈郡谢氏在刘宋时由于谢晦和谢灵运被杀牵连甚多，其后最能保持家族地位的，即是谢庄之父谢弘微一支。谢庄在官位清要和文雅风流两方面，都是谢氏在刘宋后期当之无愧的翘楚人物。其女北奔所蕴含的"雅道风流"随之入北的象征意义，足可令北魏统治者为之一振。墓志中的"越自金陵，归荫天阙"一语，就体现出魏人此事的重视和惊喜态度。据《洛阳伽蓝记》，谢氏入北时已经出家，她拜入僧芝门下为其弟子，固然是为了寻找立身依靠，但反过来也可以使僧芝名望有所提高，因此也是僧芝所乐于见到的。正是出于这种原因，墓志中才如此详尽的记叙谢氏的背景，将收其为徒当做一件值得大书特书的事迹。

谢氏与冯皇后、高太后同为僧芝弟子，但在性质上不甚相同。因为她大概并非仅以礼佛为事，而是会受其家庭影响，具有较为深厚的义学修养，而这与僧芝不谋而合。僧芝出家于关陇①，墓志称其"诵《涅槃》《法华》《胜鬘》二十余卷，乃为大众讲经"②。其知识结构中，大乘义学占有重要地位。而从《高僧传》所载谢庄与僧人交游情况看，谢庄亦受长安义学高僧影响，应对《法华》《成实》等有较深造诣，何况他与在丹阳译《胜鬘》的求那跋陀罗曾同时身在建康，很可能亦有交往③。可见，谢氏与僧芝在佛教观和知识背景等方面大抵颇有重合之处，这就使她不惟寄名于僧芝门下，更可以助其开讲悟俗。因此，即使抛开身份意义不谈，仅在实际佛教活动方面，谢氏也具有与其余妃嫔贵妇不同的意义。

在谢氏与释僧芝关系密切的同时，谢氏之女王普贤和僧芝之侄胡氏同为宣武帝妃嫔，虽然现今并无其具体互动情况的记载，但此四人的关系是不可忽视的。王、胡二人一为皇子之母，一为地位仅次于皇后的贵华夫人，她们势必都会受到高皇后的咄咄相逼。因此，她们以长辈的关系为契机，结为

---

① 参见王珊著：《北魏僧芝墓志考释》，《北大史学》第13期，2008年，第100—101页。
② 《河洛墓刻拾零》第20页。
③ [梁]释慧皎撰：《高僧传》卷三《译经下·求那跋陀罗传》曰："后于东府燕会，王公毕集，敕见跋陀，时未及净发，白首皓然。世祖遥望，顾谓尚书谢庄曰：'摩诃衍聪明机解，但老期已至，朕试问之，其必悟人意也。'"北京：中华书局，1997年，第133页。

同盟，互相扶持，并非没有可能。当然，胡氏即使是在诞生皇子之后，也仅为充华嫔，而王普贤随即早逝，二人即使确实互相照应，其具体事迹也已湮没不存。然而，胡氏在当政后的一个习用的政治手段，却很可能是在此背景下形成于这一时期，并首先体现在为肃宗选嫔妃之事中。

前文已经提到，孝明帝以王绍女为嫔，这看似表现出王氏的地位比宣武帝以王普贤为夫人时有所降低。然而《魏书》卷一三《孝明皇后胡氏传》载曰：

> 太后为肃宗选纳，抑屈人流。时博陵崔孝芬、范阳卢道约、陇西李瓒等女，但为世妇。诸人诉讼，咸见忿责。①

从这段记载来看，北方大族之女在孝明帝掖庭中均为世妇，相比之下，王绍之女被纳为嫔，反而较其他士族之女身份为高。《卢令媛墓志》载曰："嫔讳令媛，范阳涿人。……年甫九龄，诏充椒掖。……正光三年龙集壬寅，夏四月壬戌朔，十六日丁丑，卒于京师，时年十二。……父道约，字季恭，今司空录事参军。"②可见卢令媛就是《魏书》中所载的卢道约之女，墓志中称其为充华嫔，可能是在宫中数年，得以由世妇进为嫔。其于正光三年（522）年方十二，则入宫当在神龟二年（519），此时孝明帝亦为九岁。胡太后应是在这一年里，为孝明帝选纳了一批嫔妃。其所选中的北方大族中，崔孝芬为崔挺之子，在熙平、神龟时大抵为任城王澄僚属，并任定州大中正③；卢道约为卢渊之子，据卢令媛墓志，当时为司空录事参军；李瓒为李韶之子，曾为司徒参军事，此时可能去世未久④。而此时距王绍去世已有四年，其女地位和家族势力本不能与家门正盛的崔、卢、李诸女相比，然而却得以比诸女高一级，这固然可能是因为胡太后与王普贤交情非常，因此优遇王氏，但更可能的，则是将王氏这一入北南朝高门作为其"抑屈人流"的手段。

胡太后出身于安定胡氏，其家远称不上高门。《魏书》卷八三下《外戚传下·胡国珍传》载"父渊，赫连屈丐给事黄门侍郎。世祖克统万，渊以降款之功赐爵武始侯"⑤，而胡国珍卒后，太学博士王延业议其庙制，曰："又武始

---

① 《魏书》第340页。
② 《汉魏南北朝墓志汇编》第127—128页。
③ 《魏书》卷五七《崔挺传附崔孝芬传》："后除著作郎，袭父爵。尚书令高肇亲宠权盛，子植除青州刺史，启孝芬为司马。后除司徒记室参军、司空属、定州大中正，长于剖判，甚有能名，府主任城王澄雅重之。熙平中，澄奏地制八条，孝芬所参定也。在府久之，除龙骧将军、廷尉少卿。"（第1266页）
④ 《魏书》卷三九《李宝传附李瑾传》曰："瑾弟瓒，字道璋，少有风尚。辟司徒参军事。神龟中卒。"（第888页）
⑤ 《魏书》第1833页。

侯本无采地,于皇朝制令,名准大夫"①,可见所谓武始侯,只是用以安抚降人的虚名。因此,胡太后掌权之后,竭力提升其家门的地位,如大肆为其父加封,以侄女为孝明帝皇后等。然而,在"四姓"等汉族一流高门体系已然定型,并占据了相当多的社会资源之时,仅靠提拔胡氏是不够的,必然要在同时采取"抑屈人流",即排斥、抑制汉族高门的政策。为了达到这一目的,胡太后的一个重要举措是重用宗室、南来士族和寒门宠臣等汉族高门之外的政治力量,来分散汉族高门的权力,借此降低其地位。以陇西李氏、范阳卢氏、博陵崔氏女为世妇,而以失怙多年的琅邪王氏女为九嫔,正是其实现这一目的的方式。这很可能是在宣武帝晚期,她注意到谢氏以僧芝为庇护之所,僧芝又借谢氏以增身价这种符合双方利益需求的模式,并且在高后悍忌的后宫中与王普贤互为扶持时所领悟的捷径。而王诵、王衍、王翊等人在孝明帝朝均居清贵之职,也可能是胡太后的这一策略在任用官员上的体现。

综上所述,王氏兄弟与诸王通婚其实只是王氏地位上升的一个外在原因,在此同时,其重要的深层原因是胡太后意欲借入北琅邪王氏门第来压制北方高门,以此达到提高安定胡氏地位的目的。从这个角度讲,谢氏与释僧芝乃至胡氏的交往,是入北琅邪王氏融入北方上层社会的一个不可忽视的潜在因素。而这意味着,在借重王氏文化地位之外,北魏鲜卑贵族对于琅邪王氏的态度又有了新的转变。

第三节 琅邪王氏在北仕宦及其政治背景与文化意蕴

根据《魏书》记载和墓志,我们可以比较完整地勾勒出入北后的琅邪王氏男性成员从起家出仕开始,比较完整详尽的仕宦经历。而他们曾出任的官职中,又有一些鲜明的特点,能够体现出当时的时代特征。

一、琅邪王氏在北仕宦的基本情况

由于琅邪王氏的五位男性成员,即王秉、王诵、王衍、王翊、王绍在北魏出仕都是在世宗朝之后,其时太和二十三年新颁《职令》已经推行,因此以《职令》为准,将王氏成员的迁转过程罗列如下:

---

① 《魏书》第 2768 页。

王秉：中书郎（即中书侍郎，从四品上阶）——司徒谘议参军（第四品）——辅国将军、幽州刺史（从三品）。

王诵：员外郎（解褐，即员外散骑侍郎，第七品上阶）——司徒主簿（第六品上阶）——司徒属（从五品上阶）——司空谘议（从四品上阶）——通直常侍（第四品）——汝南王友（第五品上阶）——司徒谘议（第四品）——前将军（第三品）——散骑常侍（从三品）——光禄大夫（第三品）——左将军（第三品）、幽州刺史——长兼秘书监（第三品）——度支尚书、都官尚书（第三品）——平南将军（第三品）、光禄大夫（第三品）——给事黄门侍郎（第四品上阶）——镇军将军（从二品）、金紫光禄大夫（从二品）。

王衍：著作佐郎（解褐，第七品）——尚书郎（第六品）——员外常侍（五品上阶）——司空谘议（从四品上阶）——光禄大夫（第三品）——廷尉（第三品）、扬州大中正（无秩）——度支尚书、七兵尚书（第三品）——太常卿（第三品）——散骑常侍（从三品）——征东将军（第二品）、西兖州刺史——车骑将军（第二品）、左光禄大夫（第二品）——侍中（第三品）。

王翊：秘书郎中（解褐，第七品）——员外散骑侍郎（第七品上阶）——襄威将军（从第六品上阶）——司空主簿（第六品上阶）——司空从事中郎（第五品）——中书侍郎（从四品上阶）——镇远将军（第四品）——清河王友（第五品上阶）——左将军、使持节都督济州诸军事济州刺史（第三品）——平东将军（第三品）——平南将军、散骑常侍（第三品）——安南将军、银青光禄大夫、散骑常侍（第三品）——镇南将军（从二品）、金紫光禄大夫（从二品）——国子祭酒（从三品）。

王绍：太子洗马（解褐，从五品上阶）——员外散骑常侍（五品上阶）——中书侍郎（从四品上阶）。

以上诸人的官位迁转，可以直观地说明几个问题：

第一，在北魏解褐出仕的王肃子侄辈中，王绍起家之官要远高于其诸位从兄，这当然是由其作为王肃之子，袭爵昌国侯的身份决定的。而其他几人由第七品或第七品上阶起家，与北朝大族子弟并无区别①。

第二，王氏兄弟都频加将军之号，但基本都为虚衔，而且越到后期，越出

---

① 《王翊墓志》载"追申起家之屈，迁为从事中郎"。按，第七品的秘书郎中是北魏高门子弟常见的起家官，如范阳卢氏的卢僖、卢元明乃至宗室元熙都以秘书郎起家，并不算与家门不相匹配。所谓"起家之屈"，不知是否是就其起家官低于王诵之员外郎而言。

现将军号与同品阶的文官号同授的现象,例如王诵先是被授以同为第三品的平南将军和光禄大夫,又被授以同为从二品的镇军将军和金紫光禄大夫,王衍被授以同为第二品的车骑将军与左光禄大夫等。在孝明帝晚期,为文官加军号的情况甚为常见,这一时代特点在王氏兄弟的仕宦经历中也显现出来。可见,处于宣武帝朝中后期与孝明帝朝的王氏兄弟不曾像北魏前期、中期的入北南人一样,真正投身军旅,以常年"于南境自效"的方式作为立身之道。他们只是偶尔出任刺史,而且除了王衍在西兖州刺史任上为尔朱仲远所执以外,其外任都并不太长,如王诵在幽州任上只停留了一两个月的时间。他们仕宦生涯中绝大多数时间都身在都城洛阳,并且进入了北魏政府最为核心的机构之中,这与其叔父王肃虽名义上以尚书令身份为宰辅,但实际上却被排斥出政治中心,只能常年在边的在北仕宦经历有着很大的差别。

通过这两点可以看出,琅琊王氏子弟在北朝的起家与仕宦,都并没有与北朝士族存在本质性的差别。这意味着,在这一时期,北魏上层对以琅琊王氏为代表的入北南朝士族的态度存在一个重要的转变:北魏贵族和士族更看重的是入北南士的出身门第,而在孝文帝朝乃至宣武帝初年尚非常明显的"南人""吴子"观念已经淡化。因此,入北南朝士族得以用与北方大族子弟相同的方式起家、出仕、并按部就班地迁转,不再需要因为身份的差异,而以某些特殊方式,如投身军伍来获得北魏统治者的认可。这种观念上的转变,是此时南来士族在北魏社会中生活模式改变的重要原因。

二、中书侍郎与给事黄门侍郎人员构成的变化

景明初入北的王氏子弟中,有四人都曾任中书侍郎,王诵虽独不曾任此职,却又在孝明帝时任给事黄门侍郎。《王绍墓志》称中书侍郎"掌机近密,历难兹授",《王诵墓志》则称"琐门清切,任亚宰衡,自非时宗戚右,罔获斯授",这虽是墓志中所习用的标榜之词,但如果对这两个官职在北魏时的整体情况有所了解就可发现,这其实并非虚言。作为入北士族,叔侄四人皆任中书侍郎,是在北魏前期不甚可能出现的情况。造成这一情况的直接原因,是宣武、孝明两朝,中书侍郎与给事黄门侍郎的人员构成与前代相比发生了极大的变化。

在上一章中,我们已经反复强调,中书省自太武帝时起,就以河北士人为绝对主体,具有相当鲜明的排他性和继承性。然而,上文中并没有对曾任中书博士、中书侍郎职务的士人身份进行分析。为了了解中书侍郎人员构成的变化及其内在原因,在此先粗略地将《魏书》中所记载曾任中书侍郎的士人地望略作统计,见下表:

时代	汉族高门	普通汉族士人	入北南人	宗室	外戚	倖臣
道武朝	1①	2②	0	0	0	0
明元朝	1③	0	0	0	0	0
太武朝	16④	12⑤	0	0	0	0
文成朝	2⑥	0	0	0	0	0
献文朝	4⑦	3⑧	0	0	0	0
高祖朝	14⑨	2⑩	0	0	0	1⑪
宣武朝	4⑫	1⑬	4⑭	1⑮	1⑯	0
孝明朝	7⑰	1	0	4⑱	0	0

① 为安定邓氏,邓渊之子邓颖。
② 分别为上谷张恂、辽东晁崇。
③ 为赵郡李顺。
④ 其中赵郡李氏三人:李佑、李熙、李灵;清河崔氏三人:崔简、崔徽、崔览;范阳卢氏二人:卢玄、卢度世;渤海高氏二人:高允、高佑;河间邢氏一人:邢颖;河东裴氏一人:裴骏;博陵崔氏一人:崔鉴;京兆杜氏一人:杜铨;安定邓氏一人:邓颛;渤海刁氏一人:刁纂(按,刁纂生平不详,《刁雍传》称"雍长子纂,字奉宗。中书侍郎。早卒。"雍太和八年卒,年九十五,姑且将刁纂置于太武帝时)。
⑤ 包括上谷张诞;安定胡方回;昌黎卢鲁元;顿丘窦瑾;高阳许熙;天水赵逸;中山张珍;太原张伟;辽东公孙质;北地梁祚,以及不知籍贯的李虚、傅默二人。
⑥ 均为赵郡李氏:李璨、李祥。
⑦ 为荥阳郑羲、渔阳高闾、范阳祖季真、京兆韦真喜(按,真喜生平不详,依韦阆卒年,姑置于此)。
⑧ 为高阳许安仁、范阳李璞、渤海李长仁。
⑨ 其中河间邢氏两人:邢峦、邢产;范阳卢氏一人:卢道裕;清河崔氏两人:崔光、崔亮;荥阳郑氏两人:郑道昭、郑胤伯;彭城刘氏一人:刘芳;广平宋氏一人:宋弁;昌黎韩氏一人:韩显宗;太原郭氏一人:郭祚;渤海高氏两人:高聪、高遵;渤海封氏一人:封琳。
⑩ 为齐郡贾元寿、贾思伯二人。
⑪ 为恩倖阉官张宗之之兄张鸾旗,河南巩人。
⑫ 其中范阳卢氏一人:卢昶;河东裴氏一人:裴延俊;陇西李氏一人:李琰之;长乐潘氏一人:潘灵虬。
⑬ 为东平毕祖朽。按,毕众敬与薛安都同时入北,毕祖朽为其孙,生于北地,严格说来,恐不能算作入北南人。然毕祖朽实为武人,以武人而任中书侍郎者,整部《魏书》仅此一例,故姑置于此。
⑭ 王氏叔侄四人任中书侍郎之时,大抵均在宣武帝朝。
⑮ 为临淮王元彧。
⑯ 为高肇子高植。
⑰ 分别为陇西李神俊、清河崔励、赵郡李玚、彭城刘懿、弘农杨昱、顿丘李奖、李谐。
⑱ 为元子直、元顺、元子攸、元修。

从此表中可以看出,道武、明元两朝中书侍郎人数极少,这与其时废置无常,基本是徒有其名的状况相符。而自太武帝大批任命中书侍郎起,直至宣武朝之前,中书侍郎几乎全部由汉族高门及门第不显而学识出众的河北汉族士人担任。这说明"中书侍郎"一职在相当长的一段时间内,与河北汉族士人有着紧密联系,是专属于北方士族的官职。

太武帝神䴥四年(431)亲发明诏,征卢玄等汉族士人四十二人,其中三十五人就命,这是北魏前期文化史中的一件大事。高允《征士颂》称此次征士是为了"偃兵息甲,修立文学,登延俊造,酬咨政事"①,为了达到这一明确目的,被征的汉族士人大多兼具政治才能和文学才华,并且多以中书博士起家。上表中太武帝时期的近三十位中书侍郎中,很多都是出自这批征士,或者与其有亲戚关系。这批士人的任用,不但使中书省从虚设一跃成为重要的文书机构,而且为其人员确立了固定模式。虽然我们在此讨论的仅是中书侍郎这一职位,但在神䴥至北魏太和晚期的七十年时间里,中书省的各个组成部分中,惟中书学生中偶然会有鲜卑贵族子弟或入北南人,而中书博士、中书议郎等,亦基本全部由北方汉人士族构成。

那么,中书侍郎一职的人员构成为何在宣武帝时出现了明显的变化呢?这首先应该是废除中书学所带来的后果。

中书学与同为官学的国子学、太学等,均存在性质与目的上的差异,其时代特征相当明显。论其渊源,大抵可追溯到前燕的"高门生"。《晋书》卷一○九《慕容跳载记》曰:"赐其大臣子弟为官学生者号高门生。"②唐长孺先生指出:"燕之大臣除慕容之外以汉族大族为多,这和刘石的学生入学标准就有些不同,称为'高门'就显示了这一点。"③在北魏前期文化建设中起到重要作用的河北士人,基本都具有三燕背景,北魏皇家设立以汉人高门子弟为主的中书学,很有可能是延续了这一被汉族大族所熟悉的传统。

作为中书省的附属机构,中书学培养中书学生的目的,不仅是提高其经学、文学方面的修养,而是为各文职机构培养后备力量。因此北魏的中书学生多迁为秘书中散等官。同时,中书学生也常常会留在中书省为官。史载"初,李灵为高宗博士、咨议,诏崔浩选中书学生器业优者为助教"④,不仅如此,中书学生迁为中书博士,随后又转为中书侍郎的情况也相当常见。例如

---

① 见《魏书》第1081页。
② 《晋书》第2826页。
③ 见唐长孺《晋代北境各族"变乱"的性质及五胡政权在中国的统治》,《魏晋南北朝史论丛》第170页。
④ 《魏书》卷四六《李䜣传》,第1039页。

高佑"初拜中书学生,转博士、侍郎"①,郑道昭"初为中书学生,迁秘书郎,拜主文中散,徙员外散骑侍郎、秘书丞、兼中书侍郎"②。这种中书学生——中书博士——中书侍郎的人员输送惯例,使得数十年里中书省官员的知识构成非常稳定,具有明确的系统性。

而在另一方面,中书学的设置又保证了中书博士、中书侍郎等官员在来源上的稳定性。《魏书》卷五三《李孝伯传附李安世传》云:"兴安二年,高宗引见侍郎、博士之子,简其秀俊者欲为中书学生。"③这种"以父任为中书学生"的情况,几乎成为中书学生的主要来源。从中书侍郎的构成来看,太武帝时期,北方汉族士人的门第高下尚未确定,因此高门与普通士人在比例上相差不大,但在孝文帝时,出任中书侍郎的已绝大多数都是高门子弟,而且其中范阳卢氏、荥阳郑氏、赵郡李氏等最多。这基本能反映出当时汉族门第高下的情况。可见在中书省发展过程中,普通汉族士人由于门第寒微而逐渐从中书省消失,而高门大族却往往是父子、兄弟乃至祖孙相继入职于中书,从这个角度来说,在北魏"定士族"的过程中,具有明显门阀化、世袭化特点,并逐渐被汉族高门所垄断的中书学具有相当重要的作用。

中书学在太和中被废止④,其最明显的后果之一,就是中书省的人员输送因此被切断。中书省的侍郎、议郎等官员不再从一群身份和知识背景都非常确定的后备力量中选拔,而是可以面向多种阶层。宣武帝时,出任中书侍郎的汉族高门只占总数的三分之一,就是这一变化的直接体现。

然而,虽然中书学生的废除为中书省人员多样化提供了条件,但并不是造成中书侍郎中汉族士人比例下降的唯一原因。入北南人、元魏宗室乃至武人倖臣纷纷成为中书侍郎,在某种角度来说,是统治者有意为之的。在孝明帝时期,此前从不曾出现在中书省中的顿丘李氏和弘农杨氏,在孝明帝时期的七位出身士族的中书侍郎里占据了将近一半的数量。这说明,除了其他成分的人员构成,尤其是宗室力量明显增加以外,在出任中书侍郎的汉族士人内部也出现了新的变化。

与人员结构变化同时发生的是,自太和后期开始,中书省内部亦出现了权力转移,这表现为舍人省的出现,及中书舍人渐夺中书侍郎乃至中书令之权。郑钦仁将中书省分为"本部"与"舍人省",认为孝文帝太和十五年、十

---

① 《魏书》卷五七《高佑传》,第 1259 页。
② 《魏书》卷五六《郑羲传附郑道昭传》,第 1240 页。
③ 《魏书》第 1175 页。
④ 《魏书》卷八四《儒林传序》云:"太和中,改中书学为国子学,建明堂辟雍,尊三老五更,又开皇子之学。"(第 1842 页)

七年(491、493)改革中,模仿南朝制度最具体的即有舍人省,"其官员及官号皆一依南朝的制度。其设置的背景正逢南齐永明中中书舍人之专权"①。太和十七年《职员令》中,中书舍人仅为从六品上,宣武帝时方升为第六品,任此官的虽有常景、韩子熙等河北士人,但已不仅仅以汉族大族士人为限。至孝明帝时,中书舍人不仅夺中书侍郎乃至中书令之实权,其人员构成也越发复杂。灵太后引其倖臣李神轨、郑俨、徐纥三人为中书舍人,《魏书》卷九三《恩倖传·郑俨传》载郑俨"迁通直郎、散骑常侍……中书令、车骑将军,舍人、常侍如故"②,同时任中书令与中书舍人这种前所未闻的情况,以一种极端的方式体现出中书舍人以其职掌与人员构成两个方面打破中书省原有结构的历史面貌。

与中书舍人之权日重相对应,人员构成变化的趋势也体现在门下省的给事黄门侍郎一职中,而且其由统治者喜好所决定的意味较中书侍郎更为明显。给事黄门侍郎的职责与中书侍郎颇有相近之处,因此虽然并无中书学那种的人才培养系统,但是在北朝中期也通常由汉族士族出任。在孝明帝即位之前,曾担任给事黄门侍郎一职的,有张衮、燕凤、崔玄伯、崔光、崔亮、崔瑜、崔逞、封懿、封恺、邢峦、郭祚、郑道昭、邓羡、李顺、李肃、李韶、李伯尚、孙惠蔚、韦俊、韦缵、卢渊、卢昶、甄琛、李郁、游肇、郑长猷、郑懿、韩麒麟、宋弁、张彝、李平、源子雍、源子恭、陆琇等。可见给事黄门侍郎的人选与中书侍郎颇有重合之处,而不同点是偶有文化素养较高的鲜卑贵族如源氏、陆氏参与其中,但绝无宗室和入北南人曾任此官。而在孝明帝时期,伴随着政归门下,本为第四品上阶的给事黄门侍郎成为被称为"小宰相"的贵要之职,其组成人员也发生了根本上的变化。在此时曾出任此官的人员构成如下:

宗室:元略、元子攸、元恭、元晖、元爽、元彧、元熙、元略、元延明、元顺、元子直。

宠臣:徐纥、李神轨。

入北南人:陈郡袁翻、琅邪王诵。

北方士族:陇西李琰之、清河崔鸿、范阳卢同、太原王遵业。

在任此职的四位北方士人,在当时确实出身于第一流的冠冕士族,但实际上,虽然太原王氏入北已久,但在此之前从无出任中书侍郎、黄门侍郎的

---

① 郑钦仁著:《北魏官僚机构研究续篇》,台北:稻乡出版社,1995年,第8页。
② 《魏书》第2007页。

情况。即使将其算作北方士人,此时曾任给事黄门侍郎之人中,北方高门也只占据五分之一强的数量。这在此前是从不曾有过的。

在此时的黄门侍郎中,值得注意的是带有南朝色彩的"三哲"和并不以出身显,却贵盛一时的徐纥、李神轨二人。虽然后两人在人数上少于北方士族,实际上,他们在此任上所造成的声势却要比同任的北方士族及入北南朝士族大得多。而在胡太后的三位最为宠遇的恩倖之臣中,有两位出任给事黄门侍郎,且均曾担任中书舍人,徐纥甚至以给事黄门侍郎"仍领中书舍人,总摄中书门下之事,军国诏命,莫不由之"[1],这也是一个耐人寻味的问题。

上一节中已经提到,在为孝明帝选纳妃嫔的问题上,胡太后表现出利用入北南朝士人等力量来压制北方高门大族的意图。考虑到这一点,再来看孝明帝时期中书侍郎和给事黄门侍郎的人选,就会理解造成这一人员构成变化的另一重要原因。我们可以看到,宗室成员、入北南朝士族和宠臣纷纷担任原本由汉族高门占绝对主流地位的官职,并在人员构成中淡化汉族高门色彩,甚至将其边缘化,正是胡太后"抑屈人流"的目的在官员任免方面的体现,与其在婚姻政策方面将其侄女立为皇后,任由孝明帝专宠潘充华,而将高门大族之女仅选为世妇的措施带有一以贯之的性质。

通过对中书、黄门侍郎任免情况的分析,我们可以看出,琅琊王氏在宣武、孝明时期连任此二官,固然表明了时人对王氏的重视程度和态度的转变,但也是由时代背景和统治者个人意图所导致的,并非专对其一门的殊遇。因此,这一出仕经历不但带有家族特征,也带有时代普遍性。

第四节　琅琊王氏墓志个案研究
——《王诵墓志》考释

在流传于世的一系列北魏琅琊王氏墓志中,王诵的墓志最具代表性:不但历史细节丰富,文学水平较高,而且其中可以体现出南北文学、文化交流的一些问题。因此,本节中将此墓志作为个案,对其历史价值和文学价值略作分析,以求获得管中窥豹之效。

王诵墓志首题为"魏故使持节侍中司空尚书左仆射骠骑大将军徐州刺史王公墓志铭",高64厘米,宽63厘米,全志共33行,每行33字。该志1921年出土于洛阳城北北陈庄村东北大冢,图版被收入黄立猷《石刻名

---

[1] 《魏书》第2008页。

汇》、关百益《河南金石志图》、罗振玉《芒洛冢墓遗文四遍》及赵万里《汉魏南北朝墓志集释》等。墓志的录文与校注见于本章的附录中。

《王诵墓志》之所以在王氏诸墓志中具有最为重要的作用,很大程度上是因为其中明确记载了墓志的撰人。从史学角度来讲,由于墓志序文的作者是王诵之弟王衍,与王诵有着相同的经历和知识背景,对其生平细节的掌握较史籍记载更为细致而准确。从文学方面来讲,墓志的序文与铭文由南北士人分别撰写,带有文学交流与融合的色彩,也具有相当的特色。

一、《王诵墓志》的历史价值

《王诵墓志》的历史价值在于其序文对王诵生平记载颇为详尽,而且可信度高,因此可以补史书之阙,并校史书之失。这主要表现在几个方面。

第一,通过本墓志,可以了解南朝齐梁时琅琊王氏谱系编制的情况。

北朝的数篇琅琊王氏墓志中,大多只提到了王氏出自姬姓,为太子晋后人之事①,与这种在汉代就已定型,其后在孙绰《丞相王导碑》等著作中一直沿用的说法相比,王诵墓志所记载的王氏世系最为详尽,也提供了新的信息。《晋书》卷三三《王祥传》曰:"王祥字休徵,琅邪临沂人,汉谏议大夫吉之后也。"②可见在两晋时,王氏的谱系尚只追溯到王吉。然而在唐宋的姓氏谱牒著作中,王氏的传承系统却得到了极大的充实。《新唐书》卷七二《宰相世系表二中》载:

> 王氏出自姬姓。周灵王太子晋以直谏废为庶人,其子宗敬为司徒,时人号曰"王家",因以为氏。八世孙错,为魏将军。生贲,为中大夫。贲生渝,为上将军。渝生息,为司寇。息生恢,封伊阳君。生元,元生颐,皆以中大夫召,不就。生翦,秦大将军。生贲,字典,武陵侯。生离,字明,武城侯。二子:元、威。元避秦乱,迁于琅邪,后徙临沂③。

与《晋书》的记载相对比,可以看出南朝和隋唐时期是王氏追溯祖先充实族谱的重要阶段。在这一时期提及王翦、王离为王氏之祖的,如任昉的《王文宪集序》中称"若离、翦之止杀,吉、骏之诚感",李善注引《琅琊王氏

---

① 如《元飏妻王夫人墓志》称"周王王冀(疑为"晋"之误)之引"(见《汉魏南北朝墓志汇编》第 73 页);《王绍墓志》称"姬文以大圣启源,子晋资储仙命氏"(见《汉魏南北朝墓志汇编》第 82 页)。
② 《晋书》第 987 页。
③ [宋] 欧阳修、宋祁撰:《新唐书》,北京:中华书局,1975 年,第 2601 页。

录》曰:"其先出自周王子晋,秦有王翦、王离,世为名将。"①《琅琊王氏录》者,《隋书·经籍志》失载,清梁章钜称其为何法盛《晋中兴书》篇目,不知何据②,而《王文宪集序》则大概作于永明九年(491)③,早于《王诵墓志》。然而,由王氏子弟所亲作的墓志序文中"离、翦擅于兴秦"一句却仍相当重要,因为它说明,虽然在齐梁之际,由王错至王颐的七代世系也许尚未确定,但琅琊王氏初祖从王吉上溯到秦时王翦已得到了家族成员的认可,这也印证了任昉所说的"其先自秦至宋,国史家牒详焉"④。而从另一方面讲,李奖所撰铭辞中亦有"翦、离上将"之句,依从了王衍的说法。这也就意味着,这种经过扩充的王氏世系被入北王氏子弟带到了北方,并且为北方社会所接受。

第二,通过本墓志,可以从侧面了解王奂诸孙在南的生活状况及性情、家风改变之原因。

王奂于永明十一年(493)被诛时,其子除王肃北奔之外,未在同时被杀的只有王秉一人,这可能是因为他年齿尚轻,仍未解褐出仕。而其诸孙中,现存文献记载中年龄最长的王诵也只十二岁。《王诵墓志》中并未载其母氏情况,从王绍、王翊墓志中看,王绍母为陈郡谢氏,谢庄之女,王翊母则为刘宋江夏王刘义恭之女嘉兴县主,其家门都具有较高的社会地位。然而,王肃入北后多在边南侵,王奂之弟王份尚要与王肃撇清关系⑤,母氏亲属恐怕也起不到实质性的帮助。在"奂既诛,故旧无敢至者"⑥的情况下,一门妇孺的生活之艰难可想而知。王诵墓志中称"既面告靡依,趋庭阙范,勉躬砥砺,动不逾节。处家雍穆为本,治身恭俭自居",可见其在家门遭变后失去了士族子弟的优势地位,一方面发奋以图复兴家业,一方面又由于父祖被杀、叔父北奔的敏感身份而不得不谨慎行事。而当时一家中无人出仕,经济状况必定也急剧下降,因此需要简朴维生。这不仅是王诵个人的情况,也是王奂诸孙普遍的生活状态,更是造成其门风向"雍穆恭俭"转变的原因。

---

① [梁]萧统撰,[唐]李善注:《文选》,北京:中华书局,1977年,第652页。
② 见[清]梁章钜撰,穆克宏点校:《文选旁证》卷二三,福州:福建人民出版社,2000年,第626页。
③ 参见熊清元著:《任昉诗文系年考证》,《黄冈师专学报》第12卷,1992年,第35页。
④ 《文选》第652页。
⑤ 《梁书》卷二一《王份传》载:"份兄奂于雍州被诛,奂子肃奔于魏,份自拘请罪,齐世祖知其诚款,喻而遣之。属肃屡引魏人来侵疆场,世祖尝因侍坐,从容谓份曰:'比有北信不?'份敛容对曰:'肃既近忘坟柏,宁远忆有臣。'帝亦以此亮焉。"(第325页)按,此条记载应有误。王肃于永明十一年十月方得在邺谒孝文帝,此时齐武帝已崩,况且魏齐在郁林王隆昌元年(494)还曾相互遣使,交恶开战是在齐明帝萧鸾登基之后。故疑"世祖"或为"高宗"之误。但王肃南侵会造成其在南亲属的自危心理,则是可以肯定的。
⑥ 《南史》第639页。

自南朝逃亡入北士人与皇族存在一种普遍情况,即在入北之后,大多会形成简朴重孝的性情及门风。如刘昶"入国历纪,犹布衣皂冠,同凶素之服"①;萧宝夤"志性雅重,过期犹绝酒肉,惨形悴色,蔬食粗衣,未尝嬉笑"②;王慧龙"生一男一女,遂绝房室。布衣蔬食,不参吉事"③;王肃亦"清身好施,简绝声色,终始廉约,家无余财"④。有研究者认为,这是为了得到北方士族的认同,适应风格迥异的北方士风,因此有意改变门风,向"重孝尚儒"的北方高门门风靠拢⑤。但实际上,这并不一定是模仿学习北方士风的结果,而是有主观与客观两方面的原因。从主观上说,逃亡入北的南朝士人往往带有一种意欲报仇雪耻的心态,或者至少是表达出这样一种态度,如《王绍墓志》中称王肃"深伻伍氏之概,必誓异天之节,乃鹄立象魏,志雪冤耻"⑥,《洛阳伽蓝记》卷三"正觉寺"条则称"肃忆父非理受祸,常有子胥报楚之意,卑身素服,不听音乐,时人以此称之"⑦,直接将前者当作后者的原因。可见南方士人在北所表现出的简朴严正带有强烈的自我砥砺、卧薪尝胆之意,并且可以借此获得北人的欣赏与信任。而从客观上说,这是家门地位和经济条件下降的结果。《王诵墓志》中的记载可以说明,这种家风转变并非在入北之后方才出现的,而是在南时就已经出现,因此与学习并融入北方士风并没有太大的关系。

第三,本墓志具有史料价值,可以校史书之误,并对史书有所补充。

校正史书之误是北朝墓志的一个重要价值,就《王诵墓志》而言,这一价值最明显的体现就是将王诵卒年从三十七岁订正为四十七岁。这大概是由于"卅"与"卌"字形相近而导致的错误。此外,《魏书·王诵传》中仅载其"出为左将军、幽州刺史"⑧,墓志中则将其任此职的时间确定为正光末孝昌初,将这段记载与《孝明帝纪》及《常景传》结合可以看出,王诵离开幽州返回洛阳,很可能是因为杜洛周于上谷起事,而接替他的职务,在幽州讨洛周的是常景和王延年。此外,王诵虽领左将军、平南将军、镇军将军等职,却从不曾率兵征讨。对他来说,将军号只是加官而已。这与孝文帝时期入北南

---

① 《魏书》第 1308 页。
② 《魏书》第 1314 页。
③ 《魏书》第 877 页。
④ 《魏书》第 1411 页。
⑤ 参见陈迪宇著:《北归士族在北朝发展的几种模式初探——以太原晋阳王氏、渤海刁氏、琅琊王氏北归后的发展为例》,《临沂师范学院学报》第 26 卷第 2 期,2004 年。
⑥ 《汉魏南北朝墓志汇编》第 82 页。
⑦ 《洛阳伽蓝记校释》第 109 页。
⑧ 《魏书》第 1412 页。

人多投身军旅"于南境自效"的情况有了根本性的差别。

墓志中云:"虽宠任日隆,谦光弥至,早多赢恙,少慕栖偃,难进好止,非为假饰。触鳞之请虽屡,丘壑之志未从。"在孝昌末出现这种求退心态的并非王诵一人。结合《王遵业传》和《袁翻传》中对二人在河阴之变前不久或求外调或乞骸骨的记载,可知当时在政权核心,深受宠任的近侍官员中,忧心时局并且希望避地自保是一种相当普遍的心态。然而这三位号称"三哲"的高门士族虽已知天下将乱,却仍不及避祸,终于同日被害于河阴,实是令人唏嘘。

二、《王诵墓志》的文学价值

作为南北士族的合撰之作,《王诵墓志》具有鲜明的特征。这首先表现在,由于撰人与墓主关系亲密,因此志文中表现出了在北朝墓志中甚为少见的真切抒情性。其次,它还表现在由于撰人身份与知识结构等原因,这篇志文中体现了鲜明的南北文学融合的特点。

首先,从文学性和抒情性上来看,这篇墓志的价值其实并不体现在王衍的序文中。序文虽然记载王诵生平事迹详实准确,而且用典工稳,结构整饬,但是却只能算一篇中规中矩的志文,在北魏孝明帝之以后,墓志文体已经成熟的这一时期,它并不具有令人眼前一亮的特色。同样是为亡兄所作的志文,元钦在延昌三年所作的《元飏墓志》,虽然年代早于《王诵墓志》,而且是鲜卑宗室所作,但其文学性却要胜于王衍之作,志文中言"君高枕华轩之下,安情琴书之室。命贤友,赋篇章,引渌酒,奏清弦。追嵇阮以为俦,望异氏而同侣,古由今也,何以别诸"[1],不惟措辞句式圆熟而富有节奏感,而且较好地描绘了一位已然中原化的鲜卑贵族。与之相比,王衍之作既没能为王诵勾勒出丰满生动的形象,也没有表达真切的丧兄之痛,这不能不说是本篇序文的缺憾之处。

然而,李奖的铭辞却具有一定的特色。北朝墓志绝大多数是由专人制作,虽然在后期逐渐形成了请著名文士代为撰写的风气,也仍以例行公事或受人之托所作为多,因此即使是魏收、庾信等北朝第一流文士所作的碑铭,仍然难免带有隶事极多、辞藻繁复却缺少真情实感的特点,不题撰人的普通墓志更是出现结构固定,措辞、用典程式化的情况。仅以同为王氏子弟的王绍墓志为例,其铭辞曰:

---

[1] 《汉魏南北朝墓志汇编》第75页。

乃仙之系,粤圣斯始,清澜湸镜,琼基岱峙。照灼丹书,庵郁青史,联祥挺哲,若人载美。义范仁规,高韵卓绝。孝切曾颖,友兼常棣。邹子齐华,潘生等慧,爱玉其温,爱冰其洁。克睿克明,机神是庶。六艺孔修,九德丕著。既优而仕,登朝飞誉。康衢未跻,归轸先邁。呜呼彼苍,何善空默,惟颜与子,薄年厚德。照车徒甸,连城去国,如宝斯亡,靡尚靡则。尘书断义,拚酒谁琴,玄堂杳寂,绝垄凝阴。戚增桓岫,落睇抽心,托裁幽石,聿载休音。①

这段铭辞篇幅较长,而且几乎句句用典,措辞也甚为典正,篇末的"玄堂""幽石"等词语,都是北朝墓志中极为常见的固定意象。可见,在宣武帝晚期,墓志的格式、内容就已经形成了定式,语言运用也已经相当圆熟。然而,此篇中虽全为颂美之辞,但颇为平滞,与王衍所作的序文一样,都让人有种纵然华丽,却缺少点睛之笔的感受。

李奖所作却与这种已成定式的铭辞有所不同。王诵墓志的铭辞用典并不多,即使用典之处,也并不晦涩,大抵是比较常见晓畅的典故,而且李奖并没有刻意使用墓志创作中的固定用语,例如以"幽扃"指墓门在北朝墓志中相当常见,但李奖所用的却是"幽扉",而这个词只在《王诵墓志》和元钦所作《元飏墓志》中出现过,可见,这两人在创作墓志时并没有遵循成规。更加令人留意的是,这篇铭辞中有如下一段:

昔忝光禄,及子同官。玄冬永夜,耳语交欢。莫案不食,实忘饥寒。愿言思此,痛切心肝。

像这样长达数句却并未用典,言辞也甚为浅近的叙事性写法,在北朝墓志铭辞中相当罕见,而它所达到的触动人心的效果,在北朝墓志中也同样难得。从某种角度来说,它突破了墓志铭的体裁限制,不是单纯仪式化的赞美哀悼,而是从友人的角度出发,真切地回忆相交甚欢的经历,将和睦亲密的往日情景与"悲风动旆"的意象相衬,造成了深切而真挚的悲凉之感。此外,从全篇的角度来看,铭辞的前一半以叙述生平、赞美品德为主,用典较多,最后一段则是墓志必备的对坟茔及周边景观的叙述,相对来说都较为正式,而以这样一段内容衔接二者,在节奏上和情感上都有明显的变化,具有一种起伏跌宕的效果。正因如此,与上引《王绍墓志》的铭辞相比,这首铭辞要灵动

---

① 《汉魏南北朝墓志汇编》第242页。

哀切得多，其文风也不同于王绍墓志中的古朴雅正，而是颇为流丽清俊，带有一种魏晋文人四言诗的韵味。由此看来，李奖为王诵所作的铭辞在北朝墓志中是相当独特而成功的一篇，具有相当高的文学价值。

其次，这篇墓志带有明显的南北融合的特点。需要注意的是，李奖虽自称为北方士族顿丘李氏，实际上其家族却是自南方迁徙而来①。不过，本篇中南北融合的特点主要体现在王衍所作的序文中。从这一角度讲，王衍序文虽然文学水平不算高，却仍具有较为重要的文学史意义。

《魏书》卷六三《王肃传附王衍传》载王衍"天平三年（536）卒，年五十二"②，则其生于齐永明三年（485），在景明初入国时，大概十五六岁。在入北近三十年后，他的知识结构中存在南北两个系统的内容是很正常的。在王诵墓志中，这种知识结构最具体而细微的表现，在于序文中的用典有些在南朝多见，有些则仅见于北朝。根据上文的墓志校注，我们可以各举出两个例子：

1. 仅见于北朝使用者：

"资灵"：此为北朝墓志的常见用词，仅在《汉魏南北朝墓志汇编》所收墓志中就出现二十二次，其中"资灵川岳"一词出现四次，可见已经成为固定用法。

"寅门"：《庄子·外物》中的"演门"之典，在中古时期用于文学作品的，仅见于洛阳地区出土的墓志，且都写作"寅门"。如魏孝昌三年《元融墓志》曰"遭离闵忧，蒸蒸几灭。毁甚寅门，哀逾泣血"③；唐垂拱三年《司马寔墓志》则曰"子潭州参军承佑等，业传良冶，毁极寅门"④。虽然尚不能了解

---

① 《魏书》中载李平、李奖父子以及李崇等人为顿丘李氏，但实际上，他们与出身顿丘李氏的李彪等并非同宗。《魏书·李彪传》及《阳平王太妃李氏墓志》中均载其籍贯为"顿丘卫国人"，而李平、李崇等的籍贯则均载为"顿丘人"。《魏书》卷八三《外戚传·李峻传》曰："李峻，字珍之，梁国蒙县人，元皇后兄也。父方叔，刘义隆济阴太守。高宗遗间使谕之，峻与五弟诞、巘、雅、白、永等前后归京师。拜峻镇西将军、泾州刺史、顿丘公。雅、巘、诞等皆封公位显。后进峻爵为王，征为太宰，薨。"（第1824页）卷七〇《刘藻传》又载"永安中，与姊夫李巘俱来归国，赐爵易阳子"（第1549页），按，此条中"永安"为孝庄帝元子攸年号，距李巘等人入北时甚远，疑应为"天安"，即献文帝继位后的第一个年号。则此李氏本为梁国李氏，献文帝因欲借外戚力量与冯太后相抗衡，故继位后将其在南诸舅招入北魏，之所以称为"顿丘李氏"，应该是因李峻封顿丘公，并有可能家于此地的原因。因此，李奖与前文提到的胡太后倖臣李神轨一样，均为第三代入北南人，但其祖辈在南时并不以学业显，因此其"当世才度"应该大体上已北方化了。然而《颜氏家训·风操》载李奖子李构母刘氏"宋广州刺史纂之孙女，故构犹染江南风教"（见［北齐］颜之推著，王利器撰：《颜氏家训集解》，北京：中华书局，1996年，第104页），则其家世中的南方因素仍是不可忽视的。

② 《魏书》第1413页。

③ 《汉魏南北朝墓志汇编》第206页。

④ 见北京图书馆金石组编：《北京图书馆藏中国历代石刻拓本汇编》第6册，郑州：中州古籍出版社，1989年，第141页。

其原因,但出现这种状况,无疑带有地域和文化上的独特性。因此使用上述二词,体现出王衍接受了北朝文化的影响。

2. 见于南朝者:

"绮岁"与"龆辰"搭配之例:这种用法在北朝现存作品中不曾出现,而在南朝齐梁后则有相当多的用例。如:

> 释僧祐《齐竟陵王世子巴陵王法集序》:慧发龆辰,识表绮岁。①
> 《陈书》卷二八《始兴王伯茂传》:第二皇子新除始兴王伯茂,体自尊极,神姿明颖,玉暎龆辰,兰芬绮岁,清晖美誉,日茂月升,道郁平、河,声超衮、植。②
> 《隋书》卷五九《炀三子传·元德太子昭传》载虞世基《元德太子哀策文》:有纵生知,诞膺惟睿。性道龆日,几深绮岁。③
> 《文馆词林》卷四五三载褚亮《隋车骑将军庄元始碑铭》:洪源实长,有此人良。龆年岐嶷,绮岁珪璋。④

与此类似,有"褰帷"与"求瘼"对仗之例,则见于梁元帝萧绎《与刘孝绰书》与陈朝宗元饶《奏弹陈哀》两文中。

齐梁时期,由于骈文发展,很多对仗用法被确定下来,此处的两例就属于这种情况。而在北朝,虽然骈体也有所发展,但尚未有如此谨严固定的对仗意识,因此并未出现这两种搭配,在《王诵墓志》序文中出现的这两处对仗,明显是南朝文学影响的产物。

从微观上看,王衍序文的南北融合特性体现在用典、用词的地方性上,而从宏观上看,则体现于这篇墓志的文体结合了南北朝后期南北两地墓志的特征。

王衍虽然是南朝高门出身,但其墓志序文却完全依从了北朝墓志的常用格式而非使用南朝墓志的格式。北朝墓志的格式在宣武帝时已经定型,一篇完满的墓志通常分为以下几个部分:1. 世袭父祖;2. 天资品行;3. 仕宦生平;4. 死亡时间及地点;5. 骈体对句的赞颂之辞;6. 铭辞。除此之外,有时在铭辞之前会有墓志撰人情况及撰志原因,而铭辞之后有时会罗列死者

---

① [梁]释僧祐撰,苏晋仁、萧炼子点校:《出三藏记集》,北京:中华书局,1995年,第454页。
② [唐]姚思廉撰:《陈书》,北京:中华书局,1972年,第358页。
③ [唐]魏徵、令狐德棻撰:《隋书》,北京:中华书局,1973年,第1436页。
④ [唐]许敬宗编,罗国威整理:《日藏弘仁本文馆词林校证》,北京:中华书局,2001年,第168页。

的配偶子女。然而南朝齐梁墓志的格式则与此不甚相同。虽然北朝墓志亦通常是由专人制撰，但从现存的几方南朝墓志来看，齐梁时期的墓志存在更为明显的"奉敕而作"的公文色彩。罗新、叶炜指出："南朝由朝廷出面营葬的王公贵族，其墓志的撰写一般也就是由秘书省诸著作或相关人员来承担，这些人所依据的资料，只能是秘书省原有的档案（名臣传、功臣传之类），所以在名号、称谓、生平等等方面，是符合有关规定的，这与北朝墓志很不一样。"① 这是南朝墓志的官方特点所导致的，南北朝墓志在使用资料方面的区别。而体现在格式和内容方面，这就造成了两个与北方墓志的不同之处：

第一，北方墓志题有撰人姓名的并不多见，即使载有撰者姓名，也会是在志中以叙事口吻提出，并往往附有撰人对亡者的悼念敬仰之辞，如前述《元飏墓志》云："季弟散骑常侍度支尚书大宗正卿思若哀玉山之半摧，痛良□之中折，悲逾□听，慕深九泉，敬饰玄石，以述清徽。乃作铭曰云云。"② 而南朝齐梁墓志大多都有撰者姓名，而且是以署名的方式，直接著录于篇首或铭辞之前。例如：

> 铭文大司马参军事东海鲍行卿造（南齐《王宝玉墓志》③）
> 长兼尚书吏部郎中臣任昉奉敕撰（梁《萧融墓志》④）
> 吏部尚书领国子祭酒王暕造（梁《桂阳王太妃王纂昭墓志》⑤）
> 尚书右仆射太子詹事臣徐勉奉敕撰（梁《萧敷墓志》⑥）

第二，由于齐梁墓志带有官方性质，使用的是秘书省的档案，因此墓志序文中常大段引用帝王诏册，这也是北朝墓志中所没有的内容。如《桂阳王太妃王纂昭墓志》曰：

> 天监三年十二月策命拜桂阳王太妃文曰："於戏，维尔令德克昭，静恭靡忒，式仪蕃序，允树芳徽。是故遵以朝序，用申彝服。往钦哉。其茂休烈，可不慎欤。"……天监十三年十月丙子朔廿日乙未薨，春秋卌二。有诏曰："桂阳国太妃奄至薨陨，追痛切割，今便临哭。丧事所须，

---

① 罗新、叶炜著：《新出魏晋南北朝墓志疏证》，北京：中华书局，2005年，第47页。
② 《汉魏南北朝墓志汇编》第76页。
③ 志石藏于南京博物院。参见邵磊著：《南齐王宝玉墓志考释——兼论南朝墓志的体例》，《文献》2003年第4期。
④ 《汉魏南北朝墓志汇编》第25页。
⑤ 《汉魏南北朝墓志汇编》第26页。
⑥ 《汉魏南北朝墓志汇编》第27页。

随由备办。鸿胪持节监护丧事。"①

将南北朝墓志的格式相对照，可以看出，王衍的墓志序文所依据的是北朝所袭用的墓志文体。然而，这并不意味着他在创作墓志时完全没有袭用南朝传统。恰恰相反，他将南朝齐梁墓志的一个非常重要的体例引入了北朝，即由二人分撰序文和铭辞，从而合为一篇。

自刘宋起，南朝墓志就呈现出一种重铭辞而轻序文的倾向，这大概与晋宋后日益明显的重文轻笔风气有关，因为南朝墓志序文的基本内容仅是世系、谱牒、生平等史料，不太需要文采，而铭辞则是四言韵文。这种轻重之分体现在文献中，就表现为当时典籍著录墓志时，基本只收录铭辞。例如《江文通集》卷一〇中的《宋故安成王右常侍刘乔墓志文》《宋故银青光禄大夫孙复墓志文》《齐故御史中丞孙诜墓志文》《齐故司徒右长史檀超墓志文》，以及《文选》卷五九"墓志"类所收录任昉所作《刘夫人墓志》等数篇名家之作，均只有铭辞，而无序文。而反映在当时的创作情况中，则表现为墓志往往由两人同撰，一人负责序文，而另一以文才闻名者负责铭辞。例如上引《王宝玉墓志》的铭辞为鲍行卿所作，《南史》卷六二《鲍泉传附鲍行卿传》曰"时又有鲍行卿以博学大才称，位后军临川王录事，兼中书舍人，迁步兵校尉。上《玉璧铭》，武帝发诏褒赏"②，而《萧融墓志》中"梁故散骑常侍、抚军大将军、桂阳融谥简王墓志铭。长兼尚书吏部郎中臣任昉奉敕"一行置于序文之后，铭辞之前，可见任昉所撰的应该也只是铭辞。陈《黄法氍墓志》则写明"左民尚书江总制，太子率更令□东宫舍人顾野王□（撰铭辞），冠军长史谢众书"③，《陈书》卷二五《孙玚传》则载曰"（玚）及卒，尚书令江总为其志铭，后主又题铭后四十字，遣左民尚书蔡征宣敕就宅镌之"④，可见这种两人合撰墓志的风气一直延续到陈代。

在《王诵墓志》之前，北朝并非没有二人同撰的墓志。熙平元年《释僧芝墓志》云："大弟子比丘尼都维那法师僧和、道和，痛灵荫之长徂，恋神仪之永翳，号慕余喘，式述芳猷，若陵谷有迁，至善无昧。乃作铭曰云云。"⑤而同由王衍参与制作，时间比《王诵墓志》稍后的永安二年（529）《元继墓志》则曰："前佐司徒府咨议参军事太常卿琅琊王衍，前佐司徒府记室参军事大将

---

① 《汉魏南北朝墓志汇编》第26页。
② 《南史》第1530页。
③ 《新出魏晋南北朝墓志疏证》第45页。
④ 《陈书》第321页。
⑤ 《河洛墓刻拾零》第20页。

军府从事中郎新平冯元兴等,虑陵谷质迁,丘陇难识,故凿志埏阴,刊载氏族。乃作铭曰云云。"①都是二人同作,但并没有写明是否一人作序文,另一人作铭辞。这样看来,在现存北朝墓志中,《王诵墓志》就具有了首次明确将这种墓志创作风气传入北朝,开风气之先的作用,而且这种创作方式确实融入了北朝的墓志创作中。

与南朝不同,北朝墓志的序文由史官根据官方资料写作的情况并不多见,因此,二人同作墓志在北朝有了新的模式,即由亲属创作序文,而才学之士创作铭辞。这种墓志形式在北齐河清至天统年间集中出现,可分为入北南人为其亲属所作、入北南人为北朝人士所作,以及北方高门士族所作三种撰写类型。虽然其撰写时间互有先后,但仍可以体现出,这一南朝入北士人所习惯的墓志撰写方式,逐渐为北朝汉族士人所接受与学习的过程。由于铭辞撰写者与作序文的亡者亲属,往往皆才名颇盛,因此这一类墓志往往不仅对生平史实记载详尽准确,而且具有较高的文学水平,算得上北朝墓志中的翘楚。

现存的两篇由入北南人撰写以二人同作形式撰写的北齐墓志,一为河清四年(565)的《元洪敬墓志》,一为天统五年(569)的《袁月玑墓志》。二者均于邺城出土,而其制撰均由袁奭参与。《元洪敬墓志》称"梁尚书比部郎谯国桓柚作序,梁侍中陈郡袁奭制铭"②,桓柚自非元洪敬的亲属,此篇南朝模式仅仅体现在二人同作,一序一铭之中。而作为袁月玑兄子,袁奭在《袁月玑墓志》转为序文的撰者,其铭辞由刘仲威所撰。这种身份变化清晰地体现出作为入北南人的制撰者对于南朝墓志体例的着意恪守。其对南朝墓志体例的继承,尚可体现在其他几个方面。

首先,从其出身来说,袁奭与刘仲威均属于萧庄——王琳集团,在萧庄事败后羁留北方。而桓柚虽未见于史书记载,然而从其与袁奭均以梁官衔自称的情况看,应亦为萧庄旧僚,甚至可能是在袁奭以梁侍中身份使齐时一同入邺。袁奭出身于陈郡袁氏,曾为萧庄侍中;刘仲威出身南阳刘氏,"颇涉文史"③,于梁元帝承圣年间曾任中书侍郎;桓柚则出身于谯国桓氏,三人均出身于南朝文化士族,有着相似的出身背景。而通过墓志制撰可以看出,这一集团在入齐后仍保持着密切联系。

其次,袁奭等人在北的密切联系,并非仅仅是限于入北南人的小圈子

---

① 《汉魏南北朝墓志汇编》第 260 页。
② 见叶炜、刘秀峰编:《墨香阁藏北朝墓志》,上海:上海古籍出版社,2016 年,第 134—135 页。
③ 见《陈书》卷一八《刘仲威传》,第 245 页。

中。《北齐书》卷四五《文苑传序》载武平三年立文林馆后,"(祖)珽奏撰《御览》,诏珽及特进魏收、太子太师徐之才、中书令崔劼、散骑常侍张雕、中书监阳休之监撰"①,所召集的六十二名"续入待诏"的文士中,即有"中散大夫刘仲威、袁奭"②。可见萧庄——王琳集团的南朝士人,虽一直以梁臣身份自居,但实际上加入了南北士人共同参与的北齐重要文化事件,这一方面能促成其保持着一致的知识结构,另外一方面也为他们与北方人士交往,使具有南朝特色的文体——如墓志体例——在北方发生影响创造了机会。

第三,袁奭为梁司空袁昂之孙,袁昂不唯是齐梁两朝名臣,亦是当时颇有盛名的书法家。而同样值得注意的是,史书中明确涉及到南朝墓志体例之事,即与袁昂有关。《梁书》卷三一《袁昂传》载曰:"初,昂临终遗疏,不受赠谥,敕诸子不得言上行状及立志铭,凡有所须,悉皆停省。"③这说明,不论是出于身份地位,还是出于文化修养,袁昂及其诸子均熟悉将行状奏上,由史官记录为官方档案,并用于墓志撰写的流程。这种对官方流程的了解,应该会影响袁奭,并且使其在入北之后,将其作为个人行为,用于为亲朋故交撰写墓志,并最终扩大了这一体例在北方的影响。

北方士人所撰二人同作之墓志,较代表性的是同为河清四年(565)所撰的《封子绘墓志》:

> 从弟孝琬以为陆机之诔士平,情则兄弟;潘岳之哀茂春,事实昆季。是以谨撰遗行,用裁志序。所恨少长悬隔,聚散闲之,素业贞献,百不举一。吏部郎中清河崔赡与公礼闱申好,州里通家,摛缀之美,籍甚河朔。敬托为铭,式昭不朽。④

封孝琬与崔赡在东魏北齐之际,皆以风仪举止著称,然《北齐书》卷二一《封隆之传附封孝琬传》称"孝琬文笔不高,但以风流自立,善于谈谑,威仪闲雅,容止进退,人皆慕之"⑤,《北史》卷二四《崔逞传附崔赡传》则载其"才学风流为后来之秀"⑥,又载其与父崔㥄同参与文学集会之事云:

---

① [唐]李百药撰:《北齐书》,北京:中华书局,1972年,第603页。
② 《北齐书》第603页。
③ 《梁书》第455页。
④ 《汉魏南北朝墓志汇编》,第424—425页。
⑤ 《北齐书》第308页。
⑥ 《北史》第874页。

魏孝静帝以人日登云龙门。(赡)与其父悛俱侍宴为诗。诏问邢邵等曰："今赡此诗何如其父？"咸曰："悛博雅弘丽，赡气调清新，并诗人之冠冕。"宴罢，咸共嗟赏之，云："今日之宴，并为崔赡父子。"①

可见崔赡的才学及韵文创作水平都胜于封孝琰，二人同撰《封子绘墓志》的行为，正符合由南朝传入的墓志创作模式。

1963年出土于河北省饶阳城南王桥村的隋《李敬族墓志》《赵兰姿墓志》，是当时著名文士李德林父母的墓志。《李敬族墓志》中称"太子洗马河南陆开明，博物高才，誉重当世，德林愿其叙述，敬托为铭，罔极之心，冀传万古"②，《赵兰姿墓志》中称"尚书仓部侍郎新平古道子，学业优长，才思通博，愿传万一，敬托为名"③，因此《新出魏晋南北朝墓志疏证》将其作者归为陆开明和古道子。然而，两方墓志的序文中分别有"德林生蒙爱育，抚视殷勤，情有识知，便闻训导"与"德林父兄早弃，夙婴荼蓼，姊妹及弟，茕然靡托，寔赖慈育，得及人伦"之语，显然为李德林自述之辞。由于李德林是由北朝入隋的，可见这种至亲自述序文，倩人作铭辞的方式，在北朝上层社会中一直存在。这是王衍作《王诵墓志》的重要意义所在。

综上所述，《王诵墓志》在北魏墓志中具有相当重要的地位。它的价值体现在诸多方面。

第一，它记载的史料翔实可靠，可以用来校史书之失，并且管窥孝明帝末年的社会局面和士人心态。

第二，它的铭辞具有较强的抒情性和文学性，在北朝墓志中比较独特，具有一定的文学价值。

第三，《王诵墓志》的创作是一次南北文学交流融合的活动，它一方面表现为入北南朝士人接受了北朝的墓志文体，另一方面也显示出南朝的墓志创作模式通过逃亡入北的士族子弟传到了北方，并且被北方士人接受、改造，形成了一种具有北朝特色的北朝高门墓志的创作方式。通过它和其后的一系列墓志作品，我们可以看出南朝的文学创作手法是如何被带到北朝，并且在北朝产生影响。从某种角度来说，这是《王诵墓志》所传达出的最为重要的信息。

---

① 《北史》第875页。
② 《新出魏晋南北朝墓志疏证》第375页。
③ 《新出魏晋南北朝墓志疏证》第375页。

结　语

太和年间王肃入北，虽然是北魏文化史中的重要事件，但是由于人数很少，所以只是一个个案，并不具有代表性的意义。但是宣武帝初年，其弟及其妻携子侄辈齐至北魏，人数至少在近十人，已经形成了一个小型群体，因此其与北魏社会的碰撞融合情况，必然要比王肃个人更为充分和全面。通过本章的论述，我们可以看出，在宣武帝、孝明帝两朝，北朝上层对以琅琊王氏为代表的入北南朝士族的态度发生了很大变化，其最重要的方面并非他们开始普遍看重王氏的文化地位，而是在孝文帝朝尚且相当明显的"南人"身份标识以及由此带来的抵触心理在此时已然淡化，北方宗室与大族已能够平和而无芥蒂地接受与入北南人的共处、结亲与交游。实际上，孝文帝在王肃入国之初，就已经希望能够将其树立为汉魏晋正统文化的代表，而抹去其归降南人的色彩，赐宅于延贤里等举措中都体现了他的用心。然而北魏上层普遍接受这一态度，却是在宣武帝中期之后。琅琊王氏等南朝士族通过婚姻、仕宦等途径与北魏上层宗室及士族的接触增多，有助于北方上层态度的转变，而观念的转变，又反过来推动王氏通过婚宦融入北魏社会的进程，二者是互为表里的关系。另外需要注意的是，北魏上层对入北士人的态度之所以发生变化，也有统治者的个人意愿参与其中。例如孝文帝希望将王氏对汉魏旧事的掌握为其中原化进程所用，而胡太后则有意用琅琊王氏等南朝士族来抑制北方的高门大族。这也会造成入北南朝士族在社会上的地位、作用乃至形象变化。

北魏上层观念的改变为入北南人与北方宗室、士族平等地进行文化交流和文学集会奠定了基础，这就造成宣武、孝明两朝虽然与南朝中断了外交关系，但上层文士所受到的南朝影响反而较孝文朝大大加深。我们可以看到，在这一时期，孝文帝时上层聚会中对刘昶"或戾手啮臂，至于痛伤，笑呼之声，闻于御听"[①]，或是屡屡以王肃为嘲戏对象的"侮弄"或挑衅，却又有意将入北南人排斥在文学活动之外的情况已经不再存在，入北士族成为文学集团活动的重要参与者。

在这一时期，上层文学集团已经由君臣集团发展为同僚集团，并且主要以诸王为核心。其时诸王多盛选幕僚，王府之中才士聚集，既有奉和诸王之

---

① 《魏书》卷五九《刘昶传》，第1308页。

作,也有同僚间的唱和。王诵、王翊在已经迁转至第四品时,复领第五品上阶的诸王友,就带有借重其才学的文化色彩。《洛阳伽蓝记》卷四"城西冲觉寺"条称清河王元怿"爱宾客,重才藻,海内才子,莫不辐辏"①,《魏书》卷五六《郑道昭传》则载"北海王详为司徒,以道昭与琅邪王秉为谘议参军"②,可见王氏成员有充分机会,在王府文化活动中与其同僚酬答交流。由此推演,在一些并非其幕主的诸王举行文学集会时,入北南朝士族也会被邀请参加,如《魏书》卷一九下《南安王桢传附元熙传》曰:"始熙之镇邺也,知友才学之士袁翻、李琰、李神俊、王诵兄弟、裴敬宪等咸饯于河梁,赋诗告别。"③就是一次有多种身份的士人参加的文学活动。当然,以同僚为媒介进行文学、文化交流活动,并不限于王府之中,李奖在《王诵墓志》中所写的"昔忝光禄,及子同官。玄冬永夜,耳语交欢。奠案不食,实忘饥寒"就描述了其特相友爱,交游忘疲之事。另外,王翊在北魏、东魏之际曾任国子祭酒,这一职位历来只有平齐民和北方士族中学养极深者,以及当时北方的大儒才能充任,南朝士族王翊的参与,必然会对国子学的风气造成影响。

总而言之,北魏上层对入北南朝士人态度的转变,使得琅琊王氏子弟等入北士人得以频繁地参与文学集会,在其中达到南北文化交流和融合的目的。由南朝琅琊王氏成员王衍与北魏顿丘李氏成员李奖合作的《王诵墓志》,正是在这种文化气氛下出现的兼具南北特征的代表之作。更为重要的是,从某种程度上讲,北魏中晚期上层文士与入北南朝士族的频繁交流,为魏收、邢邵等东魏文人完全接受南朝文学影响,并主动向其学习的文坛风气埋下了伏笔。

附录:《王诵墓志》录文与校注

魏故使持节侍中司空尚书左仆射骠骑大将军徐州刺史王公墓志铭

祖奂,齐尚书左仆射、镇北将军、雍州刺史①。/父融,给事黄门侍郎、东宫中庶子②。/公讳诵,字国章,徐州琅邪临沂人。导遥源于神迹③,启盛胄于仙储④。洪流与江河并逝,峻/峰共嵩岱争耸。离、蒯擅于兴秦⑤,吉、骏称乎隆汉⑥。积仁义而为门,累台槐而成族。八世祖/

---

① 《洛阳伽蓝记校释》第128页。
② 《魏书》第1240页。
③ 《魏书》504页。

丞相文献公,德迈五臣,功齐十乱⑦。乃祖司徒,师表雅俗⑧。高祖特进,羽仪冠冕⑨。祖仆射使/君,器惟瑚琏,才实经邦。考黄门使君,民之秀极,物之领袖。公膺庆积善,资灵川岳⑩。远大/表自觿辰⑪,珪璋发乎绮岁⑫。年甫十二,备遭荼蓼⑬,泣血孺慕,几于毁灭。寅门之恸,不曰是/过⑭。既面告麾依,趋庭阙范,勉躬砥砺,动不逾节⑮。处家雍穆为本,治身恭俭自居,敏学同/于生知,好善由乎不及⑯。于是徽誉藉甚,亲朋揖慕。值齐季道销,天下竞逐,惧比屋之祸,/求息肩之地⑰。遂尊卑席卷,投诚魏阙。解褐员外散骑侍郎、司徒主簿⑱,仍转府属,迁司空/谘议参军、通直散骑常侍,领汝南王友⑲。复为司徒谘议,加前将军。旬日除光禄大夫⑳,谘/议如故。俄解谘议,领散骑常侍。公道兼大小,才允出内,凡所经涉,并树声芳。正光之末,/燕蓟多虞,兵民叛命,威怀边服,谅难其举,以本官行幽州事㉑。下车裁化,褰帷求瘼㉒。刚柔/迭用,宽猛兼治。无待期月,能声是著。仍除左将军、幽州刺史㉓。属石渠阙寄,雠校佇司,稽/古之选,佥议惟允㉔。乃徵公为秘书监㉕,折辕初届,承明始谒㉖,于日即兼度支尚书,又兼都/官,寻正除度支㉗。虽平叔之赞正本,茂先之居礼阁,弗是过也㉘。琐门清切,任亚衡宰㉙,自非/时宗戚右,罔或斯授。以公为平南将军、光禄大夫、给事黄门侍郎,俄迁镇军将军、金紫/光禄大夫,黄门如故。公自居近侍,星纪逾周㉚,非王事职司,未尝横有干揽,诸所荐拔,皆/是世彦时华。虽宠任日隆,谦光弥至㉛,早多羸恙,少慕栖偃,难进好止,非为假饰㉜。触鳞之/请虽屡,丘壑之志未从㉝。呜呼天道,福善襄应。崐岫摧峰,邓林褫萼㉞。衣冠罔庇,缙绅奚仰。/春秋卅有七㉟,以魏建义元年,岁在戊申,四月十三日,薨于洛阳。粤七月丙辰朔,廿七日/壬午祔葬芒阜之隈㊱。有诏追赠使持节、侍中、司空公、尚书左仆射、骠骑大将军、都督/徐州诸军事、徐州刺史。惟公风神峻杰,容止可观,体苞舒卷㊲,识洞机寂㊳。孤情与青松比/秀,逸韵将白云共远。譬昆玉之为润,等冬冰而成洁。矧可谓世之模楷,朝之栋梁者欤。/弟衍㊴,恋仪形之方闷,悲缣竹之难久㊵,谨序遗行,寄之镌勒。抚军将军顿丘李奖㊶,投分有/素㊷,藻赡当时,辄凭以为铭。庶可述不朽之鸿烈,申陟岗之永思㊸。其词曰:/

蔚离上将,骏崇公卿㊹,爰及东晋,莫之与京㊺。笃生夫子㊻,弱冠知名。亦既来仕,实惟朝荣。紫/绶金章,班条拥节㊼。外参八元㊽,内居喉舌。民咏来苏㊾,远至弥悦。鉴同水镜,清如冰雪。性爱/林泉,情安贫苦。退食自公,优游环堵。散书满筵,交柯蔽户。一时无双,当求于古。嗟嗟鬼/神,悠悠天道。徒获令名,终不寿考。荧荧春芝,奄同霜

草。谁言福谦，岂锡难老(50)。昔忝光禄，/及子同官。玄冬永夜，耳语交欢。奠案不食，实忘饥寒。愿言思此，痛切心肝。悲风动旆，嘶/马飞轮。北临芒阜，南望谷滨(51)。幽扉暂掩(52)，几帐虚陈。痛哉此地，瘗我良人。/

校 注

① 王奂，字彦孙。《南齐书》卷四九《王奂传》载："王俭卒，上用奂为尚书令，以问王晏。晏位遇已重，与奂不能相推，答上曰：'柳世隆有重望，恐不宜在奂后。'乃转为左仆射，加给事中，出为使持节、散骑常侍、都督雍梁南北秦四州郢州之竟陵司州之随郡军事、镇北将军、雍州刺史。"

② 王融，《南齐书》卷四九《王奂传》载："奂长子太子中庶子融，融弟司徒从事中郎琛，于都弃市。"未载王融为给事黄门侍郎之事。按，王诵父融名迹不显，但与"竟陵八友"的成员、永明时期文学、文化革新的重要参与者，被时人视为文坛领袖的王融（字元长）同宗、同名且年齿稍长，或为造成王融常以字行的重要原因。

③遥源,谓王氏的最初来源。神迹,指太妊梦长人而生文王事。《史记》卷四《周本纪》曰:"周后稷,名弃。其母有邰氏女,曰姜原。姜原为帝喾元妃。姜原出野,见巨人迹,心忻然说,欲践之,践之而身动如孕者。居期而生子。"汉王符《潜夫论》卷八《五德志》曰:"太妊梦长人感己,生文王。厥相四乳。为西伯,兴于岐。断虞、芮之讼而始受命。武王骈齿,胜殷遏刘,成周道。姬之别封众多……周、召、虢、吴、随、邰、方、昂、息、潘、养、滑、镐、宫、密、荣、丹、郭、杨、逄、管、唐、韩、杨、觚、栾、甘、鳞虞、王氏,皆姬姓也。"

④仙储,谓太子晋,亦即王子乔。汉刘向《列仙传》卷上云:"王子乔,周灵王太子晋也。好吹笙,作凤凰鸣。游伊洛之间,道士浮丘公接以上嵩高山。"《潜夫论》卷九《志氏姓》云:"周灵王之太子晋,幼有成德,聪明博达,温恭敦敏。……世人以其豫自知去期,故传称王子乔仙。仙之后,其嗣避周难於晋,家於平阳,因氏王氏。其后子孙世喜养性神仙之术。"

⑤离、翦,即王翦、王离祖孙。王翦为战国时秦国名将,王离为秦朝将领。《史记》卷七三《白起王翦列传》云:"王翦者,频阳东乡人也。少而好兵,事秦始皇。"又云:"秦二世之时,王翦及其子贲皆已死,而又灭蒙氏。陈胜之反秦,秦使王翦之孙王离击赵,围赵王及张耳钜鹿城。"

⑥吉、骏,即汉王吉、王骏父子。《汉书》卷七二《王吉传》云:"王吉字子阳,琅邪皋虞人也。"王吉曾为博士、谏大夫;王骏曾为幽州刺史、司隶校尉、京兆尹等,官至御史大夫。按,《晋书》卷三三《王祥传》曰"汉谏议大夫吉之后也",并未追溯到王翦、王离。而在齐梁时,以王翦、王离为琅琊王氏远祖似已成定例。如任昉《王文宪集序》曰:"其先自秦至宋,国史家牒详焉。……若离、翦之止杀,吉、骏之诚感,盖有助焉。"

⑦丞相文献公:即王导。《晋书》卷六五《王导传》载晋成帝《谥王导册》曰:"今遣使持节、谒者仆射任瞻锡谥曰文献,祠以太牢。"五臣,《尚书·君奭》曰:"惟文王尚克修和我有夏,亦惟有若虢叔、有若闳夭、有若散宜生、有若泰颠、有若南宫括。"孔传曰:"凡五臣佐文王为胥附奔走,先后御侮之任。" 十乱,《尚书·泰誓中》曰:"予(周武王)有乱臣十人,同心同德。"孔颖达疏曰:"《释诂》云:乱,治也。"

⑧司徒,指王导孙、王劭子王谧。依《晋书》《南史》等史籍,自王导至王诵,其世系为王导—王劭—王穆—王僧朗—王粹—王奂—王融—王诵。然王奂出继从祖王球,墓志中所载的是以出继后为准的世系,故追溯至王球之父王谧。《晋书》卷六五《王导传附王谧传》曰:"谧字稚远。少有美誉,与谯国桓胤、太原王绥齐名。……义熙三年卒,时年四十八。追赠侍中、司徒,谥曰文恭。"

⑨ 特进,指王球。《南史》卷二三《王惠传附王球传》载:"球字蒨玉,司徒谧之子,惠从父弟也。……(元嘉)十八年,卒,时年四十九。赠特进、金紫光禄大夫。无子,从孙奂为后。"按,王球不以从子为后,而以从孙奂为后,故墓志中无王诵曾祖之名。

⑩ 资灵川岳,谓涵育性灵于山岳,此为北朝墓志习见之语,如《元瞻墓志》曰"公资灵川岳,藉气风烟";《范粹墓志》曰"公资灵川岳,禀气辰昂";《广平王元悌墓志》曰"王资灵川岳,居贞若性",而在南朝诗文中极少有使用"资灵"之例。由此看来,此词应带有北方色彩。

⑪ 觿辰,佩觿之年。典出《诗经·卫风·芄兰》曰:"芄兰之支,童子佩觿。"毛传曰:"觿,所以解结,成人之佩也。"然而因句中"虽童子犹佩觿"之意,日后多不用于指代成人,而用于表示加冠之前的童年或少年,如与"弱岁""髫日"为对。

⑫ 绮岁,亦谓少年。依《出三藏记集》卷一二僧祐《齐竟陵王世子巴陵王法集序》曰"慧发觿辰,识表绮岁"等数例对句,疑将齐梁时有将此二词连用的习惯。

⑬ 荼蓼,原为杂草,《诗经·周颂·良耜》曰:"其笠伊纠,其镈斯赵,以薅荼蓼。荼蓼朽止,黍稷茂止。"孔颖达疏引孙炎曰:"蓼是秽草,荼亦秽草,非苦菜也。"以其味苦辛,借指自身遭遇之艰难困苦。《诗经·邶风·谷风》曰:"谁谓荼苦?其甘如荠。"郑笺曰:"荼诚苦矣,而君子于已之苦毒,又甚于荼,比方之荼,则甘如荠。"《诗经·周颂·小毖》曰:"未堪家多难,予又集于蓼。"毛传曰:"又集于蓼,言辛苦也。"《后汉书》卷六六《陈蕃传》曰:"今帝祚未立,政事日蹙,诸君奈何委荼蓼之苦,息偃在床?"

⑭ 寅门之恸,谓亲丧之痛。寅门当作"演门"。《庄子·外物篇》云:"演门有亲死者,以善毁爵为官师,其党人毁而死者半。"唐成玄英疏曰:"东门也。亦有作寅者,随字读之。"可见写作"寅门"是北朝至初唐时颇为常见的情况。此词虽为《庄子》中的典故,但不见于现存南朝文中。现存中古时所使用的三例均出现于洛阳地区墓志中,即本篇和《元融墓志》及唐垂拱三年《司马寔墓志》,其中《元融墓志》早于此篇。又,"年甫十二"至"不曰是过",言永明十一年王奂及其诸子被诛、家门惨变事。

⑮ 面告,谓为人子之礼,《礼记》卷一《曲礼上》曰:"夫为人子者,出必告,反必面。"趋庭,谓承父教而学,《论语·季氏》曰:"(子)尝独立,鲤趋而过庭。曰:'学诗乎?'对曰:'未也。''不学诗,无以言。'鲤退而学诗。"

⑯ 雍穆,家门和谐貌。《三国志》卷二二《魏志·陈矫传》曰:"夫闺门雍穆,有德有行,吾敬陈元方兄弟。"恭俭,恭谨俭约貌。《尚书·周官》曰:"恭

俭惟德,无载尔伪。"生知,《论语·述而》曰:"我非生而知之者,好古,敏以求之者也。"　　不及,《论语·季氏》曰:"见善如不及,见不善如探汤。"　　自"面告靡依"至"好善由乎不及",可知王奂诸孙在父祖被诛杀殆尽后的生活状态。

⑰ 比屋,谓家家户户。汉陆贾《新语·无为》曰:"尧舜之民可比屋而封,桀纣之民可比屋而诛。"　　息肩,谓卸去重担,得以休息,又有栖止之意。《左传·襄公二年》曰:"郑成公疾,子驷请息肩于晋。"杜预注曰:"以负担喻。"

⑱ 司徒主簿,为司徒府属官,掌府中阁内文书簿记等事。王诵生于南齐建元四年(482),于北魏世宗景明初年奔北,时年近弱冠,则入北后不久即应解褐。按,景明元年二月戊戌以彭城王勰为司徒,此后近两年内,元勰多居此职,直至二年冬十一月丁酉,方以北海王详领司徒。且元勰于景明元年时正与王肃同镇寿春,王诵解褐后所任司徒主簿,应为元勰僚属。又,据《宁陵公主墓志》,彭城王勰女宁陵公主为王诵前妻。公主卒于永平三年(510),年廿二,景明初年约十二三。北朝女子向有早嫁之俗,公主很可能即是在此时嫁与王诵。此后王诵几次任司徒、司空僚属,然宣武朝领司徒、司空者数经变动,由于缺乏对王诵任职时间的具体记载,不敢妄论,姑且付之阙如。

⑲ 领汝南王友,《魏书》卷八《世宗纪》载景明四年(503年)"六月壬午朔,封皇弟悦为汝南王。"王肃任汝南王友必在此之后。

⑳ 光禄大夫,《魏书》卷八五《文苑传·卢观传》载观"除太学博士、著作佐郎。与太常少卿李神俊、光禄大夫王诵等在尚书上省撰定朝仪";又《魏书》卷一〇八之二《礼志二》载"神龟初,灵太后父司徒胡国珍薨,赠太上秦公。时疑其庙制",太学博士王延业、卢观因此上议事,则王诵初为光禄大夫应早于神龟初年,大抵在熙平乃至延昌时。

㉑ "正光之末"六句,言六镇之乱及其后徙分降户于三州事。正光六年(525)六月癸未改元孝昌,同月蠕蠕王阿那瑰等破破六韩拔陵。《魏书》卷一八《广阳王建传附广阳王渊传》曰:"前后降附二十万人。深与行台元纂表求恒州北别立郡县,安置降户,随宜赈赉,息其乱心。不从,诏遣黄门郎杨昱分散之于冀、定、瀛三州就食。"王诵行幽州事当为此时。

㉒ 褰帷,谓接近百姓;求瘼,谓访问疾苦。南朝多见将两典同用者,如梁元帝《与刘孝绰书》曰:"褰帷自厉,求瘼不休。"陈宗元饶《奏弹陈哀》曰:"臣闻建旗求瘼,实寄廉平,褰帷恤隐,本资仁恕。"

㉓ 即期月,《魏书》卷六三亦称其"出为左将军、幽州刺史。未几,征为长兼秘书监",可见王诵在幽州时间甚短。但所谓"能声是著",恐是溢美之

词。王诵以正光孝昌之交至州,秋八月杜洛周即反于上谷。九月,诏常景、元谭讨洛周。关于此事,《魏书》卷九《肃宗纪》载"(九月)丙辰,诏左将军、幽州刺史常景为行台,征虏将军元谭为都督,以讨洛周。"然同书卷八二《常景传》云:"孝昌初,兼给事黄门侍郎。寻除左将军、太府少卿,仍舍人。……徐州刺史元法僧叛入萧衍,衍遣其豫章王萧综入据彭城。……既而萧综降附,徐州清复,遣景兼尚书,持节驰与行台、都督观机部分。景经洛汭,乃作铭焉。是时,尚书令萧宝夤,都督崔延伯,都督、北海王颢,都督、车骑将军元恒芝等并各出讨,诏景诣军宣旨劳问。还,以本将军授徐州刺史。杜洛周反于燕州,仍以景兼尚书为行台,与幽州都督、平北将军元谭以御之。"则常景虽与王诵同时为左将军,但本传只称其在六月任徐州刺史,未载其为幽州刺史事。将《魏书》与王诵墓志相较,存在三种可能:其一,常景领徐州刺史后旋即转幽州刺史,接任王诵之职;其二,《肃宗纪》中有阙文,所谓"左将军、幽州刺史"为王诵。则王诵亦被诏讨洛周,但并未留在幽州,而是随即返回洛阳;其三,《肃宗纪》中的"幽州刺史"为"徐州刺史"之误。

㉔ 石渠,谓石渠阁,西汉皇室藏书之处。《汉书》卷八八《儒林传·施雠传》云:"甘露中与五经诸儒杂论同异于石渠阁。"颜师古注曰:"《三辅故事》云:石渠阁在未央殿北,以藏秘书也。"

㉕ 秘书监,《魏书》卷六三《王肃传附王诵传》载为"长兼秘书监"。

㉖ 折辕,谓清廉去职。《后汉书》卷三一《张堪传》云:"堪去职之日,乘折辕车,布被囊而已。"承明,汉长安城承明殿。"承明始谒",谓返回洛阳谒见孝明帝。

㉗ 《魏书》卷六三《王肃传附王诵传》未载王诵兼度支尚书、都官尚书事。

㉘ 平叔,曹魏何晏之字。何晏作《论语集解》,集鲁、齐、古三本,而以鲁论为重。其《论语集解叙》称:"今集诸家之善,记其姓名,有不安者,颇为改易。"梁代皇侃《论语义疏叙》称:"何晏因鲁论,集马季长等七家,又采古论孔注。"然何晏《集解》特标新义,"自下己意",与雠校之旨不合。且依墓志中用典通例,此典应与王诵所任秘书监一职有关。然何晏不曾任秘书监等掌经籍图书之职。故疑此处"平叔"或为"平子"之误,平子即汉张衡,《后汉书》卷五九《张衡传》曰:"永初中,谒者仆射刘珍、校书郎刘騊駼等著作东观,撰集《汉记》,因定汉家礼仪,上言请衡参论其事,会并卒,而衡常叹息,欲终成之。及为侍中,上疏请得专事东观,收捡遗文,毕力补缀。又条上司马迁、班固所叙与典籍不合者十余事。"又卷一一四《百官志一》曰:"昔周公作《周官》,分职著明,法度相持,王室虽微,犹能

久存。今其遗书，所以观周室牧民之德既至，又其有益来事之范，殆未有所穷也。故新汲令王隆作《小学汉官篇》，诸文倜说，较略不究。"李贤注引胡广《汉官解诂注》云："前安帝时，越骑校尉刘千秋校书东观，好事者樊长孙与书曰：'汉家礼仪，叔孙通等所草创，皆随律令在理官，藏于几阁，无记录者，久令二代之业，暗而不彰。诚宜撰次，依拟《周礼》，定位分职，各有条序，令人无愚智，入朝不惑。君以公族元老，正丁其任，焉可以已！'刘君甚然其言，与邑子通人郎中张平子参议未定，而刘君迁为宗正、卫尉，平子为尚书郎、太史令，各务其职，未暇恤也。至顺帝时，平子为侍中典校书，方作《周官解说》。"则所谓"赞正本"，有可能指张衡专典校书，为正汉仪而校解《周官》事。　　礼阁，尚书省之谓。张华字茂先，《晋书》卷三六《张华传》云："及将大举，以华为度支尚书，乃量计运漕，决定庙算。"

㉙ 琐门，汉洛阳城之青琐门，在此喻给事黄门侍郎。《后汉书》卷九《孝献帝纪》云："初令侍中、给事黄门侍郎员各六人。"注引应劭曰："黄门侍郎，每日暮向青琐门拜，谓之夕郎。"衡宰，犹云宰衡。《魏书》卷三八《王慧龙传附王遵业传》云："时政归门下，世谓侍中、黄门为小宰相。"

㉚ 星纪逾周，言王诵任给事黄门侍郎一年有余。星纪泛指岁月，晋陶潜《五月旦作和戴主簿》曰："发岁始俯仰，星纪奄将中。"王诵约以孝昌元年七、八月时返回洛阳，并未即领黄门侍郎。《魏书》卷三八《王慧龙传附王遵业传》载"遵业有誉当时，与中书令陈郡袁翻，尚书琅琊王诵并领黄门郎，号曰三哲"，则三人可能是同时领黄门。同书卷六九《袁翻传》曰："孝昌中，除安南将军、中书令，领给事黄门侍郎。"其后载"后萧宝夤大败于关西，翻上表请为西军死亡将士举哀"，按萧宝夤败于关西是孝昌三年正月事，则袁翻、王诵等领黄门当在孝昌二年中，距建义元年（528）四月河阴之变至多两年。

㉛ 谦光，犹言谦尊而光。《周易·谦》曰："谦，尊而光，卑而不可逾。"孔颖达疏曰："尊者有谦而更光明盛大，卑谦而不可逾越。"

㉜ 嬴恶，赵超《汉魏南北朝墓志汇编》识作"嬴恶"；栖偲一词，唐后方逐渐多见，南北朝时用例仅见于此；难进，谓慎于进取。《礼记·儒行》曰："儒有衣冠中，动作慎；其大让如慢，小让如伪；大则如威，小则如愧；其难进而易退也，粥粥若无能也。"

㉝ 触鳞，《韩非子》卷四《说难》曰："夫龙之为虫也，柔可狎而骑也，然其喉下有逆鳞径尺，若人有婴之者，则必杀人。人主亦有逆鳞，说者能无婴人主之逆鳞，则几矣。"《后汉书》卷五七《李云传》曰："故敢触龙鳞，冒昧以

请。" 丘壑,谓退隐田园。然王诵此请,恐非仅为丘壑之志。按,《魏书》未载王诵求退之事,然《王遵业传》载遵业"以胡太后临朝,天下方乱,谋避地,自求徐州。太后曰:'王诵罢幽州始作黄门,卿何乃欲徐州?更待一二年,当有好处分。'"《袁翻传》载翻表曰:"伏愿天地成造,有始有终,矜臣疲病,乞臣骸骨,愿以安南、尚书换一金紫。"可见孝昌之末,"三哲"不约而同地有避地请外调或求退,实为避祸之举。

㉞ 褰,通蹇,谓差错。沈约《郊居赋》曰"实褰期于晚岁,非失步于方春"。禠,《汉魏南北朝墓志汇编》录文作禠,误。禠谓毁坏、脱落。郦道元《水经注》卷九《清水》曰:"清水又东径故石梁下,梁跨水上,桥石崩禠,余基尚存。"禠则为"福"之意,如《文选》载张衡《思玄赋》:"汤蠲体以祷祈兮,蒙庬禠以拯民。"李周翰注曰:"蒙大福以济于人。"邓林,原为传说中夸父之杖所化树林,后喻荟萃之处。梁钟嵘《诗品》曰:"所谓篇章之珠泽,文彩之邓林。"

㉟ 《魏书》卷六三《王肃传附王诵传》称诵"孝庄初,于河阴遇害,年三十七",然墓志明言王夐、王融被杀时王诵年已十二,则王诵生于建元四年(482),于建义元年被害时正为四十七岁,故应以墓志为准。

㊱ 王诵一家之葬地,其墓志载为芒阜之隈,其妻元贵妃墓志载为河阴之西北山,在瀍水之东,洛阳郭城西北。

㊲ 体,谓禀性。《文选》载任昉《王文宪集序》曰:"夷雅之体,无待韦弦。"李善注曰:"体,性也。" 苞,通"包",包容、包含。汉桓宽《盐铁论》卷七《能言》曰:"牧童兼乌获之力,逢须苞尧舜之德。" 舒卷,谓进退出处。晋潘岳《西征赋》曰:"孔随时以行藏,蘧与国而舒卷。"

㊳ 机,谓事物变化之所由。《庄子》卷六《至乐第十八》曰:"万物皆出于机,皆入于机。"成玄英疏曰:"机者,发动,所谓造化也。" 寂,谓寂灭常静之道。此处虽可能就时局而言,但所用为佛教术语。汉牟融《牟子理惑论》曰:"佛悉弥纶其广大之外,剖析其寂窈妙之内,靡不纪之。"王夐一系自在南起便笃信佛教,唐释法琳《辩正论》卷四《十代奉佛下》有"魏琅琊王诵"。

㊴ 王衍,《魏书》卷六三《王肃传附王衍传》曰:"诵弟衍,字文舒。名行器艺亚于诵。"

㊵ 缣竹,即丝绢与竹简,为古时常用书写媒介。《后汉书》卷七八《宦者传·蔡伦传》曰:"自古书契多编以竹简,其用缣帛者谓之为纸。"

㊶ 李奖,《魏书》卷六五《李平传附李奖传》曰:"平长子奖,字遵穆,袭。容貌魁伟,有当世才度。自太尉参军事,稍迁通直郎、中书侍郎、直阁将军、

吏部郎中、征虏将军，迁安东将军、光禄大夫，仍吏部郎中。又以本官兼尚书，出为抚军将军、相州刺史。"据铭辞中"昔忝光禄，及子同官"之语，李奖与王诵应同时任光禄大夫。又卷一六《元叉传附元罗传》曰："叉当朝专政，罗望倾四海，于时才名之士王元景、邢子才、李奖等咸为其宾客，从游青土。"

㊷ 投分，谓意气相合。《东观汉记》卷一五《王丹传》曰："（侯）昱道遇丹，拜于车下，丹答之。昱曰：'家君欲与君投分，何以拜子孙也？'"有素，谓有故交。南齐孔稚圭《与司空褚渊书理建平王景素》云："与公道味相求，期心有素。"

㊸ 陟岗，即陟冈，《诗经·魏风·陟岵》云："陟彼冈兮，瞻望兄兮。"

㊹ 王骏，已见前注，王崇为王骏之子。《汉书》卷七二《王吉传附王崇传》云："骏子崇以父任为郎，历刺史、郡守，治有能名。"

㊺ 京，大也。《左传·庄公二十二年》云："八世之后，莫之与京。"杜预注曰："京，大也。"孔颖达疏曰："莫之与京，谓无与之比大。"

㊻ 笃生，谓得天独厚。《诗经·大雅·大明》曰："笃生武王，保右命尔。"郑玄笺："天降气于大姒，厚生圣子武王。"

㊼ 紫绶金章，谓王诵曾任金紫光禄大夫。班条拥节，谓诵曾任刺史出镇一方。班条，《汉书》卷一九上《百官公卿表上》曰："武帝元封五年初置部刺史，掌奉诏条察州。"颜师古注曰："《汉官典职仪》云刺史班宣，周行郡国，省察治状，黜陟能否，断治冤狱，以六条问事，非条所问，即不省。"《宋书》卷四〇《百官志下》曰："刺史班行六条诏书。"

㊽ 八元，《左传·文公十八年》曰："高辛氏有才子八人：伯奋、仲堪、叔献、季仲、伯虎、仲熊、叔豹、季貍，忠肃共懿，宣慈惠和，天下之民，谓之'八元'。"孔颖达疏曰："元，善也，言其善于事也。"

㊾ 来苏，谓因其来而于困苦中得以苏息。《尚书·仲虺之诰》曰："攸徂之民，室家相庆曰：'徯予后，后来其苏！'"孔传曰："汤所往之民皆喜曰：'待我君来，其可苏息。'"

㊿ 福谦，谓谦者得福。《易经·谦》曰："鬼神害盈而福谦，人道恶盈而好谦。"难老，《诗经·鲁颂·泮水》曰："既饮旨酒，永锡难老。"在此则反用其意。

(51) 谷滨，即谷水之滨。谷水在洛阳城北，邙山之南。言王诵墓之位置。《水经注》卷一六《谷水》曰："谷水又东，径广莫门北，汉之谷门也。北对芒阜，连岭修亘，苞总众山，始自洛口，西逾平阴，悉芒垅也。"

(52) 幽扉，谓墓门。按，北魏墓志中通常以"幽扃"指墓门，用"幽扉"者甚少。

第三章　麟趾学士与待诏文林馆中的入北南士
——兼论北齐、北周对南人的接纳

北魏中晚期时，随着北魏上层人士的态度变化，南朝士人入北后融入北魏社会的进程已不会受到明显的阻力，其身份中的"异类"标识基本消失，士族身份得以竖立，能够与北方汉族士人、宗室等势力在政权核心中出任同样的官职，并且平等无间地交游或结为姻亲，这与北魏前期至中期的情况截然不同。然而，随着东西魏的分裂，北方统治者对南士的态度又一次发生了重要变化。

东西魏对峙时期，双方与梁朝的关系存在极大差别。北魏后期虽经河阴之变，但北方士族与文士化宗室贵族等势力并未被屠戮殆尽。这些人基本随孝静帝入邺，因此，虽然东魏的大权由高欢父子及拥护他们的胡族勋贵掌控，但以河北士人为主体的东魏文官阶层仍延续了在北魏晚期对待南朝的态度。自孝静帝天平四年（537）与梁恢复外交关系起，直至武定四年（546）的十年间，两国每年都会遣使往来，而且使者与主客司宾等均为文化素养极深的名门士族。这一定例在北齐仍得以保持。频繁的外交活动使双方士族翘楚人物得以直接沟通应对，必然会对东魏北齐与梁之间的文化、文学交流起到极大的推动作用，并且进一步消弭河北士人对南朝士人的排斥心理。正是在这一背景下，以"北地三才"为代表的东魏文士开始着力于学习齐梁诗风、诗体，推动北朝诗歌的迅速发展。

与此形成鲜明对照的是，史书中关于梁与西魏交往之事记载极少。西魏孝武帝时，东西魏及梁在荆州地区战事不断，而西魏在其中处于劣势，独孤信、贺拔胜等西魏将领均因为东魏所败而南奔萧梁。梁大同初，北梁州刺史兰钦攻汉中，克东魏梁州刺史元罗，又破东魏将董绍、张献于高桥城，西魏以此为契机，"致马二千匹，请结邻好"①。从《周书》卷二〇《贺兰祥传》载

---

① 见《梁书》卷三二《兰钦传》，第466页。

其"时既与梁通好,行李往来,公私赠遗,一无所受"①来看,这种通好关系至西魏文帝大统十四年(548)贺兰祥任西魏荆州刺史时仍然保持。但梁与西魏的关系远不如与梁与东魏之关系密切。《资治通鉴》卷一六五《梁纪二一》载:"(承圣三年三月)己酉,魏侍中宇文仁恕来聘,会齐使者亦至江陵,帝接仁恕不及齐使,仁恕归以告太师泰。帝又请据旧图定疆境,辞颇不逊。"②可见,当梁与东魏北齐的使者往来以文化交流为主的同时,与西魏的外交却仍带有强烈的政治谈判色彩,且气氛并不融洽。此外,根据日本学者前岛佳孝的研究,随着政权的稳固安定,西魏在大统中期已经重新开始谋划南进,其契机是大统十年(544),"每行执弓矢,见鸟兽南向者皆不射之,以申怀德之志"③的贺拔胜的去世。此后西魏逐渐在荆州增强军备,并以侯景之乱为契机大举南扩④。可见,西魏与梁的战和与通好,往往是出于三国势力制衡和争夺荆益地区的战略需要,而在文化交流方面则基本空白。

在太清二年(548)之前,梁朝在萧衍治下处于近五十年的相对稳定繁荣时期,江左士人北逃的情况极其罕见。而北方,尤其是东魏国内,带有南方背景的士人大多已在北生活两代以上,北方化程度已相当高。因此,当时的东西魏基本上只有与梁朝的外交关系,而缺乏在本国内接纳入北南人之事。然而自侯景之乱起,大量南朝士人或是逃亡至东魏北齐,或是被西魏在平江陵后以例迁入长安,接纳、安置南方士人成为一个重要问题。北齐、北周政权均具有浓厚的鲜卑化特点,对"吴人"的防范心理使得梁代士人入北后无法像王诵等人那样顺利进入国家权力核心。然而与北魏前期相比,此时入北的萧梁宗室和南方士人所具有的学养与文才是无法忽视的。在这一背景下,北齐、北周对待南人的具体方式虽然有很大不同,但是在指导思想上却是一致的:他们既没有将南人派驻在边境地区将其边缘化,也没有允许其出任重要的核心职位,而是主要利用其文化修养,令他们充当文学侍从。正因如此,北齐的文林馆与北周的麟趾殿这两大著述机构,都与入北南士有着密切的关系。在本章中,即通过这两个机构的建置、人员及文化活动,对北朝后期对南人的接纳心态略作分析。

文林馆和麟趾殿是北朝后期的重要文化机构,但大陆学者多年来对其关注不多,反而是海外与港台学者较早措意,如丁爱博(Albert E. Dien)的

---

① [唐]令狐德棻撰:《周书》,北京:中华书局,1971年,第337页。
② 《资治通鉴》第5111—5112页。
③ 见《周书》卷一四《贺拔胜传》,第219页。
④ 参见前岛佳孝《贺拔胜の经历と活动》,《东方学》第103辑,2002年,第49—63页。

《北朝皇家学术机构研究》(A note on Imperial Academies of the Northern dynasties)①、山崎宏的《北周の麟趾殿と北齐の文林馆》②、费海玑的《北齐文林馆》③等。近些年来,曹之、宋燕鹏、魏宏利、王允亮、庄芸等大陆学人方对这一问题进行专门研究。研究者们往往针对二者的设立时间、参与人员和意义等方面进行探讨,然而仍有一些问题是值得注意的。窃以为,麟趾殿和文林馆的一个重要作用在于安置入北南人,不仅如此,其最初设立也是受南方文化传统影响。然而,由于北齐、北周两国的文化基础不同,二者在具体问题上也有明显的差别,并且最终决定了二者在北朝文化、文学进程中处于不同位置。

第一节　麟趾殿与文林馆的渊源与建置

从目前的研究来看,北齐文林馆比北周麟趾殿更受学者重视。这大概是因为其在史书中明确记载姓名的参与者更多,编纂著述的成果也较多的缘故。然而从另一角度考虑,麟趾学士的出现时间其实较待诏文林馆更早:文林馆在北齐后主时方才设立,且在一年之后就因其中重要参与者被杀而遭受重大打击,而北齐也随即被北周所灭;而麟趾学士出现于北周明帝时期,距北周灭亡尚有二十年。除此之外,麟趾学士也具有其独特性质,因此其重要性并不小于文林馆。那么,为何在北朝的最后二十年中,北齐北周两地不约而同地出现了这种官方著述机构呢? 为了了解这一问题,需要先对此机构的渊源略作讨论。

一、皇家著述机构的渊源与发展过程

《旧唐书》卷四三《职官志二》"弘文馆"条曰:"后汉有东观,魏有崇文馆,宋有玄、史二馆,南齐有总明馆,梁有士林馆,北齐有文林馆,后周有崇文馆,皆著撰文史,鸠聚学徒之所也。"④其中准确地指出后世的皇家著述机构的源头在于汉代之东观,然而对后世各个机构名称的记载则不乏疏误。此外,"著撰文史,鸠聚学徒"之语,实际上将"撰述机构"与"讲学机构"混为一谈,其中列出的不同朝代的诸个机构并非均具有这两个特征,而是各有

---

① 见 International Association of Historians of Asia, Second Biennial Conference, 1962。
② 见《铃木博士古稀记念东洋学论集》,东京:明德出版社,1972年。
③ 见《大陆杂志语文丛书》第2辑第5册,1964年。
④ [后晋]刘昫等撰:《旧唐书》,北京:中华书局,1975年,第1847页。

偏重。

魏晋史书中对此类机构的记载甚少。《三国志》卷三《魏书·明帝纪》载:"(青龙四年)夏四月,置崇文观,征善属文者以充之。"①而卷一三《魏书·王肃传》又载王肃为崇文祭酒②,由此来看,崇文观确是兼有文学著作与讲学授徒功用的机构。两晋似未设崇文观,但十六国时的张轨和刘曜都沿袭了"崇文祭酒"这一职位,前赵"散骑侍郎董景道以明经擢为崇文祭酒"③,可见仍是以儒学讲授为重。值得注意的是,曹魏别有太学,张轨所设崇文祭酒"位视别驾"④,刘曜所设则"秩次国子"⑤,虽然资料很少,但从这几条记载中足可看出,虽然不知十六国时的机构是否仍名为"崇文观",但它们仍与曹魏时一样,是在官学之外另设,且级别较官学低一级的讲学机构。

南朝时,这类机构获得了更加重要的位置,并经历了命名由"观"向"馆"的转变。不过在宋、齐、梁三朝,其性质各有不同。在此分而论之。

(一) 刘宋

《旧唐书》中称"宋有玄、史二馆,南齐有总明馆",两说皆不准确。《宋书》卷九三《隐逸传·雷次宗传》曰:"元嘉十五年,征次宗至京师,开馆于鸡笼山,聚徒教授,置生百余人。会稽朱膺之、颍川庾蔚之并以儒学,监总诸生。时国子学未立,上留心艺术,使丹阳尹何尚之立玄学,太子率更令何承天立史学,司徒参军谢元立文学,凡四学并建。"⑥之所以称"馆"而不称"观",可能是因为四学的前身为刘宋统治者倡导下设立的私人学馆。早在雷次宗开馆之前,宋武帝已于永初召雁门周续之入建康,"上为开馆东郭外,招集生徒"⑦。玄学馆则本为元嘉十三年(436)何尚之任丹阳尹时在南郭外宅中所立。因此四学皆立之后,仍沿用了学馆的称呼。

而《南齐书》卷一六《百官志》曰:"泰始六年,以国学废,初置总明观,玄、儒、文、史四科,科置学士各十人,正令史一人,书令史二人,干一人,门吏一人,典观吏二人。"⑧《南史》卷二二《王昙首传附王俭传》又称"(总明观)或谓之东观,置东观祭酒一人,总明访举郎二人;儒、玄、文、史四科,科置学

---

① [晋] 陈寿撰:《三国志》,北京:中华书局,1982 年,第 107 页。
② 《三国志》第 416 页。
③ 见《晋书》卷一〇三《刘曜载记》,第 2688 页。
④ 见《晋书》卷八六《张轨传》,第 2222 页。
⑤ 见《晋书》第 2688 页。
⑥ 《宋书》第 2293—2294 页。
⑦ 《宋书》第 2281 页。
⑧ 《南齐书》第 315 页。

士十人,其余令史以下各有差"①。据史籍记载,曾在总明观任祭酒或学士的有王湛、傅昭等。可见总明观并非在南齐方才出现,而是在刘宋时即已设立。从科目分类来看,其前身无疑是宋文帝时所设儒、玄、史、文四馆,但从人员配置来看,总明观已比除主讲者之外只有两人"监总诸生"的四学馆完善的多,从受国家提携资助但仍具有私人性质的学馆,成为具有相当规模的国家机构。而其称呼从"馆"变为"观",则说明它的地理位置大概也发生了变化,从郭城外迁入宫观之中。

从四馆一直延续到总明观的四学并立制度,可以被视为后世分科设学的滥觞,在古代教育史上具有重要意义。不过,除了分科方式以外,总明观与前代的类似机构仍有一些差别需要辨明。

首先,"总明观"与曹魏之"崇文观"相似之处甚多:命名方式同出一辙,均是讲学机构,而且文学在其中均占据重要位置。但实际上二者性质并不相同。正如上文所说,崇文观是在曹魏太学、十六国国子学之外独立建制的机构,而总明观则是在国子学未立的情况下,取代了其官学地位。它在南齐永明年间被撤销,是因为当时建立国学的缘故。可见,它与国子学不能并存于世。这一性质在魏晋南北朝时期类似机构中是绝无仅有的。

第二,总明观一名为"东观",固然有可能和后文将要提到的"西省"一样,是就其在宫城中所处位置而言,但在沿用汉代古名的同时,大概也沿用了汉代东观的一部分功用。《南史·王俭传》称南齐永明年间省总明观,在王俭宅开学士馆"以总明四部书充之"②,虽然是南齐时的情况,但由于南齐前期的总明观基本延续刘宋,因此刘宋总明观应该也是具有国家性质,在教学以外还具有藏书职能的机构。但是直到此时,"撰述机构"的性质尚不明显。

(二) 南齐

南齐建立之初,沿用了刘宋的总明观作为官学,任命了刘瓛为祭酒,刘融、何法盎、何昙秀、何佟之等饱学之士为学士,并于齐高帝建元间在此进行了治五礼等学术活动。然而,永明三年(485)设立国学,总明观也随之被撤销,重新让位于正统的国子学。此时永明文化变革的高峰期尚未到来,总明观在南齐文化进程中并未起到不可替代的作用。但值得注意的是,在总明观被撤消后,出现了另外两个学术机构,即"学士馆"与士林馆。

《南齐书》卷二三《王俭传》载,省总明观之后,即"于俭宅开学士馆,悉

---

① 《南史》第595页。
② 《南史》第595页。

以四部书充俭家,又诏俭以家为府"①,《梁书》卷一六《王亮传》则曰:"齐竟陵王子良开西邸,延才俊以为士林馆,使工图画其像,亮亦预焉。"②可见学士馆与士林馆均非官方设立,而是分别以王俭与萧子良的邸宅为馆址的私人机构,不过均受到国家的大力扶植。二馆的性质与刘宋的四学馆、总明观迥然有别,在文化史上具有重要的意义。

从二馆的设立目的来看,它们均不是为了讲学授徒而设,儒学色彩被极大地淡化。其主要工作是以四部藏书为依托,抄书、集事并编撰类书,最初目的应是为供帝王阅读之用,如萧子良"集学士抄《五经》、百家,依《皇览》例为《四部要略》千卷"③。然而,其意义远不仅于此。

由于从讲学机构变为编撰、著述机构,二馆选拔参与者的标准也发生明显变化。《南齐书》卷三九《陆澄传》载"俭集学士何宪等盛自商略,澄待俭语毕,然后谈所遗漏数百千条,皆俭所未睹,俭乃叹服"④,应即是学士馆中的隶事活动。由此条看来,不仅陆澄,《南史》卷四九中被称为"王俭三公"的何宪、孔逖等人应均为学士馆成员。而史书评价此数人,称何宪"博涉该通,群籍毕览,天阁宝秘,人间散逸,无遗漏焉"⑤,孔逖"好典故学"⑥,陆澄则"博览无所不知"⑦。可见进入二馆的标准已从饱学通经变为"博涉该通"。而其另一标准则是长于文学,虽然南朝诸史中提及萧子良开士林馆的只有《王亮传》一处,然萧绎《金楼子》卷三《说蕃篇》曰:"(萧子良)好文学,我高祖、王元长、谢玄晖、张思光、何宪、任昉、孔广、江淹、虞炎、何儡、周颙之俦,皆当时之杰,号士林也。"⑧则明确地记载了士林馆的成员,由此可见,"竟陵八友"等通常被认为是萧子良僚属的重要文士,实际上都预士林馆事,而士林馆规模实则远不止此,陆慧晓、宗夬、王僧孺、虞羲、江革等数十人均参与其中,其规模远大于王俭学士馆,甚至可谓空前。

众所周知,王俭集团与竟陵王西邸集团是南齐最为重要的两大文学集团,而学士馆与士林馆的参与者分别与二者重合。这使其编纂类书的文献工作与进行诗歌唱和的文学活动融为一体,并且成为精于隶事用典的永明诗歌新变的依托。可以说,学士、士林二馆的出现,既是讲学机构向撰述机

---

① 《南齐书》第 436 页,亦见于《南史》第 595 页。
② 《梁书》第 267 页。
③ 《南齐书》卷一七《竟陵王萧子良传》,第 698 页。
④ 《南齐书》第 685 页。
⑤ 《南史》第 1213 页。
⑥ 《南史》第 1214 页。
⑦ 《南齐书》第 681 页。
⑧ [梁]萧绎撰,许逸民校笺:《金楼子校笺》,北京:中华书局,2011 年,第 643 页。

构的明确转型,也直接推动了永明文化新风的形成与发展。

另外,从二者的半私人性质与其名称来看,此时的著述机构仍然秉承着官方设立曰观,私人设立曰馆的命名方式。而这一方式在梁时发生了改变。

(三) 梁

梁代沿袭了"士林馆"这一机构,但设立时间颇晚①。考其职事,有以下几条记载:

> 大同中,于台西立士林馆,领军朱异、太府卿贺琛、舍人孔子袪递相讲述。②

> (大同十年)是时城西开士林馆聚学者,绾与右卫朱异、太府卿贺琛递述《制旨礼记中庸》义。③

> 时于城西立士林馆,弘正居以讲授,听者倾朝野焉。④

> 大同中,学者多涉猎文史,不为章句,而洙独积思经术,吴郡朱异、会稽贺琛甚嘉之。及异、琛于士林馆讲制旨义,常使洙为都讲。⑤

以上记载来看,梁代士林馆的性质似乎出现了从撰述机构向专门的儒学讲学机构的复归,与曹魏崇文观的职责类似。然而值得注意的是,在士林馆设立之前,自天监初年起,已存在一个称为"西省"的机构。"西省"之称出现甚早,但在历代的含义不甚相同。史书中未载梁代西省的官方名称,然《梁书》卷四八《儒林传·沈峻传》载"时中书舍人贺琛奉敕撰《梁官》,乃启峻及孔子袪补西省学士,助撰录"⑥,《陈书》卷一九《虞荔传》则称"梁武帝于城西置士林馆,荔乃制碑,奏上,帝命勒之于馆,仍用荔为士林学士。寻为司文郎,迁通直散骑侍郎,兼中书舍人。时左右之任,多参权轴,内外机务,互有带掌,唯荔与顾协淡然靖退,居于西省,但以文史见知,当时号为清白"⑦,从这两处记载来看,西省与士林馆有密不可分的关系,而士林馆正位于台城西侧,则很可能士林馆是在西省基础上,或者是作为西省中的一个机构而设立的,所谓"西省学士",很可能即是《陈书》卷三三《儒林传·张讥

---

① 《梁书》卷三《武帝纪》曰:"(大同七年十二月)丙辰,于宫城西立士林馆,延集学者。"见第87页。
② 《梁书》卷三《武帝纪》,第96页。
③ 《梁书》卷三四《张缅传附张绾传》,第504页。
④ 《陈书》卷二四《周弘正传》,第307页。
⑤ 《陈书》卷三三《儒林传·沈洙传》,第436页。
⑥ 《梁书》第679页。
⑦ 《陈书》第256页。

传》中所谓的"士林馆学士"。

依据史书记载,梁代西省职掌主要有以下几类:

1. 藏书校书。

> (殷)钧在职,启校定秘阁四部书,更为目录。又受诏料检西省法书古迹,别为品目。①
>
> (刘孝标)天监初,召入西省,与学士贺踪典校秘书。②

2. 撰写世谱。

> (王僧孺)入直西省,知撰谱事。③

3. 撰写官品职令。贺琛于西省撰《梁官》事已见前。

4. 文学撰注。

> (天监)十七年,(周兴嗣)复为给事中,直西省。左卫率周舍奉敕注高祖所制历代赋,启兴嗣助焉。④

5. 修史。

> (任孝恭)高祖闻其有才学,召入西省撰史。⑤

6. 研讨儒家经义。

> 简文在东宫,雅爱经术,引(郑)灼为西省义学士。⑥

可见梁代的西省应即士林馆,其兼具刘宋时的讲学研经功能与南齐时的编撰著述功能,甚至还恢复了汉代东观的校书修史功能,与太学、秘阁、著

---

① 《梁书》卷二七《殷钧传》,第 407 页。
② 《梁书》卷五〇《文学传下·刘峻传》,第 702 页。
③ 《梁书》卷三三《王僧孺传》,第 474 页。
④ 《梁书》卷四九《文学传上·周兴嗣传》,第 698 页。
⑤ 《梁书》卷五〇《文学传下·任孝恭传》,第 726 页。
⑥ 《陈书》卷三三《儒林传·郑灼传》,第 441 页。

作等专门机构的职责有所重叠但又独立于其之外,可谓是南朝皇家学术著述机构的集大成者。而其虽然位于宫城,却并没有依照惯例以"观"为名,而是沿袭了南齐时的"士林馆"之名。这种命名方式与职责内容不仅是隋唐五代皇家学术著述机构的滥觞,而且也明显影响了北齐与北周文化机构的设置。

二、"麟趾殿"一词的多重性质与北周麟趾学士的设立

自刘宋开始,以"观"或"馆"命名的皇家学术著述机构在南朝各个政权均有出现,且其职能不断扩展完善。然而在北方,除曹魏及零星割据势力以外,并没有政权设立过类似机构。这一情况至东西魏时都没有改变。而在侯景之乱和江陵陷落,梁朝士人大批进入北方之后不久,北周和北齐先后出现了麟趾殿和文林馆,这是相当值得玩味的现象。当然,北周麟趾学士与北齐待诏文林馆出现的情况并不完全相同,在此先对麟趾学士这一职位的设立和职责略作分析。

《周书》卷四《明帝纪》曰:"及即位,集公卿已下有文学者八十余人于麟趾殿,刊校经史。"[①]学者论及这一问题时,往往有两种习见,其一是将此"麟趾殿"作为机构名,其二是认为此八十余人均为麟趾殿属员,即麟趾学士。窃以为,这是值得商榷的。

"麟趾"是中古时常见的宫室名称,除北周都城外,北齐邺城有麟趾阁[②],唐代东都洛阳亦有麟趾殿。虽然由于文献所限,目前无法确知北周麟趾殿的具体位置与修建时间,但它应该是在这次"刊校经史"之前即已建成,而非特意为此修建的。同时,此处的"八十余人",也不能一概视为麟趾学士。众多具有一定文化修养的臣子聚集于某一地点进行文化活动或议定制度的工作,向来是十分常见的,这并不意味着他们均任职于这一机构。以《魏书》中的正始、永平两次议定律令为例:

> 正始初,诏尚书、门下于金墉中书外省考论律令,(袁)翻与门下录事常景、孙绍,廷尉监张虎,律博士侯坚固,治书侍御史高绰,前军将军邢苗,奉车都尉程灵虬,羽林监王元龟,尚书郎祖莹、宋世景,员外郎李琰之,太乐令公孙崇等并在议限。[③]

---

① 《周书》第60页。
② 《唐六典》等史籍中将邺城麟趾阁亦称为麟趾殿,故有研究者将东魏于麟趾阁编纂《麟趾格》之事归为北周麟趾学士,实误。
③ 《魏书》卷六九《袁翻传》,第1536页。

诏太师、彭城王勰以下公卿朝士儒学才明者三十人,议定律令于尚书上省,鸿与光俱在其中,时论荣之。①

这两次修律的参与者都达数十人,而且职属各异,绝非仅有门下、中书或尚书省官员参加,其中的中书外省与尚书上省仅仅是集会场所,并不能说明其身份具有一致性。北周时于麟趾殿校书也应作如是观,视为具有一定文化素养但职务身份各不相同的官员在麟趾殿这一地点进行的一次文化活动。此次活动人数为"八十余人",而《周书》《隋书》《北史》等史籍中所载曾任麟趾学士者总共不过十余人。二者差距如此悬殊的原因,正是由于本次校书人员大部分只是参与其事而未担任其职的原因。在现今可考的十余人中,元伟为魏宗室,封淮南公,应是麟趾殿活动参与者中身份最高的人士之一。《周书》卷三八《元伟传》称其"世宗初,拜师氏中大夫。受诏于麟趾殿刊正经籍"②,未言其充当麟趾学士,这很可能意味着他只是受诏参与这一次活动而已。

当然,这一次校书活动在麟趾殿的性质变化中具有关键性的转折意义。在此后不久,麟趾殿即完成了从宫殿名到机构名的转变。严格说来,其正式名称应为"麟趾学"。《周书》卷三〇《于翼传》曰:"世宗雅爱文史,立麟趾学。"③其场所定于麟趾殿,而其中最主要的职位为人数不定的麟趾学士。这与北周中后期官学露门学位于露门,有露门学士与露门博士之职如出一辙。然而,即使在《周书》《北史》中,称"麟趾学"之处仍仅此一见,以麟趾殿称之的情况反而较多。例如《周书》卷四二《萧大圜传》曰:

> 俄而开麟趾殿,招集学士。大圜预焉。《梁武帝集》四十卷、《简文集》九十卷,各止一本,江陵平后,并藏秘阁。大圜既入麟趾,方得见之。乃手写二集,一年并毕。④

有学者提出,由这段记载可知麟趾殿是北周政权藏书之所⑤。然而,本条已明言梁武、简文二集藏于秘阁。事实上,此处的"开麟趾殿"和"入麟

---

① 《魏书》卷六七《崔光传附崔鸿传》,第 1501 页。
② 《周书》第 688 页。
③ 《周书》第 523 页。
④ 《周书》第 757 页。
⑤ 参见宋燕鹏、张素格著:《北周麟趾学士的设置、学术活动及其意义》,《河北科技大学学报(社会科学版)》第 8 卷第 2 期,2008 年 6 月。

趾"指的都是作为机构的麟趾学。由于麟趾学士的重要职责是刊定图书,因此萧大圜能借此接触到秘阁中的藏书,而并不是说北周藏书之地是麟趾殿。

由此可见,北朝史书中"麟趾"一词含义甚多,可以代表作为宫室建筑的麟趾殿、作为学术机构的麟趾学以及作为官职的麟趾学士,甚至会与东魏的麟趾阁和麟趾格相混淆,因此在使用时需要仔细辨明,方能避免歧义与误读。

北周明帝设立麟趾学的准确时间于史无载,《隋书》卷一七《律历志中》载曰:"至周明帝武成元年,始诏有司造周历。于是露门学士明克让、麟趾学士庾季才,及诸日者,采祖暅旧议,通简南北之术。自斯已后,颇睹其谬。"①似乎在武成元年之前已有麟趾学士之称。然而这段记载中两人的职官均不可信:露门学在周武帝天和二年(567)方才设立,而庾季才则是在武成二年(560)方与王褒、庾信同时补为麟趾学士的,在武成元年时,他们不可能担任文中所载之职。不过《周书》中数次提到麟趾学士出现于明帝初年,那么将其定于武成之前,即公元557、558两年之中,应该是合适的。北周麟趾殿学士的职责有以下几种:

1. 刊校典籍。这是麟趾学士最为重要的工作。《隋书》卷四九《牛弘传》载牛弘开皇初年上书曰:"周氏创基关右,戎车未息。保定之始,书止八千,后加收集,方盈万卷。"②武帝之前的校订刊正与保定之后的收集整理,应都属于麟趾学士的职责。明帝时期在麟趾殿进行的大规模的校书活动至少有两次:第一次是在明帝即位之初,此时麟趾学大概还尚未设立;第二次则是在武成年间,《周书》卷二二《杨宽传》载"武成二年,诏宽与麟趾学士参定经籍"③,庾信、王褒等人也参与了这一次校书,庾信之《预麟趾殿校书和刘仪同》应即作于此时。

2. 编撰大型著作。《周书》卷四《明帝纪》曰:"捃采众书,自羲、农以来,讫于魏末,叙为《世谱》,凡五百卷云。"④《北史》则载为百卷。此书自《隋书》起便未见于著录,仅从书名来看,有可能是谱籍、帝王世系年谱甚至类书,但无法确知,唯一确定的是其篇帙达百卷以上,可称宏篇。《周书》卷四二《萧㧑传》又称"仍撰《世谱》,㧑亦预焉"⑤,则萧㧑等人或以麟趾学士的身份参与了这一著作的编撰工作。

---

① 《隋书》第418—419页。
② 《隋书》第1299页。
③ 《周书》第367页。
④ 《周书》第60页。
⑤ 《周书》第752页。

3. 制定历法。前引《隋书·律历志》载明克让、庾季才于武成时制定周历事。虽其中称明克让为露门学士，但《隋书·明克让传》中称"梁灭，归于长安，周明帝引为麟趾殿学士"①，况且此时露门学尚未设立，因此制定历法之事应该也是归麟趾学士负责的。

4. 修撰史书。曾任麟趾学士的士人中，萧大圜有《梁旧事》三十卷，刘璠有《梁典》三十卷。这很有可能是他们的个人著作，未必是在麟趾学中有组织地编修的，然而麟趾学的藏书以及众多入北南人汇集一堂的氛围，无疑对其有相当大的帮助。麟趾学士的身份应可以促成其对梁史的编纂。

除此之外，文学唱和虽不可称为"职掌"，但却是北周麟趾殿文化活动以及麟趾学士日常生活不可缺少的一部分。在本章第三节中，我们将就这一问题进行具体讨论，在此暂且略过。

对比麟趾殿文化活动的诸方面与萧梁士林馆文化活动，可以发现二者具有相当大的相似性。上文提到，一直到东西魏时，这种具有复合性特点的皇家学术著述机构在南北分立时期的北方几乎没有出现过。西魏至北周一直奉行关中本位政策，有意地在文化政策中进行去南朝化。然而，就在恭帝三年（556）推行六官制度，进行复古改制后一两年之内，北周便以麟趾殿为依托，设立了麟趾学这一文化机构，虽然其并未使用"观"或"馆"等南朝常用名，但却具有明显的南朝皇家著述机构特点。似乎是模仿，或至少是参照了梁武帝的西省士林馆，乃至简文帝的文德省学士建置，而且其常设人员也沿用了"机构名+学士"这一自刘宋起方才定型、在北周之前只在南朝出现的命名方式。这以上种种都可以说明，这一机构的设立应与梁承圣三年（554）北周破江陵，迁大批南朝高门士族入北有关，是通过入北梁人学习梁代著述机构的结果。

此外，武成二年（560）在北周麟趾殿的设立过程中也是一个重要时间节点，在这一年中，庾信、王褒等重要文士被补为麟趾学士，麟趾殿进行了一系列重要文化活动，并制定了成员分等制度。值得注意的是，就在这一年，周弘正入长安迎陈顼，并在长安羁留三年。与大部分充当麟趾学士的南人不同的是，周弘正在梁武帝时曾任职于士林馆，对其非常了解。他居于北方的三年中，与庾信、王褒等人均有诗歌唱和等往来。他的入北，可能对麟趾殿的建置、活动乃至成员交游也会有一定的推动作用。

那么，周明帝设置这一与北周整体走向并不一致，带有浓厚南朝色彩的机构，其目的究竟何在？窃以为，这固然与周明帝"博览群书，善属文""词

---

① 《隋书》第 1415 页。

彩温丽"的个人才学修养有关,但从根本上说,是为了在奉行关陇本位政策的北周社会中划出一块模拟南朝风气的空间,用以安置入北南人中的上层人士,一方面给予他们文学侍臣的优越待遇,一方面将其排斥于国家政治之外。在本章第二节中,通过分析麟趾学士的人员身份构成,可以清晰地看出北周统治者的用意所在。

三、北齐文林馆的设置、职掌与成果

北齐的文林馆作为皇家著述机构,在其根本性质上与北周的麟趾殿如出一辙。而在设置原因、过程、人员及成果等方面,则与麟趾殿颇有不同之处。归根到底,这显示出了北周、北齐上层人士对待南朝人士的态度差异。

(一) 设立时间

史书中对文林馆设立时间的几处记载存在矛盾之处。《北史》卷八《齐本纪·后主纪》称"(武平四年二月)丙午,置文林馆"[1],而《北齐书》卷四五《文苑传序》则称"(武平)三年,祖珽奏立文林馆,于是更召引文学士,谓之待诏文林馆焉"[2]。研究者在讨论文林馆建置时,对这一问题往往详加讨论。时间较早的费海玑《北齐文林馆》中称"大约祖珽奏立文林馆,和真正成立文林馆,有此一年之差"[3],而近年来大陆研究者则从《修文殿御览》的撰成、文林馆活动参与者的卒年等各个方面论证,得出文林馆成立时间应是在武平三年(572)的结论[4]。由于已辩之甚详,在此不再对此进行讨论,直接依武平三年之说。

无论是设于武平三年或四年,文林馆的设立时间都与麟趾学的设立存在一个明显的差别。麟趾学的设立是在江陵士人被掠徙至关中仅三四年后,可以看出明显的效仿乃至照搬江左的因素。而南士流入北齐是由侯景之乱、江陵陷落等事件促成的,大抵是在东魏末至齐文宣帝天保间,但文林馆的设立已是后主统治中期,其时入北南士已在邺下定居二十年。单从这一点来看,北齐建立文林馆似乎与南朝文士的入北并无直接联系。

(二) 参与人数

文林馆的设立在北齐文化中是相当重要的事件,因此《北齐书·文苑传

---

[1] 《北齐书》第 106 页。
[2] 《北齐书》第 630 页。
[3] 《大陆杂志语文丛书》第 2 辑第 5 册,第 155 页。
[4] 参见宋燕鹏著:《北齐的文化著述机构——文林馆》,《兰台世界》2006 年 24 期;魏宏利著:《北齐文林馆的设立、构成及其历史意义》,《西南交通大学学报(社会科学版)》2006 年第 5 期。

序》中详细记录了其参与者：

> （武平）三年，祖珽奏立文林馆，于是更召引文学士，谓之待诏文林馆焉。珽又奏撰《御览》，诏珽及特进魏收、太子太师徐之才、中书令崔劼、散骑常侍张雕、中书监阳休之监撰。珽等奏追通直散骑侍郎韦道逊、陆乂、太子舍人王劭、卫尉丞李孝基、殿中侍御史魏澹、中散大夫刘仲威、袁奭、国子博士朱才、奉车都尉眭道闲、考功郎中崔子枢、左外兵郎薛道衡、并省主客郎中卢思道、司空东阁祭酒崔德[立、太傅行参军崔儦]、太学博士诸葛汉、奉朝请郑公超、殿中侍御史郑子信等入馆撰书，并敕放、惪、之推等同入撰例。复命散骑常侍封孝琰、前乐陵太守郑元礼、卫尉少卿杜台卿、通直散骑常侍王训、前南兖州长史羊肃、通直散骑侍郎马元熙、并省三公郎中刘珉、开府行参军李师上、温君悠入馆，亦令撰书。后复命特进崔季舒、前仁州刺史刘逖、散骑常侍李孝贞、中书侍郎李德林续入待诏。寻又诏诸人各举所知。又有前济州长史李𧫚、前广武太守魏骞、前西兖州司马萧溉、前幽州长史陆仁惠、郑州司马江旰、前通直散骑侍郎辛德源、陆开明、通直郎封孝謇、太尉掾张德冲、并省右民郎高行恭、司徒户曹参军古道子、前司空功曹参军刘颙、获嘉令崔德儒、给事中李元楷、晋州治中阳师孝、太尉中兵参军刘儒行、司空祭酒阳辟疆、司空士曹参军卢公顺、司空中兵参军周子深、开府参军王友伯、崔君洽、魏师謇并入馆待诏，又敕仆射段孝言亦入焉。①

文中明确载有姓名的为六十二人，而后世学者经过考订，也提出不同观点，例如周建江《北朝文学史》中将监撰御览者排除在外，称待诏文林馆者为55人②，宋燕鹏则称经过梳理史料，发现曾任此职的前后共68人③。然而，颜之推《观我生赋》自注云：

> 齐武平中，署文林馆，待诏者仆射阳休之、祖孝徵以下三十余人，之推专掌，其撰《修文殿御览》《续文章流别》等，皆诣进贤门奏之。④

---

① 《北齐书》第 603—604 页。按，《北齐书》本条所载的人名、官职等，不乏问题。现除"司空东阁祭酒崔德"后原脱的"立、太傅行参军崔儦"几字依《北史·文苑传序》补，其余一律不改。

② 周建江著：《北朝文学史》，北京：中国社会科学出版社，1997年，第117页。

③ 见宋燕鹏、高楠著：《论北齐文士的地理分布——以"待诏文林馆"籍贯为考察中心》，《中国历史地理论丛》2006年第4辑。

④ 见《北齐书》卷四五《文苑传·颜之推传》，第624页。

颜之推并非文林馆中的普通官员,而是"掌知馆事",曾是文林馆的实际掌控者,他所记载的数字应该是可信度很高的。之所以与《北齐书》所记载的以及现今研究者所统计的人数相差甚多,除《文苑传序》所体现出的,"入馆待诏"者是分批进入文林馆之外①,还有一个原因,即《北齐书·文苑传序》所云"《御览》成后,所撰录人亦有不时待诏,付所司处分者"②。费海玑认为这是指"因事获咎受处分,即指崔季舒等之冤案言"③,是对"处分"一词理解有误。实则这一句是指曾在文林馆参与《御览》修撰的士人中,有相当一部分在撰书结束后仍回原署,并非全部于文林馆任待诏。也就是说,颜之推所谓三十余人是确实曾任参与《御览》修撰且任待诏文林馆的人数,这与参与麟趾殿校书的八十余人并非均为麟趾学士是完全相同的情况。

(三) 设立缘由

为何在高齐末年会出现文林馆这一著述机构?学者对此有几种解释。比较常见的一种观点是,设立文林馆是因为齐后主作为北齐帝王好尚文学乃至乐于学习南朝文化。这也是《北齐书》《北史》等正史中所持的观点。《北齐书》卷八《后主纪》云:"帝幼而令善,及长,颇学缀文,置文林馆,引诸文士焉。"④同书卷四五《文苑传》云:"后主虽溺于群小,然颇好讽咏,幼稚时,曾读诗赋,语人云:'终有解作此理不?'及长亦少留意。初因画屏风,敕通直郎兰陵萧放及晋陵王孝式录古名贤烈士及近代轻艳诸诗以充图画,帝弥重之。"⑤这两段话均将帝王个人好尚作为北齐文苑风气,乃至文林馆建立这一具体事件的促成原因。当然,后主之所以爱好"近代轻艳诸诗",很可能与其喜好胡乐一样,是耽于声色享乐的体现。此外,齐后主的个人审美趣味与作为"帝王"的政治取舍之间,仍有明显的差异。正因如此,齐后主对待入北南朝士人的态度,与之前诸帝相比并未发生明显的变化。

也有学者认为,文林馆是汉族士人为结成政治集团,增强实力而设的。

---

① 关于这一问题,庄芸认为,文林馆实际存在前后两个阶段。执政大臣祖珽奏立文林馆,分次召引文士三十余人入馆待诏。受其委任,颜之推掌知馆事,并负责组织编书事务,《御览》在此一阶段撰成上奏,颜之推所记也是这一阶段的人数。随后祖珽倒台被出,后主复命崔季舒、刘逖、李孝贞、李德林等人续入待诏,又敕右仆射段孝言亦入馆,最终形成《北齐书·文苑传序》所载名单的面貌。参见庄芸著:《北齐文林馆考论》,《文学遗产》2022年第1期。
② 《北齐书》第604页。按,"不时待诏",《北史·文苑传序》作"不得待诏",见《北史》2781页。
③ 《大陆杂志语文丛书》第2辑第5册,第158页。
④ 《北齐书》第112页。
⑤ 《北齐书》第603页。

如谷川道雄《隋唐帝国形成史论》中称设文林馆是祖珽为了加强自己势力①，吉川忠夫《六朝精神史研究》亦认为"文林馆的创设上寄托了针对鲜卑系武人的对抗意识"②。但北朝汉族士人与南朝不同，在此之前几乎没有单纯以文学侍从身份立足者。即使是"北地三才"这种第一流的大文士，也都曾广泛且积极地参与进军国政务之中。自北魏开始，北方汉族士人就已经结成相当紧密的集团：从地域、家族角度来讲，是以河北士人为核心，吸收了凉州、青齐等地士人的姻亲集团，而从政治上讲，则是任职于中书、门下乃至东魏后的御史台等核心机构的同僚集团。仅从祖珽个人来说，文林馆待诏中很多人在设馆前即与之深相结纳，其密切关系并不是通过文林馆缔造起来的。

实际上，文林馆的设立体现了四方面的因素：帝王的个人文化好尚；入北南方士人的切实需求；北齐上层士人的文化取向与意图；皇家撰述机构的渊源及特殊性质。除第一点外，其他三点，在此一一略作论述。

首先，文林馆的设立，一个根本的原因是入北南方士人寻求容身自保空间的需求。高齐建国之初，统治阶层内部分为高姓宗室、"四贵"等勋贵、胡族武将以及汉人豪族、文官等几种势力，彼此制衡，时有摩擦。时至后期，又增加了和士开、穆提婆、陆令萱等众多恩倖之臣，统治阶层内部的冲突也益发白热化，其中一个重要方面就是以韩长鸾、高阿那肱等人为首的权臣反汉族士人情绪的高涨。如果说以祖珽、崔季舒为领袖的北方士大夫尚能尽力与勋贵恩倖势力抗衡的话，缺乏实权的逃亡南人则纯为弱势群体，故颜之推自称"时武职疾文人，之推蒙礼遇，每构创痏"③。正因如此，他在《颜氏家训·止足》中表现了强烈的谨慎避祸心理。窃以为，颜之推及萧放等南人中的翘楚人物之所以希望设立文林馆，并且不欲勋贵势力涉足其中，是为了在愈加严峻的政治斗争中为汉族士人，尤其是入北南人寻找一个安身之所。文林馆设立第二年，高齐上层中便爆发了汉族士人与"耆旧贵人"之间的激烈冲突，并且造成大批汉族重臣被杀，由此看来，颜之推等南人对局势的预测是非常准确的。另外，关于颜、萧等人的初衷，《北齐书》卷四二《阳休之传》曰："及邓长颙、颜之推奏立文林馆，之推本意不欲令耆旧贵人居之，休之

---

① ［日］谷川道雄著，李济沧译：《隋唐帝国形成史论》，上海：上海古籍出版社，2004年，第212页。
② ［日］吉川忠夫著，王启发译：《六朝精神史研究》，南京：江苏人民出版社，2010年，第231页。
③ 见《观我生赋》自注，《北齐书》第624页。

便相附会,与少年朝请、参军之徒同人待诏。"①费海玑认为从这一句看来,颜之推的意图是引进任朝请、参军等职的少年文士作为文林馆的主体,而不欲年纪较长或官位较高者居待诏之位,并提出,这正是阳休之子阳辟彊得以进入文林馆,而其弟阳俊之未能厕身其中的原因②。然而实际上,诸文林馆待诏入馆之时,年纪均已不轻:阳休之六十四岁,王晞六十二岁,刘逖四十八岁,颜之推四十二岁;即使是通常被认为是小一辈文士的诸人中,李德林亦为四十二岁,卢思道三十八岁,年纪最轻的薛道衡亦已三十三岁,均无法以"少年"称之。而所谓"耆旧贵人",所指亦非阳俊之等年齿较长者,而是指当时的武将与恩倖权臣而言。这一"本意",正体现了南士领袖希望与勋贵权臣保持距离,获取空间的心态。

其次,文林馆的设立显示出北齐上层汉族士人对于南朝文化的向往和喜好,以及意欲结交入北南士,从而一定程度上将其收归本阵营的政治意图。本书第一章中已经提到,早在北魏孝文帝时,中原士大夫已经树立了以本国为正朔,南朝为僭伪的意识,其后虽与南朝士人的接触交流日益增多,但北方士人始终保持这一立场,并未对南士一味追捧模仿。然而《北齐书》卷二四《杜弼传》载高洋语曰"江东复有一吴儿老翁萧衍者,专事衣冠礼乐,中原士大夫望之以为正朔所在"③,这虽然有可能是高齐政权尚未稳固时统治者的忧患意识,但也说明了当时的北方士大夫出于对鲜卑化政权及胡族武将势力的抵触而做出的反应。因此,在逃亡入北齐之后,南方士人的境遇一直是两极化的,一方面被统治者冷落排斥,另一方面却被本土汉族士人敬重友爱。这与北魏太武帝时王慧龙等人的处境颇为相似,从统治阶层中的各种势力融合的角度上讲,甚至可以说是一种倒退。文林馆正是在这样一种背景下设立的。从《北齐书·文苑传序》所载其缘起来看,设立文林馆最初是萧放、颜之推等入北南人的意愿,但仅凭他们的身份地位无法促成其事,只能一方面由汉族士人领袖祖珽代为争取,一方面则托后主所宠任的宦者侍中邓长颙向后主进言。可见文林馆的设立,也符合北齐汉族士人的各方面需求,因此这一集团乐于促成此事并且参与其中。

最后,同样不可忽视的,还有文林馆作为"皇家撰述机构"的渊源,及因此具备的客观特性。前文已经通过梳理曹魏以来相关机构的设置,论及这一类撰述机构与"私人设馆"有着密切关联,这一性质必然会在仿照士林馆

---

① 《北齐书》第563页。
② 见《大陆杂志语文丛书》第2辑第5册,第157页。另,阳俊之实际上亦为文林馆待诏。
③ 《北齐书》第347页。

设立时,被带入文林馆中。然而,造成文林馆与麟趾殿性质差别的,还不仅于曹魏至南朝的传统。上一章中曾经涉及到,北魏后期汉族士人的交游途径之一,是作为元魏宗室的幕僚集团。事实上,北魏权臣结纳"馆客"的传统,至少能上溯至崔浩。李彪、李冲等汉族名臣,俱有馆客。而宗室相比之下虽然略晚,但元勰、元延明等,亦已有馆客。这一人群与幕僚集团在身份上有所差别,通常出身不高,未必是国家官员,往往是因为其才能符合权臣某方面需要或喜好,而被纳为馆客,如信都芳之于元延明。这一传统被高氏霸府所继承,据《北齐书》所载,高欢、高洋均有馆客,且从现有材料来看,似乎高欢更重视方伎,曾任其馆客的人物集中出现于《方伎传》中,而高洋则更倾向于以文才为标准:

  王春,河东人。少好易占,明风角,游于赵、魏之间,飞符上天。高祖起于信都,引为馆客。①
  (信都芳)以术数干高祖为馆客,授参军。②
  许遵,高阳人,明《易》,善筮,兼晓天文、风角、占相、逆刺,其验若神。高祖引为馆客。③
  赵辅和,清都人。少以明易善筮为馆客。④
  (李稚廉)常在世宗第内,与陇西辛术等六人号为馆客,待以上宾之礼。⑤
  (郑元礼)少好学,爱文藻,有名望。世宗引为馆客。⑥(《北齐书·郑述祖传附》)

之所以梳理从北魏至东魏的权臣霸府馆客情况,是因为文林馆的雏形,某种意义上并非作为正式的皇家撰述机构聚集"学士"之"馆",而是北方传统中私人所设,聚集馆客之"馆"。《北齐书·文苑传序》载文林馆之缘起,曰:

  初因画屏风,敕通直郎兰陵萧放及晋陵王孝式录古名贤烈士及近

---

① 《北齐书》卷四九《方伎传》,第674页。
② 《北齐书》第675页。
③ 《北齐书》第676页。
④ 《北齐书》第677页。
⑤ 《北齐书》卷四三《李稚廉传》,第572页。
⑥ 《北齐书》卷二九《郑述祖传附郑元礼传》,第398页。

代轻艳诸诗以充图画,帝弥重之。后复追齐州录事参军萧悫、赵州功曹参军颜之推同入撰次,犹依霸朝,谓之馆客。放及之推意欲更广其事,又祖珽辅政,爱重之推,又托邓长颙渐说后主,属意斯文。①

可见,若非萧放、颜之推、祖珽等人的推动,作为一个机构的"文林馆"可能无法出现。而即使是在正式设立文林馆之后,对于待诏文林馆的选拔方式,也仍带有先前以立馆者个人好尚用作"引为馆客"标准的遗绪,如《隋书》卷四二《李德林传》云:"齐主留情文雅,召入文林馆。又令与黄门侍郎颜之推二人同判文林馆事。"②从这个角度来讲,比起被赋予明确职掌的国家机关,以及比起魏晋南朝的类似著述机构,文林馆具有一种服务于乃至依附于皇帝私人的性质。正因如此,虽然如上文所述,文林馆符合南北汉族文士的需求,因此两方合力促成,但其能在后主朝得以建置,终究还是依赖于帝王的"属意"。

(四)职掌与成果

从现存文献来看,文林馆的职掌内容并不能算丰富,非但不能与南朝的著述机构相比,甚至也不如北周的麟趾殿。其主要工作是编撰著述,而最重要的成果是《修文殿御览》。

《隋书》卷三五《经籍志》载《圣寿堂御览》三百六十卷③,即《修文殿御览》。南北朝末期图书散佚情况严重,此书于初修撰完成时,卷帙或不止此数。而《北齐书》卷八《后主纪》曰:"(武平三年二月)是月,敕撰《玄洲苑御览》,后改名《圣寿堂御览》。……(同年八月)是月,《圣寿堂御览》成,敕付史阁。后改为《修文殿御览》。"④即使有数十人共同参与,在六个月中编撰一部近四百卷的大型类书,仍是有很大难度的,何况是在北齐官方藏书并不丰富的情况下⑤。而《太平御览》卷六〇一《著书上》引《三国典略》曰:

> 初,齐武成令宋士素录古来帝王言行要事三卷,名为《御览》,置於齐王巾箱;阳休之创意,取《芳林遍略》,加《十六国春秋》《六经拾遗录》《魏史》,第书以士素所撰之名,称为《玄洲苑御览》,后改为《圣寿堂御

---

① 《北齐书》第603页。
② 《隋书》第1197页。
③ 《隋书》第1009页。
④ 《北齐书》第105—106页。
⑤ 《隋书》卷四九《牛弘传》载开皇时牛弘上书曰:"高氏据有山东,初亦采访,验其本目,残缺犹多。及东夏初平,获其经史,四部重杂,三万余卷。所益旧书,五千而已。"见《隋书》第1299页。

览》。至是,斑等又改为《修文殿》上之。徐之才谓人曰:"此可谓床上之床,屋上之屋也。"①

所谓"芳林遍略",即《华林遍略》,是梁武帝敕命华林学士所编纂的类书。其编纂工作历时八年,于梁普通五年(524)完成,《南史》载为七百卷②,《隋书》载为六百二十卷③,在东魏末年传入北方④。依《三国典略》之说,《修文馆御览》的主要内容来自《华林遍略》,只是在其基础上略加入了一些北人所撰典籍。可见,虽然《修文殿御览》被公认为文林馆最主要的成就,但实际上由待诏们所做的原创性工作并不太多。

除作为类书的《修文殿御览》外,文林馆还编纂了《续文章流别》一书。从名称上看,应是仿照挚虞《文章流别集》而编定的分体文学总集。《隋书·经籍志》中载有同名著作,署为孔宁撰。北齐士大夫中并无姓名相近者,《隋志》所录疑为晋宋之交的孔宁子所撰,与文林馆无涉。

不少学者都已指出,文林馆是模仿梁士林馆而设。毋庸置疑,不论是从其倡导者身份、机构设置,乃至命名方式,都显示出它受到南朝的强烈影响,而其著述成果也可以说是南朝类书的衍生产物。然而,其职掌却比梁朝的士林馆乃至北周麟趾殿都要单薄许多。虽然文林馆待诏中不乏在后主朝颇有地位的汉族士大夫,但作为机构,其职能完全与国家政治无关,不仅如此,魏晋以来皇家撰述机关所附属的讲学施教这一职能也并未被文林馆所继承。《北史》卷四七《阳休之传》载:"武成崩后,频乞就闲。武平初,除中书监、尚书右仆射。三年,加位特进,与朝士撰《圣寿堂御览》。"⑤可见这个单纯负责编撰类书、总集的机构对于北齐政府来说绝非重要部门,文林馆待诏更是没有实权的闲职或兼任之职。因此可以说,虽然正如前文提到的,在政治活动中与武将、勋贵集团对抗的北方汉族士人,有很多加入了文林馆,但他们加强自身势力和发挥政治作用的场合都并非此处。文林馆待诏与其说是政治集团,不如说是文学集团。因此它的意义也主要体现在文学方面。

从性质上说,文林馆与梁士林馆一样,都是由皇家设立的文化著述机构,但是在活动内容上,它却与南齐时由私人主导的西邸士林馆以及北魏以

---

① [宋]李昉等撰:《太平御览》,北京:中华书局,1998年,第2707页。
② 见《南史》卷七二《文学传·何思澄传》,第1783页。
③ 《隋书》卷三四《经籍志》,第1009页。
④ 《北齐书》卷三九《祖珽传》载云:"后为秘书丞,领舍人,事文襄。州客至,请卖《华林遍略》。文襄多集书人,一日一夜写毕,退其本曰:'不须也。'"见《北齐书》第514—515页。
⑤ 《北史》第1726页。

来宗室私人蓄客所立之馆更为相似。这一特点也必然会使文林馆具有文学集团的色彩。而从另一方面，文林馆所编的两部著作虽有所依据，且不久便已散佚，对后世的影响有限，但在当时无疑推动了文林馆集团乃至整个汉人士大夫集团的诗文创作。

精研文体和重视用典是南朝后期文学的两个重要特征，却是北朝文士所并不擅长的。在使用典故这一方面，虽然自北魏中后期起，北方士人在章表书奏中的用典已相当圆熟，但主要是引经史著作中的旧事，来阐明自己的观点。由于目的不同，公文中的用典与文学作品中的用典相比，不论是所引书目还是使用方式都有很大区别。而《颜氏家训·文章》曰：

> 沈隐侯曰："文章当从三易：易见事，一也；易识字，二也；易读诵，三也。"邢子才常曰："沈侯文章，用事不使人觉，若胸臆语也。"深以此服之。祖孝徵亦尝谓吾曰："沈诗云：'崖倾护石髓。'此岂似用事邪？"①

由此可见，东魏、北齐时，由于南北文化交流的频繁，接触到南人文学作品的北朝士人开始揣摩学习南方文学作品中"使事无迹"、化用典故的文学用典方式。而南北朝时期的各种类书虽通常以效仿《皇览》、方便帝王阅读为出发点，但其直接作用则是为用典成风的创作习惯提供依据，不仅如此，由于《修文殿御览》所依据的底本是梁武帝命徐勉等人所修《华林遍略》，其中所引书必是以江左系统为主，能够体现出南方文士在创作中的好尚。因此，修撰《修文殿御览》的过程不仅会使北齐文士用典技巧有所提高，而且他们在其中所学习到的，是南方化的，带有强烈新变色彩的用典方式。

而在文体方面，北朝在很长时间之内并不重视辨析不同的文体，例如北朝文士并不非常重视"文笔之分"，更没有主动进行文体革新的意识，在绝大多数可称为文学创作的活动中，都是借用魏晋文体、诗体乃至一些民间体裁②。因此，在文体的丰富与完备上，北朝始终远落后于南朝，这不利于其文学的多样发展。但同样是从东魏时开始，以魏收"会须作赋，始成大才士"③的观点为代表，北朝士人的文体观有所改变。而编撰《续文章流别》，实际上也是个分辨各种文体的过程。在此之前，北朝虽不乏子侄后人所编撰的个人文集，但基本没有总集编纂行为，更没有以文体为分类标准的总

---

① 王利器撰：《颜氏家训集解》，北京：中华书局，1993年，第272页。
② 参见本文第五章。
③ 《北齐书》卷三七《魏收传》，第492页。

集。《续文章流别》的编成,也会使北齐士人的文体意识进一步发展,对其辨析文体、进行文学创作有所推动。由此观之,文林馆诸人在编撰之余,频繁进行文学唱和活动,在短短数年中便有八卷《文林馆诗府》问世,应该说与他们在类书与分体文集两方面进行的工作有密切联系。

综上所述,北周的麟趾殿与北齐的文林馆都是在南士大量入北后出现的新机构,与受到南朝影响有密不可分的关系。这一类机构的渊源和职掌都显示出北朝晚期政府意欲利用南士的专长,却又对其有所防范,将他们排斥在实权机构之外的心理。而二者在性质上的基本差异在于,麟趾殿是北周统治者出于安置南士的意图设立的文化机构,而文林馆的设置在相当程度上表达出南士本身的意愿,因此它既是北齐统治者为南士安排的安置场所,也是入北南士所主动选择的避祸场所。虽然北齐末年政治黑暗,政局极不稳定,但在北齐的南士基本可以全身而退,文林馆这一远离政治的著述机构在其中起到了一定作用。

第二节　南人学士在北仕宦及北朝政权在政治层面对其的接纳

既然麟趾殿与文林馆的设置都与梁代士人入北有着直接联系,那么,为了解北齐、北周统治者对南人的态度和接纳程度,就必须要先辨明南人在这两个机构中所占的比重,以及任职于这两个机构的入北南人在北方社会中究竟处于什么地位,起到什么作用。本节即对这些问题进行讨论。

一、麟趾殿南人学士的仕宦与地位

《周书》中虽称参与麟趾殿校书者多达八十余人,然而在《周书》《北史》《隋书》等史籍与其他著作中可考其姓名的只有十余人,这与详细记载了参与者姓名及官职的文林馆编撰活动差别很大。由于这一原因,我们将所有可查的参与者按照身份、氏族、官职、文化水平、著作等类别列一表格进行考察,详见本章末附表一。

通过附表一可以看出,不论是否确为麟趾学士,曾参与麟趾殿校书的人士现今可察的共有十六人,其中三位北人,其余十三人均为入北南人。如果仅以此为依据,便认为麟趾殿学士是以南人为主体的,未免有武断之嫌。然而,史书对此的记载中呈现出南人远多于北人的面貌,无疑是有其原因的。

（一）麟趾殿活动参与人的身份构成

按照文献所载,参与麟趾殿活动的北方士人有元伟、杨宽、韦孝宽三人。关于他们在麟趾殿的地位和作用,研究者有不同看法。任冬善认为"韦孝宽和杨宽是北朝武将,得入麟趾殿只相当于为他们装饰门面",而又将元伟归为好学有文雅的文士一类①,宋燕鹏则认为杨、韦均才兼文武,而元氏在全面汉化之后更是不乏具有很高文才者,因此他们应该是确实参与了麟趾殿活动,并进一步提出,麟趾学士中应还有其他元氏成员②。窃以为,二说均有合理之处,但都未免有些绝对化。

在元氏宗亲中,元伟一支似乎并不显要。其曾祖拓跋忠为常山王遵之孙,《周书·元伟传》中载忠为城阳王,然而实际上是在高祖时方赐爵城阳公,并无封王事,其祖父元盛亦官止于谒者仆射,依景明初官品仅为第六品上阶。虽然元伟及其父元顺③在入西魏后先后封王,但似乎也并未掌握实权,因此《周书》中对元顺的记载仅在《元伟传》中出现一次。

相比之下,杨、韦二人的出身并不逊于作为前朝宗室的元伟。南北朝时期,对同一家族的成员虽然是笼统称之,但实际上,宗族内部各支各房的分化,以及各分支的成员与政权的亲疏关系,都往往会导致宗族势力的兴衰以及宗族内部各分支地位的消长。以弘农杨氏为例,魏晋南北朝时期,其成员出仕途径各异,而且屡次遭遇打击乃至屠戮:杨秉一系由于"晚过江"而在江左处于被动地位,始终未能融入士族阶层,并在晋宋之交彻底退出政治舞台;贵盛于北魏孝文帝之后的杨珍一系,则因杨侃预孝庄帝诛尔朱荣事,而被尔朱氏屠杀几尽,杨愔虽逃奔高欢,并在相当长的时期内在东魏北齐具有举足轻重的地位,但终因与鲜卑勋贵的政治斗争失利而被杀。在这种情况下,西魏北周时,由于宇文氏重用关中士族,常年在关陇一带就职,名位与杨播、杨椿等相差颇远的杨晖一系地位逐渐上升,其中尤以杨敷、杨素父子为甚,而杨宽则是杨敷叔父,与杨敷同样曾为骠骑大将军。这一支系在弘农杨氏内部取得了后来居上的重要地位。

京兆韦氏内部的势力更替也是同样的情况。自江左北归的韦崇、韦道福两支以及留在北方的韦珍一支在北魏分裂之后均仕于东魏北齐,而在归属宇文氏集团的韦氏成员中,韦子粲一支又因子粲为东魏所俘而几乎被屠戮殆尽,在这种情况下,韦真嘉一支就成了西魏、北周京兆韦氏最为重要的

---

① 任冬善著:《北周麟趾殿的设立构成及其历史意义》,《社科纵横》2007年第6期,第197页。
② 宋燕鹏、张素格著:《北周麟趾学士的设置、学术活动及意义》,《河北科技大学学报(社会科学版)》2008年第2期,第78页。
③ 与任城王元澄子元顺同名而非同一人。

房支之一,后世韦氏的两大分支逍遥公房与郧公房,指的即是韦真嘉的二孙,韦孝宽及其兄韦夐。

可见,杨宽和韦孝宽均出于头等关中大族中的重要分支,宇文氏对其的倚重更甚于对元魏宗室的重用。因此,从仕历上看,元伟也不及杨、韦二人。杨宽、韦孝宽均为北周名将,韦孝宽更曾任行军元帅及柱国之职,且被赐姓宇文。不过正如宋燕鹏所指出的,北朝士族兼具将才者甚多,不惟能领军作战,甚至娴熟弓马,在两军交战时可以身先士卒。早在北魏时,卢同、邢峦等人,既可在孝文帝改革中参与议礼等文化活动,并以文化士族的身份出使江左,又可在南北开战之后迅速完成从文臣至武将的身份改变,颜之推所言"河北文士,率晓兵射,非直葛洪一箭,已解追兵,三九燕集,常縻荣赐"①,在北朝绝非罕见。杨宽、韦孝宽二人作为弘农杨氏和京兆韦氏两大汉族高门的成员,均具有一定程度的学识文才,这在《周书》中记载甚明。因此他们参与麟趾阁校书,应不只是"装饰门面"之用。而元伟则始终出任文官,曾任师氏中大夫等职。《周书》卷四一《王褒庾信传论》云:"周氏创业,运属陵夷,纂遗文于既丧,聘奇士如弗及。是以苏亮、苏绰、卢柔、唐瑾、元伟、李昶之徒,咸奋鳞翼,自致青紫。"②则元伟受到重用,不光是因为其西魏宗室的身份,也与其文学造诣有直接的联系。

然而,具有文采和学养,能否说明他们在麟趾殿的文化活动中,从事的是和其他麟趾学士相同的工作呢?这恐怕未必。首先,仅仅从北魏故事来看,每一次议定礼乐等制度建设活动,都会有宗室诸王以及勋旧八姓参与其中。而且随着鲜卑贵族汉化水平的全面提高,他们在文化活动中并非仅是挂名,而是参与商议,且往往由于其地位较高而总领其事,元澄、元勰、穆亮、陆叡等人都曾任此职。其次,在类似的文化著述机构建置中,参与者并非身份完全平等。正如总明馆有祭酒,文林馆有监撰和总监撰一样,麟趾殿在众学士之外,应该也有统筹负责者。第三,《周书》中载麟趾殿校书事时,称"公卿已下有文学者八十余人",可见对参与者的身份有所区分高下。其时元伟为淮南公,杨宽为宜阳县公,韦孝宽为穰县公,而且均不同于南士有名无实的以例封爵。虽然现已不详究竟有多少北方人士参与了麟趾殿活动,但此三人应已是其中身份最高者。此外,虽然校书等事政治性不强,但毕竟是国家活动,恐怕不会让入北不久的南人充当主导者。因此,窃以为元伟、杨宽和韦孝宽很可能是作为麟趾殿文化活动的主导者参与这一活动的,既

---

① 《颜氏家训集解》第 581 页。
② 《周书》第 744 页。

不能算是装饰门面,也不能说是与众多麟趾学士毫无身份差别地从事同一工作。也就是说,虽然现今可知的厕身于麟趾殿的北人仅有三人,但他们在当时的活动中处于相当重要的地位。

麟趾殿学士中的入北南士共十三人,他们并不一定是在同一年担任此职,例如庾信、王褒、庾季才等人是于武成二年(560)被补为麟趾学士的。在这十三人中,从身份上看,有梁宗室二人,衣冠旧族九人,惟刘璠①、姚最二人家世不显。从入北时间来看,他们绝大多数都是在西魏平江陵时被迁入北方,少数几人是在西魏攻蜀地时以城归降,情况最为特殊的则是出使西魏并羁留于此的庾信。从知识背景来看,这些人大多不以经义闻名,而是与南方学士馆、士林馆诸学士一样,以"博"为特点。例如萧㧑"博观经史"②,王褒"博览史传"③,颜之仪"博涉群书"④,宗懔"好读书,昼夜不倦,语辄引古事"⑤等等。在文学和其他著述的撰述上,他们也取得了相当丰厚的成果,在十三人中,有十人在当时有文集行于世,庾季才、姚最二人虽无文集,但也有多种著作著录于《隋书》及两唐书经籍、艺文志中,惟柳裘的著述情况于史书中失载。这种密集程度是当时的北周士人无法企及的。

当然,从现存记载来看,入北梁朝士人中有学养文学者并非均曾任麟趾学士。除在麟趾殿校书前即已南归的沈炯、王克等人外⑥,与萧㧑同时降西魏的萧圆肃,"有《文集》十卷,又撰时人诗笔为《文海》四十卷,《广堪》十卷,《淮海乱离志》四卷,行于世"⑦,其身份、文才都与萧㧑相类,却似未预麟趾殿校书。此外还有父辈不预而子侄辈参与其中的情况,如殷不害之子殷英童、姚僧垣之子姚最均为麟趾学士。不过,总体来说,史籍所记载的入北梁代士人中大部分都曾先后参与麟趾殿的活动,因此麟趾殿校书已可以算是"羁旅梁朝文士"这一文化集团整体参与,而非零星南人个体加入的文化活动。

---

① 刘璠为沛国刘氏,六世祖刘敏于永嘉乱时过江,居于广陵。《周书》卷四二《刘璠传》曰:"(范阳张)绾尝于新渝侯坐,因酒后诟京兆杜骞曰:'寒士不逊。'璠厉色曰:'此坐谁非寒士?'"(第761页)虽然其意是作为反驳讽刺张绾的出身,但也可从侧面看出,其对自身的定位同为寒士。
② 《周书》第751页。
③ 《周书》第729页。
④ 《周书》第719页。
⑤ 《周书》第759页。
⑥ 关于王克南归时间,《周书》卷四一《庾信传》载:"陈氏与朝廷通好,南北流寓之士,各许还其旧国。陈氏乃请王褒及信等十数人。高祖唯放王克、殷不害等,信及褒并留而不遣。"(第734页)殷不害于陈太建七年(575)归国。而《陈书》卷一九《沈炯传》云:"少日,(炯)便与王克等并获东归。绍泰二年(556)至都。"(第254页)二者相差二十年。《资治通鉴》卷一六六将王克归国系于绍泰元年,与沈炯同时。今从此说。
⑦ 《周书》卷四二《萧圆肃传》,第756页。

虽然厕身麟趾殿的人员中不乏北方公卿要员与梁朝入北衣冠士族，但麟趾殿文化活动在早期并非只有高门子弟可以参与。《周书》卷三〇《于翼传》曰：

> 世宗雅爱文史，立麟趾学，在朝有艺业者，不限贵贱，皆预听焉。乃至萧㧑、王褒等与卑鄙之徒同为学士。翼言于帝曰："萧㧑，梁之宗子；王褒，梁之公卿。今与趋走同侪，恐非尚贤贵爵之义。"帝纳之，诏翼定其班次，于是有等差矣。①

王褒补麟趾学士是在武成二年，则此事应在其年或之后。记载中连续使用了"不限贵贱""卑鄙之徒""趋走"三个表示身份差异的词语，不乏研究者对此进行讨论，认为这种不区分身份高低、缺乏选拔的任用方式打击了以庾信为首的入北南士的自尊。如牛贵琥提出"他们是和被称作卑鄙之徒的人一齐做麟趾殿学士的，就连北周的于翼都看不惯……可见庾信他们自己作为梁之公卿多么感到失面子和难看"②。庾信在梁代时，曾被选为文德省学士③，虽然同样是并无实权的文学侍从之臣，但在梁代，却要盛选门第才学方能充任，是值得自矜的身份。故《陈书》卷三四《文学传·颜晃传》载晃"解褐梁邵陵王兼记室参军。时东宫学士庾信尝使于府中，王使晃接对，信轻其尚少，曰：'此府兼记室几人？'晃答曰：'犹当少于宫中学士。'当时以为善对"④。以庾信等曾在南任学士的江左士人充任麟趾学士，并且令其与门第不显者同侪，这不仅会使自矜身份的江左士人有折辱之感，而且会助长其亡国之慨与乡关之思，甚至成为他们不愿提及的一段经历。庾信曾任麟趾学士之事，见于《隋书》卷七八《艺术传·庾季才传》，而《周书·庾信传》与滕王宇文逌所作《庾信集序》均未载此事。矢岛美都子认为这暗示了北迁之后庾信的立场⑤，应为确论。另外，庾信《预麟趾殿校书和刘仪同诗》末句"连云虽有阁，终欲想江湖"⑥，也往往被认为是表达了对身为麟趾学士的不满之情。

---

① 《周书》第 523—524 页。
② 见牛贵琥《庾信入北的实际情况及与作品的关系》，《文学遗产》2000 年第 5 期，第 40 页。
③ 《梁书》卷四九《文学传上·庾肩吾传》载："（萧纲）及居东宫，又开文德省，置学士，肩吾子信、摛子陵、吴郡张长公、北地傅弘、东海鲍至等充其选。"（第 690 页）
④ 《陈书》第 455 页。
⑤ 见[日]矢岛美都子著：《庾信研究》，东京：明治书院，2000 年，第 85 页。
⑥ 见[北周]庾信撰，[清]倪璠注，许逸民点校：《庾子山集注》卷三，北京：中华书局，1980 年，第 266 页。

所谓"不限贵贱",不仅指身份高低,也是就术业专攻的差异而言。矢岛美都子指出,《明帝传》称麟趾学士为"有文学者",《于翼传》中却称为"有艺业者",二者的意味本是不同的。"文学"指的是抽象的学问如文才、教养等,"艺业"则指具体的学问,如实用技艺等①。将二者混为一谈,必然会造成麟趾学士在身份上缺乏明确界限。一般情况下,以擅长"艺业"著称,并从事具体操作技艺者,其地位往往会低于以文学闻名者。与其相对应的是,出身不高的士人,即使是具有相当的学问和文才,其进身之阶也会受到阻碍,往往只能以艺业自效。北魏时的蒋少游即是典型的例子,而在北周入北南人中,姚最也属于这种情况。《周书》卷四七《艺术传·姚僧垣传附姚最传》曰:

> 最幼在江左,迄于入关,未习医术。天和中,齐王宪奏高祖,遣最习之。宪又谓最曰:"尔博学高才,何如王褒、庾信。王、庾名重两国,吾视之蔑如。接待资给,非尔家比也。尔宜深识此意,勿不存心。且天子有敕,弥须勉励。"最于是始受家业。②

与姚最同列于《周书·艺术传》中,又同样曾任麟趾学士者尚有庾季才。然而,由于庾季才出身于新野庾氏,与庾信为宗人,因此他的士族身份得到北周统治者和入北梁士上层的承认,始终列于在北梁士集团中,并且频繁参与本集团的文学活动。因此可以说,所谓"卑鄙之徒"包括了出身较低者和从事实际技艺操作工作者这两部分内容,二者有所交叉,但侧重点并不相同。此外,"卑鄙之徒"也并非仅指北方寒人,而是同样包括一部分南人在内。

于翼所说"尚贤贵爵之义"相当明确地指出了设立麟趾殿的一个重要原因:安抚优遇入北南人中的宗室贵族和衣冠士族。出于这一目的,为了尊重这两类人的门第意识,在麟趾学进行"定其班次"的等级划分是必要的。关于上文所说姚最被齐王宇文宪命令放弃"博学高才"之途,传其家业而从医之事,史载姚最"俄授齐王宪府水曹参军,掌记室事。特为宪所礼接,赏赐隆厚",且宇文宪被诛又追复官爵之后,姚最"以陪游积岁,恩顾过隆,乃录宪功绩为传,送上史局"③,宾主二人甚为相得。可见宇文宪其实并非轻视姚最本人的出身及学养,而应是顺应"尚贤尊爵",定班次、设等差的政策,将出

---

① 见矢岛美都子《庾信研究》第83页。
② 《周书》第844页。
③ 《周书》卷四七《姚僧垣传附姚最传》,第844页。

身寒士,家世又善艺业的姚最与诸萧、王庾等人的身份区分开来。但不可忽视的是,列于《艺术传》之中的庾季才、姚僧垣、姚最等人,在北周的作用和影响反而较诸梁代宗室、士族更大,这更可以说明,北周对梁朝上层人士的优遇只是表面文章,实际上并不重视,甚至有意排斥,却更乐意提拔一些身份不高但有实技在身的南人为其所用。

将麟趾学诸人划分等级班次,必然会造成真正被称为"学士"的人员数量骤减,而身份地位不高的"卑鄙之徒",则未必得以列于史传中。由此看来,《周书》《北史》《隋书》等典籍中载北人学士三人,南人学士十三人,这种南北悬殊的数量差距未必是史料散佚不存造成的,而更有可能的是从武成年间开始,北周政府对明帝即位初年仓促设立的麟趾学进行人员沙汰等进一步完善。而在此后仍居学士之位者,虽未必仅有三位北人,但当确实以南人为主,以位至公卿的北方士人为辅。然而,虽然从数量来看北人少于南人,但在麟趾学中处于统领地位的恐怕仍是北人。这是因为,北周统治者虽然设立这一著述机构来安置南人,但出于对异族、异国归附者的防范心理,无法将此机构完全交由南人控制。指派深得统治者信任,又具备相当学养的北方大族重臣参与并主导其事,可以说是不可缺少的。

麟趾殿的人员构成显示出,北周统治者设立文化机构安置博学善文的梁朝宗室及士族,又以"尚贤尊爵"为目的,顺应入北南士强烈的门第观念以及将"文学"与"艺业"明确区分的清浊观念,在麟趾学成立后不久便加以整肃,将身份、术业无法与南方高门相提并论的南北寒士另分班次,不再称为麟趾学士。这样看来,北周统治者对待入北梁臣是以优遇为主的。然而,要全面理解北周上层对待南士的态度,就不但要对麟趾学进行考察,更要分析诸南人学士在麟趾学之外,出任官职和与北周上层接触的情况。

(二) 诸南人麟趾学士的出仕情况

北周著作及史籍中提及迁入北周的梁朝士人时,往往称其极受北周君主及宗室贵族等上层人士的重视。例如《周书》卷四一《王褒传》曰:

> 褒与王克、刘毂、宗懔、殷不害等数十人,俱至长安。太祖喜曰:"昔平吴之利,二陆而已。今定楚之功,群贤毕至。可谓过之矣。"又谓褒及王克曰:"吾即王氏甥也,卿等并吾之舅氏。当以亲戚为情,勿以去乡介意。"于是授褒及克、殷不害等车骑大将军、仪同三司。常从容上席,资饩甚厚。褒等亦并荷恩眄,忘其羁旅焉。①

---

① 《周书》第 731 页。

滕王宇文逌撰《庾信集序》称庾信入北后"戎号光隆,比仪台铉;高官美宦,有逾旧国","降在季世,秩居上品,爵位五等,荣贵两朝"①,极言庾信位望之尊;又曰"屡聘上国,特为太祖所知,江陵名士,惟信而已。绸缪礼遇,造次推恩。明帝守文,偏加引接;武皇英主,弥相委寄。密勿王事,多历岁年"②,强调其与北周历代君主的密切关系。虽然王、庾二人是当时入北南士中的翘楚人物,但类似的评价并不仅出现于他们身上。上文已经提及,即使是出身并非高门的姚最,仍"特为宪所礼接,赏赐隆厚"。

然而,与这种常见于史籍的高度评价不相称的是,史书中对于入北南人事迹的记载通常限于其本传中,而在记载重大政治事件时,却几乎从未提及有入北南人参与其中。这似乎显示出,入北南人并不能深入参与北周政治,"密勿国事"之语,恐非实际情况。如果说诸南人中,萧㧑、萧大圜等人是因其梁朝宗室身份为北周统治者所忌,庾信、王褒在南时即为文学侍从之臣,虽文采丰赡,但未必兼有吏才的话,以例迁入长安的南人中并非没有在南身居要职者,如宗懔本为梁吏部尚书,但自平江陵入北,直至保定中卒,数年中虽"数蒙宴赐",但仍始终未任实职。

在曾预麟趾殿活动的诸南人中,较为特别的是颜之仪。《隋书》卷三八《刘昉传》载昉"与御正中大夫颜之仪并见亲信。及帝不念,召昉及之仪俱入卧内,属以后事"③,可见之仪在北周后期极受宠任,并参与了数个重大政治事件,例如王轨被诛时,"大象元年,帝令内史杜虔信就徐州杀轨。御正中大夫颜之仪切谏,帝不纳,遂诛之"④;他又在立静帝时试图引宗王与杨坚相抗,"文武百官皆受高祖节度。时御正中大夫颜之仪与宦者谋,引大将军宇文仲辅政"⑤。不过,当颜之仪以御正中大夫身份在政治变动中发挥作用时,已是宣帝、静帝朝,距其入北已有二十余年时间。宣帝为太子时,颜之仪为东宫侍读,即曾"以累谏获赏"⑥,因此在宣帝时敢于直言切谏,参与政事是可以理解的。即使如此,他这种积极入世的态度仍使同时入北的南士不安。庾信《同颜大夫初晴诗》末句"但使心齐物,何愁物不齐",即被学者认为是对之仪的劝诫宽慰之意⑦。

---

① 《庾子山集注》第60—61页。
② 《庾子山集注》第65页。
③ 《隋书》第1131页。
④ 《周书》卷四〇《王轨传》,第713页。
⑤ 《隋书》卷三八《郑译传》,第1136页。
⑥ 《周书》卷四〇《颜之仪传》,第720页。
⑦ 参见林怡著:《庾信》,沈阳:春风文艺出版社,1999年,第45页;田晓菲著:《烽火与流星——萧梁王朝的文学与文化》,北京:中华书局,2010年,第312页。

在梁士大量入北前,北周并没有"文学侍臣"这一群体。史载元伟"笃学爱文,政事之暇,未尝弃书"①,韦孝宽"虽在军中,笃意文史,政事之余,每自披阅"②,可见对北方士人来说,政事方是正途,文学只是闲暇时的消遣。从这一点来讲,他们虽然文学水平不及北齐士人,但其根本性质是一致的。那么,既然入北南人受到君主恩遇,为何却极少涉足政治,只能充当文学侍臣?这首先是由其心态导致的。《周书》卷四二《宗懔传论》曰:

> 宗懔干局才辞见称于梁元之世。逮乎俘囚楚甸,播越秦中,属太祖思治之辰,遇世宗好士之日,在朝不预政事,就列才忝戎章。岂怀道图全,优游卒岁,将用与不用,留滞当年乎?③

徐宝余论及庾信入北后的政治心态时则指出,"对于北朝政治的隔膜,使得他几乎没有介入到北朝政治的风云变化中。但作为文学侍臣,自身政治地位的变迁又使他不得不做出迎合北朝人物的姿态"④。不过,南朝士族轻视吏干的固有心理和入北后的隔膜心态固然是造成这一情况的重要原因,但同样不能忽视的是,入北南士虽名望甚高,但实际上却处于相当尴尬窘迫的社会地位,他们并没有足够能力来主导自身在北方的出处行止,只能顺应统治者的安排。因此,入北南人对北周政治的疏离,从根本上说,并不是因为他们对政治缺乏热情,而是体现了统治者对这一群体的态度。

虽然并非所有降入北周的江左士人都曾任麟趾学士,但其中身份最高、学识文才最优者基本都参与其中,因此分析麟趾学中诸位南人的出仕情况,可以对北周时的南人入仕有大体上的把握。因此,在此对南人麟趾学士的仕宦经历及其时间脉络进行统计,详细结果见于本章末附表二中。

通过统计可以看出,迁入北周的梁朝士人绝无杨宽、韦孝宽等北方高门成员那种充任武将的经历。他们通常担任的官职分为三种:看似显赫,实则并无实权的加衔;大夫、东宫僚属等朝官;以及郡守刺史乃至诸王僚属等外官。然而,南人任这三种官职的人数、时间等情况并不相同。

在西魏恭帝二年(555)江陵陷落之后,入北梁朝宗室、士族被授以车骑大将军、仪同三司等衔是非常常见的。《周书》卷四一《王褒传》载"授褒及

---

① 《周书》第689页。
② 《周书》第544页。
③ 《周书》第768页。
④ 徐宝余著:《庾信研究》,上海:学林出版社,2003年,第52页。

克、殷不害等车骑大将军、仪同三司"①,则《周书》《隋书》等史籍中常见的"随例入国"一语,应该指的就是这种按照身份和归降方式给予降人加衔以示安抚的定例。从表中来看,身份并非决定加官尊卑的唯一因素。萧大圜身为梁简文帝之子,在恭帝时与庾信、王褒等人一样,被授以车骑大将军、仪同三司,而萧㧑则被授以骠骑大将军、开府仪同三司。这大概是因为,萧大圜是以例内迁的,而萧㧑则是以城归降入北。对主动携地归降者的待遇优于整体内迁者,这是自北魏平凉州、青齐时即已确定的惯例。而从表中还可以看到,并非出身高门的刘璠反而较早被授以实职,大概也是因为他是随萧循自蜀地归降,且在一力促成其事,于西魏有功。总之,在西魏末至北周初,入北南人被授予高官这一普遍现象是北方统治者对其的安抚或者褒奖,而这些加衔均是没有任何实际职事的虚衔。同样,他们虽往往被封爵,但实际上其爵位也只是空名,只有极少数有"归款之勋"的萧梁宗室如萧㧑、萧圆肃等才会被"别赐食"可收其租赋的封地。因此,虽然看似颇受宠遇,且与北周上层往来频繁,但实际上,大多数南人在入北前期的生活却颇为窘迫,庾信入北后,其作品中频繁出现"贫"这一主题,就是由这一情况造成的。

入北南人在北周出任外官的情况相当少见,即使有外任者,也很难获居高位。位至州刺史的只有庾信、王褒、萧㧑三人。可以看出,北周的地方要员之职很少容许南士充任。这与北魏中期往往将南人外驻,不以之任朝官的政策恰好相反,但却同样是出于防范南人的心理,只不过是因北魏与北周时的入北南人背景不同而造成的差异:北魏中期的入北南人往往是逃亡或以地归降者,对南朝并无留恋,命其驻于南境有助于北魏的战略推进;而作为战败国俘虏降臣的梁朝士人则对故国仍有很深感情,意欲南归者应并非个别现象,如颜之推就是在弘农任阳平公李远幕僚时,借河水暴涨之机逃奔北齐并图南归。正因如此,迁入长安的南士直到明帝末乃至武帝时,才有个别最受统治者信任者得以出任外官。

入北南人所担任的最常见的官职是下大夫、中大夫或东宫僚属等朝官,然而同样是在其入北相当长时间后,方得以出任这一类官职。从现存文献看,曾任麟趾学士的南士中唯一在西魏时即已担任实职的,是入北后随即任中外府记事及黄门侍郎的刘璠。但正如上文所说,这是由于他的归款之勋。其余南士则均是在入周后才得任朝官,其中最早的是在孝闵帝时任司水下大夫的庾信。下大夫仅为四命,并不显要,但他仍是在入北四年后方才出任此职。除庾信外,即使是王褒、萧㧑,也是在周武帝时方得任中大夫,而颜之

---

① 《周书》第 731 页。

仪在明帝时仅为上士,直至对其甚为信任的宣帝即位后,方为御史中大夫。不仅在出任官职上如此,入周南人真正能接触到政治事务,也大概是在周武帝时。《周书·王褒传》载"建德以后,颇参朝议。凡大诏册,皆令褒具草"①,清楚的写明掌纶诰是在建德之后,正可从侧面说明,在此之前,朝廷政令的制定颁布是与南士无涉的。

以上种种都说明,即使是在朝中,大多数入周南士仍要在武帝时方能获得具有一定职权的官职。而麟趾学士往往不仅是他们在北周出任的第一个官职,也是他们入北后十年之内所任的唯一官职。从这一点看,麟趾学士之职对于入北南士来说是相当重要的,他们既可以借此获得一定俸禄来维持生计,又通过文学侍臣的身份与一些地位颇高的北方人士乃至周明帝本人接触,逐渐获得其信任,并终在入北近十年后获得真正的出仕机会。也就是说,对入北南士而言,麟趾学不仅是其安身之所,也是其起家之途。

综上所述,江陵陷落后,梁朝宗室、士族在北周的仕途颇为坎坷,在将近十年中不得担任具有实际职掌的官职,处于庾信所谓"从官非官,归田不田"②的境遇。这显示出北周统治者对待梁朝降臣虽外示恩遇亲近,但实际上甚为防范疏远。而麟趾学的设立,也和虚授加衔、封爵一样,是一种表面上的安抚措施,实际则限制了诸位梁士在政治上的发展。然而从另一角度讲,麟趾学也为南人融入北周社会的进程提供了缓冲地带,使很大一部分南士能够通过参与麟趾学活动的经历,逐渐消除身份上的隔膜,冲淡北周上层的不信任感,从而真正进入北周政坛。可以说,在北周上层接纳入周梁士这一事件中,麟趾学起到了多方面的作用。

当然,虽然麟趾学在很大程度上充当了南士与北方人士及帝王的沟通渠道,但入周后,梁朝遗民集团仍然保持着一定的独立性和排他性,他们与北人沟通的程度与在北齐发生的南北人士交流相差甚远。这种差异可以直观地在文林馆与麟趾殿人员构成比例上的差异上体现出来。

二、文林馆南人学士在北齐的仕宦与地位

曾参与文林馆编撰工作的南方人士共计十一人,其中大部分在史书中明确载为"待诏文林馆"或"入馆",但也可能有个别只预其事而并未任待诏之职。例如徐之才在北齐后主时已封西阳王,任侍中、太子太师等,与其他南士的身份差距极大,很可能并未兼任待诏。

---

① 《周书》第731页。
② 见《伤心赋》,《庾子山集注》第63页。

除入北南人外，待诏文林馆中还有曾在南朝居住较长时间北方士人。如《北齐书》卷四五《刘逖传附刘颙传》载"（颙）祖廞，魏尚书，为高祖所杀。颙父济及济弟琰俱奔江南。颙出后，武定中从琰还北"①。刘廞于天平元年（534）被杀，而《梁书》卷三《武帝纪》载大同元年（535）夏四月"以魏镇东将军刘济为徐州刺史"②，则刘颙在江左生活了大约十年，此时他年纪尚轻，学风文风都没有定型，势必会受到梁代文化风气的影响。他进入文林馆，也会在一定程度上加重文林馆的南方因素。

本章末附表三中，对此十二人的家族、入北原因、封爵官职、文化水平和著作等进行分析，据此可以看出，任职于文林馆的南人与任职于麟趾殿的南人存在一些明显的不同之处。

第一，文林馆南士的入北原因较入周南人更为多样化。麟趾殿诸人基本上是在西魏伐蜀和江陵陷落时入北的，而文林馆中的南人则并没有这种共同原因，较为集中的有侯景之乱（萧放、萧慨）、江陵陷落（颜之推、萧悫）以及萧庄事败（刘仲威、袁奭、朱才）等，此外还有随萧综、萧明零星入北等。而在入北方式上，入周梁士以被动的内迁为主，入齐梁士则除少数被俘者以外，大部分均为主动逃亡至邺。从这两种不同的方式中，可以看出梁朝上层对于东魏和西魏的不同态度。

梁武帝中期开始，梁朝与东魏的频繁遣使往来和文化交流。东魏最具才名的汉族士人基本上都曾经不止一次地担任使者及主客。《魏书》卷八五《文苑传·裴伯茂传》载伯茂"卒后，殡于家园，友人常景、李浑、王元景、卢元明、魏季景、李骞等十许人于墓傍置酒设祭，哀哭涕泣，一饮一酹曰：'裴中书魂而有灵，知吾曹也。'乃各赋诗一篇。李骞以魏收亦与之友，寄以示收。收时在晋阳，乃同其作"③，这是一次具有相当规模的文学聚会，参与者无不是一时俊彦，而其中李浑、王昕、卢元明、李骞数人均曾使梁或应对梁使，足可见东魏对使节选拔之严。双方使节虽不乏机辩嘲戏之辞，但总体来说，东魏和梁的遣使交接已从带有对峙心理、以维护本国正统为要务的政治活动，变为蔚为盛事、观者叹美的文化活动。在出使并停留于对方国家的数月时间中，使节不仅仅与对方主客等官员往来，还要参与种种朝会、燕集或私人集会，与别国上层人士广泛接触，甚至在某种程度上可以算是融入其社会，这也势必会增强南北士族间的文化认同感。

---

① 《北齐书》第616页。
② 《梁书》第79页。
③ 《魏书》第1873页。

正因如此，在北方的两个政权之间，南朝上层士人明显对东魏及北齐更为信任乃至是亲近。在国家发生动乱，自身生存受到直接威胁时，他们往往选择投靠北齐寻求庇护，即使是在作为战败国俘虏被迁入西魏之后，也不乏再度逃亡至邺城者。然而他们所持的这种信任感，往往是在与东魏士人的交游接触中获得的，也就是说，他们所了解的东魏北齐上层社会，是以河北士人为主导，乐于与南方士人沟通往来乃至向南朝文化学习的文化层面，而不是以胡化君主及勋贵武将为主导，排斥汉族势力的风气非常严重的政治层面。

汉族文官在东魏北齐所处的位置始终并不乐观。早在高欢时代晚期，渤海高氏、渤海封氏等支持高欢的汉人豪族武装就已经逐渐被削弱，此后高澄虽借汉族文官的力量来"纠劾权豪"，高洋也是依靠汉族士人的支持方稳固其地位，代魏自立，但自天保后期开始"政令转严"，王昕、杜弼、高德政等汉族士人领袖被诛，其后高演联合斛律金、贺拔仁等武将发动政变，又将杨愔、郑颐、燕子献等支持废帝高殷的汉族文官一概执杀，原本略向汉人倾斜的政权重又回到武将掌控之中。在这种严苛的背景下，北方汉族士人虽然积极投身于政治之中，但并没有余力提携入北南人，使其进入政权核心，而君主和勋贵阶层更是对南人抱有强烈的防范与排斥心理。因此在入齐之后，梁朝宗室贵族并没有获得明显高于北周的政治地位和社会地位，甚至生活得更为艰难。这从他们所出任的官职中可见一斑。

第二，北齐统治者对南士的待遇似乎尚不及北周。通过附表三可以看出，文林馆诸南士除入北极早的徐之才外，其他十一人中，明确记载有爵位的只有萧放一人，这与内迁入长安的麟趾殿学士几乎均有封爵的情况形成了鲜明的对比。不仅如此，与《隋书》卷二七《百官志中》所载的北齐职品及机构设置相比对，他们所担任的官职基本上也品级不高，比较常见的可分为几类：

（一）各类幕府属员。如萧放任太子中庶子，萧慨任司徒从事中郎，萧悫任太子洗马、齐州录事参军，诸葛颖任太子舍人，颜之推任赵州功曹参军、司徒录事参军，袁奭任大将军谘议参军，刘仲威任司空谘议参军，江旰任太尉从事中郎、太子家令。其中品秩最高的是第四品的太子中庶子，最低者为第九品的太子家令，而大多则是第五品至第七品。

（二）郎官。如荀仲举为从第六品的符玺郎，萧慨为第七品的著作佐郎，颜之推为第四品的黄门侍郎等。

（三）博士类。如诸葛颖为太学博士，朱才为国子博士。

（四）州郡官员。入齐南士无人任至刺史，出任外官的只有荀仲举任义宁太守,颜之推任平原太守两例。然北齐太守分上、中、下郡三级,每级又分为三等。史载荀仲举"以年老家贫,出为义宁太守"①,从他在后主时仅是从六品符玺郎来看,他此后所任应为下郡太守,为从五品。

（五）大夫类。入齐南人中曾任大夫的,有袁奭任中散大夫、太中大夫,刘仲威为中散大夫,朱才为谏议大夫。中散、太中为从第三品,谏议为第四品,这三人不论是门第出身还是学识文才,在入齐南人中都并非最高,之所以能够出任在文林馆南士中品级最高的官职,实际上别有原因。出土于河北临漳县西北齐邺城遗址的《袁月玑墓志》中称袁月玑之女蔡氏嫁与王琳为妻。王琳原为梁元帝湘州刺史,江陵陷落后,成为萧梁残余势力的核心,奉永嘉王萧庄为主,意欲借北齐之力复国。《北齐书》卷三二《王琳传》曰:"初魏克江陵之时,永嘉王庄年甫七岁,逃匿人家,后琳迎还湘中,卫送东下。及敬帝立,出质于齐,请纳庄为梁主。文宣遣兵援送,仍遣兼中书令李骕骑册拜琳为梁丞相、都督中外诸军、录尚书事。舍人辛悫、游诠之等赍玺书江表宣劳,自琳以下皆有颁赐。琳乃遣兄子叔宝率所部十州刺史子弟赴邺,奉庄纂梁祚于郢州。"②又云:"初琳命左长史袁泌、御史中丞刘仲威同典兵侍卫庄,及军败,泌遂降陈,仲威以庄投历阳。"③《陈书》卷一八《袁泌传》称其为袁敬弟,卷一七《袁敬传》称袁敬父为袁昂,而依《袁月玑墓志》,月玑亦为袁昂之女,在兄弟十五人中排行第十二。则王琳、刘仲威以及陈郡袁氏袁昂一系子孙,正是萧庄最为重要的支持者。朱才虽身世不显,但副袁奭使齐,可见在萧庄集团中也有一定地位。在奉萧庄入齐后,这些人仍保持着密切关系,因此袁月玑墓志由袁奭、刘仲威两人合撰。而从另一方面,萧庄是被北齐"许以兴复"的所谓"梁主",其在北齐的身份与其他宗室不同。史书称拥立萧庄的梁人"自琳以下皆有颁赐",袁奭、刘仲威、朱才三人之所以能够出任品级较高之官,是由他们作为萧庄集团核心成员的身份决定的。

东魏、北齐时,继承了北魏的传统,汉族士人势力最为集中,也起到最大作用的机构是中书省和御史台。《唐六典》卷一三《御史台·侍御史》注曰:"后魏、北齐尤重御史,选御史必答策高第,始补之。"④可见"对策高第"是北魏、北齐对于御史的重要选择标准。虽然东魏一度改变原则,不再以才学之士充任御史,但从史料记载看,北齐时,这一传统得到了恢复。《北齐书》

---

① 《北齐书》第627页。
② 《北齐书》第434页。
③ 《北齐书》第434页。
④ [唐]李林甫等撰,陈仲夫点校:《唐六典》,北京:中华书局,1992年,第379页。

卷三《文襄纪》曰"文襄乃奏吏部郎崔暹为御史中尉,纠劾权豪,无所纵舍"①,卷四五《文苑传·李广传》曰"中尉崔暹精选御史,皆是世胄"②,卷三〇《崔暹传》则详载曰"武定初,迁御史中尉,选毕义云、卢潜、宋钦道、李愔、崔瞻、杜蕤、稽晔、郦伯伟、崔子武、李广皆为御史,世称其知人"③。而中书省则更是汉族士人云集之所。《北齐书》卷三九《崔季舒传》曰:"文襄为中书监,移门下机事总归中书。"④仅就曾预文林馆编撰的汉族士人而言,魏收、阳休之、崔季舒、薛道衡、李德林、卢思道、崔劼、封孝琰、刘逖等人均曾为中书侍郎。御史和中书侍郎这两个基本上由汉人掌控的职位,却没有任何入齐梁人曾经充任。唯一得以在中书省任职的,是颜之推在齐末曾为中书舍人。然而,中书舍人仅为第六品,虽然在北魏孝明帝时,中书舍人曾权重一时,但那有其时代原因⑤。自从东魏以来,中书侍郎重新获得起草诏书等权力,舍人之职已非中书省的权力核心⑥。从这一点来看,虽然北齐时以河北士人为绝对主体的北方士人群体与入齐南士交往密切,且在文化方面的同化趋势甚为明显,但是在北齐统治者眼中,他们是两个截然不同的群体:北方士人可以在有所制约的前提下予以重任,而入北南人却被严格地排斥在政治核心之外。即使是由汉人掌控的实权机构,入北南士也难以涉足。

以上是从入齐南士这一群体的整体仕宦情况及与北方士人的比较来讨论这一问题。在下文中,通过两个个案,可以更加清晰地看出南士在北齐的艰难处境。

入齐南士中,最受统治者重视的当属徐之才与颜之推二人,不过他们的身份存在士庶之别,而北人对他们的态度也有很大差别。

《北齐书》卷三三《徐之才传》曰:"之才非唯医术自进,亦为首唱禅代,又戏谑滑稽,言无不至。"⑦这段话准确地指出了徐之才在北齐受到恩宠的三个重要原因。他先后出任秘书监、尚书令、尚书左仆射、兖州刺史等高官,这是其他入齐梁朝士人难以企及的。即使如此,他在北齐上层仍面临一系列阻力。

---

① 《北齐书》第 32 页。
② 《北齐书》第 607 页。
③ 《北齐书》第 404 页。
④ 《北齐书》第 511 页。
⑤ 自魏太武帝以来,中书侍郎之职历来由河北高门担任,胡太后重用通常由寒人担任的中书舍人,是为了分散中书侍郎之权,从而贬抑河北大族士人的势力。参见本文第二章。
⑥ 关于东魏、北齐时期中书省权力核心的归属,可参见大峠要著:《东魏——北齐的中书侍郎》,《史朋》第 36 期,北海道大学,2003 年。
⑦ 《北齐书》第 445 页。

徐之才参与军国大事的情况并不常见,最重要的一次当属"首唱禅代"。《北史》卷七《齐纪·文宣帝纪》曰:

> 于是徐之才盛陈宜受禅。帝曰:"先父亡兄,功德如此,尚终北面,吾又何敢当。"之才曰:"正为不及父兄,须早升九五。如其不作,人将生心,且谶云:'羊饮盟津角拄天。'盟津,水也,羊饮水,王名也,角拄天,大位也。又阳平郡界面星驿傍有大水,土人常见群羊数百,立卧其中,就视不见。事与谶合,愿王勿疑。"帝以问高德正。德正又赞成之,于是始决。①

由此看来,徐之才是高洋篡魏的重要支持者,然而在此之前,他正处于因被"黜陟"而怏怏不平的失意中。《北齐书》本传称其"共馆客宋景业参校吉凶,知午年必有革易,因高德政启之"②,可见他最初以图谶术业提出革易之说时尚无法直接将其意见直接呈上给高洋。他在北齐仕宦转折点应正是由高德政转达给高洋的这通建议,在此之后,他已可以参与关于禅位之事的讨论,并在高洋登基后一跃成为宠臣。

然而,徐之才"历事诸帝",但始终是"以戏狎得宠",既不属于勋贵武将集团,也被汉族文官集团排斥在外。从史书记载来看,他一生中有三次遭遇"黜陟""沙汰"或求官不得的情况:

> 武定四年,自散骑常侍转秘书监。文宣作相,普加黜陟。杨愔以其南土之人,不堪典秘书,转授金紫光禄大夫,以魏收代领之。之才甚怏怏不平。③
>
> 寻除侍中,封池阳县伯。见文宣政令转严,求出,除赵州刺史,竟不获述职,犹为弄臣。④
>
> 祖珽执政,除之才侍中、太子太师。之才恨曰:"子野沙汰我。"珽目疾,故以师旷比之。⑤

此三事按时间排列,分别是在东魏武定四年(546)、北齐文宣帝天保中

---

① 《北史》第258页。
② 《北齐书》第445页。
③ 《北齐书》第444—445页。
④ 《北齐书》第445页。
⑤ 《北齐书》第447页。

(550—559)和后主武平中(570—576),前后跨越近三十年。如果说天保中徐之才欲外任而不得,说明北齐胡化统治者对待南人,即使是亲信宠臣仍有所防范,不肯令其出任地方大员的话,那么另外两次由汉族士人所促成的贬抑则令人玩味。这两次事件分别发生在东魏和北齐末期。有研究者认为,高洋篡魏体现出了胡族武将和汉族文官之间的冲突①,力主代魏自立的徐之才无疑是站在汉族文官立场上的。然而,从杨愔、祖珽这两位北齐史上最为重要的汉族文官所表现出的态度来看,汉族士人并没有将其视为本集团内部成员加以扶持提携,而是始终有意将其边缘化。这固然有可能是因为徐之才虽为东海徐氏,但世代从医,并不以名位显,因此无法被视作南方士族而获得北方士人的尊重,但也显示出,北方士人虽然在文化上向江左靠拢,但是在政治上,却维护着本集团的纯粹性,不愿令南人参与其中。

胡族集团和汉人集团的双重排斥,正是徐之才纵然封王,却始终无法成为真正的重臣,只能维持其以术业效命、以戏狎得宠的弄臣身份的重要原因。《北齐书》卷五〇《恩倖传序》云:"刑残阉宦、苍头卢儿、西域丑胡,龟兹杂伎,封王者接武,开府者比肩。非直独守弄臣,且复多干朝政。"②从某种角度来说,徐之才的地位实际上与这些人更为相似。

如果说徐之才的仕宦经历中显示出北齐统治者与汉族士人集团对南人的排斥,那么颜之推的经历则主要体现出包括统治者与武将、勋贵、恩倖在内的胡族集团对梁代士族的防范乃至厌恶态度。这一点亦可由三事略窥一斑。

与大多数由江南北奔的梁代士族不同,颜之推是从西魏逃入北齐的,这种在两个北方政权之间的取舍,必然会取悦北齐统治者,使其对待颜之推的态度与对待其他梁士有所差别。史载"显祖见而悦之,即除奉朝请,引于内馆中,侍从左右,颇被顾眄"③,其实不仅是由于其出身或学识的出众,也有这一具有政治正统色彩的原因在内。然而这种恩遇在不久后便告中断。《北齐书·颜之推传》载:

> 天保末,从至天池,以为中书舍人,令中书郎段孝信将敕书出示之推。之推营外饮酒,孝信还以状言,显祖乃曰:"且停。"由是遂寝。④

---

① 参见吕春盛著:《北齐政治史研究——北齐衰亡原因之考察》,台湾大学文史丛刊之七十五,1987年。
② 《北齐书》第685页。
③ 《北齐书》卷四五《文苑传·颜之推传》,第617页。
④ 《北齐书》第617页。

虽然颜之推在《家训》中表现出相当儒家化的行事风格,但在入齐时他不过二十余岁,年纪甚轻,《北齐书》本传所言其少时在南"好饮酒,多任纵,不修边幅"①的习惯大概还未脱尽。这在南朝士风中本并不出奇,反而会被视为放达风度。如《南齐书》卷四一《张融传》载:"永明二年,总明观讲,敕朝臣集听。融扶入就榻,私索酒饮之,难问既毕,乃长叹曰:'呜呼!仲尼独何人哉!'为御史中丞到㧑所奏,免官,寻复。"②虽然难免被免官,但只是暂时性的略作惩戒,君臣均不以为意。然则对颜之推来说,天保末(559)这件事却影响了他十余年的在北仕途。依据史书记载,他再次得以出任官职已是四五年后的河清末(约565年),而所担任的不过是第七品的赵州功曹参军,此后又有多年空白,直至后主武平三年(572)文林馆设立后方任第六品的司徒录事参军。虽然这期间未必没有史书失载的原因,但十余年中方从第七品转为第六品,足以说明其仕途几乎停滞。等到他真正出任中书舍人时,已经是武平后期。从他的这一遭遇,可以充分看出北齐胡化统治者对待由梁入齐的南士的防范心理是何等敏感,以至于不容许些微对其绝对权威的挑战。

在失意十数年后,由于祖珽的赏识与齐后主的重用,颜之推的仕途有所改观,在北齐最后几年中,接连任通直散骑常侍、中书舍人、黄门侍郎等职,然而随之而来的是武职勋贵的强烈敌意。《北齐书》本传载:"帝甚加恩接,顾遇逾厚,为勋要者所嫉,常欲害之。崔季舒等将谏也,之推取急还宅,故不连署。及召集谏人,之推亦被唤入,勘无其名,方得免祸。"③《观我生赋》自注亦云:"时武职疾文人,之推蒙礼遇,每构创痏。故侍中崔季舒等六人以谏诛,之推尔日邻祸。"④这两条记载均将武职勋贵对颜之推的敌意与崔季舒等六人因谏被诛事联系起来,似乎在暗示这一次胡族武职、倖臣对汉族文官的反扑中,曾欲借机置颜之推于死地,因此在事件发生时"之推亦被唤入"。退一步看,这应不仅是对颜之推个人的仇视,更包含着对以祖珽、崔季舒以及颜之推等为首脑的汉族南北士人。这一人群基本与待诏文林馆重合,由此看来,文林馆随着崔季舒、张雕虎等人被诛遭受严重打击,也许并不是客观上造成的效果,而本就是勋贵集团的意图之一。颜之推得以在这一事件中全身而退,充分说明他初入北齐时"不修边幅"的性格已经转变为行事谨慎,止足避祸的处世之道,而这与入齐士人所面对的严苛环境有很大关系。

---

① 《北齐书》第617页。
② 《南齐书》第727页。
③ 《北齐书》第618页。
④ 《北齐书》第624页。

颜之推在北齐末年转任黄门侍郎后，逐渐有了参与政治的机会。但就在不久以后，北齐就在北周的大举进攻下面临亡国危机。据史书中记载，颜之推曾参与的最为重大的政治事件，是幼主承光元年（577）北周攻陷晋阳之后，北齐朝中商议应对之策。《北齐书》卷八《幼主纪》载：

> 于是黄门侍郎颜之推、中书侍郎薛道衡、侍中陈德信等劝太上皇帝往河外募兵，更为经略，若不济，南投陈国，从之。①

卷四五《颜之推传》所载更为详细，而对此事结果的记载却有所不同：

> 及周兵陷晋阳，帝轻骑还邺，窘急计无所从，之推因宦者侍中邓长颙进奔陈之策，仍劝募吴士千余人以为左右，取青、徐路共投陈国。帝甚纳之，以告丞相高阿那肱等。阿那肱不愿入陈，乃云吴士难信，不须募之。②

在这一事件中，有两个值得关注的问题。

第一，我们可以发现，邓长颙为颜之推参与政治起到了关键的媒介作用，而且这种情况绝非出现一次。武平中颜之推建议立文林馆，就是通过邓长颙转达给后主的，此外《隋书》卷二四《食货志》载：

> 给事黄门侍郎颜之推奏请立关市邸店之税，开府邓长颙赞成之，后主大悦。于是以其所入以供御府声色之费，军国之用不豫焉。③

也就是说，现今可考的颜之推在北所有的政治活动都与邓长颙联系在一起，作为在齐末掌有大权的宦官，邓长颙是颜之推的有力支持者。但与其说二人是政治盟友关系，倒不如说颜之推有意依附于邓长颙，借此使自己的建议可以传达给君主。这与徐之才参与政治前期，需要由高德政代为言之如出一辙，说明入北南人如果没有寻求政治依靠的话，就很难在北齐的政治核心中发出自己的声音，更遑论占据一席之地。

然而，同样值得注意的是，无论是徐之才还是颜之推，他们所依附的都

---

① 《北齐书》第 111 页。
② 《北齐书》第 618 页。
③ 《隋书》第 679 页。

是高氏的宠臣，而非在当时同样权重一时的北方汉人官员。徐之才所借助的是极受高洋宠信的高德政，而非杨愔、魏收等人，颜之推虽然受到祖珽的庇护，自称"侪流或有毁之推于祖仆射者，仆射察之无实，所知如旧不忘"①，但在政治活动中，却更多地借助邓长颙而非祖珽。而反过来说，他们也都并未加入北方士人政治集团，也不参与北方士人协力发起的重要政治事件。徐之才被北方士人集团排斥之事已见上文，而颜之推与北方士人集团保持距离的最明显表现，则是他刻意回避了本与文林馆有着密切关联的崔季舒、张雕虎、封孝琰、刘逖、裴泽、郭遵等人"汉儿文官连名总署"②，谏止后主前往晋阳一事。虽然这有效地保全其性命与地位，但也将其与北方士人集团彻底割裂开来。之所以出现这一情况，可能有两方面原因。一方面如上文所说，北方士人虽然在文化层面与入北南人关系密切，但在政治层面却有意将南人排斥在本集团之外；另一方面则是作为完全没有实权和势力的入北南人群体，想要在政治上有所作为，就必须要依靠与皇权关系更为密切，也更为安全稳妥的政治集团，在确保自己人身安全的前提下再图政治上的进取。

第二，这次事件实际上并非仅是商讨北齐君臣的退路。从颜之推本传中可以看出，颜之推等人的建议还包括另外一个层面，即"募吴士千余人以为左右"。这一点相当耐人寻味。它似乎意味着，在北南人意欲借此机会趁机在政权中心培养势力，就此成为能够影响北齐发展、与胡族勋贵佞臣相抗衡的政治力量。也就是说，颜之推奔陈之策与高阿那肱守三齐之策，是南人集团与胡族集团在北齐时唯一一次直接交锋，虽然表面上为齐主计，但实际上都是出于对本集团利益和政治地位的考虑。然而，在齐末这一时期，即使是在北方有数百年根基的河北豪族士人都无法与胡族勋贵抗衡，人数既少、势力又弱，且被胡族集团防范排斥的入北南人，更无法在政治斗争中获得胜利，因此高阿那肱仅以"吴士难信"等寥寥数语便推翻了这一后主原本"甚纳之"的建议，也是必然的结果。

从入北南士所出任的职官来看，北齐上层对入北南士的态度相当淡漠，入北南人普遍没有封爵和加衔，这说明北齐统治者对他们甚至不存在北周统治者的那种表面化的恩遇，只是对萧庄集团等对其有政治利益可言的南人略加优待。因此入北后的二十年中，梁朝宗室、士族只能担任一些并无实际权力，难以参与政治事件的官职。需要注意的是，在政治上防范入北南士

---

① 见《观我生赋》自注，《北齐书》第624页。
② 《北齐书》卷三九《崔季舒传》载韩长鸾奏，第513页。

的并非仅有胡族,无论是胡化君主,还是武将勋贵与汉人文官这两大政治集团,都对南人抱有排斥的心理。因此,南人要在北齐政治中有所作为是非常困难的,正因如此,设立文林馆,使其所具备的学识才学得以发挥,并且能够在另外的层面上与北方士人融合,可以看成是梁朝宗室、贵族在入齐十数年仍无法在政治上立足,只能转而寻找其他立足空间的权且之计。从参与文林馆事的十一位南士在入馆前后的仕宦经历可以看出,文林馆确实对他们融入北齐上层社会起到了一定的作用。

本节主要讨论了参与北周麟趾殿和北齐文林馆文化活动的梁朝入北宗室、士族在北方的仕宦经历,并且由此探讨北齐与北周对待南人的态度。可以看出,从根本来说,北周和北齐上层在政治层面对待南士态度是基本一致的,均是以防范、排斥为主。然而,北周统治者对待王、庾等南士尚且保持着表面上的恩遇,而且在政治上也相对来说比较稳定,南士虽然不能获得显赫地位,而且大多较为贫苦窘迫,但也并不用为自身安危担忧。而在北齐,南士却连封爵、加衔这类虚授的优待都不能获得,加之政治局面始终相当恶劣,面对着君主滥杀,胡族与汉人政治集团惨烈争斗的现状,他们必然会对自身存亡抱有忧虑。上文已经说过,麟趾殿是北周统治者为了安置、优遇南士而建,而文林馆则在某种程度上来说是南人本身要求设立的避祸容身之所,这种性质上的差异,正是由两国上层对待南人态度的微妙差别以及政治形势的差异所导致的。这两处文化机构都有助于南士融入北方社会,但在程度上有所差别。简单来说,由于麟趾殿设立时间早,留给南人的缓冲期较长,因此起到的作用较大,而文林馆在后主中期方才建立,因其排斥耆旧贵人的性质,从一开始就为勋贵集团所忌恨,且在第二年就因重要成员被杀而遭受严重打击,所以它对南人地位的提高提供的帮助是相当有限的。即使是馆中仕途最顺利的颜之推,实际上也不是因为文林馆,而是因为依附宠臣才获得了相对较高的政治地位。

第三节 麟趾殿、文林馆学士的文学活动及北朝对其在文化层面的接纳

分别进入北周麟趾殿和北齐文林馆的梁代士人具有很多共同点。从身份上来说,他们大多同属宗室贵族或士族子弟集团,彼此也有着千丝万缕的联系。与身份相关的是,他们的知识背景、文化水平也大抵相似。梁亡后是

入齐还是入周，并不意味着他们在以上两方面存在根本性的差异。而从数量上来讲，目前可考入麟趾殿的南人共十三人，入文林馆的则为十一人，二者基本持平。虽然如此，双方在北齐和北周文化进程中所起到的作用，却有相当大的差别。这是二者在所处的文化环境、与这一文化环境融合的方式等方面都相差甚远。也就是说，真正能够决定南朝文化对北方的影响程度的因素，并不是南朝文化传播者本身，而是北方文化主体对南朝文化的态度及接纳吸收的选择标准。

东西魏至北齐、北周时期，文士创作行为较以往频繁，集中出现了一批别集，但在后世的散佚情况非常严重，即使是王褒、李德林等重要作家，保存至今的作品也寥寥无几。而《北齐书》《周书》等史籍在相当程度上也已非全貌，因此现在已很难勾勒出齐周文学交流、集会的全貌。本节将根据现存的诗歌作品与典籍中的记载，对齐、周两国内南北士人进行文学交流与创作活动的情况以及二者之间的差异略作讨论。

一、麟趾殿南人学士在北周的文学活动

所谓"麟趾殿学士的文学活动"，并不是指以麟趾殿为发生地的文学活动。在北周的麟趾学士文化生活中，文学创作、诗歌唱和是不可或缺的附属活动，现在留存的作品有宗懔的《麟趾殿咏新井诗》和庾信的《预麟趾殿校书和刘仪同》。本章末附表一中提到，庾信所言"刘仪同"应并非《庾子山集注》中所称的刘臻，而是刘璠。虽然刘璠原诗不存，但仅从庾信诗的题目上即可确定其唱和诗性质。而"咏新井"之题，看起来与齐梁时的命题同赋咏物诗也甚为相似。不过由于相关资料太少，我们已无法为发生于麟趾殿的文学活动勾勒出大致的面貌，只能对具备"麟趾学士"这一身份的入北南人的文学活动进行考察。

麟趾殿南人学士虽大多数都曾有文集，但现今留存已极少，如萧㧑仅有《孀妇吟》等五首，宗懔除上述《麟趾殿咏新井诗》外尚有《和岁首寒望诗》等三首，明克让有《咏修竹诗》，殷英童存《采莲曲》。除庾信外最为重要的诗人王褒也仅有十余首诗作传世。为了研究当时文学交流活动的大体情况，就必须从作品留存最多的庾信入手。

庾信集保存得相当完整，而且集中收录了数量可观的唱和诗，这些作品都可以视为多人参与的文学创作活动的产物。庾信入周后的作品中，存在两种差别甚大的诗风，即继承自梁的绮丽宫体诗风和其最为人所成道的老成刚健诗风，历来研究者对这种分歧多有讨论，例如徐宝余认为"庾信与北朝诸王的诗文来往也只是以纯粹文学侍从的身份进行，他与北朝诸王的诗

文唱和与他自抒胸意之词有着明显的区别。其唱和诗文呈现出绮艳的风格，甚至夹有宫体诗风。……而自抒胸臆的作品却是感情跌宕，风格刚健"①。但庾信的唱和诗并不仅仅是以北周诸王为对象，即使是在唱和诗这一类别中，也存在着因对象不同而诗风迥异的现象。按照对象的不同，庾信的唱和诗可分为几类：

（一）应诏

应诏诗本身并不能算唱和。但由于应诏诗往往并非一人独作，而是在某些公私集会中群臣皆赋的群体行为，所以从保存在庾信集中的应诏诗中，可以看出北周时期由皇帝主导的诗歌创作活动的发生地和缘由、题材等。庾信集中所载基本确定为入北后所撰的唱和诗中，有以下几种题材：

1. 游宴出行。如《冬狩行四韵连句应诏》《至老子庙应诏诗》等。
2. 重大事件。如《奉和平邺应诏诗》等。
3. 节令气候。如《喜晴应诏敕自疏韵诗》《奉和夏日应令诗歌》《咏春近余雪应诏诗》等。
4. 宗教集会。如《奉和阐弘二教应诏诗》《奉和法筵应诏诗》等。
5. 宫闱题材。如《奉和赐曹美人诗》等。

可以看出，北周的应诏诗并没有突破旧有的题材，然而从另一角度讲，虽然奉行关中本位政策的北周对文学创作并不热衷，并且以倡导文体复古为务，但在国家各种集会场合中，群臣应诏赋诗的习惯已经确立，且进行得相当频繁。尤其是宫闱题材应诏诗的出现，说明北方统治阶层对南朝文学的喜好经历了自晋宋诗体到永明新体的递进后，终于随着梁元帝江陵集团成员的大量入北，在北朝晚期触及梁代艳情诗这一范畴。庾信《奉和赐曹美人诗》中虽以"讶许"这一俗语入诗，但全诗的绮丽旖旎全为梁诗路数，与在南时的宫体诗并无本质差别。而从下文将提到的庾信与宇文招的艳情和诗来看，这一类诗作的创作在北周已非难得一见的现象。而"四韵连句应诏"则明确表示出，在宫廷活动中应诏作诗的并非庾信一人，而是众人各自赋诗或者合赋一首的群体活动。

（二）奉和北周宗室之作

庾信的《卫王赠桑落酒奉答》《送卫王南征诗》都是以卫王宇文直为对象，然而并不能确定宇文直是否有作为应和的同题材作品。可以确定为唱和诗的有《和宇文京兆游田诗》，宇文京兆应指宇文神举，其任京兆尹是在建

---

① 徐宝余《庾信研究》第53页。

德元年(572),时为清河郡公,《周书》称其"伟风仪,善辞令,博涉经史,性爱篇章"①。庾信此诗为齐梁时最为常见的五言十句体,诗风清丽,对仗、用典工稳,是典型的齐梁新体诗写法。

与庾信诗歌唱和最多的北朝宗室是赵王宇文招,现存《庾信集》中保留了十七首与其唱和的诗作②,其中较为特别的是《奉报赵王出师在道赐诗》《和赵王送峡中军诗》等军旅题材的作品。这一系列作品的风格颇为激昂雄壮,与他的其他作品风格差别较大。尤其是《奉报赵王出师在道赐诗》一首,既有"弯弓伏石动,振鼓沸沙鸣。横海将军号,长风骏马名"的苍劲之感,又有"低桥涧底渡,狭路花中行"③这般清新流丽,带有明显齐梁诗风的句子,二者相结合所营造出的动静相宜的意境,确实是其他齐梁诗人所难以企及的。但不得不注意的是,在创作这些作品时,庾信并非随同宇文招在军中。关于这两首诗,自倪注至曹道衡、钟优民、鲁同群、徐宝余等诸位学者均认为是在宇文招任益州总管时所作,赵以武《唱和诗研究》则将其系于天和元年(566)八九月间,宇文招作为益州总管,在陆腾讨信州蛮随军至明月峡时④,而林怡《庾信年表》独将二诗归于周建德六年(577)宇文招讨稽胡途中作。讨稽胡是在建德六年冬十一月,且是在河西山中,与"低桥涧底渡,狭路花中行"之景不合,故大概应是讨信州更为接近。而庾信在天和年间仕宦经历虽然不详,但可以确定的是,此时他并不在宇文招府中,这从"奉报赵王出师在道赐诗"这一诗名用"报"而非"和"中可见一斑。也就是说,出于奉和诗的特定性质,他所描写的景色并非其所亲见,而其中慷慨昂扬之情,也绝非出自胸臆,只不过是依照宇文招之诗而作。南人仿北地题材而故作豪壮语,在梁时已蔚然成风,如简文帝有《雁门太守行》,萧子晖有《陇头水》等,庾信曾为萧纲东宫学士多年,应对这种写法本不陌生,何况入北已久,对北方景色更为熟悉,未经其事,未至其地,即依题创作绝非难事。因此这两首诗的写作技巧虽几已炉火纯青,但它们所抒发的情感,却并不能体现庾信本身的心态。

除了这两首军旅诗较为特殊以外,庾信与宇文招的其他唱和诗不出游宴、节令、艳情、游仙、隐士诗等几类,虽然与上文所列的应诏诗题材类别有所不同,但均是齐梁诗人与诸王唱和诗的常见题材。而且这十余首诗与《和宇文京兆游田诗》一样,均为齐梁体,是庾信在南诗风的延续。

---

① 《周书》第716页。
② 按,《奉和赵王途中五韵诗》一说为王褒作。
③ 《庾子山集注》第204—205页。
④ 赵以武著:《唱和诗研究》,兰州:甘肃文化出版社,1997年,第223页。

(三）与北周文士唱和之作

以北周士人为对象的唱和诗在庾信集中保存并不很多,可考其姓名者,有以下几人:

1. 李昶。庾信有《陪驾幸终南山和宇文内史诗》《和宇文内史春日游山诗》《和宇文内史入重阳阁诗》。北周宇文氏中曾任内史之职的尚有宇文孝伯,然《周书》卷四〇《宇文孝伯传》未载宇文孝伯文笔可观,故应以被赐姓宇文氏的李昶为是。李昶为顿丘李氏,李彪之孙,自宇文泰执政时即掌枢要,史称"诏册文笔,皆昶所作也"①。虽然他对文学创作持有"文章之事,不足流于后世,经邦致治,庶及古人"②的态度,但在北周本土士人中却属文采颇高者,徐陵《与李那书》赞其"披文相质,意致纵横,才壮风云,义深渊海"③。虽然"春日游山"是否是从驾出游已不得而知,但《陪驾幸终南山和宇文内史诗》是在由皇帝主导的群体性文学活动中创作的。至于"入重阳阁",《周书》卷四《明帝纪》载"(武成二年)三月辛酉,重阳阁成,会群公列将卿大夫及突厥使者于芳林园,赐钱帛各有差"④,此时李昶已为中外府司录,但由于在此之前重阳阁尚未建成,因此庾信与李昶二人之诗很可能都作于此次活动中。此外,林怡指出庾信的《和李司录喜雨诗》中所谓"李司录"也是李昶,作于李昶任中外府司录的保定初年⑤,这种推断大概是合理的。

2. 卢恺。庾信有《同卢记室从军诗》。《周书》卷三二《卢柔传》载卢恺"神情颖悟,涉猎经史,有当世干能,颇解属文"⑥。天和六年(571),卢恺作为齐王宇文宪记室随宇文宪攻北齐,庾信与卢恺二人之诗大抵作于此时。然而这首诗虽写军旅战事,笔力颇壮,却并非抒怀之作,也不是激励卢恺建功立业。全诗末句云"英王于此战,何用武安君"⑦,可见虽然宇文宪并未参与此次唱和,但二人之诗均是为赞诵齐王战功所作,与自身无涉。更有学者提出,庾信并未随齐王伐北齐,而是在长安遥和。也就是说,这首诗的性质与奉和赵王的两首军旅题材作品是一致的,都是带有政治性的颂美诸王的作品。

3. 元伟。庾信与元伟的唱和作品有《和淮南公听琴闻弦断诗》,此外,庾信复有《谨赠司寇淮南公》,虽不详元伟是否有和诗,但无疑是应酬之作。

---

① 《周书》卷三八《李昶传》,第 687 页。
② 《周书》第 687 页。
③ [陈]徐陵撰,许逸民校笺:《徐陵集校笺》,北京:中华书局,2008 年,第 830 页。
④ 《周书》第 59 页。
⑤ 林怡《庾信研究》第 153 页。
⑥ 《周书》第 563 页。
⑦ 《庾子山集注》第 208 页。

然而这两首诗写法,似乎与上文提到的与北周宗室、士人的唱和应酬之作不同。二者一为四句短诗,一则为长达数十句的五古,而且都用典极多,《和淮南公听琴闻弦断诗》四句之中,连用阮籍、嵇康、司马相如三典,而《谨赠司寇淮南公》的主体部分几乎是句句用典,虽则如此,却并不堆砌平滞,反而有意在言外之感。这固然可能是因为元伟出使北齐羁留三年方得返周的经历,使庾信反观自身,有不能全节,自惭形秽的感慨,但二人曾同在麟趾殿校书,恐怕也是个重要原因。《谨赠司寇淮南公》末句云"同僚敢不尽,畴日惧难追"①,元伟返周已是建德六年(577)事,距明帝初年的麟趾殿校书已近二十年,在这段时间内,元伟频繁迁转,但庾信仍以"同僚"相称,这应该可以说明,同样参与麟趾殿文化活动,对南北士人的彼此接纳确实会有相当明显的推动作用,并且在其唱和应酬作品里体现出来。

除了以上三位可以确知姓名的北周士人外,还有几位姓名不详的唱和者,如《任洛州酬薛文学见赠别诗》中所谓的"薛文学"。河东薛氏成员在北齐、北周时多擅文笔者,不能确知此人身份。此外还有没有特定唱和对象,但可知是在群体性文学集会中创作的,如《同会河阳公新造山池聊得寓目诗》《和人日晚景宴昆明池诗》等。

总而言之,庾信与北人的诗歌唱和应酬作品虽然数量不少,但依其对象分为三类,以与诸王的唱和作品最多,应诏次之,与北方士人的唱和则最少见。这些作品在题材上并没有对齐梁以及之前的唱和诗有所超越,风格也以清逸绮丽的齐梁诗风为主,偶尔有激昂雄壮的作品,却也并不是抒发自己的感情,而是用于颂美诸王战功。因此庾信与北方士人的唱和诗中,虽然仅从诗歌本身来说不乏佳作,但却极少能表现出庾信本人的情感,只能算是其在梁诗歌创作的异地延伸。只有与元伟间的应酬之作,才多少能表现出一些真情实感,但也是通过用典等方式非常含蓄地表现出的。然而,他与另外一类对象的唱和诗则显示出完全不同的面貌。

(三) 与南人的应酬之作

庾信在北周的南人唱和应酬对象甚多,可以分为以下几类:

1. 麟趾殿南人学士。从现存文献来看,庾信本人曾为麟趾殿学士,与庾信有诗歌唱和的麟趾殿南人学士有刘璠、萧撝、颜之仪、王褒四人。也就是说,即使是在文献散佚极其严重的情况下,也可得知麟趾殿南人学士之间曾多有诗歌唱和与文学交流。而与庾信在文学上往来最多的是王褒和萧撝。庾信与王褒唱和的作品有《和王内史从驾狩诗》《和王少保遥伤周处士诗》

---

① 《庾子山集注》第108页。

《忝在司水看治渭桥诗》（王褒有《和庾司水修渭桥诗》）以及《答王司空饷酒》与《奉和潽池初成清晨临泛诗》（王褒有《玄圃潽池临泛奉和诗》）等，此外还有王褒去世后的《伤王司徒褒诗》。而与萧㧑相唱和的《奉和永丰殿下言志》组诗则达十首之多。前文已经说到，萧、王、庾三人作为羁于北周的梁人，在北周上层有着最高的位置，在此三人之间进行的唱和，必然会对当时的文学界，乃至周代文学进程起到影响。

2. 新野庾氏宗人。庾信有《别庾七入蜀诗》《和庾四诗》两首，均为入北后作。研究者往往认为其中一人当为麟趾殿文士的庾季才。《周书·庾季才传》称庾季才在北时经常与庾信等人进行文学集会，因此庾信与他有诗歌唱和往来是合理的。

3. 并非麟趾学士的入北南人。庾信唱和对象中，身份明确而又非麟趾殿学士的南人只有一人，即《和刘仪同臻诗》中的刘臻。

4. 未入北周的南人。这类作品中可分为三小类。第一类是与仍定居江左的入陈士人遥相唱和，如《寄徐陵诗》；第二类是与依附北周的梁朝遗民遥相唱和，如《寄王琳》；第三类则是在周陈通好后，与入长安的南使唱和，如《徐报使来止得一相见诗》，倪注及今人许逸民等均认为即徐陵，吉定则认为此人为徐陵之子徐俭，在江陵时即与庾信相识且有文化上的往来①。另外一个重要人物是周弘正。王褒、庾信在南时，与周弘正之弟周弘让过从甚密，因此在周弘正作为南使羁留长安的三年中，双方应有相当多的交往。现存的庾信以周弘正为对象的和诗、赠诗有《集周公处连句诗》《别周尚书弘正诗》《重别周尚书诗二首》等。

5. 不知确切姓名，只能略作猜测者。庾信有一部分应酬诗的对象，其具体姓名身份已经不存，只能通过诗中内容推测其为入北南人，并对其身份进行猜测。其中包括以下几首诗：

（1）《和何仪同讲竟述怀诗》。诗中有"萧条客鬓衰"之句，何仪同应是与其同为由南入北的羁旅梁臣。《北史》卷八二《儒林传下》载入北南人何妥"以伎巧事湘东王。后知其聪明，召为诵书左右。……江陵平，入周，仕为太学博士。"②与诗中所言"正业理儒衣"身份相符，或即诗中所谓"何仪同"。

（2）《和裴仪同秋日诗》。吴兆宜《庾开府集笺注》称为裴仪同为世居北方的汉族士人裴文举，恐非。《北史》卷三七《裴文举传》仅称其涉猎经

---

① 见吉定著：《庾信诗中"徐报"小考》，《文学遗产》1995年第5期，第114页。
② 《北史》第2753页。

史，未言其以文才显。入北南人中有裴政，《隋书》卷六六《裴政传》云"会江陵陷，与城中朝士俱送于京师。周文帝闻其忠，授员外散骑侍郎，引事相府"①。裴政在北周时入北南人中为较具实权者，曾参建六卿、参定周律，任少司宪。北周对入北南人多加车骑、仪同之衔，虽史书仅载其于隋开皇初加上仪同三司，但授仪同三司应在北周时。除庾信外，王褒也有《送别裴仪同诗》，《隋书·庾季才传》载庾信、王褒、裴政、庾季才等常为文酒之会，则王、庾二人诗中所言"裴仪同"均应是裴政。

（3）《和侃法师三绝诗》。侃法师应为释法侃。《续高僧传》卷一一《唐京师大兴善寺释法侃传》云："释法侃，姓郑氏，荥阳人也。弱年从道，志力坚明，体理方广，常流心府。闻泰山灵岩行徒清肃，瑞迹屡陈，远扬荣泽，年未登冠遂往从焉，会彼众心，自欣嘉运。……属齐历不绪，周湮法教。南度江阴，栖迟建业。……陈平之后，北止江都安乐寺。"②卷一〇《隋西京真寂道场释法彦传》称"有法侃法师，本住江表，被召入关"③。荥阳郑氏在南北均有支房，仅从《续高僧传》中无法确定法侃是南人还是北人。而庾信诗中称"谁言旧国人，到在他乡别"④，则法侃应是江左人士。有学者认为法侃是在江陵平时，以数岁之龄迁入长安，其实未必。依《续高僧传》，法侃为游方之僧，先自南境游北齐泰山灵岩寺就学，其后方前往北周，在周武帝灭佛时（574）南归，庾信三绝大抵即作于此时。

（4）《别张洗马枢》。史书中未载"张枢"其人，庾信诗云"君登苏武桥"⑤，则张枢应是在周陈通好时南归的南人。

（5）《和张侍中述怀诗》。"张侍中"身份不详，倪注疑其为张绾，吴兆宜则称张绾以疾免于入周，此人可能是张绾从子张希。可以确定的是，此人必是入北南人。除庾信外，王褒也有《和张侍中看猎诗》。

可见，与庾信有诗歌唱和的南人数量以及作品数量都是相当可观的。其中存在着两种不同模式：在官方活动中命题同赋的作品，虽然唱和对象是南人，但其内容无非是写景与颂美，和与北人唱和之作并无明显不同。《忝在司水看治渭桥诗》《和王内史从驾狩诗》《奉和潘池初成清晨临泛诗》等作均属此类。但私下集会或遥和作品，却呈现出大相径庭的面貌。这一类诗增加了赠别、悼念和抒怀言志等几大题材类型。与应诏奉和这种需要

---

① 《隋书》第1549页。
② ［唐］释道宣撰，郭绍林点校：《续高僧传》，北京：中华书局，2014年，第389—390页。
③ 《续高僧传》第354页。
④ 《庾子山集注》第370页。
⑤ 《庾子山集注》第323页。

迁就帝王宗室喜好的题材不同，这几类题材都以抒发自身感情为务。因此，有几个主题在这类诗中反复出现，即贫、病、衰、求隐，以及往往与离别之情融为一身的亡国之恨与乡关之思等。而从写作手法看，虽然这些作品中的用典数量仍不少，但是在表达这些感情时，却也不缺乏直抒胸臆，毫不隐晦含蓄之句，尤其是在悼亡及送人南归之作中，这种毫无掩饰的悲痛之情被用晓畅平易之句表现得淋漓尽致，令人动容。例如"虽言异生死，同是不归人"（《和王少保遥伤周处士诗》）①，"昔为人所羡，今为人所怜。世途旦复旦，人情玄又玄。故人伤此别，留恨满秦川"（《伤王司徒褒诗》）②，"独下千行泪，开君万里书"（《寄王琳诗》）③，"共此无期别，知应复几年"（《送周尚书弘正诗》）④。

　　这种内容与情感上的断裂并非仅出现于庾信作品中，在王褒的唱和诗中同样清晰地存在。其《玄圃濬池临泛奉和诗》不论是从结构、用韵、对仗、用典，还是"垂杨夹浦绿，新桃缘径红"⑤这种描写方式来看，都是典型的齐梁清丽诗风，以及与剥离个人情感的创作方式，《和庾司水修渭桥诗》亦是以铺陈描绘和颂圣为主。但其《送观宁侯葬诗》《送刘中书葬诗》《和殷廷尉岁暮诗》等一系列以入北南人为对象的作品则迥然不同。史籍中未载梁观宁侯萧永所终，而王褒诗云"畴昔同羁旅，辛苦涉凉暄"⑥，可见萧永亦随例迁入长安。《送刘中书葬诗》中称"昔别伤南浦，今归去北邙。书生空托梦，久客每思乡"⑦，《和殷廷尉岁暮诗》云"岁晚悲穷律，他乡念索居"⑧，可见二人并为羁旅南人。窃以为"刘中书"应即是刘毅，"殷廷尉"则是殷不害。而"廷尉""中书"，可能也是以在南官职相称⑨。《周书》中称刘毅为彭城人，而《梁书》《南史》则称其为沛人，且为刘真长后人，应以《梁书》为是。《梁书》卷四一《王规传附王褒传》云"初，有沛国刘毅、南阳宗懔与褒俱为中兴佐命，同参帷幄"⑩，《北史》卷八三《文苑传·王褒传》则云"褒与王克、刘毅、宗懔、殷不害等数十人俱至长安"⑪，可见王褒与刘毅、殷不害以及宗懔

---

① 《庾子山集注》第 306 页。
② 《庾子山集注》第 308 页。
③ 《庾子山集注》第 368 页。
④ 《庾子山集注》第 370 页。
⑤ 逯钦立辑：《先秦汉魏晋南北朝诗》，北京：中华书局，1983 年，第 2338 页。
⑥ 《先秦汉魏晋南北朝诗》第 2339 页。
⑦ 《先秦汉魏晋南北朝诗》第 2339 页。
⑧ 《先秦汉魏晋南北朝诗》第 2341 页。
⑨ 《陈书》卷三二《殷不害传》云"梁元帝立，以不害为中书郎，兼廷尉卿。"（第 424 页）
⑩ 《梁书》第 584 页。
⑪ 《北史》第 2792 页。

等在南时即来往密切,又同时迁入长安,经历既似,交情甚深。因此这两首诗与庾信的相似题材作品一样,用典颇少,但感情的浓烈程度却远远超过大多数齐梁诗。

虽然其他入周南人的作品保存极少,但通过庾信王褒的诗作可以看出,在入周南人内部应酬中,这一类型的作品应该是普遍存在的。《周书·王褒传》中称入周后"授褒及克、殷不害等车骑大将军、仪同三司。常从容上席,资饩甚厚。褒等亦并荷恩眄,忘其羁旅焉"①,这一说法被很多研究者所继承,并有以其为入手点探讨王褒在北心态者,但从王褒作品来看,其心态远非"忘其羁旅"。而史书中之所以如此记载,正如本书第一章所讨论的《南齐书》与《魏书》中的记载差异一样,是对本国正统性的标榜,并不能真正证明南人在北的境遇与心态。

入北南人在与北人唱和及南人内部唱和的作品中所存在的明显断层,显示出他们虽然在北二十余年,但始终并未真正融入北周社会,而是始终固守着南人小群体。《隋书》卷七八《艺术传·庾季才传》曰:"(季才)常吉日良辰,与琅琊王褒、彭城刘毅、河东裴政及宗人信等,为文酒之会。次有刘臻、明克让、柳䛒之徒,虽为后进,亦申游款。"②这一文学集团的成员均为入北南人,其封闭性与排他性可见一斑。入北南人所进行的带有自我突破性的群体性文学创作,均是在本集团内部集会中完成的,这绝非一个巧合,而是其有意选择的结果。然而,造成这一现象的原因,不仅是南人的有意隔绝和排斥,也有北人的主动选择在内。这一点,从入北南人唱和诗的用韵中可见一斑。

齐梁时,南方士人的审音分韵已相当精细,而北周由于并非处于北魏时的文化中心地域,且北魏文化程度较高的士人大都随高氏迁邺,因此在语音上甚为粗疏。作为民间语音,北周与北魏的方言有同有异。相同之处有脂之齐佳等韵可通押、鱼虞模同用,乃至尤侯同用、青清庚耕不分、元魂痕先仙山删寒桓真谆欣文诸韵可同用等。二者最大的分歧则体现在歌戈麻三韵上。麻的独用是北魏初期就已经出现的,而且从未有过例外,但在北周仙道歌中两次出现都为歌戈麻合用,其原因应该是地域差异。在北周的疆域内,某些地区仍然存在着歌戈麻合用这种南北大部份地区早已消失的方音。相较之下,庾信与北人的唱和作品,用韵却均非常精细,完全依照江左分韵为之,其具体情况可参见下表:

---

① 《周书》第 731 页。
② 《隋书》第 1767 页。

用　韵	篇　　目	诗　体	韵　　脚
东独用	《上益州上柱国赵王诗二首》其二	五言十句	同蓬风红空
钟独用	《陪驾幸终南山和宇文内史诗》	五言二十句	龙峰冲松蓉钟重蜂容封
	《任洛州酬薛文学见赠别诗》	五言二十句	踪龙重烽从庸峰松龚封
	《同会河阳公新造山池聊得寓目诗》	五言十四句	峰龙松重钟浓逢
微独用	《和宇文内史春日游山诗》	五言十二句	微衣飞围威归
脂之同用	《上益州上柱国赵王诗二首》其一	五言十句	帷眉丝词淄
鱼独用	《奉报穷秋寄隐士诗》	五言十四句	沮锄书鱼渠疏庐
麻独用	《奉和赵王美人春日诗》	五言十句	华花沙斜家
庚独用	《奉答赐酒诗》	五言八句	平惊鸣荣
清独用	《奉和平邺应诏诗》	五言四句	城清

从列表中来看，庾信的用韵较江左通行的情况还要更为细致：当时的南方押韵习惯中，冬钟是可以混用的，这一用法也见于王褒诗中，但庾信仅与北人唱和诗中即曾出现了三次钟韵独用之例。对起家于关陇的宇文氏来说，接受这种南方化的精密分韵无疑会有很大的困难。然而，这其实是他们所喜闻乐见的。宇文招、宇文逌等北周贵族所热衷的"庾信体"，不仅指是轻艳诗风，而是由诗体、题材、诗风、用韵等几个方面共同构成。要学习这种梁代诗体，就必须要对其用韵有所了解。北周诸王与庾信进行诗歌唱和或同赋活动，实际上就是向庾信学习新诗体的过程。我们可以看到，他们并非单纯任庾信使用这一押韵方式，而是在自己的作品中也加以尝试。虽然宇文逌《至渭源诗》五韵中仍然为青清庚同用，显示出北人对青韵独用的情况仍不甚明了，但如周明帝宇文毓《过旧宫诗》四韵为东韵独用，《贻韦居士诗》七韵为微韵独用，李昶《陪驾幸终南山诗》十韵亦为东韵独用等例，都说明北周诗人在有意识地对其用韵进行改造。因此，庾信在这些活动中使用齐梁诗体、诗风和细致用韵等，符合北周上层人士学习南朝诗风的需要。

而与之形成鲜明对比的是，庾信有三首唱和应酬作品不符合南朝的用韵方式：《和王内史从驾狩诗》四韵将东钟二韵合用，《谨赠司寇淮南公诗》

二十韵为脂、微、支三韵同用,《预麟趾殿校书和刘仪同诗》九韵则将鱼虞模同用,这是值得玩味的现象。从东钟两韵的使用来看,庾信的诗中东韵独用四次,钟韵独用十次,在长达十韵的诗中尚且未曾混用,此处以两韵混用,应并非是疏忽所导致的。而从鱼虞模的使用来看,庾信诗中鱼韵独用的作品最多,达十七首,而且《奉和永丰殿下言志诗十首》这组诗全部以鱼韵独用,可以说使用得非常纯熟。而且他生长在南方,以鱼虞模分用押韵的习惯早已定型,不但可以将鱼韵独用,甚至对虞模两韵分辨也相当清楚。更何况他在以北人为对象的唱和诗中均用韵极其严谨,而三首出韵之作,却均是与南人或麟趾殿同僚的唱和,这不可能是偶然出现的现象。窃以为,这说明入周南人中出现了尝试使用魏晋甚至更早的中原押韵方式的潮流。齐梁时期的宫廷文学集团成员热衷于尝试不同的诗体,而且对音韵相当熟悉,他们进入北方后,接触到北方语音,在此基础上吸收北方音韵并对其原先的用韵方式进行复古化的改造,这一活动直接影响到其入北后作品在诗体、题材内容乃至诗风等方面的变化,具有重要的意义。但是,这一北方化进程实际上是在入北南人文学集团内部进行的,与北周文化圈本身基本无关。

庾信等人晚年诗风的变化历来是学者讨论的重点,需要承认的是,它确实是在学习北方文化基础上扩展题材与主题的产物,但这种学习并非通过和北方文化圈交流而实现,而是一群南人以北方文化环境和自身的共同情感及生活现状为基础,自行摸索出来的。通过以上分析可以发现,北周内部的南北文化交流存在两个泾渭分明的层面:一是北周上层人士通过与入北南人的诗文唱和等文学交流活动学习齐梁诗风,二是入北南人在相当封闭、几乎没有北人进入的本集团文化圈中,通过文学活动中的集体创作,打破梁朝诗歌以轻艳诗风占绝对主导、以娱乐作为主要写作目的的固有模式,恢复魏晋乃至之前诗歌的押韵方式乃至述怀言志传统。庾信、王褒等著名诗人的唱和作品中呈现出的两种不同面貌,正是由于其对象的差异而造成的。之所以会造成这种现象,固然有南方士人有意排斥北人,严守本集团界限的原因,但也是因为北周文化圈对南朝文学的接纳具有明确的针对性,只希望学习齐梁的轻艳诗风,对南人入北后所创造出的情感悲凉、风格苍劲的新诗歌类型并不措意。由于麟趾殿学士以南士为主体,为南方士人文学集团提供了集会场所,因此很多南人间的文学交流是在此地,其文学集团的外延也扩大到同样参与麟趾殿活动的北人之中。

二、文林馆南北士人的文学活动及其作用

北齐文林馆虽然汇集了数十位南北士人,可谓一时之盛,但其文集散佚

情况同样非常严重。北周上层的文学活动尚可通过庾信、王褒等人的唱和、同赋作品略见一斑,而北齐文人中,即使是得以入隋而且地位相当重要的薛道衡、卢思道、李德林等人,其文集也几乎已散失殆尽。我们只能从现今保留下来的零星作品,以及《颜氏家训》所记载的文化活动中,来对北齐文林馆中南北士人的文学交流略作探讨。

文林馆存在的时间甚短,有学者认为它在武平四年(573)崔季舒等六人被诛时即已解体。从郑抗"武平末,兼左右郎中,待诏文林馆"①来看,文林馆到武平末(576)尚存在。而幼主即位后局势严峻,文林馆即使仍存,恐怕也不再能够正常进行文化活动。但从另一方面说,曾任待诏文林馆的南方士人,经历都颇为复杂,曾仕于梁、齐、周乃至隋等诸朝,而由于文集的散佚,他们仅存的作品已无法体现出其创作行为的全貌,因此往往并不能确定其创作时间,更难以从中分辨出在这五年中在文林馆内的创作。因此,本篇中所谓文林馆士人的创作,指的是曾任待诏文林馆的南北士人,在北齐一朝中进行的创作。

北齐文士可以按时间粗略地分为两个文学集团,早期集团的群体性创作行为自东魏乃至北魏即已开始,后期集团则亦可称为文林馆文士。当然,这一称呼并不意味着这一群体在文林馆设立后方才出现,而是指他们都得以参与了北齐后期编撰《修文殿御览》这一几乎将文士搜罗殆尽的文化活动,而早期集团成员如邢卲、王昕、李骞、卢元明等人则在此之前即已去世。这两个集团不可避免地存在交集,例如萧悫集由邢卲作序,但曾先后参与二者活动的文士则只有魏收一人。然而,魏收在文林馆设立之年便已去世,因此本节中暂不将他列入考察对象。

在与南士进行文学交流这一问题上,北齐的这两个文人集团存在着明显的分歧。早期集团与梁朝文士接触主要是通过外交活动,其学习南方的行为更多是通过流传入北的文集实现的。而后期集团的活跃期在南士大量入北之后,他们得以与南士朝夕相处,因此其文学创作已经从学习南方达到一个新的阶段。

文林馆士人的作品虽然流传不多,但从中仍可以梳理出一些群体性创作活动的蛛丝马迹。从功能来说,其中有不少从驾、奉和、应教诗,但按照作品主题类型的不同,这些在文学集会中创作出的作品可分为以下几类:

(一)古题乐府

文林馆南北士人现存的作品中有相当数量的古题乐府。虽然自晋宋

---

① 《北齐书》第461页。

时鲍照、谢灵运等人都不乏拟乐府作品,但真正形成规模的拟作古题乐府创作自永明年间开始出现,并在梁代盛行一时,不仅如此,齐梁时的拟乐府作品大多是在文学集团内部的集会中,以同赋或分赋的形式创作的,带有鲜明的群体创作色彩。而这一特征也延续到文林馆文学集团的活动中。

文林馆士人所创作的古题乐府中,同题之作虽然不多,但可以看出分为几大类型。

作者	出身	拟汉铙歌	拟相和歌辞	拟琴曲歌辞	拟杂曲歌辞	拟清商曲辞
萧悫	南人	《临高台》《上之回》		《飞龙引》		
荀仲举	南人		《铜雀台》			
卢思道	北人	《有所思》	《棹歌行》《日出东南隅》《从军行》		《美女篇》《昇天行》	《采莲曲》
李孝贞	北人	《巫山高》			《鸣雁行》	
辛德源	北人		《短歌行》	《霹雳引》《猗兰操》	《白马篇》《东飞伯劳歌》	
薛道衡	北人		《昭君辞》《豫章行》			

从上表来看,似乎进行乐府古题创作的入北南人并不多,而且也并不能确定这些作品都是在文学集会中创作的。如卢思道拟《采莲曲》。此题是梁武帝及其诸子根据西曲歌辞创制的,拟作此调带有明显的学习南方的色彩。然而,从梁入北周复入隋的殷英童亦有《采莲曲》,所以不能确定卢思道是在哪个朝代创作此诗。不过,从这一系列拟作的整体情况来看,拟汉铙歌、清商曲辞和杂曲歌辞的数量明显多于其他类型,这一特点与萧纲东宫文学集团的创作喜好非常一致。

拟汉铙歌在齐梁时最先兴起于永明八年至九年(490—491年)中,是永明文学活动的重要组成部分。而《巫山高》《临高台》与《有所思》正是其中被仿作次数最多的,如王融曾作《临高台》《有所思》《巫山高》,谢朓曾作《临高台》《有所思》,刘绘则曾作《有所思》与《巫山高》,范云、虞羲等人亦有同题作品。入梁之后,武帝父子及其文学侍从继承了西邸文学集团的这一创作喜好，仅就萧氏父子而言，萧衍、萧统有《有所思》，萧纲作《临高台》《有所思》《上之回》，萧绎作《巫山高》。

梁代拟乐府较永明时期的进一步发展，表现于萧纲东宫文学集团拟作相和歌辞、杂曲歌辞的创作行为。经过对比可以发现，北齐文人创作的拟相和歌辞和拟杂曲歌辞古题，基本都是经梁代文人拟作过的，例如梁简文帝、刘孝绰、王籍均有《棹歌行》，沈约、张率、萧子显并有《日出东南隅》，萧纲、萧绎、沈约、吴均、萧子显、刘孝仪均有《从军行》，萧纲、萧纪、沈约有《明君辞》（即《昭君辞》），萧纲、萧子显曾作《美女篇》，刘孝胜有《昇天行》，沈约、王僧孺有《白马篇》，萧纲、刘孝威有《东飞伯劳歌》等等。

从保存至今的文献来看，北魏至东魏时，仿做乐府古题的情况并不常见，这当然有文集散佚的原因，但温子昇现存的乐府诗中基本是凉州歌辞或北魏新造曲辞，可以说明当时诗人的乐府创作并不以拟古为主。在北齐时出现了仿作汉铙歌之风，除上述文林馆士人外，邢邵、魏收、裴让之等人也有类似题材的作品，而他们所仿的对象，不论是铙歌、相和歌辞还是杂曲歌辞，都恰恰是齐梁时被仿作最为频繁的几个题目，并且像齐梁仿作一样，将杂言铙歌改为五言诗形式，这应不是偶然现象。梁末入北周的士族中，很多是萧绎在藩与登基之后的近侍之臣，但自梁入齐的士人中，不少人并没有在江陵为官的经历。以曾作拟乐府的二人为例，萧悫在侯景之乱后即随父奔齐，而荀仲举甚至在此之前即已被俘入齐，因此，他们对梁武帝后期的文学创作活动以及萧纲文学集团的情况更为熟悉，这是合情合理的。

总而言之，虽然北齐文林馆文士的这些拟作乐府古题并不一定均是在文学集会中分题而赋的作品，但其中应该有相当一部分属于这种性质。更需要注意的是，这种创作并非入齐南士内部进行的，而是应被视为北人学习齐梁创作方式与题材的产物。

（二）唱和之作

曾任待诏文林馆的南北士人唱和之作，至今可考的有以下几首：

1. 萧悫《和崔侍中从驾经山寺》。诗中未提及"崔侍中"之名，《北齐书》卷三九《崔季舒传》载："及武成崩，不得预于哭泣。久之，除胶州刺史，迁侍中、开府，食新安、河阴二郡干。加左光禄大夫，待诏文林馆，监撰《御览》。"[①]崔侍中应即为崔季舒。按，崔季舒于天保初年已曾任侍中，但此时萧悫尚未入齐。和诗应作于后主时，而且很有可能在文林馆设立以后，是待

---

① 《北齐书》第512页。

诏文林馆彼此间的唱和。

2. 萧悫《和司徒铠曹阳辟彊秋晚》。阳辟彊为阳休之子,亦曾入文林馆。然《北齐书》卷四二《阳休之传》载其"武平末为尚书水部郎中"①,据《隋书·百官志》中载北齐官制,诸曹郎中为第六品,三公列曹参军为从第六品,则阳辟彊任司徒铠曹参军应在武成末之前,当时文林馆尚未设立。

3. 颜之推、卢思道、阳休之等人同作《听鸣蝉篇》。此事在周武帝平齐,颜之推、阳休之等十八人共入周之后。《隋书》五七《卢思道传》曰:"周武帝平齐,授仪同三司,追赴长安,与同辈阳休之等数人作《听蝉鸣篇》。思道所为,词意清切,为时人所重。新野庾信遍览诸同作者,而深叹美之。"②卢思道、颜之推两作至今尚存,阳休之诗已佚。

4. 卢思道有《仰赠特进阳休之诗》《赠刘仪同西聘诗》。阳休之于武平三年(572)加特进,正是文林馆设立之年,因此卢思道此诗应该是在文林馆时期所作。"刘仪同"指刘逖,据《周书》卷三二《陆通传附陆逞传》,刘逖副斛斯文略使周是北周武帝天和三年(568年)即北齐后主天统四年事,此时文林馆尚未设立。

除此之外,李孝贞尚有《酬萧侍中春园听妓诗》,据《北齐书》载,曾在北齐曾任至侍中的南人只有徐之才一人,未载梁宗室有任此官者。因此不知此诗是在北齐时作还是入隋后作,暂且存疑,不计入总数。

以上七首唱和诗中,共三首南人所作,四首北人所作。其中两首可以确定是在文林馆时期创作的,而其他几首虽然创作时间在此之前,但全部是日后入馆的士人之间的唱和。由此可以看出,文林馆集团的南北士人们绝非在入馆后才结成集团,而是在此之前就建立了相当密切的关系。

(三) 同题之作

除了写明对象的唱和之作外,文林馆士人还有一部分题目相同,但不能确定是否是命题同赋的作品。比较重要的有以下几组:

1. 颜之推的《神仙诗》和卢思道的《神仙篇》。《乐府诗集》将卢思道诗列为杂曲歌辞,然未收颜诗,大概是因为以"诗"名篇的方式看起来不类乐府。但在当时诗篇命名并不甚严谨。王利器在《颜氏家训集注》附录《颜之推集辑佚》中认为此为乐府古题,应为确论。齐梁时王融曾拟此题为五言诗。卢思道、颜之推所作均为五言,颜诗为八韵,卢诗为九韵,很可能像《听鸣蝉》一样属于按题同赋之作。

---

① 《北齐书》第564页。
② 《隋书》第1398页。

2. 李元操《咏鹊诗》、魏澹《园树有巢鹊戏以咏之》、魏收《看柳上鹊诗》。李元操诗现存二句,曰"东立朝雨霁,南飞夜月明"①,与魏收诗"立枯随雨霁,依枝须月明"②措辞相近,而魏澹诗"夜飞还绕树,朝鸣且向风"③也与二者类似,三者很可能是在某次园中聚会时看到巢鹊而同咏的作品。

3. 元行恭、薛道衡均有《秋游昆明池诗》,江总亦有同题作品。昆明池位于长安,此三首作品大抵是齐、陈均灭,两地士人俱入长安后的唱和之作。

4. 阳休之有《咏萱草诗》,魏澹有《咏阶前萱草诗》,不知是否同时而作。

除此之外,卢思道有《赋得珠帘诗》,李德林有《相逢狭路间》,从命名方式来看亦是赋得体。赋得体是典型的文学集会中所使用的体式,但二者一咏物一拟乐府,并非在同一场合创作,在其他文林馆士人作品中又找不到与之内容相似的赋得体作品,因此不能确定这两首的创作时间,暂且不计。

以上三类带有群体创作性质的作品数量并不多,但是从中可以看出,文林馆士人的文学集会活动应该是相当频繁的,在数年之内编成八卷本《文林馆诗府》正是以这种频繁的文学集会为基础。另外可以看出,这些同赋作品均没有以诸王等宗室贵族为对象,而是士人阶层内部的唱和,这一士人文学集团——即上文所说的北齐后期文学集团——在文林馆设立前便已出现,并且一直保持到入周乃至入隋之后。然而,北齐文林馆中南士的数量与北周麟趾阁中的南士基本一致,但在北齐,并没有出现北周那种由南士组成封闭文学集团并在内部唱和的情况,所有有南人参与的文学集会或诗歌唱和,均集合了南北两地士人。这是北齐后期文学聚会与北周群体性文学创作的一个显著区别。而这一特点不仅显示在作品中,也在对当时文士聚会、交流活动的记载中体现出来。

《颜氏家训·文章篇》中记载了两次涉及文学评论的集会活动:

> 王籍《入若耶溪》诗云:"蝉噪林逾静,鸟鸣山更幽。"江南以为文外断绝,物无异议。简文吟咏,不能忘之,孝元讽味,以为不可复得,至《怀旧志》,载于《籍传》。范阳卢询祖,邺下才俊,乃言:"此不成语,何事于能?"魏收亦然其论。《诗》云:"萧萧马鸣,悠悠旆旌。"《毛传》曰:"言不喧哗也。"吾每叹此解有情致,籍诗生于此耳。④
>
> 兰陵萧悫,梁室上黄侯之子,工于篇什。尝有《秋诗》云:"芙蓉露

---

① 《先秦汉魏晋南北朝诗》第2653页。
② 《先秦汉魏晋南北朝诗》第2269页。
③ 《先秦汉魏晋南北朝诗》第2648页。
④ 《颜氏家训集解》第295页。

下落,杨柳月中疏。"时人未之赏也。吾爱其萧散,宛然在目。颍川荀仲举、琅邪诸葛汉,亦以为尔。而卢思道之徒,雅所不惬。①

这两次聚会的内容颇为相似,都是对南人所作诗歌进行讨论评价。颜之推称"江南文制,欲人弹射,知有病累,随即改之,陈王之得于丁廙也。山东风俗,不通击难。吾初入邺,遂尝以此忤人"②,但从这两次活动来看,北方士人并不介意批评南人的诗作。卢询祖虽于天统二年(566)去世,不得入文林馆,但其实年纪尚轻,不算是早期文学集团成员③,因此这两次均可视为北齐后期文学集团的活动,时间相差不远,而其中体现的南北两种审美趣味亦无变化。不过二者内容有所差别。第一次活动是以梁朝诗人创作后传入北方的诗歌作为评判对象,第二次则可能是在文学集会中现场创作,然后由在场的参与者进行评判。值得注意的是,第二次活动的参与者颜之推、萧悫、诸葛颖、荀仲举、卢思道,无一不任待诏文林馆,虽然此次活动的时间不详,但完全可以被视为一次文林馆集团的集会活动。而从中可以看出,与入周梁士在与北周宗室、文士唱和时,大多顺应其喜好,模拟其口吻不同,北齐后期的南北士人在创作和评论中,往往会坚持自己的喜好与选择,并且平等地进行探讨交流。

颜之推记载于《家训》中的文林馆南北士人沟通之事远不止此两例,虽然并不一定是关于文学创作,但是或与典故古史有关,或是与南北文化差异有关,或是涉及到音韵的探讨等,都属于南北文化交流的范畴。例如:

太山羊侃,梁初入南;吾近至邺,其兄子肃访侃委曲,吾答之云:"卿从门中在梁,如此如此。"肃曰:"是我亲第七亡叔,非从也。"祖孝征在坐,先知江南风俗,乃谓之云:"贤从弟门中,何故不解?"④

吾尝从齐主幸并州,自井陉关入上艾县,东数十里,有猎闾村。后百官受马粮在晋阳东百余里亢仇城侧。并不识二所本是何地,博求古今,皆未能晓。及检《字林》《韵集》,乃知猎闾是旧䜲馀聚,亢仇

---

① 《颜氏家训集解》第296页。
② 《颜氏家训集解》第279页。
③ 《北齐书·卢文伟传》载卢文伟卒于兴和三年(541),而其子卢恭道先其而卒,卢思道《卢记室诔》中称恭道子询祖"爱在弱龄,孤根回立",则当时询祖之龄大概不超过十岁。兴和三年距天统二年25年,卢询祖卒年应为三十余岁,比卢思道略年长。这也符合卢思道诔中"昔余与子,分重契深。譬诸投漆,如彼断金"(参见祝尚书撰:《卢思道集校注》,成都:巴蜀书社,2001年,第74页)的措辞。
④ 《颜氏家训集解》卷二《风操》,第79页。

旧是馒头亭,悉属上艾。时太原王劭欲撰乡邑记注,因此二名闻之,大喜。①

余尝为赵州佐,共太原王邵读柏人城西门内碑。……(武成帝河清末)入邺,为魏收说之,收大嘉叹。值其为《赵州庄严寺碑铭》,因云:"权务之精。"即用此也。②

至邺已来,唯见崔子约、崔瞻叔侄,李祖仁、李蔚兄弟,颇事言词,少为切正。李季节著《音韵决疑》,时有错失;阳休之造《切韵》,殊为疏野。③

羊肃、王劭、魏收、崔瞻、阳休之、祖珽等人均为待诏文林馆,虽然以上诸条中大多是在文林馆设立之前的交往,但是需要承认的是,正因为在此之间南北士人已经有了充分交流、沟通甚至融合,彼此非常熟悉了解,而其进行文化交流的方式也已经确定下来,才能使文林馆建立之后,虽然人员众多,但是并不需要磨合适应,便可以迅速开始编撰工作。

那么,为什么在北齐进行的南北文人交流与北周呈现出如此巨大的差别呢?上文已经说过,入周和入齐的南士本身并无本质区别,所以这种差别必然是由于接纳方的不同态度造成的。与南士在北周的交流对象大多数是皇室成员不同,北齐皇族对南士颇为疏离,这从入齐南士并没有留下奉和诸王的作品可见一斑。但是北齐文化圈的中心并不在宗室贵族,而是由河北士人掌握话语权。宋燕鹏对东魏至北齐的文士籍贯分布进行了统计,指出在东魏时,出身山东士族(即本书所谓河北士人)的文士共 47 人,为全部人数的 68.12%,占据了绝对多数④,南方士人只有琅琊王氏的三人;而在曾参与文林馆编撰的六十八人中,山东士族有 36 人,占 52.94%,南方士人 11 人,占 16.18%⑤。虽然北齐时南朝士人大量入邺,但不论是在文林馆内部,还是整个北齐文化圈中,河北士人在数量上的主要地位都并不因此而改变。进一步讲,这种主要地位绝不单单存在于数量上。

---

① 《颜氏家训集解》卷三《勉学》,第 224—225 页。
② 《颜氏家训集解》卷六《书证》,第 498 页。
③ 《颜氏家训集解》卷七《音辞》,第 530 页。
④ 参见宋燕鹏著:《籍贯与流动:东魏文士的地理分布》,中国魏晋南北朝史学会、武汉大学中国三至九世纪研究所编:《魏晋南北朝史研究:回顾与探索——中国魏晋南北朝史学会第九届年会论文集》,武汉:湖北教育出版社,2009 年,第 465 页。
⑤ 参见宋燕鹏著:《论北齐文士的地理分布——以"待诏文林馆"籍贯为考察中心》,《中国历史地理论丛》2006 年第 4 辑,第 60 页。这一统计仍有值得商榷之处,例如在误将萧退列为待诏文林馆,又将刘仲威列为地方士族而非南朝士人。另外,宋文将韦道逊列为关中士族,但道逊祖上随刘义真入南,至韦崇时返回北魏,但始终居于洛阳,从文化层面来讲,已不属于关中士族的范畴。

虽然北齐政治中的胡化倾向与北魏中后期大相径庭，但政权中的河北士人却延续了北魏以来政治与文化两方面的传统。前两章中已经提到，由慕容燕汉人集团发展而来的河北士人集团在北魏、东魏时期具有举足轻重的作用。在百余年的时间里，他们通过姻亲等方式，将陇西李氏等凉州大族、太原王氏等人北南朝士族纳入本集团中，并且用同样的方式与元魏宗室建立了密切联系，从而形成了成员众多且知识背景、政治文化理念基本相同的集团。这一集团带有鲜明的一致性、一贯性特点，也就是说，不论是同一时期不同家族的成员，还是从北魏太武帝到北齐后主这一百多年内，时间上有先后之别的成员，他们的立场并没有根本差异，因此，河北士族集团具有极强的生命力和稳定性，虽然崔浩案、河阴之变以及北齐的胡化政策以及屠戮元魏宗室和汉族士人的行为都会削弱这一集团的力量，但它始终没有消失，反而在北方扎下极深的根基。

仅就文化方面而言，时至北齐，河北士人的知识背景和文化理念已经定型，虽然随着南北交流的频繁，其审美趣味发生了改变，对南朝诗歌产生了远胜于前的兴趣，然而，由于经历了北魏太武帝、孝文帝、宣武帝、孝明帝时期的数次与入北南人的接触，他们已经能够依据自身的喜好和需要，来有选择地接纳、吸收传入北方的南朝文化，而不是一味地全盘模仿。需要注意的是，这并不是北齐后期文学集团成员方确立的习惯，邢邵《萧仁祖集序》云："自汉逮晋，情赏犹自不谐；河北江南，意制本应相诡。"[1]这句话不仅代表他个人，也可以说是整个河北士人集团的态度，可见，他们认为对于南朝诗歌，一方面认为不必全面模仿，而是应保持自己的固有观念，而在另一方面，也不需令入齐南人放弃其固有文学观来迁就北方。在求同存异的基础上进行交流，成为北齐后期河北士人与入北南士进行文学集会的主要基调。

这种平等融洽的文化氛围，不仅能够使在学习南方诗体方面已有相当基础的河北士人迅速地进一步吸收南朝诗歌因素，而且在很大程度上，也使入北南人乐于依据北方文化，对自己所固有的文化观念进行校正。《颜氏家训》的《书证》《音辞》两篇具有明显的文化立场差别，《书证》篇基本上是以北正南，《音辞》篇则恰恰相反，是以南朝语音纠正北音的粗疏。这正体现出入齐的南方士人并非单方面的输出南方文化，而是在同时也对其本身的知识进行反思。因此，此时的南北文化交流已不能单单称为北方对南方的选择性接纳，而是二者的双向互动以及对文化结构的重塑。在本书第六章中，我们还会对这一问题进行详细的讨论，为避免重复，在此暂且不作深入讨论。

综上所述，北齐文林馆集团中南朝士人的文学活动同样相当频繁，但通

---

[1] 《太平御览》卷五八六《文部》，第2641页。

过统计可以看到,从现今仅存文献来看,入齐南人文学、文化交流活动,无一不是有北方士人参与的。不过这些参与者并非皇帝、宗室等贵族,而是河北文化圈的士族成员。这当然说明河北士人是乐于接纳南人及南方文化的。然而,在交流活动中,北人对南人诗歌的批评也表现出,他们并非像北周皇室那样,是一味地学习模仿齐梁轻艳诗风,而是基于本集团的文化立场,有选择地进行接纳与吸收。

文林馆南人与麟趾殿南人学士一样,都不仅用南朝文化影响北方,同时也吸收了北方文化因素,但二者存在一个根本性的差别:北周南人利用一些北方因素来进行诗体、诗风改造的进程是基本没有北周士人的参与,单纯在南人小集团内部进行的,而北齐南人则是与以河北大族为主的北齐本土士人进行了频繁且平等的交流,在其中彼此影响,互通有无。

结　　语

本章讨论了北齐文林馆与北周麟趾殿这两个皇家著述机关的设立、性质、作用、成果及与其相关的文化、文学活动。仅就机构而言,二者的性质可以说是一致的。它们的设立都是效仿曹魏时出现、在南朝被固定下来且起到重要作用的皇家著述机构,而在本朝,则都起到安置入北南士的作用。也就是说,二者作为机构,都带有相当浓厚的南朝色彩。然而,它们在本朝起到的作用,乃至对后世在文化、文学层面的影响却有相当大的差别。之所以会出现这种差别,既不是这两个机构本身的差异,也不是入周和入齐的南朝人士存在什么本质上的不同,而是齐周双方的上层人士在接纳南朝士人以及南朝文化的态度上存在差异所决定的。

北周和北齐的统治者对待入北的梁朝宗室的态度均以防范疏离为基础,不过北周统治者对南人保持着表面上的优遇,因此在南人入北后便虚授爵号加衔,并数年之内设立麟趾殿,为南人提供不具有实权但可以使其文化优势得以发挥的场所;而北齐统治者,即使如后主那般好尚文艺,在政治层面对南人都始终相当严苛,使南人在入齐后将近二十年的时间中无法在政坛中立足,只能充任一些品级甚低的幕府官职。而也就是在这二十年中,北齐的胡汉之争日益激烈,汉族士大夫频繁被杀。北方士族并没有将南人纳入其政治集团,因此南人基本无法参与北齐的政治进程。在这种环境下,南人的处境势必会比北方士人更为艰难,因此在后主时,颜之推、萧放等南人迫切要求设立文林馆,并通过权臣祖珽、佞臣邓长颙促成此事,是南人主动寻求避祸场所的行为。

由于统治者的态度差异，南人在齐周两地文化层面上被接纳的情况也不相同。北周统治者与宗室贵族主要将南士当做文学侍臣，并且对齐梁轻艳诗风抱有强烈的兴趣，因此他们接纳南朝文化的方式，主要是与南士诗歌唱和，并且通过这一活动来学习齐梁诗体、用韵、诗风等具体细节。然而从另一方面看，北周文臣与南朝士人的文学交流却非常少，即使有唱和同赋之作，也往往是在同一官方活动唱和创作的。南士的这一部分作品虽然从诗风来看不乏激昂苍劲之作，但却是出于颂美目的，所以不但表达的并非自己的感情，而且所写甚至也不是自己的经历和亲眼所见的景象，只能算是梁时的拟作诗在北方的延续。南人诗歌主题在抒怀言志方面的扩展，写作手法的改变以及接受北方因素等改造活动是几乎没有北人参与的前提下独立完成的，从现存记载来看，似乎只有曾参与麟趾殿文化活动的北人如元伟等被南方士人接纳进其小集团之中。这也说明麟趾殿虽然南北人士比例悬殊，但确实是双方士人交流融合的重要场所。

进入北齐的梁朝人士往往是因梁与东魏、北齐的频繁交流而对其怀有亲近信任感，因此主动逃奔邺城的。虽然由于朝代更替，统治者的态度发生了变化，但是作为北齐上层社会基础之一的河北士人集团却仍然保持了北魏以来的传统。对待南人，他们一方面在政治上将其排斥在本集团外，一方面在文化上乐于接纳南人，并与其沟通交流。因此南朝士人虽然在政权中并无地位，但却能够顺利融入北齐文化圈的核心中。

从整体上来看，北周与北齐在接纳南人这一问题上，均存在着断层：在北周，是南人以齐梁体奉和宗室贵族的行为，与在小集团内部创作抒怀言志作品的行为之间的断层；在北齐，则是统治者排斥抗拒南人，与北方士人频繁与南人平等交流之间的断层。二者使得齐周文学创作出现了不同的面貌：在北周，入北南人的诗风有了相当大的转变，直抒胸臆的抒情，苍凉悲切的风格等，都是对齐梁诗的重要突破。而在北齐，不论南人或北人，他们的创作看起来似乎仍是齐梁诗的路数，没有发生什么本质变化，只是南北人之间的风格差异进一步缩小。那么，二者之中，究竟是谁对隋唐诗歌发展的影响更为深远呢？窃以为，虽然北周出现了庾信、王褒等大诗人，但真正对文学史造成较大影响的，却是北齐。因为北周南人的创作新风，是在一个被边缘化的小圈子内进行的，它对整个社会的影响非常有限，并且在相当长的一段时间内并没有被主流所接受。直到隋炀帝为晋王时的"王属文，为庾信体"①，以

---

① 《隋书》第 1423 页。

及李世民的《秋日学庾信体》中,所谓"庾信体"仍指的是徐庾体这种纤丽精巧的齐梁诗体,而庾信被誉为"老更成"的晚期诗风,是在此之后,尤其是到盛唐时才为人所重的。相比之下,北齐的南北士人虽然在诗歌创作的题材、风格上并没有突破齐梁,但他们所进行的交流,涵盖了文学观、音韵、用典、诗风等各个方面,并非全面接纳、学习,而是以北方的固有文化立场为出发点,对齐梁诗风进行接纳、评点以及改造,为其注入新的内容。入周及入隋后,薛道衡、卢思道、李德林等人的大放异彩,即是以北齐时南北士人的文学交流为基础的。

附表一 麟趾殿文化活动参与者的基本情况

参与者	身份	家族	入北原因	封爵	文化水平	文集著作
元伟	魏宗室	洛阳元氏	无	淮南公	笃学爱文,政事之暇,未尝弃书	《述行赋》;与庾信唱和诗现已不存
杨宽	北周武将	弘农杨氏	无	宜阳县公	颇解属文,尤尚武艺	
韦孝宽	北周武将赐姓宇文	京兆韦氏	无	穰县公	虽在军中,笃意文史,政事之余,每自披阅	
萧㧑	梁宗室,永丰侯	兰陵萧氏	随萧纪在蜀,废帝时西魏攻蜀,㧑以城归降	蔡阳郡公	博观经史,雅好属文,辞令可观	著诗赋杂文数万言;《隋书·经籍志》及两唐书均载《萧㧑集》十卷
萧大圜	梁简文帝子,晋熙郡王	兰陵萧氏	平江陵后于恭帝二年客长安	宁县公	幼而聪敏,神情俊悟。性好学,务于著述	《周书》本传载《梁旧事》三十卷、《寓记》三卷、《士丧仪注》五卷、《要决》两卷、文集二十卷;《隋书·经籍志》仅著录《梁旧事》
庾信	入北梁士	新野庾氏	江陵陷落前出仕西魏,羁留于长安	临清县子后为义城县侯	既有盛才,文并绮艳	《隋书·经籍志》载《庾信集》二十一卷;两唐书并载为二十卷

续表

参与者	身份	家族	入北原因	封爵	文化水平	文集著作
王褒	入北梁士	琅琊王氏	平江陵入国	石泉县子	美风仪,善谈笑,博览史传,尤工属文	《隋书·经籍志》载《王褒集》二十一卷；《旧唐书》载为三十卷；《新唐书》载为二十卷；另有《王氏江左家传》五卷,注《象经》一卷
颜之仪	入北梁士颜之推弟	琅琊颜氏	江陵平,以例迁长安	平阳县公	幼颖悟,及长,博涉群书,好为词赋	《周书》本传载有文集十卷
宗懔	入北梁士	南阳宗氏	平江陵入北	不详	少聪敏,好读书,语辄引古事	《周书》本传载有集二十卷；《隋书》载为十二卷；另有《荆楚岁时记》一卷
明克让	入北梁士	平原明氏	平江陵入北	历城县伯	善谈论,博涉书史	《隋书》本传《孝经义疏》一部、《古今帝代记》一卷、《文类》四卷、《续名僧记》一卷、集二十卷
庾季才	入北梁士	新野庾氏	平江陵入北	临颍伯	局量宽弘,术业优博	《隋书》本传载《灵台秘苑》一百二十卷、《垂象志》一百四十二卷、《地形志》八十七卷
柳裘	入北梁士	河东柳氏	平江陵入北	昌乐县侯	少聪慧,弱冠有令名	不详
鲍宏	入北梁士	东海鲍氏	平江陵入北	平遥县伯	年十二,能属文	《隋书》本传载其有文十卷
刘璠①	入北梁士	沛国刘氏	西魏攻蜀时降北	平阳县子	少好读书,兼善文笔	《隋书》本传载《梁典》三十卷、文集二十卷

---

① 《周书》《北史》《隋书》等史籍中未载刘璠曾为麟趾学士。庾信有《预麟趾殿校书和刘仪同诗》,《庾子山集注》认为此"刘仪同"即是《和刘仪同臻诗》中的刘臻。然《北史》卷八三《文学传·刘臻传》载"隋文帝受禅,进位仪同三司"(第2809页),则在麟趾殿校书时,刘臻尚未为仪同。《周书》卷四二《刘璠传》载其于西魏时即任仪同三司、黄门侍郎,则参与麟趾殿校书的"刘仪同"应为刘璠而非刘臻。

续表

参与者	身份	家族	入北原因	封爵	文化水平	文集著作
殷英童①	入北梁士	陈郡殷氏	江陵平，随父殷不害入北	不详	不详	《旧唐书·经籍志》《新唐书·艺文志》均载《殷英童集》三十卷
姚最	入北梁士	吴兴姚氏	江陵平，随父姚僧垣入关	袭姚僧垣爵，为北绛郡公	幼而聪敏，及长，博通经史，尤好著述	《周书》卷四七《艺术传·姚僧垣传附姚最传》载《梁后略》十卷，应即梁唐书所著录《梁昭后略》；《隋书·经籍志》载《序行记》十卷、《述系传》一卷、《本草音义》三卷；《新唐书》载《续画品》一卷

附表二　麟趾殿南人学士的仕宦经历

南士	时间	加衔	朝官	外官
王褒	西魏恭帝时	车骑大将军仪同三司		
	周明帝时	开府仪同三司	麟趾学士	
	周武帝保定中		内史中大夫	
	周武帝建德后		（掌纶诰）太子少保 小司空	宜州刺史
庾信②	西魏恭帝时	使持节抚军将军右金紫光禄大夫大都督车骑大将军仪同三司		

---

① 南北诸史中均无殷英童传，亦未载其曾任麟趾学士。而颜真卿《曹州司法参军秘书省丽正殿二学士殷君碣铭》曰："五代祖不害，以孝见《梁书》；高祖英童，周御正大夫，麟趾学士。"（见四部丛刊景明本《颜鲁公文集》卷一一）据此补。

② 此处庾信仕宦经历，参考鲁同群《庾信入北仕历及其主要作品的写作年代》，《文史》第19辑，第144—145页。

续　表

南士	时间	加衔	朝官	外官
庾信	周孝闵帝时		司水下大夫	
	周明帝时		麟趾学士	
	周武帝时	骠骑大将军 开府仪同三司	司宪中大夫	弘农郡守 洛州刺史
	宣帝、静帝时		司宗中大夫	
萧㧑	西魏恭帝元年	侍中 骠骑大将军 开府仪同三司	麟趾学士	
	周武帝保定元年		礼部中大夫	
	保定三年			上州刺史
	周武帝天和中		露门博士	
	天和六年	少保		
	建德元年	少傅		
萧大圜	明帝时①	车骑大将军 仪同三司	麟趾学士	
	建德四年			滕王友
宗懔	周孝闵帝时	车骑大将军 仪同三司		
	周明帝时		麟趾学士	
刘璠	西魏恭帝时 周明帝初	仪同三司	中外府记事 黄门侍郎 内史中大夫 （掌纶诰） 麟趾学士	同和郡守

---

① 《周书》卷四二《萧大圜传》载："保定二年，诏曰：'梁汝南王萧大封、晋熙王萧大圜等，梁国子孙，宜存优礼，式遗茅土，寔允旧章。大封可封晋陵县公，大圜封始宁县公，邑各一千户。'寻加大圜车骑大将军、仪同三司。并赐田宅、奴婢、牛马、粟帛等。俄而开麟趾殿，招集学士。大圜预焉。"（见第757页）按，开麟趾学是在明帝时，早于武帝保定二年(562)，而南人入北后通常随即以例封爵授官，大圜身为皇子，于理不应在恭帝二年(556)入北，而于六年后方才封公，故"保定二年"或有误。恭帝二年后至明帝设麟趾学之时，可称"二年"者惟明帝二年(558)，故将此事姑系于此年。

续表

南士	时间	加衔	朝官	外官
颜之仪	周明帝时		麟趾学士 司书上士	
	周武帝时		东宫侍读 小宫尹	
	周宣帝时	上仪同大将军	御史中大夫	
	周静帝时			西疆郡守
明克让	周明帝时		麟趾学士 著作上士 外史下大夫	卫王友 汉东、南陈二郡守
	周武帝时	仪同三司	露门博士 司调大夫	
庾季才	西魏恭帝时		（参掌太史）	
	周明帝武成年间	车骑大将军 仪同三司	麟趾学士 稍伯大夫	
	周武帝时	上仪同	太史中大夫	
	周宣帝时	骠骑大将军 开府仪同三司		
柳裘	周明帝时		麟趾学士	
	周武帝时		太子侍读	
	周宣帝时		御饰大夫	
	周静帝时	上开府	内史大夫	
鲍宏	周明帝时		麟趾学士	
	周武帝时	上仪同	遂伯下大夫 少御正	
姚最	周明帝时		麟趾学士	
	周武帝时			齐王府水曹参军

附表三　待诏文林馆中入北南人的基本情况

参与者	家族	入北原因	封爵官职	文化水平	文集著作
徐之才	东海徐氏	随萧综入魏	西阳郡王 散骑常侍 秘书监 金紫光禄大夫 侍中 西兖州刺史 尚书左仆射 兖州刺史 尚书令	窥涉经史，发言辩捷	两《唐书》中载徐之才撰医方三种
荀仲举	颍川荀氏	武定五年（547）从萧明于寒山被俘	待诏文林馆 符玺郎 义宁太守	工于诗咏	现存《铜雀台》一首
萧放	梁宗室	因侯景之乱随父萧祇奔东魏，武平七年至邺	袭父爵清河郡公 待诏文林馆 太子中庶子 散骑常侍	性好文咏，颇善丹青	现存《咏竹诗》《冬夜对妓诗》等
萧慨	梁宗室	侯景之乱，随父萧退入东魏	著作佐郎 待诏文林馆 司徒从事中郎	深沉有礼，乐善好学	不详
诸葛颖	建康人	侯景之乱奔齐	待诏文林馆 太学博士 太子舍人	清辨有俊才	《隋书·经籍志》载《诸葛颖集》十四卷；《旧唐书·经籍志》载《桂苑珠丛》一百卷、《巡总扬州记》七卷、《玄门宝海》一百二十卷，《集》十四卷。然其中多为入隋后所撰
萧悫	梁宗室	《北齐书》载天保中入国，大抵是西魏平江陵后逃亡入齐①	太子洗马 齐州录事参军	工于诗咏	《隋书·经籍志》《新唐书·艺文志》载《萧悫集》九卷

---

① 庾信有《为梁上黄侯世子与妇书》，虽然北齐亡后，萧悫被迁入周，可能与庾信有往来，但当时距梁亡已二十年，萧悫年岁已长，与书中语气不类。此书应为梁亡之初而作，其后萧悫逃奔邺城，与颜之推大抵相同。

续 表

参与者	家族	入北原因	封爵官职	文化水平	文集著作
颜之推	琅琊颜氏	江陵平后自西魏奔齐	奉朝请 赵州功曹参军 待诏文林馆 司徒录事参军 通直散骑常侍 中书舍人 黄门侍郎 平原太守	聪颖机悟,博识有才辩,工尺牍,应对闲明	《隋书·经籍志》著录《集灵记》二十卷、《冤魂志》三卷、《训俗文字略》一卷、《七悟》一卷;《旧唐书·经籍志》增《急就章注》一卷、《家训》七卷;《新唐书·艺文志》又著录《笔墨法》一卷、《稽圣赋》一卷。诗作现存《神仙》《古意二首》《从周入齐夜度砥柱》《和阳纳言听鸣蝉篇》等
袁奭	陈郡袁氏	南梁萧庄时使齐,值庄败,羁留在北	琅邪王大将军谘议 待诏文林馆 中散大夫 太中大夫	失载	现存《袁月玑墓志》志序、《元洪敬墓志》志铭为其所作
朱才	吴都人	副袁奭使齐,羁留于邺	国子博士 待诏文林馆 谏议大夫	失载	不详
刘仲威	南阳刘氏	天保九年(558)奉萧庄奔齐	司空谘议参军 中散大夫 待诏文林馆	少有志气,颇涉文史	《隋书·经籍志》著录《梁承圣中兴略》十卷;又撰《袁月玑墓志》志铭
江旰	济阳江氏	使至淮南,为边将所执,送邺	郑州司马 待诏文林馆 太尉从事中郎 太子家令	不详	不详
刘颉	彭城刘氏	东魏天平时奔梁,武定时北归	瀛洲外兵参军 司空功曹 待诏文林馆 大理司直	好文学,工草书,风仪甚美	不详

第四章　北朝礼乐制度建设与官方音乐文献编纂

礼乐制度建设是历代王朝文化建设的重要组成部分。制礼作乐往往并非在王朝建立之初即宣告完成，而是以反复斟酌推敲的形式贯穿始终，其内容既包括纲领性的制度、带有时代特征的政策，也包括仪式流程、仪式参与人员所承担的责任、仪式中所使用的服装、器具、乐曲等被视为"末节"的具体环节。礼制建设与国家意志的表达、国家面貌的展现联系更为紧密，无疑是礼乐建设中更为核心的内容。然而，对于一朝之乐的建设也绝非仅仅作为礼制建设的附庸或组成部分而存在，而是有其独立的地位，以及带有独特性的流程。本章中的"礼乐"，虽然兼及礼制建设，但主要是针对"乐"的层面而言。

在相当长的时间里，学界对北朝的礼乐制度建设一致评价不高：或认为北朝没有真正建立起成体系的礼乐制度，或认为北方礼乐建设由入北南朝士人主导，是学习、模仿甚至照搬南朝制度而来。这与数十年间北朝研究相对来说偏弱的整体状况有关。不过，近年以来，北朝礼乐建设逐渐引起文、史、音乐学等学科的关注，尤其是古代文学与古代音乐史领域在近十余年中出现了一批论著。从整体上看，各学科的研究侧重有明显不同。文学史研究者的关注点主要在于北朝的音乐官署与乐府制度[1]、仪式歌辞的制撰、使用、诗体、文学性研究[2]等，基本属于以"乐府"为核心的音乐文学范

---

[1] 如刘怀荣著：《南北朝及隋代乐府官署演变考》，载《黄钟》2004年第2期；黎国韬著：《乐部尚书考略——北魏宫廷乐官制度的重新审察》，载中国魏晋南北朝史学会、四川大学历史文化学院编《魏晋南北朝史论文集》，成都：巴蜀书社，2006年。

[2] 如王淑梅著：《北朝乐府诗研究》，北京：社会科学文献出版社，2013年；刘怀荣著：《北魏的汉化历程及歌诗艺术考论》，载《中国诗歌研究》第2辑，北京：中华书局，2003年；张树国著：《汉—唐郊祀制度沿革及郊祀歌辞研究》，载《乐府学》第3辑，2008年；柏俊才著：《北魏乐府制度与乐府诗发覆》，载《兰州学刊》2017年第7期；闫运利著：《北朝郊祀歌辞留存状况考》，载《唐山学院》2016年第2期。

畴;音乐史研究者则着重乐种、乐曲、乐律、乐器①、乐人②等方面的研究,更为关注与音乐本体直接相关的问题,并且在近年来越发明显地呈现出借助考古学与图像学的材料展开研究的特征③。此外,随着丝绸之路研究日益成为显学,北朝时期丝绸之路沿线音乐进入中原的过程也成为重要的研究对象④。总体看来,对北朝礼乐制度建设的研究,在深度、广度与精度方面都有了明显的提高。然而,这一领域虽然确实体现出逐渐打破学科藩篱、有意识地进行跨学科沟通合作的趋势⑤,但目前总体上仍体现出一种不同知识背景、不同出发点的研究各成体系的面貌,这使得总体研究状况出现了一种割裂感:一方面,某些话题被反复讨论,另一方面,这些讨论并未真正被整合起来,与此同时,还有一些领域仍较少被涉猎。这是北朝礼乐研究进一步推进时需要意识到的一个显著问题。

北朝礼乐建设研究的另一个特征是,不论其对象是礼乐制度与政策、参与者与建设流程,或是建设过程中创作、收集与使用的音乐及歌辞,无一例外地是对与乐制建设相关的各种事物本身进行研究。诚然,这是礼乐制度研究中至关重要、不可绕过的问题。不过,在近几年的研究中,笔者益发认识到,从官方音乐文献的编纂这一角度入手,可以对礼乐建设的性质与流程

---

① 如邱久荣著:《魏晋南北朝宫廷乐与少数民族乐舞》,载蔡美彪编《庆祝王钟翰先生八十寿辰学术论文集》,沈阳:辽宁大学出版社,1993年;李方元、李渝梅著:《北魏宫廷音乐考述》,载《中国音乐学》,1998年第2期;刘晓伟著:《正统化:北朝政权博弈与隋唐音乐转型》,载《中国音乐学》2018年第3期;成军著:《"陈仲儒论乐"中的"清商三调"》,载《艺苑》2015年第2期;郭星星《簸逻回歌考》,载《中国音乐》2018年第5期。

② 音乐史研究方面,也不缺乏对音乐官署及乐官的研究,如李方元、李渝梅著:《北魏宫廷音乐机构考》,载《音乐研究》1999年第2期。然而,与文学史研究者更重视北朝乐官相比,音乐史研究者更为重视"乐人",亦即与音乐本体直接相关的音乐表演者。如夏滟洲的一系列论文:《北魏乐人——乐户制度形成考论》,载《音乐艺术》2016年第3期;《城市与音乐——中古时期发生在洛阳的乐工流动迁移与聚合》,《音乐文化研究》2018年第2期;又如刘薇《北魏乐籍制度考——兼论"乐籍"概念的界定》,《黄钟》2016年第3期。

③ 如赵昆雨著:《云冈石窟乐舞雕刻研究》,载《敦煌研究》2007年第2期;项阳著:《佛教戒律下的音声理念——云冈石窟伎乐雕塑引发的思考》,载《中国音乐》2013年第2期;陈雅婧、陈四海著:《论云冈石窟乐伎浮雕中的义觜笛》,载《交响》2013年第4期;李芸、黄勃、夏滟洲著:《从敦煌壁画看南北朝歌舞娱乐节目的构成》,载《交响》2014年第1期;曹晓卿著:《古青州北朝佛教造像中的飞天伎乐用乐研究》,载《中国音乐》2015年第1期。

④ 如任方冰著:《中古入华粟特乐舞及其影响》,载《音乐研究》2016年第4期;姬红兵、吴巧云著:《北魏平城时期西域音乐的东传与兴起》,《交响》2019年第1期。

⑤ 近年来,文学史研究者逐渐注重音乐方面的研究。如翟景运著:《略论北朝前期音乐及其影响》,载《乐府学》第4辑,2009年;李建栋著:《北齐时代的西域胡戎乐东渐及其对政治的影响》,载《安徽大学学报(哲学社会科学版)》2011年第1期;王淑梅著:《北朝乐府内乐辞的入乐情况考察》,载《乐府学》第8辑,2013年。

有一些新的认识。

现存的各朝官方音乐文献,是记录王朝乐制建设的重要史料,在研究中不可或缺。当然,这并不限于北朝这一时期,而是在各个历史时期的相关研究中一以贯之的情况。不过,现有研究基本是将其内容作为研究某一问题所使用的材料与途径,很少对其编纂过程本身进行研究。客观来说,虽然官方音乐文献中记录了一朝礼乐建设的内容,但毕竟与历史事件已隔了一层,其中很可能缺失了一些重要因素。然而,包括诏修乐书、奏议文书、官方乐录与相关档案等类别的官方音乐文献,其编纂过程也颇具有研究意义。究其原因,大抵有如下几点。

首先,官方音乐文献是与王朝礼乐制度建设过程同步产生的,可以被视为礼乐建设最为直观且最接近准确的反映。对于官方音乐文献来说,不论是其内容,还是收集、记录、撰写、编纂的流程,都经由皇帝批准与认可,体现了相当高的权威性,而其编纂者也与历次礼乐建设的核心人员颇有重合。因此,它往往是体现出一朝或一时礼乐制度及建设流程的,最为准确的第一手材料。

其次,即使是上文所提及的"隔了一层"的因素,对于研究也可以起到帮助。历史真实往往在层层叠加的表述中逐渐晦暗不明:从事件发生时各种档案文书的即时记录,到后继王朝基于前朝记录而又以本朝意识形态为出发点加以评判的官修史书,再到后世基于史料而作的转述、归纳与评价,越来越多的主观因素附着于历史真实本身之上。本书前几章所反复辨析的"北朝文化的发展基于对其南朝文化的崇拜、学习乃至模仿照搬"的习见,就可以说是这种叠加叙述的产物。在礼乐制度建设方面,史实被后起观念侵染的情况同样存在。不仅如此,音乐史料保存较少且较为零散,更有必要去探询其早期面貌:不仅分析其内容,也梳理其体例与规律。

第三,总体来说,虽然官方音乐文献大部分是通过"记录"而非撰写的方式成型,但其中仍可以体现出编纂者的主观性:这不仅通过观点与表述体现出来,甚至可以通过对文献的分类、编排等体例上的特征有所表现。它表达出的是当时人的知识结构,以及礼乐制度——或者其中某些具体类别——在时人认知中的定位与性质。正所谓"类例既分,学术自明",了解官方音乐文献的编纂及其体例,可以跳出"站在今人的立场,按照今人的习惯对文献材料进行解读与使用"的常见误区,将研究立场置于当时人的认知中,从而尽可能从时人的角度去理解礼乐建设的方方面面。从这个角度来看,即使相关文献中体现出与历史真实或前代惯有认知不符的情况,也自有意义在焉。

第四，王朝礼乐建设中本就不仅有对流程、曲目等用于实际操作的具体内容的制作。一些事宜不涉及音乐本身，但同样是礼乐建设中非常重要的环节。其中最典型的就是"定乐舞名"。乐舞名并非曲调、歌辞等音乐本体，却是通过礼乐权威性来表达政权正统性，构建政治话语体系的重要内容，自上古以来即形成定例，所谓"古先哲王制礼作乐，各有所称"①，在历代礼乐制度建设中不可或缺。在北魏时，至少曾有两次"定乐舞名"之事。《魏书》卷一〇九《乐志》载宣武帝永平三年（510）刘芳上言曰："观古帝王，罔不据功象德而制舞名及诸乐章，今欲教文武二舞，施之郊庙，请参制二舞之名。"②宣武帝因此诏刘芳与侍中崔光、郭祚，黄门游肇、孙惠蔚等四人参定舞名并鼓吹诸曲。同卷复载孝武帝永熙二年（533）长孙稚、祖莹上表乞定乐舞名，曰："自昔帝王，莫不损益相缘，徽号殊别者也。而皇魏统天百三十载，至于乐舞，迄未立名，非所以聿宣皇风，章明功德，赞扬懋轨，垂范无穷者矣。"③可见，在《魏书·乐志》之中，既表达了"立乐舞名"的重要性与必要性，也记载了这一工作的几次推进。而与"立乐舞名"相匹配的，是将确定下来的乐舞名作为档案进行记录，并保存于相应的官方机构。在现存北魏史料中，仍可以看出对这一流程的记载。了解这种流程，不仅可以对于官方音乐文献的编纂有所了解，也可以通过这种记录编纂行为，触碰到礼乐建设的更深层次。

总而言之，北朝的官方音乐文献，是直观体现北朝礼乐建设流程以及当时的统治者及士人的礼乐观念的重要材料，对其进行研究，既可以探求相关文献的"古本之真"，也可以以此为途径，去梳理其中所蕴含的历史真实。虽然北朝的官方音乐文献至今已几乎全部散佚，但是通过正史乐志的描述及取用、后代典籍的引用，以及历代书目的著录，仍可以勾勒其面貌。本章即使用文献学与史学的方法，对北朝礼乐建设的指导思想、参与者，官方音乐文献的编纂流程及体裁分类等内容分别进行分析。由于隋代的礼乐建设在相当程度上承接北朝，且《隋书·音乐志》与《隋书·经籍志》中的相当一部分内容可以视为对北朝的总结，因此本章中也会在必要时，讨论隋代的相关问题。

---

① 见《魏书》第2839页。
② 见《魏书》第2832页。
③ 见《魏书》第2840页。

第一节 "正统"观念下的北魏礼乐建设：北朝礼乐建设的指导思想与文献依据

作为中国文化史上极其重要的概念，"乐"始终与"礼"相辅相成，具有表达政治制度、政治决策及政治倾向的性质。《礼记·乐记》云："王者功成作乐，治定制礼。其功大者其乐备，其治辩者其礼具。干戚之舞，非备乐也；孰亨而祀，非达礼也。五帝殊时，不相沿乐；三王异世，不相袭礼。"①所谓"功成作乐"，不仅是对帝王的歌功颂德，也是确立王朝政权、树立国家形象的必不可少的环节②。

自北魏开始，北朝各个政权与南朝存在着华夷之辩与正统之争的双重对立竞争关系，因此对通过礼乐制度来表达政治、文化的主体性有迫切的需求。在这一前提下，完全学习、模仿甚至崇拜作为竞争者的南朝礼乐文化，乃至将这种崇拜情绪表现出来，与树立本国的正统地位有着本质冲突。在建设礼乐制度的过程中，北朝的各个政权必然会以确立自身的权威性与主体性为根本目的，选择强调其渊源有自，确保其主导权的方式来建设礼乐制度。虽然各朝的礼乐观念及具体乐种、歌辞等各有异同，但这一出发点是在北魏即已确立，并一以贯之的。在讨论具体的官方音乐文献制撰之前，本节先行厘清北朝礼乐建设的指导思想、选择标准，以及南朝因素在其中的比重与位置等问题。为节省篇幅，并不对与其相关的历史事件与曲种、歌辞一一分析，仅针对与这一主题直接相关的材料进行阐述。

一、引论：北魏前后两阶段礼乐建设的推进方式

北魏是中国历史上第一个统一北方、占据中原，与汉族政权南北分治的胡族政权。这导致其礼乐制度的建设与政治话语体系的确立缺少可以直接套用的样本，必然需要经过摸索尝试，方能树立与本朝特殊性相符的模式。如果以孝文帝亲政为界，将北魏粗略地分为前后两期，我们可以明确地看到，在这两期中，礼乐制度建设的推进方式确实存在显著的区别。

在北魏前期，包括乐制在内的制度建设存在一个特征，即委派一人专主一事，各司其职，相对独立地进行规划。《魏书》卷二《太祖纪》载天兴元年

---

① [清]阮元校刻：《十三经注疏（清嘉庆刊本）·礼记正义》，北京：中华书局，2009年，第3318页。
② 参见葛兆光著：《中国思想史》第二卷，上海：复旦大学出版社，2001，第1—4页。

（398）冬，"诏尚书吏部郎中邓渊典官制，立爵品，定律吕，协音乐；仪曹郎中董谧撰郊庙、社稷、朝觐、飨宴之仪；三公郎中王德定律令，申科禁；太史令晁崇造浑仪，考天象；吏部尚书崔玄伯总而裁之"①。虽然有学者认为，在邓渊等人制作各种制度时，可能已经存在相关参与者组成的集议②，但是从官职来看，邓渊等人应是直接负责实际工作，草撰具体制度的官员，而非承担组织、主持集议的工作，史书中亦未明确记载这一时期已有以乐制建设为主题的集议。与之形成鲜明对比的是，自孝文帝即位起——尤其是其亲政后——直至北魏末期，曾有多次乐议，无论是参与者、时间、流程还是乐议的具体内容，往往在《魏书》等史籍中得到堪称详细的记载。这大概可以体现出，即使北魏前期已经出现以乐制为主题的集议，其规模与频次也无法与后期相比。而刘芳在宣武帝永平二年（509）上尚书言中称"调乐谐音，本非所晓，且国之大事，亦不可决于数人"③，可见以一人或数人之力制定乐制的模式，已被群臣集议、皇帝审定的定例彻底取代。

北魏前期礼乐建设的另一个特征是，自道武帝时第一次成规模、成体系的礼仪制度建设起，在制作礼仪用乐中，不止一次使用了"帝王自作"的方式。天兴年间制宗庙乐时，虽然使用了《王夏》《皇矣》《维夏》等渊源有自的乐章，但也有新制之乐，其中新制的《皇始》之舞即由道武帝所亲制。《魏书》卷一〇九《乐志》载曰："及追尊皇曾祖、皇祖、皇考诸帝，乐用八佾，舞《皇始》之舞。《皇始》舞，太祖所作也，以明开大始祖之业。"④同卷又载太和五年（481）"文明太后、高祖并为歌章，戒劝上下，皆宣之管弦。"⑤

北魏前期帝王在祭祀、朝会等仪式中自作歌的情况并不罕有，尤其是在孝文帝统治前期屡屡可见⑥。然而，不惟被明确记录为雅乐舞的《皇始》，上

---

① 《魏书》第33页。
② 参见渡边信一郎著，赵立新、涂宗呈、胡云薇等译：《魏晋南北朝官僚制研究》，上海：复旦大学出版社，2017年，第376页。
③ 《魏书》第2832页。
④ 《魏书》第2827页。
⑤ 《魏书》第2829页。
⑥ 如《魏书》卷四上《世祖纪上》载"（神䴥三年春正月）癸卯，行幸广宁，临温泉，作《温泉之歌》"（见《魏书》第75页），这是史书中对北魏帝王于官方活动中作歌的第一次明确记录。孝文帝统治前期的帝王自作歌，则既有仪式中即兴歌舞行为，也有更类似于书面创作自作歌辞。前者如《魏书》卷一三《皇后传·文成文明皇后冯氏传》：载"太后曾与高祖幸灵泉池，燕群臣及藩国使人、诸方渠帅，各令为其方舞。高祖帅群臣上寿，太后忻然作歌，帝亦和歌，遂命群臣各言其志，于是和歌者九十人。"（见《魏书》第329页）卷五四《高闾传》载孝文帝、冯太后于冬至"大飨群官，高祖亲舞于太后前，群臣皆舞。高祖乃歌，仍率群臣再拜上寿"（见第1203页）；后者如《魏书》卷一三《皇后传·文成文明皇后冯氏传》、卷一四《神元平文诸帝子孙列传·东阳王丕传》所载冯太后为孝文帝所作，并赐群臣的（转下页）

文所引"文明太后、高祖并为歌章"一事,与其他仪式自作歌应亦存在性质差别。首先,从形式上看,其他自作歌均为即兴行为,是基于鲜卑习俗,在重要场合与参与者——而非舞人——自起舞搭配,但是并无伴奏的徒歌,而太和五年文明太后、高祖所作,已非鲜卑习俗的产物,而是案头创作的歌辞,更重要的是,它经历了"宣之管弦"的步骤,也就是说,它是经过官方音乐机构整理加工,合乐演奏的,这就使其发生了性质变化,成为国家仪式用乐的组成部分;其次,从在史书中的记录来看,各种仪式中自作歌的行为,均是在本纪与列传中,作为"事"加以记录,而《皇始》与"宣之管弦"的劝戒歌章则被记录于《乐志》中,这也说明,当时人认为,它们属于由国家的礼乐机构管理、记录、使用的礼仪用乐。

帝王本人在礼乐建设中充当实际性的领导角色,亲自撰写乐书,制作乐曲或歌辞,在中古时期最为典型的代表是梁武帝。《隋书》卷一三《音乐志》载曰:"是时对乐者七十八家,咸多引流略,浩荡其词,皆言乐之宜改,不言改乐之法。帝既素善钟律,详悉旧事,遂自制定礼乐。"①在这一过程中,萧衍并亲自撰写或主持编撰了《乐社大义》《乐论》《乐义》《钟律纬》四部乐书。在北朝,则有北周武帝于天和元年(566)十月"初造《山云》舞,以备六代之乐"②。从更广义的层面来讲,现存曹魏相和曲辞中,明确为魏乐所奏的,均为曹操、曹丕父子所作,也可归为这一范畴。帝王不仅作为主导者,并且亲自参与其中,通常是为了表现其在文化层面的优越性与权威性,并且使其所制乐章、所定乐制得以迅速推行。这固然也是北魏前期帝王采取这一方式的重要原因之一,但从出发点上来讲,道武帝、孝文帝的行为仍与汉族政权统治者,尤其是曹氏父子、萧氏父子这种具有极高文学素养与音乐素养的帝王存在根本差异。

在北魏前期,统治者用以树立正统地位的方式有其独特性。其中一个明显表征是,将对皇帝个人的崇拜等同于对王朝政权正统性的认同。这大抵出于两方面原因。第一方面是,在北魏前期,其统治仍然带有武力征服的特征③。第二方面则是,作为游牧民族的拓跋鲜卑向来有着鲜明的"大人"

(接上页)《劝戒歌》辞,这应该就是《乐志》所载的"劝戒歌章",案头创作歌辞与乐官加工合乐,是其创作与使用的不同阶段。

① 《隋书》第288—289页。
② 《周书》第73页。
③ 康乐曾指出:"平城统治时期(398—493)的拓跋政权基本上一直维持着强烈的'征服'性格。既然是一个征服政权,拓跋统治者所要关心的只是统治集团及其武装力量承不承认其政权为'正统',而这一点在太武帝统一北方,基本上已不成问题。"见康乐著:《从西郊到南郊——国家祭典与北魏政治》,台北:稻禾出版社,1995年,第193页,注20。

崇拜观念。《后汉书》卷九〇《乌桓鲜卑传》即云"敬鬼神,祠天地、日月、星辰、山川及先大人有健名者"①。在被"推为大人,无世业相继"②的部落首领转变为世袭君主后,这一观念仍有留存。佛教在北魏的早期发展秉承"拜天子即是礼佛"的观念③,并数次为历代帝王各造佛像,乃至于"令如帝身"④,将皇帝与佛直接关联起来,就可以说是"大人"崇拜的体现。

正因如此,在一个征服王朝的礼乐制度尚未完全建立时,用本民族古已有之的,将统治者等同于天神的个人崇拜,暂时性取代由严密的制度与政治话语体系塑造出的皇权正统性,有助于迅速且有效地确定具体的制度,并借此树立权威。因此,在道武帝统治时期,皇帝自作《皇始》,是与当时的时代背景相符的。

孝文帝之前,北魏礼乐建设最为集中阶段即是道武帝在位时。太武帝时期,北魏政治与文化有了显著的发展,然而乐制建设并未与之同步进行,从《魏书·乐志》等史料记载来看,太武帝时与音乐相关的记录,主要是将新获乐曲与乐器"择而存之",并没有成体系的制度规划。在文成帝、献文帝时,乐制建设几乎停滞,《魏书·乐志》载曰:"诸帝意在经营,不以声律为务,古乐音制,罕复传习,旧工更尽,声曲多亡。"⑤可见在这一时期关注重心不在于此。然而,近百年间对于乐曲、乐器、乐辞的积累,河西大族、河北士人等具备较深学养的政治集团的定型,国家政治结构的日益精密化,以及议事制度等政治流程的确立,都为开展礼乐制度建设打下了基础。因此,在这一阶段,汉族士人已数次上表求修礼乐,如文成帝时高允《谏文成帝不厘改风俗》,虽非全部与音乐相关,但可就此知当时婚丧、宴飨时使用音乐的情况,以及汉族士人欲以"夫飨者,所以定礼仪,训万国,故圣王重之。至乃爵盈而不饮,肴干而不食,乐非雅声则不奏,物非正色则不列"⑥,"嫁女之家,三日不熄烛;娶妇之家,三日不举乐"的观念,纠正"诸王纳室,皆乐部给伎以为嬉戏,而独禁细民,不得作乐","今之大会,内外相混,酒醉喧谇,罔有仪式。又俳优鄙艺,污辱视听"⑦等现状的意愿。文成帝和平六年(465),刁雍上《兴礼乐表》,称:"柴望之礼,帝王盛事。臣今以为有其时而无其礼,有其

---

① [南朝宋]范晔撰,[唐]李贤等注:《后汉书》,北京:中华书局,1965年,第2980页。
② 《后汉书》,第2979页。
③ 《魏书》卷一一四《释老志》载:"法果每言太祖明叡好道,即是当今如来,沙门宜应尽礼,遂常致拜。谓人曰:'能鸿道者人主也,我非拜天子,乃是礼佛耳。'"见《魏书》第3031页。
④ 《魏书》卷一一四《释老志十》,第3036页。
⑤ 《魏书》第2828页。
⑥ 见《魏书》卷四八《高允传》,《魏书》第1075页。
⑦ 《魏书》第1074—1075页。

德而无其乐。史阙封石之文,工绝清颂之飨,良由礼乐不兴,王政有阙所致也,臣闻乐由礼,所以象德;礼由乐,所以防淫。五帝殊时不相沿,三王异世不相袭。事与时并,名与功偕故也。臣识昧儒先,管窥不远,谓宜修礼正乐,以光大圣之治。"①这段内容强调了礼乐"不相沿""不相袭"的传统,并提出了"名"与"功"并重,实际上第一次指出"正乐"对国家政权正统性的表达功能。这不仅是北魏礼乐建设推进中的一个重要节点,甚至可以视为正统观念变化过程中承前启后的标志。

文成帝在面对高允的建议时,采取的是"从容听之。或有触迕,帝所不忍闻者,命左右扶出"②的态度,然而在刁雍上表后,则诏令公卿集议——这也是史书中明确记载的第一次与乐制建设相关的集议。虽然因文成帝崩而事寝,但这种态度的转变说明,北魏王朝已经基本具备了各方面的条件,必然迎来一个合适的时机,进行超越了具体乐曲、乐器及表演的层面的,至少在形式上与流程上具备一定规模的礼乐建设。

孝文帝亲政之后,仍有君臣作歌的行为,最重要的一次,当属《魏书》卷五六《郑羲传附郑道昭传》所载征沔汉时,飨侍臣于悬瓠方丈竹堂之事:

> 乐作酒酣,高祖乃歌曰:"白日光天无不曜,江左一隅独未照。"彭城王勰续歌曰:"愿从圣明兮登衡会,万国驰诚混江外。"郑懿歌曰:"云雷大振兮天门辟,率土来宾一正历。"邢峦歌曰:"舜舞干戚兮天下归,文德远被莫不思。"道昭歌曰:"皇风一鼓兮九地匝,戴日依天清六合。"高祖又歌曰:"遵彼汝坟兮昔化贞,未若今日道风明。"宋弁歌曰:"文王政教兮晖江沼,宁如大化光四表。"高祖谓道昭曰:"自比迁务虽猥,与诸才俊不废咏缀,遂命邢峦总集叙记。当尔之年,卿频丁艰祸,每眷文席,常用慨然。"③

可以看出,此时的君臣自作歌,已经既不是基于鲜卑风俗的即兴行为,也不是书面创作歌辞且用于配乐歌唱的礼乐建设行为,而是追溯汉代以来的既有文学传统,使用某一特定诗体进行集体性文学创作,属于文学集团活动的一部分。自此之后,已未见再出现将帝王自作的歌辞纳入仪式雅乐中的情况。与乐议模式的定型相对应的是,雅乐歌辞的制撰与使用也形成了

---

① 《魏书》第870—871页。
② 《魏书》第1075页。
③ 《魏书》第1240页。

固定的流程。换言之,礼乐建设在此时真正成为具有明确目的、多方面内容、固定参与人员及特定分工,成体系成规模的工作,成为汉化改革中与其他方面同时推进,互相关联,不可或缺的一部分。

二、北魏后期礼乐建设中的评判标准

自孝文帝朝开始全面推动的礼乐建设,其根本目的是通过礼乐表达政权的正统地位。此时的正统性与北朝前期的权威性究竟差别何在,又是通过哪些方面表现出来?要了解这些问题,可以首先对建设过程中对于不同观点的选择标准进行讨论。《魏书·乐志》等史籍对北魏中后期历次乐议的记录虽未可称完备,但对参与者所执观点、是否获得认可及其理由往往有所记载,其中既有获得首肯之例及其原因,也有被明确否决之例。正因如此,我们可以从正反两方面归纳出,礼乐建设中对礼乐观念与具体措施进行的判断与取舍采取了哪些标准。在此略举两例,以做说明。

(一) 宣武帝时更造新尺事

北魏宣武帝时议造新尺之事,见载于《魏书》卷一○七上《律历志上》,参与者有太乐令公孙崇、太常卿刘芳、中尉元匡及黄门侍郎孙惠蔚等。而《魏书》卷一九上《景穆十二王传第七上·广平王洛侯传附济南王匡传》所载王显《奏弹元匡》虽非专门论乐的奏议,但记载了关于这次定乐的各种细节及相关争论,可对《律历志上》所载进行补充乃至纠正。如《律历志上》载此为永平中(508—512)事①,而《奏弹元匡》则云"正始中(504—508),故太乐令公孙崇辄自立意,以黍十二为寸,别造尺度,定律刊钟"②云云,则刘芳等人造尺晚于公孙崇,且在王显上此弹事时公孙崇已殁。结合这两处记载,可知四种新尺的详情如下:

1. 公孙崇尺:以一黍之长,累为寸法,以黍十二为寸③。
2. 刘芳尺:以秬黍中者一黍之广即为一分,造寸唯止十黍④。
3. 孙惠蔚尺:具体尺长不详。《奏弹元匡》载其以自作尺"以比崇尺,自相乖背。量省二三,谓芳为得"⑤。
4. 元匡:以一黍之广度黍二缝,以取一分⑥。

---

① 《魏书》第 2658 页。
② 《魏书》第 454 页。
③ 见《魏书》第 2658、454 页。
④ 见《魏书》第 2658、455 页。
⑤ 《魏书》第 454 页。
⑥ 《魏书》第 2659 页。

四种新尺长度各有差异，孙惠蔚尺虽不详其长度，但其早先在公孙、刘二家中认同公孙崇尺，而自造尺后与崇尺有差，反复考校后转而认同刘芳尺，可见孙尺长度与公孙崇尺、刘芳尺均不相同。这种三四种新尺并存的情况，必然会导致"频经考议"，才能确定最终被立为标准的一家。然而，从文献记载中可以看出，在考议过程中，存在着两套评判标准。

　　第一，新尺制造者在自作尺与其他几家新尺之间进行比较、判断时，更习惯于从实际计算角度出发。其中以孙惠蔚与元匡最为典型。二人的出发点均在于当时新造律尺的"长短相倾"以及由此导致的乐律的"所容殊异"，只不过其结论有所不同：孙惠蔚先后放弃了认同公孙崇的原有观点及自作尺的尺度，选择认同刘芳之尺；元匡则坚持已有律尺各有差谬，无可折衷，故坚持自立一说。而公孙崇之所以"辄自立意"，别造新尺，也是出于考校律尺长度，从而校定音律的目的。换言之，虽然其制尺定律是国家礼乐建设的一部分，但公孙崇等人对这一行为的自我认定，应该是各执己见的律学探讨，因此也以"正误"为最主要的判断标准。

　　第二，从史料记载中可以看出，礼乐建设的组织者与审定者所采用的是另一套标准。最直观的差异是，同样身为律尺制造者的刘芳，对公孙崇所造尺的评价与其他三人的出发点完全不同。《奏弹元匡》云："芳疑崇尺度与先朝不同，察其作者，于经史复异，推造剙据，非所宜行。"①这是四人之中，唯一一个并非以同时所出律尺作为参照，而是以"先朝"与"经史"为标准的。如前所述，考订先朝律尺之失可以说是公孙崇等人制尺的目的之一，而刘芳却将"与先朝不同"作为判断公孙崇律尺有误的原因。可以说，这一标准与其他数人有根本差别甚至背道而驰。究其原因，这是因为刘芳的身份不仅仅是律尺的制作者，而且是"受诏修乐"的主持者，他所表达的不仅仅是个人观点，更是体现了国家意志。他的评判虽然与公孙崇、孙惠蔚、元匡等人彼此之间的评判有差，却与公孙崇、刘芳本人、元匡三家律尺奏上之后，官方审定的判断标准出于一辙。

　　除孙惠蔚认同刘芳之尺，退出争论以外，其他三家律尺均被奏上，其结果是刘芳所造被认可，另外两种均被否决，原因在史籍中各有记载。

　　1. 公孙崇尺，除上载刘芳的评判外，《奏弹元匡》复载曰：

　　　　时尚书令臣肇、清河王怿等以崇造乖谬，与《周礼》不同，遂奏臣芳

----
① 《魏书》第454页。

依《周礼》更造,成讫量校,从其善者。①

2. 元匡尺。

(孝明帝时)匡所制尺度讫,请集朝士议定是非。诏付门下、尚书、三府、九列议定以闻。太师、高阳王雍等议曰:"伏惟高祖创改权量已定,匡今新造,微有参差。且匡云所造尺度与《汉志》王莽权斛不殊。又晋中书监荀勖云,后汉至魏,尺长于古四分有余。于是依《周礼》,积黍以起度量,惟古玉律及钟,遂改正之。寻勖所造之尺与高祖所定,毫厘略同。又侍中崔光得古象尺,于时亦准议令施用。仰惟孝文皇帝,德迈前王,睿明下烛,不刊之式,事难变改。臣等参论,请停匡议,永遵先皇之制。"②

3. 刘芳尺。

太和十九年,高祖诏,以一黍之广,用成分体,九十黍之长,以定铜尺。有司奏从前诏,而芳尺同高祖所制,故遂典修金石。③

对比这三条材料及刘芳论公孙崇尺之语,可以归纳出四条评判标准:第一,是否合于经史典籍。公孙崇尺之"乖谬",是因其与《周礼》不同,也就是刘芳所谓"于经史复异";第二,是否合于前朝故事,如高阳王元雍所引西晋荀勖之语及造尺之事;第三,是否合于古物,如"古玉律"及崔光所得古象尺;第四,是否合于本朝先皇所定之律,即太和十九年孝文帝诏定铜尺。

相较之下,"先皇之制"是官方选择律尺最为关键的标准,否决公孙崇、元匡之尺,以刘芳尺为准修造金石,直接原因正在于此。而刘芳尺之所以"同高祖所制",也并非像孙惠蔚在公孙崇与刘芳之间的选择一样,是基于律学计算的认同。《奏弹元匡》云:"芳以先朝尺度,事合古典。乃依前诏书,以黍刊寸,并呈朝廷,用裁金石。"④又云:"芳牒报云:'依先朝所班新尺,复应下黍,更不增损,为造钟律,调正分寸而已。'……计崇造寸,积黍十二,群

---

① 《魏书》第454页。
② 《魏书》第456—457页。
③ 《魏书》第2659页。
④ 《魏书》第454页。

情共知;而芳造寸,唯止十黍,亦俱先朝诏书。"①可见刘芳不是用自作尺验证太和十九年尺的准确,而是将"不增损"太和十九年尺当做造尺的根本出发点,或者说,他只是重复了太和十九年尺。这充分说明,北魏官方确定律尺,并不是以追求准确为目的,而是以经史典籍、前朝故事作为依据,为本朝已有的"不刊之式"赋予合理性与权威性。

(二) 陈仲儒立准调律事

陈仲儒是《魏书·乐志》中记录最为详细的入北南人,虽然其生平不详,但由于《乐志》中基本收录了其《答有司符问立准以调八音状》②,可以据此了解其观点。此文阐述己见的部分可分为计算之法、制准之法、定调之法三段,叙述较详。陈仲儒所制以京房为基础,有研究者认为,它在计算方面和制准方面都较京房更进一步③。

对于研究陈仲儒本人的律学思想与实践来说,此文固然具有极大的史料价值。然而,对于研究国家层面对于定音调律的态度,更具有价值的是其后的一段文字:

> 时尚书萧宝夤奏言:"金石律吕,制度调均,中古已来尟或通晓。仲儒虽粗述书文,颇有所说,而学不师授,云出己心;又言旧器不任,必须更造,然后克谐。上违成敕用旧之旨,辄持己心,轻欲制作。臣窃思量,不合依许。"诏曰:"礼乐之事,盖非常人所明,可如所奏。"④

萧宝夤否定陈仲儒造准及律的原因可归为三点:"违成敕用旧之旨"即违背继承先皇所定"不刊之式"的原则;"辄持己心"即违背以经史典籍、前朝故事为理论依据的原则;"轻欲制作"即违背以流传至当时的古物为实物依据的原则。这基本与上文总结的几条评判标准相吻合。

按,《魏书·景穆十二王传第七上·广平王洛侯传附济南王匡传》称"故太乐令公孙崇辄自立意……别造尺度"⑤,以萧宝夤所言"己心"与"更造"作为参照,其中贬斥否定的意味更为鲜明。这体现出,在制礼作乐这一国家行为中,参与者各执己见的自我表达是不可或缺的,但它归根到底与礼乐建设的根本目的有所冲突,因此既为礼乐建设提供了多样化的理论基础,

---

① 《魏书》第 455 页。
② 名依[清]严可均编:《全上古三代秦汉三国六朝文》,北京:中华书局,1958 年,第 7546 页。
③ 参见吕净植著:《北魏音乐研究》,吉林大学 2012 年博士论文,第 67 页。
④ 《魏书》第 2836 页。
⑤ 《魏书》第 454 页。

使其具备选择余地,又往往在最终的选择中被摒弃,仅仅在相关官方档案中得以记录。这种选择标准,一方面导致最终确立的礼乐制度与当时对于乐律、礼仪用乐等领域的研究状况存在割裂,并不能实时反映当时的研究成果;一方面也使得相关参与者的自我表达需求越发强烈,以至于在北朝晚期与隋代,个人撰述而非官方编纂的礼乐理论类著作集中出现,而撰者均为观点未被采纳的乐议参与者。也就是说,这种评判标准的两重性,最终推动了新的乐书类型的出现。

此外,萧宝寅上奏之后,孝明帝答诏称"非常人所明",提出了又一个判断标准,即礼乐建设并非"常人"可以参与。这可以被视为与上述两重标准相对应的另一个两重标准,即参与者的知识水平与身份地位中,后者更为重要。这种情况在北魏时并不罕见。《魏书》卷一〇九《乐志》载曰:"正光中,侍中、安丰王延明受诏监修金石,博探古今乐事,令其门生河间信都芳考算之。属天下多难,终无制造。芳后乃撰延明所集《乐说》并《诸器物准图》二十余事而注之,不得在乐署考正声律也。"①信都芳堪称是北魏至北齐最精于乐律的人物,直至唐代仍影响颇深,然而在北魏却"不得在乐署考正声律",只能作为元延明的辅助,这也是因为其"门生"的身份,难以被接纳为调音正律的正式参与者。而另外一点值得注意的是,无论是萧宝寅奏,还是孝明帝诏,都并没有出于陈仲儒作为入北南人,其知识结构与北魏士人不符的这个角度来否定其观点,却提出了"常人"这个消弭了地域因素的身份原因。或者说,萧宝寅与陈仲儒,在同样是入北南人的情况下,一为作为集议主持者的尚书,一为"常人",这是其身份根本差异,也是萧宝寅并不一定精通礼乐,却能够评判陈仲儒之说的本质原因。可见,与北魏士人对于入北南人王肃及其观点的抵触相比,在孝明帝时期的这套评判体系中,南北之争已经让位于北朝内部身份地位的差异。这在某种程度上意味着,北魏后期,统治阶层已超越了单纯地域维度的"南"与"北",而强化了对于正朔的追求。

三、北魏礼乐建设的根本出发点

从北魏后期礼乐建设的评判标准可以看出,这一阶段礼乐建设的根本出发点,已非制撰与各种礼仪相匹配的音乐与舞蹈,而是为了用礼乐表达国家形象与正统地位。因此,调音定律的重要性尚在确立具体制度、制作乐曲与歌辞之先,是最触及本质的内容。也正是因为这一出发点,乐律、礼乐制度与仪式用乐的议定,其根本目的并非寻求准确合用的乐律与乐曲,亦非研

---

① 《魏书》第 2836 页。

究音律、古乐的真正面貌,而是为了表达王朝合理性、继承性、正统性与权威性。

北魏乐制建设中所体现出的正统观念可以分为三层内容,其中一层从北魏前期起既已存在,另外两层则从中后期开始逐渐成为主导。如果与礼制建设相比较则可以看出,虽然乐制建设的规模有所不及,但是在指导思想上仍然体现出一致性,其推进过程也是基本同步的。

(一)拓跋鲜卑本民族的文化传统

拓跋鲜卑本民族的文化与历史传统,无疑是北魏政权正统性的根本出发点。在代国至北魏早期,"正统"一方面表达为对本国与周边地区、民族及政权的武力征服与震慑,另一方面则表达为对内部统治集团尤其是掌握实权与武力的统治核心的凝聚。这种对外威慑,对内凝聚的"正统性"的表达,在礼的方面,表现为对本民族祭典仪式的重视。《资治通鉴》卷一一〇《晋纪三十二》云:"魏之旧俗,孟夏祀天及东庙,季夏帅众却霜于阴山,孟秋祀天于西郊。"①除西郊祭天这一为人所熟知的,拓跋鲜卑最为重要的祭典以外,康乐认为,所谓"东庙",应当就是拓跋人的秋祭,也就是《魏书·礼志》中所记,设于白登山西面,每年九、十月之交举行的祭典,而"西郊"与"东庙"都是遍行于北亚文化圈的祭典②。而与康乐的观点有所不同的是,也有学者认为,北魏的汉化,并未完全忽视甚至抛弃原有的文化传统,即使是在迁都与全面汉化后,仍然对其有所保留。如佐川英治《从西郊到圜丘——〈文馆词林·后魏孝文帝祭圜丘大赦诏〉所见孝文帝的祭天礼仪》一文认为,"迁都洛阳后,原来平城西郊、南郊两处不同形式的祭天并没有因为西郊的废止而统一化,而是改变形态,以圜丘和南郊两种祭天形式得到继承"③,并且特别说明,北朝圜丘所祭祀的"天",指的并非郑玄所说的昊天上帝,而是基于游牧文化的"天"。也就是说,"北朝祭祀中圜丘和南郊的分离并非因为两者神格地位的高低不同,而是源于两者文化背景的差异",这就使得北魏的圜丘,与中原王朝及南朝所谓的圜丘有了根本的功能差异。

这种以本民族的历史与文化为出发点的正统性表达,在"乐"的方面亦有体现。尤其是在北魏早期,文化建设尚不完备时,存在着大量以本民族音乐与中原礼仪音乐相杂糅的情况。在此略论三点。

---

① 《资治通鉴》第 3484 页。
② 《从西郊到南郊——国家祭典与北魏政治》,第 169—170 页。
③ 载于余欣主编:《中古中国研究》第一卷《重绘中古中国的时代格:知识、信仰与社会的交互视角专号》,上海:中西书局,2017 年,第 23 页。

1.《真人代歌》。《魏书》卷一〇九《乐志》载:"掖庭中歌《真人代歌》,上叙祖宗开基所由,下及君臣废兴之迹,凡一百五十章,昏晨歌之,时与丝竹合奏。郊庙宴飨亦用之。"①《真人代歌》是研究北魏早期宫廷音乐时不可绕过的一组作品,然而从其名称中"真人"一词之义,到这组歌曲的性质,至今仍有不同观点。学者通常认为,《真人代歌》属于鼓吹乐范畴,而在被乐府收录之后,又用于祭祀与宴飨②。笔者则认为,解读这段文字,应该从《真人代歌》乐歌本身的性质与它在北魏官方仪式音乐中所处的位置这两个角度入手。在乐歌本身性质层面,它无疑是拓跋鲜卑的民族史诗,以"上叙祖宗开基所由,下及君臣废兴之迹"为直接目的。而作为官方仪式音乐,"亦用之"一词说明它在使用中存在一乐多用的情况,在祭祀与宴飨中均可以使用,但均非其最为重要的功能。窃以为,《真人代歌》在北魏早期,主要被充当为房中之乐使用。

首先,从这段文献对其表演形式的叙述来看,《真人代歌》的主要使用场合是掖庭之中,《旧唐书》卷二九《音乐志二》亦称"后魏乐府始有北歌,即《魏史》所谓《真人代歌》是也。代都时,命掖庭宫女晨夕歌之"③。而与之相配合的音乐演奏方式则是"丝竹合奏"。这与时人对房中乐的理解是相吻合的。

对于"房中乐""房内乐""房中祠乐"等概念的解释,自东汉晚期起便颇有异说,至今学者仍争论不已④。这并非本书讨论的重点,故不展开。之所以说《真人代歌》的一个主要功能是房中乐,是因为它与以下几条关于房中乐的最为重要的文献相符合。

遂歌乡乐,《周南》:《关雎》《葛覃》《卷耳》;《召南》:《鹊巢》《采

---

① 《魏书》第2828页。
② 如黎国韬著:《〈宋书·乐志〉十五大曲流行年代补正——兼论〈阿干之歌〉与〈真人代歌〉》认为《真人代歌》应是包括了《阿干之歌》在内的结构更为庞大的"鼓吹大曲",见《艺苑》2015年第1期,第37页;田余庆著:《〈代歌〉〈代记〉和北魏国史》称"代歌本是鼓吹乐,军中奏之,入乐府后始'与丝竹合奏',才脱朔漠土风而登进于庙堂宴飨"。见田余庆著:《拓跋史探(修订本)》,北京:生活·读书·新知三联书店,2011年,第202页。
③ 《旧唐书》第1071—1072页。
④ 相关讨论,可参见王福利著:《"房中乐""房中歌"名义新探》,《音乐研究》2006年第3期;王福利:《论汉代的"房中乐""房中歌"》,《徐州师范大学学报(哲学社会科学版)》2007年第2期;许云和著:《汉〈房中祠乐〉与〈安世房中歌〉十七章》,《中山大学学报(社会科学版)》2010年第2期;鲁立智著:《房中祠乐源流考》,《求索》2012年第3期;张哲俊著:《房中与〈房中祠乐〉的性质》,《北京师范大学学报(社会科学版)》2017年第5期;黎国韬、黄竟娴著:《房中乐性质新探》,《艺苑》2018年第2期等。

蘩》《采蘋》。(郑玄注曰:《周南》《召南》,《国风》篇也。王后、国君夫人房中之乐歌也。)①

有房中之乐。(郑玄注曰:弦歌《周南》《召南》之诗,而不用钟磬之节也。谓之房中者,后夫人之所讽诵,以事其君子。)②

或谓之房中乐者,后、妃、夫人侍御于其君子,女史歌之,以节义序故耳。③

又有《房中祠乐》,高祖唐山夫人所作也。周有《房中乐》,至秦名曰《寿人》。④

诚然,班固与郑玄作为东汉人,对于周代的《房中乐》与汉代的《房中祠乐》,已并不能完全了解,其解释也未必尽合本意。当今学者对"房中乐"相关名义的探讨,也多起自对班、郑的质疑。然而,北魏早期的文化建设尚未发展到在此过程中先对经义进行辨析讨论的程度,直接以经典及其传注,以及前代史籍作为依据来构建本国的礼乐文化体系是常见模式,何况郑玄义与《汉书》正是其礼乐制度建设中最为倚重的理论来源。将对"真人代歌"的记载与《仪礼》郑注及《毛诗》郑笺对观,可以看出,用于后宫、由女史/侍女歌之,且为弦歌而不用钟磬之节,以及用先祖事迹来起到"讽诵以事其君子"而非娱乐耳目,在使用目的、场合、方式等关键点上,都与郑玄之说相符合。因此,所谓"掖庭歌之",应该是作为房中乐使用。当然,这并不是说《真人代歌》在拓跋鲜卑文化传统中本身即为女乐,也不说明拓跋鲜卑本身具有房中乐这一宫廷音乐类型,而是说,道武帝时期的礼乐建设中,将拓跋鲜卑本身即有的《真人代歌》,进行了一些具有汉化意味的改造(如与丝竹合奏),将其以"房中乐"的面貌纳入了时人所理解的中原礼乐框架中,作为雅乐的一部分加以使用。

第二,从《魏书·乐志》的叙述体例来看,《魏书》此段记载,其实并非仅仅单独记录"真人代歌"这一组音乐作品,它是在记录天兴元年雅乐建设一事的过程中被提及的,与整段文字存在内在的结构关联。此段记载全文如下:

天兴元年冬,诏尚书吏部郎邓渊定律吕,协音乐。及追尊皇曾祖、

---

① 《仪礼注疏·燕礼第六》,《十三经注疏(清嘉庆刊本)》,第 2208 页。
② 《仪礼注疏·燕礼记》,见《十三经注疏(清嘉庆刊本)》第 2216 页。
③ 《诗谱序·周南召南谱》郑笺,见《十三经注疏(清嘉庆刊本)》第 559 页。
④ 《汉书·礼乐志》,见《汉书》第 1043 页。

皇祖、皇考诸帝,乐用八佾,舞《皇始》之舞。《皇始舞》,太祖所作也,以明开大始祖之业。后更制宗庙。皇帝入庙门,奏《王夏》,太祝迎神于庙门,奏《迎神曲》,犹古降神之乐;干豆上,奏登歌,犹古清庙之乐;曲终,下奏《神祚》,嘉神明之飨也;皇帝行礼七庙,奏《陛步》,以为行止之节;皇帝出门,奏《总章》,次奏《八佾舞》,次奏送神曲。又旧礼:孟秋祀天西郊,兆内坛西,备列金石,乐具,皇帝入兆内行礼,咸奏舞《八佾》之舞;孟夏有事于东庙,用乐略与西郊同。太祖初,冬至祭天于南郊圜丘,乐用《皇矣》,奏《云和》之舞,事讫,奏《维皇》,将燎;夏至祭地祇于北郊方泽,乐用《天祚》,奏《大武》之舞。正月上日,飨群臣,宣布政教,备列宫悬正乐,兼奏燕、赵、秦、吴之音,五方殊俗之曲。四时飨会亦用焉。凡乐者乐其所自生,礼不忘其本,掖庭中歌《真人代歌》,上叙祖宗开基所由,下及君臣废兴之迹,凡一百五十章,昏晨歌之,时与丝竹合奏。郊庙宴飨亦用之。①

从雅乐的不同类型来看,这段文字在《真人代歌》之前,可分为几个层次,分别为宗庙飨神之乐、宗庙祭祀仪式用乐、四郊祭祀仪式用乐、元日朝会用乐、四时飨会用乐,也就是说,它是以雅乐用乐类型而非具体的曲名、调名为线索的,因此《真人代歌》必然也是作为某一雅乐类型的具体篇目存在的。那么,这一"雅乐类型"是否是房中乐呢?由于《魏书·乐志》中大量内容承袭甚至直接照搬《汉书·礼乐志》而来,我们可以将其与《汉书·礼乐志》中的一段文字对观:

  高祖时,叔孙通因秦乐人制宗庙乐。大祝迎神于庙门,奏《嘉至》,犹古降神之乐也。皇帝入庙门,奏《永至》,以为行步之节,犹古《采荠》《肆夏》也。干豆上,奏登歌,独上歌,不以筦弦乱人声,欲在位者遍闻之,犹古清庙之歌也。登歌再终,下奏《休成》之乐,美神明既飨也。皇帝就酒东厢,坐定,奏《永安》之乐,美礼已成也。又有《房中祠乐》,高祖唐山夫人所作也。周有《房中乐》,至秦名曰《寿人》。凡乐,乐其所生,礼不忘本。高祖乐楚声,故《房中乐》楚声也。孝惠二年,使乐府令夏侯宽备其箫管,更名曰《安世乐》。②

---

① 《魏书》第 2827—2828 页。
② 《汉书》第 1043 页。

虽然《汉书·礼乐志》此段仅记录了宗庙乐与房中乐,然而可以看出,《魏书·乐志》对其的模仿非常明显,在宗庙乐部分,"犹古降神之乐也""以为行步之节""犹古清庙之乐也""嘉神明之飨也"等语,几乎全部照搬《汉书》之语。而在《真人代歌》的部分,"凡乐者乐其所自生,礼不忘其本"一句,则直接对应于《汉书》之"凡乐,乐其所生,礼不忘本",这足可说明,魏收认为,《真人代歌》与汉房中乐是同一性质,在北魏宫廷中作为房中乐使用。而以鲜卑语的《代歌》作为房中乐,则是以"乐其所生,礼不忘本"为出发点,既是对本民族的历史与文化的尊崇,也是对汉高祖以楚声为《房中乐》的效仿。这是北魏早期堪称"照本宣科"式的汉化礼乐建设的一个有趣的例子。

2.《簸逻回歌》。《隋书》卷一四《音乐志中》云:"天兴初,吏部郎邓彦海,奏上庙乐,创制宫悬,而钟管不备。乐章既阙,杂以《簸逻回歌》。"①可见《簸逻回歌》是与《真人代歌》基本同时进入北魏官方仪式音乐序列的。其使用场合主要是郊庙祭祀。所谓"杂以",说明它并非是郊庙乐的主体,而是作为上文已引述过的《王夏》《皇始》等用于郊庙的中原旧乐及北魏新制雅乐舞的补充,配合使用。

《簸逻回歌》之所以被补充入郊庙雅乐,首先是因为它是鲜卑等民族所固有的,具有独特意义的乐种。《旧唐书》卷二九《音乐志二》云:"按今大角,此即后魏世所谓簸逻回者是也,其曲亦多可汗之辞。"②《新唐书》卷二二《礼乐志十二》则云:"金吾所掌有大角,即魏之'簸逻回',工人谓之角手,以备鼓吹。"均言明簸逻回为自北魏所常用之乐器。大角本不在"八音"分类之内,并非中原所固有的乐器,其进入汉族王朝的音乐记录是在陈代的《古今乐录》,是乐器与乐曲一起传入南朝的典型音乐种类。根据目前的考古发现,自十六国至隋的北方墓葬中,不论是壁画还是陶俑,均有大量"吹角"形象作为仪仗成员出现,又可分为步行吹奏、骑行吹奏与两两成对站立吹奏三种类型③。这些出土文物与图像,直观地展示了"鼓角横吹"的乐队配置与表演方式。值得注意的是,十六国至北朝墓葬中的吹角者均为世俗形象,且

---

① 《隋书》第 313 页。
② 《旧唐书》第 1072 页。
③ 骑行吹角形象,如咸阳平陵十六国墓出土鼓吹骑马乐俑十六件,包括击鼓、吹角、吹排箫等,吹角者双手分正握、反挽两种;西安南郊草厂坡村北魏墓出土骑马胡角俑二件;洛阳北魏元绍墓亦有骑马鼓吹俑。步行吹角形象,如彭阳新集北魏墓出土八件吹角步行俑;山西大同沙岭北魏壁画墓北壁下栏纵向第二排六名军乐吹奏弯角。两两成对站立吹角多出现于北齐墓葬壁画,如北齐娄睿墓壁画,四人执长角,两两相对;徐显秀壁画四人仪仗中扛鼓吹,两人一组,分别站于两支平行的仪仗队;水泉梁北齐壁画墓南壁门洞两侧两人十字交叉吹角等。

以军士为主,在表示墓主升仙的壁画中,即使有鼓吹导引,也并不用角①。这说明,在时人认知中,角是用于军乐鼓吹的世俗乐器。

其次,《簸逻回歌》得以进入郊庙雅乐,还与其乐曲形式特征有直接关联。《隋书》卷一五《音乐志下》载:"大角,第一曲起捉马,第二曲被马,第三曲骑马,第四曲行,第五曲入阵,第六曲收军,第七曲下营。皆以三通为一曲。其辞并本之鲜卑。"②虽然隋代所用大角曲未必是北魏时《簸逻回歌》的原貌,但从"其辞并本之鲜卑"来看,它与鲜卑传统的大角之曲确实有着明确的承继关系。由此可知,作为仪仗鼓吹的大角曲虽有歌辞,但并不以歌辞内容为核心,因此在隋代仍然可以使用已不知其意的鲜卑语歌辞。作为套曲,其不同曲子的内容及其排列,完全是为了配合自牵马、上马、入阵至回营的过程,也就是说,其本质不是为了言志抒情,而是为了伴奏,起到的是"以为行步之节"的作用,这与郊庙祭祀中所使用的一部分仪式音乐的目的是相同的。正因如此,它可以被用于郊庙仪式之中。

由此可见,《真人代歌》与《簸逻回歌》这两套鲜卑民族的固有曲调,进入北魏早期官方仪式音乐的原因与侧重点各不相同,但是不论是记录本民族历史事迹的史诗,还是本民族所习用的表达威仪的乐器与乐种,都是以本民族的文化传统,与中原传统进行比较生硬的融合,从而用以表达北魏政权主体性的音乐形式。

3. 自作歌与自起舞。准确来说,即兴的作歌起舞并不属于官方仪式音乐的范畴,但是,在拓跋鲜卑,乃至更为广泛的北方民族的文化传统中,它是沟通感情、表达意愿的重要方式,因此,不论是在私下场合,还是在重要的国家仪式上,都曾有或是个别人行为,或是集体行为的相关记载。个人表达者,如《魏书》卷一五《昭成子孙传·秦王翰传附卫仪传》载:

世祖之初育也,太祖喜,夜召仪入。太祖曰:"卿闻夜唤,乃不怪惧乎?"仪曰:"臣推诚以事陛下,陛下明察,臣辄自安。忽奉夜诏,怪有之,惧实无也。"太祖告以世祖生,仪起拜而歌舞,遂对饮申旦。③

又同书卷七三《奚康生传》载:

---

① 如1977年4月发现于上窑大队村东的北魏画像石棺,左侧板中部为墓主驾龙飞升图,后部为接引墓主升仙的仪仗乐队。乐伎皆乘龙,有吹笛、吹排箫、击鼓者,而无吹角者。
② 《隋书》第383页。
③ 《魏书》第371页。

> 正光二年三月，肃宗朝灵太后于西林园，文武侍坐，酒酣迭舞。次至康生，康生乃为力士舞，及于折旋，每顾视太后，举手、蹈足、瞋目、颔首为杀缚之势。太后解其意而不敢言。①

虽然奚康生之事发生于北魏后期，但此时正是胡太后试图以胡人贵族等势力打压河北汉人大族的时期，奚康生的行为也是基于身份而选择了鲜卑固有的表达方式，因此虽然二者相隔时间既远，所表达的情绪也是一喜一怒，但其形式与文化内核是相同的。

而在国家活动中的集体行为，则可见于《魏书》卷一三《皇后列传·文成文明皇后冯氏传》：

> 太后曾与高祖幸灵泉池，燕群臣及藩国使人、诸方渠帅，各令为其方舞。高祖帅群臣上寿，太后忻然作歌，帝亦和歌，遂命群臣各言其志，于是和歌者九十人。②

这是一次典型的用"群臣及藩国使人、诸方渠帅"所共同认可的文化表达来增加仪式氛围及政权凝聚力的活动。正是因为这种方式具有在同一文化内部表达凝聚力的作用，因此在拓跋丕试图阻止孝文帝定都洛阳时，选择了"请作歌"的方式③，而孝文帝对此的冷淡反应，也恰恰体现了他致力于跳出鲜卑文化固有模式，用"汉化"的方法，去获得在"征服"之外的另一重正统性的决心。关于这一问题，上文已有提及，在此不再赘述。

（二）五德行次的确立

北魏孝文帝太和十四年（490）议定五德行次是北魏文化史上至关重要的大事，可以说，此后包括迁洛在内的一系列文化建设都以此为理论基础。《魏书·礼志》中对此事有详细记载，在此不再赘述。一言以蔽之，孝文帝在"继承十六国统序"与"继承西晋统序"的两种观点之间选择了后者。有学者认为，扬弃十六国统序而确立承晋的正统观念，是因为此种做法更符合汉人心理，在统治区域内更能得到汉人的广泛认同。然而在太和中期，汉族士人对于政权的认同感实际上已经形成，并且形成了一些在文化与利益上均休戚相关的共同体——议定五德行次的过程，执不同意见的双方人员构成

---

① 《魏书》第1632页。
② 《魏书》第329页。
③ 《魏书》第359页。

足可说明这一点。以"承晋"为正统的自我表达,是在更高的层面做出的:用"五德"这种带有象征意味的理论,为此后对于西晋礼仪、政治、官制、宫室、都城建设等各种方面的制度性的继承铺平了道路。以议定行次为分界线,北魏政权不但与十六国的胡族政权划清界限,实际上也对北魏早期为了维护统治集团内部凝聚力而采取的一系列措施进行了取舍。

除了理论层面以外,议定五德行次这一次集议的具体过程,其实也具有典范意味。倪润安认为:"太和十四年之议的目的根本不是在毫无预设的前提下讨论北魏是继承十六国还是继承西晋的问题,而是孝文帝要在做出'承晋'决定之前统一群臣思想。"①此语诚为确论。上文已经提到,北魏中后期针对律尺进行的辩论,并非开放性地讨论得失正误,而是有指向性地按照一定的准则确立某一种律尺的权威性。这与五德行次的集议过程异曲同工。这种已经预设了结论,带有明确目的性的集议,在北魏中后期礼乐建设中绝非罕见。可以说,议定五德行次的成功,在方法上也为其后的文化与政治建设树立了典范。

(三)"中华"观念的确立

五德行次的确定,使迁都洛阳,达成"时代"与"空间"两个维度上对西晋正朔的继承,成为历史必然。而在迁都洛阳之后,基于地域变换的另一个正统观念,即"中华"意识,也迅速得以确立。

上文论及,孝明帝朝的礼乐建设中,即使是对入北南人的观点进行评判,也并不再以其南朝出身作为否定其观点的依据。究其心态,实际出身上的南北,已经不是对于是否被接纳进入文化建设的最为重要的评判标准。其原因大抵是自孝文帝时起,地域上"南"与"北"对峙的观念,越来越让位于基于地域而超越地域的,意识形态层面上的"中华",成与南朝的文化正统竞争中的关键所在。

当然,在孝文帝迁都之前,北魏皇家已经表现出自视为中央政权的心态。这在官方仪式音乐的使用中亦有所表现。《魏书·乐志》中有这样两条材料:

> (天兴初)正月上日,飨群臣,宣布政教,备列宫悬正乐,兼奏燕、赵、秦、吴之音,五方殊俗之曲。四时飨会亦用焉。②

---

① 《光宅中原:拓跋至北魏的墓葬文化与社会演进》第222页。
② 《魏书》第2828页。

(太武帝时)后通西域,又以悦般国鼓舞设于乐署。①

(太和初)于时卒无洞晓声律者,乐部不能立,其事弥缺。然方乐之制及四夷歌舞,稍增列于太乐。②

这三条记载,自天兴初起,直至太和五年(481)前,贯穿了三个北魏文化建设中的重要阶段。后人对此颇有诟病,如陈旸《乐书》卷一七七《乐图论·俗部·舞·后魏乐舞》云:"然赫连昌、凉州、悦般国之乐,吴夷、东夷、西戎之舞并列之太乐,是不知先王之时'夷乐作于国门右辟'之说也。"③在现今研究中,它们亦往往被当做北魏前期雅乐不兴,只能杂以地方曲调之证。然而,虽然北魏前期雅乐确实难称完善,需要用本民族传统或收自各地乃至别国的乐曲,但"备列"与"兼奏"之间,尚且存在主次之别。更何况,收集统辖领土之内各地音乐,以及存在外交往来的别国乐舞,向来也是一国乐署的重要职掌。这几条记载,从另一个角度来说,可以说明,北魏政府已经具备了作为中央政府,命令乐官有意识地收集、整理与使用地方及外国音乐的意识。这与北魏时的"采诗"制度相吻合,可以视为其正统意识的一个表现。

虽然如此,在北魏迁都洛阳之后,由于地域改变的直接原因,和全面构筑政权正统性的文化措施的双重作用下,北魏上层以"起自朔漠"为本原的心态产生了根本变化,开始强调其政权对"中华"的绝对占有。而此处的"中华"概念,既有"天地之中"的实际地域层面,也有由此生发出的正朔意味。

在《魏书》记载中,首次出现"光宅中原"之语,是在太平真君年间,中书侍郎李敞奉命祭拜嘎仙洞石室的祝文中。然此文中的"中原",是与先民之石庙相对而言的广义概念,此后多年中亦未见这一用法。直至《魏书》卷一九《景穆十二王列传·任城王传》载孝文帝谓任城王元澄:"崤函帝宅,河洛王里,因兹大举,光宅中原,任城意以为何如?"④由于孝文帝的亲自标榜,在此之后,类似的说法一时成为习语。如太和十九年(495),自刘宋入北的刘昶答孝文帝曰:"陛下光宅中区,惟新朝典,刊正九流,为不朽之法,岂唯髣像唐虞,固以有高三代。"⑤将迁洛与比附唐虞三代并称。基本与此同时,河北士人出身的韩显宗先后上言,提出两条建议。

---

① 《魏书》第2828页。
② 《魏书》第2828页。
③ [宋]陈旸撰:《乐书》,中华再造善本景元至正七年福州路儒学刻明修本,北京:国家图书馆出版社2004年版。
④ 《魏书》第464页。
⑤ 见《魏书》卷五九《刘昶传》,第1311页。

今稽古建极,光宅中区,凡所徙居,皆是公地,分别伎作,在于一言,有何为疑,而阙盛美。①

自南伪相承,窃有淮北,欲擅中华之称,且以招诱边民,故侨置中州郡县。自皇风南被,仍而不改,凡有重名,其数甚众。疑惑书记,错乱区宇,非所以疆域物土,必也正名之谓也。②

依《魏书》记载,韩显宗上言是在迁洛之后,乞为宋王刘昶府谘议参军事之前。刘昶薨于太和二十一年(497),则韩显宗应是在迁洛后三年之内,即基于"光宅中原",提出了两个相对应的概念:"南伪"与"中华",而从"侨置中州郡县"一语来看,所谓"南伪"已不仅指当时与北魏对立的南齐,而是将东晋亦包括在内。这说明,占据了地域概念上的"中华"之后,北魏已经彻底不承认南渡汉族政权的正统性,而以本朝取而代之。不仅如此,数年之后,宣武帝即位之初,李彪上《求复修国史表》,曰:"唯我皇魏之奄有中华也,岁越百龄,年几十纪。太祖以弗违开基,武皇以奉时拓业,虎啸域中,龙飞宇外,小往大来,品物咸亨。自兹以降,世济其光。"③这就将"奄有中华"的时间自迁洛上溯至道武帝开国,亦即将"中华"一词由狭义的地域进一步地扩大化。

"中华"观念的确立,是北魏中后期确立正统观念、进行文化建设的重要转折点,也可以说,是北魏即使在文化水平上仍然不能与齐梁之际的南朝相提并论,但在文化心态上不可能亦不需要崇拜南朝的根本原因。这一观念体现在礼乐建设上则表现为,自此时期,礼乐建设已不限于创作、收集与整理具体的仪式乐舞,而是开始"比起音律"的工作,试图以"定律"来确立真正与"中华"相匹配的雅乐,而在具体的建设流程中,明显地加强了对经典和正朔的传承的强调,以表明正统。当然,除了地域维度的"中华"观念,传承维度"正朔"观念在其中也起到了至关重要的作用。

值得注意的是,北魏政权"中华"观念的树立并非单向的,而是与南朝对正统性的争夺与重建形成了呼应。就在北魏强调"光宅中区""奄有中华"之时,南朝也在"恢复中原"上发生了较大的变化,实质上放弃了争夺恢复被认为具有神圣性的"土中"洛阳的努力,而在建康构建新的"天下之中",礼乐建设在其中同样充当了重要内容,其中包括对乐律的审定、律尺的选择、

---

① 《魏书》卷六〇《韩麒麟传附韩显宗传》,第1341页。
② 《魏书》第1341页。
③ 《魏书》卷六二《李彪传》,第1394页。

仪式音乐的重制,乃至仪式歌辞体裁的变化等等。户川贵行甚至认为,东晋南朝雅乐改革中通过导入民间音乐而引入民间尺度,基于民间尺度制作《元嘉历》,以一尺五影长证明天下中心在于建康而非洛阳,包含了重新确定天下之中的目的①。虽然其观点仍可商榷,但是南朝为了重建正统性而作的变通与努力是清晰可见的。除了在仪式乐章结构与仪式歌辞诗体等方面表现出来以外,它也在其他各种方面有所表达。倪润安指出,在墓葬形制中,都可以看出南朝应对正统争夺的策略甚或退让:"整体而言,南朝对地方文化的认同感不断上升,与晋的中原正统关系不断疏远,'凸'字形墓和瓷器作为南方本地特征,成为南朝墓葬文化的基本底色。南朝放弃'晋制',甘居一隅,无异于将正统的旗帜拱手让于北朝,而北朝也确实抓住了这个难得的历史机遇。"②这种对于文献研究者来说甚为新奇的切入点,却与本书的基本观点相合。这充分说明,如果将南朝与北朝双方,在大致相同时间内从物质文化、礼乐建设到思想观念等各个方面的变化一一对比的话,对于五世纪末至六世纪的数十年中,双方正统观念的彼此消长与文化传播的真实面貌,会有更为明晰的了解。

通过对北魏礼乐建设的根本出发点与建设过程中对于不同学术的评判标准进行分析,我们可以分析出,北魏中后期礼乐建设的具体理论依据,来源于以下几个方面:

1. 先秦以来经典史籍中对礼乐的记录与阐释。所谓经典,包括六经及汉人的传注,尤其以郑玄注为重;所谓史籍,既包括以《汉书》为代表的正史,也包括前代奏议等保留至北魏的历史档案。

2. 汉魏晋故事。不仅迁洛后南郊祭祀等重要国家祭典上承魏晋③,在礼乐建设流程,或具体礼乐事务的进行中,多有"依故事"的记载,如冯熙薨后,葬仪"依晋太宰、安平献王故事"④,其子冯诞葬仪则"加以殊礼,备锡九命,依晋大司马、齐王攸故事"⑤。

3. 本朝先皇所定之例。如上文所言孝文帝所定铜尺长度。

---

① 参见户川贵行《东晋南朝的雅乐改革与元嘉历》,"综合的六朝史"学术研讨会论文,首都师范大学,2015年。
② 《光宅中原:拓跋至北魏的墓葬文化与社会演进》第286页。
③ 参见佐川英治《从西郊到圆丘——〈文馆词林・后魏孝文帝祭圜丘大赦诏〉所见孝文帝的祭天礼仪》,《中古中国研究》第一卷《重绘中古中国的时代格:知识、信仰与社会的交互视角专号》第5页。
④ 《魏书》卷八三上《外戚传上・冯熙传》,第1821页。
⑤ 《魏书》第1822页。

在《魏书》中，可见以下几条材料：

> 以故中书监高闾博识明敏，文思优洽，绍踪成均，实允所寄。乃命闾广程儒林，究论古乐，依据六经，参诸国志，错综阴阳，以制声律。①
> 谨准古礼及晋魏之议，并景明故事，愚谓来秋七月，祫祭应停，宜待三年终乃后祫禘。②
> 臣等谨案旧章，并采汉魏故事，撰祭服冠屦牲牢之具，罍洗簠簋俎豆之器，百官助祭位次，乐官节奏之引，升降进退之法，别集为亲拜之仪。③

其中"依据六经""谨准古礼"为依经典，"参诸国志""晋魏之议""谨案旧章"为依史籍档案，"采魏晋故事"为依故事，"并景明（宣武帝）故事"为依先皇之例，正与本书所归纳的三个理论来源相对应。可见，这种对其观点所依的表达，并非礼乐奏议中的套语，而是真实地表述其所借鉴的理论依据，可以证明北魏礼乐建设中所学习并非是南朝，至少并非直接来源于南朝。

经过以上分析，我们可以明确"北魏并未在礼乐建设中明显学习南朝"的根本原因：北魏一朝礼乐建设的根本出发点始终在于树立政权的正统性，其对"正朔"的建构具体表现为以下几个方面：通过对于本民族建功立业的传承与威仪战功的表现，确定政权的合理性；通过议定"承晋"的统序行次，以及对于前代典籍、故事的沿袭，为本朝的制度建设找到名正言顺的来源与依据，确定政权的继承性；通过"中华"与"南伪"观念的确立，剥夺南渡政权的统序，确立北魏政权的权威性。这几个方面并非均通过与音乐相关的措施达成，但是它们无一例外地为日后在理论与实践两方面的礼乐建设提供了理论支持，是在研究北魏礼乐建设中不可绕过的问题。

以树立正统性为根本出发点的思路贯穿北魏礼乐建设的始终，且在前后两期中，由于对"正统"的认知不同，造成了迥然有别的侧重点与实施方式。在研究北魏礼乐建设的过程中，必须重视这种对"正统"的强调，才能对其具体措施的性质、目的及实施方式做出更为准确的判断。

当然，自北魏起，北朝礼乐仪式中并非全无南朝文化的痕迹。历朝历代被南朝影响的程度有何种不同，缘何造成这种差异，也是值得讨论的问题。

---

① 正始四年（507）公孙崇表，见《魏书》卷一〇九《乐志》，第2831页。
② 延昌四年（515）三月甲子尚书令、任城王元澄奏，太常卿崔亮上言议停祫祭，见《魏书》卷一〇八之二《礼志二》，第2762页。
③ 太和六年十一月群官议亲拜之仪，见《魏书》卷一〇八之一《礼志一》，第2740页。

四、北朝礼乐制度对南朝因素选择与接纳

北魏对于礼乐制度的建设并不可称成功,况且其中也经历了不止一次太乐官方记录散失、乐器朽坏乃至被毁的情况。但其国祚既长,对于礼乐有数次形成规模的讨论,因此为北朝的礼乐建设打下了一定的基础。北齐、北周的礼乐建设,并未再进行足够深入的理论层面的集议与讨论,仅仅是围绕官方仪式音乐的制作进行,其长处则是留下了一批带有时代特色的乐章歌辞。比较值得注意的是,北魏、北齐、北周三朝的仪式音乐制作中,都吸取了南朝因素,但其吸取方式的差异,及其背后的原因,则各有不同,且显示出北朝接纳南朝过程中的一个重要因素,值得略作讨论。

根据《魏书》等史籍的记载,北魏官方仪式音乐中所存在的南朝音乐,大抵来源于以下几个方面。

1. 北魏早期"五方殊俗之曲"中所保存的南方歌舞。《魏书》卷一〇九《乐志》载天兴年间"正月上日,飨群臣,宣布政教,备列宫悬正乐,兼奏燕、赵、秦、吴之音,五方殊俗之曲。四时飨会亦用焉"[1],已见上文。同卷又载公孙崇正始四年表,称"(乐府先正声)又有《文始》《五行》《勺舞》。太祖初兴,置《皇始》之舞,复有吴夷、东夷、西戎之舞"[2],二者均言道武帝时之事。可见在北魏建国之初,乐府之中,已有一定数量的南方音乐,且包括乐曲与舞蹈两部分。既可用于元日与四时飨会,则亦不仅有歌舞保存,亦有可以进行表演的乐工。而公孙崇复称"太和初,郊庙但用《文始》《五行》《皇始》三舞而已"[3]。可见至迟在孝文帝初年,虽然不清楚作为"先正声"的《勺舞》是因为什么原因未用于郊庙,甚至不清楚其是否仍然有所保存,但"吴夷之舞"等杂舞无法进入郊庙仪式的雅乐舞之列,无疑是因为雅俗之辨。

2. 南境所获清商乐进入北魏乐府。《魏书·乐志》曰:"初,高祖讨淮、汉,世宗定寿春,收其声伎。江左所传中原旧曲,《明君》《圣主》《公莫》《白鸠》之属,及江南吴歌、荆楚四声,总谓《清商》。至于殿庭飨宴兼奏之。"[4]即使北魏早期乐府中的南方歌舞已经散失,在北魏中期,藉由战争再次获得了保存在南方的清商乐,其中既有在南朝被视为"清商正声"的中原相和旧曲,也有尚被目为"新声杂曲"的吴歌与西曲。与北魏早期不同的是,可以看出,这一次南朝乐曲的入北是成体系、有规模的。然而这批南朝乐曲的使用情

---

[1] 《魏书》第2828页。
[2] 《魏书》第2831页。
[3] 《魏书》第2831页。
[4] 《魏书》第2843页。按,"四声",《通典》卷一四二《乐二·历代沿革下》作"西声",疑是。

况,与北魏早期亦无本质区别,仍然是在朝会与飨宴中"兼奏"。隋代七部乐中即有清商乐,然而《隋书》卷一五《音乐志下》言"宋武平关中,因而入南,不复存于内地。及平陈后获之"①,复引隋文帝语,亦云"昔因永嘉,流于江外,我受天明命,今复会同"②,可见进入北魏乐府的南朝清商曲并未在北得以保存至隋代,甚至时人竟不知其曾流传入北。有学者认为清商曲是依靠北朝乐府机构保存流传的,并非确论③。

3. 刘昶、王肃等入北南人在礼乐建设中所起到的作用。刘昶曾任仪曹尚书,在迁洛前的朝仪改革中"条上旧式,略不遗忘"④,王肃及其子侄辈,在孝文帝晚期至宣武帝、孝明帝时的文化建设中,也颇有地位,详见本书第一、二章。虽然没有具体于音乐的记载,但是仍有可能发挥其沟通南北的作用。

综上所述,北魏朝官方音乐之中,确实存在着不可忽视的南朝印记,但是仍以具体的乐曲为主,在礼乐制度建设中,南朝因素的影响则并不显著。《隋书》卷一三《音乐志上》评论北魏雅乐,曰:"晋氏不纲,魏图将霸,道武克中山,太武平统万,或得其宫悬,或收其古乐,于时经营是迫,雅器斯寝。孝文颇为诗歌,以勋在位,谣俗流传,布诸音律。大臣驰骋汉、魏,旁罗宋、齐,功成奋豫,代有制作。"⑤其中提到了几个方面:帝王自作对官方音乐制作的推动;采集民间歌曲入乐;大臣以汉魏为主要依据进行礼乐建设,并且兼受南朝宋齐的一些影响。这应该能代表隋代至唐初人对于北魏音乐的看法:其主体性仍然是汉魏旧学,宋齐存在一些影响,但是在其中并不占据主要地位,仅是"旁罗"。窃以为,这是符合北魏礼乐建设实际情况的。而究其原因,其实与"道武克中山,太武平统万,或得其宫悬,或收其古乐"相关。经永嘉之乱及十六国的战乱之后,西晋雅乐的主要归处,一为三燕迭相继承,一为河西,经道武、太武征战,存者尽归北魏。虽然这批乐器并未得以善加利用,面临的是乐器朽坏、乐章散佚的窘境,但是乐府"择而存之"毕竟为雅乐制作与使用打下基础。至正始时仍保存有六十余首的古雅乐正声,应正是出自于此。更为重要的是,与乐器、乐曲同时入魏的,还有大批的迁徙人口,其中既包括伶人伎巧等实际操作者,也包括河北士人、河西士人这两个北魏时期至为重要的文化集团,他们具有着与古雅乐来源一致的西晋学术渊源。北魏中期之后,也正是河北士人与河西士人,在礼乐建设过程中起到了最显

---

① 《隋书》第377页。
② 《隋书》第378页。
③ 参见王淑梅著:《北朝乐府诗研究》,北京:社会科学文献出版社,2013年。
④ 《魏书》第1309页。
⑤ 《隋书》第286—287页。

著的作用。在这个层面上,南朝不论是传入北方的音乐本体的体量,还是入北文化士族的规模,都是无法与其相比的,因此并不能够在礼乐建设中起到"四两拨千斤"的作用。

与北魏相比,北齐的情况有了显著变化,本书第三章已进行了比较详尽的分析。但是在礼乐制作方面,在与文学创作同步及类似的基础上,它仍然有着独有的特征,一言以蔽之,既承继了北魏、吸收了南朝,也在北周有所延续,并最终影响隋唐。关于北齐在中国音乐发展史中的重要作用及其表现,下文将有专论,在此暂且不做详述。

北周的礼乐建设又与北齐显示出不同面貌。虽然制《六代乐》是其依照《周官》复古而建六官的一部分,但其礼乐建设,几乎可以说是全面依据南朝而来。这种情况的产生基于特殊的历史原因。北魏分裂为东西魏时,礼乐文化基本均被挟至邺城,因此东魏北齐可以"咸尊魏典"或制作遵循"洛阳旧乐"的新雅乐,而西魏却处于"乐声皆阙"[①]的局面,只能使用高昌乐"备飨宴之礼"[②]。而在这种情况下,通过战争获得大量梁代的雅乐器及文化士族,必然从物质与理论两方面,都以发达的梁代仪式音乐基础。虽然在初获梁代乐器时,仅仅是"以属有司",似乎并未善加利用,但此后的重要雅乐种类制作,均有深刻的梁代痕迹。《隋书·音乐志中》载:"建德二年十月甲辰,六代乐成,奏于崇信殿。群臣咸观。其宫悬,依梁三十六架。"[③]这与东魏所用"合为二十架"的宫悬迥然有别。鼓吹乐方面,则"以梁鼓吹熊罴十二案,每元正大会,列于悬间,与正乐合奏"[④]。雅乐歌辞则由当时南朝文士的翘楚庾信所撰。值得注意的是,北齐雅乐的《五郊迎气歌》和北周的《周祀五帝歌》及元正飨会所用《周五声调曲》都是"以数立言"之体。"以数立言"体雅乐歌辞始自谢庄所撰《宋明堂歌》,是刘宋在争夺正统性,建立不同于汉晋的新雅乐体系时所创造出的新雅乐歌词体式,带有鲜明的南朝意识形态特征。北齐、北周采用此体入雅乐,无疑是向南朝学习之举,但二者又迥然有别。一方面,北齐《五郊迎气歌》之体完全依照谢庄、谢超宗等人所撰宋齐歌辞之体,而北周诸曲辞则在谢庄的基础上,在诗体与所依之"数"等方面,均有所改制;另一方面,北周的相关歌词为庾信所撰,北齐诸曲则是北人陆卬在学习宋齐诸作之体的基础上而作。仅仅看这两方面差异,不能明确评判二者高下,但实际上,它们恰好体现了北齐和北周在文化史中的不同思

---

① 《隋书》第 311 页。
② 《隋书》第 342 页。
③ 《隋书》第 332 页。
④ 《隋书》第 332 页。

路和举措,在本章下文,以及本书第六章中还将进一步讨论这一问题。如果以一言蔽之的话,北周国祚不久,雅乐制作起步亦艰难,但却能相当迅速地"正定雅音,为郊庙乐。创造钟律,颇得其宜"①,根本原因即是成体系的梁代雅乐乐器与深刻了解梁代雅乐的入北南朝士人的共同作用。

总而言之,梳理北魏、北齐、北周三朝官方礼乐建设对南朝音乐的接纳,可以发现其中体现了一个共性:虽然本书反复强调,北朝对于南朝文化的接纳,是基于其主体性、正统性,有选择地进行的,但同样不可忽视的是,北魏的礼乐建设中主要吸纳了河北与河西系统的因素,北周在较短的时间里构建了北魏与北齐都难以与之相比的雅乐体系,都不仅仅是其统治者主观选择的结果,而是从某种角度上来说,带有不可避免的客观因素。

本节主要讨论了北朝礼乐建设的指导思想,其中以北魏为主,兼及北齐与北周。通过分析北魏礼乐建设过程中对各家理论的正反两方面评判标准,可以充分地了解到,其根本出发点,在于通过礼乐,树立政权的合理性、继承性、正统性与权威性。这一出发点贯穿了北魏礼乐建设的始终,而且在前后两期中,又因对"正统"的认知不同,而造成了迥然有别的侧重点与实施方式。在这一指导思想的基础上,本节还分析了北朝的三个朝代对于南朝音乐的不同接纳方式,其结论一方面与其他章节相印证,证明北朝对南朝文化的接纳是带有主观性的,从本身的立足点与需求出发,而非出于崇拜先进文化的心态而全盘接受,一方面也揭示出,这一接纳过程中也带有一定程度的,由物质文明的密集传入这一客观原因带来的必然性。

第二节 官方音乐文献制撰与北朝礼乐政治

不论是研究北朝乐府文学,抑或北朝音乐史,都会面对一个不可忽视的问题:北朝音乐及乐府歌辞的文献材料,缺失得比其他朝代更为严重,以至于在研究时,往往有无从下手之感。这大抵是由几方面原因造成的。第一,《魏书·乐志》只依照时间顺序记录北魏制礼作乐过程中的事件及相关奏议,并未记录北魏乐府所用歌辞,对于音乐类型、乐章、乐器的记载亦甚为简单。这可能并非编纂者的主观原因,而是意味着在魏收编纂《魏书》时,北魏官方使用的汉文仪式歌辞已经散佚殆尽——这也符合此书中记载的北魏默

---

① 《隋书》第333页。

念太乐机构空虚,档案记录、乐器乐章散失的情况;第二,北朝独立成书的音乐著作较少,且散佚情况极其严重,几乎没有以较为完整的形态流转于世的乐书,甚至连有佚文流传的都不甚多;第三,乐府文学研究最为重要的文献是《乐府诗集》,吴相洲《关于构建乐府学的思考》中对乐府学研究中的文献研究的阐述几乎完全从《乐府诗集》出发①。关于南北朝乐府,《乐府诗集》中最为重要的文献来源为《古今乐录》,而《古今乐录》中以南朝乐府为绝对主体,北朝相关内容寥寥无几。在北朝乐府方面,《乐府诗集》中序与题解主要文献来源为传世文献《隋书》,并不能起到足够的文献补充作用。

北朝乐府文献的严重缺失,一方面给研究带来了极大困难,另一方面,却更加要求研究者从文献入手进行研究。本人曾经对南朝的乐府文献进行过较为全面的梳理,但是在进入北朝乐府文献领域时却发现,由于文献留存的状态差异极大,用处理南朝音乐文献的方法来研究北朝音乐文献是行不通的。因此,在本节与下一节中,笔者尝试使用一些符合北朝音乐文献不同特征的研究方法,尽可能广泛地收集材料、尽可能细致地分析材料,最终对北朝的官方音乐文献的总体面貌及其背后的音乐史问题进行讨论。

一、引论:北朝官方音乐文献的类型、特征及研究方法

官方音乐档案是中国早期音乐文献的重要类别,它指的是各个朝代为了明确制定与记录各种礼乐制度,而由相关部门通过一些固定流程来收集、撰写、编纂、审核并作为档案归档保存的音乐文献。在中国历史上,成系统地记录这类文献,在很早时已形成定例。汉代到五代,尤其是唐以前的音乐文献,从整体上具有非常明显的官方性质,其中相当大的部分都属于官方档案范畴。这类文献在中国音乐的发展史上起到了重要作用,然而,一直以来,其独立性与独特性并未得到充分认知,以至于其对音乐史的影响长期昧而不彰。概言之,早期官方音乐档案具有以下几个方面的特点:

(1)从内容来看,官方音乐档案包括制度性文献、史料性文献、理论性文献与档案性文献几个类型。制度性文献针对当时所亟待解决的问题,通过集议的方式,确定可刊为定式的制度,并将其落实于书面;史料性文献与理论性文献通过收集历朝历代的相关文献及阐述编撰者自己的观点,为某一个时段的某一次礼乐建设提供理论支持;档案性文献包括一朝所用的具体雅乐类型、所用歌名及歌辞、历次礼乐讨论的记录,以及乐人名籍等等。

---

① 参见吴相洲著:《关于构建乐府学的思考》,《北京大学学报(哲学社会科学版)》2006年第3期,第68页。

总体来说,官方音乐档案的成型方式是"记录"而非"撰述":或是记录官方礼乐建设的过程,或是记录某一时期、某一仪式中使用的音乐类型及曲目。

(2) 从体裁来看,官方档案中比较常见的是乐书著作、资料汇编与曲目档案三种类型。著作可以分为两种:或是皇帝在礼乐建设过程中,委派重要官员领衔编撰的乐书,或是私人自撰后交付官方机构的乐书;资料汇编包括前代的礼乐文献汇编和本朝相关文献汇编;曲目档案则主要记录当时在各种仪式上分类使用的乐曲,大概可分为仅条列目录的"乐录"及依据一定逻辑记录歌辞的档案两种。曲目档案有非常固定的命名方式,其完整结构为"时间+音乐类型/表演场合+体裁",如刘宋有《元嘉正声伎录》《大明三年宴乐伎录》与《宋太始祭高禖歌辞》等。这两种类型的档案也常常搭配使用,如西晋有《晋燕乐歌辞》与《晋燕乐歌录》,这是音乐档案中非常重要的类型,也是本节和下一节所着重讨论的内容。

(3) 从藏地来看,官方音乐档案并不仅藏于一个机构。史料性文献、撰成后"奏上"的理论性文献,以及在礼乐集议中形成的相关档案性文献或制度性文献,多有"付尚书"保存之例,而与曲目、乐器、乐人等相关的具体事务档案,则在"有司"即太乐或太常保存①。

虽然目前可以见到的北朝官方音乐文献极少,但仍同样符合以上三个特点。具体到官方仪式用乐的保存情况来说,北朝太乐曲目的保存方式存在两种类型:

(1) 已无歌辞或曲目留存,但史籍中有对音乐档案编辑行为的记录。在《魏书》等文献中,记载了数次编纂和使用音乐档案的行为,其中最重要的是《魏书·乐志》对太乐令崔九龙编纂乐录的记载:

> 太乐令崔九龙言于太常卿祖莹曰:"声有七声,调有七调,以今七调合之七律,起于黄钟,终于中吕。今古杂曲,随调举之,将五百曲。恐诸曲名,后致亡失,今辄条记,存之于乐府。"莹依而上之。九龙所录,或雅或郑,至于谣俗、四夷杂歌,但记其声折而已,不能知其本意。又名多谬舛,莫识所由,随其淫正而取之。②

正是这种记载,让今人得以了解北魏音乐文献编纂的类型、流程与规

---

① 参见拙作《中古乐录类文献的编纂与演变》,《国学研究》第 38 卷,北京大学出版社,2016 年。
② 《魏书》第 2843 页。

模,从而对北魏的礼乐建设及歌辞使用有更为深入的认识。

（2）有歌辞留存,无相关音乐档案编纂行为的记载。与北魏恰恰相反,北齐、北周的仪式歌辞详细保存于《隋书·音乐志》中,但其史书中并未对音乐档案编纂行为进行记录。然而,以北魏以及此前其他朝代的音乐档案编纂为旁证,我们可以确信,之所以有如此清晰及成体系的歌辞留存,其重要原因是在本朝之内有着系统性的记录,甚至较为完善地保存到《隋书》编纂之时。

要而言之,"官方音乐档案"这一文献类型的体例特征、北朝音乐档案的保存特征以及后世文献引用这类文献时的编纂特征,共同构建出北朝官方音乐档案保存与流传的基本框架,也为本文奠定了方法论基础。

从上文所言的体例特征与保存特征出发,梳理北朝音乐文献,将其用于相关研究,有两个比较有效的方法：第一,针对"已无歌辞或曲目留存,但史籍中有对音乐档案编辑行为的记录"的情况,从"文本研究"转为"编纂研究",即考察各种北朝音乐文献的编纂目的、编纂过程、编纂体例,分析其内容及编纂逻辑;第二,针对"有歌辞留存,无相关音乐档案编纂行为的记载"的情况,以史源学的方法,从《魏书·乐志》《隋书·音乐志》《隋书·经籍志》等相对完整且成体系的正史文献中,追溯北朝音乐文献的面貌。本节与下一节将分别使用这两种方法进行研究,来了解以北魏为主的北朝官方音乐文献的编纂流程、重要编纂活动、编纂文献的体量及规模等问题,并探讨当时官方音乐书的分类及体例,最终对北朝的官方音乐文献的总体面貌及其背后的音乐史问题进行讨论。

二、北朝官方音乐文献编纂活动的参与者

本节首先需要说明的是,北朝的官方音乐文献编纂并非是孤立的活动,而是作为北朝礼乐建设的一部分而存在。而相当一部分音乐相关的官方文献并非是个人撰著,而是在集体性的活动中被记录下来并成型的。因此,官方音乐文献的编纂者与礼乐建设的参与者多有重合。这些活动参与者的身份构成,往往与政权对其正统性、主体性的强调密切相关,这可以从职任与地域出身两方面得到印证。

（一）礼乐建设参与者的职掌与知识背景

在音乐史研究的已有成果中,颇有些研究者会存在两个思维定式：或是因某位历史人物曾任音乐机构的官员,便认为他参与了礼乐建设的工作;或是因某位历史人物曾参与礼乐建设的工作,便认为他当时所任官职,乃至作为僚属所在的官署,具有音乐制作与音乐管理的职能。事实上,对于参与

者身份与职掌的判定,并不能简单地一概而论。虽然"官方音乐文献的编纂者""礼乐制度建设的参与者"与音乐官署的官员之间,不乏身份重合者,然而亦存在有所差异的情况,需要从两个角度加以辨明。

1. 作为音乐、礼仪官署职官,未能参与礼乐建设之例。

在《魏书》等史籍的记载中,颇有一些曾任乐类相关官职的人士,并无参与礼乐建设的记载,甚或被载明无法参与对礼乐问题的讨论。究其原因,大抵存在以下几种情况。

1) 所任"乐官"职掌并非音乐。

《魏书》中有两处记载"乐部尚书"之例:

> (长孙石洛)从征赫连昌,为都将,以功拜乐部尚书,赐爵临淮公,加宁西将军。①
>
> (陆隽)显祖初,侍御长。以谋诛乙浑,拜侍中、乐部尚书。②

长孙石洛与陆隽均为北魏前期的鲜卑贵族,军功显赫,然史书中均未记载其对音乐有所了解。之所以任乐部尚书,存在两种可能:其一,二人均是因军功而拜乐部尚书,并非实职,不需进行相关的工作;其二,北魏前期的"乐部尚书"可能与通常意义上的"乐官"职掌不同,并不负责与音乐本体相关的工作。严耀中在《魏晋南北朝史论》中论及于此,称"北魏前期既已有了乐部尚书,为何《唐六典》要用如此口吻说'后魏太和十五年置太乐官',似乎北魏乐官自此始有? 我想一来是因为乐部尚书属尚书省,而太乐少卿、太乐博士等则属太常卿。二来是所掌重点不一。《南齐书》中的'伎乐'当是指乐人、乐户……乐部尚书主要是掌他们户籍的,当然也会招他们来执役奏乐。而太乐少卿、太乐博士等的一个工作重点则是掌音律声乐及其教学,这是历来乐官的规矩,也是礼仪上汉化所必不可少的。从此意义上说北魏至时方有乐官,也不为过。可能是将乐人与乐曲分掌二院行政体制在执行上甚为不便,因此随着太和改革的不断深入,乐官职名又几经变化"③。单就"乐部尚书"一官而言,此说确实颇有说服力。然而,时代相近的神部尚书、仪曹尚书等,确实需要负责祭祀、朝仪中的具体工作,并非仅仅掌管相关人员的户籍等即可。由此观之,乐部尚书的职掌似乎确实本应为音乐方面。

---

① 《魏书》卷二六《长孙翰传附长孙石洛传》,第654页。
② 《魏书》卷四〇《陆叡传附陆隽传》,第917页。
③ 严耀中著:《魏晋南北朝史考论》,上海:上海人民出版社,2010年,第228页。

因此,笔者更倾向于此二人所任乐部尚书仅为加官,并不需要亲自掌管具体事务。

2) 音乐官署教习类官员

音乐官署中的"教习"类官员可分为两类。第一类为传授具体音乐形态、表演方式的官员,这一类官员通常出身于乐人,或在礼乐建设中通过"访吏民"的方式被发掘,其身份属于"民"而非"士",因此即使进入音乐官署,通常也无法参与礼乐建设过程中的义理讨论。《魏书·乐志》载宣武帝永平二年至永平三年之间(509—510)事,云:"时扬州民张阳子、义阳民儿凤鸣、陈孝孙、戴当千、吴殿、陈文显、陈成等七人颇解雅乐正声,八佾、文武二舞、钟声、管弦、登歌声调,芳皆请令教习,参取是非。"①此七人应即属于这一情况,只能为刘芳"参取是非",而不能真正进入礼乐建设核心之中。

而音乐官署中的第二类"教习"官员,其职掌则与现今的常见认知存在较大差异。太和十八年(494)高闾《请使公孙崇韩显宗参知音律表》曰:

> 近在邺见崇,臣先以其聪敏精勤,有挈瓶之智,虽非经国之才,颇长推考之术,故臣举以教乐,令依臣先共所论乐事,自作《钟磬志议》二卷,器数为备,可谓世不乏贤。今崇徒教乐童书学而已,不恭乐事,臣恐音律一旷,精赏实难,习业差怠,转乖本意。今请使崇参知律吕钟磬之事,触类而长之,成益必深。②

公孙崇所任为太乐祭酒。一般来说,学者认为在太和官职改革之前,太乐祭酒是地位较高的太乐长官,负责掌管乐律、音乐表演及相关教学,与日后的太乐令大抵相当。然而,从高闾此表中可以看出几个问题。首先,太乐祭酒官署可能不在都城,而在邺城;其次,太乐祭酒的"教习",并非传授乐义、乐律、乐章等音乐相关内容,而是"教乐童书学",与音乐本身无关,甚至难以接触到音乐相关的事务,以至于使高闾有"音律一旷,精赏实难"之忧,这虽然可能有故作夸张以求重视之意,但毕竟是从太乐祭酒这一职官本身出发,而非杜撰,因此其对太乐祭酒职责的描述应颇有可信度;第三,太乐祭酒本身并没有亲身参与制作钟磬、讨论礼乐之中的资格,虽然高闾称自己曾"与皇宗博士孙惠蔚、太乐祭酒公孙崇等考《周官》《国语》及《后汉·律历

---

① 《魏书》第2832页。
② 《魏书》卷一〇七上《律历志上》,第2658页。

志》,案京房法作准以定律,吹律以调丝"①,但这只是"被敕理乐"后私下相约而作,而非由官方授意、在官方指定的场所进行的、公开的讨论,公孙崇在其中的作用,大抵与张阳子等人的"参取是非",或后世信都芳在元延明府内配合其所承担的礼乐建设工作而"不得在乐署考正声律"相似。公孙崇所作《钟磬志议》,也是私下讨论之后的"自作",而非编撰乐书通常的"奉敕而作"——正因如此,高闾才需要专门上表"请使崇参知律吕钟磬之事",正式被认可加入进礼乐制定工作之中。而公孙崇也正因此表的举荐,而在此后几年,得以以太乐令的身份,成为北魏中期制礼作乐定律活动的重要成员。高闾此表充分说明,当时一些与音乐密切相关的职官,其职掌未必与后人从字面上推测的完全一致,甚至可能有较大的差别。

3) 礼乐官署中负责具体事务的官员。

在礼乐官署中,除了太和官职改革后确定可以参与礼乐集议等活动的太乐令外,大部分官员所负责的是具体事务而非理论层面的工作,因此被排斥在礼乐建设之外,也就是所谓"职司有分"。由于史书中对音乐相关的职官记载较少,缺乏非常明确的对比,但《魏书》中对先任神部尚书、后任太常卿的王谌的几条记载,可以从侧面进行参照。

> （太和十五年四月癸亥朔,设荐于太和庙。）丁亥,高祖宿于庙。至夜一刻,引诸王、三都大官、驸马、三公、令仆已下,奏事中散已上,及刺史、镇将,立哭于庙庭,三公、令仆升庙。……质明荐羞,奏事中散已上,冠服如侍臣,刺史已下无变。高祖荐酌,神部尚书王谌赞祝讫,哭拜遂出。②

> 后高祖外示南讨,意在谋迁,斋于明堂左个,诏太常卿王谌,亲令龟卜,易筮南伐之事,其兆遇革。③

> （太和十五年）十月,太尉丕奏曰:"窃闻太庙已就,明堂功毕,然享祀之礼,不可久旷。至于移庙之日,须得国之大姓,迁主安庙。神部尚书王谌既是庶姓,不宜参豫。臣昔以皇室宗属,迁世祖之主。先朝旧式,不敢不闻。"诏曰:"具闻所奏,寻惟平日,倍增痛绝。今遵述先旨,营建寝庙,既而粗就。先王制礼,职司有分。移庙之日,迁奉神主,皆太尉之事,朕亦亲自行事,不得越局,专委大姓。王谌所司,惟赞板而已。时

---

① 《魏书》第 2658 页。
② 《魏书》卷一〇八之三《礼志三》,第 2788—2789 页。
③ 《魏书》卷一九中《景穆十二王传中·任城王云传附元澄传》,第 464 页。

运流速,奄及缅制,复不得哀哭于明堂,后当亲拜山陵,写泄哀慕。"①

这三条记录的重点本身存在差别。第一条仅仅是客观记录宗庙祭祀中"赞板"的流程由神部尚书负责,第二条则可以说是以"亲令太常卿龟卜"来表示对于南讨的重视,并不说明太常卿的常规职责仅仅是"龟卜"。然而第三条则明确地以"职司有分"的理由,对比了在"移庙"仪式中,作为神部尚书的王谌与作为太尉及宗室耄宿的拓跋丕的根本差别,以孝文帝之口承认"王谌所司,惟赞板而已",说明至少在北魏中期,这种职官差别造成的工作分工差异,以及隐藏在其背后的高下有别的评判仍然存在。

2. 参与礼乐制度建设、官方音乐文献编纂的相关讨论活动,然而本身并非音乐官署成员之例。

从史书记载来看,这种情况比上一类更为常见,因为史书中对于有资格参与礼乐讨论的人的记载,要远较出身不高、负责具体事务的音乐官署低级官员为多。而得以参与礼乐制度的讨论,以及往往伴随其后的官方档案、文献的编纂,则常与出身、学识以及本人所任职位相关,而与本人所在官署是否直接负责音乐事务并无必然联系。参与礼乐讨论的方式,可以由宣武帝为界,分为两期,两期之中有所不同。

在前期中,参与礼乐讨论的途径有:

1) 皇帝钦点。如太和十六年(492)春孝文帝诏曰:"中书监高闾器识详富,志量明允,每间陈奏乐典,颇体音律,可令与太乐详采古今,以备兹典。"②

2) 应音乐官署之请,物色人选组织讨论。如前诏云:"比太乐奏其职司,求与中书参议。"③又太和初"时司乐上书,典章有阙,求集中秘群官议定其事,并访吏民"④。

3) 由主持者在较为宽泛的范围内自行选择数量不限的参与者,如太和十六年诏命高闾"其内外有堪此用者,任其参议也"⑤,高闾太和十八年(494)表曰"著作郎韩显宗博闻强识,颇有史才,粗解音律,亦求令时往参知"⑥,而正始四年(507)公孙崇表称"又先帝明诏,内外儒林亦任高闾申请。

---

① 《魏书》第2789页。
② 《魏书》第2830页。
③ 《魏书》第2829页。
④ 《魏书》第2828页。
⑤ 《魏书》第2830页。
⑥ 《魏书》第2658页。

今之所须,求依前比"①。

而在后期,即自宣武帝时起,议礼乐之事逐渐确立了以"八座"为主导,各礼乐文化等相关官署成员共同参与的模式。例如:

> 礼贵循古,何必改作。且先圣久遵,绵代恒典,岂朕冲阇,所宜革之。且礼祭之议,国之至重,先代硕儒,论或不一。可付八坐、五省、太常、国子参定以闻。(宣武帝景明二年夏六月诏)②
>
> 太乐令公孙崇更调金石,燮理音准,其书二卷并表悉付尚书。夫礼乐之事,有国所重,可依其请,八座已下、四门博士以上此月下旬集太乐署,考论同异,博采古今,以成一代之典也。(宣武帝正始元年秋诏)③
>
> 付八座集礼官议定以闻。(孝明帝熙平二年七月灵太后令)④

"八座"之制,有学者认为似有鲜卑八部大人之遗绪,但是相较之下,更符合对西晋尚书八座议的继承。荣远大《汉晋集议制度初探》概述尚书八座议,称"魏晋尚书之八座虽有省易,但一般地说,尚书有五曹则兼以二仆射、一令为八座。有六曹则以令、仆为八座。魏晋尚书虽权轻于中书,然而朝廷行政事务则由尚书八座统辖。因此,两晋常常是尚书八座会议于尚书'都坐'论国家大事。"⑤北魏既定行次,承晋之制,以为定例。而所谓相关官署成员,由主持者自由选择之例已不常见,多为皇帝或皇太后诏令指定,也是比孝文帝时更为制度化的表现。

太和晚期议雅乐之事的参与者,除高闾、韩显宗外,尚有皇宗博士孙惠蔚、秘书令李彪等;宣武帝之后,在八座以下,则要求太常礼官、五省官员、四门博士及国子参与。虽大体看来界限较为宽泛,但实际上有统一要求,即"儒林"身份,且确以中秘官参与较多。如上文所言,在国家制度建设中,进行礼乐讨论与建设的主要理论依据并非实际演奏技能,而是六经、史籍、旧事、前朝奏议等文献材料,因此需要士人儒生而非乐人参与。事实上,从历史源流来看,自汉代起,讨论与编订乐书的主要参与者就是以诸王、硕儒为首的士人,而非"纪其铿锵鼓舞而不能言其义"的乐人;而从同时期制度建设

---

① 《魏书》第2831页。
② 《魏书》卷一〇八之二《礼志二》,第2761页。
③ 《魏书》卷一〇九《乐志》,第2830页。
④ 《魏书》第2763页。
⑤ 荣远大著:《汉晋集议制度初探》,《南充师院学报(哲学社会科学版)》1989年第1期,第120页。

的其他方面来看,以中秘群官为中心的士人阶层参与不拘于本人职掌的、各种主题的议事讨论,在北魏中后期也已是常态。以《魏书》所载正始、永平两次议定律令为例:

> 正始初,诏尚书门下于金墉中书外省考论律令,(袁)翻与门下录事常景、孙绍,廷尉监张虎,律博士侯坚固,治书侍御史高绰,前军将军邢苗,奉车都尉程灵虬,羽林监王元龟,尚书郎祖莹、宋世景,员外郎李琰之,太乐令公孙崇等并在议限。①

> (崔鸿)稍迁尚书都兵郎中。诏太师、彭城王勰以下公卿朝士儒学才明者三十人,议定律令于尚书上省,鸿与光俱在其中,时论荣之。②

这两次修律的参与者都达数十人,而且职属各异,绝非仅有中书省或尚书省官员参加,其中的中书外省与尚书上省仅仅是集会场所,并不能说明其身份具有一致性。由此可见,在宣武帝时,不惟中秘官可参与太乐议乐,作为太乐令的公孙崇也可参与考订律法制度的讨论。作为制度建设的一个环节,礼乐建设的过程固然有其特殊性,但也与制度建设的其他方面具有同步性且互相呼应。正因如此,将雅乐制度的建设仅仅视为担任音乐相关职官的小圈子内部进行的工作是不符合历史现实的。

(二) 礼乐建设参与者的地域出身

不惟参与礼乐建设者的职任显示出对于学识与身份的要求,参与者的家世与出身,亦能够体现出王朝的正统性。上文所引太和移庙时拓跋丕之语"至于移庙之日,须得国之大姓,迁主安庙。神部尚书王谌既是庶姓,不宜参豫",即已是从职任与出身两方面摒斥王谌。自孝文帝太和中起,至前废帝永安末,在礼乐建设中较为重要的参与者约有二十人,其出身如下表:

时代	宗室	勋贵权臣	北方士人	平齐民	河西著姓	籍贯不详或非士族	南朝士人
孝文帝太和间		陆琇	高闾 孙惠蔚 李彪 韩显宗			公孙崇	

---

① 《魏书》卷六九《袁翻传》,第1536页。
② 《魏书》卷六七《崔光传附崔鸿传》,第1501页。

续 表

时代	宗室	勋贵权臣	北方士人	平齐民	河西著姓	籍贯不详或非士族	南朝士人
宣武帝正始间	元怿 元匡	高肇	孙惠蔚	刘芳		公孙崇	
宣武帝永平间			郭祚 游肇 孙惠蔚 邢峦	刘芳 崔光			
孝明帝熙平时	元匡 元雍						
孝明帝正光时	元延明					信都芳	
孝庄帝永安时	元孚					张乾龟	
节闵帝普泰时	元孚	长孙稚	祖莹				
孝武帝永熙时		长孙稚	祖莹				

除此之外，未曾被记载曾参与这几次礼乐制作，但曾作为官方音乐文献的编纂者，或者个人撰述的音乐文献呈上付有司归档著录并藉以参考者，在北魏时有崔浩、高允、张彝、崔九龙等人，可以看出，孝文帝、宣武帝时，参与礼乐建设活动、撰写具有官方性质的音乐文献的人员中，最多的是北方士人，其中尤其以河北士人为众，非出身河北者，亦与河北士人集团颇有往来。平齐民中最为著名的刘芳与崔光亦均参与此事。据本书第一章的结论，平齐民与河北士人同源，进入北魏应视为复归，因此在礼乐建设中，他们可与北方士人视为同一集团。相比之下，直到孝文帝时期，都未有元魏宗室参与此事，宣武帝前期作为总领其事者参与其中的权臣高肇，也并非由于其在音乐或学术上的造诣，故宣武帝"知肇非才，诏曰：'王者功成治定，制礼作乐，以宣风化，以通明神，理万品，赞阴阳，光功德，治之大本，所宜详之。可令太常卿刘芳亦与主之。'"① 然而自宣武帝时起，元魏宗室与勋贵旧族在礼乐建设中承担了越来越重要的作用，元延明、元孚均曾专主其事，长孙稚亦与祖

---

① 《魏书》第 2831—2832 页。

莹共同承担北魏末年复建礼乐的工作，可见宗室成员的汉化并非仅仅表现在文学方面，而是在文学水平与学术积累两方面都快速赶上。此外，氏族出身不显的三位汉族参与者，均为乐官出身，其中只有公孙崇一人，因高闾的一力举荐，得以进入礼乐议定之列，信都芳仅仅作为元延明的门生，为其乐学与律学理论进行订补，而张乾龟虽身为太乐令，但在两处记载中，均是对上级官员交代太乐所藏雅乐器等具体事物的保存情况，而非与祖莹、长孙稚、元孚等人平等讨论乐义。可见即使同为太乐令，也并非均能如公孙崇一般得以厕身于礼乐建设，乃至更为广义的文化建设之中。与其时代相近、同为太乐令的崔九龙，所承担的职责也大抵如此。

此外，值得注意的是，从现有记载来看，在孝文帝之后的数次议礼乐事中，并未有河西士人与南朝入北士人参与。以河北士人为主的中原旧族和宗室及勋贵两类鲜卑贵族在其中所起到的作用最大，人数也最为突出，这显示出与曾占有主流地位的"南朝中心论"不同的身份认知与文化结构，却与北魏文化建设的其他很多方面中的人员构成不谋而合。

上文讨论了北魏礼乐建设的参与者在职任与出身两方面的特征，从而更清晰地梳理北魏政权正统性对礼乐活动参与者的要求。这看起来与官方音乐文献的编纂并没有直接关系。然而，相当一批官方音乐文献，或是藉由这些礼乐讨论活动而成型，或是直接记录这些活动的内容。因此，礼乐讨论活动的参加者，一方面可能是官方音乐文献的记录者，一方面也是官方音乐文献的记录对象，因此与官方音乐文献密不可分。了解了其职掌与出身两方面的身份类型，可以有助于更好地探求官方音乐文献的编纂流程。

三、北朝官方音乐文献编纂的流程

不论在哪个朝代，官方音乐文献的编纂都不是独立存在的工作，而是作为礼乐制度建设过程中必不可少的一部分，与考订乐律、制定乐仪、制作乐曲、吸纳乐器、确立制度的过程同步进行，礼乐建设中所需要处理的文献材料，由于性质不同，其处理方式与编纂流程亦各自有所差别，最终催生出不同体裁与体例的音乐文献。下文将根据北朝史籍记载，梳理时人将制礼作乐活动落实于书面，最终形成著作、档案等文献的过程，从而呈现出北朝官方音乐文献制撰的脉络和规模。

（一）集与纂——前朝礼乐文献的编纂流程

在礼乐建设过程中，第一步工作就是为本朝的制作构建足够的理论基础与史实依据，因此首先要处理前代的相关文献。这些文献基本上已非完整的书籍面貌：一方面是因为直至汉魏，真正成书的音乐著作数量并不多，另一方面则是因为其散佚状况极其严重。《隋书·音乐志》载梁天监元年（502）沈约《奏答诏访古乐》，有几点对于中古音乐文献来说颇为重要的内容。

第一，此奏提及中古时期音乐典籍的保存情况，称："《晋中经簿》无复乐书，《别录》所载，已复亡逸。"①即使是作为统一的中原王朝的西晋，以及在南朝晚期文化臻于大盛的梁代，也会面临汉代官方书目著录中的乐书已然亡失，"旧事匪存，未获厘正"②的局面。这一方面充分说明了音乐文献保存情况的恶劣，一边也使得重新收集古代典籍文献、编纂乐书成为迫切需求。南朝政权尚且如此，由游牧民族建立、汉化未久的北魏，其音乐机构及藏书机构原本占有音乐文献的情况，则更可想而知。

第二，此奏以《礼记》的成书为例，记载了汇编前代典籍著作中的音乐文献的具体工作方法："初典章灭绝，诸儒捃拾沟渠墙壁之间，得片简遗文，与礼事相关者，即编次以为礼，皆非圣人之言。《月令》取《吕氏春秋》，《中庸》《表记》《防记》《缁衣》皆取《子思子》，《乐记》取《公孙尼子》，《檀弓》残杂，又非方幅典诰之书也。"③先"捃拾"片简遗文，再"编次以为礼"，是自汉代起就已经形成定例的编纂礼乐文献汇编的方式。"捃拾"是为辑，"编次"是为纂。换言之，它并非仅仅是取古人之言，而是需要按照时人的需求，对古人之言进行选择、分类与编排。这一工作并非机械的拼凑，而是有编纂思路蕴含其中。这就导致不同的礼乐文献汇编类著作，其所选用的古代典籍有可能不同，此奏所列《月令》《乐记》《檀弓》《中庸》等礼记诸篇即显示出这一特征。

第三，此奏说明了官方音乐文献编纂的工作流程："宜选诸生，分令寻讨经史百家，凡乐事无小大，皆别纂录。乃委一旧学，撰为乐书。"④所谓"诸生"，即国子学生所谓"旧学"，即名宿硕儒。由国子学生而非乐官去分头从各类经史著作中搜集古代雅乐相关的材料，分门别类地著录下来，再由硕儒将这些材料梳理出内在脉络与框架，编纂为乐书，这是一项学术工作，而非音乐制作工作，因此需要"学术通明"者而非乐官参与其中。

第四，此奏充分表现出官方音乐文献编纂的重要性："以起千载绝文，以定大梁之乐。"⑤虽然汇编古事归根到底是为制作本朝雅乐服务的，但是编

---

① 《隋书》第288页。
② 见梁武帝《访百寮古乐诏》，《隋书》第288页。
③ 《隋书》第288页。
④ 《隋书》第288页。
⑤ 《隋书》第288页。

纂成书，"起千载之绝文"，既是制作雅乐的重要步骤，也是这一工作的直接目的之一，它与制作音乐在重要性上可以相提并论。

当然，现今可知的北魏官方音乐文献编纂工作并非在沈约此奏之后方才开始，也并不是以此奏为理论依据。然而，沈约此奏是对官方乐书编纂的意义与方法的理论化总结，所依据的是自汉代开始的经验。不仅"捃拾"与"编次"的具体工作方法，"旧学"与"诸生"搭配的模式也自西汉前期即已存在。《汉书》载河间献王刘德"与毛生等共采《周官》及诸子言乐事者，以作《乐记》"①，且"采礼乐古事，稍稍增辑，至五百余篇"②，都可以视为典范性的收集古代材料、进行礼乐文献汇编的工作，其中的人员构成、文献来源与编纂流程，均已经与后世各朝并无区别。而与北魏的相关工作相对照，最为明显的即是元延明、信都芳所编《乐书》，安丰王元延明与其门生信都芳的搭配，正可与河间献王刘德与河间学官毛生的搭配相对应，而元延明"博探古今乐事""抄集古今乐事为《乐书》"，与刘德等人"采礼乐古事，稍稍增辑"的工作方式几无二致，足可见虽然汉代著作本身虽然已经散佚，但其工作方式在后代仍然一脉相承。

上文论及，北魏礼乐建设的理论来源，有经史典籍、前代故事、先王定例等方面，这些理论来源发挥作用的一个重要途径，就是"谨案旧章，并采汉魏故事"③，编纂出文献汇编，在礼乐建设过程中加以使用。这些经过收集与编次而成的文献汇编，基本上就形成了"粗定"的乐书雏形，有可能以此面貌流传与使用，也有可能在此之上进行观点阐发甚至制度确立，集合为更为完整、全面与权威的乐书。

（二）议与定——本朝礼乐建设理论与制度性文献的编纂流程

作为礼乐建设的基本流程，在收集、辨析前代史料的基础上，必然要进行的是对本朝所适用的雅乐制度进行讨论，这一过程中不仅仅会生成一朝所用的雅乐乐章、舞蹈、乐队搭配、仪式流程等具体操作内容，也会催生一系列的相关文献：基于前代文献与本朝需求进行讨论所生成的是理论性文献，而将理论性文献上呈给皇帝，由其选择、判断之后确定下来的是制度性文献。这两类文献的形成，则是通过礼乐集议的方式实现的。

前引沈约天监元年奏曰："乐书事大而用缓，自非逢钦明之主，制作之君，不见详议。"④可见以"详议"的方式来撰定乐书，在梁初时已被视为历

---

① 《汉书》第1712页。
② 《汉书》第1035页。
③ 《魏书》第2740页。
④ 《隋书》第288页。

朝历代所通行之法。上文说到，北魏的礼乐建设，在早期为以某一人专主一事，在中期以后则转变为集议而定。自道武帝起已有以议定制的模式，但是从记载看来未涉及乐制建设。目前史籍除文成帝时议乐事以外，较为详细记载的一次时间较早、与雅乐制作相关的议事，发生于孝文帝前期：

> 太和初，高祖垂心雅古，务正音声。时司乐上书，典章有阙，求集中秘群官议定其事，并访吏民，有能体解古乐者，与之修广器数，甄立名品，以谐八音。①

度其文义，由太乐发起而非皇帝召集，"中秘群官"参与的乐议应非以此次为首创。但究竟自何时而始，尚不可确知。以群官议与访吏民相配合，其目的是制作新的雅乐乐器，确定包括乐名、舞名在内的雅乐制度。虽然这一目的并未达成，但从其后的"虽经众议"一语来看，在太和初年，已经进行了多次以雅乐制度建设为目的的集议。

窪添庆文认为，北魏的"议"分为两种："一种是以臣下的上表为契机而下诏的议。这种情形，诏会指定为'付尚书量议''付八座集礼官议定以闻''付尚书博议以闻'或'付外博议'，并如同字面叙述，议的举行会有'外'也就是尚书省官员的参加，甚至有时还加上礼官。议的结果会由尚书省的有关人士来进奏，皇帝再对此来进行裁断。这种的'议'对应着南朝的'详议'。另一种'议'仍然是借由上表之后，透过皇帝下诏命议而开始的。参加者的范围则记载为'付尚书门下博议''付门下尚书三府九列议定''召集王公八座卿尹及五品已上博议'等等，也有只有尚书及门下的情况，但大多包含其他官厅的官员，进奏的结果由皇帝裁夺。这种'议'相当于南朝的'博议'。"②这段论述其实并未能完全清楚地区分"博议"与"详议"。然则从这两个词的用法来看，"博议"的参与者较多，涉及到各个官署，并非职掌一定与所议之事相关，但学术、出身、官职等方面与议题相匹的集议，其进行方式大抵是各陈己见；而从"详议往复"等语来看，详议应该是针对某一议题，各执观点，反复辩论数次，因此比较周详与深入的讨论。这两种"议"在北魏的礼乐建设中均曾使用。上文已对其参与者的身份、官职与学术背景进行了讨论，在此不再论述。

---

① 《魏书》第 2828 页。
② 《魏晋南北朝官僚制研究》第 334 页。

对于本朝礼乐制度及其中具体问题的讨论，无疑极大地丰富了音乐文献编纂可资使用的材料。然而，如果仅限于此，我们尚不能说，本朝理论性、制度性文献，通常是以集议为途径编纂的。之所以提出这个结论，是因为史籍中对于礼乐集议的记载中，存在多处对于将讨论的结果与过程落实于书面的表述。例如：

> 臣等谨案旧章，并采汉魏故事，撰祭服冠屦牲牢之具，罍洗笾篚俎豆之器，百官助祭位次，乐官节奏之引，升降进退之法，别集为亲拜之仪。（孝文帝太和六年十一月群官议）①

> 臣学不钩深，思无经远，徒阅章句，蔑尔无立。但饮泽圣时，铭恩天造，是以妄尽区区，冀有尘露。所陈蒙允，请付礼官，集定仪注。（宣武帝景明二年夏六月孙惠蔚上言）②

> 至乃折旋俯仰之仪，哭泣升降之节，去来闾巷之容，出入闺门之度，尚须畴谘礼官，博访儒士，载之翰纸，著在通法。辩答乖殊，证据不明，即诋诃疵谬，纠劾成罪。此乃简牒成文，可具阅而知者也。……乞集公卿枢纳，内外儒学，博议定制，班行天下。使礼无异准，得失有归，并因事而广，永为条例。（孝明帝熙平二年十一月太尉、清河王元怿表）③

从这几条文献中，可以看出北魏官方以"仪注"为代表的官方礼乐理论制度文献的几方面特征：第一，太和六年（482）群官议所谓"祭服冠屦牲牢之具，罍洗笾篚俎豆之器，百官助祭位次，乐官节奏之引，升降进退之法"，与熙平时（517）元怿所言"折旋俯仰之仪，哭泣升降之节，去来闾巷之容，出入闺门之度"，是这类文献的主要内容。第二，这类文献的内容是经过"畴谘礼官，博访儒士""付礼官集定"的方式得以确定的。在"集定"的过程中，不仅讨论本朝所用，也会涉及"旧章""故事"等史料性文献，甚至要采用先行编纂的前代文献汇编作为资料依据。第三，在集议过程中，不仅有辩论探讨，也包括落实为定本文献的流程，因此上引几条文献中出现了一系列表示书面记录与编纂的动词，如"撰祭服冠屦牲牢之具""别集为亲拜之仪""集定仪注""博议定制""载之翰纸，著在通法"，足可见是通过这些行为，将集议活动与文献成型关联起来。第四，编纂文献的目的，则在于"简牒成文，可具

---

① 《魏书》第 2740 页。
② 《魏书》第 2761 页。
③ 《魏书》第 2807 页。

阅而知""因事而广，永为条例"，一方面记录内容以便使用，另一方面制定为制度颁行推广。

在乐议过程中所产生的，并非只有一种类型的文献：一方面是乐议的结论被确定为理论与制度，另一方面是乐议的完整过程也会被记录下来，以自汉代已有的"奏事"体文献的形式，作为文书档案存于有司。另一需要留意之处是，集议并非只使用于生成文献的过程中，在某一乐书文献已经基本完成且奏上之后，往往也会经撰者申请，皇帝诏允，集相关官员参议，对其内容进行评价，以最终确定。如公孙崇撰《钟磬志议》，"其书二卷并表悉付尚书。夫礼乐之事，有国所重，可依其请，八座已下、四门博士以上此月下旬集太乐署，考论同异，博采古今，以成一代之典"[1]。可见，集议活动贯穿于理论、制度类文献编纂之前，编纂过程中与编纂基本完成之后的各个阶段，与文献成型的过程有着极其紧密的关系。

（三）采与录——太乐档案类文献的编纂流程

北魏的官方音乐文献并非仅仅保存在太乐等专门的音乐官署，《钟磬志议》即是撰成之后"付尚书"收存。但太乐无疑是最为重要的仪式音乐档案保存机构。太乐所保存的档案，不仅有雅乐制度内容，更多的则是前朝及本朝不同时期礼仪活动中所使用的乐章、歌辞、舞蹈、乐器等的名目、内容、使用情况等，涉及的是更倾向于本朝礼乐活动具体而微的方面。自汉代至南朝，太乐档案的编纂有着成熟的体例与传统。从北朝史书的记载来看，自北魏起，北朝方面编纂太乐档案的制度也已经确立。虽然其文本未得保存，但其工作流程仍在史书中得到记录。

各种音乐进入官方视野，为仪式所用的途径，通常包括创作与收集两部分。在创作层面，歌辞创作者通常是朝中地位与出身较高，以学养文才而闻名的官员，而非乐人出身的太乐官员，乐曲的创作则通常由音乐机构负责；在收集层面，则主要是针对各地以及外国的乐曲，包括歌辞与曲调两部分，也有将收集来的乐曲重新配辞，或将歌辞配以他曲之例。对于编纂档案的太乐机构来说，不论进入太乐的歌辞是在雅乐制作中专门创作的，还是从各地收集的，乐官所行使的都首先是"收集"与"著录"之责，也就是通过"采"与"录"，将其编纂为目录或曲簿等不同形式的档案。其中最为典型的是崔九龙编纂"今古杂曲"五百曲。虽然此书大抵在北朝就已全部散佚，不曾传于后世，但重要之处在于崔九龙本人对其主官祖莹汇报了此书的编纂过程，

---

[1] 《魏书》第2830页。

称"今古杂曲,随调举之,将五百曲。恐诸曲名,后致亡失,今辄条记,存之于乐府"①。"随调举之"是其分类方式,逐条记录是其排列方式,"存之于乐府"则证明这类记录乐曲的档案确实保存于太乐而非其他机构。这使我们对北魏太乐档案得以管窥一豹。

出于保存当时乐曲的需求,太乐档案无疑是需要以"全"为目的,正如崔九龙所撰之录,体现出的是"或雅或郑"一概录入的面貌。但出于在官方仪式中使用的目的,在北魏中期之后,对于"辨雅俗"的要求越发明显,体现在太乐档案中就表现为,对当时所用的仪式乐曲的记录不仅有"增",也有"删"。太和十一年(487)春文明太后令曰:"先王作乐,所以和风改俗,非雅曲正声不宜庭奏。可集新旧乐章,参探音律,除去新声不典之曲,裨增钟县铿锵之韵。"②此次"除新声"的改制,并非仅仅是从乐曲表演的层面而言,"集乐章""探音律"之语可以说明,它是以太乐档案出发,对档案中所记录的乐曲进行评判与增删,确定一部新的雅乐乐录,再将其内容体现于具体仪式演奏之中。

太乐编撰与保存档案的另一个重要目的,则是使太乐所具有的乐器、乐章、乐人、乐曲等清晰可查,以备"对问"。这是太乐档案早已具备的功能。《隋书·经籍志》载有《太乐备问钟铎律奏舞歌》四卷,署为郝生撰。郝生在一些典籍中被记为"郝素""郝索",为西晋乐官,《宋书·律历志》载有荀勖以笛律问协律中郎将列和,随后"令郝生鼓筝,宋同吹笛,以为杂引、相和诸曲"③之事,是一次乐官应对上级官员,以档案与实际演奏"对问"的事件,而《隋志》所载此录,则从文献记录乃至制度层面,将郝生与"乐官对问"制度建立了关联,说明《宋志》所载并非偶一为之。

《魏书·乐志》中记载了两次太乐令对问之事,对问者均为北魏晚期任太乐令的张乾龟,一次为对元孚之问,一次则为对长孙稚、祖莹"责问"。其所用来应对的依据,除了乐器、乐人的实际留存外,也有太乐所保存的档案材料。然而因在河阴之变中遭受重创,档案损佚严重,因此对问结果并不如人意。《魏书·乐志》载永熙二年(533)长孙稚、祖莹表曰:"普泰元年,臣等奉敕营造乐器,责问太乐前来郊丘悬设之方,宗庙施安之分。太乐令张乾龟答称芳所造六格:北厢黄钟之均,实是夷则之调,其余三厢,宫商不和,共享一笛,施之前殿,乐人尚存;又有沽洗、太蔟二格,用之后宫,检其声韵,复是

---

① 《魏书》第2843页。
② 《魏书》第2829页。
③ 《宋书》第214页。

夷则,于今尚在。而芳一代硕儒,斯文攸属,讨论之日,必应考古,深有明证。乾龟之辨,恐是历岁稍远,伶官失职。芳久殂没,遗文销毁,无可遵访。"①所谓"伶官失职",不仅仅在于宫悬声调有差,亦在于本该保存并用于参考的太乐遗文散失,即所谓"遗文销毁,无可遵访"。

四、北朝官方音乐文献的类型

根据上文所梳理的编纂流程,北朝官方音乐文献可以分为制度性文献、史料性文献、理论性文献与档案性文献几个类型。制度性文献面对当时所亟待解决的问题,通过集议的方式,确定可刊为定式的制度,并将其落实于书面;史料性文献与理论性文献通过收集历朝历代的相关文献及阐述自己的观点,为某一个时段的某一次礼乐建设提供理论支持;档案性文献由太乐、尚书等机构编纂与留存,包括一朝所用的具体雅乐类型、所用乐名与曲辞乃至乐谱、历次礼乐讨论的记录,以及乐人的名籍记录等等。然而,在成型为音乐著作时,又并非某一种性质的文献必然单独成书,而是各个类型往往有所交叉。如"乐书"这一类别,既可能是以"纂辑"的方式整理古代的相关文献,又可能是对当朝某些礼乐问题的探讨。在下文中,笔者将分类型论述一些较为重要的音乐文献类型,以及并非纯粹的音乐文献,但是与音乐密切相关的其他文献。需要明确的是,还有一些乐书,如乐律书、乐谱书等,或相关资料有限,难以展开论述,或是由个人撰述,与官方礼乐建设无关,故不在此叙述。

(一) 乐书

乐书是官方音乐文献中最为重要的类型,其基本内容框架是收集六经、史籍等前代典籍中的音乐文献,将其进行分类汇编而成书。然而,由于乐书的根本目的是为本朝的礼乐建设提供参考,因此往往是兼收当时的相关内容,并且以从理论性上升为可以施行的制度性文献为目的。自汉代至南朝,乐书基本都是在官方授意下编纂的,但是在北朝时,由于统治者对礼乐建设参与者的身份的要求,以及撰者"抒发己见"与官方"表达正朔"的不同出发点,与礼乐建设相关的私撰乐书有所增多。虽然总体来看,北朝乐书数量并不惊人,但是私撰乐书的出现,开启了乐书编纂的新类型,具有相当重要的意义。

北朝时期最为典型的乐书著作,即是北魏元延明撰,信都芳注的《乐书》(一称为《乐说》)。《魏书》载:

---

① 《魏书》第 2837—2838 页。

> 正光中,侍中、安丰王延明受诏监修金石,博探古今乐事,令其门生河间信都芳考算之。属天下多难,终无制造。①

> 延明家有群书,欲抄集五经算事为《五经宗》及古今乐事为《乐书》;又聚浑天、欹器、地动、铜乌漏刻、候风诸巧事,并图画为《器准》。并令芳算之。会延明南奔,芳乃自撰注。②

由这两条文献可以看出,元延明是在"受诏监修金石"的前提下进行编纂《乐书》的工作,因此应是一次具有官方性质的乐书编纂。其编纂方式为利用自家藏书,"博探""抄集"古今乐事,是自河间献王起,一脉相承的固有编纂方式在北魏的实际应用。然而其目的则不仅于此,而是在于有所"制造",即确定可称典范的乐律与正声。从使信都芳"算之"及欲有所制造来看,书中必不仅仅是经史旧籍中的乐学乐史文献,而是包括需要考算的律学内容。目前保存在《乐书要录》中的信都芳《乐书注》佚文证实了这一点。此外,为撰集的乐书作注,在南北朝乐书中也是颇为罕见的情况。

乐书的另一个特征是,随着时代的更替,其性质也会产生变化,这在北朝这一动荡频仍的时代中表现得相当明显。如公孙崇《钟磬志议》,在撰写之时,它是公孙崇与高闾私下讨论之后所撰写的个人著作,然而当正始元年"其书二卷并表悉付尚书"③并经八座集议考验之后,被赋予"成一代之典"的期待,就具备了官方乐书的性质。信都芳《乐书注》亦然。元延明所编纂的《乐书》在北魏具有官方乐书性质,信都芳在此基础上"自撰注"则使《乐书注》成为一部个人著述。然而,在北齐天保年间,祖珽以此书为依据创革雅乐时,由于成为一代雅乐之纲领,使其在北齐重新获得了官方乐书的地位,并最终导致其中大量内容被保存于唐代的诏修乐书《乐书要录》中。

了解了乐书编纂的目的与流程后,我们就可以推断,一些并未言明曾生成乐书的雅乐理论探讨活动,很可能伴随着完整的、或尚未成完璧的乐书编纂流程。如孝文帝十六年(492)诏曰:"中书监高闾器识详富,志量明允,每间陈奏乐典,颇体音律,可令与太乐详采古今,以备兹典。"④所谓"陈奏乐典",可见有落实于书面的文献奏上,而"令与太乐详采古今,以备兹典"之语,与"集太乐署,考论同异,博采古今,以成一代之典"的流程近似,很可能多年负责雅乐制度建设的高闾亦曾撰写乐书或文献汇编类的音乐文献,孝

---

① 《魏书》卷一〇九《乐志》,第2836页。
② 《魏书》卷九一《术艺传·信都芳传》,第1955页。
③ 《魏书》第2830页。
④ 《魏书》第2830页。

文帝诏以书为"详采古今"的方式扩充其内容,对其进行完善。此诏之后,《魏书》复称"间历年考度,粗以成立,遇迁洛不及精尽,未得施行"①,则很可能此书未能最终完成,因孝文帝与高闾先后去世而不了了之,亦未能以成书的面貌流传于世。

除了编纂完成,以成书之貌上呈朝廷的乐书之外,还有一种文献形态,可以称为礼乐书的"未完成"状态。太和十三年(489)正月壬戌,孝文帝于平城皇信堂诏群臣议祫禘,其诏末句曰:"礼文大略,诸儒之说,尽具于此。卿等便可议其是非。"②虽然此处是礼议而非乐议,但这种在集议中使用的文献汇编可能在乐议中也同样得以使用。所谓"尽具于此",应只有经典中的相关内容与前人之说,而无先入之观点,是纯粹的文献汇编。它可能是专门为用于集议而事先编纂的,也可能是在集议之前,先编选相关经史文献,送呈皇帝。南北朝正是类书酝酿与发展的时期,这种在确定主题的前提下广收前人之说而送呈御览的文献汇编,在一定程度上可能具备了类书的性质。

(二) 乐议

《文心雕龙·章表》曰:"汉定礼仪,则有四品:一曰章,二曰奏,三曰表,四曰议。章以谢恩,奏以按劾,表以陈请,议以执异。"③《隋书·经籍志》中不乏对前朝奏议的记录,其中《经籍志一》载《乐悬》一卷,小字注云:"何晏等撰议。"④应即是曹魏时朝臣对雅乐乐悬制度进行讨论的记录。

北朝的乐议类官方文献并没有任何佚文保存下来,之所以可以了解有这一类型,是因为在时人对集议论乐的叙述中,不乏将集议内容落实于书面的表达。此外,北魏足以确立礼乐议这一官方音乐文献体裁,还是因为其收藏有一定数量的前朝礼乐仪注。《魏书》卷一〇八之四《礼志四》云:"历观汉魏,丧礼诸仪,卷盈数百。或当时名士,往复成规;或一代词宗,较然为则。"⑤其中后者应为名贤所撰可称定论之篇,而前者所谓"往复成规",应即是在集议中经过反复辩论所确定的前朝档案。

这一类文献可以分为两个类型,其一为在历次乐议中经过争论而确定下来的"定式";其二为对"争论"过程的直接记录,其中大抵既包括在官方规定的场合进行集议时的当面辩论,也包括与辩论的观点相配合的奏事乃

---

① 《魏书》第 2830 页。
② 见《魏书》卷一〇八之一《礼志一》,第 2741 页。
③ [南朝梁]刘勰著,范文澜注:《文心雕龙注》,北京:人民文学出版社,1958 年,第 406 页。
④ 《隋书》第 927 页。
⑤ 《魏书》第 2807 页。

至撰著。二者之中,前者可以说是形成了制度性的文本,后者则是档案性的资料。

不惟北魏,北齐、北周亦有以乐为主题的集议,如《周书》卷二六《长孙绍远传》载曰:"绍远所奏乐,以八为数。故梁黄门侍郎裴正上书,以为昔者大舜欲闻七始,下洎周武,爰创七音。持林钟作黄钟,以为正调之首。诏与绍远详议往复,于是遂定以八为数焉。"①所谓"详议往复"而定,正可以"往复成规"相呼应。而在唐代之前,乐议最为激烈的是隋代。在何妥、牛弘、苏夔、郑译等人的乐议过程中,不但产生了一系列单篇论乐文章,甚至产生了数部乐书。在《隋书》中,关于乐议,往往将"议乐"与"论乐"及"论乐事"混用。而《隋书》卷三二《经籍志一》载有《乐事》一卷,《乐论事》一卷②,虽其内容、撰人乃至年代均不可知,然从命名方式看,与"奏事"类文献的命名相近,且与《隋书》中"论乐事"的说法颇为相似,有可能即是隋代或此前的乐议汇编。

(三) 乐录

太乐档案类文献是历代官方音乐文献的重要组成部分。虽然与音乐相关的文献并不仅保存于太乐,但太乐对于一朝用乐的档案记录是最为具体详细也最成体系的。一般来说,太乐档案所记录的内容包括礼乐制度、礼乐器及其沿革记录等,更为重要的则是本朝所使用或未及使用但收于太乐的仪式歌、乐、舞。自汉代至南朝,音乐机构记录档案的传统始终不曾中断,对中国音乐史与中国文学史有重要影响的《元嘉正声技录》《大明三年宴乐技录》等,实际上都并非个人撰述,而是属于太乐档案③。北魏太和十七年(493)官制从七品下有"太学典录""太乐典录"等官职,应即是管理相关官署档案文献的官员,可见北朝并不缺少成体系的官方音乐档案记录工作。然而,与南朝乐录的粲然可观相比,北朝的太乐档案基本未能保存下来,这是直接导致北朝音乐史及乐府文学研究缺少文献可用的重要原因。北魏史书中已数次提及太乐档案的保存状况堪忧的情况,这既有孝庄帝时河阴之变对太乐机构的毁灭性打击的原因,也难辞"伶官失职"之咎。然而,从目前史籍的记录来看,实际上北朝并不缺乏太乐的档案记录,尤其是在乐歌记录方面,可以依照不同的保存形态,分为两大类型。

---

① 《周书》第 430 页。
② 《隋书》第 927 页。
③ 参见金溪著:《中古乐录类文献的编纂与演变》,《国学研究》第 38 卷,北京:北京大学出版社,2016 年。

1. 无歌词留存，仅可知曾有乐录

这一类型集中于北魏。所谓"乐录"，其性质为由官方整理、编纂，或由个人编纂后奏上的成卷档案，其内容则为北魏仪式乐歌。为表示其规模，不限于太乐所编撰与保存。然而个人所撰的单篇或单组乐歌，如宣武帝时崔光、元彧所作且奏上的郊庙歌辞，并不在此列。基于这一界定，北魏乐录有以下几个类型。

1）北魏官方编纂的乐录

北魏官方编纂的乐录，可以分为由太乐编撰保存与非太乐编纂保存两种。

a. 太乐所编纂保存的音乐档案，即是狭义上的"太乐档案"。

北魏太乐既进行著录、保存，也始终在仪式中施用的，首先是破中山、统万所获得的中原正声，以及在仪式中所使用的乐舞。正始四年（507）春公孙崇表曰："乐府先正声有《王夏》《肆夏》、登歌、《鹿鸣》之属六十余韵，又有《文始》《五行》《勺舞》。太祖初兴，置《皇始》之舞，复有吴夷、东夷、西戎之舞。乐府之内，有此七舞。"①永熙二年（533）长孙稚、祖莹表则称："今日所有《王夏》《肆夏》之属二十三曲，犹得击奏。"②正始四年时，公孙崇正在太乐令任上。而长孙稚、祖莹上表，亦是在亲往太乐"责问"之后。除具体使用情况之外，在曲名、数目等方面，他们应均依据了太乐的档案记录。例如，《魏书·乐志》载宗庙与郊祀用乐，仅言《王夏》，未言用《肆夏》，而时隔三十余年的公孙崇与长孙稚、祖莹均将二曲并提，与《周礼》中的顺序相符，这就很有可能体现了档案记录与实际使用的差异。而长孙稚、祖莹上表中所谓"犹得击奏"则可能说明，在河阴之变之后，太乐官员对太乐所存的乐曲进行了一次整理，分别记录了尚可演奏，和已不可演奏的曲目。

北魏太乐所编撰的另一个重要乐录，是前废帝时太乐令崔九龙所辑，笔者暂将其定名为《古今杂曲》。《魏书·乐志五》载此事曰："太乐令崔九龙言于太常卿祖莹曰：'声有七声，调有七调，以今七调合之七律，起于黄钟，终于中吕。今古杂曲，随调举之，将五百曲。恐诸曲名，后致亡失，今辄条记，存之于乐府。'莹依而上之。九龙所录，或雅或郑，至于谣俗、四夷杂歌，但记其声折而已，不能知其本意。又名多谬舛，莫识所由，随其淫正而取之。"③根据这段记载，可以了解到以下几点。

---

① 《魏书》第 2831 页。
② 《魏书》第 2841 页。
③ 《魏书》第 2843 页。

第一，从内容上看，《古今杂曲》所著录的乐曲应不限于北魏一朝，亦包括前代之曲。其乐曲类型则包括雅乐、俗乐、民间所采集的谣俗之曲，以及传入中原的四夷之曲等。

第二，作为太乐令主持编纂的官方档案，《古今杂曲》并不是依照时代顺序或乐曲类型进行分类与编排，而是分为七调，"随调举之"的分类方式。这体现出，它更注重乐曲用于表演的性质，亦即本身的音乐特征，而非时代、内容、体裁、文本乃至功能与使用场合等方面。这是一种常见的官方音乐档案分类方式，最早可见于先秦楚地的《采风曲目》，与太乐作为音乐管理机构的职能是一致的。

第三，所谓"条记曲名"与"记其声折"，指的是《古今杂曲》包括两部分：第一部分是乐录，从"不能知其本意""莫识所由"的表述来看，应仅仅是分类列出曲名，而并无著录曲名本事等内容的题解，属于简录；第二部分则是"记其声折"的乐谱。这种形态一方面与上一点一样，体现出重视音乐表演的性质，一方面大抵也是由北魏太乐机构缺少前代的官方音乐档案，对乐曲的渊源、本事缺乏了解的客观原因造成的。

第四，《古今杂曲》这部官方档案，是太乐主官组织编纂，通过其上级官员太常卿呈上御览，并在经由皇帝审阅后在太乐（即所谓"乐府"）保存的。这也是官方音乐档案编纂——审阅——存档的标准流程。

由于《魏书·乐志》中缺少对北魏一朝仪式乐歌的记载，《隋书·经籍志》中也未著录明确写为北魏朝的乐录或歌辞书，我们对于北魏一朝所用乐曲的官方记录方式一直缺乏直接认识。而《魏书·乐志》中的这一段记载，既记载了《古今杂曲》这一分类、体裁、性质明确的音乐档案，又体现出了标准化的音乐档案编纂流程，可以说是具有典范意义的。

b. 非太乐所编纂保存的音乐档案。

《隋书·经籍志一》有《国语真歌》十卷，《国语御歌》十一卷①，并未保存于经部乐类，亦非保存在集部歌类，而是保存于经部小学类。这有可能是《隋志》的编纂者认为其作为鲜卑语著作的性质较作为歌的性质更为重要，也可能是其一直被收藏于与经部乐类、集部歌辞类不同的藏书之所。《国语真歌》应即是《真人代歌》，而《国语御歌》则应与鲜卑皇帝所参与的仪式活动有关，但不可知其内容。隋唐鼓吹乐的一部分曲目，如大角等，其歌辞袭用鲜卑语，不知是否与此《御歌》有关。从卷数上看，直至隋代，这两部歌录的保存情况仍然较好，这应该可以说明，在北朝时期，这两部歌录由于代表

---

① 《隋书》第 945 页。

着鲜卑民族的内在凝聚力,因此被收藏在比太乐更为管理完善且保护妥当的皇家藏书之所。在音乐史上,北魏雅乐、清商乐、四方杂曲等以汉语演唱的歌曲均在本朝内即失传,而以不可解其意的鲜卑语演唱的《代歌》与《簸逻回歌》却仍有一部分得以流传至唐代,《隋书·经籍志》所体现出的这种对鲜卑民族史诗与乐歌的收藏与保护,可能在其中起到了一定作用。

2) 北魏士人编纂,奏上朝廷的乐录

a. 高允所奏。《魏书》卷一〇九《乐志》载:"(太和)七年秋,中书监高允奏乐府歌词,陈国家王业符瑞及祖宗德美,又随时歌谣,不准古旧,辨雅、郑也。"①对高允此次所奏歌辞,《乐志》所记载的信息极少,不可确知其中"陈国家王业符瑞及祖宗德美",符合雅乐歌辞特征的乐府歌辞是其所作、是乐府旧有,还是和"随时歌谣"均是收集而来。既然是对本国王业与祖宗的颂美,应非乐府所用中原古雅乐,亦非以鲜卑语歌之的《真人代歌》,而是新制汉语歌辞,因此更可能是其所亲撰。本次奏上歌辞的特殊性在于,高允的用意并非是使这些歌辞收入太乐,以备仪式使用,而是将雅乐歌辞与"随时歌谣"作对比以"辨雅郑",带有鲜明的劝谏意味。上文曾提到,高允在文成帝在位时,就试图谏其厘改风俗,纠正时弊。而在太和七年(483)的此举,虽不知是否亦是被孝文帝或冯太后示意而为之,但确实起到相应的作用。太和十一年(487),文明太后令曰:"先王作乐,所以和风改俗,非雅曲正声不宜庭奏。可集新旧乐章,参探音律,除去新声不典之曲,裨增钟悬铿锵之韵。"②虽距高允奏歌辞已有四年,但确实是承接其"辨雅郑"的意图,推崇雅乐正声,摒斥新声不典之曲。高允所奏,虽非通常意义上用于充实国家仪式音乐的乐录,但其创作新雅乐、收集随时歌谣、将其奏上朝廷的行为,符合个人撰集乐录进入官方档案的流程,因此值得记录。

b. 张彝所奏。宣武帝时,张彝进《上采诗表》,备陈多年间巡行采诗及编纂成书之事,曰:"高祖迁鼎成周,永兹八百,偃武修文,宪章斯改,实所谓加五帝、登三王,民无德而名焉。犹且虑独见之不明,欲广访于得失,乃命四使,观察风谣。臣时忝常伯,充一使之列,遂得仗节挥金,宣恩东夏,周历于齐鲁之间,遍驰于梁宋之域,询采诗颂,研捡狱情,实庶片言之不遗,美刺之俱显。而才轻任重,多不遂心。所采之诗,并始申目。……常恐所采之诗永沦丘壑,是臣夙夜所怀,以为深忧者也。陛下垂日月之明,行云雨之施,察臣往罪之滥,矜臣贫病之切,既蒙崇以禄养,复得拜扫丘坟,明目友朋,无所负

---

① 《魏书》第2829页。
② 《魏书》第2829页。

愧。且臣一二年来,所患不剧,寻省本书,粗有仿佛。凡有七卷,今写上呈,伏愿昭览,敕付有司,使魏代所采之诗,不堙于丘井,臣之愿也。"①张彝所采之诗,皆为各地风谣,但以观民风为目的,与崔九龙之录杂曲、高允之辨雅郑,目的皆不相同。然而此七卷本之风谣录,虽仅保存在此表中,不仅内容概况全部散佚,甚至连书名亦未得以保存,却可以充分说明,北魏中期存在遣使观风,采诗纂录,以付有司保存的官方文化活动,而其表中"凡有七卷,今写上呈,伏愿昭览,敕付有司"②之语,对这一流程的记载亦甚为清晰。

2. 有歌辞留存,而不详有乐录

与北魏的情况恰恰相反,北齐、北周两朝的雅乐歌辞得以在《隋书·音乐志》中较为完整保存下来。但依据现有材料,并不能确定两朝乐录档案编纂的情况。不过,这个问题也可以通过《隋书·音乐志》的内容与体例得到一定程度的解决,关键的切入点,在于乐录档案各不相同的体例与表述方式。关于这一问题,将在下一节进行详细论述。

(四)并非乐书,但与音乐密切相关的官方文献

除了狭义上的"音乐文献"以外,有一些官方文献本身并非专门乐书,但与音乐有密切关系,因此也非常值得注意。其中最为重要的一类,即是记录礼仪制度及其制定过程的官方文献:仪注与礼议。

仪注与礼议和音乐的关联,表现在以下几点:

第一,官方雅乐本身就属于仪注所需要记录的内容。《魏书》卷一〇八之一《礼志一》载曰:"(太和)六年十一月,将亲祀七庙,诏有司依礼具仪。于是群官议曰:'昔有虞亲虞,祖考来格;殷宗躬谒,介福逌降。大魏七庙之祭,依先朝旧事,多不亲谒。今陛下孝诚发中,思亲祀事,稽合古王礼之常典。臣等谨案旧章,并采汉魏故事,撰祭服冠屦牲牢之具,罍洗簠簋俎豆之器,百官助祭位次,乐官节奏之引,升降进退之法,别集爲亲拜之仪。'"③可见作为祭礼用乐的"乐官节奏之引"是非常重要的一部分,理应在皇帝亲自祭拜七庙的仪注中得到著录。而这不仅是某一部仪注的特有内容,而是作为礼仪制度重要组成部分,在每一种需要有仪式音乐相配合的礼仪类型的仪注中得到记录。

第二,北魏时,至少有一些特定的仪注,是以整理礼仪音乐的使用为直接内容。《魏书》卷一八《太武五王列传·元孚传》曰:"永安末,乐器残

---

① 《魏书》第1430—1431页。
② 《魏书》第1431页。
③ 《魏书》第2740页。

缺,庄帝命(元)孚监仪注。"① 这是在河阴之变后,面对太乐署受到严重破坏,"所有乐器,亡失垂尽"的情况所作的补救措施,从元孚就此事的上表中可以看出,虽然是典"仪注",但其内容完全是与太乐官员讨论,从而整理、重制雅乐乐器,并且重新制定宫悬四厢等雅乐制度。虽以"仪注"为名,但其内容应专为乐仪,甚至在撰成之后,可能即由太乐作为制度性档案收藏。

第三,仪注中涉及到大量与音乐相关的讨论,其中包括音乐观念、音乐种类、音乐事务,以及时人对音乐的认知等。仅在《魏书》卷一〇八之四《礼乐志四》中,就记录了几次相关的讨论。如延昌二年(513)春崔鸿等议偏将军乙龙虎丧未尽而求仕,虽本身与音乐无关,但因引用《礼记》中"祥之日鼓素琴"之语,而使话题一度转向服丧与"存乐"的问题,涉及"乐"的概念、乐与居丧的关系,以及抚琴作歌等自作乐与"乐"的异同等问题;延昌三年(514)因元怿叔母北海王妃刘氏薨,高肇兄子亡,封祖胄等因此议叔母、兄子丧中当做鼓吹否,涉及时人观念中"乐"与"鼓吹"的异同;神龟二年(519)议灵太后父胡国珍丧中元会罢百戏丝竹之乐否,不但是直接与音乐相关的礼议,而且可以藉此了解当时正乐元会的仪式音乐使用情况。以上种种,都是颇有意思的讨论,可以作为切入点进行研究。由于篇幅所限,在此不做展开讨论。然而这几个例子可以说明,仪注、礼议与音乐关系非常密切,在北朝音乐文献散失如此严重的客观情况下,音乐史与音乐文学研究,需要最大化地利用一切有关的材料,因此即使不能将这些文献作为标准的乐书进行整理,也决不能忽视它们在研究中的作用。

本节中对于官方音乐文献编纂的分析应可以充分说明,在礼乐建设中,除对乐曲、乐器、仪式的继承、修改与创作等与音乐表演直接相关的内容外,对于礼乐建设过程及结果的记录也是非常重要的一部分。它可以体现出一个王朝通过礼乐彰显其政权正统性的目的与途径。此外,它也是本朝与后代进行礼乐建设的直接文献依据。中古时期的很多礼乐建设具体细节,都是通过这种成体系地编纂且官方文献流传下来。虽然北朝的官方音乐文献散佚极其严重,目前几乎没能得以以原貌留存,但通过当时与后世的典籍中对一些零星片段的保存、当时的参与者的记录,以及史籍中涉及到编纂流程的表达,仍然能够使我们对当时官方音乐文献的规模、分类,以及编撰流程等有所了解,从而丰富对这一时期礼乐建设的认识。

---

① 《魏书》第 427 页。

第三节　北朝官方音乐文献的编纂思路及其南朝渊源
——从《隋书·音乐志》所载北朝仪式歌辞的文献来源说起

在上一节中，笔者使用编纂研究的方法，对于各种北朝音乐文献的编纂目的、编纂过程、编纂体例进行了考察，从而分析其内容及编纂逻辑，以及在这一时期，官方音乐文献编纂工作的规模与体量。在本节中，则以史源学的方法，对《隋书·音乐志》这一相对完整且成体系的正史文献所载北朝仪式歌辞进行研究，追溯北朝音乐文献的面貌及其编纂思路。

一般来说，史源学的目的在于寻考历史文献的材料来源。而本文试图以此为基础，继续深化，从而解决三个层次的问题：

（1）《隋书·音乐志》所载各朝仪式歌辞有何文献来源。

（2）某些作为《隋志》史源的文献，其体例及编纂思路是否又有其所学习效仿的来源。

（3）同一个源头所造成的不同方面的行为如何对同一时期文化的各个方面造成影响，而各方面之间又如何相互影响。

以上三个层面的问题是层层递进的关系，从文献的外部形态，逐渐深入到文献的编纂逻辑以及历史文化背景层面，试图把一部音乐文献的编纂作为一个历史时期的系列文化活动中的一环，揭示其与当时文化趋势的关系及由此导致的外在形态的必然性，最终从礼乐建设的角度，对于北朝——尤其是北齐一朝——对南朝的学习与吸纳进行详细的剖析，并与文学创作的角度有所呼应。

对于官方文献的基本性质，上文已经有所说明。在此需要补充的是，虽然北朝音乐文献在后世保存状态极差，甚至有在本朝内就几经破坏散失的情况，但仍存在仪式歌辞史源学研究的可行性，除了上文所述北朝仪式音乐档案的两种不同保存方式以外，还有两方面的原因。

第一，官方仪式音乐曲目档案的体例特征。音乐机构官员在记录官方音乐档案时，最为重视的是其功能性：或是呈现一时一事的音乐使用情况，或是梳理雅乐制度的沿袭更替。因此，这类文献有着相对固定的体例。然而，从现存曲目档案佚文来看，每一部乐录的表述方式往往存在差别。即使时间临近、曲目相似，由于撰者所关注的侧重点不同，其体例与表达亦会有所差别。以刘宋时期的两部重要乐录档案《元嘉正声伎录》与《大明三年宴乐伎录》中的《平调曲》为例：

《长歌行》《短歌行》《猛虎行》《君子行》《燕歌行》《从军行》《鞠歌行》《大歌弦》。

未歌之前,有八部弦,四器俱作,在高下游弄之后。凡三调,歌弦一部竟,辄作送。

张永《元嘉正声伎录·平调曲》①

《短歌行》"仰瞻"一曲,魏氏遗令,使节朔奏乐。魏文制此辞,自抚筝和歌。歌者云"贵官弹筝",贵官即魏文也。此曲声制最美,辞不可入宴乐。

(《猛虎行》)荀录所载,明帝"双桐"一篇,今不传。

王僧虔《大明三年宴乐伎录·平调曲》②

可以看出,同样是记录《短歌行》《猛虎行》等平调曲,《元嘉正声伎录》重视的是歌辞与器乐演奏——乃至舞蹈——相搭配的表演功能,而《大明三年宴乐伎录》则重视不同时代所用歌辞的传承更替、是否入乐的情况。这种不可忽视的体例差异使我们可以通过曲目档案的文本形态追溯其编纂逻辑,从而对不同的文献做出分辨。

第二,后世撰述中对相关材料的编纂方式。后世有关中古仪式歌辞的撰述,在排列、使用当时材料时,存在两种不同的编纂方式:或是在汇集材料后,整体上制定体例与结构,对材料进行编排,并以按语或小字注形式进行考证、订补,表达编纂者的观点;或是汇集材料后,将其以简单的顺序直接罗列,并不以全局性的体例加以整合,且并不标明出处。要而论之,《乐府诗集》使用了第一种方式,而正史乐志和《通典》《通志》《册府元龟》等政书则通常使用第二种方式。在正史乐志中,《宋书·乐志》与《隋书·音乐志》由于汇集了不止一个朝代的仪式歌辞,因此将这一编纂特征体现得尤为明显。通读二志可以清晰地感受到,这两部乐志中所载不同朝代、乃至同一朝代不同类型的歌辞,应各有其文献来源,编撰者是将其所依据的原始文献直接罗列出来,而非在其基础上,依照统一体例对文字及记录方式进行统筹整理,使其显示出先后一致的面貌。这种编纂方式一方面造成乐志内部缺乏一贯性的客观后果,另一方面也有优点:正因如此,它们所依据的文献,就在乐志中一定程度上保留了原貌,使我们能够以此为切入点,进行史源学的研究。

---

① 《乐府诗集》第 441 页。
② 《乐府诗集》第 446—447 页、第 462 页。

要而言之，"官方音乐档案"这一文献类型的体例特征、北朝音乐档案的保存特征以及后世文献引用这类文献时的编纂特征，共同构建出北朝官方音乐档案保存与流传的基本框架，也为本节的论述奠定了方法论基础。

一、《隋书·音乐志》所载四代雅乐歌辞的不同体例

《隋书·音乐志》中记录了梁、陈、北齐、北周四朝的雅乐歌辞，其中对陈代歌辞记载最为简略，只记录了新制《七室歌辞》；其他三代歌辞均记载较详，不仅成体系、分类别地记录了不同类型的雅乐歌辞本身，还保存了相当数量的曲辞题解与小字注，采取以题解为纲、小字注为补充的体例，记录歌辞的诗体、内容、表演场合、表演方式等方面的内容，是非常重要的中古时期音乐史料。在下文中，首先从比较四朝歌辞的不同体例入手，对其文献来源进行追溯。

（一）梁代雅乐歌辞

《隋书·音乐志》所载梁代雅乐歌辞共计四种：郊禋宗庙及三朝之乐；南郊、北郊、明堂、宗庙之登歌共十八曲；《大壮舞歌》《大观舞歌》以及《相和五引》。著录特征有以下几点：

1. 除《相和五引》及太祖太夫人庙舞歌、登歌外，每一类歌辞中每一曲的题解，格式均为"歌名+每一首之内的曲数+诗体"，歌辞列于其后。例如：

> 《俊雅》，歌诗三曲，四言。①
> 《皇雅》，三曲，五言。
> 明堂遍歌五帝登歌，五曲，四言。
> 《大壮舞》歌，一曲，四言。

2. 郊禋宗庙及三朝之乐的记录以歌名为纲，在题解正文中，不记录诸曲的使用场合及流程。

3. 除太祖太夫人庙所用登歌以外，南北郊及明堂用登歌时，不能以曲名相区别，故题解以使用场合为纲，在使用场合后曰"奏登歌"，复记曲数、曲名：

> 南郊皇帝初献，奏登歌，二曲，三言。

---

① 《隋书》卷一三《音乐志上》，第293页。按，以下所引雅乐歌辞，如无特殊说明，则均出于《隋书·音乐志》。为免繁冗，不再一一出注。

> 北郊皇帝初献，奏登歌，二曲，四言。
> 宗庙皇帝初献，奏登歌，七曲，四言。
> 明堂遍歌五帝登歌，五曲，四言。

4.《明堂遍歌五帝登歌》与《相和五引》不仅分列各曲歌辞，且分列五曲之名。《明堂遍歌五帝登歌》写为"歌青帝辞；歌赤帝辞；歌黄帝辞；歌白帝辞；歌黑帝辞"，《相和五引》写为"角引；徵引；宫引；商引；羽引"。

5. 郊禋宗庙及三朝之乐虽然在题解正文中不写明使用场合、流程等情况，但在一曲多用情况下，以小字注分别注明使用场合。这是《隋书·音乐志》所著录梁代雅乐歌辞唯一使用小字注的情况：

> 《诚雅》，一曲，三言。（小字注：南郊降神用。）
> 《诚雅》，一曲，三言。（小字注：北郊迎神用。）
> 《诚雅》，一曲，四言。（小字注：南北郊、明堂、太庙送神同用。）
> 《禋雅》，一曲，四言。（小字注：就燎。）
> 《禋雅》，一曲，四言。（小字注：就埋。）

总而言之，《隋书·音乐志》所著录的梁代雅乐歌辞体现出以下三个特征：第一，题解首先体现出对歌名、每首中的曲数、各曲的诗体等元素的重视，其后才是对使用场合的记录；第二，小字注的作用是对一曲多用时的使用场合的说明；第三，梁代雅乐歌辞的著录中完全没有体现出对于歌辞本身的相关问题——例如佚文、作者、辞句变化情况等——的关注。

（二）陈代七室歌辞

陈代雅乐歌辞基本承继梁代，仅重制了《七室歌辞》，因此《隋书·经籍志》只著录了新制的这七首曲辞。其题解规整，以使用场合而非仪式流程为纲，按祖考辈分排列，如：

> 皇祖步兵府君神室奏《凯容舞》辞。
> 皇祖正员府君神室奏《凯容舞》辞。
> 皇祖怀安府君神室奏《凯容舞》辞。

这组歌辞无小字注。前七首均为四言八句，末一首"皇考高祖武皇帝所用《武德舞》辞"为四言二十四句，应是分为三章，然并未像梁代歌辞题解那样加以说明。在表述上，使用"奏《某某舞》辞"的写法。

(三) 北齐雅乐歌辞

《隋书·音乐志》所载北齐雅乐歌辞分为大禘圜丘及北郊歌辞、五郊迎气乐辞、祠五帝于明堂乐歌辞、享庙乐辞及元会大飨食举乐辞五部分，是《隋书·音乐志》中记载最为详细的一类歌辞，不仅题解较长，而且存在大量的小字注。这类记载体例也最为特别：整体上看，不同场合所用的雅乐歌辞，体例基本一致，体现出一以贯之的编纂思路。但大禘圜丘及北郊歌辞又在此基础上别有独特性。以下分而言之。

这五组曲辞，整体上的体例特征如下。

1. 题解以仪式步骤——而非使用场合——为纲，每一组都是按照仪式流程顺序记录其中使用的歌辞。在郊祀音乐一类中，不同于梁代歌辞直接著录歌名，北齐大禘圜丘及北郊歌辞整饬地先记载仪式流程，再列出这一流程中所用乐的乐名与歌辞，如：

> 夕牲群臣入门，奏《肆夏》乐辞。
> 迎神奏《高明乐》辞。
> 牲出入，奏《昭夏》辞。

而与陈代著录中"七室之名+舞名"不同，北齐享庙乐辞的著录体例，是以进行祭祀的"皇帝"为主体，写明皇帝在某神室中初献这一仪式流程中所用的曲名与歌辞：

> 皇帝初献皇祖司空公神室，奏《始基乐》《恢祚舞》辞。
> 皇帝初献皇祖吏部尚书神室，奏《始基乐》《恢祚舞》辞。
> 皇帝初献皇祖秦州使君神室，奏《始基乐》《恢祚舞》辞。

2. 北齐雅乐歌辞中并不著录每首乐曲所包含的曲数，惟《元会大飨食举乐》第十首"皇太子入，至坐位，酒至御，殿上奏登歌辞"，将其中十章在每章末尾标注"其一"到"其十"，第十一首"食至御前，奉食举乐辞"三章后注明"其一"到"其三"，亦不在题解中写明总数。

3. 北齐雅乐歌辞题解亦不写明各首曲辞的诗体。不惟四言或五言等整饬诗体的篇目如此，《五郊迎气歌辞》这一组采用"以数立言"之体，句式参差的歌辞，亦对其诗体全无说明，其各曲题解仅简单写为"某帝降神，奏《高明乐》辞"。可见句式与诗体的异同，并非北齐歌辞记录者所措意的问题。

4. 除《五郊迎气歌辞》以外，其他四组歌辞内的题解多有小字注，且内容与表达方式统一：小字注专门记录某一仪式环节中，由于参与者及其行为不同，而导致所用曲调有差别的情况，并一定会写明这一曲调所用的歌辞与其他某些流程的同用情况，完整的记录体例为"仪式流程+所用曲调+辞同XX"，如《大禘圜丘及北郊歌辞》第四首，"荐毛血，奏《昭夏》辞"，小字注曰："群臣出，奏《肆夏》，进熟，群臣入，奏《肆夏》，辞同初入。"而更为简略的记法，则仅写"辞同XX"，如同组第二首"迎神奏《高明乐》辞"，小字注曰："登歌辞同。"

这种对"异"与"同"的关注，不仅存在于同一组歌辞之内，也体现在不同组的歌辞之间。同组之内，例如《大禘圜丘及北郊歌辞》第五首"进熟，皇帝入门，奏《皇夏》辞"，而第九首"皇帝献太祖配飨神座，奏《武德》之乐，《昭烈》之舞辞"小字注曰"皇帝小退，当昊天上帝神座前，奏《皇夏》，辞同上《皇夏》"，所谓"上《皇夏》"，即指第五首所奏《皇夏》。此外，还有正文与小字注中虽然仪式有差异，但所用为同一曲，歌辞亦同者，如《祠五帝于明堂乐歌辞》第六首"进熟，皇帝入门，奏《皇夏》辞"，小字注曰："皇帝升坛，奏《皇夏》，辞同"，此组歌辞中仅有第六首所奏为《皇夏》，因此所谓"辞同"，所指应就是第六首题解正文与小字注中所载《皇夏》在所用歌辞上相同。

而在不同组之间，则如五郊迎气奏《高明乐》，《祠五帝于明堂乐歌辞》第三首"太祖配飨，奏《武德乐》《昭烈舞》辞"，小字注云："五方天帝奏《高明》之乐、《覆焘》之舞，辞同迎气。"所谓"辞同迎气"，指的是明堂祭祀中五方天帝所奏《高明乐》，分别与五郊迎气中五帝降神时所用的五首曲辞相同。

这种写明所用曲辞异同的记录方式，不仅客观上记录了仪式音乐的详细内容，而且用其表述为不同用途的雅乐组曲构建了先后关系，使它们不是毫无原因甚至可以随意调换位置的并列关系，而是具有了内在结构性：例如，第二组为《五郊迎气歌辞》，而第三组的小字注中省略称之，载"辞同迎气"，可以证明在原本的记录里，《五郊迎气歌辞》就是排列在《祠五帝于明堂乐歌辞》之前的。

5. 在措辞方面，北齐雅乐歌词著录的一个特征是，全部五组雅乐的著录中，均整齐地使用了"奏某某辞"的写法，如果乐、舞两名并称，则乐在前，舞在后，"辞"字则在舞名之后。

这几个特点足以说明，北齐雅乐歌辞的著录并不像《宋书·乐志》和《隋书·音乐志》那样，即使是在同一个朝代之内，也无视文献来源不同的歌辞著录之间的表述差异，直接排列不同组曲的原始著录，导致彼此之间叙述体例存在差别，而是应该由同一个人，或至少是基于同样的编纂思路与编纂体例进行记录的，因此在整体体例上、前后内容的呼应上，乃至措辞等表达习惯上,都有一致性与逻辑性。

以上五点整体特征均体现在题解之中。而《大禘圜丘及北郊歌辞》所体现出的独特性,则表现在歌辞著录中的小字注上。这是由这组歌辞的特殊著录方式决定的。"圜丘"与"北郊"原本是两套歌辞,但是其仪式流程基本一致,所用歌辞亦并非是完全不同的两套,而是仅仅在一小部分辞句有所差别。因此歌辞著录者并未将两套曲辞分别记录下来,而是以圜丘歌辞为基础,以小字注列出北郊歌辞的异文,从而以一套曲辞的形式记录下两套曲辞。在整组十三首歌辞中,有七首出现这一情况,具体异文如下表。

曲　目	流　程	圜丘用辞	北郊用辞
第二首	迎神奏《高明乐》辞	惟神监矣	惟祇监矣
		圆璧展事	方琮展事
		成文即始	即阴成理
		乐合六变	乐合八变
第五首	进熟,皇帝入门,奏《皇夏》辞	三垓上列	重垓上列
		四陛旁升	分陛旁升
第六首	皇帝升丘,奏《皇夏》辞	紫坛云暖	层坛云暖
		绀幄霞褰	严幄霞褰
第八首	皇帝奠爵讫,奏《高明乐》	丘陵肃事	方泽祇事
第十一首	送神,降丘南陛,奏《高明乐》辞	将上游	将下游
		超斗极	超荒极
		绝河流	憩昆丘
第十二首	紫坛既燎,奏《昭夏》乐辞	玉帛载升	牲玉载陈
第十三首	皇帝还便殿,奏《皇夏》辞	阳丘既畅	阴泽云畅

可以看出,这些异文多为描述性的词汇,也有一些可以体现出两个祭祀在具体场所、用具、流程以及所祭祀对象等方面的差异。这种歌辞著录方式的独特性是显著的:从使用层面讲,这种记录方式具有非常明显的功能性,换言之,其目的并非完整地展现某一首或一套歌辞的全貌,而是为了在仪式

音乐的演练中最为便利地使用这一歌辞文本,其价值在于为表演服务的"实用价值",而非记录歌辞文本原貌的"实录价值";从文献面貌层面讲,它虽然抹杀了北郊歌辞作为一组独立歌辞的完整面貌,但是却一目了然展现了这两组歌辞,乃至两个祭祀的关联性,根据这一记录重建北郊歌辞的原本面貌,也是并不困难的。因此,作为北齐雅乐歌辞记录中最独特的一类,其重要性在于,它体现出北齐官方音乐机构的官员,在将仪式音乐所用的歌辞记录为官署档案时的关注点,与"中秘群官"存在根本差异而自成体系。

(四)北周雅乐歌辞

《隋书·音乐志》著录的北周雅乐歌辞包括《员丘歌辞》《方泽歌辞》《祀五帝歌辞》与《宗庙歌辞》四部分,其著录方式的特征为:

1. 题解按照仪式流程的步骤记录曲名,其后著录歌辞。
2. 题解中不记录每一组乐曲的曲数,亦不记载歌辞诗体。
3. 《方泽歌辞》第三首题解"初献,奏登歌辞"下有小字注"舞词同圜丘"。

以上几点体例特征均与北齐雅乐歌辞基本相同,只不过记录远不如北齐诸曲详细,歌辞中亦无小字注。

梳理《隋书·音乐志》所载四朝雅乐歌辞便可直观地看出,这四种著录,尤其是记录较为详细的梁代与北齐两朝雅乐歌辞,在整体结构、著录内容、表达方式、小字注的用法等方面,都有极大差别,这体现出,它们的编纂者在关注点上有着根本性的差异:我们可以看到梁代歌辞著录中对数目和诗体的关注,北齐歌辞著录中对仪式流程与歌辞异同的重视。而北齐歌辞的著录,甚至经过了有机整合,最为明显地体现出了文字背后的编纂思路。这就足可证明,这几段记录绝非统一撰写的,而是各自有其来源。而这一来源,就是历朝原有的歌辞记录,具体来说,即太乐、太常等音乐官署档案中的乐录档案与歌辞档案。

《隋书·经籍志》"集部歌类"有徐陵所撰《陈郊庙歌辞(并录)》三卷,很可能就是《音乐志》中《七室歌辞》的文献来源。那么,北齐歌辞的来源是什么呢?同样在《隋书·经籍志》中,有《齐朝曲簿》一卷,被列于《大隋总曲簿》之前。笔者曾认为它是南齐的官方乐录,但经过分析《隋志》所著录的北齐歌辞,窃以为这部《齐朝曲簿》更可能是北齐的官方乐录。《隋志》中对北齐歌辞的著录最为详细,不论题解与歌辞的正文,还是这两部分中的小字注,都完整且清晰。这意味着,它应该是依据了在编纂《隋书》时保存较好的文字记录。而《隋书·经籍志》中的《齐朝曲簿》列于正文而非小注中,说明此书在隋代仍存。另外,上文已经提及,北周歌辞著录的体例与北齐歌辞基本相同，但较为简略，这应可以说明，二者之间存在着学习、承继乃至模仿的关系，也就是说，北齐的官方雅乐歌辞档案，很可能流传入北周，成为北周雅乐档案编纂的学习样本，再由北周流传至隋。虽然此书后来散佚，但其一部分内容被较为完整地保留在《隋书·音乐志》中，并保留着原有面貌。综上所述，《齐朝曲簿》应为北齐的官方雅乐歌辞档案，并且是《隋书·音乐志》的重要文献来源。

二、北齐雅乐仪式歌辞著录体例及编纂思路的来源

另一个有趣的问题是，北齐一朝出现了如此详细且体现出编纂者苦心的乐录，应并非偶然或原创，而是有所借鉴。那么，是否能够从中古史籍中找到其体例来源呢？

通过对读其他几种中古正史乐志，笔者可以确定，《宋书·乐志》中对仪式歌词的著录虽亦有几种不同的体例，但与《隋书·音乐志》中的北齐歌辞著录体例均不相似，并非其编纂思路的源头。北齐乐录的这种体例，极可能是直接脱胎于保留在《南齐书·乐志》中的一部分南齐雅乐歌辞——更为具体地说，是《郊庙雅乐歌辞》《北郊乐歌辞》与《明堂歌辞》的著录方式。

《郊庙雅乐歌辞》《北郊乐歌辞》与《明堂歌辞》是《南齐书》卷一一《乐志》所著录的南齐雅乐歌辞中的第一、第二与第四组，体例特征有如下几点：

1. 以仪式流程为纲，按照仪式步骤记录曲名，其后著录歌辞。如郊庙雅乐歌辞：

> 群臣出入，奏《肃咸之乐》。①
> 牲出入，奏《引牲之乐》。

2. 在一组曲辞之中的某几首曲子之后，以"右某某歌辞"的形式，依照仪式的分段，为一整组曲辞划分段落。如《郊庙雅乐歌辞》第三首后，署"右夕牲歌，并重奏"；第十三首后署"右南郊歌辞"；《北郊乐歌辞》第六首后，署"右北郊歌辞"；《明堂歌辞》第九首后，署"右夕牲辞"；第十二首后，署"右祠明堂歌辞"。

3. 题解中有记录章数之例，集中出现于《明堂歌辞》，如第一首题解，称"宾出入，奏《肃咸乐》歌辞二章"；第九首题解称"荐豆呈毛血，奏《嘉荐乐》

---

① 见《南齐书》卷一一《乐志》，第167页。下文的南齐雅乐歌辞著录均出于《南齐书》，不再一一出注。

歌诗二章"。

4. 不在题解或小字注中记录诗体。

5. 有在题解中以小字注记录歌辞使用异同之例,如《明堂歌辞》第十二首,"初献,奏《凯容宣烈乐》歌辞",小字注曰:"太庙同。"

6. 明堂祠五帝时,五帝用乐不载流程,只写歌名,作《青帝歌》《赤帝歌》《黄帝歌》《白帝歌》《黑帝歌》。

7. 有以题解及区分段落的"右某某歌辞"记录表演方式之例。如《郊庙雅乐歌辞》第三首后,称"右夕牲歌,并重奏";第十三首题解,称"皇帝还便殿,奏《休成之乐》。重奏"。

8. 注意记录歌辞的来源与流变异同,这是这几组歌辞的著录中非常明显的特征,体现在题解及小字注与歌辞小字注两个方面。究其原因,是因为南齐雅乐歌辞的来源并不单一:它基于刘宋谢庄所撰雅乐歌辞,但既有改制,也有新增。《南齐书·乐志》曰:"建元二年,有司奏,郊庙雅乐歌辞旧使学士博士撰,搜简采用,请敕外,凡义学者普令制立。参议:'太庙登歌宜用司徒褚渊,余悉用黄门郎谢超宗辞。'超宗所撰,多删颜延之、谢庄辞以为新曲,备改乐名。"①萧子显因此着重记录这一方面的相关信息。以题解及小字注记录的是所用曲辞并非谢超宗所撰的特殊情况,如《郊庙雅乐歌辞》第九首题解曰:"太祖高皇帝配飨,奏《高德宣烈之乐》。此章永明二年造奏。"小字注曰:"尚书令王俭辞。"《明堂歌辞》第七首题解小注曰:"宋谢庄辞。"此外,《明堂歌辞》第十二首之后,署"右祠明堂歌辞。建元、永明中奏"。而歌辞小字注则着力记录两方面内容:

第一类为对某一曲,或其中数句的作者的记录,例如:

此上四句,颜辞。(《郊庙雅乐歌辞》第二首"有牲在涤,有絜在俎。以荐王衷,以答神祜"下小字注。)

此一篇增损谢辞。(《郊庙雅乐歌辞》第三首末小字注。)

皆谢庄辞。(《明堂歌辞》第十首、第十一首末小字注)

第二类为记载这些歌辞自刘宋至萧齐的增删变迁,例如:

此下除二句。(《郊庙雅乐歌辞》第四首"惟圣飨帝,惟孝飨亲"下小字注。)

---

① 《南齐书》卷一一《乐志》,第167页。

此下除八句。(《郊庙雅乐歌辞》第四首"金枝中树,广乐四陈"下小字注。)

　　此下除八句。(《明堂歌辞》第十首"圣祖降,五云集"下小字注。)

当然,这两类内容也经常被糅合为同一条注,如:

　　此下除四句。皆颜辞。(《郊庙雅乐歌辞》第一首"六典联事,九官列序"下小字注。)

　　此一句改,余皆颜辞,此下又除二十二句。(《郊庙雅乐歌辞》第七首"大孝昭,国礼融"下小字注。)

　　此下除二十二句余皆颜辞。(《北郊乐歌辞》第三首"礼献物,乐荐音"下小字注。)

　　可以看出,歌辞的来源与流变是其他朝代雅乐歌辞著录中均不曾涉及的内容,而南齐雅乐歌辞的编纂者则非常关注,并直接体现在著录中。在这些档案中,虽然没有记录刘宋歌辞的原有面貌,但是对变动句数与参与者姓名的记录,实际上已经体现出了宋齐之间雅乐歌辞制作的规模、方法与具体内容,具有重要的文献学意义和史学意义。

　　需要注意的是,这种对于"变迁"的重视,体现出的并非官方仪式歌辞使用于仪式的功能性,而是作为档案的另一种功能性:与王僧虔在编纂《大明三年宴乐技录》时的关注点类似,它强调的是官方音乐档案明确记录各朝之间,以及同一朝代不同时期之间的歌辞使用的变迁更替,从而便于备查备问的功能。

　　通过分析南齐书对这几类歌辞的著录可以发现,除署在歌辞之后的"右某某歌辞",对章数与表演方式的简单记录之外,整体来说,它与北齐雅乐歌辞的著录方式颇为重合。其中最为明显的,一是不同仪式流程中歌辞使用情况的异同,一是歌辞本身文辞字句的差别与分合,在两种著录中都受到重视。而《南齐书》的《北郊乐歌辞》序中有一段话,则提供了非常有趣的信息。

　　案《周颂·昊天有成命》,郊祀天地也。是则周、汉以来,祭天地皆同辞矣。宋颜延之《飨地神辞》一篇,余与南郊同。齐北郊群臣入奏《肃咸乐》,牲入奏《引牲》,荐豆毛血奏《嘉荐》,皇帝入坛东门奏《永至》,饮福酒奏《嘉胙》;还便殿奏《休成》,辞并与南郊同。迎送神《昭夏》登歌异。①

这段话先从《周颂》出发,指出"祭天地皆同辞"的古来传统,然后将刘宋与南齐的南北郊歌辞进行对比,明确指出南朝除个别曲辞外,北郊歌辞均"与南郊同"。虽然没有在歌辞著录中列出南齐南北郊歌辞的具体差异,但北齐乐录对于北郊歌辞仅以注出异文进行记录的方式,很可能来源于《南齐书》中这段话的启发。

当然,《南齐书·乐志》中对不同类型歌辞的著录体例并不完全相同。如《雩祭歌辞》中,采用的就不是在歌词之前撰写题解的方式,而是在歌辞之下署"右歌某某"并以小字作进一步说明,并且注意解释诗体。因此,北齐雅乐乐录即使确实存在对南齐的学习,也并非全盘照搬,而是有所选择的。

前文已经说过,北齐的《五郊迎气歌》等仪式乐歌,由北人制作,却使用"以数立言"等具有鲜明的南朝新变特征的诗体,是陆印在与南朝使节及逃入北齐的梁人密切沟通后,带有模仿性质的作品。然而,从歌辞本身,及其他诗词作品来看,我们还只能说,这种学习可能是在文学集团的交流活动中对某些诗体的模仿。但是,《南齐书·乐志》与北齐雅乐乐录在著录体例乃至编撰思路上的相似性则体现出,北齐对南方的学习,不仅体现在具体作品的创作与使用上,更深入到体例乃至制度上。入北齐的梁人大多在侯景之乱及之后逃亡入北,他们很可能携带了于天监年间(502—519)即已编纂完成的《南齐书》,甚至可能携带了一些南朝的乐录性质的文献。可以说,南朝对北齐、北周雅乐建设的深远影响,并不仅仅体现在乐器、乐人以及可以制作雅乐歌辞的士族文人上,也体现在文献的传入上。因为文献所承载的,不仅仅是"铿锵鼓舞"的具体操作,更包含了思路、体例乃至制度等理论支持。通过对比北齐的歌辞档案编纂与歌词文本创作这两种在同一时期、围绕仪式音乐建设这一共同主题展开的工作,可以更加清晰地看出北齐雅乐建设中对于南朝的借鉴学习。

三、北齐雅乐歌辞创作中的南朝因素

东魏北齐时的官方仪式音乐建设非常鲜明地分为三个阶段:第一阶段为东魏至北齐初建国,处于"犹曰人臣,故咸遵魏典。及文宣初禅,尚未改旧章"②的状态;第二阶段为文宣帝天保年间祖珽创革《广成》之乐,其所依仍

---

① 《南齐书》第170页。
② 《隋书》卷一四《音乐志中》,第313页。

为"洛阳旧乐"①;第三阶段则为武成帝时,定四郊、宗庙、三朝之乐及歌辞。之所以称其为"非常鲜明",是因为在第三阶段,即定诸乐及歌辞时,一改前两个阶段基本因袭北魏之制的局面,出现了明显的南朝因素:《五郊迎气歌》之辞采用了刘宋时方才出现的"以数立言"之体,而歌辞用韵中出现了典型的南朝押韵方式,都体现出其对南朝的全方位学习。

"以数立言"体雅乐歌辞始自谢庄所撰《宋明堂歌》。研究者认为,"郊祀五帝歌辞中的以数立言规则,即以五帝对应之五行术数,决定祭祀该神之歌辞每句采用的字数,通过曲辞字数与五行数术的相同,建立起曲辞与五帝、五行及天道的一致性,彰显祭祀活动的神圣"②。自刘宋至梁代,南朝为重构其政权正统性,进行了包括雅乐制作的一系列文化革新,谢庄《宋明堂歌》及其所创"以数立言"的杂言体雅乐歌辞正是其中的重要一环。虽然时至南齐,谢超宗、谢朓等谢氏翘楚在创作明堂等处所用歌辞时全部遵循谢庄之体③,但此体仍未为被南朝的文化士族阶层完全接受。萧子显在《南齐书·乐志》中,即对此体颇为诟病。

> 明堂歌辞,祠五帝。汉郊祀歌皆四言,宋孝武使谢庄造辞,庄依五行数,木数用三,火数用七,土数用五,金数用九,水数用六。案《鸿范》五行,一曰水,二曰火,三曰木,四曰金,五曰土。《月令》木数八,火数七,土数五,金数九,水数六。蔡邕云:"东方有木三土五,故数八;南方有火二土五,故数七;西方有金四土五,故数九;北方有水一土五,故数六。"又纳音数,一言得土,三言得火,五言得水,七言得金,九言得木。若依《鸿范》木数用三,则应水一火二金四也。若依《月令》金九水六,则应木八火七也。当以《鸿范》一二之数,言不成文,故有取舍,而使两义并违,未详以数立言为何依据也。"④

北齐雅乐由"咸尊魏典"一变而成为在南朝尚有争议的新出诗体,其中必有入齐南人的作用在焉。

---

① 《隋书·音乐志中》载"尚药典御祖珽自言,旧在洛下,晓知旧乐"(见《隋书》第313页)。据《北齐书·祖珽传》,"除珽尚药丞,寻迁典御"(见《北齐书》第516页)是在文宣帝时。则制《广成》之乐当在文宣崩之前。
② 见曾智安著:《以数立言:庾信〈周五声调曲〉以文法、赋法为歌及其礼乐背景》,《河北师范大学学报(哲学社会科学版)》2012年第6期,第92页。
③ 《南齐书》卷一一《乐志》云:"(齐)建元初,诏黄门郎谢超宗造明堂夕牲等辞,并采用庄辞。建武二年,雩祭明堂,谢朓造辞,一依谢庄。"(见《南齐书》第172页)
④ 《南齐书》第172页。

李晓红《"以数立言"与九言诗之兴——谢庄〈宋明堂歌〉文体新变考论》一文分析此体出现于北齐之缘由,认为"此中祖珽所造《北齐五郊迎气乐辞》之体式,与谢氏所造作宋齐祭祀五帝歌辞体式全同。陈寅恪先生曾论'北齐仪注即南朝前期文物之蜕嬗',此套歌辞可作一证。祖珽之父祖莹曾与北魏太和十七年(萧齐永明十一年,493)由南齐北奔的王肃同时立朝。王肃熟习南朝前期礼乐制度,受北魏孝文帝重用,有'朝仪国典咸自肃出'之说。祖莹好学博物,当从王肃处获悉宋齐礼乐信息。祖珽因得以传承'以数立言'的造辞方式"①,其实不然。首先,北齐《五郊迎气歌》非祖珽所作明矣。逯钦立《先秦汉魏晋南北朝诗·北齐诗》卷三于北齐诸雅乐歌辞下以小字注按:"《诗纪》云:以上乐章,《诗汇》云祖珽作。按《隋书·音乐志》,祖珽上书论乐于文宣之时,至武成时始定四郊、宗庙、三朝之乐,而不著作歌之人。则非珽作明矣。今考《北史》,陆卬等制。"②其二,因祖珽而上溯至祖莹,因祖莹而联想到王肃,将此诗体的传承脉络归为王肃——祖莹——祖珽,是基于认为王肃为北魏撰"朝仪国典"的习见,而忽视了《隋书》中的明确记载,因此对祖珽的乐学传承有所误解。《隋书·音乐志中》云:"珽因采魏安丰王延明及信都芳等所著《乐说》,而定正声。始具宫悬之器,仍杂西凉之曲,乐名《广成》,而舞不立号,所谓'洛阳旧乐'者。"③不唯以"洛阳旧乐"之称表明了其与北魏后期雅乐的承继关系,而且直言其理论来源是在北魏后期礼乐建设中起到重要作用的元延明、信都芳二人的学说。虽然王肃为谢庄之婿,元延明又为其妹择王氏子弟结亲,但是这种姻亲关系,并不能说明其学说中必然带有南朝色彩,祖珽所定之"正声",应仍遵循北魏后期由河北士人与汉化鲜卑贵族遵循孝文帝等北魏统治者之意所议定的礼乐制度。

与强调文化主体性的北魏相比,东魏至北齐文宣帝末年,是南朝士人集中入北之时。北齐雅乐歌辞的撰写者陆卬,不仅曾担任主客应对南使,也与入北南朝文士广为交游,其所撰雅乐歌辞,不仅使用南朝诗体,即使用韵都体现出谨严的南朝用韵特征。自东魏起,北方文人与南朝士人频繁往来,以平等的心态学习齐梁诗的诗体、诗风、用韵等特征并应用于创作,才是北齐雅乐歌辞中出现南朝新诗体的根本原因。

关于北齐诗歌用韵情况,本文第六章中有专门论述,在此不做赘言,仅

---

① 李晓红著:《"以数立言"与九言诗之兴——谢庄〈宋明堂歌〉文体新变考论》,《中山大学学报(社会科学版)》2012年第4期。
② 逯钦立辑校:《先秦汉魏晋南北朝诗》,北京:中华书局,1998年,第2320页。
③ 《隋书》卷一四《音乐志中》,第314页。

就其雅乐歌辞用韵,概括如下几个特点:

1. 南北朝的雅乐歌辞通常是每四韵为一章,换一韵部。而北齐的雅乐歌辞中,绝大部份曲目两韵一换,确保了押韵的谨严。

2. 这组歌辞对待某些韵的严格,几乎到了苛刻的程度。比如鱼、虞、模三韵,在齐梁用韵中,只是鱼韵严格分用,虞、模两韵本是可以合用的。但是在这组歌辞里,三韵严格分用,绝无合用之处。另外,《文武舞歌·文舞辞》齐韵独用,而韵脚为齐、珪、黎、泥、西、携。以西押齐韵,这是典型的南朝新生押韵方式,与北魏民间语音及墓志中以西押先仙韵有了根本变化。

3. 这组歌辞虽然大量学习了南方用韵,但并非照搬,而是保留了北方用韵的长处。如脂微之三韵完全分用,而之韵的独用多达十四次。这是袁奭、王褒,庾信等入北南方诗人所无法达到的。

4. 虽然这组北齐的雅乐歌辞用韵已相当谨严,但歌辞中青、清、庚、耕和豪、宵、萧、肴仍然混用。也许北方诗人仍无法完全分辨出其音值差别,因此导致这种雅乐歌辞押韵呈现出的面貌与南方押韵方式仍然存在差别。

上文曾经提到,北周雅乐歌辞亦使用了"以数立言"之体,仅就歌辞形态来看,与北齐甚为相似。但究其根本,二者有着本质性的差别。在分析了北齐雅乐制作的种种特征后,我们可以更明确地辨析这一"差别":北周雅乐歌辞的制撰者是入北南人庾信,它是南朝士人在入北之后,使用自己所熟悉的体式进行创作的产物,具有一定的延续性和封闭性;而北齐雅乐歌辞的制撰者为代郡人陆卬,是已经汉化的鲜卑士人,并与进入北齐的南朝文士广为交游。从外在的文本形态上讲,这组作品体现出的是自东魏起,北方文人与南朝士人频繁往来,以平等心态学习齐梁诗的诗体、诗风、用韵等特征并应用于创作的风气,而从内在的礼乐建设思路来讲,在最为典正、用以体现一国之文化面貌的雅乐歌辞中出现这种情况,体现出北齐雅乐建设有意吸收南朝因素,扭转"洛阳旧乐"面貌的新动向。而《南齐书·乐志》与北齐雅乐乐录在著录体例乃至编纂思路上的相似性则更能充分体现出,北齐礼乐建设中在雅乐歌辞方面对南方的学习,并不仅仅体现在具体作品的文辞上,也更深入到体例乃至制度上,是一以贯之,兼及表里的工作。

本节通过对《隋书·音乐志》所载梁、陈、北齐、北周歌辞的分析,以及对与之相关的一些文化活动的讨论,梳理《隋书·音乐志》所载北齐雅乐歌辞史源,追溯其体例来源及与其他同时期文化活动的关系,可以得出以下几个结论:

第一,《隋书·音乐志》中所著录的南北朝四代雅乐仪式歌辞,分别来源于各朝的官方雅乐歌辞档案。其中内容最充实、编纂思路最明确的北齐雅乐歌辞档案,经由北周流传至隋代,进入官方藏书,并且在这一过程中,影响了北周雅乐歌辞档案的体例。

第二,北齐雅乐歌辞档案的编纂思路并非本朝原创,而是源自保留于《南齐书·乐志》中的《郊庙雅乐歌辞》《北郊乐歌辞》与《明堂歌辞》的著录体例。不论其所借鉴的是《南齐书》本身,还是作为《南齐书·乐志》文献来源的南齐官方音乐档案,这种沿袭关系都是不可忽视的。

第三,北齐雅乐歌辞著录体例对南朝的仿效,与雅乐歌辞创作对南朝的学习是同步的,均由北人实施,且其学习对象同为基于新礼的刘宋——南齐一系。将歌辞创作与歌辞著录情况进行对比,能够更为明确且深入地说明,南朝对北齐、北周雅乐建设的深远影响并不仅仅体现在乐器、乐人以及文人个人创作、群体交流和审美偏好上,也体现在文献的传入上。而文献著录中所体现的,不仅是"铿锵鼓舞"的具体操作,更包含了观念、体例乃至制度等层面的理论支持。而这种支持并不仅仅与南朝士人的大量入齐相关,亦绝非意味着北齐上层对南朝因素进入礼乐系统的允许是出于"个人喜好"或"仰慕南方文化"。它所体现的是,北齐政权在进行礼乐建设时,为了摆脱雅乐的"洛阳旧乐"面貌,即摆脱北魏礼乐的残存影响,而从另外的渠道吸收新的元素,构建新的国家礼乐。这与北魏依据先秦典籍、汉魏晋故事与本朝先皇所定之例制作礼乐,以及刘宋在雅乐制作中使用"以数立言"等新体一样,都体现了礼乐建设对国家正统性与文化主体性的贯彻与强调。从这个角度讲,它与北魏胡太后借助南朝入北士人来压制河北大族在政权中的势力,是出于同一种思路。

结　　语

礼乐建设是用来树立与表达一国一朝的政权主体性与正统性的重要手段,是文化建设中不可或缺的一个环节。作为第一个统一北方且国祚较长,可以与汉人政权形成"对峙"而非"割据"之势的胡族政权,北魏在礼乐建设上缺乏可以直接照搬的样板,只能试图摸索出一个最为适合的模式,因此必然会经历数次曲折。

通过梳理北魏早期至北周在礼乐建设上的措施,我们可以看出,北朝经历了数次根本性的转关。在对国家形象的树立上,北朝从早期的重视对外以武力威慑对内以民族传统进行凝聚,变为与南渡政权争夺正朔地位,试图否定其正统性而取而代之——而这并非是单方面的表达，而是确实获得了南朝政权的反馈甚至让步。在礼乐建设的方式上，从北魏早期由一人专领一事，转变为通过集议来确定本朝礼乐所依据的理论。从礼乐建设内部的角度来说，集议而定并非是真的各陈己见，从中选择最为准确的观点立为标准，而是往往在进行集议之前，已经有出于政治目的而选择的结论，只是通过这一形式来将其确立。然而从更为广义的文化发展层面去看待这一问题则会发现，正是由于集议定乐制度所造成的，很多精于雅乐的士人乃至乐官，其观点不被接受并施用，直接导致了这些人亲自撰述乐书，以表达自己对于礼乐建设的观点，以至于在此之前颇为少见的个人自撰乐书在隋代集中出现，开启了乐书制撰的新阶段，因此，对于文化史的发展也有一定推动作用。

在接纳南朝士人及文化的层面，北魏至北齐前期，礼乐建设方面与其他文化建设、文学创作方面的态势保持一致，均是以河北士人为主要力量，对南朝的接纳主要表现在具体乐曲上，而且并非作为雅乐，而是作为宴飨音乐使用，而在当时也并未产生足够大的影响，以至于这部分南朝音乐在隋代之前已经散失。而从北齐后期开始，北朝的仪式音乐与仪式歌辞都出现了非常明显和剧烈的转变，开始大量吸收南朝因素，甚至以此为基础构建本朝雅乐体系。这一方面是因为南朝士族携带南朝史籍乃至礼乐文献等相关典籍入北，为北朝礼乐转关提供了学养与制度上的基础，一方面则是因为北周破江陵，所获不但有南朝仪式音乐曲调，更有成体系的全套雅乐乐器，从物质层面给原本破败不堪的长安雅乐体系提供了重建基础。这说明，除了本书其他几章中反复强调的，北朝上层对南朝文化及其承载者的有意选择之外，物质文化的传入，尤其是批量性的传入，同样会影响北朝对南朝文化的接纳，甚至可能凌驾于统治者主观选择之上。其实这一特征不仅显示在北周的礼乐南朝化方面，北周因梁代乐器及士人的进入而快速完成雅乐制作，与北魏早期因平中山与河西，获得古雅乐、乐器、伶人以及河北与河西士人，从而为本朝雅乐力求追溯中原传统的立足点并无二致。隋代统一南北之后，在南北雅乐的选择中，则呈现出了物质文化与统治者基于主体性与个人喜好所作出的抉择并重的特征，虽然隋统治者出身于北方，却在主体上选择了南朝的雅乐系统。牛弘遣协律郎祖孝孙从毛爽受律学，祖孝孙是北朝最以算学、律学、乐学文明的学术世家范阳祖氏在隋唐间的翘楚，毛爽自陈入隋，其家亦以律学为家学，令祖孝孙受学于毛爽，表现出隋代统治者在南北雅乐系统中，做出了自己的选择，并且直接影响了日后的礼乐制度发展。

本章所讨论的另一个问题是北朝官方音乐文献的编撰。选择这一切入点来研究北朝的音乐与音乐文学，并非是强行自立一说，而是由于北朝音乐文学方面得以保存的文献过于少且零碎，难以完全依靠其进入研究，因此不得不从文献编纂行为入手，试图去了解北朝音乐制度、乐曲、乐器、歌辞落实于书面后的保存情况，由此对北朝礼乐制度的建设有所了解。经过梳理北朝官方音乐文献的编纂者、编纂流程，以及在相关活动中形成的各种体裁，可以发现，北朝音乐并非一片贫瘠，而是建立了记录、编纂与撰写音乐文献的固定流程，从中产生了相当一批体例明确、各有侧重的音乐文献。虽然由于各种客观原因，北朝礼乐建设远未可称尽善，但至少并不缺乏成体系的活动及其记录，这应该可以突破一直以来对北朝乐府多仅言其民歌，较少触及官方仪式用乐方面的现状，为北朝乐府研究与音乐史研究开启新的思路。

第五章 "3+5"起句杂言诗体在南北两地的演变轨迹

——兼论南北朝诗体的共生与分流

在南北朝文学发展历程中，可以见到一种情况：出于同一源头的某些文体并生于南朝和北朝，在很大程度上各自保持独立性，并且终于朝不同的方向和风格发展。这种文体演进模式的产生在一定程度上受到地域差异、文人的文学水平等因素的影响，但在根本上是由于南北朝文学本质特点的差异造成的。此情况在很多文体中都有所体现，但最具有代表性的是一种以"三言+五言"为首句的杂言诗歌。这一体裁的作品流传于世的并不多，但是梳理其演变轨迹可以发现，它对后世的文学造成了不可忽视的影响。本章以北魏孝文帝、宣武帝时"3+5"起句杂言诗的创作个案为切入点，通过分析"3+5"起句杂言诗的起源以及在南北两地不同的发展，讨论同一诗体在重视文学性的南朝与重视功能性的北朝的不同演变轨迹，最终归纳中古时期诗体演变的某种规律。

第一节 《悲平城》《悲彭城》和《问松林》的创作情况

北朝文人所作且流传至今的"3+5"起句的杂言诗中，时间最早的是作于北魏孝文、宣武帝时期的三首"3+5+5+5"体短诗，即王肃的《悲平城》、祖莹的《悲彭城》和元勰的《问松林》。其诗如下：

悲平城，驱马入云中。阴山常晦雪，荒松无罢风。（王肃《悲平城》）①

---

① 《魏书》卷八二《祖莹传》，第1799页。

悲彭城,楚歌四面起。尸积石梁亭,血流睢水里。(祖莹《悲彭城》)①
问松林,松林经几冬。山川何如昔,风云与古同。(元勰《问松林》)②

　　这三首诗篇幅既短,用词又浅近,但中古文学的研究者对它们仍有所关注,并基本形成了一个共识,即认为祖莹和元勰的作品是模仿由南朝入北的王肃而作,而元勰请王肃诵《悲平城》,也是由于仰慕南朝文学,对其所用的诗体感到新奇。这反映了北魏中期鲜卑贵族对南朝文学的向往,以及南朝文学对北魏诗歌的影响③。

　　然而,这一观点是否可以称为定论呢? 窃以为未必。第一,王肃虽是由南齐入魏的琅琊王氏子弟,但在南时并不以文学闻名。他曾是文惠太子萧长懋和竟陵王萧子良的僚属④,却从未参与过以萧氏兄弟为核心的永明文学集团的活动,史书中也没有对其在南时从事文学活动的记载。第二,"3+5+5+5"体的杂言四句短诗在永明年间绝非常用诗体,现存这一体裁的永明诗作,仅有王融的《秋夜长》一首如果王肃是有意使用在江南流行的诗体,何不用在当时已然初步定型的五言新变诗体,却使用这一在南齐也算得上罕见的体裁呢? 第三,从这三首诗来看,不论是用词、用韵,还是整体风格,都与永明诗风相差甚远。因此,我认为有必要重新探讨这三首诗的关系。

一、《悲平城》与《问松林》创作情况考辨

　　关于王肃《悲平城》一诗的创作时间,研究者基本有两种看法:或认为此诗作于太和十七年(493)左右,王肃奔北后初至平城之时⑤;或称此诗作于洛阳⑥,并认为王肃于尚书省诵此诗是即兴创作。在南北朝时,"诵诗""咏诗"与"作诗"所指往往并非一事,因此,笔者赞成第一种说法。据《南齐书》记载,王肃父王奂等以永明十一年(493)三月被杀⑦,而《魏书》卷六三

---

① 《魏书》第 1799 页。
② 《魏书》卷二一下《献文六王传下·彭城王勰传》,第 572 页。
③ 参见曹道衡著:《南朝文学与北朝文学》,南京:江苏古籍出版社,1998 年;刘跃进著:《六朝僧侣:文化交流的特殊使者》,见薛天纬、朱玉麒主编:《中国文学与地域风情》,北京:学苑出版社,2005 年;葛晓音著:《八代诗史》,西安:陕西人民出版社,1989 年。
④ 《魏书》卷六三《王肃传》载其"仕萧赜,历著作郎、太子舍人、司徒主簿、秘书丞"(第 1407 页)。
⑤ 参见曹道衡、刘跃进著:《南北朝文学编年史》,北京:人民文学出版社,2000 年,第 303 页;曹道衡、沈玉成著:《中古文学史料丛考》,北京:中华书局,2003 年,第 727 页。
⑥ 见周建江著:《论北朝社会对入北南朝士人文学的改造》,《西北师大学报(社会科学版)》2001 年第 4 期,第 57 页。
⑦ 见《南齐书》卷三《武帝纪》,第 60 页。

《王肃传》载"肃自建业来奔。……高祖幸邺，闻肃至，虚襟待之，引见问故"①。可见王肃入北后未直接到平城，而是先至邺城谒见孝文帝，其时当为魏太和十七年（493）十月至太和十八年（494）正月之间②。《魏书》卷七九《成淹传》又载王肃初归国时扈从孝文帝至朝歌事③，可见王肃至邺后仍未即赴平城，而是随驾经朝歌至洛阳，于十八年闰二月方随孝文帝返回平城④。这应是王肃首至平城，而当时平城的气候、景象也与《悲平城》中大致相符。此后不久孝文帝便迁都洛阳，王肃旋随宋王刘昶南驻彭城，其后常年驻守南境，返回洛阳的时间尚且不多，恐怕不再有机会到平城。可见《悲平城》应作于太和十八年闰二月左右。

那么，元勰《问松林》和祖莹《悲彭城》是否是有意效仿《悲平城》所作呢？《魏书》中对这两首诗的创作情况记载如下：

（高祖）后幸代都，次于上党之铜鞮山。路旁有大松树十数根。时高祖进伞，遂行而赋诗，令人示勰曰："吾始作此诗，虽不七步，亦不言远。汝可作之，比至吾所，令就之也。"时勰去帝十余步，遂且行且作，未至帝所而就。诗曰："问松林，松林经几冬？山川何如昔，风云与古同。"高祖大笑曰："汝此诗亦调责吾耳。"（《魏书》卷二一下《献文六王列传第九下·彭城王勰传》）⑤

---

① 《魏书》第1407页。
② 按《魏书》卷七下《高祖纪下》，孝文帝自太和十七年秋七月己丑车驾南伐，自平城经肆州、并州至洛阳，其后从洛阳经豫州、滑台城，于十月癸卯至邺，并于太和十八年正月癸亥再次南伐洛阳，其间约三个月的时间均在邺城（第173页）。又，王肃三月遭父丧，十月之后方至邺，历时六月有余。《魏书》卷四八《高允传附刘模传》载："王肃之归阙，路经悬瓠，羁旅穷悴，时人莫识。模独给所须，吊待以礼。"（第1093页）可见王肃之北奔并未按照南北通使的惯常路线，从建康经广陵、淮阴至宿豫，直接入魏，而是绕行豫州之上蔡，因此耗时较长。由于王肃在这半年中的行迹于史未载，只能略加猜测。其父王奂乃是在雍州刺史任上于襄阳被斩，于时王彪、王爽、王弼等诸子均在襄阳，同时被杀，而王融、王琛则于建康弃市（见《南齐书》第851页）。如果当时王肃随父在雍州，与北魏之豫州毗邻，从悬瓠入魏是比较方便的。但如果王肃确如《魏书》所说，是由建康来奔，那么从这条线路可以看出他在父兄皆被杀的情况下，在南齐境内曲折潜行的狼狈，而其良久方至，"羁旅穷悴"的状况也就可想而知了。
③ 《魏书》卷七九《成淹传》："王肃归国也，高祖以淹曾官江表，诏观是非。乃造肃与语，还奏言实，时议纷纭，犹谓未审。高祖曰：'明日引入，我与语，自知之。'及銮舆行幸，肃多扈从，敕淹将引，若有古迹，皆使知之。行到朝歌，肃问此是何城。淹言纣都朝歌城。肃言：'故应有殷之顽民也。'淹言：'昔武王灭纣，悉居河洛，中因刘石乱华，仍随司马东渡。'"（第1753页）
④ 《魏书》卷七下《高祖纪下》："（十八年闰二月）壬申，至平城宫。"（第174页）
⑤ 《魏书》第572页。

尚书令王肃曾于省中咏《悲平城》诗,云:"悲平城,驱马入云中。阴山常晦雪,荒松无罢风。"彭城王勰甚嗟其美,欲使肃更咏,乃失语云:"王公吟咏情性,声律殊佳,可更为诵《悲彭城》诗。"肃因戏勰云:"何意《悲平城》为《悲彭城》也?"勰有惭色。莹在座,即云:"所有《悲彭城》,王公自未见耳。"肃云:"可为诵之。"莹应声云:"悲彭城,楚歌四面起;尸积石梁亭,血流睢水里。"肃甚嗟赏之。勰亦大悦,退谓莹曰:"即定是神口。今日若不得卿,几为吴子所屈。"(《魏书》卷八二《祖莹传》)①

依《魏书·元勰传》,元勰作诗在迁洛后,南讨汉阳前。在这段时间内,孝文帝"幸代都"唯有太和二十一年(497)春②。而王肃为尚书令则在宣武帝初年。也就是说,元勰作《问松林》在前,听王肃诵《悲平城》在后。这就造成了一种悖论:倘若元勰在太和中就已知道王肃的《悲平城》,则不应在宣武帝时方对其如初闻一般赞叹不已;而若其在宣武帝时才首次听到这首诗,那么在太和年间作《问松林》时"模仿王肃"之说就难以成立。由是观之,虽然元勰《问松林》的写作时间要晚于《悲平城》三年左右,但是并不能确定它是模仿王肃之作。而祖莹的《悲彭城》虽是模仿王肃,但却是为替元勰解围,也谈不上仰慕南朝诗风。至于在创作时完全照搬了《悲平城》的诗体,这是由"3+5+5+5"体杂言诗在体式和功能上的特殊性所决定的,留待后文详考。

从理论上讲,学习、模仿一种诗歌体裁,通常不会仅模仿其所用的体式,更重要的是模仿其题材内容、遣词习惯、句式结构,以及整体风格等等。从魏晋至江左,文人拟古之作无不遵循这一原则。《北齐书》卷四五《文苑传序》载齐后主"初因画屏风,敕通直郎兰陵萧放及晋陵王孝式录古名贤烈士及近代轻艳诸诗以充图画"③,《周书》卷一三《赵僭王招传》则称其"学庾信体,词多轻艳"④,可见北朝的贵族及文人在学习南朝齐梁诗歌时,最重视的也是其"轻艳"风格。然而,不仅元勰、祖莹的作品,即使是王肃所作,也并没有永明诗歌纤丽流美的特点,很难说与永明诗风存在承继关系。将一系列诗体、意境、用词都与永明诗歌颇有差距的作品当做是学习南朝文学之作,无疑是不合适的。

---

① 《魏书》第1799页。
② 《魏书》卷七下《高祖纪下》载太和二十一年春正月乙巳,车驾北巡;二月癸酉,车驾至平城。(第181页)
③ 《北齐书》第603页。
④ 《周书》第202页。

二、元勰叹美《悲平城》之原因试析

学界普遍认为元勰、祖莹是仰慕南朝诗风,模仿王肃诗作,直接原因是这三首诗的诗体全同,风格相近。但根本原因是北朝文学研究中曾普遍认为自孝文帝太和南迁之后,北魏高层就全面学习乃至崇拜南朝文化。然而,这种观点未免失于简单化。北朝文学发展的过程中崇拜南朝并且尽力模仿学习的阶段,要等到北魏晚期与梁朝恢复外交遣使后方才出现。在北魏中期,统治者看待南朝的态度颇为复杂。孝文帝迁都洛阳的一个重要原因,是他以继承汉晋文化的正朔自居。因此,北魏上层一方面不可避免地学习南朝文化中承自魏晋的内容,一方面奉西晋正朔,否认南朝文化具有正统地位。一种竭力在文化上与南朝平起平坐,甚至希望超越南朝的竞争意识,在孝文、宣武两朝的文化政策中非常明显。这种矛盾心态在北魏官方对待王肃的态度中尤为突出。本书第一章中已经讨论了《魏书》中所记载的,王肃在太和改制中的位置以及北魏人士对于王肃的看法,认为王肃在此时主要的作用在于在政治、军事方面辅佐孝文帝南伐,但在文化上却并没有充分显示出其优势地位。这充分体现了本阶段北魏对南朝文化的争胜心态。而从孝文帝晚期开始,北魏与齐梁全面敌对,同时本国宗室贵族的文化修养也有了很大提高,本国的文化自主意识空前发展。在这种情况下,作为北魏最有权势,且文化素养最高的宗室成员之一,元勰不太可能明确地表达对南朝文化的思慕。窃以为,元勰对王肃所诵《悲平城》"甚嗟其美,欲使肃更咏"的原因并非仰慕南朝诗风,而是仰慕王肃所操的雅正音韵和他吟咏诗歌的音调。而这与当时北魏文化发展的一个侧面密切相关。

在孝文帝迁洛后的汉化举措中,整齐语音是一项重要内容。太和十九年诏曰:"今欲断诸北语,一从正音。年三十以上,习性已久,容或不可卒革;三十以下,见在朝廷之人,语音不听仍旧。若有故为,当降爵黜官。各宜深戒。如此渐习,风化可新。若仍旧俗,恐数世之后,伊洛之下复成被发之人。"①这道诏书不仅意味着将北魏官方语音中原化,也是孝文帝追慕汉晋文化的表现。所谓"正音",指的是西晋时期洛阳文士在言谈和读书时所操的北方雅音。"正音"不仅是个地域方言的概念,也具有文化上和时代上的正统意义。

通过《魏书》等史籍的记载可以发现,恰恰在高祖迁洛之后,北魏开始重视文士的言谈音调和风度:

---

① 《魏书》卷二一上《献文六王传上·咸阳王禧传》,第536页。

> 高祖曾因朝会之次,历访治道,(宋)弁年少官微,自下而对,声姿清亮,进止可观,高祖称善者久之。①
>
> 永熙二年,出帝幸平等寺,僧徒讲法,敕同轨论难,音韵闲朗,往复可观,出帝善之。②

这种对于音韵闲朗和雅、风度从容可观的推崇,几乎与晋宋以来士族文人的审美趣味如出一辙。这一时期北魏文化中还出现了另外一个趋势,就是咏诗之风蔚然兴盛。如《魏书》卷一二《孝静纪》载:

> (孝静帝)及将禅位于文宣,襄城王旭及司徒潘相乐、侍中张亮、黄门郎赵彦深等求入奏事。……帝乃下御座,步就东廊,口咏范尉宗《后汉书赞》云:"献生不辰,身播国屯。终我四百,永作虞宾。"所司奏请发,帝曰:"古人念遗簪弊履,欲与六宫别,可乎?"高隆之曰:"今天下犹陛下之天下,况在后宫。"乃与夫人妃嫔已下诀,莫不唏嘘掩涕。嫔赵国李氏诵陈思王诗云:"王其爱玉体,俱享黄发期。"皇后已下皆哭。③

"咏"这种文人诗的吟诵方式所使用的正是北方雅言,因此被冠以"洛生咏"之名。而用洛阳音咏诗,以此抒发从容旷远或悲壮慷慨的感情,是魏晋风度的一个重要体现,在《世说新语》中,关于咏诗记载比比皆是④。北魏中后期上层社会中咏诗风气的出现,在某种程度上讲,也是希望重拾魏晋的中原文化传统。

然而,整齐语音面临一个难以逾越的障碍:自衣冠南渡之后,洛阳凋敝已久,"正音"究竟是何面貌,出自朔北之地的鲜卑皇族固然不得而知,而北魏的汉族士人大抵出自河西、山东、河北等地,对此也并不了解。《梁书》卷四八《儒林传·卢广传》云:"时北来人,儒学者有崔灵恩、孙详、蒋显,并聚徒讲说,而音辞鄙拙;惟广言论清雅,不类北人。"⑤可见,仅凭北魏统治者与北方士人,很难真正恢复洛阳雅音。在这种情况下,以王肃为代表的入北南朝高门有分外重要的作用。

晋宋虽然偏安东南,但侨姓士族和吴地高门,均以中原文化为正统。在

---

① 《魏书》卷六三《宋弁传》,第 1414 页。
② 《魏书》卷八四《儒林传·李同轨传》,第 1860 页。
③ 《魏书》第 314 页。
④ 参见拙文《吴音吟诵与永明新变诗体》,《国学研究》第 23 卷,北京:北京大学出版社,2009 年。
⑤ 《梁书》第 678 页。

朝廷论议、社会交际和读书诵诗之时，均操北方雅言。及至南齐，虽然包含吴地方言因素的金陵雅音已经形成，并逐渐得到广泛使用，但是南方士人对北方雅音仍然有相当程度的掌握。作为侨姓士族的翘楚，以王僧虔、王俭为代表的琅琊王氏子弟更是始终将自己视为文化正统的继承者和维护者。在琅琊王氏中，王肃的文化素养并不算最高，但他的到来仍使北魏统治者多少有了恢复"正音"的标准。《魏书》载王肃"音韵雅畅，深会帝旨"①，其从子王诵"宣读诏书，音制抑扬，风神疏秀，百寮倾属，莫不叹美"②。这说明王肃及其子侄入北之后，其语音就成为北人叹美效仿的对象。

元勰请王肃再诵《悲平城》时，其意图表现得相当明显："王公吟咏情性，声律殊佳，可更为诵《悲彭城》诗"，所强调的是"声律殊佳"和"更为诵"。可见他所欣赏的是王肃吟诵时的语音、语调，而非诗歌本身或其诗体。更深一步地说，他所向往的是这种吟诵方式所代表的魏晋风度，而并非南齐时带有新变色彩的南朝文化。而王肃对元勰的戏谑，也有语音上的原因。"平""彭"二字在中古时期皆属庚韵，元勰将"平城"误作"彭城"，看似口误，实是对语音的分辨不清。虽然他是汉化鲜卑贵族中的翘楚，但毕竟迁洛时间较短，难免带有失于鄙拙的北地方音。《问松林》一诗中将东冬两韵通押，也体现出他尚不能精准地分辨音韵。由是观之，王肃的戏谑体现了其心态上的优越感，是南朝士族与北魏鲜卑贵族的文化冲突。正因如此，才会激起元勰"几为吴子所屈"的愤懑之感。

第二节 "3+5"起句杂言诗的起源及其在南北方的共生

由于过分估计了南朝文学在北魏孝文、宣武两朝对北方的影响，研究者往往认为入北南朝士族王肃在北魏中期"3+5+5+5"作品的创作中居于主导地位。而与此相对应的是，将"3+5+5+5"当做由南朝传入北方的体裁，也成了学界的固有看法。在分析了三首诗的创作情况后，本节将重新审视"3+5+5+5"这一诗体的来源。

一、"3+5+5+5"体杂言诗的起源

研究者们普遍认同"3+5+5+5"体是王肃由南朝带入北魏的诗体，因此

---

① 《魏书》第 1407 页。
② 《魏书》第 1412 页。

通常会从南方文学体裁中寻找其根源。比较常见的观点是认为这种诗体受到吴歌《华山畿》和谢庄的杂言诗等南朝诗歌的影响①。但这一看法仍值得推敲。

作为刘宋时期的重要士族文人,谢庄创作了一系列具有"以赋为诗"特点的杂言诗,如《杂言咏雪》《山夜忧吟》及《怀园引》等。这些作品的感情虽以悲忧为主,却含蓄委婉,毫无直露之嫌。在遣词造句方面,则无不营造出清丽流便,音调抑扬的效果,既体现出宋齐之交的文学风尚,又体现出其"气候清雅"的个人风格。之所以呈现出这一风貌,与刘宋晚期的文学风气、谢氏家族"雅道相传"的创作传统,乃至谢庄本人在琴曲和声韵方面的造诣都有密不可分的联系。而王肃虽出身于琅琊王氏,但其父王奂、其兄王彪等也并非饱学善文之士。从史书未载他参与永明文学集团,也并未参与北魏中期制作雅乐歌辞的活动来看,他在制乐作诗方面似乎并不精通。此外,身为谢庄之婿,王肃似乎会不可避免地受到谢庄熏陶。然而谢庄卒于宋泰始二年(466),时年四十六②;而王肃卒于魏景明二年(501),年三十八③,则生于宋大明八年(464),谢庄去世时,王肃年方三岁。二人虽为翁婿,却并没有接触机会,王肃不可能受到谢庄的指导和影响。在这种情况下,要模仿谢庄那种具有独特性和复杂性的杂言诗体,无疑是相当有难度的。

在诗体上,谢庄的几首杂言诗长度都在十句以上,远超过《悲平城》的四句。诗中常见句式搭配则有 3+3、4+4、5+5、6+6、7+7、带语气词"兮"的 7+7 骚体句,以及 3+3+7 和 3+3+5 等,但是从未出现"3+5"句式。可见,谢庄的杂言诗与王肃的《悲平城》从体式上说也没有必然联系。

那么,同样由三言和五言组成,看起来与《悲平城》等诗的体裁最为接近的《华山畿》体,与《悲平城》是否具有同源关系呢?

在二十五首《华山畿》中有十二首"3+5+5"体作品④,吴歌《读曲歌》八十九首中也有十首使用了这一诗体⑤。从用韵上看,这些吴歌相当严格地遵循着三字句与第二个五言句押韵的规律,如《华山畿》其三韵脚为"思"与"时",押之韵;《读曲歌》其五韵脚为"久"与"藕",则为上声尤侯两韵同用。与之相比,北魏时的 3+5+5+5 体杂言诗有着迥然不同的押韵方式,其起首

---

① 参见吴先宁著:《北朝文化特质与文学进程》,北京:东方出版社,1997年;曹道衡著:《略论南北朝文学的评价问题》,见《中古文学史论文集》,北京:中华书局,2002年。
② 《宋书》第2177页。
③ 《魏书》第1411页。
④ [宋]郭茂倩编:《乐府诗集》卷四六《清商曲辞》,北京:中华书局,1979年,第669页。
⑤ 《乐府诗集》第671页。

三字并不押韵,韵脚落在全诗的第二句和第四句上。这两类诗的押韵方式清楚地显示出它们的诗体差异:3+5+5+5 体以"3+5"的首两句作为一个节奏单位,而 3+5+5 体则是以首句的三言句作为独立的节奏单位。从另一角度讲,3+5+5 体的三言首句与第二句在语义上并不一定存在联系,第二句和第三句一起构成一个紧密的结构单位;但 3+5+5+5 体的三言首句从语义上、节奏上都和第二句构成一体。也就是说,不论是从文辞上,还是从韵律上来说,这两类杂言体短诗,在诗体结构上都有本质区别。

综上所述,谢庄的杂言诗及吴歌《华山畿》《读曲歌》中的 3+5+5 体杂言歌辞都不是 3+5+5+5 体杂言诗的直接来源。以"3+5"为首句的杂言诗,其来源也并非距离北朝时代不远的东晋南朝。它应该来自于民间谣辞,并且早在汉代就已经出现。如《汉书》卷九九上《王莽传上》载长安为张竦语曰"欲求封,过张伯松。力战斗,不如巧为奏"①,就可以视为"3+5"这一结构单位的雏形。而其最典型的例子则是《汉铙歌十八首》中的《有所思》,诗中起首的"有所思,乃在大海南"②和下文的"摧烧之,当风扬其灰"都使用了"3+5"句式。可见"3+5"句在魏晋之前主要用于民间,虽然保存数量不多,但已经是一种固定的、甚或成熟的结构类型。值得注意的是,它在被文人用于创作之前并没有明确的地域色彩,南北方均有采用这种句式的民歌和谣辞。见于江左者,如宋太元末京口谣"黄雌鸡,莫作雄父啼。一旦去毛衣,衣被拉飒栖"③和南齐荀伯玉梦青衣小儿语"草中肃,九五相追逐"④等等;见于北地者,则有晋时西州为鞠氏游氏语"鞠与游,牛羊不数头。南开朱门,北望青楼"⑤和北魏时人为唐永语"莫陆梁,恐尔逢唐将"⑥等。

这大概是因为,虽然南北方民歌在风格和体式上有极大差别,但造成差异的原因往往是句式搭配、修辞运用及表达感情等,作为基本构成单位的节奏组合却往往是一致的。不光"3+5"体,吴歌《华山畿》所采用的"3+5+5"体也并非江南独有。《隋书》卷二二《五行志上》载:"(武平)二年,童谣曰:'和士开,七月三十日,将你向南台。'小儿唱讫,一时拍手云:'杀却。'"⑦这首谣辞所用的体裁,从句式、押韵等情况来看,都与《华山畿》一般无二。

综上所述,以"3+5"句式起首的杂言诗体来源于民间谣辞,在起源之初

---

① 《汉书》,第 4086 页。
② 见《乐府诗集》卷一六《鼓吹曲辞一》,第 230 页。
③ 《晋书》卷二八《五行志》,第 857 页。
④ 《南齐书》卷三一《荀伯玉传》,第 572 页。
⑤ 《晋书》卷八九《鞠允传》,第 2307 页。
⑥ 《北史》卷六七《唐永传》,第 2354 页。
⑦ 《隋书》第 638 页。

并无明显的地域特色。因此,北朝"3+5+5+5"体文人诗并不是从南方传入北方的,而是和南朝诗体类似的杂言诗同源,并且在同一时期共生。然而,在共生阶段内,由于受到南北文学差异性的影响,这一诗体在南北两地的发展趋势迥异,也为后世造成了不同的影响。

二、"3+5"起句杂言诗在东晋南朝的存在状况

东晋以降,尤其是在南齐晚期至梁陈,"3+5"起句的杂言诗在江左有了多种多样的发展。总体说来,可以分为三个发展方向,即作为乐府民歌的发展、作为文人拟乐府的发展,和作为完全脱离了歌唱和音乐的文人作品的发展。

(一) 在民歌歌辞中的发展

从上文所举的一些例子来看,使用"3+5"节奏单位的谣辞最初出现时带有浓厚的谶言色彩。但自东晋以后,采用这一句式的民歌在江左逐渐增多,既有徒歌形式,也有可以协乐歌唱的形式,并且与其他体式的南方民歌一样,被赋予了强烈的抒情色彩和清丽婉转的风格,在句式、诗体上也比较固定。现存文献中可见的,有保存在《读曲歌》中的两首,以及《宛转歌》和《休洗红》①两组作品,总计六首。在此仅以《读曲歌》中的两首"欢相怜"为例。

前文曾论及吴歌《读曲歌》八十九首中的十首"3+5+5"体杂言,但除此之外,《读曲歌》中也有两首"3+5+5+5"体的作品:

> 欢相怜,今去何时来?裲裆别去年,不忍见分题。
> 欢相怜,题心共饮血。梳头入黄泉,分作两死计。②

这六首作品存在很多相似性。例如,从体式风格来看,它们都属于吴歌系统;从句式上看,都是三言句、五言句和七言句相搭配的作品,其中"3+5"句,乃至"3+5+5+5"的组合方式占据了重要地位。但最重要的是,这三组诗都呈现出联章性。虽然在隋唐时期,联章已成为民间曲子辞的一种常见演唱方式,但在东晋六朝的民歌中尚很少出现。例如,《读曲歌》共八十九首,

---

① 《休洗红》二首,《乐府诗集》等著作中未载,在时代上存在疑问。明代宋绪《元诗提要》及清人《元诗选》等将其归为元人,冯惟讷《诗纪》、胡应麟《诗薮》《少室山房笔丛》均将其归为晋人,《古乐苑》《采菽堂古诗选》等书及今人逯钦立、余冠英等亦将其附于晋诗之后。在此姑从此说。

② 《乐府诗集》卷四六《清商曲辞》,第675页。

但具有联章性的只有这两首。而《乐府诗集》中《宛转歌》题解引《续齐谐记》称其"歌凡八曲,敬伯唯忆二曲",可见在东晋时,这种"3+5"起句体式的联章倡和之歌已经具有一定的规模。

总而言之,虽然就句式结构来看,"3+5"起句的杂言诗未必是相对固定的诗体,但可注意的是,这种体式往往伴随着联章这一特点出现。将句式特点与联章特性相结合,就可以清楚地看出,以"3+5"句起句,并以"3+5+5+5"句式为重要构成部分的杂言诗体,在晋宋民歌中已经基本成型。这是"3+5"体杂言诗在江左发展的第一个阶段。

另外,虽然这三组民歌都属于吴歌系统,但是并不能武断地说"3+5"起句体民歌只出现于吴歌之中,而在西曲系统中并不存在。因为在《乐府诗集》中被归为西曲类的乐府作品中,以"3+5"句起首的后代文人拟作并不少见。例如梁武帝父子的《江南弄》、唐代王勃的《江南弄》《采莲归》、张祜的《拔蒲歌》等皆是此类。这是因为西曲的正曲与和送声之分造成的。《乐府诗集》等历代典籍对和送声的记载相当稀少,但仍能从一两处记载中窥其一斑。其中最重要的当属《乐府诗集》卷四八《清商曲辞·西曲歌》"《三洲歌》"条题解引《古今乐录》:

> 《三洲歌》者,商客数游巴陵三江口往还,因共作此歌。其旧辞云:"啼将别共来。"梁天监十一年,武帝于乐寿殿道义竟,留十大德法师设乐,敕人人有问,引经奉答。次问法云:"闻法师善解音律,此歌何如?"法云奉答:"天乐绝妙,非肤浅所闻。愚谓古辞过质,未审可改以不?"敕云:"如法师语音。"法云曰:"应欢会而有别离,'啼将别'可改为'欢将乐',故歌。"歌和云:"三洲断江口,水从窈窕河傍流。欢将乐,共来长相思。"①

这段记载涉及梁武帝为首的文人阶层对进入雅乐的民间歌辞的改造,但仍能从其中看出作为民歌的《三洲歌》的本来面貌。根据这段记载,释法云对《三洲歌》的改造只是将和声中的"啼将别"改为"欢相闻",其原本的和声歌辞应为"三洲断江口,水从窈窕河傍流。啼将别,共来长相思"。也就是说,在西曲民歌的和声中,确实可以见到"3+5"这种结构的句子。可见,西曲歌的正曲以五、七言歌辞为主,几乎未见杂言,但是其和声、送声则有三言、五言、七言搭配而成杂言句之例。西曲的和声在其演唱及歌辞结构中具

---

① 《乐府诗集》第707页。

有非常重要的地位,因此,"3+5"这一句式结构,在西曲歌辞中也是一个不可忽视的因素。

(二) 在文人所作乐府歌辞中的发展

齐梁时,文人所作的乐府歌辞大量涌现。总体上来说,可分为两个类型,其一是文人在建设官方用乐制度的过程中,为一些仪式歌辞撰写歌辞,是真正配乐演唱的;其二则是本身就不以用于仪式表演为目的,明确"拟作"乃至"游戏"的性质而模仿乐府歌辞的古题或辞体而创作的,基本上没有合乐使用的功能。

齐梁文人创作乐府辞第一个高潮是伴随南齐永明年间竟陵王西邸文学集团的群体文学活动出现的。不过这一时期的文人拟乐府以五言为主,很少使用杂言。流传至今的永明文人拟乐府中,只有一首"3+5"起句作品,即王融的《秋夜长》。直至梁陈时期,文人创作"3+5"句起首的乐府歌辞真正形成规模,其代表作品是萧衍、沈约、萧纲等人所作的《江南弄》与陈叔宝等人的《独酌谣》。

《乐府诗集》卷五〇《清商曲辞》引《古今乐录》曰:"梁天监十一年冬,武帝改西曲,制《江南上云乐》十四曲,《江南弄》七曲:一曰《江南弄》,二曰《龙笛曲》,三曰《采莲曲》,四曰《凤笛曲》,五曰《采菱曲》,六曰《游女曲》,七曰《朝云曲》。又沈约作四曲:一曰《赵瑟曲》,二曰《秦筝曲》,三曰《阳春曲》,四曰《朝云曲》,亦谓之《江南弄》云。"①《乐府诗集》所载萧衍、萧纲(一说为昭明太子萧统)、沈约三人的十四首《江南弄》,正曲均呈"7+7+7+3+3+3+3"的固定辞式。然萧衍父子的十首作品均有和声,其中除萧衍《江南弄》其七《朝云曲》的和声"徙倚折耀华"为单一五言句外,均为"3+5"句。沈约的四首作品则只有正曲,未著录和声,这与前文所论的西曲歌辞正曲和送声问题一致,是因为乐府歌辞的和声往往被排除在正曲之外,在文献中未能记录下来,并不能说明沈约的作品并无和声辞。

那么,在《江南弄》这一曲调中,和声处于什么位置呢? 在演唱中,和声是单一出现还是反复出现? 由于《乐府诗集》中将和声与正曲分开记录,我们仅从此书中无法得知这些情况。幸好唐宋类书以另一种形式记载了这一曲式中的几首歌辞,可以与《乐府诗集》所载相对照。例如《乐府诗集》载萧纲《江南弄》其一《江南曲》曰:

　　和云:"阳春路,时使佳人度。"

---

① 《乐府诗集》第726页。

枝中水上春并归,长杨扫地桃花飞。清风吹人光照衣。光照衣,景将夕。掷黄金,留上客。①

而《艺文类聚》卷四二《乐部·乐府》载此诗曰:

阳春路,时使佳人度。枝中水上春并归,长杨扫地桃花飞。清风吹人光照衣。光照衣,景将夕。掷黄金,留上客。②

《文苑英华》卷二〇一《乐府》与《通志》卷四九《乐略》亦载此诗,与《艺文类聚》虽稍有异文,然体式全同。《文苑英华》卷二〇八《乐府》中又载萧衍《江南弄》中的《采莲曲》和《采菱曲》(署为吴均作)及萧纲《采莲曲》,也均将和声当做首句。可见,唐宋类书是将正曲与和声合为一体著录的。这是因为《古今乐录》偏重音乐演唱,所以将在演唱中属于两个声部的内容分别记录,而类书更重视文辞,因此直接记录完整的歌辞。不过,类书的记载是以《古今乐录》等乐书为基础的。《艺文类聚》和《文苑英华》所著录的沈约《江南弄》和《乐府诗集》一样只载正曲,未及和声,这大概是因为,由于乐书失载,沈约《江南弄》的和声辞在唐前就已不存了。

《江南弄》一曲中和声的位置还可以在后人拟作中得到旁证。唐代王勃《江南弄》首句为"江南弄,巫山连楚梦"③,其《采莲归》首句则为"采莲归,绿水芙蓉衣"④。时至初唐,王勃的作品不一定仍能协乐歌唱,但其形式仿照梁代诸辞则是确定无疑的。这两首作品首两句均为"3+5"体,这也就从一个侧面证明了《江南弄》和声在全诗中所处的位置。

通过唐宋类书的记载和王勃拟作的形式,可知梁代《江南弄》诸曲的和声位于全首歌辞的首两句,而且并不像《董逃歌》等汉魏乐府那样会在每一句正曲歌辞的间隔中反复出现,而是只在起首时出现一次。由于此曲辞式在梁代已然定型,因此可以推测,萧衍《江南弄》其七《朝云曲》的单一五言和声"徙倚折耀华",原本应亦有三字句在其前。如果无视和声与正曲在演唱时的声部差别,梁代的《江南弄》遵循"3+5+7+7+7+3+3+3+3"的固定辞式,是在西曲民歌调式基础上加以改制而确定的文人制撰乐府歌辞体式。

《独酌谣》之体见于陈代,现存有沈炯、陆瑜、陈叔宝三人之作,当以沈炯

---

① 《乐府诗集》第728页。
② [唐]欧阳询撰,汪绍楹校:《艺文类聚》,上海:上海古籍出版社,1999年,第765页。
③ 《乐府诗集》第730页。
④ 《乐府诗集》第736页。

为最早。而陆瑜在后主为太子时曾任东宫僚属,是以陈后主为中心的东宫文学活动的重要成员,他所作的《独酌谣》,大概是仿后主或应和后主而作。在三组作品中,沈炯《独酌谣》的起首句在《文苑英华》《乐府诗集》中载为"独酌谣,独酌谣,独酌独长谣",而《艺文类聚》卷一九载为"独酌谣,独酌独长谣",《诗纪》从之;陈后主四首作品起首均为"3+5"结构,三言句全为"独酌谣",而其后的五言句首二字均为"独酌"。惟陆瑜之作起首两句"独酌谣,芳气饶"为"3+3"结构。此体数篇用语都颇为浅白入俚,《采菽堂古诗选》卷二九评其为"顾其词无所取"①,但其风格又不类吴歌西曲之悠扬宛转、缠绵蕴藉,而是较为直露,似乎与谣辞更为接近。

将梁代的《江南弄》和陈代的《独酌谣》相比较,可以看出它们虽然都是仿照民间歌谣、君臣同作的作品,却有很大差别。首先,《江南弄》所借鉴的是西曲歌辞,而从《独酌谣》的风格来看,它所借鉴的似乎是节奏更为明快直接的民间谣辞。其次,除了首句均为"3+5"句之外,《江南弄》以七言和三言为主,且篇幅较短;《独酌谣》则是五言句占绝大多数,偶有七言。第三,《江南弄》的制作,是梁武帝天监年间制礼作乐的一部分,取材于西曲,制作足以用于官方仪式的音乐及歌辞而出现的。西曲音乐被纳入梁代雅乐后作为舞曲表演,取而代之的《江南弄》在演唱时不但会依管弦,而且也会配以舞蹈。而《独酌谣》既然以"谣"命名,依照题意,其来源应是独斟时信口而唱的徒歌,而陈代君臣的同坐,亦带有群体游戏的性质,并非为了制造官方用乐。因此,二者的演唱、表演形式也不相同。

然而,虽然《江南弄》和《独酌谣》存在不可忽视的差异,但是却有重要的共同点。《江南弄》中,虽然每首曲辞的题目、措辞均不甚相同,但已有固定的辞式与曲调,并且用于连续的表演。而陈后主的《独酌谣》四首虽然长短不一,字数和句式不甚相同,但每首都以"独酌谣,独酌XXX"这一句式起首,并且紧扣"独酌"这一共同主题。可见,它们都具有联章性质。《江南弄》的联章性是由固定辞式造成的,主要受西曲影响,而《独酌谣》是借用了吴歌中的"3+5+5+5"这一体裁,将其篇幅扩大化,并仍然保留了其联章性这一特点。不过,"3+5"起句吴声歌并不是在沈炯、陈叔宝手中才开始进行文人化地改造,早在梁代乃至南齐晚期,它就已经被充分地文人化了。

(三) 在文人诗中的发展

齐梁时期以"3+5"句起首的文人诗作,可以按照体裁与形式上的特点

---

① [清]陈祚明评选,李金松点校:《采菽堂古诗选》,上海:上海古籍出版社,2008年,第965页。

分为两类。而沈约在这两类中都占有非常重要的地位。

1. 受乐府歌辞影响的文人诗

齐梁时的一部分以"3+5"句起首的文人诗作品,虽然已脱离音乐与演唱,但仍受到乐府歌辞影响,与乐府诗有密切关系。其中最早也最重要的一组作品是沈约的《六忆》。

《六忆》诗现存四首,均为六句,用的是"3+5+5+5+5+5"的体裁。这组作品最突出的特点,是每一首都以"忆 X 时"为起句。现存四首分别以"来时""坐时""食时""眠时"为描写对象。例如第一首:

忆来时,灼灼上阶墀。勤勤叙别离,慊慊道相思。相看常不足,相见乃忘饥。①

这一组诗在题材上和风格上都带有相当浓厚的清商曲辞色彩,尤其是每首诗的后四句,宛然是一首五言四句的吴歌歌辞。将它与隋炀帝的《杂忆》、唐代韩偓的《三忆》相对照,可以推测亡佚的两首很可能是"忆去时""忆行时"或"忆起时"。也就是说,这六首诗每一首都描绘了一个独立的动作及情态,构成两两相对应的三组,然而又紧密地联系起来,比较完满地描绘了一个由多个侧面组成的完整生活场景。形式上的一致性和主题上的完整性,使这组诗具有典型的联章性质。与《读曲歌》中的"欢相怜"以及《宛转歌》,乃至"十二时"等吸收自民间曲调的宗教歌辞相比,《六忆》不论是在"3+5"的起句方式上,还是在联章的特点上,都和它们极其相似。

在六朝吴声歌中,虽然像《六忆诗》这样有意以联章形式描述一天生活的作品尚未出现,但是描写日常生活场景及其中的男女情爱却是一个相当常见的题材。例如《子夜歌》中的"揽枕北窗卧,郎来就侬嬉。小喜多唐突,相怜能几时"②,《子夜四时歌·冬歌》其八"炭炉却夜寒,重袍坐叠褥。与郎对华榻,弦歌秉兰烛"③等。与《六忆》相比较,不惟题材风格相近,就连描绘的场景、动作、情态乃至意韵和措辞等都颇为相似。由此看来,沈约的《六忆诗》应是在模仿吴歌等清商曲辞的基础上,对诗体和写作手法加以扩展和改造创作出来的。

继沈约之后,梁代萧纲、萧绎兄弟及其僚属徐君蒨、刘孝威等人也创作

---

① 见[陈]徐陵编:《玉台新咏(明小宛堂覆宋本)》卷五,北京:人民文学出版社,2010年,第57页。
② 《玉台新咏(明小宛堂覆宋本)》,第642页。
③ 《玉台新咏(明小宛堂覆宋本)》,第648页。

过类似的杂言诗,所用诗体各不相同,但首句都是"3+5"结构。其中萧纲、萧绎兄弟的《古意咏烛诗》为"3+5+5+5"体;萧氏兄弟的《登山马诗》和徐君蒨的《别义阳郡二首》为"3+5+5+5+5+5"体;刘孝威的《赋得香出衣》则除首二句外,均为七言。这一类作品介于"古意"与新声之间,带有鲜明的时代色彩。其中萧纲、萧绎兄弟的《古意咏烛》二首和《登山马诗》二首出现新的特点:在此之前江左"3+5"起句的诗歌中,不论《宛转歌》等歌辞还是《六忆》这样的文人作品,都是由同一人创作或表演的。而这两组作品虽然遵循了"3+5"体民歌歌辞的联章性,但是却是两个人以同题而赋的形式创作的。这一方面说明,由于文学集团的共同创作、相互唱和的创作方式,赋予了这种诗体新的特点;另一方面也显示出,在以萧纲、萧绎兄弟为中心的文学集团中,以"3+5"起句杂言诗进行同题创作的活动并非罕见。

相比之下,刘孝威的《赋得香出衣》以"3+5"起句,其后则是七言八句,结构与前论诸作有很大不同。这是因为它的诗体来源并非吴歌,而是西曲。它的七言部分几乎句句对仗,这种特点同样存在于萧纲和庾信的《乌夜啼》等七言八句的梁代的文人拟西曲中。而其起首句"香出衣,步近气逾飞"所对应的则是西曲歌辞的和声,它与其后八句属于两种节拍系统,但与《江南弄》等西曲歌辞起首的"3+5"言句处于同等地位,在全诗中是总领之句。由于《赋得香出衣》是模仿西曲形式,但又脱离了音乐的文人诗,因此诗中将杂言起句与七言正辞合为一体,这和后世王勃等人的拟作在形式上也是一致的。

综上所述,在梁代,文人借鉴吴歌西曲等清商曲辞,创作了一批在形式和风格上仍带有歌辞特点,但是已经不再合乐,且并不以乐府调名来命名的作品,并在模仿、学习的基础上又加以新变。除了篇幅增长、题材扩展、描写更加细腻以及利用唱和的创作形式等方面外,我们也应注意到,在萧纲、萧绎文学集团成员所作的"3+5"起句杂言诗中,还出现了一个新现象,就是三言句的内容得以固定。在此之前,这类诗中三言句的语法结构是相当多样的,有主谓结构如"欢相怜";动宾或动补结构,如"忆来时""歌宛转";偏正结构,如"采莲女"等。而在梁代中期,此类作品的首句则均为名词性短语,其中又以偏正结构为主,如"花中烛""登山马""翔凤楼"等,无不如此。这大概是因为此时的文人主要用这种诗体来咏物,即使有抒情成分,也依托于物。因此将所咏之物以三言形式放在篇首,起到直接点题的作用,并且形成了定式。这是梁代文人对这一诗体的又一改造。

2. 赋化文人诗

除《赋得香出衣》外,刘孝威还有另外一首"3+5"言起句的杂言作品《乌生八九子》。作为文人乐府诗,它被收入《乐府诗集》卷二八《相和歌辞》中。

与同一时期的其他"3+5"起句杂言诗相比，这首诗比较独特：它篇幅较长，全诗共二十六句，其间杂用五言、七言及七言骚体句，远比那些篇幅在十句以内的作品复杂。从这两点来看，它与上文所列的那些梁代作品也不属于同一系统。

之所以未将这首作品列入"文人所作乐府歌辞"一类，是因为它虽然采用乐府古题，但却并不是为了合乐歌唱而创作的。虽然未以"赋得"为题，却带有鲜明的赋得体色彩。那么，这种"3+5"起句的长篇杂言拟古诗是如何出现的呢？在追溯其来源时，我们首先会注意到一组时代在其之前，而诗体与其相近的作品，即沈约的《八咏》。

《八咏》诗一组八首，共计1 803字，是齐梁时篇幅最长的组诗。即使是在齐梁这个新诗体层出不穷的时代，它也算得上是最别出心裁的作品。

首先，这组诗的题目均为五言句，合而观之，俨然是一首五言诗："登台望秋月，会圃临春风。岁暮愍衰草，霜来悲落桐。夕行闻夜鹤，晨征听晓鸿。解佩去朝市，被褐守山东。"这八句独用东韵，对仗工稳，合在一起，可以视为一首完整的五言八句体诗，因此杨慎《升庵诗话》卷一"八咏"条将其称为"八咏诗"，且称"此诗乃唐五言律之祖也"①。

其次，《八咏》中除了《解褐守山东》起句为"3+7"结构外，其他七首均为"3+5"起句，然而《解褐守山东》起句"守山东，山东万岭郁青葱"中叠"山东"二字，实际上仍与"3+5"体有着密不可分的关系。在其余七首中，《晨征听晓鸿》《解佩去朝市》二首从第三句开始为六言句，开头部分的节奏单位为"3+5"，剩下的五首则不论从句式还是押韵来看，都是以"3+5+5+5"句为一个完整的节奏单位。此外，这八首诗的起首三言句均为题目的后三字，毫无例外地均为动宾结构，与《六忆》首句的"忆X时"结构相同，但与萧纲文学集团所作的以偏正结构名词短语为首句的作品相比，却形成了两个不同的流派，并且分别影响了后世的创作。

从诗体结构来看，《霜来悲落桐》一诗中除首句三言外，其余均为五言，这是《八咏》中唯一一首句式比较整齐的作品。其余七首作品大抵以三言、五言、六言、七言为主，并偶尔杂有四言。按照句式和押韵，每首诗都可以分为几段，在此仅略举两首为例。

第一首《登台望秋月》②：

---

① 见丁福保辑：《历代诗话续编》，北京：中华书局，1983年，第639页。
② 诗见[南朝陈]徐陵编，[清]吴兆宜注，程琰删补，穆克宏点校：《玉台新咏笺注》卷九，北京：中华书局，1985年，第417—418页。又见于逯钦立辑校：《先秦汉魏晋南北朝诗·梁诗》卷七，北京：中华书局，1983年，第1663—1664页。

望秋月,秋月光如练。照曜三爵台,徘徊九华殿。(3+5+5+5体,去声先韵独用。)

九华瑉瑂梁,华榱与璧珰。以兹雕丽色,持照明月光。凝华入黼帐,清辉悬洞房。先过飞燕户,却照班姬床。(五言八句体,阳唐二韵同用。)

桂宫袅袅落桂枝,露寒凄凄凝白露。上林晚叶飒飒鸣,雁门早鸿离离度。(七言四句体,去声模韵独用。)

湛秀质兮似规,委清光兮如素。照愁轩之蓬影,映金阶之轻步。居人临此笑以歌,别客对之伤且慕。(带虚字的六言赋体叠加七言,去声模韵独用。)

经衰圃,映寒丛。凝清夜,带秋风。随庭雪以偕素,与池荷而共红。临玉墀之皎皎,含霜霭之濛濛。辚天衢而徒步①,铄长汉而飞空。隐岩崖而半出,隔帷幌而才通。散朱庭之奕奕,入青琐而玲珑。(三言句叠加带虚词的六言赋体,东韵独用。)

闲阶悲寡鹄,沙洲怨别鸿。文姬泣胡殿②,明君思汉宫。余亦何为者,淹留此山东。(五言六句体,东韵独用。)

又如第七首《解佩去朝市》③:

去朝市,朝市深归暮。辞北缨而南徂,浮东川而西顾。(3+5起句叠加六言赋体句,去声模韵独用。)

逢天地之降祥,值日月之重光。当伊仁之菲薄④,非余情之信芳。充待诏于金马,奉高宴于柏梁。观斗兽于虎圈,望窈窕于披香。游西园兮登铜雀,举青琐兮眺重阳⑤。讲金华兮议宣室,昼武帷兮夕文昌。佩甘泉兮履五柞,赞枌谐兮袯承光⑥。托后车兮侍华幄,游渤海兮泛清漳。(带虚字的六言、七言赋体,阳唐二韵同用。)

天道有盈缺,寒暑递炎凉。一朝卖玉碗,眷眷惜余香。曲池无复

---

① "徒步",《玉台新咏笺注》校曰"一作'从度'",《先秦汉魏晋南北朝诗·梁诗》卷七作"徒度"。度其文义,以"徒步"或"徒度"为是。
② "文姬",《玉台新咏》各本作"昭姬",据《类苑》及《先秦汉魏晋南北朝诗》径改为"文姬"。
③ 诗见《玉台新咏笺注》卷九,第444—446页。又见于《先秦汉魏晋南北朝诗·梁诗》卷七,第1668页。
④ "当伊仁",《玉台新咏》各本作"伊当仁",依《先秦汉魏晋南北朝诗》径改。
⑤ "举",《先秦汉魏晋南北朝诗》作"攀"。
⑥ "赞",《先秦汉魏晋南北朝诗》作"簪"。

处,桂枝亦销亡。清庙徒肃肃,西陵久茫茫。薄暮余多幸,嘉运重来昌。(五言十句体,阳唐二韵同用。)

忝稽郡之南尉,典千里之光贵①。别北荒于浊河②,恋横桥于清渭。望前轩之早桐,对南阶之初卉。非余情之屡伤,寄兹焉兮能慰。(带虚字的六言赋体,去声微韵独用。)

眷昔日兮怀哉,日将暮兮归去来。(带虚字的六言赋体,咍韵独用。)

从这两首诗可以管窥一豹地看出,沈约在《八咏》诗中所使用的句式分属两个系统。除起首几句之外,前者的第二、三、六段和后者的第三段都是典型的文人诗体式,而前者的四、五两段和后者的第二、四、五段则是通常见于赋中的六言、七言骚体句式。由于骚体句式的使用,使这组诗具有了赋的意味。

南北朝时打破诗赋之间的界限,以赋为诗或者以诗为赋的尝试,在鲍照、谢庄的作品中即已出现,并最终在庾信手中达到顶峰,而沈约正是这一文体革新中不可忽视的关键性人物,《八咏》则是将诗与赋相结合、进行文体革新的产物。

《八咏》的每一首中,诗体句和赋体句比重都不尽相同。第一首、第二首及最末一首中诗体句与赋体句的比重较为平衡,第三首、第四首和第五首以五言诗体句占绝大部分,而第六首和第七首则以赋体句为主。可见,沈约是有意地利用这组作品来尝试在一首作品中协调诗体句与赋体句。《八咏》这种亦诗亦赋的性质,使后人在为其定性时产生两种不同的观点:徐陵在编纂《玉台新咏》将其视为诗作,收入了与闺情相关的《登台望秋月》《会圃临春风》两首;而《艺文类聚》在收录这组作品时,却将其均归为赋类。这反映出初唐人对这组诗,乃至对诗赋之分的一种看法。这种视其为赋的观点并非毫无道理,因为沈约尚有一篇明确题为赋的作品——即《天渊水鸟应诏赋》,除首句并非沈约常用动宾结构外,与《八咏》的文体并没有本质上的差别,而且赋体句的比重并不大,但仍作为赋体作品存在,可见在齐梁时期,诗赋创作中确实存在一个中间地带,这既是当时文人进行文体革新尝试的结果,也反过来给他们的文体创新提供了空间。

然而,沈约仍不是最早创作这种"3+5"起句,兼有诗赋性质的作品的文人。究其根本,可以发现这一体裁的两个来源。

---

① "典",《玉台新咏》各本作"曲"。依《先秦汉魏晋南北朝诗》改。
② "荒",《先秦汉魏晋南北朝诗》作"芒"。

第一个来源要上溯到汉铙歌《有所思》，但并非《有所思》本身。作为汉代的乐府民歌，《有所思》虽然首句为"3+5"体，但其后句式较为自由，且通篇均是痛快淋漓地抒发感情，并无太多的铺叙描写。然而，魏、吴、晋三代在制作雅乐时，令文人改汉鼓吹铙歌曲辞为本朝鼓吹曲，依《有所思》而改作者，有曹魏的《应帝期》、孙吴的《从历数》和西晋的《惟庸蜀》。它们以颂胜纪功为目的，将直露的抒情改为铺陈与叙事兼而有之的雅正文风，诗体也相应地变长。经过这一雅化改造，《有所思》较为自由的杂言体被雅化为以三言起句，两个四言句作结，其间大抵为五言，偶有六言或四言的二十六句诗体。虽然用于合乐演奏，并以五言为主，但其谋篇铺叙的方式已有近似赋体之处，而它们的出现，也意味着以"3+5"为首句，以五言为主要成分，篇幅较长的杂言诗的定型，因此，它可以说是沈约《八咏》的根本来源。

《八咏》的另一个来源，是晋宋时期的一类以四时为主题的骚体作品。其中被保存于唐宋类书中的，有晋夏侯湛《春可乐》与《秋可哀》、王廙《春可乐》、李颙《悲四时》、宋谢琨《秋夜长》等，它们的共同特点是以带虚字的六言句为主，而首句如不计句尾的"兮"字，便可视为一个三言句。这一类作品中很多都没能完整地保存下来，但是仍然能够看出，它们已经带有联章的性质。其中既有同咏一事的联章，也有分咏几事的联章。最典型的是夏侯湛的《春可乐》和《秋可哀》，这两首作品可以被视为分咏两事的联章，而每一首中又分为数个联章结构。其中《春可乐》云：

> 春可乐兮，乐东作之良时。嘉新田之启莱，悦中畴之发菑。桑冉冉以奋条，麦遂遂以扬秀。泽苗翳渚，原卉耀阜。
>
> 春可乐兮，乐崇陆之可娱。登夷冈以回眺，超矫驾乎山嵎。缀杂华以为盖，集繁蕤以饰裳。散风衣之馥气，纳戢怀之潜芳。鹦交交以弄音，翠翩翩以轻翔。招君子以偕乐，携淑人以微行。①

这些晋宋时的骚体作品以"三言+兮"为首句，"3+6"句式起首，具有联章性质，而且同样兼具诗赋特点，它们与沈约《八咏》之间的联系则是清晰可见的。因此，窃以为《八咏》的两个诗体来源分别是以五言为主的《有所思》体雅化鼓吹曲辞和六言骚体的四时小赋。沈约将二者的体式相糅合，制作出一种可分为数个章节段落的杂言体诗。它已经充分文人化，并且脱离了口头表演。明万历《金华府志》卷三〇《艺文五》称"《八咏诗》，南齐隆昌元

---

① 《艺文类聚》卷三《岁时上·春》，第45页。

年(东阳)太守沈约所作,题于玄畅楼,时号绝倡"①,说明当事人认为它是以题壁为形式的、有书面媒介的作品,而不是像吴歌或《江南弄》等作品那样,是为演唱准备的。刘孝威的《乌生八九子》虽然名为乐府诗,实际上借鉴了《八咏》所创制的杂言诗体,只不过纯用五言和七言相搭配,其赋化的性质实际上已经削弱了。

《八咏》和《六忆》同为沈约所作,同样是"3+5"起句的杂言诗,但《八咏》的诗体远较《六忆》长且复杂,因此容易被认为是在《六忆》的基础上做出的诗体演进。然而事实并非如此。历代著作中对《六忆》的评价,大多不出"俚"与"艳"二字,例如张邦基《墨庄漫录》卷五"李元膺宫体十忆"条称"《玉台新咏》梁沈约休文有《六忆诗》,盖艳词也,其后少有效其体者"②,刘克庄《后村诗话》与陈祚明《采菽堂古诗选》则称其"俚率""亵慢"。这组诗中俚率旖旎的韵味,与永明年间带有拟古色彩的思妇诗已不甚相同,但若称其轻艳,又不及萧纲等人的宫体诗作。在年代相近的作品中,它似乎与萧衍所拟作的《子夜歌》《子夜四时歌》等最为接近,因此这组作品大概作于梁代前期。而前引《金华志》载《八咏》作于南齐隆昌元年(494)。也就是说,《八咏》的创作应早于《六忆》。然而,无论孰先孰后,它们都意味着同一个诗人从并不常见的"3+5"起句民间歌谣出发,经过创作实践,发展出两个具有内在联系,但在诗体和用途上都迥然有别的文人诗体,充分显示出齐梁文人在文体革新中强烈的主动性和自觉性,而这正是推动南朝后期文学发展的重要内在力量。

上文梳理了"3+5"言起句杂言诗在江左的发展情况,从中可以发现,虽然相关体裁的作品存留至今的并不多,但在南朝,其文体演变可谓兴盛:它从民间谣辞出发,由吴歌、西曲等民歌曲辞进入文人创作阶段,在用于歌唱的文人乐府歌辞和脱离歌唱的文人诗中都有所应用,而在文人诗中又分化为两种体裁。虽然这些诗体各有千秋,但仍保留着一些共同点,其中最主要的就是联章性。

齐梁时期是诗体革新的重要阶段,如果说各体五言诗的形式大致相同,只能从诗风、用韵等方面去分辨其诗体的话,"3+5"起句的杂言诗则由于其较少的数量和较明显的特点,可以成为当时诗体革新蓬勃发展的极好证明。

---

① [明]王懋德撰:《金华府志》,台北:台湾学生书局影印"国立中央图书馆"藏本,1986年,第2139页。
② [宋]张邦基撰:《墨庄漫录》,北京:中华书局,2002年,第140页。

然而,在南朝"3+5"体杂言诗不断扩展其体裁的同时,北方的同源诗体,却呈现出一种完全不同的状况。

三、"3+5"起句杂言诗在北朝的存在状况

北朝"3+5"体裁作品数量远远少于南朝,而且在现存作品中清晰地存在一道断裂,因此可以将其分为前后两期分别进行研究。需要注意的是,所谓"前期"和"后期"并非北朝分期,而是针对"3+5"起首体杂言诗的创作而言。

(一) 北朝前期"3+5"起句杂言诗研究

所谓北朝前期,指的是北魏孝文、宣武两朝。此时创作的"3+5"起句杂言诗,流传至今的只有元勰的《问松林》、王肃的《悲平城》和祖莹的《悲彭城》三首。上文已经讨论了这三首诗的创作情况,本节则从它们入手,来讨论"3+5"体杂言诗在北朝前期的使用场合和主要用途。

在第一节中已经列出了《魏书》中对元勰作《问松林》和祖莹作《悲彭城》的记载,在此不再重复。不过,从这两段记载中,我们可以归纳出几个细节:

第一,《问松林》和《悲彭城》有一个共同点:它们都是应他人的要求而作的,在作者进行创作之前,提要求者均已先行提供了一首诗。祖莹在作《悲彭城》之时,并没有用其他诗体,而是选择了与王肃诗相同的"3+5+5+5"体。也就是说,他将王肃所提供的《悲平城》当成了参照样本。我们现在还不能武断地对此情况进行解释,但可以确定的是,他的选择在客观上使《悲彭城》与《悲平城》二诗构成了联章状态。

第二,这三首诗的首句都为动宾结构,且以首句为诗题。从这一点看,它们似乎与沈约的《八咏》《六忆》有承继关系。然而《八咏》作于隆昌元年,而王肃在前一年已经奔北,并不可能在第一时间看到沈约题于东阳玄畅楼的《八咏》。因此,其诗首句句式的来源也成为一个疑问。

第三,与南朝相似体裁的作品相比,齐梁诸作不论篇幅长短,体裁简繁,无不注重巧思和描写,或以铺叙炫目,或以比兴动人,总之都是经过精心构思斟酌后的作品。而北魏的几首作品却似乎对文采并不甚措意,用词平易浅俗,对仗也甚为简单粗率。然而,它们却都注意另外一点。元勰作《问松林》是"时勰去帝十余步,遂且行且作,未至帝所而就",祖莹则是"应声"而作,就连孝文帝那首现已不存的诗,也是"始作此诗,虽不七步,亦不言远"。可见,作诗者和提要求者所重视的都并非文采,而是才思的迅捷。

第四,这组诗与齐梁诸作存在传播媒介的差异。齐梁的类似作品或用

于合乐歌唱,或纯粹是书面写作。而北魏的这三首诗不谋而合地与口头朗诵密切相关。元飚当是向孝文帝口占《问松林》,王肃和祖莹也都是将诗脱口咏出。这大概与其对成诗速度的要求有直接联系——提要求者并没有给作诗者充裕的时间,不及将诗写在纸上,因此只能用最节省时间的方式,即随作随诵的口占来进行创作。

最后,在这两次创作行为中,存在一种相同的气氛。史载孝文帝得诗"大笑",元飚得《悲彭城》则"大悦",又分别有"调责吾"和"戏飚"之说,可见这两个场合都带有一种调笑、竞胜乃至挑衅的意味。

综上所述,这三首诗虽然短,但其中却蕴含相当多的信息。然而,伴随这些信息而来的却是越来越多的疑问:为什么祖莹要选择与王肃同样的诗体?为什么三首诗的首句均为动宾结构?为什么在迁洛未久,处处追慕雅道风流之时,却对诗作的文采了不措意?为何在创作过程中有一种玩笑和竞争的意味贯穿始终?

不得不承认,仅凭这三首每首十八字的短诗无法解开这些疑问。而由于北朝文献的严重缺失,我们目前也找不到可堪使用的补充材料来进行考证。幸而在隋唐的一些材料中,可以窥见问题的答案。

在初唐小说《游仙窟》中,有以下几段内容:

> 于时乃有双燕子,梁间相逐飞,仆咏曰:"双燕子,联翩几万回。强知人是客,方便恼他来。"十娘咏曰:"双燕子,可可事风流。即令人得伴,更亦不相求。"①
>
> 当时,树上忽有一李子落下官怀中,下官咏曰:"问李树,如何意不同?应来主手里,翻入客怀中?"五嫂则报诗曰:"李树子,元来不是偏。巧知娘子意,掷果到渠边。"②
>
> 于时忽有一蜂子飞上十娘面上,十娘咏曰:"问蜂子,蜂子太无情。飞来蹈人面,欲似意相轻?"下官代蜂子答曰:"触处寻芳树,都卢少物华。试从香处觅,正值可怜花。"③

这三组短诗除一首五言四句体外,均为 3+5+5+5 体,其中两组均是第一首以"问某物"结构起句,第二首则对此作答的问答体作品。《游仙窟》所

---

① [唐]张文成撰,李时人、詹绪左校注:《游仙窟》,北京:中华书局,2010年,第23页。
② 《游仙窟》第26页。
③ 《游仙窟》第26页。

描述的场景并非文人聚会，而是民间酒筵，这三组作品也都使用通俗的口语，是在酒筵中使用的酒令著辞。文中每每用"咏""报诗"等语，可见此时的酒令并非歌唱，而是咏念出来的。由于其作者张鷟是深州陆泽（今河北深县）人，这几组问答辞可以说明，在初唐时的北方民间，存在着以在酒筵中即时发生的事件，或即时看到的事物为体裁，以 3+5+5+5 问答辞作为酒令，相互应答以为笑乐的习惯。而对比元飒的《问松林》则可以看出，二者的体式、内容、问答行为以及竞胜目的都颇为一致，则这一传统从北朝时即已经存在。

约为唐大中（847—860）时人的李玫所撰《纂异记》的《嵩岳嫁女》和《张生》两篇中，也描绘了两次酒筵行令的情况，其中共有五首酒令著辞：

（王母歌）劝君酒，为君悲且吟。自从频见市朝改，无复瑶池宴乐心。

（穆天子歌）奉君酒，休叹市朝非。早知无复瑶池兴，悔驾骅骝草草归。①

（张生妻歌三首）叹衰草，络纬声切切。良人一去不复还，今夕坐愁鬓如雪。

劝君酒，君莫辞。落花徒绕枝，流水无返期。莫恃少年时，少年能几时？

怨空闺，秋日亦难暮。夫婿断音书，遥天雁空度。②

也许是时代晚于张鷟百余年的原因，《纂异记》中 3+5 起句体酒令的表演方式从口占的"咏"，变成了"歌"。其中张妻所歌的酒令，首句有"叹衰草""劝君酒""怨空闺"，均为动宾结构。《嵩岳嫁女》虽然是神话题材，但实际上也反映了唐代时酒筵行令的情况，酒令首句"劝君酒""奉君酒"亦为动宾结构。可见"3+5"酒令的三言首句仅从文辞本身来看，动宾结构占到了很大的比重；而从其用途来看，它体现了这种在唐代晚期演变为杂言曲子歌辞的短章体式，在尚未形成固定的曲调旋律时，其创作行为和问答应和的多人场景有直接关联。此外，通过《嵩岳嫁女》还可以了解，即使并非问答体，在行酒令时，双方也会用同样的辞式和相近的首句应答往来，造成一种联章效果。

---

① ［唐］李玫撰，李剑国辑证：《纂异记辑证》，北京：中华书局，2001 年，第 4 页。
② 《纂异记辑证》第 63 页。

通过以上几条材料了解唐代民间酒筵的行令情况后,再反过来看北魏时的三首3+5+5+5体短诗,很多问题就会迎刃而解。依照史料记载,这几首诗的创作地点虽非酒筵,但确是在集会之中。这种"出题""应令"的创作形式,可以看做是酒令的雏形。元勰作《问松林》和祖莹作《悲彭城》都具有和诗性质,且更趋于"嘲和"。也就是说,这两次诗歌创作活动,实际上都带有嘲谑的性质。

北魏时期,嘲戏风气颇盛。如《魏书》卷四二《薛辩传附薛庆之传》载:"廷尉寺邻接北城,曾夏日于寺傍执得一狐。庆之与廷尉正博陵崔纂,或以城狐狡害,宜速杀之,或以长育之月,宜待秋分。二卿裴延俊、袁悉互有同异。虽曰戏谑,词义可观,事传于世。"①与此同时,齐梁士人也颇喜嘲戏,但南北嘲谑之风有相当大的差异。南朝的嘲戏活动及俳谐文写作以文化风习和士人学养为基础,因此嘲戏往往伴随着引经据典,炫博隶事,于谐趣之中,又不失文人雅致。然而北魏虽不乏"商榷古今,间以嘲谑"的崔孝芬②,"遍论经史,兼以嘲谑"的刘善明等③,更多的则难免失于浅俗。如《魏书》称许赤虎"虽言不典故,而南人颇称机辩滑稽焉"④,又载侯文和"滑稽多智,辞说无端,尤善浅俗委巷之语,至可玩笑"⑤,这正是北魏嘲谑的特色。尤其值得注意的是,《洛阳伽蓝记》中记载了一次由孝文帝主持,王肃、李彪等人参与的嘲谑活动:

肃初入国,不食羊肉及酪浆等物,常饭鲫鱼羹,渴饮茗汁。京师士子道肃一饮一斗,号为漏卮。经数年已后,肃与高祖殿会,食羊肉酪粥甚多。高祖怪之,谓肃曰:"卿中国之味也,羊肉何如鱼羹?茗饮何如酪浆?"肃对曰:"羊者是陆产之最,鱼者乃水族之长。所好不同,并各称珍。以味言之,甚是优劣。羊比齐鲁大邦,鱼比邾莒小国。唯茗不中与酪作奴。"高祖大笑。因举酒曰:"三三横,两两纵,谁能辨之赐金钟。"御史中尉李彪曰:"沽酒老妪瓮注瓨,屠儿割肉与秤同。"尚书左丞甄琛曰:"吴人浮水自云工,妓儿掷绳在虚空。"彭城王勰曰:"臣始解此字是'习'字。"高祖即以金钟赐彪。朝廷服彪聪明有智,甄琛和之亦速。⑥

---

① 《魏书》第944页。
② 见《魏书》卷五七《崔挺传附崔孝芬传》,第1268页。
③ 见《梁书》卷二一《王份传附王锡传》,第326页。
④ 《魏书》卷四六《许彦传附许赤虎传》,第1038页。
⑤ 《魏书》卷九一《术艺传·蒋少游传附侯文和传》,第1971页。
⑥ [魏]杨衒之撰,周祖谟校释:《洛阳伽蓝记校释》卷三"正觉寺"条,北京:中华书局,2010年,第109—111页。

这一记载充分说明,在嘲谑中,被人所重视的是"聪明有智"的表现与嘲和的机辩与速度。更重要的是,这次嘲谑看似君臣联句,却借用了"3+3+7"与"7+7"这两种民间谣辞形式。不论是孝文帝所出的谜面,还是李彪、甄琛的和辞,全用口语,甚为俚俗。这与《问松林》《悲彭城》两诗的创作情况极其相似。可见,在北魏时,这种借用民间辞式的嘲和活动是颇为常见的。在这次嘲谑中,李彪、甄琛将东钟通押,正如元勰在《问松林》中将东冬通押一样,一方面说明北人的审音较为粗疏,另一方面也可能是由于应声而作而忽略了用韵这一细节问题。

此外,《太平广记》卷二五三《嘲诮一》"马王"条,记载了一次纯粹的民间嘲戏活动:

> 隋姓马王二人尝聚宴谈笑,马遂嘲王曰:"王是你,元来本姓二。为你漫走来,将丁钉你鼻。"王曰:"马是你,元来本姓匹。减你尾子来,背上负王郎。"①

这条材料非常清楚地记载了"3+5+5+5"体在民间"聚宴谈笑"时作为嘲谑的使用情况,从中可以知道,在隋代的嘲戏中,"3+5+5+5"是被人熟练使用的一种体裁。相比于四言等嘲谑体裁,"3+5+5+5"体显然带有更强的民间色彩,但是其首句相似的联章性,却是不论言辞如何俚俗都不会消失的本质特征。

至此,我们已可以回答之前提出的问题。孝文帝令元勰作《问松林》和王肃令祖莹诵《悲彭城》应都带有嘲戏性质,因此带有调笑和竞胜的色彩,而且与文采相比更重视应答的迅捷。这是因为,北朝时期存在于民间的3+5+5+5体的谣辞形式,往往在集会酒筵等场合中作为嘲戏的体裁,它通常以动宾结构或名词短语作为首句,由两人分赋一首,从而构成辞式相同,内容有所关联的联章形式。在《问松林》与《悲彭城》这两次嘲和中,就直接借用了这一辞式,作品的语言也仍保留着该辞式的民间性。祖莹之所以选择与王肃相同的诗体进行创作,正是由这一辞式本身的特性所决定的。这虽然还不能算作是正式的酒令,但已经具备了酒令的某些性质。所谓"问答体",也并不是光指"问松林""问李树"等明确以"问""答"开头的作品,像"马王相嘲"这种一人挑战,一人反唇相讥的嘲戏,实际上同样带有问答性质,《悲平城》的创作即属于此类。

---

① [宋]李昉等编:《太平广记》,北京:中华书局,1961年,第1961页。

从辞式特点出发,我们可以推论,孝文帝在令元勰作诗之前所亲作的很有可能也是"3+5+5+5"体诗。虽然元勰作为后作者,似乎应该作"答辞"而非"问辞",但实际上,在联章应令时,数人均只问不答的情况也是存在的,例如由皮日休、陆龟蒙、张贲等人共同创作的《夜会问答十》便是这种情况。既然《魏书》中记"路旁有大松树十数根"在"高祖赋诗"之前,那么也许是孝文帝先从松树得到灵感,在元勰之前便已作了一首《问松林》。

学者们通常认为,王肃的《悲平城》是在初至平城时抒发悲凉情感的个人述怀之作。然而,前文已经提到,王肃从到邺城谒见孝文帝直至返回平城,一直伴随孝文帝左右,在这段时间内,他参与了很多由孝文帝主持的君臣集会,其中不少都兼有嘲戏活动。考虑到其所用的辞式,这首诗是否可能并非用于抒发情感,而是在一个类似的集会中的嘲和之作呢?此说纯粹为冒昧揣测,姑置于此,希望能有新材料的发现,来确定这首诗的性质。

通过梳理《问松林》《悲平城》与《悲彭城》的诗体来源与用途可以发现,北朝前期 3+5+5+5 体杂言诗不仅数量远少于齐梁类似作品,而且还存在着更深刻的差异。南朝文人努力地进行着诗体改造与创新,将这一来源于民间的诗体化为己用,北魏的文人却只是在进行嘲戏这一带有民间性的集会活动时,直接借用民间的诗体形式,而且完全照搬其通俗风格。将《问松林》与《问蜂子》《问李树》等带有浓厚民间色彩的同体问答辞相比较,可以看出它们并没有本质上的差别。当北朝 3+5+5+5 体诗歌还停滞在民间嘲和辞这一层次上时,南朝的《八咏》《六忆》《江南弄》等代表作品已然完成,这一体裁得到了长足的发展。因此,在北朝后期,"3+5"起句杂言诗的创作呈现出与前期截然不同的面貌。

(二) 北朝后期"3+5"起句杂言诗研究

所谓北朝后期的"3+5"起句杂言诗,指的是两组作品:北魏孝明帝孝昌年间(525—528)萧综所作的《悲落叶》《听钟鸣》,以及北周平齐后,卢思道、颜之推、阳休之等人在长安所作的《听鸣蝉》。之所以说这一阶段的作品与前期截然不同,是因为后期的几首作品所用的并非北朝本土体裁,而全部是齐梁系统的诗体。

1. 萧综《听钟鸣》《悲落叶》

学界一般认为《听钟鸣》和《悲落叶》作于北魏末年,然而,也有学者提出这两组作品作于南朝[①]。详考史书记载,这种观点并非无据。《梁书》《南史》中皆称萧综不得志而作此二诗,然《梁书》中仅称"初,综既不得志,尝作

[①] 曹道衡、沈玉成著:《中古文学史料丛考》,北京:中华书局,2003 年,第 585 页。

《听钟鸣》《悲落叶》辞,以申其志"①,却并未明言是在何时不得志,所谓"在魏不得志",是《南史》中增加的,并不知其根据何在。实际上,依《魏书》记载,萧综入魏后被封为丹阳王,其后曾任司徒公、司空公、太尉公、骠骑大将军等,并尚寿阳长公主,《梁书》也载综"追服齐东昏斩衰,魏太后及群臣并吊"②,可见他相当为北人所重,似乎并不能算"不得志"。而在《梁书》《南史》本传中,对萧综在南郁郁不得志的情况有颇多记载,如"高祖御诸子以礼,朝见不甚数,综恒怨不见知"③,"每高祖有敕疏至,辄忿恚形于颜色,群臣莫敢言者"④;《南史》则载综"每日夜恒泫泣。又每静室闭户,藉地被发席槁"⑤,又称其"于徐州还,频裁表陈便宜,求经略边境。帝并优敕答之。徐州所有楝树,并令斩杀,以帝小名楝故"⑥。由此可见,《梁书》所谓的"不得志",很可能是指其在梁时之事。然而《洛阳伽蓝记》中又记载萧综至洛阳后造《听钟歌》三首之事,这一材料年代甚早,所言甚明,无法置之不顾。因此,本书虽对其作诗之地有所存疑,但姑且仍依学界通行的观点,将其系于入北之后。

萧综以梁武帝次子的身份,于孝昌元年(525)入魏,其年二十四岁,建义初(528)曾随尔朱荣赴晋阳,旋即还洛,直至孝庄帝永安三年(530)夏四月出为使持节、都督齐济兖三州诸军事、骠骑大将军、开府仪同三司、齐州刺史,在北的四五年时间,大抵居于洛阳⑦。

---

① 《梁书》第 824 页。
② 《梁书》第 824 页。
③ 《梁书》第 823 页。
④ 《梁书》第 824 页。
⑤ 《南史》第 1315 页。
⑥ 《南史》第 1316 页。
⑦ 萧综事迹见于《梁书》卷五五、《南史》卷五三及《魏书》卷五九。对其入魏时间,诸史均载为魏孝明帝孝昌元年(即梁武帝普通六年,525年),并无疑义。但就其生卒年,则有不同说法。《梁书》本传载"大通二年,萧宝夤在魏据长安反,综自洛阳北遁,将赴之,为津吏所执,魏人杀之,时年四十九",后人多据此推测萧综生于齐高帝建元二年(480),实则大误。萧综以东昏侯萧宝卷子自居,而萧宝卷生于武帝永明元年(483)。建元二年之时,宝卷尚且未出生。按,就萧综北遁被执一事,《南史》载曰:"及宝夤据长安反,综复去洛阳欲奔之。魏法,度河桥不得乘马,综乘马而行,桥吏执之送洛阳。魏孝庄初,历位司徒、太尉,尚帝姊寿阳长公主。"《魏书》则记载更详,曰:"及宝夤反,赞惶怖,欲奔白鹿山,至河桥,为北中所执。朝议明其不相干预,仍蒙慰勉。"可见萧综虽被执,但并未因此被杀,反被"慰勉"。而"卒年四十九"之说也完全经不起推敲。萧衍长子萧统生于齐和帝中兴元年(501)九月,三子萧纲生于梁天监二年(503)十月,作为萧衍次子,萧综当然应出生于二人之间,且《梁书》本传载"初,其母吴淑媛自齐东昏宫得幸于高祖,七月而生综,宫中多疑之者",东昏侯于中兴元年(即东昏侯永元三年)十二月为王珍国所杀,则萧综应生于来年七八月间。而关于萧综卒年前后数年之事,也可以从《魏书》和《南史》的记载中梳理出一条比较清晰的时间线。《南史》本传载"陈庆之之至洛也,送综启求还。时吴淑媛(转下页)

《洛阳伽蓝记》卷二"龙华寺"条云："有钟一口,撞之,闻五十里。太后以钟声远闻,遂移在宫内。置凝闲堂前,与内讲沙门打为时节。孝昌初,萧衍子豫章王综来降,闻此钟声,以为奇异,遂造《听钟歌》三首,行传于世。"①将《听钟鸣》的写作时间系于初入洛时。而《魏书》卷五九《萧宝夤传附萧赞传》称萧综"孝昌元年秋,届于洛阳"②,《悲落叶》之诗,有可能即作于此时。这看似与王肃初至平城作《悲平城》的情况极其相似。但如果详细推敲,则可发现二者有诸多不同。

王肃入北之时,以沈约为首的南朝士人尚未开始对"3+5"杂言体进行改造,因此它还未成为完全文人化的诗体。但在萧综降魏之前,这一体裁的革新成果已相当可观,而这场诗体革新的主要参与者即是萧衍、萧纲等萧梁皇室成员。《梁书》《南史》均称萧综"有才学,善属文",虽然其文才不如父兄诸弟,但是他能够触及梁朝前期文学活动的核心,并且在第一时间接受其成果。因此,他的两篇作品所用的文体,都是经过齐梁文人改造的文人诗体。

从诗体上看,《悲落叶》和《听钟鸣》并非北方的问答联章的体制,而是由同一人创作的同题联章。这种体裁在江左较为常见,在北朝却从未有先例。而诗中每一章的句式搭配,也比王肃《悲平城》要复杂,而且可以在齐梁文人的创作中找到其来源。它们精巧的结构、凄婉的感情以及细腻的遣词,无不将其来源指向南朝。《魏书》本传评价萧综"文义颇有可观,而轻薄倜傥,犹见父之风尚"③,即是指他的作品中带有轻艳宛转的齐梁诗风。而当代研究者认为《悲落叶》和《听钟鸣》是在梁所作的观点,实际上也指明了二者在诗风与诗体上的渊源。

(接上页)尚在,敕使以综小时衣寄之。信未达而庆之败。未几,终于魏",其时为魏孝庄帝永安二年(529),《魏书》卷一〇《孝庄纪》载永安三年十二月(531年初)"齐州城人赵洛周据西城反,应尔朱兆,刺史、丹阳王萧赞弃城走",《魏书》本传称其"既弃州为沙门,潜诣长白山。未几,趣白鹿山。至阳平,遇病而卒,时年三十一"。古汉语中的"未几"虽作"不久"讲,但实际上有一定的弹性,例如上文《南史》中,陈庆之败与萧综卒相隔数年,但仍可以"未几"相连接。因此,萧综从齐州至长白山,又至阳平的这段路,未必是在很短的一段时间内日夜兼程的。《资治通鉴》卷一五四称其为"逃入长白山,流转,卒于阳平",可见亦认为其弃郡而逃后颇经辗转,并非此后很快便去世。《魏书》对其事迹记载得颇为准确,其中卒年三十一岁之说,大抵可信。而《魏书》本传又载"普泰末,敕迎其丧至洛,遣黄门郎鹿悆护丧事,以王礼与公主合葬嵩山",前废帝于普泰二年(532)四月被废,迎丧萧综应在此前不久,而从语义上看,此时距萧综卒应已有一段时日。综上,则萧综应卒于531年至532年初的这段时间内。

① 《洛阳伽蓝记校释》第56页。
② 《魏书》第1325页。
③ 《魏书》卷五九《萧宝夤传附萧赞(综)传》,第1326页。

《悲落叶》与《听钟鸣》都在《梁书》和《艺文类聚》中著录了两种体裁迥异的版本，其中《梁书》中记录的均为三首一组的联章体杂言短诗，而《艺文类聚》中则是两首篇幅颇长的杂言诗。这两种《悲落叶》和《听钟鸣》，通常被称为繁简两个版本。当下研究者往往认为所谓繁本是对简本进行整合、改编乃至拼凑而成的。然而，窃以为简本和繁本是同一篇作品在创作的不同阶段的两种状态，我们可以通过它们，尤其是《悲落叶》一篇，来了解齐梁文士创作长篇赋化杂言体诗时所使用的方式。

　　前文已经说过，在创作兼有诗赋性质的长篇杂言作品时，南朝文人常常使用"叠加"方式，其中可以又分为两种：第一种是将形式相似或相同的几章以一定的内在逻辑排列起来，造成一种联章的效果，如夏侯湛的《春可乐》《秋可哀》，李颙的《悲四时》等。另一种则是将诗体不同的各章有机地组合起来，在作品中造成句式长短相杂，错落有致的效果，沈约的《八咏》就是典型的例子，刘孝威的《乌生八九子》和唐代王勃的《江南弄》《采莲归》也都采用了这种方式。不管使用哪一种方式，这种叠加组合而成的长篇杂言诗中，每一个段落都可以相对独立地存在。而萧综这两首作品的独特之处在于，他在同一首诗中同时使用了两种叠加方式，既用联章起首句来掌控大体上的整齐结构，造成一唱三叹，回旋反复的悠长效果，又在其中加入其它句式结构的段落，来增加节奏的灵动多样性。这一特点正是造成《听钟鸣》《悲落叶》两种版本出现的原因：它们本身就既可以用长篇杂言诗的状态存在，又可以被拆分成几首独立的歌辞。以《艺文类聚》中的《悲落叶》为例，它可以被分为以下几种节奏单位：

　　　　悲落叶，联翩下重叠。重叠落且飞，纵横去不归。
　　　　长枝交荫昔何密，黄鸟关关动相失。夕蕊杂凝露，朝花翻乱日。乱春日，起春风。春风春日此时同。
　　　　一霜两霜犹可当，五晨六旦飒已黄。乍逐惊风举，高下任飘扬。
　　　　悲落叶，落叶何时还。夙昔共根本，无复一相关。各随灰土去，高枝难重攀。①

　　这样看来，这首诗中可以说是混合了出自两种来源的两套节奏系统：构成联章节奏的"3+5+5+5"和"3+5+5+5+5+5"体出自吴歌，而中间两段以"7+7""5+5"和"3+3+7"相搭配的节奏单位则源于西曲，尤其是"朝花翻乱

---

① 《艺文类聚》卷八八《木部上》，第1509页。

日。乱春日,起春风"这种顶针格式的句式结构,极有可能追溯至《江南弄》。正因如此,其中属于吴歌系统的三言句起首的作品可以独立地作为四句体短歌存在。

总而言之,《听钟鸣》和《悲落叶》是两组以抒情为主要目的的作品,但萧综在创作过程中却仍没有忽视在文体方面的选择与搭配。虽然其作品语言中也显示出南朝文学的特点,但与其文本相比,这种自觉自发地选择、使用文体,乃至对文体进行改造的意识,才是笔者将其归为江左系统的根本原因。

2. 卢思道、颜之推、阳休之等人的《听鸣蝉》

卢思道、颜之推、阳休之等人同赋《听鸣蝉》,是北周灭齐后,北齐士人初至长安时的一次重要的文学活动。《北史》卷三〇《卢思道传》云:"周武帝平齐,授仪同三司,追赴长安。与同辈阳休之等数人作《听蝉鸣篇》。思道所为,词意清切,为时人所重。新野庾信遍览诸同作者,而深叹美之。"①这组作品中流传至今的,有卢思道、颜之推二人之作。这两首诗不论是措辞、对仗、用典、用韵,还是层层递进的铺叙方式和错落有致的局势搭配,都呈现出非常成熟的面貌,表现出北朝文士在措辞谋篇方面已经达到相当高的水平。然而,它却应属于江左系统的作品,因为其诗体来自齐梁,完全是学习沈约《八咏》的产物。虽然诗中并没有像《八咏》那样大量使用六言赋体句,但排除赋体句,仅用三、五、七言相搭配,是从刘孝威《乌生八九子》中即已出现的趋势。由于借用南朝的这种赋化诗体,卢思道、颜之推的作品也具有了介于诗赋之间的性质,其直接表现就是,卢思道的作品被《艺文类聚》归为"赋"类,而颜之推的作品在《初学记》中却被归为"诗"。

从北魏末年和东魏开始,模仿齐梁轻艳新体成为风潮,由于南北恢复外交,频繁通使,双方的文学交流也日益频繁,在较短时间内掌握南方的新诗体已非难事。这次文学集会的参与者中,卢思道、阳休之均曾出使江左,颜之推则是入北南人,因此选择这一南来长篇杂言诗体来进行同赋创作并不稀奇。然而,虽然模仿、学习南朝诗体是为了提高北朝文人的文学水平,但是这一风潮反而阻碍了北朝本土文学特色的正常发展。例如,在"3+5"起句杂言诗创作中,虽然北朝后期的几首作品都具有相当高的水平,但要么是入北南人利用其所熟悉的诗体所作,要么是具有深厚素养的北朝文人借用南朝诗体所作,北朝前期那种虽然短小浅白,但是具有北朝本地特色的作品反而不再出现了。

---

① 《北史》第 1076 页。

不过,在北朝后期没有由文人创作的"3+5+5+5"问答体短诗保存下来,并不意味着这种体裁已经消失。因为在北朝前期,几次创作这一体裁的活动实际上都只是临时借用这一民间辞式,虽没有对其进行文人化的改造,却也没有影响它的正常存在。隋代的"马王相嘲"二首便是典型的例子。也就是说,纵贯整个北朝,这种令辞形式虽然不为人所注意,却一直存在于民间。及至唐朝,它已经在民间的土壤中孕育出特有的面貌,在民间谣歌、宗教讲唱、酒筵著辞及配乐表演的曲子辞中,均不乏这一体式,成为唐代文化中独具特色的一部分。

在本节中,我们分别分析了南北两地"3+5"体杂言诗的创作情况,从中可以看出,南北两地的这一类作品,有以下几个共同的特点:

第一,"3+5"体杂言诗最重要的特点就是联章性。虽然在现存的南北朝及之前的"3+5"体谣辞中,并无被明确记载为标准联章形式的作品,但《全唐诗》中载隋唐之际的《唐受命谶》云:

> 桃李子,莫浪语。黄鹄绕山飞,宛转花园里。
> 桃花园,宛转属旌幡。
> 桃李子,鸿鹄绕阳山,宛转花林里。莫浪语,谁道许。
> 桃李子,洪水绕杨山。①

这未必是这一组谣谶的全貌,但它已经能够说明,在"3+5"体杂言诗最本原的形式中,已经带有了联章性。不论诗体如何发展,这一特点都不曾消失。从一方面说,南北朝时期的"3+5"体杂言诗均带有联章特点,而从另一方面说,南北朝时期带有联章性的作品,基本上都是以"3+5"句起首的。这应该并非巧合,而是说明"3+5"起句的杂言诗带有非常独特的节奏特点。这种节奏特点在此时尚未凝结成固定的旋律,但它却并非仅仅作为"音乐"层面的特征存在,而是与作品主题有密切关联的。这足以将"3+5"起句杂言诗归为一个独立的体裁。

不过,南北两地作品中的联章性不甚相同。在南方,"3+5"体清商曲辞中常见的是重句联章与和声联章,文人"3+5"体诗可分为一人独作和多人同作两种模式,都带有比较强的赋得体色彩,因此可以姑且称为赋得联章。而北方带有本地特色的"3+5"起句杂言辞则常常用于"设问"—"应答"的嘲戏之中,带有明显的问答体色彩,可被称为问答联章。

---

① [清]彭定求等编:《全唐诗》卷八七五,北京:中华书局,1960年,第9900页。

第二,"3+5"起句杂言诗的三言首句,从句意的角度来说,往往是点出作品的主旨,可以被称为一种"主题性"。而从语法结构角度来说,亦往往有规律可循。其中最主要的两种起句方式,其一是"动词+二字宾语"的动宾结构短语,其二是名词性短语。一般说来,动宾短语起句的作品内容以抒情、铺叙为主,在首句中用一个动词来引出所抒之情或所纪之事;而名词性短语做首句的则以咏物居多,首句是用来呼唤所咏的物名。在文人所作的相关体裁作品中,沈约多使用动宾结构首句,而萧纲、萧绎及其僚属则多使用名词性短语作为开头。而以《问松林》《悲平城》《悲彭城》为代表的北方问答体嘲和辞中绝大部分都是以动宾短语作为首句。由此看来,沈约、萧纲等人有可能并不是创制了他们所使用的起句方式,而是分别从民间体裁中选取了对自己的创作最为合适的一种起句,并在其作品中将其固定下来并发扬光大。在南北朝末期到隋唐,这种原本为了"点题"的三言首句,逐渐演变为曲调之名,并且脱离了与歌辞主旨的关系,仅仅与旋律相关联。这种生发自歌辞之"本事",最终落于音乐的演变,是唐代曲子辞调名的一种常见的形成方式。

第三,通过这些作品看出,"3+5"句式与标准五言句有密切关系。首句的三言相当于五言句的主干部分,因此常常被在或前或后增加两字的修饰语,从而构成一个五言句,而在语义和节奏上都并不发生变化。修饰语在前者,如萧综《听钟鸣》,《艺文类聚》中将其首句写作"历历听钟鸣";而沈约《八咏》每首题目均为五言句,但《艺文类聚》等类书收录诸篇时,则仅将句中主干部分的三言动宾短语当做题目。修饰语在后者,如王融《秋夜长》首句,各本《玉台新咏》中多作"秋夜长复长"。这种情况甚至在"3+5+5"体中也同样存在,例如《南史》卷二八《袁粲传》载"袁粲谋举兵诛齐高帝,褚渊发起谋,粲兵败遇害,而渊独辅政。于时百姓语曰:'可怜石头城。宁为袁粲死,不作褚渊生。'"①句首的"可怜"二字,与其说有什么实际意义,倒不如说是为了整齐句式而加进去的。《北齐书》卷二《神武纪》和《隋书》卷二二《五行志上》中的两首《青雀子》也是如此:

  可怜青雀子,飞来邺城里。羽翮垂欲成,化作鹦鹉子。②
  可怜青雀子,飞入邺城里。作巢犹未成,举头失乡里。寄书与妇母,看好新妇子。③

---

① 《南史》第753页。
② 《北齐书》第18页。
③ 《隋书》第637页。

如果没有句首的"可怜"二字,它们便俨然是一组以名词短语为起句的"3+5"起句联章杂言体谣辞。可见,"3+5"体与五言体有着密切的亲缘关系。追溯到其最初起源,即民间谣辞中,这种句式可能是作为五言体的雏形存在的,较为朴质粗率,但只要稍加增饰,就会成为完满的五言体。

南北两地"3+5"起句的杂言诗之所以会有这些形式上的共同点,是因为它们同出一源,都是由民间谣辞孕育而成的。南北朝时期南北分裂,交流不畅,这两种同源的体裁处于分地共生状态,在同一时期的不同地域,彼此并行不悖地同时存在。然而,由于南北文人创作情况和文学风气的差异,在这百余年中,南朝的"3+5"起句体蓬勃发展分化,北朝的同一体裁却停滞不前,因此在共生末期,二者已经有了很大的差异。

结　语

本章选择"3+5"起句杂言诗这一不太为人所注意的体裁,梳理了其自汉代在民间谶言谣辞中起源,到南北分立时期在南北两地的共生,及至隋唐时期沿着共生时期确立的文体特色各自分流发展的脉络,从中可以管中窥豹地了解南北朝文学的发展轨迹。

南北朝时期,在两地共生,而体裁、风格和用途各有特色的文学样式,并非只存在于这一体裁当中。另一种可以清晰地看出这一特点的是石刻文学。南北两地石刻共同来源于汉代碑刻,但在南北朝时期分别发展。窪添庆文《墓志的起源及其定型化》认为"北魏初期的砖志与东晋墓志没有继承关系,而是继承了从西晋而来的与华北有关的传统"[①],而北魏迁都洛阳后盛行的,带有表题、铭辞,篇幅较长,文体固定的墓志与南朝也没有必然联系,因为南朝具备固定体式的墓志直到梁代才形定固定模式,而且从现今出土情况来看,其数量远远少于北朝。造像记则是因北方重视造像兴福的佛教信仰特点而产生的石刻文学体裁,在南朝极为少见。北朝的墓志和造像记虽不乏上层文士的创作,但大部份是由民众或专门工匠所制,因此和北方流行的"3+5"起句嘲戏令辞一样,具有极强的民间性。这种文体发源、兴盛于民间,文士借用其进行创作的模式,正是北朝本土文学的一个重要特点。

---

① 见中国魏晋南北朝史学会、武汉大学中国三至九世纪研究所编:《魏晋南北朝史研究:回顾与探索——中国魏晋南北朝史学会第九届年会论文集》,武汉:湖北教育出版社,2009年,第687页。

在五言诗的创作中,同样存在着同源共生的情况。在梁陈之际,由于东南文化影响的加强和诗体创新的深化,南朝诗体日益精致,而诗风也随之越发纤丽,偏离了汉魏晋宋的诗歌传统。而北朝诗歌由于恪守地域特征,以及发展相对滞后的客观状况,因此在用韵、体式、题材等方面仍然在相当程度上保留着中原传统。

可见,南北朝文学的同源共生在一定程度上是由南北交流的相对隔绝而造成的,孝文、宣武两朝汉化程度加深,社会文化素养普遍提高,但是与南方的直接交流较少,因此是形成这一文化特点的重要时期。然而,即使是在北朝晚期,南北交流极其兴盛,北朝文士对南朝文化尽力学习模仿之时,北方本地的文学特征也没有被彻底抹杀。单就南北朝这一时期看,也许北朝本地所生发出的文体远逊于南朝,但是从整个文学史发展来看,同源共生时期的意义在于对文体多样性的维护。这使得在南北统一之后,唐代文人不再是从地域出发,而是可以同时掌握南北两地的不同文体,出于场合、用途等需要来自由地选择文体进行创作并加以进一步改造。从这个角度来讲,唐代文体的蔚为大观和文学创作的高度发展,与南北朝文学同源共生造成的文体发展不无关联。

以"3+5"起句杂言诗为例,隋唐统一全国,扫清了地域上的障碍,南北两个系统的"3+5"起句杂言诗却并没有随之弭除彼此之间的障碍。在唐代,这一类型的诗歌地域性逐渐减弱,呈现出分体发展而非分地共生的趋势,但其发展仍依照南北朝时已经固定下来的自身特点,最终形成了辞式、用途等方面都迥然不同的体裁。

北朝时,具有本土性的"3+5+5+5"体杂言诗是在酒筵、嘲戏等集会中用来彼此问答以为游戏的令辞,虽然有文人借用这种形式进行创作,但并没有对它进行文人化改造,从根本上仍属于民间体式。而唐代诗人不但对其进行文辞的润色斟酌,同时也加以诗体的改造扩充,终于在不失其本质特征的基础上,制作出一种文人诗体裁。这种体裁在辞式上有相当自由度,但在用途上非常固定,即专门用于酒筵应酬唱和之中。在唐代,这种体裁也打破了只在北方使用的地域限制,显示出超地域性。曾经用其进行创作的,既有元稹、韦应物等中原人士,也有皮日休、陆龟蒙等江南诗人,乃至身在远离文化中心的南诏长和国等地的士人。虽然唐代的酒令著辞十分兴盛,体裁甚多,但以"3+5"(也包括在唐代经过诗体扩充后的"3+7")起句的杂言体,却无疑是其中非常重要,不可忽视的一种辞式。此外,正因为其鲜明的民间性,在北方各地的宗教讲唱中,也大量地使用了这一体式的联章歌辞。

而南朝系统的"3+5"体杂言诗对唐代文学则主要有两方面的影响。篇幅较短但是辞式固定的作品,如《江南弄》《六忆》等,对唐五代词产生了重要影响。而《八咏》等篇幅较长,句式搭配较为自由的作品,则影响了唐代杂言古体诗的创作。在中唐时期,李贺、王建、白居易、元稹以及刘禹锡等文学素养极高的诗人对"3+5"及"3+7"起句杂言诗进行了集中创作,使这一体裁获得了再次发展的机会。在诗体上,它的长度逐渐增长,由五言为主扩充为七言为主,在内容上,它从咏物和咏男女之情上升到包括了叙事、抒怀、针砭时事等内容,同时削弱了这一诗体原本具有的"嘲风月,弄花草"的特点和绮靡轻艳的固有风格,使其在深度和广度上都得以大为扩展。白居易《新乐府》中的诸首"3+5"或"3+7"起句作品,代表着这一体裁登上了一个远超前代的新高峰①。

由此可见,虽然北朝的"3+5"起句杂言令辞在文学水平上远不能与南朝的"3+5"起句文人诗相比,但它们都是唐代文学发展的基础,从这一层面来说,它们同样具有非常重要的文学史意义和文化史意义。

"同源共生"这一文学现象不仅对后世文学具有重要影响,也能够揭示出南北文学发展差异的重要原因。从本章所提及的作品中可以看出,到了北朝晚期,卢思道的《听鸣蝉》等作品,其遣词造句,谋篇用事的水平其实已经并不输于南朝。有些学者认为,在这一时期,北朝的文学水平逐渐追上,甚至超越了南朝。诚然,单纯从创作水平角度来说,南北方的差距确实在不断缩小,但是从"3+5"起句杂言诗来看,出于民间谣辞这一共有源头,在同样长的时间内分地共生发展后,这单薄的体裁在南朝发展出了民间歌辞、文人乐府歌辞、短篇文人诗和长篇赋化文人诗等多种样式,但在北方,却仍只保留着其民间谶辞、谣辞、酒筵嘲戏辞的原初面貌。这昭示出南北朝文学创作的一个重要差异。

自东晋开始,江左文学秉承魏晋文学自觉精神,始终处于一种良好的发展态势中。其中的重要标志,不只是诗人的广泛涌现和作品的名篇迭出,更表现在整个六朝时期,文人诗体一直处于一种积极主动的演进过程之中。诗人们不仅能够利用现有诗体,也可以将其加以改造充实,而在某种诗体的发展进退维谷之时,又可以穷则思变,去创造更符合时代要求的新体裁。因此,从文体内部看,一种诗体,不论刚出现时如何单薄空洞,经过内部的充实发展后,都会在文学史上占据一席之地。而从整个文体演变过程来看,江左诗坛则经历了汉魏体、晋宋体、齐梁体等几大诗体的更替。相对于魏晋以来文人对文学审美特性的自觉追求,我们可以说,六朝江左文人对于诗体的完

---

① 唐代此类杂言诗的使用情况参见本章后的附表。

善和创新,也有着一种自觉的追求。而这一趋势在齐梁时达到了顶峰,齐梁时期所涌现出的诗体数量既多,更迭速度又快,而精密程度也远超前代。在这个诗体革新的巅峰时期,最重要的代表人物就是沈约、王融、谢朓、萧衍父子,以及萧纲、萧绎的重要幕僚徐庾父子等人。他们在密度极高的宫廷文学聚会中,利用近乎游戏的文学创作方式,不仅迅速确立了永明体和宫体两大体裁,而且还尝试并且充实了一系列并不常见的诗体辞式。由于他们过于追求诗体的精美,忽视了诗歌的述怀言志功用,以至于这一时期的诗作常常被人抨击为琐碎平庸,毫无寄托,而它们在文学史上的意义,也往往不在于内容,而在于形式。

就在南朝的诗体以一种令人惊叹的速度发展的同时,北朝文学所呈现出的却是另外一种态势。自魏孝文帝太和之后,文学创作、文学集会的风气在北方逐渐恢复,诗人创作意识觉醒,作品的文学水平也在不断地提高。然而在诗体方面,北朝诗人可以说始终是在模仿。他们在创作中几乎模仿了自汉代开始的各种诗歌体裁:高允等北魏前期、中期的文士以汉魏的四言雅颂体相赠答,模仿东汉至西晋的乐府诗;孝文帝在君臣联句中使用过楚歌体、柏梁体等各种体裁;孝文、宣武年间文人诗作主要追慕曹魏;自孝明帝朝,模仿谢灵运等人的晋宋体成为一时风气;北魏末期乃至东魏,由于南北恢复外交,北方文士开始热切地模仿永明文风;而在北齐和北周时,齐梁宫体的"轻艳"诗风又为上层人士所普遍爱好——北朝文人在进行诗歌创作时,一直在努力地模仿各种体裁,但却似乎从来没能形成一种能代表其本土性的"北朝体"。

这大概可以说明,在北朝的大部分时间里,北方诗人最为缺乏的,是南朝诗人的那种在文体上的自觉性和敏锐性。他们也许可以掌握很多种诗体,并且依照场合、用途的不同来选择不同体裁进行创作,但是他们始终没有主动地从自己的需求以及时代、环境的要求出发,去改造乃至创造一种诗体,使其创作能够清晰地与前代作品或同时代的南朝作品区分开来。正因如此,魏收、邢邵身为北朝文人中的翘楚,仍难免或"偷任昉",或"于沈约集中做贼"。也正因如此,北朝晚期的士人虽然已经具有相当高的文学素养,而南朝的文学发展却在逐渐衰落,双方文士在具体的文学创作中,在逐渐地消弭差距,但从文体层面上讲,北朝文士始终不能打破前代和南朝的桎梏,因此仍然很难从根本上扭转落于人后,亦步亦趋的局面。

然而,北朝最后二十年中,由于南人的集中入北,已经大体掌握了南朝诗体的北方士人得以与南方士人就南朝的诗体、诗风乃至南北文学的差异性等问题进行探讨,并且在南方诗体中注入北方士人的精神气质,从而初步建立了一种新的诗歌理论，使得入隋之后，北人的创作有了质的变化，胜过了自陈入隋的南人，对初唐的诗歌创作产生了直接影响。

附表：唐朝"3+5"体杂言诗的创作情况

篇 名	作者/出处	体式	首句结构	是否与酒筵集会或嘲戏有关	联章	是否问答或同咏
双燕子①	张鷟《游仙窟》	3+5+5+5	名词	是	二章	是
问李树	张鷟《游仙窟》	3+5+5+5	1. 动宾 2. 名词	是	二章	是
问蜂子	张鷟《游仙窟》	3+5+5+5	1. 动宾 2. 五言句	是	二章	是
春桂问答②	王绩	3+5+5+5	1. 动宾 2. 主谓	不详	二章	是
闲中好③	段成式、郑符、张希复	3+5+5+5	1. 名词 2. 名词 3. 名词	是	三章	是
赠答诗④	李章武、王氏妇	1. 3+5+5+5 2. 3+7+5+5	1. 名词 2. 名词	是	二章	是
答子蒙⑤	元稹	3+5+5+5+7+7	动宾	不详	否	不详⑥

① 《双燕子》《问李树》《问蜂子》辞已见上文，兹不重复。
② 已见上文。
③ 郑符《闲中好》辞："闲中好，尽日松为侣。此趣人不知，轻风度僧语。"
段成式《闲中好》辞："闲中好，坐务不萦心。坐对当窗木，看移三面阴。"
张希复《闲中好》辞："闲中好，幽磬度声迟。卷上论题肇，画尽僧姓支。"（见[唐]段成式撰，许逸民校笺：《酉阳杂俎校笺》续集卷六《寺塔记下》，北京：中华书局，2015年，第1922页。）
④ 李章武赠王氏妇诗曰："鸳鸯绮，知结几千丝。别后寻交颈，应伤未别时。"
王氏妇答李章武诗曰："捻指环，相思见环重相忆。愿君永持玩，循环无终极。"（见《太平广记》卷三四〇《鬼二五》）
⑤ 《答子蒙》诗云："报卢君，门外雪纷纷。纷纷门外雪，城中鼓声绝。强梁御史人觑步，安得夜开沽酒户。"（见《全唐诗》卷四二一，第463页）
⑥ 按，元稹此诗名为《答子蒙》，又于首句明言"报卢君"，则明显是应答之作。依白居易作"3+5"起句体《忆旧游寄刘苏州》，刘禹锡有《乐天寄忆旧游因作报白君以答》作答，亦为"3+5"起句，且首句为"报白君"之例，则卢贞应先有一首"3+5"体诗赠元稹，但今已不存。

续 表

篇 名	作者/出处	体式	首句结构	是否与酒筵集会或嘲戏有关	联章	是否问答或同咏
赠张徐州莫辞酒①	韩愈	1. 3+5+7+7 2. 3+7+7+7	动宾	不详,依题目与内容,应与饮酒有关	二章	不详
送尉迟羽之归宣州②	卢仝	3+5+7+7	主谓	是	否	不详
嵩岳诸仙（周穆王西王母问答）③	李玫《纂异记》	3+5+7+7	动宾	是	二章	是
张生妻	李玫《纂异记》	1. 3+5+7+7 2. 3+3+5+5+5+5 3. 3+5+5+5	1. 动宾 2. 动宾 3. 动宾	是	否	否
对芳尊④	韦应物	3+7+7+7	动宾	不详,依题目与内容,应与饮酒有关	否	否
夜会问答十⑤	皮日休、陆龟蒙、张贲	3+7+7+7	1. 主谓 2-5. 名词 6. 动宾 7. 名词 8. 动宾 9-10. 名词	是	十章	是

---

① 《赠张徐州莫辞酒》诗云:"莫辞酒,此会固难同。请看女工机上帛,半作军人旗上红。 莫辞酒,谁为君王之爪牙。春雷三月不作响,战士岂得来还家。"(见《全唐诗》卷三四五,第3871页)

② 卢仝《送尉迟羽之归宣州》诗云:"君归乎,君归兴不孤。谢朓澄江今夜月,也应忆着此山夫。"(见《全唐诗》三八七,第4371页)

③ 《嵩岳诸仙》与《张生妻》诸首已见上文,不复引。

④ 《对芳尊》诗云:"对芳尊,醉来百事何足论。遥见青山始一醒,欲着接离还复昏。"(见《全唐诗》卷一九三,第1992页)

⑤ 皮日休《夜会问答十》诗云:"(日休问龟蒙)寒夜清,帘外迢迢星斗明。况有萧闲洞中客,吟为紫凤呼凰声。"陆龟蒙、张贲等人所做其余九首诗体全同。(见《全唐诗》卷六一六,第7106—7107页)

续表

篇 名	作者/出处	体式	首句结构	是否与酒筵集会或嘲戏有关	联章	是否问答或同咏
听妓洞云歌①	布燮	3+7+7+7	1. 名词 2. 名词	是	二章	否
摘得新②	皇甫松	3+5+5+5 3+7+3	1. 动补 2. 动补	是	二章	否
马王相嘲③	隋马、王二人	3+5+5+5	1. 主谓 2. 主谓	是	二章	是
方干改令④	方干、李主簿	1. 3+5+6+6+6+6 2. 6+6+6+6	主谓	是	二章	是
嘲父⑤	陆余庆子	3+7+5+5	名词	是	否	否
酒令⑥	钱镠、陶穀	3+7	名词	是	二章	是
兵要望江南	失名	3+5+7+7+5	动宾、名词、主谓为主	否	713首	不详

① 《听妓洞云歌》诗云:"嵇叔夜,鼓琴饮酒无闲暇。若使当时闻此歌,抛掷广陵都不藉。 刘伯伦,虚生浪死过青春。一饮一硕犹自醉,无人为尔卜深尘。"(见《全唐诗》卷七三二,第8374页)
② 《摘得新》云:"酌一卮,须教玉笛吹。锦筵红蜡烛,莫来迟。繁红一夜经风雨,是空枝。摘得新,枝枝叶叶春。管弦兼美酒,最关人。平生都得几十度,展春茵。"(见《全唐诗》卷八九一,第10068页)
③ 已见上文。
④ 《太平广记》卷二五七《嘲诮五》"李主簿条":"方干姿态山野,且更兔缺,然性好凌侮人。有龙丘李主簿者,不知何许人,偶于知闻处见干,而与之传杯酌。龙丘自有髭,改令以讥之曰:'干改令,诸人象令主:"揩大吃酒点盐,军将吃酒点酱,只见门外着篱,未见眼中安障。"'"
⑤ 《嘲父》辞云:陆余庆,笔头无力嘴头硬。一朝受辞讼,十日判不竟。(见《太平广记》卷二五九《嗤鄙二》)
⑥ 《能改斋漫录》卷一四《记文》"举酒行令"条云:"陶穀使越,钱王奉之甚渥,因举酒行令曰:'玉白石,碧波亭上迎仙客。'陶应声曰:'口耳王,圣朝天子要钱塘。'"见[宋]吴曾撰:《能改斋漫录》,上海:上海古籍出版社,1979年,第403页。

第六章　北齐文人对齐梁诗的
　　　　　学习与改造

本书第三章讨论了进入北周麟趾殿与北齐文林馆这两个文化著述机构的入北南士，参与其国文化、文学活动的大概情况，并且提出庾信、王褒等入周南士所进行的带有革新性质的群体性诗歌创作，均是在南人小集团内部进行的，而入齐南士的文学活动则多呈现出南北士人共同参与的色彩。也就是说，入周南士的文学集团带有一定封闭性，而入齐南士则体现出鲜明的乐于与北齐士人交流的特点。仅就一朝而言，由于庾信等大诗人的参与，北周文学活动中留下的名篇远较北齐为多。然而，从推进诗体演变这一文学是角度来讲，则似乎是北齐文人的作用更为重要。

正如第三章所言，东魏北齐时期的文学之士可按时间先后分为两个集团，即从东魏乃至北魏末年即开始创作的前期文学集团，和在北齐时交往密切，并于齐末同入文林馆的后期文学集团。二者在成员交游唱和等方面有颇多重合之处，但仍有着本质上的差别。从参与人员来说，前期文学集团以"北地三才"为核心，而后期文学集团虽以祖珽、阳休之等政治地位较高者为领袖，但真正的核心却是卢思道、薛道衡、李德林以及颜之推等人。而从在文学史中所承担的任务来说，前者主要是模仿、学习南朝诗体，后者则又分为两个阶段：在北齐时，他们主要是通过与南方士人的交流沟通，将南北双方的文学理论、诗风、音韵等方面相比较且各有取舍，初步建立一套新的体系；在入周后，随着创作题材的扩大和创作技巧的成熟进一步巩固这一体系，并终于在入隋之后，在理论方面和创作方面都达到了一个新的高度，直接开启了初唐的诗歌变革。

第一节　北齐文人对齐梁诗的学习与模仿

北齐文人在诗歌方面的创作主流是学习、模仿齐梁诗歌，这是学界公认的事实。虽然史书中不乏对魏收、邢邵等人才华的褒扬之词，但实际上，这种创作方式及其产物，在当时就往往为人诟病。唐刘𫗧《隋唐嘉话》卷下载曰："梁常侍徐陵聘于齐，时魏收文学北朝之秀，收录其文集以遗陵，令传之江左。陵还济江而沉之，从者以问，陵曰：'吾为魏公藏拙。'"①不仅南人对此不屑一顾，即使在北方士人之间，这也往往成为互相贬低的理由，例如著名的邢魏之争，《北齐书》卷三七《魏收传》曰："收每议陋邢邵文。邵又云：'江南任昉，文体本疏，魏收非直模拟，亦大偷窃。'收闻乃曰：'伊常于沈约集中作贼，何意道我偷任昉。'任、沈俱有重名，邢、魏各有所好。武平中，黄门郎颜之推以二公意问仆射祖珽，珽答曰：'见邢、魏之臧否，即是任、沈之优劣。'"②时至今日，学者对这一阶段的北方诗歌作品评价仍并不高，如葛晓音认为"北齐文人只能撷拾梁诗的余沥入诗，拙劣生硬自不必言，就连北方的本色也一并丢失"，又称"北齐诗由于北人一味模仿南人，南人又不能因入北而改变诗风，因而基本上南化，这是南北诗风在融合过程中难以避免的一段弯路"③。

窃以为，虽然总体说来，魏收等人的作品水平并不算高，但将其完全否定则未免有些苛刻。东魏、北齐诗人学习南朝，尤其是齐梁诗体，是发生在北方的诗歌革新的一个必不可少的阶段。可以说，如果没有这一略显拙劣的阶段，就不会有卢思道、薛道衡等人在隋代的真正成熟，甚至有可能会影响初唐时的文学思潮。上一章中已经说过，北朝诗人在自北魏初年起的大部分时间里，都处于模仿各种诗体，但并未确立自觉的诗体意识。若想让他们出现质的变化，就必须先使其诗体观念出现改观。

魏收、邢邵等人对齐梁文学的模仿，既然已经达到"偷窃""做贼"的地步，则应该能从其作品中比较鲜明地将这种因袭关系体现出来。然而，二人文集的散佚情况极为严重：《隋书·经籍志》中载《魏收集》六十八卷、《邢邵集》三十一卷，至《旧唐书·经籍志》中为《魏收集》七十卷、《邢邵集》三十卷，而在宋代的《崇文总目》《直斋书录解题》《郡斋读书志》等官私目录中，都不再见于著录。《先秦汉魏晋南北朝诗》中所辑魏收诗不过十余首，邢邵诗尚不满十首，从中很难看出其创作原本的整体面貌。因此，只能通过现存的零星作品中略窥一斑。本节将通过用韵、韵律结构等几方面，对这一问题略作讨论。

---

① ［唐］刘𫗧撰，程毅中点校：《隋唐嘉话》，北京：中华书局，1979年，第55页。
② 《北齐书》第492页。
③ 《八代诗史》，第288—289页。

一、北齐诗人用韵的南化

南北朝时期,不光南北双方的语音差异很大,即使是北方的不同地区,在语音上也有相当大的差别。陆法言《切韵序》曰:"今声调既自有别,诸家取舍亦复不同。吴楚则时伤轻浅,燕赵则多涉重浊,秦陇则去声为入,梁益则平声似去。又支脂、鱼虞共为一韵,先仙、尤侯俱论是切。"①其中所说的支脂同用、鱼虞同用等,都是典型的北方押韵方式,但北方民间语音,则较此更为粗疏。通过总结《老子化胡玄歌》等北朝中期的北方民间韵文作品用韵,可以发现当时的北地方言大概有以下几个特点:

1. 东韵尚未独用,可与钟韵同用乃至冬、钟、江三韵同用。

2. 脂、微、之、齐、皆、咍、灰、支、佳等韵可以混用,并不受脂、微、之等韵分用的限制。

3. 鱼、虞、模不分用,甚至可以与尤、侯同用。

4. 麻韵似已与歌、戈分用。

5. 真谆、欣文、元魂痕、先、仙、山、删、寒、桓、侵、盐、严、添、青、清、庚、耕等韵部多混用。这是在《老子化胡玄歌》中表现得非常突出的一个现象。这组作品中有以上诸韵出现的达二十二首之多,而在这二十二首中,除去宵、尤、东、冬、脂、之、微、齐、尤、登等偶尔出现一两次的韵以外,真、谆、欣、文、元、魂、痕、先、仙、山、删、寒、桓、侵、盐、严、添、青、清、庚、耕等韵均频繁出现,如真韵出现十九次,山韵出现十次,先韵出现十七次,仙韵、文韵各出现十四次,侵韵出现七次,青韵出现九次,清韵出现七次,庚韵出现十次,元韵出现八次,魂韵出现十二次等。这说明北魏时期,臻、深、山、咸、梗等韵摄的读音虽然并不相同,但在民间语音中是相当接近的,也非常典型地显示出北魏用韵粗疏的特点。另外,在当时还有"西"字入先、仙韵而非齐韵,去声脂、微、支与入声质同用的押韵方式,这都是相当古老的押韵方式,在南朝的齐梁已经基本消失,但仍保存在北魏的民间语音里。

由此可见,当时北方方音的重浊粗疏,完全无法与审音精细的齐梁诗用韵相比。北魏时的文人诗押韵虽较民间方音要规整细致一些,但仍保留着北方语音的特点。时至北齐,《孝昭时童谣》与《武成殂后谣》两条谣辞一为东、钟两韵同用;一为去声鱼、虞同用,都仍是比较典型的北方押韵方式。然而北齐士人的押韵方式,则显示出与北地方音截然不同,却与齐梁诗用韵高度一致的特征。通过对比北齐的北方本地诗人与入北南人的用韵,可以清晰地看出这一点:

---

① [宋]陈彭年等编:《宋本广韵·永禄本韵镜》,南京:江苏教育出版社,2002年,第1页。

1. 入北诗人用韵情况
(1) 东冬钟江阳唐

用　韵	次数	篇　目	诗　体	韵　脚
东独用	三次	袁奭《从驾游山诗》	五言八句	衷丛风葱
		萧悫《临高台》	五言十二句	宫虹红桐风穹
		萧悫《奉和悲秋应令诗》	五言二十句	蒙风藜鸿空蓬冲同功虫
钟独用	一次	萧放《咏竹诗》	五言四句	浓龙

(2) 脂微之

用　韵	次数	篇　目	诗　体	韵　脚
脂之同用	两次	萧祗《香茅诗》	五言八句	滋时迟诗
		颜之推《古意诗二首》其一	五言二十四句	仕里史祀芷起里市水耻子齿
微独用	两次	萧悫《飞龙引》	五言八句	归飞徽衣
		萧悫《春日曲水诗》	五言六句	翚扉衣
脂微同用	一次	萧悫《和司徒铠曹阳辟疆秋晚诗》	五言四句	衰归（脂韵"衰"字通常与微韵同用）

(3) 鱼虞模

用　韵	次数	篇　目	诗　体	韵　脚
鱼独用	两次	萧悫《奉和望山应教诗》	五言八句	初疏居余
		萧悫《秋思诗》	五言八句	初疏裾居
虞模同用	两次	萧悫《春日曲水诗》其一	五言六句	数度路
		萧悫《春日曲水诗》其二	五言十句	度注树住鹭

（4）歌戈麻

用　韵	次数	篇　目	诗　体	韵　脚
麻独用	一次	萧祗《和回文诗》	五言四句	斜花

（5）青清庚耕

用　韵	次数	篇　目	诗　体	韵　脚
清庚同用	三次	萧悫《和崔侍中从驾经山寺诗》	五言十六句	横旌声明成平情城
		萧悫《听琴诗》	五言八句	生清声情
		颜之推《古意诗二首》其二	五言二十句	荆声名生城迎营轻并荣
青清同用	一次	萧悫《屏风诗》	五言十六句	庭龄形星经亭青情

2. 北地诗人用韵情况

（1）东冬钟江阳唐

用　韵	次数	篇　目	诗　体	韵　脚
东独用	四次	卢询祖《赵郡王配郑氏挽词》	五言八句	中宫风空
		魏收《后园宴乐诗》五言十二句	五言十二句	中风穹功通丛
		刘逖《对雨诗》	五言八句	空风红中
钟独用	两次	邢邵《贺老人星诗》	五言四句	重雍
		魏收《庭柏诗》	五言八句	峰浓容从

（2）脂微之

用　韵	次数	篇　目	诗　体	韵　脚
微独用	五次	裴让之《有所思》	五言八句	非衣微归
		魏收《美女篇》其一	五言十二句	归骓沂妃飞非

续　表

用　韵	次数	篇　目	诗　体	韵　脚
微独用	五次	阳休之《秋诗》	五言四句	薇飞
之独用	一次	祖珽《望海诗》	五言八句	里已起子
微之同用	两次	邢邵《应诏甘露诗》	五言六句	旗霏机
		杨训《群公高宴诗》	五言十句	归晖衣徽挥

（3）鱼虞模

用　韵	次数	篇　目	诗　体	韵　脚
鱼独用	一次	邢邵《齐韦道逊晚春宴诗》（一说韦道逊作）	五言八句	初鱼疏书
模独用	两次	魏收《晦日泛舟应诏诗》	五言八句	呼慕暮步
		魏收《月下秋宴诗》	五言八句	涂吴苏都
虞模同用	一次	刘逖《秋朝野望诗》	五言八句	湖枯乌隅

（4）歌戈麻

用　韵	次数	篇　目	诗　体	韵　脚
麻独用	两次	卢询祖《中妇织流黄》	五言十二句	斜嘉赊车花家
		刘逖《洛温汤泉诗》	五言八句	家邪沙车

（5）青清庚耕

用　韵	次数	篇　目	诗　体	韵　脚
庚独用	一次	裴让之《从北征诗》	五言八句	惊兵生行
清庚同用	两次	魏收《蜡节诗》	五言四句	平情
		安德王高延宗《经墓兴感诗》	五言十句	明倾惊情名

续　表

用　韵	次数	篇　目	诗　体	韵　脚
青清庚同用	两次	魏收《喜雨诗》	五言十二句	楹荣平成灵鸣
		魏收《看柳上鹊诗》	五言十句	成明惊轻听

通过比较可以发现，除了北齐流传到今的诗歌中没有使用豪、肴、萧、宵四个韵部，因此不能比较北地诗人与入北诗人对这几韵的使用习惯以外，在东独用、钟独用、微独用、鱼虞模分用、麻独用等典型的齐梁用韵方式上，北地诗人和入北诗人都已不存在差别。仅有的差别在于入北诗人习惯混用脂、之二韵，而北地诗人则在之韵独用的情况下偶有混用微、之二韵。另外，似乎北地诗人仍分辨不清青韵与其他三韵的音值区别。除此之外，地域用韵差别已几乎消弭无形。当然，这些文人诗大都是以五言四句、六句、八句、十句等齐梁新变诗体创作的，使用南方押韵方式也不足为怪。然而除文人五言诗之外，北齐的雅乐歌辞用韵也呈现出同样的面貌。

本书第四章已经论及，北齐雅乐分为郊庙歌辞、燕射歌辞与舞曲歌辞等，大多为陆卬奉旨所做。其用韵情况如下：

1. 东冬钟江阳唐

用　韵	次数	篇　目	诗　体	韵　脚
东独用	四次	《五郊乐歌五首·黑帝高明乐》	杂言（四言二言交替）十六句	穹融
		《祀五帝于明堂乐歌·高明乐（太祝令迎神）》	三言二十四句	中风
		《享庙乐辞·始基乐恢祚舞（文穆皇帝室）》	四言十二句	风躬隆崇融穹
钟独用	一次	《大禘圜丘及北郊歌辞·昭夏乐（牲出入奏）》	四言十二句	恭从
钟江同用	二次	《大禘圜丘及北郊歌辞·高明乐（皇帝初献奏）》	三言八句	从恭雍邦
		《享庙乐辞·登歌乐》其一	四言十二句	用降
冬钟同用	一次	《享庙乐辞·文德乐宣政舞》	四言十六句	统纵种综

2. 脂微之

用　韵	次数	篇　目	诗　体	韵　脚
微独用	三次	《五郊乐歌五首·青帝高明乐》	三言十二句	归飞
		《享庙乐辞·皇夏乐》其一	四言十二句	闱辉
		《享庙乐辞·始基乐恢祚舞（高祖秦州刺史室）》	四言八句	几归衣违
之独用	十四次	《大禘圜丘及北郊歌辞·高明乐（迎神奏）》	四言十二句	止始
		《五郊乐歌五首·白帝高明乐》	杂言（四言五言交替）八句	祉祀
		《文武舞歌·文武阶步辞》	四言十六句	基期持时兹诗丝熙
脂独用	三次	《大禘圜丘及北郊歌辞·皇夏乐（进熟皇帝入门奏）》	四言十二句	致次
		《元会大飨歌·皇夏》其一	四言八句	晬萃
		《食举乐》其十	三言十二句	擘龟

3. 鱼虞模

用　韵	次数	篇　目	诗　体	韵　脚
鱼独用	两次	《五郊乐歌五首·青帝高明乐》	三言十二句	遽驭
		《祀五帝于明堂乐歌·肆夏乐（先一日，夕牲。群臣入门奏）》	四言十二句	叙与
虞独用	四次	《大禘圜丘及北郊歌辞·昭夏乐（牲出入奏）》	四言十二句	舞府
		《祀五帝于明堂乐歌·高明乐（太祝令迎神）》	三言二十四句	武雨
		《享庙乐辞·高明登歌乐》	四言十二句	羽舞
模独用	六次	《祀五帝于明堂乐歌·高明乐（皇帝初献）》	三言八句	户祖
		《祀五帝于明堂乐歌·皇夏乐（帝还便殿奏）》	四言十二句	途都
		《享庙乐辞·皇夏乐》其一	四言十二句	慕步

4. 萧宵肴豪

用　韵	次数	篇　目	诗　体	韵　脚
豪独用	三次	《大禘圜丘及北郊歌辞·高明乐（皇帝奠爵）》	四言八句	道保
		《食举乐》其三	杂言二十句	造宝
		《食举乐》其五	杂言八句	道夭皁保
豪宵同用	一次	《大禘圜丘及北郊歌辞·昭夏乐（紫坛既燎奏）》	四言十二句	报燎
肴宵同用	一次	《大禘圜丘及北郊歌辞·皇夏乐（皇帝还便殿奏）》	四言十二句	孝耀
宵独用	两次	《五郊乐歌五首·赤帝高明乐》	杂言（四言三言交替）十二句	昭朝
宵肴萧	一次	《文武舞歌·武舞阶步辞》	四言十二句	昭巢苗朝韶调

5. 歌戈麻

用　韵	次数	篇　目	诗　体	韵　脚
麻独用	两次	《享庙乐辞·文德乐宣政舞》	四言十六句	野雅下假

6. 青清庚耕

用　韵	次数	篇　目	诗　体	韵　脚
清庚同用	五次	《五郊乐歌五首·白帝高明乐》	杂言（四言五言交替）八句	精成
		《五郊乐歌五首·黑帝高明乐》	杂言（四言二言交替）十六句	圣敬
		《祀五帝于明堂乐歌·武德乐（太祖配飨）》	四言八句	命圣姓正
青清庚同用	八次	《大禘圜丘及北郊歌辞·武德乐（皇帝献太祖配飨神座）》	四言八句	灵冥成生

续表

用　韵	次数	篇目	诗体	韵脚
青清庚同用	八次	《祀五帝于明堂乐歌·高明乐（太祝送神）》	三言二十四句	明冥成征旍城庭溟精行灵声
		《文武舞歌·武舞辞》	四言二十四句	生明声笙成龄
青清同用	五次	《祀五帝于明堂乐歌·高明乐（太祝令迎神）》	三言二十四句	精亭
		《享庙乐辞·昭夏乐》其一	四言十二句	庭声
		《元会大飨歌·皇夏》其一	四言八句	庭声
清独用	一次	《祀五帝于明堂乐歌·昭夏乐（荐毛血奏）》	四言十二句	诚声
庚独用	一次	《祀五帝于明堂乐歌·高明乐（皇帝初献）》	三言八句	敬命
青庚同用	两次	《祀五帝于明堂乐歌·皇夏乐（帝还便殿奏）》	四言十二句	馨敬
		《元会大飨歌·登歌三曲》其一	四言八句	明灵

　　从这个统计可以看出,北齐的雅乐歌辞在音韵上下了很大的功夫。具体言之,这一组雅乐歌辞有几个特点:1.南北朝的雅乐歌辞通常是每四韵为一章,换一韵部。而北齐的雅乐歌辞中,绝大部份曲目却是两韵一换。这种频繁换韵的创作方式,很可能就是为了保证押韵的严谨而采用的。2.这组歌辞对待某些韵的严格,几乎到了苛刻的程度。比如鱼、虞、模三韵,在齐梁用韵中,只是鱼韵严格分用,虞、模两韵本是可以合用的。但是在这组歌辞里,三韵严格分用,绝无合用之处。另外,《文武舞歌·文舞辞》齐韵独用,而韵脚为齐、珪、黎、泥、西、携。以西押齐韵,这是典型的南朝新生押韵方式,这说明,北齐用韵与北魏民间语音及墓志中以西押先仙韵有了根本变化。3.在永明体创立时以及北魏时期,押韵会因文体不同而产生差别。比如四言诗、五言晋宋体长诗,乃至雅乐歌辞的押韵一般比较宽泛。然而北齐的雅乐歌辞中,有三言、四言、五言、杂言等众多诗体,押韵却毫无区别。这说明北齐对南方押韵的学习已经突破了诗体的界限,形成一种任何诗体都可使用的标准化用韵。4.北齐对用韵的改造,虽然大量学习了南方用韵,但

并不是照搬,而是保留了北方用韵的长处。从南入北的诗人,不论是袁奭、王褒,还是庾信,都无法分辨之韵的音值,而只能将脂、之混用。但这组歌辞中脂、微、之三韵完全分用,而之韵的独用多达十四次。这是南方诗人所无法企及的。5. 当然,虽然这组北齐的雅乐歌辞用韵已相当谨严,但歌辞中青、清、庚、耕和豪、宵、萧、肴仍然混用。也许是这些韵音值之间的相互差别要远远小于鱼虞模、脂微之等韵,因此北方诗人还无法完全分辨出来。从而导致它与南方押韵方式仍然存在差别。

北方诗歌押韵方式向南朝靠拢并非北齐时才出现的现象。《北史》卷三六《薛辩传附薛孝通传》:

> 普泰二年正月乙酉,中书舍人元翙献酒肴,帝因与元翌及孝通等宴,兼奏弦管,命翙吹笛,帝亦亲以和之。因使元翌等嘲,以酒为韵。孝通曰:"既逢尧舜君,愿上万年寿。"帝曰:"平生好玄默,惭为万国首。"帝曰:"卿所谓寿,岂容徒然!"便命酌酒赐孝通,仍命更嘲,不得中绝。孝通即竖忠为韵。帝曰:"卿不忘忠臣之心。"翙曰:"圣主临万机,享世永无穷。"孝通曰:"岂唯被草木,方亦及昆虫。"翌曰:"朝贤既济济,野苗又芃芃。"帝曰:"君臣体鱼水,书轨一华戎。"孝通曰:"微臣信庆渥,何以答华嵩?"①

可见,在北魏末年的宫廷文学集会中,已经有了先竖韵,再依韵联句的文学行为,而数人联句均未出东韵,则说明当时诗人大概即已经有了将东韵独用的意识。但是当时的唱和仍像孝文帝至孝明帝时那样,是各做一韵的联句,而非每人独作一首,所以并不能很好地体现出当时文人对用韵的掌握情况。总而言之,虽然北魏后期开始,文人在进行诗歌创作中已经有意规范其用韵,但真正开始向齐梁诗靠拢,有意识地学习精细的审音用韵,则要到东魏之后。这大概是因为东魏与萧梁恢复了频繁的外交关系,并且在遣使中频繁进行文化上的交流,使得北方士人可以直观地学习南方的语音与用韵。而在侯景之乱之后,大量江左士人逃奔如齐,更使得北齐士人有了与南人就音韵进行探讨的机会。正因如此,在北齐的文人诗、雅乐歌辞乃至墓志铭文中,都鲜明地体现出江左用韵的特点。

二、北齐诗的格律化趋势

北齐诗对齐梁诗歌体式的学习不仅表现为使用南方押韵方式,也在诗

---

① 《北史》第1334页。

歌句式结构方面体现出来,具体来说,就是北齐文人诗中的律句比例逐渐增加,格律化趋势日渐明显。通过统计北齐诗歌作品的平仄搭配,可以较为直观地了解这一趋势的不同发展阶段。

刘跃进《门阀士族与永明文学》一书在讨论永明诗歌的五言四句、八句、十句体诗歌时,对这一部分作品的句子平仄进行了详尽的统计,并且将律句分为十一种,即七种严格律句:①"平平仄仄平"、②"仄仄平平仄"、③"平平平仄仄"、④"仄仄仄平平"、⑤"平仄仄平平"、⑥"平仄仄仄平"、⑦"平仄平平仄"和四种特殊律句:⑧"平平仄平仄"、⑨"平平平平仄"、⑩"仄仄平仄仄"及⑪"仄平平仄平"①。在此沿用其分类方式,对北齐前期与后期文学集团成员的作品分别进行讨论。

(一)北齐前期文学集团诗歌作品的平仄搭配

前文已经提及,本书对北齐前期、后期文学集团的区分较为粗疏,所谓前期文学集团,其成员大抵指创作活动在东魏乃至北魏时即已开始的北方文士。在东魏及北齐前期,这些北方士人中有很多曾在北魏诸王幕府和中书省任职,或出任使节、主客等,而且彼此关系亲密,不乏唱和应酬之作,不论从同僚关系还是从私交来说,都可称为一个集团。由于温子昇未及入齐,而且其出身、交游等与本书所讨论的士人群体尚有较大差异,故本书暂且不将其计入这一集团中。从现存作品看,本集团核心为邢邵、魏收,其他成员有裴让之、裴讷之、卢询祖等人,均为河北士族。其诗歌作品中的单句平仄体式如下:

作者	作品篇数	严格律句							特殊律句				总计	比例
		①	②	③	④	⑤	⑥	⑦	⑧	⑨	⑩	⑪		
魏　收	共12首103句	10	9	4	17	6	11	4	6	10	3	1	81	79%
邢　邵	共8首96句	4	4	6	15	10	4	3	5	2	3	2	58	60%
裴让之	共3首40句	5	3	3	5	6	3	3	4	1	0	1	34	85%
裴讷之	共1首12句	0	3	1	1	0	0	0	2	0	1	0	8	67%
卢询祖	共2首20句	3	1	1	1	4	3	0	1	0	0	0	14	70%
共　计	共26首271句	22	20	15	39	26	21	10	18	13	6	4	195	72%

---

① 刘跃进著:《门阀士族与永明文学》,北京:三联书店,1996年,第124页。按,在下文表格中,为简洁起见,将以①—⑪的数字代替各种句式。

将上表与刘跃进的统计相对比可以看出，东魏北齐文人的律句与齐梁诗人具有不少一致之处。例如，在南朝作家诗中，严格律句在律句中所占的比例逐渐增加：王融与谢朓律句中，严格律句均占71%，沈约为74%，在萧纲兄弟诗中，这一比例已达到80%。而从上表中五位诗人的总数来看，严格律句占律句的78%，尚不及萧纲兄弟，但已超过了沈约等人。其次，刘跃进统计的92首、730句永明诗歌中，四种特殊律句按数量多少排列，其顺序为：1. 平平仄平仄；2. 平平平仄平；3. 仄仄平仄仄；4. 仄平平仄平。而在上表五位诗人的作品中，特殊律句的数量排序与此全同。这说明东魏及北齐早期的诗歌作品，在结构上已与齐梁诗颇为接近。

　　然而，东魏及北齐前期诗作律句的数量比例甚至超过了南朝，这是一个无法忽视的现象。以上五人作品中的律句是相当多的，即使是律句比例最少的邢邵，也达到了60%。根据刘跃进书中的统计，沈约、谢朓诗中的律句分别占63%和64%，即使到了萧纲兄弟诗中，这一比例也不过为70%。相比之下，这五位北方文人诗中的律句平均值竟已超过了萧氏兄弟。当然，这一结果受北齐诗人——尤其是卢询祖、裴讷之二人——作品传世不多这一因素的影响，可能会有以偏概全之嫌，然而仅从邢、魏二人的律句数量来看，这仍是非常值得注意的现象。

　　邢邵、魏收在东魏北齐时并称大邢小魏，是北方文才最高的两位文士，并且都以学习南方著称，而其分别学习的对象沈约与任昉，又都是作为永明文人代表，入梁后仍很活跃的著名诗人，可以说二者本应有相当大的相似性。然而邢邵的律句不仅少于魏收，甚至少于裴让之、讷之兄弟，论其原因，窃以为这是由当时南朝诗体北传的渠道所导致的。

　　本书第三章中已经提到，在东魏与萧梁恢复遣使交聘之后，双方频繁的外交往来已经在很大程度上从政治活动转变为文化活动，西魏与梁之间利用遣使讨论国土划分问题这种国家政治活动，在邺下与建康的往来中极少出现。而虽然在宾主交接中仍不免有以维护本国正统地位为目的的机辩交锋，但大抵是嘲戏性质。即使是徐陵以"昔王肃至此，为魏始制礼仪；今我来聘，使卿复知寒暑"这种颇为尖刻之辞嘲魏收，也只有《南史》中载"齐文襄为相，以收失言，囚之累日"①，《陈书》《建康实录》均只云"收大惭"而已。虽然北齐统治者胡化程度极高，对汉人抱有防范心理，但类似于崔㥄答书失体即被杀之事，在此时的外交中已不再会出现。《北史》卷四三《李奖传附李谐传》载云：

---

① 《南史》第1523页。

既南北通好,务以俊乂相矜,衔命接客,必尽一时之选,无才地者不得与焉。梁使每入,邺下为之倾动,贵胜子弟盛饰聚观,礼赠优渥,馆门成市。宴日,齐文襄使左右觇之,宾司一言制胜,文襄为之拊掌。魏使至梁,亦如梁使至魏,梁武亲与谈说,甚相爱重。①

所谓"必尽一时之选",并非自高身份之言。检《魏书》《北史》等典籍,自梁大同三年(即东魏天平四年,537)南北恢复往来起,出使萧梁及在邺下任主客司宾者,确实均为当时翘楚:梁大同三年东魏使节为李谐、卢元明、李业兴,在梁接对者为萧㧑、范胥、朱异;大同四年(538)十一月东魏使节为陆操、李同轨,梁以殷炅接对;大同五年(539)八月东魏以王昕、魏收为使;大同七年(541)魏使为李骞、崔劼,梁主客则为王克、贺季;在梁使方面,刘孝仪、刘孝胜、明少遐、谢藻、沈众等人虽并非江左第一流的文士,但亦皆以能诗文著称,而东魏武定三年(545)七月徐君敷、庾信使邺,卢元明、王元景、祖孝隐皆任接对之职,以及武定六年(548)谢珽、徐陵出使,魏收、李庶、陆卬、裴让之(裴讷之或亦参与其事)等接对的这两次外交活动,更是南北交流史中的重大事件。

裴讷之、裴让之兄弟均有在接对梁使场合所作的诗歌作品,讷之《邺馆公燕诗》曰"束带尽欣娱,谁言骛归两"②,让之《公馆谦酬南使徐陵诗》则曰"异国犹兄弟,相知无旧新"③,这种措辞不像是以带有政治使命的外交人员立场而发,倒更像是朋辈唱和的用词,将当时宾主相得的气氛很好地表现出来。而更加重要的是,虽然这一题材的诗作在其他北方士人集中留存不多,但这两首诗已可以说明,在当时梁魏之间的外交场合中,诗歌赠答、唱和是重要的交流内容,而且并非只有在使节到达邺城之后的正式接对场合才会进行。《太平御览》卷六〇〇引《三国典略》曰:"高澄嗣渤海王,闻谢珽、徐陵来聘,遣中书侍郎陆卬于滑台迎劳,于席赋诗,卬必先成,虽未能尽工,亦以敏速见美。"④可见赋诗活动不但可以在任何有双方成员参与的宴会场合进行,而且相当频繁。这种南北文人间的直接交流,势必会对北方诗人的创作有显著的指导作用。当然,仅仅是短期的接触以及数次公讌中的唱和,恐怕还并不能对北方诗体有根本性的影响,在梁代士人大量逃亡入北之前,邺下诗体变革的一个重要契机,应该是徐陵多年滞留北方。徐陵以武定六年

---

① 《北史》第 1604 页。
② 《先秦汉魏晋南北朝诗》第 2263 页。
③ 《先秦汉魏晋南北朝诗》第 2262 页。
④ 《太平御览》第 2701 页。

（即梁太清二年，548）使北，未及南返而侯景举兵袭衍①，徐陵在被羁留至齐天保六年（即梁敬帝绍泰元年，555）方返回江左。虽然其在北时的生活与交游情况于史未载，但可以想见，以其南朝重要文士的身份，必然会使北方文士在此数年内与其频繁往来。叶适《习学记言序目》卷三三云"徐陵文颇变旧体，缉裁巧密，多有新意，每一文出，好事者已传写成诵，被之华夷，家藏其本，遂为南北所宗，陆机、任昉不能逮也"②，所谓"南北所宗"，正是其在南北朝后期的重要作用。徐陵作为萧纲东宫文学集团成员，其所作的徐庾体五言诗的格律化程度较沈约等人的永明体更进一步，受其影响导致北方士人作品中律句比例大幅度增多，也是很有可能的情况。

以上，是从江左新诗体传入的途径而言，而从北方士人接受其影响的方面来看，在北方士人中，应该也存在着由于知识背景和经历不同而造成的接受程度差异。魏收既曾出使南方，又曾任主客接待南使，加之本身具有相当高的文学修养，因此其诗作中律句比例较高是很正常的。而相比之下，邢邵虽然同样文才甚高，但似乎从未参加过南北文学交流活动。《北史》卷四三《邢峦传附邢邵传》云：

> 于时与梁和，妙简聘使，邵与魏收及从子子明被征入朝。当时文人，皆邵之下，但以不持威仪，名高难副，朝廷不令出境。南人曾问宾司："邢子才故应是北间第一才士，何为不作聘使？"答云："子才文辞实无所愧，但官位已高，恐非复行限。"南人曰："郑伯猷，护军犹得将命，国子祭酒何为不可？"邵既不行，复请还故郡。③

邢邵并未参与外交与文化交流活动，虽然并非是由于其对南朝文化抱有偏见，而是出于国家任命原因，但这必然会在客观上造成其与南朝士人接触机会较少，不能像魏收那样直接受到南人创作的影响。这就使得他对南朝的学习会停留在以文集为媒介的阶段，与魏收等人相比具有一定的滞后性。其诗歌中的律句比例与沈约、任昉基本相当而低于萧氏兄弟、徐陵乃至魏收等北人，很可能就是由于这一原因造成的。

除了北方文人的个人创作，东魏及北齐前期文人集团的群体性行为，也是北齐诗歌格律化进程中不可忽视的影响因素。这一群体虽然作品留存极少，

---

① 参见《魏书》卷九八《岛夷萧衍传》，第 2184 页。
② ［宋］叶适撰：《习学记言序目》，北京：中华书局，1977 年，第 488 页。
③ 《北史》第 1589 页。

但却具有相当重要的意义。除邢魏外,这一集团还包括王昕、卢元明、陆卬、崔瞻、李浑、魏季景、李骞、李奖、李谐等人。这些人从北魏后期即开始交游往来,曾经数度在同一幕府之中,如《魏书》卷一六《京兆王黎传附元罗传》载:

　　(元)又当朝专政,罗望倾四海,于时才名之士王元景、邢子才、李奖等咸为其宾客,从游青土。①

又如《北史》卷五四《司马子如传附司马消难传》云:

　　子如既当朝贵盛,消难亦爱宾客,邢子才、王元景、魏收、陆卬、崔瞻等皆游其门。②

自北魏宣武帝后期以来,诸王幕府文学集团的活动成为北方群体性文学活动的主流,以元熙、元延明、元罗等充分汉化的北魏宗室为首脑的文学活动蔚为兴盛,王昕、邢邵等人的早期文学创作正是在这一背景下进行的。但他们的交往不仅限于同僚唱和,《魏书》卷八五《文苑传·裴伯茂传》曰:"(伯茂)卒后,殡于家园,友人常景、李浑、王元景、卢元明、魏季景、李骞等十许人于墓傍置酒设祭,哀哭涕泣,一饮一酹曰:'裴中书魂而有灵,知吾曹也。'乃各赋诗一篇。李骞以魏收亦与之友,寄以示收。收时在晋阳,乃同其作,论叙伯茂,其十字云:'临风想玄度,对酒思公荣。'时人以伯茂性侮傲,谓收诗颇得事实。"③此事大抵发生在东魏天平、元象年间,虽只保存了魏收的两句诗,但作为群体性文学活动本身却有相当重要的意义,我们可以看到,参与这次活动的裴伯茂友人辈几乎囊括了东魏初期的所有重要文士,他们不但在政治活动中保持相近的立场,而且私交甚笃,文学水平大抵相近,因此能够比较频繁且平等地进行群体性创作与交流,这虽然不能培养出一两位超越时代的大诗人,却有助于一时一地整体风气的出现与定形。

时至东魏天平年间,随着河阴之变中大量汉族士人被杀,以及北魏分裂时造成的人员流失,这一批在北魏晚期已具备一定才名的士人终于彻底树立了俊彦人望的地位,所谓"是时邺下言风流者,以谐及陇西李神俊、范阳卢元明、北海王元景、弘农杨遵彦、清河崔瞻为首"④。此时正值梁魏修好,这

---

① 《魏书》第408页。
② 《北史》第1948页。
③ 《魏书》1873页。
④ 《北史》卷四三《李崇传附李谐传》,第1604页。

一代表东魏最高文化水平的集团理所应当地充当了北方文化代言人的角色，在外交活动中发挥其文化优势。在上文列出的本文学集团成员中，王昕、卢元明、陆印、崔瞻、李浑、魏季景、李骞、李奖、李谐、魏收等人均曾出任使臣或主客，甚至可以说，其中未曾出任外交职务的，只有地位相对较高的邢邵一人。也就是说，他们并不是因为都曾担任外交使节而成为一个集团，而是早已结成同一集团。这批身份背景、知识结构、文学水平等各个方面都颇为相似的士人，在南北文化交流事件中轮流发挥作用。从这个角度讲，东魏派遣的外交人员，其整体性要强于萧梁，具有鲜明的一贯性。这就使得北方士人在南北交流中学习南朝诗体并非个别使臣的个人爱好，而是在东魏文化圈中占据最高地位的这一群体的一致爱好。不仅如此，他们在向南朝人士学习了新的诗体之后，还可以基于同样的立场在本集团内部进行切磋交流，这也有助于他们迅速掌握新诗体的特征。

  这一集团在东魏时期的创作相当活跃，《隋书·经籍志》载卢元明有集二十卷，《北齐书》本传则称王昕有集十七卷，李骞等人亦有集传世。虽然这一文学集团的大部分作品未能保存下来，我们仍能通过史书中的一些记载看出他们的审美趣味和创作特点，《北史》卷二四《王昕传》载齐文宣帝诏责王昕曰："伪赏宾郎之味，好咏轻薄之篇。自谓类比伧楚，曲尽风制。"①这段话精准地概括了王昕诗"类比伧楚"，效仿南朝诗风的特点。也许作为群体中笔力最强的翘楚人物，魏收作品的律句比例会较其他人更高，但在律句平均比例上与萧纲兄弟持平甚至反超的情况，却绝不是其个人现象，而是在东魏北齐前期文学集团中普遍存在的现象。

  综上所述，东魏及北齐前期上层士人文学集团着力使用律句进行诗歌创作，这明显是学习齐梁诗体式的行为。不过，在其作品中，仍然不可避免地与齐梁诗存在着一些差别。例如，在非律句中，这一阶段的诗人使用最多的是三仄句，共计21次，其次是三平句，共计12句，再次是平仄相间句，共使用五次，此外四平一仄使用两次，四仄一平与一平四仄分别使用一次，这种数量上的多寡与南朝文人诗也是完全一致的，不过还有几种非律句，是在南朝诗中未曾出现，但在北齐前期出现不止一次的。例如"仄平仄仄平"，在卢询祖、邢邵、魏收诗中分别出现一次，"平仄平仄仄"，在裴讷之诗中出现一次，邢邵诗中出现三次；"平仄仄平仄"，在裴讷之诗中出现一次，邢邵始终出现两次，魏收诗中出现三次等等。这可能是北方所保留的魏晋诗歌体式在北齐诗歌中的零星存留。

---

① 《北史》第884页。

此外,北齐前期文学集团作品中的一个鲜明特点时,虽然律句比例很高,但是尚未将两句之间的音节搭配固定化。虽然在一些作品——例如裴让之《公馆谶酬南使徐陵诗》等——之中,"两句之中,轻重悉异"①的情况比较明显,但从整体看来,这一规则尚未形成定式,以至于邢邵《三日华林园公宴诗》中既有"芳春时欲遽,览物惜将移""芳筵罗玉俎,激水漾金卮"这种符合两句间音节变化搭配的句子,也有"新萍已冒沼,余花尚满枝"②这种两句平仄几乎全同的句子。另一个显著现象是,在邢、魏等北齐前期诗人作品中,即使是两句音韵搭配的句子,也往往是"平平平仄仄"与"仄仄仄平平"相配,或退一步说,三仄与三平搭配,这也说明此时的北方士人虽然已对律句有了相当的了解,但在协调上下两句的方面尚未得心应手地掌握。

(二)北齐后期文学集团诗歌作品的平仄搭配

北齐后期文学集团中,虽然有卢思道、李德林、薛道衡这种对后世有相当大影响的著名诗人,但由于其创作年代跨度较大,不太容易确定具体时间,因此在此暂且不加讨论。本集团的其他诗人作品留存数量较少,但是经过统计还是可以看出,其创作中运用律句的情况存在相当大的共性。本集团成员诗歌作品中的单句平仄体式如下:

作者	作品篇数	严格律句							特殊律句				总计	比例
		①	②	③	④	⑤	⑥	⑦	⑧	⑨	⑩	⑪		
祖珽	共3首24句	1	1	2	3	3	4	1	5	0	1	0	21	88%
阳休之	共4首22句	1	4	4	4	3	1	0	3	0	1	0	21	95%
杨训	共1首10句	2	1	1	1	2	1	0	1	0	0	0	9	90%
郑公超	共1首8句	0	1	0	2	0	1	0	0	0	0	0	4	50%
刘逖	共4首28句	6	3	1	2	5	8	1	1	0	1	0	28	100%
马元熙	共1首8句	2	2	1	1	0	0	0	0	0	0	0	6	75%
高延宗	共1首10句	0	1	1	3	0	2	0	0	2	0	0	9	90%
共计	共15首110句	12	13	9	15	15	16	4	9	3	2	0	98	89%

---

① 见《宋书》卷六七《谢灵运传论》,第1779页。
② 《先秦汉魏晋南北朝诗》第2264页。

北齐后期的这些诗人,除高延宗以外均曾任待诏文林馆。其作品在平仄体式方面,显示出非常突出的特征,可分为以下几点：

1. 占主导地位的诗体出现变化。在北齐后期的十五首诗歌中,五言八句占九首,五言四句占三首,五言十句占两首,另有五言六句一首。五言八句这种类似于五律体的诗歌作品占据绝对主导,且并无十句以上的长诗出现。当然,这可能是由作品散佚造成的,但在现存作品中呈现出的这种比例虽非原貌,但已可在一定程度上说明当时诗歌创作中的诗体喜好发生了变化。

2. 律句比例进一步加大,除郑公超的一首诗中律句仅占一半以外,其他诸作的律句比例均极高。在非律句中,绝大多数是三仄句和三平句,平仄相间句在这一期年纪较长的祖珽与阳休之诗中各出现一次,"仄仄仄平仄"这一带有北齐前期色彩的非律句仅在作为诸王而非文林馆士人的高延宗诗中出现一次。最值得注意的是,刘逖的四首二十八句均为律句,这在当时的格律化进程中可以说具有标志性的意义。

3. 北方诗人亦开始重视两句之间的搭配。在这一点上最为突出的同样是刘逖,他现存的四首诗中,两句之间的平仄搭配均掌握得相当严格,可以看出绝非偶尔为之。以其《浴温汤泉诗》为例：

骊岫犹怀土,新丰尚有家。神井堪消疹,温泉足荡邪。
仄仄平平仄,平平仄仄平。平仄平平仄,平平仄仄平。
紫苔生石岸,黄沫拥金沙。振衣殊未已,翻能停使车。①
仄平平仄仄,平仄平平平。仄平平仄仄,平平平仄平。

从措辞、对仗、用韵、平仄搭配等各个角度来讲,这首诗都已俨然有初唐近体诗的风貌,而且这种体式在他作品中绝非仅见。刘逖在武平四年(573)因谏被杀,其诗充分说明,在北齐末年,相当一部分北方文人已经完全掌握了齐梁诗体的种种特征,并能够熟练运用,甚至在格律化进程中更进一步。从这一点来说,刘逖虽流传作品不多,但是具有一定的文学史价值。

北朝后期的北方文人诗之所以会在前期律化进程的基础上更进一步,其直接原因是梁代士人的大量入北及其与北方士人的密切接触。在武平三年入文林馆为待诏的南方士人中,绝大多数在创作中以纤丽流婉的齐梁体诗为务。在此略举几首,以见一斑。

---

① 《先秦汉魏晋南北朝诗》第 2272 页。

作者	作品篇数	严格律句							特殊律句				总计	比例
		①	②	③	④	⑤	⑥	⑦	⑧	⑨	⑩	⑪		
萧祗	共4首26句	3	1	5	4	5	1	2	0	1	0	0	22	85%
萧悫	共1首12句	2	2	2	2	2	1	0	1	0	0	0	12	100%
袁奭	共1首8句	2	1	0	0	2	1	0	1	0	0	0	7	88%
荀仲举	共1首8句	1	2	2	0	2	0	1	0	0	0	0	8	100%
共 计	共7首54句	8	6	9	6	11	3	2	3	0	0	0	49	91%

以上诸人中，萧祗为萧衍弟子，与萧纲、萧绎同辈，其作品中的律句比例已多于萧氏兄弟，而萧悫《临高台》与荀仲举《铜雀台》二首虽均为拟古乐府，却全篇均为律句，而且对句入律的情况甚为严格。如《铜雀台》：

高台秋色晚，直望已凄然。况复归风便，松声入断弦。
平平平仄仄，仄仄仄平平。仄仄平平仄，平平仄仄平。
泪逐梁尘下，心随团扇捐。谁堪三五夜，空树月光圆。①
仄仄平平仄，平平平仄平。平平平仄仄，平仄仄平平。

北齐诗人的诗歌纪年情况难以详考，因此我们很难断定，这种严格格律化的诗体，是萧、荀、袁等入齐士人在南时即已经掌握了的创作规则，还是在入北之后，基于其所熟悉的齐梁诗体进行了进一步的规范化。然而可以确定的是，他们在北齐以这一体裁进行了颇为频繁的创作，对其掌握已很熟练，并且使相当一部分北方士人掌握了这一诗体。这一诗体格律化进程大概是从其逃亡入邺后即已逐步进行的，但最终应完成于文林馆的文化集会中。

由以上分析可以看出，在东魏北齐时期，北方诗人学习齐梁诗体，在其作品中逐渐贯彻格律化的进程分为两个阶段，而参与者分别为北齐前期和后期文学集团。实际上，若以时间为划分条件，这两个文学集团固然可概称为"前期文学集团"与"后期文学集团"，但若为了指出其学习齐梁诗体的渠道及成员身份构成，则不如称为"使臣文学集团"与"待诏文林馆集团"更为贴切与直观。

---

① 《先秦汉魏晋南北朝诗》第2267—2268页。

第二节　北齐士人对已有诗风的改造及诗歌述怀功用的复归

经过上一节的讨论，可以看出北齐诗人在诗歌用韵和体式方面确实全面学习、模仿了齐梁诗体。但是，诗体上的模仿，是否能够说明北齐诗人对齐梁诗歌是全盘接受的呢？如果认为北齐士人对齐梁诗的态度是一味的欣赏、接受与模仿，就很难解释，为何卢询祖、魏收、卢思道等北方士人，都对王籍、萧悫诗中带有明显南朝意味的名句不以为然。我们在本书第三章中，已经《颜氏家训》中所记载的这两次北方文士评价南朝诗的活动进行了讨论，在此兹不复引。但值得玩味的是，不论是从这两个南方士人被引用的两句诗本身来看，还是从颜之推对其的评价来看，这两首诗都并非轻艳秾丽，形式重于内涵的典型齐梁体诗，而是自有一番萧散情致。有些学者认为，北人不欣赏这一类南人作品，是因为不能理解其中蕴含的情感意蕴。但窃以为，造成这一现象的，归根究底在于南北士人审美趣味的分歧。而南北士人的文学审美，实际上是其人生观、政治观等心态理念在文学上的折射。因此，要了解这一分歧的根源，就要首先了解北方士人，换言之，即在北朝政治和文化中都占据极其重要地位的河北汉族士人，在思想观念上与南方士人的根本差别。

一、东魏北齐河北士人的进取心态与文学观念

在本书的前几章中，我们已经反复讨论了河北士族文化圈在南北朝时期北方社会政治、文化中举足轻重的作用。从根本上说，河北士人在政治上积极进取的心态直接继承自汉魏河北儒学的经世致用精神，而在北魏一朝的大多数时间中，河北士人都受到统治者的信任，长期掌握机要，是不可忽视的政治力量。就北魏一朝而言，官居要职并未使河北士人像南朝士族那样以官位清显为荣，排斥具有实际事务性的工作，而崔浩之诛、河阴之变等数次重大打击，不但没有将其积极心态消磨殆尽，反而进一步激发了这一群体在政治上的好胜心。因此自北魏末年开始，直至东魏、北齐，河北士人集团在政府中的角色有了新的变化。其主要作用，大概有以下几点。

1. 河北士人重新在中书省中占据主导地位。上文已经说到，在北魏晚期，中书侍郎的制诏权在很大程度上被中书舍人与门下省的给事黄门侍郎取代，而出任中书侍郎的，也不再是仅为河北士人集团成员，而是增加了多种成分。这种情况在东魏出现了变化。东魏北齐时河北士人中的翘楚人

物,几乎全部曾任中书侍郎。但在这一阶段,河北士人向中书省的复归的原因较北魏时期有了一个重要的变化。《北齐书》卷三九《崔季舒传》曰:"文襄辅政,转大将军中兵参军,甚见亲宠。以魏帝左右,须置腹心,擢拜中书侍郎。文襄为中书监,移门下机事总归中书。"①由此看来,令河北士人为中书侍郎似乎是以监视魏帝为目的,然而其实原因不止于此。《资治通鉴》卷一五八曰:"丞相欢多在晋阳,孙腾、司马子如、高岳、高隆之,皆欢之亲党也,委以朝政,邺中谓之四贵,其权势熏灼中外,率多专恣骄贪。欢欲损夺其权,故以澄为大将军,领中书监,移门下机事总归中书,文武赏罚皆禀于澄。"②则更为明确地指出,令河北汉人重新领中书省事,带有借用其力量与四贵等胡族军功勋贵相对抗的目的。

2. 积极参与东魏北齐之际的政权更替。在高洋谋求废魏自立时,胡族勋贵乃至娄太后等纷纷表示反对,而支持其禅代的心腹之臣大多数为汉族官员,其中包括魏收、邢卲等人在内。可见魏收虽称温子昇"内深险,事故之际,好预其间,所以终致祸败"③,但其实他本人也并未对这件兼有政权易主和胡汉之争性质的重大事件避之不及,而是同样主动参与其中。

3. 在某一位汉人领袖人物的带领下,与勋贵倖臣集团在政治事务中直接对抗。在东魏北齐时期,先后出现过数位被汉族士人公认为领袖的汉族高门人物,如杜弼、杨愔、祖珽、崔季舒等,他们在汉人集团中有极高的号召力与凝聚力,并且对北齐政治起到了很大的作用。杨愔是维持了天保后期"主昏于上,政清于下"④局面的关键人物,而祖珽虽于私节有亏,但其执政时"推崇高望,官人称职,内外称美。复欲增损政务,沙汰人物"⑤的作为亦有着明显的积极作用。这些汉族人物的代表作为一时之望,往往处于胡汉冲突的风口浪尖,因此杜弼、杨愔、崔季舒等人先后被杀。这固然说明北齐时的河北士人集团只能尽力制约勋贵集团,而无法在政治斗争中胜出,但同时也可以看出,终其一朝,汉族士人与勋贵分庭抗礼的意识始终没有因斗争的惨烈而消失。

4. 河北士人在御史台中取得了主导权。在北魏时期,虽然游肇、李彪、李平、崔亮、郦道元、邢峦、甄琛等汉族士人曾先后任御史中尉,但御史台的主导人物主要以鲜卑宗室为主,选拔汉人充当御史,是从北魏末年孝庄帝时

---

① 《北齐书》第511页。
② 《资治通鉴》,第4921页。
③ 《魏书》第1877页。
④ 《隋书》卷二五《刑法志》,第704—705页。
⑤ 《北齐书》第520页。

期开始的。《魏书》卷七七《高崇传附高恭之传》载庄帝反政后,"道穆外秉直绳,内参机密,凡是益国利民之事,必以奏闻。谏诤极言,无所顾惮。选用御史,皆当世名辈,李希宗、李绘、阳休之、阳斐、封君义、邢子明、苏淑、宋世良等四十人"①,而东魏武定初,崔暹"迁御史中尉,选毕义云、卢潜、宋钦道、李愔、崔瞻、杜蕤、嵇晔、郦伯伟、崔子武、李广皆为御史,世称其知人"②。张金龙指出,"才学之士进入御史台,也可以使其检察职能得以更好地发挥出来。北朝士族子弟一般愿意担任御史之职"③。以汉人任御史,本身就带有"纠劾权豪,无所纵舍"的意图④,但如果说河北士人通常担任的中书侍郎、外交使节等职带有文化优势含义的话,出任御史则直接将汉族士人推到直接与胡族勋贵对抗的地位。《崔暹传》载"暹前后表弹尚书令司马子如及尚书元羡、雍州刺史慕容献,又弹太师咸阳王坦、并州刺史可朱浑道元,罪状极笔,并免官。其余死黜者甚众"⑤,而在《北齐书》中,也时常可见胡族权臣被御史弹劾的记载。可见河北士人担任御史绝非空谈,而是相当称职的。

由以上几点可以充分看出,在东魏、北齐时,河北士人的各种政治活动,通常都与对抗勋贵集团有关。梁朝士人之所以在侯景乱后纷纷逃亡入齐,应该是对河北士人怀有意气相投的亲切感,然而在其入北后,所面对的却是河北士人几乎死生相继地与胡族勋贵相抗衡,试图将国家政治推上正轨的局面。这是习惯了"居承平之世,不知有丧乱之祸;处庙堂之下,不知有战陈之急;保俸禄之资,不知有耕稼之苦;肆吏民之上,不知有劳役之勤"⑥的梁朝士族所无法理解的。因此,即使是对梁代士风进行了深刻反省的颜之推,在《家训》中诫子孙辈"士君子之处世,贵能有益于物耳,不徒高谈虚论,左琴右书,以费人君禄位也"⑦的同时,仍不免在《止足篇》中心有余悸地感慨曰:

> 仕宦称泰,不过处在中品,前望五十人,后顾五十人,足以免耻辱,无倾危也。高此者,便当罢谢,偃仰私庭。吾近为黄门郎,已可收退;当时羁旅,惧罹谤讟,思为此计,仅未暇尔。自丧乱已来,见因托风云,徼

---

① 《魏书》第1716页。
② 《北齐书》第404页。
③ 见《读史札记》四《北朝御史选用制度》,载于张金龙著:《北魏政治与制度论稿》,兰州:甘肃教育出版社,2003年,第460页。
④ 《北齐书》卷三《文襄纪》,第31页。
⑤ 《北齐书》第404页。
⑥ 《颜氏家训集解》第317页。
⑦ 《颜氏家训集解》第315页。

幸富贵,旦执机权,夜填坑谷,朝欢卓、郑,晦泣颜、原者,非十人五人也。慎之哉!慎之哉!①

从这段话中可以看出崔季舒、刘逖等人的因谏被诛,给颜之推带来何等恐慌。而颜之推之所以能幸免于难,也正说明了南朝士人的止足避祸心理与河北士人的积极进取心态存在着鸿沟。

东魏、北齐的河北士人以参与政事为重心的同时,对文学也往往有所措意。但是对其来说,文学是具有实际功用的。罗宗强指出:"北朝文学思想自一开始便是非常传统的,是儒家政教之用的观点。"②有研究者认为"政教之用"主要指教化作用,但实际上,它也指将文学才能用于政治事务中的情况。

北魏以"文学"作为选拔人才的标准,在孝文帝时即已开始。如太和二十一年(497)夏四月,诏"其孝友德义、文学才干,悉仰贡举"③。而中书省由于需要制撰诏令,具有较强文化色彩,因此对文学水平的要求更为严格。在北魏时因文学优赡而任职于中书省的,即有公孙轨、李仲尚、李鉴、郑羲等人。而《北齐书·文苑传》的一个鲜明的特点,即是将负责撰制诏书的中书侍郎归入文苑之中:

> 天保中,李愔、陆卬、崔瞻、陆元规并在中书,参掌纶诰。其李广、樊逊、李德林、卢询祖、卢思道始以文章著名。皇建之朝,常侍王晞独擅其美。河清、天统之辰,杜台卿、刘逖、魏骞亦参知诏敕。自愔以下,在省唯撰述除官诏旨,其关涉军国文翰,多是魏收作之。及在武平,李若、荀士逊、李德林、薛道衡为中书侍郎,诸军国文书及大诏诰俱是德林之笔,道衡诸人皆不预也。④

除上文中所载诸人以外,《文苑传》中载明为中书侍郎或黄门侍郎的,尚有韦道儒等人,足可见中书侍郎一职,在北齐几乎成为文才的代名词,而在同任此职的同僚之中,又会根据文才高下来分配不同内容、体裁的诏诰。这是一个相当独特,而且能够体现北朝文学观的现象。

北齐一朝具有文才的汉族文士甚多,重臣之中,杨愔"尝与十余人赋诗,

---

① 《颜氏家训集解》第347页。
② 罗宗强著:《魏晋南北朝文学思想史》,北京:中华书局,2006年,第436页。
③ 《魏书》第181页。
④ 《北齐书》第603页。

憍一览便诵，无所遗失。及长，能清言，美音制，风神俊悟，容止可观"①，祖珽"神情机警，词藻遒逸，少驰令誉，为世所推"②。然而，其文学往往是附属于政治理念而存在，至少是与政治理念并行不悖，并不顾此失彼。在这一点上，即使是学习南朝齐梁诗体极其成功的刘逖，也严格地遵守一定之规。《颜氏家训·文章篇》载：

> 齐世有席毗者，清干之士，官至行台尚书，嗤鄙文学，嘲刘逖云："君辈辞藻，譬若荣华，须臾之玩，非宏才也；岂比吾徒千丈松树，常有风霜，不可凋悴矣！"刘应之曰："既有寒木，又发春华，何如也？"席笑曰："可哉！"③

所谓"君辈辞藻，譬若荣华，须臾之玩，非宏才也"，其实在南朝也有相似的说法，如南齐武帝曾曰："学士辈不堪经国，唯大读书耳。经国，一刘系宗足矣。沈约、王融数百人，于事何用"④，然而能像刘逖这般将局面挽回，却是只有兼具文才干用的北方士人方能做到的，而"既有寒木，又发春华"一语，更是能概括出北方文人吏干与文才二者关系的看法。

与北方文人兼重政治与文才，并且在相当程度上认为文学要为政治服务的文学观形成鲜明对照的，是南朝齐梁文人的文学观已经完全将文学视为消遣娱乐的手段，而这种看法甚至扩散至公文写作之中。钱锺书《管锥编》"梁元劝农文"条称：

> 元帝《耕种令》："况三农务业，尚看夭桃敷水；四人有令，犹及落杏飞花。……不植燕颔，空候蝉鸣。"按叶适《习学纪言序目》卷三二引此数语而讥之曰："帝之文章所以润色时务者如此，岂'载芟良耜'之变者耶！"帝皇劝农，本如"布谷催农不自耕"（杨万里《诚斋集》卷三六《初夏即事》），此《令》直似士女相约游春小简，官样文章而佻浮失体。《全三国文》卷一八陈王植《藉田论》云"非徒娱耳目而已"，若"看夭桃、及落杏"等语，真所谓"娱耳目"也。⑤

---

① 《北齐书》第454页。
② 《北齐书》第513页。
③ 《颜氏家训集解》第265页。
④ 《南史》卷七七《恩幸传·刘系宗传》，第1927页。
⑤ 钱锺书撰：《管锥编》，北京：中华书局，1979年，第2171页。

元帝此令,固然是比较极端的游戏文字之例,但这种文学娱乐化趋势,确实在梁代士人作品中普遍存在。北齐士人虽然对齐梁诗体抱有浓厚的兴趣,并且迅速地加以学习,但由于其思想背景与梁代士人存在较大差距,因此对齐梁诗风,或者说对隐藏在齐梁纤丽新巧诗风背后的文学娱乐化、浅薄化的文学观颇有微词。这就决定了他们在掌握了格律化诗体后,并没有像齐梁诗人那样,单纯以这种诗体进行带有游戏性质的文学创作,也没有舍弃一直以来在北朝得以保留的魏晋诗体,以及述怀言志的传统功用,而是与入北的梁朝士人一起,对文学观、文学理论以及具体的用韵规范等创作手法进行探讨,对新诗体进行内容层面的充实,而对旧有诗体进行体式上的改造,并将讨论结果用于创作实践,这样就为日后的诗歌创作与诗体革新预备了一条新的道路。

二、南北士人在文学理论和创作方面的共同尝试

由于文献存留较少,北齐末年文林馆北方士人在文学理论方面的论述似乎并没有保存至今。但是,在颜之推的《颜氏家训》中,保留了几条其关于诗歌体裁改革的观点,窃以为这并不一定是其个人的意见,而是在入北后于北方士人的交往、交流中所逐渐形成的观点。

颜之推在《颜氏家训》中,对南北文化的优劣进行了颇为深刻的比较和评论,这在《书证》《音辞》两篇中保存最多,而文学方面较少。例如《颜氏家训·文章篇》称"文章地理,必须惬当。梁简文《雁门太守行》乃云:'鹅军攻日逐,燕骑荡康居,大宛归善马,小月送降书。'萧子晖《陇头》水云:'天寒陇水急,散漫俱分泻,北注徂黄龙,东流会白马。'此亦明珠之颣,美玉之瑕,宜慎之"①,是在了解北朝地理情况后,针对南方的拟北之作提出的批评。而同为《文章篇》中,又有"自古文人,多陷轻薄。……每尝思之,原其所积,文章之体,标举兴会,发引性灵,使人矜伐,故忽于持操,果于进取。今世文士,此患弥切。一事惬当,一句清巧,神厉九霄,志凌千载,自吟自赏,不觉更有傍人"②一段。按,《魏书》卷八五《文苑传·温子昇传》载:"杨遵彦作《文德论》,以为古今辞人皆负才遗行,浇薄险忌,唯邢子才、王元景、温子昇彬彬有德素。"③其中"负才遗行"之谓,与"发引性灵,使人矜伐"意味相近,由此看来,颜之推此论,也可能是受杨愔影响而发。则他在入北之后,受到北方文

---

① 《颜氏家训集解》第 292 页。
② 《颜氏家训集解》第 237—238 页。
③ 《魏书》第 1876 页。

化的影响,对南朝文学有所评判,应是确实存在的。

《颜氏家训》中关于文学体裁革新的内容,有以下两处:

> 文章当以理致为心肾,气调为筋骨,事义为皮肤,华丽为冠冕。今世相承,趋末弃本,率多浮艳。辞与理竞,辞胜而理伏;事与才争,事繁而才损。放逸者流宕而忘归,穿凿者补缀而不足。时俗如此,安能独违?但务去泰去甚耳。必有盛才重誉,改革体裁者,实吾所希。①
>
> 今世音律谐靡,章句偶对,讳避精详,贤于往昔多矣。宜以古之制裁为本,今之辞调为末,并须两存,不可偏弃也。②

这两段文字,一为论文,一为论诗,但其中贯穿的根本思想并无不同。而不论其观点还是内容,都与《隋书》卷七六《文学传序》中的著名文论颇为相似:

> 江左宫商发越,贵于清绮,河朔词义贞刚,重乎气质。气质则理胜其词,清绮则文过其意。理深者便于时用,文华者宜于咏歌。此其南北词人得失之大较也。若能掇彼清音,简兹累句,各去所短,合其两长,则文质斌斌,尽善尽美矣。③

将二者内容相比较可以发现,其中最大的差别在于颜之推所论为古今,而《隋书·文学传序》所论为南北。然而正如前文曾经提到的,在南北朝分立时期,南朝着力于进行诗体改革及用典、用韵、遣词等方面的精致化,而北朝实际上使一批魏晋诗体得以留存。而且北朝文人从未放弃诗歌的抒怀功能,仅就北齐诗人而言,邢邵《冬日伤志诗》、高延宗《经墓兴感诗》等,均有几分古诗意蕴,另外,时至东魏、北齐,时人仍然保留着吟咏前代诗歌韵文来抒发感情的习惯,如《北齐书》卷三《文襄纪》载高澄崩前数日事曰:

> 数日前,崔季舒无故于北宫门外诸贵之前诵鲍明远诗曰:"将军既下世,部曲亦罕存。"声甚凄断,泪不能已,见者莫不怪之。④

---

① 《颜氏家训集解》第267页。
② 《颜氏家训集解》第268—269页。
③ 《隋书》第1730页。
④ 《北齐书》第37页。

由此种种均可看出，一些在梁代已经废置不用的诗体，以及咏诗述怀这一随着晋宋体的暂时消失而退出江左舞台的传统，都在北方得以留存。从这个角度讲，南北与古今存在某种程度的重合。而将保留在北地的古诗之气质、风骨与述怀言志功能与新兴于南方的谨严诗体及外在创作手法相结合，从而创造出比较完备的诗体，在隋唐时期是一种得到共识的诗体改革观念。作为一个入北南士人，并不是像荀仲举、萧悫那样仅仅起到将南方诗体传入北方的作用，而且对南朝诗体进行反思，并提出了融合南北古今，以古为本、以今为末的诗体改革观念，这是颜之推超出同时其他入北南人之处。虽然没有证据可以直接证明，但他的这一观点应该是与北人共同探讨所得出的结论，而他们不仅仅对南北优劣、诗体革新等理论问题进行了探讨，而且在此基础上共同进行了创作实践。现今可考的作品中，卢思道与颜之推所同赋的《听鸣蝉》《神仙篇》等作品，应该就是基于这一目的而创作的产物。

在北朝晚期的三位重要诗人卢思道、薛道衡和李德林中，李德林的诗作保存太少，薛道衡的早期作品也基本上已经亡佚待尽，只有卢思道的作品，能够略窥其早期状态。然而，卢思道现存的作品中有一个很独特的现象，即其中五言四句、八句的短诗作品相当少，而长篇作品以及杂言作品占了相当比例。在北方诗人以学习南方诗体为主的阶段中，出现这一现象，很可能是卢思道有意为之的，而其目的，就是用新诗体中的格律化、用韵标准化的新特色，去改造以往的旧诗体，使其诗体更为规整的同时，也重新激发其用于抒发慷慨清健之情的本来面貌，从而达到一种双向的调和。卢思道诗风中追慕建安风骨的清健贞刚诗风已被研究者讨论得甚为透彻，在此暂且不提，仅通过诗句格律化来对其诗体改造略窥一斑。

作者	作品篇数	严格律句							特殊律句				总计	比例
		①	②	③	④	⑤	⑥	⑦	⑧	⑨	⑩	⑪		
卢思道	共23首282句	45	22	11	29	42	27	12	33	7	0	4	232	82%

通过统计可以看出，在卢思道的282首作品中，律句共有232句，占82%，而其中严格律句又占81%。由于卢思道的大多数作品都在12句以上，并非严格意义上的齐梁新诗体，因此这一比例已经相当之高。这体现出，北齐入隋的士人已经掌握了律句的写作，并且可以不拘体裁地运用这种平仄搭配方法。然而，卢思道的诗歌体式中也有其独特性，这首先表现在他

没有使用过"仄仄平仄仄"这一特殊律句;其次,则表现为其非律句中,除了三仄句(22句)、三平句(9句)、平仄相间句(8句)等常见体式外,还出现了曾在北齐前期诗人作品中出现过的"平仄仄平仄"(2句)、"仄平仄仄平"(1句),以及在北齐从未出现过的"平平仄平平"(5句)。之所以出现这种情况,大概是由作家个人习惯与有意地复古两方面共同造成的。相比之下,颜之推的诗歌作品现存不多,仅就五言十八句的《神仙诗》一首为例,本诗律句为14句,占78%,而在非律句中,则出现了卢思道曾使用过的"平仄仄平仄"与"平平仄平平"。作为南方诗人,颜之推本不应出现这种在北齐士人作品中都极少出现的"错误",因此,这大概是其有意为之的,尤其是"平平仄平平"一句,显示出了其与卢思道的一致性,因此基本可以认定,他们是在出于同一目的的文学革新中进行创作。

现今保留下来的颜之推的作品,如《古意》等,读起来较其他南人之作更有韵味,而且不类南朝齐梁诗体,正是因为他是出于复古改革的目的创作的。而从这个角度讲,卢思道、阳休之、颜之推等三人入周后所作的《听鸣蝉》唱和,也无疑是一次复古改革的创作实践,而之所以得到庾信的赞赏,则可能是因为,庾信在北周时,在创作过程中也对其诗体进行了一系列带有复古性质的改造,与卢思道等人的所作不谋而合。

结　语

本章讨论了东魏、北齐士人对齐梁诗体进行的学习与改造。北齐诗的用韵和平仄搭配都显示出,当时文人充分学习了齐梁诗的体式。这一进程分为两个阶段,第一阶段是东魏至北齐前期的使臣文学集团,在两国交聘燕集时通过与南方使臣的唱和而进行的;第二个阶段则是北齐后期文林馆文学集团的北方士人,通过集团内部文学交流活动学习的,在这一阶段,相当一部分北方士人已经掌握了用韵、单独律句、两句平仄搭配等方面都完全格律化的新诗体。然而北齐诗人的探索并未止于此,他们进一步依据本身的文学观念与集团中的入齐南人进行交流,确立了融合文学形式与内涵的文学理论架构,并且以此为据进行了创作尝试,为初唐的诗歌革新打下了基础。

结　　论

　　本书的根本目的在于了解北朝对于南朝文学以及其他地域文化的主动接纳过程，这就涉及到北朝政权对其自身文化、政治地位的认定，对其他文化的选择与吸收，以及北朝文化向其他文化的辐射等问题。书中首先梳理了北魏前期中期、北魏后期以及齐周并立时期对待入北南人的态度变化，从而了解北朝在接受南朝文化影响时的立场与原则；其后对北朝的礼乐文化建设流程，以及其中南朝因素的消长进行分析，清晰地了解北朝对其正统性的表达方式；最后通过两个具体的文学史研究，探讨北朝如何在接纳南朝文学的同时保持本文化圈的独立性和独特性，对其接纳的南朝文化进行改造，以及最终对隋唐文化产生影响。

　　本书的主要结论如下：

一

　　学术界的一种常见看法认为，北朝文化的发展过程，即是北方统治者及上层人士不惜余力地向南朝文化学习的过程，不论是北魏孝文帝的汉化改革，还是北朝士人的文学创作，都表现出这一特点。然而，本书认为，这一观点脱离了北朝发展的实际状况。南北朝时期，双方始终处于对峙状态，即使是在休战言和，彼此频繁遣使往来的时期，南北方的正统性之争也始终存在。在这种背景下，如果简单地一味推崇对方，对本国的正统地位无疑是种严重的削弱，这是违背本国政治利益的，也是任何一个统治者都不愿见到的情况。《南齐书·魏虏传》中频频出现对入北南人在北魏的重要地位的记载，以及北魏君臣对江左的溢美之词，而《魏书·文苑传》中也有梁武帝赞叹温子昇"曹植、陆机复生于北土，恨我辞人，数穷百六"①之语。这些被研究者作为证据频繁引用的记载，实际上往往是双方正统性之争表现在历史书写中的产物，其可信度是值得商榷的。由于南朝正统史观在唐以后被人广

---

① 《魏书》第 1876 页。

泛接受,因此自《北史》《资治通鉴》等史籍开始,认为北朝制度、文化是由南人传入的观点逐渐成为主流。本书通过梳理北朝的各种制度和政治决策的制定,认为这种说法是不可靠的。北朝的政治文化与精神文化,都是在本地文化传统的基础上,有目的有选择地吸取或借用了南方文化的某些因素而定型的,南朝因素在其中并不能占主导地位。

虽然北朝文化在相当长的时间内确实落后于南朝,但是南北双方的地域特征、文化渊源和政治现状都有极大差距,照搬南朝并不能满足北朝的需要。南朝入北士人在北朝只能算是一股并不强大,甚至有些边缘化的政治势力,北朝君主对其的安排任用,往往并非出于对其才干学识的重视和对南方文化的向往,而是以自身政治目的为出发点。因此,以王肃为代表的北魏前期、中期入北南人,虽然不能说完全没有传播文化的作用,但在北魏政权中的主要意义在于政治军事方面而非文化方面,这直接决定了他们为北魏政府效命的方式是为统治者的南伐进程提供参谋意见并"立效南境"。直到宣武帝之后,统治者才开始因为文化上的原因重视入北的南朝士族,然而,作为当时入北南士代表的琅琊王氏子弟之所以在孝明帝时得到重用,贵显一时,归根结底也并不是因为其所持的南朝文化,而是因为当时的实际当权者胡太后意欲利用宗室、倖臣、南人等多种力量压制北方汉族士人的势力,以达到抬高后族地位的目的。不过,这毕竟在客观上造成入北南人得以消除身份上的异类标签,平等无碍地融入北朝上层社会。

由于北方上层社会在文化层面上已经接纳了入北南人这一因素,因此,在北方政权变动,出身六镇的胡化统治者及军功勋贵对汉人抱有强烈敌视的情况下,梁代的逃亡士人仍然得以在北方立足。齐周时期对入北南人的接纳所面临的,是政治层面上对北魏汉化政权的逆转和文化层面上对北魏传统的延续。二者的碰撞直接导致入北南人在北方的地位出现了断裂,呈现出一方面在政治上受到排斥和边缘化,一方面在文化上占有一席之地的矛盾状态,并且一直延续到北朝政权的完结。

纵观整个北朝对入北南人的接纳史,南人的身份经历了驻扎边境的武将与地方官员——在政权核心参与机要的高级官吏——毫无实权的文学侍臣这三个阶段的变化,但不论是在那一阶段,造成变化的原因与契机都是在北朝统治者手中,入北南人并不具有主动权。因此,入北南人在北朝政治、文化中的作用虽然确实存在,但必须服从于北方的主流传统,并不应被过高地估计。

二

虽然本书的出发点在于探讨南朝文学传统在北朝所发挥的作用,但随着研究的深入，笔者却越发感觉到了河北文化圈这一本地文化集团在北朝文化进程中的绝对主导作用。受这种主导作用的影响，北朝社会对南朝文学乃至文化的接纳，从根本上说可以视为河北文化对南朝文化的接纳与改造。从这一角度说，首先了解河北集团的文化特征，是很有必要的。

本书所谓的河北文化圈，也即是指山东汉人士族，自陈寅恪先生开始将此集团称为山东士族起，这一称谓即带有强烈的地域政治的色彩。然而本书中称其为"河北文化圈"，却是为了表达一种历史上的渊源所自：将北朝的河北文化集团向前追溯，近则溯至前燕政府中的河北士人集团——北朝的河北汉族士人集团正是慕容燕集团的延续，而远则可上溯至汉魏的河北文化。

北朝的河北汉人士族集团具有明显的封闭性，但与此同时，它又具备相当强的接纳能力，这一集团之所以可以贯穿北朝而始终未遭受毁灭性的打击，一个重要原因是它可以一方面维系本集团内部的生命力，一方面将青齐士人、河西士人、入北南人等因素吸收进本集团，以便进一步巩固其力量。当然，这种接纳具有非常明确的立场和选择标准。这一点鲜明地体现在河北士人的婚宦两方面。

河北士人集团的婚姻中，最主要的内容是本集团诸大姓的密切联姻，这是从诸燕时即已出现的传统。这种姻亲关系毫无疑问是维系本集团的重要纽带。青齐士人之所以在入北后可以得到河北士人在各个方面的关照，并且在时机成熟时迅速进入北魏政权的核心，正是因为河北士人并未将其视为外来因素，而是视为自河北文化圈分裂出的旁枝向主干的回归。从这一角度说，青齐士人融入北魏社会的过程，与逃亡南士无疑分属两个类型。青齐士人的回归为在崔浩被诛后元气大伤的河北文化圈注入了强大的生命力，其后的孝文帝改革在某种意义上即可被视为这同源而分流的两大文化力量共同作用的产物。本书之所以认为王肃、刘昶等南朝士族在孝文帝改革中无法起到太大的作用，一方面是因为当时北魏君主对入北南人的关注焦点并不在文化方面，另一方面则是因为，汉化改革中所贯彻的基本是河北集团的文化立场，在北方具有很深根基，并且符合北魏的实际情况。势力甚为薄弱的入北南朝士人无视河北集团的主导作用，以一己之力在北方推行南朝制度，无疑是不太现实的。

与集团外的其他势力联姻也是河北集团婚姻关系的一个重要内容。从某种角度来说，孝文帝时期"四姓"的定型，就是崔、卢等河北大族以婚姻为手段，结纳陇西李氏等河西士族和太原王氏等入北南朝士族的产物，此外，北魏中期之后河北大族与宗室的联姻，也具有同样的目的。但这一类型的婚姻在河北文化集团中毕竟不占有主流地位，是可以有所取舍的。因此在北魏中后期，琅琊王氏等南朝士族入北后，河北集团就不再像结纳太原王氏那样，与其频繁结姻。琅琊王氏融入北魏社会所依靠的与元氏宗室结亲的方式，实际上不只说明汉化后的鲜卑贵族对入北南人态度的转变，也可以说明河北大族的态度转变。

在仕宦上，河北集团具有一个不可忽视的特点：自太武帝征士以充实中书省之后，河北士人就成了中书省的绝对主导力量。在这一问题上，北魏前期所设立的中书学是非常重要的机构，它使得中书省具备了父子相继的性质，成为贯彻河北集团文化观念和政治理念的场所，并且培养出一批日后成为股肱之臣的河北士人。河北集团的接纳性和排他性同样表现在中书省中：中书学生中尚不乏入北南人、河西士人乃至鲜卑旧姓子弟，中书博士也偶有河西儒者充任，但得任中书侍郎者则在相当长的时间内均为河北士人。中书侍郎这一职位虽然自汉魏起历朝皆有设置，但是在北魏却是一个相当特殊的群体，北魏乃至东魏、北齐，几乎所有以文学著称的士人均曾担任此职，它一方面要求士人具有较高的文学素养，另一方面又使其对政治保持敏感进取，而且河北士人频繁密集地出任此职，使得他们具有了相似的政治观和政治立场，对从政治上巩固河北集团起到了相当大的作用。从某种角度来看，除了孝明帝在位时的一段时期之外，中书省在大部分时间里都由河北士人把持。虽然在北魏晚期以及东魏、北齐之后，河北士人又掌握了御史与使节之职，但对河北集团来说，中书省始终有着非同一般的意义和地位。

由于河北文化集团在北方具有很高的地位和深厚的根基，在整个北朝时期，除了北周政权彻底摒弃河北集团，以关陇本位作为立国之本外，北魏北齐的统治者始终不能缺少河北文化集团的支持。然而，在河北文化集团势力过于强大，甚至能干预统治者决策之时，统治者就会以各种手段限制、削弱其力量。从这个角度来看，很多北朝时的重大事件都与此目的相关。例如，自太武帝时期，佛教已逐渐从信仰向治国意识形态转变，在这一背景下，崔浩对佛教"胡神"的排斥，就不仅仅是佛道之争，而是作为中原文化的代表，对这种带有明显西域色彩的治国理念的反对，带有鲜明的夷夏之争意味。太武帝的灭佛，代表着中原汉儒治国思想的暂时胜利，但随即崔浩被杀并牵连众多河北大族，则是鲜卑统治者削弱河北集团力量以加强自身统治的后果。又如上文已经提到的，胡太后打破河北士人方能任中书侍郎的门槛，并且以寒人、倖臣、宗室与南人等出任中书舍人、给事黄门侍郎等职来与中书侍郎分权，也是为了打破河北集团在中书省的垄断地位。时至北齐，河北士人更是以中书省、御史台等机构为基地，力图与胡族勋贵分庭抗礼。虽然在这些不间断的政治斗争中,河北士人数次遭受大规模的屠戮,但也正是因此,才使得这一集团始终保持着积极进取的政治好胜心,而不是像南朝士族那样将"平流进取,坐致公卿"的清要之职视为正途。这种清健贞刚的精神体现在其行事立身的各个方面,并最终表现在河北士人的文学创作之中。

三

礼乐建设是历朝历代表达正统性的至关重要的方式,礼乐建设的流程以及其中对于雅乐理论、仪式用乐等的选择,可以清晰地体现出一国统治者对其身份的定位。北魏前期多用鲜卑传统的"起舞作歌"在鲜卑勋贵阶层激发统治集团内部的凝聚力,而自孝文帝起,则几乎摒弃这一传统,将宫廷集会上的"君臣作歌"转为汉晋系统的柏梁体七言联句,而在礼乐中以经史典籍、汉魏故事、先皇定例等为理论依据,并且使用自秦汉即形成定例的集议形式来进行礼乐讨论,无一不显示出其所追溯的"传统"已经从本民族文化和历史转为历代中原王朝礼乐观念的传承。虽然历来学者对北魏的礼乐建设都并不甚高,但是总体来说,它仍然确立了以礼乐表达其作为正朔王朝的合理性、继承性、正统性及权威性的方式,确立了集议定乐的模式与官方音乐文献编纂的流程,继承、创作、收集与整理了一定数量的仪式用乐及歌辞,催生了一批或为官方主持编纂,或为个人表达观点而撰的乐书,使得雅乐建设虽然未称完璧,但至少具有了相当的规模与连续性,从而为北朝至隋的雅乐建设打下了基础。从这个角度说,北魏礼乐建设是理应受到重视的。

北魏至北齐前期礼乐建设的主力仍是河北士人,这与文化建设及文学创作的其他方面相同,而在北朝后期,已经充分汉化,学养与文采均已与汉族士人不存在显著区别的元魏宗室及勋贵旧姓等鲜卑贵族,在礼乐建设中所起到的作用日益加重,也是一个显著的事实。与之形成鲜明对比的是,北齐后期与北周的礼乐建设与雅乐歌辞制撰,体现出了鲜明的南朝化特征。当然,二者出现礼乐南朝化的原因迥然有别。北齐礼乐南朝化的原因,是因为东魏——北齐系统基本继承了北魏的文化集团与文化基础,其文化集团的核心成员基本都曾作为使节或主客,与南朝士人在外交场合沟通和互动,保留了以平等的文化心态为出发点进行南北之间文学文化交流的习惯,因此在侯景之乱及此后,南朝士人频繁逃入北齐后,以河北士人为主体的北齐本土士人迅速建立了容纳南朝士人的文学集团,并且得以在其中以自身文化立场与创作习惯为出发点,学习并改造南朝诗体,因此北齐雅乐的南朝化,例如"以数立言"等南朝新变之体的雅乐歌辞的制撰,实际上是由北方本土士人而非南朝入齐士人完成的。此外,南朝士人携带入北的典籍,也为北方士人提供了理论与制度上的启发，从而推动了北齐雅乐制作的发展。从《南齐书·乐志》中一部分雅乐歌辞的著录体例，与保存在《隋书·音乐志》中的北齐雅乐歌录体例的相似性中，可以比较清晰地看出这一点。

相比之下，北周礼乐的南朝化，却恰恰因为在东西魏分立时，西魏完全没能获得北魏人、事、物诸方面的文化传承，因此原本在礼乐建设上处于举步维艰的状态。而此后平江陵，梁代雅乐器、乐曲以及具有极高文化素养的士族的集中入梁，一方面恰逢其会地提供了填补这一空白的能力，另一方面则是北周原本不具备能与之相抗衡，自行进行文化建设的积淀，因此虽然其复古文化建设以《周官》为基础，所立雅乐亦称为"六代乐"，但实际上，其雅乐、鼓吹乐等基本"依梁"，宴飨音乐则基本依靠周武帝阿史那皇后带来的西域诸国之乐。北周官方仪式音乐蔚为大观的状态，实际上是以一定程度上放弃了立足于主体性的选择，全盘吸收自南朝和西域而来的各种文化输入而导致的，其中一个表现是，其雅乐歌辞几乎都由南朝士人庾信创作。北周在礼乐方面，并未真正建立起与南朝的沟通及对南朝所传入的文化的选择，这其实与北齐、北周在对待南朝文化的态度上是一致的。

四

由于与北朝相比较，南朝文学的优势极其明显，因此学者往往认为，在南朝文学北传这一问题上，南朝文学占有绝对的主动权，而北朝士人对南朝文学所持有的态度是一味的仰慕和追捧，体现在行为上，则表现为尽力模仿入北南人所带入北朝的诗体和诗风。例如元勰的《问松林》和祖莹的《悲彭城》，就向来被认为是模仿王肃《悲平城》的作品。但实际上，这种杂言短诗诗体在北方同样存在，而且通常在酒令嘲戏中以口占的形式创作，所要求的是迅捷而非文采，从这几点来看，似乎连王肃的《悲平城》都是依北方的这一诗体传统创作的，并不能因有南人参与创作，就将其直接归为南朝诗体。

北朝文学落后于南朝的一个重要原因，是在相当长的一段时间里，北朝士人缺乏"诗体自觉"的意识，不擅长创造新的诗体，乃至选择适合的诗体进行创作。因此，在南朝文人进行了一次又一次的诗体革新，使得诗体日渐精致化、格律化的同时，北朝文人仍然在借用或古奥，或朴拙的诗体进行创作。这虽然限制了北朝文学的水平，但从另一角度讲，齐梁文人在不断推进诗体革新的同时，也逐渐抛弃了晋宋时的五言古体，乃至附着于这一诗体上的述怀言志传统，而将诗歌创作完全当做描绘细碎事物，进行游戏、娱乐的手段，达到了浅薄化、庸俗化的极致，而北朝则在客观上起到了保存古体的作用。与此同时，北朝士人在政治上的进取意识从未衰退，只是暂时以章表书奏为媒介存在，一旦北朝士人对诗体有了熟练的掌握，就可以利用新诗体，恢复汉魏晋宋诗的风骨与精神，这就预示着，诗歌创作终归会在北方士人，而非南方文人手中达到复兴。

在齐周分立时期，北齐和北周分别出现了诗歌变革的趋势。在北周，是入北的梁朝士人在本集团的小圈子中，将诗歌创作复归于述怀言志传统，在北齐，则是以河北士人为主的北方士人，向入北南人学习南朝的用韵和格律化诗体。在二者之间，究竟哪一种更为重要？窃以为，虽然就作家和作品来说，北周要胜于北齐，但是就文学史意义来讲，却是北齐文林馆的活动更为重要。因为北周的文学活动是封闭在南人小团体中的，在当时的影响力毕竟有限。而北齐的文学活动，则是真正的南北士人平等沟通交流的产物。而且北齐文人虽然迅速掌握了齐梁格律化诗体，但是并未像齐梁诗人那样抛弃以往的诗体，这是因为他们虽然对齐梁诗体感兴趣，但却对齐梁诗风，或者进一步说，由齐梁诗风所显示出的将文学等同于游戏的文学观不能苟同。因此，他们在掌握新诗体的同时，也与入齐南人就文学与道德、文学与政治，以及文学的形式与内涵等文学理论范畴的问题进行了一系列讨论，并且使以颜之推为代表的南方士人接受了其观点。也就是说，此时的文学交流并非单方面的传入，而是彼此的沟通探讨，并藉此达成共识。他们讨论的结果，为初唐文学革新奠定了理论基础。而在拥有了共同的理论、诗体乃至音韵系统的基础上，卢思道、颜之推、阳休之、薛道衡等南北士人又开始共同摸索诗歌的复古、言志之途，《听鸣蝉》《神仙篇》以及《古意》等一系列在律句比例上体现出时代新特点，而在抒发感情和描写方式上却复归魏晋的作品，就是他们创作尝试的产物。因此可以说，北齐后期河北文人学习、模仿南朝诗体，是在本集团的文化基础之上，有意图、有选择地学习并加以改造的文化活动，是将北朝文学之述怀传统与南朝诗歌的严谨诗体相糅合的过程，具有非常重要的意义。而日后初唐四杰、陈子昂等人的诗歌革新，也是继承了北齐末年开始的这一传统。

综上所述，本书的基本观点是，北朝文学对南朝文学的接纳与吸收是以统治者的政治目的以及对表达正统性的需求为主要出发点，以河北文化集团的文化背景为基础，在本土化的内核上，有意识，有取舍地进行的，绝非是一味的对南朝崇拜和模仿。然而，除了统治者与占有优势的文化集团的主观选择外，器物、典籍等物质文化的批量性传入，也会对北朝政权的接纳态度产生直接变化，甚至在一定程度上撼动其主观选择。平江陵后南朝雅乐器的集中入北与此后北周雅乐仪式的飞速发展，就是后一种原因造成的。

南北朝晚期的文化进程，呈现出北方文化不断充实壮大，而南朝不断萎缩，士族文化逐渐消亡的态势，这就使得南北文学的融合是发生在北方，并且以北方士人为主导力量进行。正因如此，在隋朝统一全国，将南北文人汇聚于长安时，北朝文人在诗体上的水平已不输于南朝文人，而南朝文人作品中的内容与思想却已不能和北朝文人相提并论，南北朝文学高下之争，最终是以北朝文人的反超告终。

参考文献

古籍原典类

［清］阮元校刻：《十三经注疏》（清嘉庆刊本），北京：中华书局，2009年。
［宋］陈旸撰：《乐书》，中华再造善本景元至正七年福州路儒学刻明修本，北京：国家图书馆出版社2004年。
［宋］陈彭年等编：《宋本广韵·永禄本韵镜》，南京：江苏教育出版社，2002年。
［汉］班固撰，［唐］颜师古注：《汉书》，北京：中华书局，1962年。
［晋］陈寿撰，［南朝宋］裴松之注：《三国志》，北京：中华书局，1982年。
［唐］房玄龄等撰：《晋书》，北京：中华书局，1974年。
［梁］沈约撰：《宋书》，北京：中华书局，1974年。
［梁］沈约撰：《宋书（修订本）》，北京：中华书局，2018年。
［梁］萧子显撰：《南齐书》，北京：中华书局，1972年。
［梁］萧子显撰：《南齐书（修订本）》，北京：中华书局，2017年。
［唐］姚思廉撰：《梁书》，北京：中华书局，1973年。
［唐］姚思廉撰：《梁书（修订本）》，北京：中华书局，2020年。
［唐］姚思廉撰：《陈书》，北京：中华书局，1972年。
［唐］姚思廉撰：《陈书（修订本）》，北京：中华书局，2021年。
［唐］李延寿撰：《南史》，北京：中华书局，1975年。
［唐］李延寿撰：《南史（修订本）》，北京：中华书局，2023年。
［北齐］魏收撰：《魏书》，北京：中华书局，1974年。
［北齐］魏收撰：《魏书（修订本）》，北京：中华书局，2017年。
［唐］李百药撰：《北齐书》，北京：中华书局，1972年。
［唐］李百药撰：《北齐书（修订本）》，北京：中华书局，2024年。
［唐］令狐德棻撰：《周书》，北京：中华书局，1971年。
［唐］令狐德棻撰：《周书（修订本）》，北京：中华书局，2022年。
［唐］李延寿撰：《北史》，北京：中华书局，1974年。

［唐］魏徵、令狐德棻撰：《隋书》，北京：中华书局，1973年。
［唐］魏徵等撰：《隋书（修订本）》，北京：中华书局，2019年。
［后晋］刘昫等撰：《旧唐书》，北京：中华书局，1975年。
［宋］欧阳修、宋祁撰：《新唐书》，北京：中华书局，1975年。
［宋］司马光编著，［元］胡三省音注：《资治通鉴》，北京：中华书局，1956年。

［东汉］刘珍等撰，吴树平校注：《东观汉记校注》，北京：中华书局，2008年。
［北魏］郦道元注，杨守敬、熊会贞疏，段熙仲点校，陈桥驿复校：《水经注疏》，南京：江苏古籍出版社，1989年。
［北魏］杨衒之撰，周祖谟校释：《洛阳伽蓝记校释》，北京：中华书局，2010年。
［北魏］杨衒之著，杨勇校笺：《洛阳伽蓝记校笺》：北京：中华书局，2006年。
［唐］林宝撰，岑仲勉校记：《元和姓纂》，北京：中华书局，1994年。
［宋］赵明诚撰，金文明校证：《金石录校证》，桂林：广西师范大学出版社，2005年。
［晋］陆翙著：《邺中记》，清武英殿聚珍版丛书本。
［梁］宗懔著，姜彦稚辑校：《荆楚岁时记》，长沙：岳麓书社，1986年。
［元］熊梦祥著，北京图书馆善本组辑：《析津志辑佚》，北京：北京古籍出版社，1983年。
［明］王懋德撰：《金华府志》，台北：台湾学生书局影印"国立中央图书馆"藏本，1986年。
［唐］杜佑撰：《通典》，北京：中华书局，1988年。
［宋］郑樵撰，王树民点校：《通志二十略》，北京：中华书局，1995年。
［清］王鸣盛著，黄曙辉点校：《十七史商榷》，上海：上海书店出版社，2005年。
［清］赵翼著，王树民校证：《廿二史札记校证》，北京：中华书局，1984年。
［清］钱大昕著，方诗铭、周殿杰校点：《廿二史考异》，上海：上海古籍出版社，2004年。
［清］叶昌炽撰，柯昌泗评，陈公柔、张明善点校：《语石·语石异同评》，北京：中华书局，1994年。
二十五史补编刊行委员会：《二十五史补编》北京：中华书局，1995年。

［清］王先谦撰，钟哲点校：《韩非子集解》北京：中华书局，1998年。
［汉］王符著，［清］汪继培笺，彭铎校正：《潜夫论笺校正》，北京：中华书局，1985年。

王利器撰:《盐铁论校注》,北京:中华书局,1992年。
王利器撰:《新语校注》,北京:中华书局,1986年。
[北齐]颜之推著,王利器撰:《颜氏家训集解》,北京:中华书局,1993年。
[北齐]刘昼著,傅亚庶校释:《刘子校释》,北京:中华书局,1998年。
[梁]萧绎撰,许逸民校笺:《金楼子校笺》,北京:中华书局,2011年。
[北魏]贾思勰著,缪启愉、缪桂龙撰:《齐民要术译注》,上海:上海古籍出版社,2006年。
[唐]刘悚撰,程毅中点校:《隋唐嘉话》,[唐]张鷟撰,赵守俨点校:《朝野佥载》,北京:中华书局,1979年。
[唐]封演撰,赵贞信校注:《封氏闻见记校注》,北京:中华书局,2005年。
[唐]段成式撰,许逸民校笺:《酉阳杂俎校笺》,北京:中华书局,2015年。
[宋]张邦基撰:《墨庄漫录》,北京:中华书局,2002年。
[宋]吴曾撰:《能改斋漫录》,上海:上海古籍出版社,1979年。
[宋]叶适撰:《习学记言序目》,北京:中华书局,1977年。

[宋]李昉等撰:《太平御览》,北京:中华书局,1960年。
[宋]李昉等编:《太平广记》,北京:中华书局,1961年。
[唐]欧阳询撰,汪绍楹校:《艺文类聚》,上海:上海古籍出版社,1999年。
[唐]徐坚等著:《初学记》,北京:中华书局,2004年。

[北齐]颜之推著,罗国威校注:《冤魂志校注》,成都:巴蜀书社,2001年。
[唐]张文成撰,李时人、詹绪左校注:《游仙窟》,北京:中华书局,2010年。
[唐]李玫撰,李剑国辑证:《纂异记辑证》,北京:中华书局,2021年。
王叔岷撰:《列仙记校笺》,北京:中华书局,2007年。

[日]高楠顺次郎编:《大正新修大藏经》,大正一切经刊行会,1932年。
董志翘著:《观世音应验记三种译注》,南京:江苏古籍出版社,2002年。
[东晋]释法显撰,章巽校注:《法显传校注》,北京:中华书局,2008年。
[梁]释僧佑著,苏晋仁、萧炼子点校:《出三藏记集》,北京:中华书局,1995年。
[梁]释慧皎撰,汤用彤校注:《高僧传》,北京:中华书局,1992年。
[梁]释宝唱著,王孺童校注:《比丘尼传校注》,北京:中华书局,2006年。
[唐]释道宣撰,郭绍林点校:《续高僧传》,北京:中华书局,2014年。
[唐]释道世著,周叔迦、苏晋仁校注:《法苑珠林校注》,北京:中华书局,

2003年。

［日］吉川忠夫、麦谷邦夫编,朱越利译:《真诰校注》,北京:中国社会科学出版社,2006年。

［梁］萧统撰,［唐］李善注:《文选》,北京:中华书局,1977年。
［梁］萧统编,［唐］吕延济等注:《日本足利学校藏明州本六臣注文选》,北京:人民文学出版社,2008年。
［南朝陈］徐陵编,［清］吴兆宜注,程琰删补,穆克宏点校:《玉台新咏笺注》北京:中华书局,1985年。
［陈］徐陵编:《玉台新咏(明小宛堂覆宋本)》,北京:人民文学出版社,2010年。
［唐］许敬宗编,罗国威整理:《日藏弘仁本文馆词林校证》,北京:中华书局,2001年。
［宋］郭茂倩编:《乐府诗集》,北京:中华书局,1979年。
［明］张溥辑:《汉魏六朝百三名家集》,南京:江苏古籍出版社,2002年。
［清］彭定求等编:《全唐诗》,北京:中华书局,1960年。
［清］严可均校辑:《全上古三代秦汉三国六朝文》,北京:中华书局,1958年。
［清］陈祚明评选,李金松点校:《采菽堂古诗选》,上海:上海古籍出版社,2008年。
［清］杜文澜辑,周绍良校点:《古谣谚》,北京:中华书局,1958年。
逯钦立辑校:《先秦汉魏晋南北朝诗》,北京:中华书局,1983年。

［南朝梁］刘峻著,罗国威校注:《刘孝标集校注(修订本)》,北京:学苑出版社,2003年。
康金声著:《温子升集笺校全译》,太原:山西古籍出版社,2000年。
康金声、唐海静注译:《邢邵集笺校全译》,太原:山西古籍出版社,2006年。
［陈］徐陵撰,许逸民校笺:《徐陵集校笺》,北京:中华书局,2008年。
［北周］庾信撰,［清］倪璠注,许逸民校点:《庾子山集注》,北京:中华书局,1980年。
祝尚书著:《卢思道集校注》,成都:巴蜀书社,2001年。

［梁］钟嵘著,陈延杰注:《诗品注》,北京:人民文学出版社,1961年。
［南朝梁］刘勰著,范文澜注:《文心雕龙注》,北京:人民文学出版社,1958年。

[日]遍照金刚撰,卢盛江校考:《文镜秘府论汇校汇考》,北京:中华书局,
    2006年。
[明]张溥著,殷孟伦注:《汉魏六朝百三家集题辞注》,北京:中华书局,
    2007年。
[明]胡应麟撰:《诗薮》,上海:上海古籍出版社,1979年。
[清]刘熙载撰:《艺概》,上海:上海古籍出版社,1978年。
丁福保辑:《历代诗话续编》,北京:中华书局,1983年。

石刻史料汇编类

北京图书馆金石组编:《北京图书馆藏中国历代石刻拓片汇编》,郑州:中
    州古籍出版社,1989—1991年。
国家图书馆善本金石组编:《石刻文献全编·先秦秦汉魏晋南北朝卷》,北
    京:北京图书馆出版社,2003年。
罗新、叶炜著:《新出魏晋南北朝墓志疏证》,北京:中华书局,2005年。
毛远明著:《汉魏六朝碑刻校注》,北京:线装书局,2008年。
陕西省古籍整理办公室编:《北朝墓志英华》,西安:三秦出版社,1988年。
王连龙编撰:《南北朝墓志集成》,上海:上海人民出版社,2021年。
赵超著:《汉魏南北朝墓志汇编》,天津:天津古籍出版社,2008年。
赵君平编:《邙洛碑志三百种》,北京:中华书局,2004年。
赵君平、赵文成编:《河洛墓刻拾零》,北京:北京图书馆出版社,2007年。
赵万里著:《汉魏南北朝墓志集释》,北京:科学出版社,1956年。

今人论著类

B

北京大学中国考古学研究中心编:《两个世界的徘徊——中古时期丧葬观
    念风俗与礼仪制度学术研讨会论文集》,北京:科学出版社,2016年。

C

蔡丹君著:《从乡里到都城:历史与空间变迁视野中的十六国北朝文学》,
    北京:生活·读书·新知三联书店,2019年。
蔡宗宪著:《中古前期交聘的与南北互动》,台北:稻乡出版社,2008年。
曹道衡、沈玉成著:《南北朝文学史》,北京:人民文学出版社,1998年。
曹道衡、沈玉成著:《中古文学史料丛考》,北京:中华书局,2003年。
曹道衡、刘跃进著:《南北朝文学编年史》,北京:人民文学出版社,2000年。
曹道衡著:《南朝文学与北朝文学》,南京:江苏古籍出版社,1998年。

曹道衡著：《中古文学史论文集》，北京：中华书局，2002年。
曹道衡著：《中古文学史论文集续编》，北京：中华书局，2011年。
曹道衡著：《中古文史丛稿》，保定：河北大学出版社，2003年。
曹道衡著：《兰陵萧氏与南朝文学》，北京：中华书局，2004年。
陈金华 孙英刚编：《神圣空间：中古宗教中的空间因素》，上海：上海古籍出版社，2014年。
陈明著：《儒学的历史文化功能》，北京：中国社会科学出版社，2005年。
陈桥驿著：《郦道元评传》，南京：南京大学出版社，1997年。
陈爽著：《世家大族与北朝政治》，北京：中国社会科学出版社，1998年。
陈爽著：《出土墓志中所见中古谱牒研究》，上海：学林出版社，2015年。
陈寅恪著：《金明馆丛稿初编》，北京：生活·读书·新知三联书店，2001年。
陈寅恪著：《金明馆丛稿二编》，北京：生活·读书·新知三联书店，2001年。
陈寅恪著：《隋唐制度渊源略论稿，唐代政治史述论稿》，北京：读书·生活·新知三联书店，2001年。
陈仲安、王素著：《汉唐职官制度研究》，上海：中西书局，2018年。
程千帆著，莫砺锋编：《程千帆选集》，沈阳：辽宁古籍出版社，1996年。
程树德著：《九朝律考》，北京：中华书局，2006年。

D

戴卫红著：《魏晋南北朝谥法制度研究》，北京：中国社会科学出版社，2024年。
邓奕琦著：《北朝法制研究》，北京：中华书局，2005年。
丁宏武著：《汉魏六朝河陇著姓与文学》，北京：商务印书馆，2024年。
杜晓勤著：《初盛唐诗歌的文化阐释》，北京：东方出版社，1997年。
杜晓勤著：《齐梁诗歌向盛唐诗歌的嬗变》，北京：北京大学出版社，2009年。
段鹏琦著：《汉魏洛阳故城》，北京：文物出版社，2009年。

F

范兆飞著：《中国太原士族群体研究》，北京：中华书局，2014年。
范兆飞编译：《西方学者中国中古贵族制论集》，北京：生活·读书·新知三联书店，2018年。
复旦大学历史学系《中国中古史研究》委员会编，《中国中古史研究》（第七卷），2019年。
复旦大学历史学系《中国中古史研究》委员会编，《中国中古史研究》（第八卷），2020年。
傅刚著：《汉魏六朝文学与文献论稿》，北京：商务印书馆，2017年。

傅刚著:《魏晋南北朝诗歌史论》,北京:商务印书馆,2017年。

G

甘怀真著:《皇权、礼仪与经典诠释:中国古代政治史研究》(增订版),台北:台大出版中心,2022年。

高华平著:《凡俗与神圣——佛道文化视野下的汉唐之间的文学》,长沙:岳麓书社,2008年。

高人雄著:《北朝民族文学叙论》,北京:中华书局,2011年。

葛晓音著:《八代诗史》,西安:陕西人民出版社,1989年。

葛晓音著:《诗国高潮与盛唐文化》,北京:北京大学出版社,1998年。

葛兆光著:《中国思想史》,上海:复旦大学出版社,2001年。

古正美著:《从天王传统到佛王传统:中国中世佛教治国意识形态研究》,台北:商周出版,2003年。

郭绍虞著:《中国文学批评史》,上海:上海古籍出版社,1984年。

郭绍虞著:《照隅室语言文字论集》,上海:上海古籍出版社,2009年。

郭硕著:《北魏时代的名号变迁与政权转型》,北京:中华书局,2024年。

顾乃武著:《历史的足迹:东魏至唐河北墓志的三体流变》,北京:人民出版社,2015年。

H

何剑平著:《中国中古维摩诘信仰研究》,成都:巴蜀书社,2009年。

何启民著:《中古门第论集》,台北:学生书局,2020年。

河南省文物局编,《河南碑志叙录》,郑州:中州古籍出版社,1992年。

侯旭东著:《五、六世纪北方民众佛教信仰》,北京:中国社会科学出版社,1998年。

侯旭东著:《北朝村民的生活世界——朝廷、州县与村里》,北京:商务印书馆,2005年。

胡阿祥著:《魏晋本土文学地理研究》,南京:南京大学出版社,2003年。

胡鸿著:《能夏则大与渐慕华风:政治体视角下的华夏与华夏化》,北京:北京师范大学出版社,2017年。

黄宽重、刘增贵主编:《家族与社会》,北京:中国大百科全书出版社,2005年。

黄永年著:《六至九世纪中国政治史》,上海:上海书店,2004年。

J

吉林大学古籍研究所编,《1—6世纪中国北方边疆·民族·社会国际学术研讨会论文集》,北京:科学出版社,2008年。

吉定著：《庾信研究》，上海：上海古籍出版社，2008年。
介永强著：《西北佛教历史文化地理研究》，北京：人民出版社，2008年。

K

康乐著：《从西郊到南郊——国家祭典与北魏政治》，台北：稻禾出版社，1995年。
邝健行主编：《中国诗歌与宗教》，香港：中华书局，1999年。
邝士元著：《魏晋南北朝研究论集》，台北：文史哲出版社，1984年。

L

赖非著：《齐鲁碑刻墓志研究》，济南：齐鲁书社，2004年。
黎国韬著：《先秦至两宋乐官制度研究》，广州：广东人民出版社，2009年。
黎虎著：《汉唐外交制度史》，兰州：兰州大学出版社，1998年。
李鸿宾主编：《中古墓志胡汉问题研究》，银川：宁夏人民出版社，2013年。
李洪天主编：《回望如梦的六朝——六朝文史论集》，南京：凤凰出版社，2009年。
李继忠、牛劲著：《北魏社会生活之流变》，长春：吉林大学出版社，2009年。
李建栋著：《北朝东西部文学交流研究》，芜湖：安徽师范大学出版社，2017年。
李开元、管芙蓉著：《北魏文学简史》，太原：山西人民出版社，1993年。
李梅田著：《葬之以礼：魏晋南北朝丧葬礼俗与文化变迁》，上海：上海古籍出版社，2021年。
李梅田著：《中古丧葬模式与礼仪空间》，上海：上海古籍出版社，2023年。
李凭著：《北魏平城时代》，北京：社会科学文献出版社，2000年。
李凭著：《北朝论稿》，北京：北京师范大学出版社，2018年。
李卿著：《秦汉魏晋南北朝时期家族宗族关系研究》，上海：上海人民出版社，2005年。
李书吉著：《北朝礼制法系研究》，北京：人民出版社，2002年。
梁满仓撰：《魏晋南北朝五礼制度考论》，北京：社会科学文献出版社，2009年。
林怡著：《庾信》，沈阳：春风文艺出版社，1999年。
林怡著：《庾信研究》，北京：人民文学出版社，2000年。
林富士主编：《礼俗与宗教》，北京：中国大百科全书出版社，2005年。
林圣智著：《图像与装饰：北朝墓葬的生死表象》，台北：台大出版中心，2019年。
刘惠琴著：《北朝儒学及其历史作用》，西安：陕西人民出版社，2003年。
刘连香著，《民族史视野下的北魏墓志研究》北京：文物出版社，2017年。

刘淑芬著:《中古的佛教与社会》,上海:上海古籍出版社,2008 年。
刘亚丁著:《佛教灵验记研究——以晋唐为中心》,成都:巴蜀书社,2006 年。
刘跃进、程苏东主编:《早期文本的生成与传播:周秦汉唐读书会文汇》(第一辑),北京:中华书局,2017 年。
楼劲主编:《魏晋南北朝史的新探索——中国魏晋南北朝史学会第十一届年会暨国际学术研讨会论文集》,北京:中国社会科学出版社,2015 年。
楼劲著:《北魏开国史探》,北京:中国社会科学出版社,2017 年。
楼劲、陈伟主编:《秦汉魏晋南北朝史国际学术研讨会论文集》,北京:中国社会科学出版社,2018 年。
楼劲著:《六朝史丛札》,南京:南京大学出版社,2022 年。
楼劲著:《中古政治与思想文化史论》,上海:上海人民出版社,2023 年。
卢辅圣主编:《中国南方佛教造像艺术(朵云 60 集)》,上海:上海书画出版社,2004 年。
卢有全著:《北朝诗歌研究》,太原:山西教育出版社,2013 年。
陆明君著:《魏晋南北朝碑别字研究》,北京:文化艺术出版社,2009 年。
陆帅等编:《六朝历史与考古青年学者交流会论文集》,南京:南京大学出版社,2023 年。
逯耀东著:《从平城到洛阳》,北京:中华书局,2006 年。
吕春盛著:《北齐政治史研究——北齐衰亡原因之考察》,台湾大学文士丛刊之七十五,1987 年。
罗常培著:《罗常培语言学论文集》,北京:商务印书馆,2004 年。
罗维明著:《中古墓志语词研究》,广州:暨南大学出版社,2003 年。
罗新著:《中古北族名号研究》,北京:北京大学出版社,2009 年。
罗新著:《王化与山险:中古边裔论集》,北京:北京大学出版社,2019 年。
罗宗强著:《魏晋南北朝文学思想史》,北京:中华书局,2006 年。
罗宗真著:《魏晋南北朝考古》,北京:文物出版社,2001 年。
洛阳师范学院河洛文化国际研究中心编:《洛阳考古集成·秦汉魏晋南北朝卷》,北京:北京图书馆出版社,2007 年。

M

马长寿著:《碑铭所见前秦至隋初的关中部族》,桂林:广西师范大学出版社,2006 年。
马长寿著:《乌桓与鲜卑》,桂林:广西师范大学出版社,2006 年。
马立军著:《北朝墓志文体与北朝文化》,北京:中国社会科学出版社,2015 年。
毛汉光著:《中国中古社会史论》,上海:上海书店,2002 年。

毛汉光著：《中国中古政治史论》，上海：上海书店，2002年。
牟华林著：《温子升集校注》，乌鲁木齐：新疆人民出版社，2003年。
牟润孙著：《注史斋丛稿》，北京：中华书局，1987年。

N

倪润安著：《光宅中原：拓跋至北魏的墓葬文化与社会演进》，上海：上海古籍出版社，2017年。

O

欧昌俊、李海霞著：《六朝唐五代石刻俗字研究》，成都：巴蜀书社，2004年。

Q

钱锺书著：《管锥编》，北京：中华书局，1979年。
钱志熙著：《魏晋南北朝诗歌史述》，北京：北京大学出版社，2005年。
仇海平著：《中国古代奏议文研究——以秦汉魏晋南北朝为中心》，北京：中国社会科学出版社，2017年。
仇鹿鸣著：《魏晋之际的政治权力与家族网络》，上海：上海古籍出版社，2012年。

R

任继愈主编：《中国佛教史》，北京：中国社会科学出版社，1997年。
饶宗颐著：《中国史学上之正统论》，上海远东出版社，1996年。

S

邵荣芬著：《邵荣芬语言学论文集》，北京：商务印书馆，2009年。
施和金撰：《北齐地理志》，北京：中华书局，2008年。
施拓全著：《北朝学术之研究》，新北：花木兰文化出版社，2009年。
施向东著：《音史寻幽——施向东自选集》，天津：南开大学出版社，2009年。
释永悟主编：《中国鱼山梵呗文化节论文集》，北京：宗教文化出版社，2007年。
宋燕鹏著：《籍贯与流动：北朝文士的历史地理学研究》，保定：河北大学出版社，2011年。
宋燕鹏著：《北魏社会文化史研究》，新北：花木兰文化出版社，2016年。
苏小华著：《北镇势力与北朝政治文化》，北京：中国社会科学出版社，2012年。
宿白著：《魏晋南北朝唐宋考古文稿辑丛》北京：文物出版社，2011年。
宿白著：《中国佛教石窟寺遗迹——3至8世纪中国佛教考古学》，北京：文物出版社，2010年。
孙少华、徐建委著：《从文献到文本：先唐经典文本的抄撰与流变》，上海：上海古籍出版社，2016年。

孙同勋著：《拓跋氏的汉化及其他》，台北：稻乡出版社，2005 年。

T

汤涒著：《敦煌曲子词地域文化研究》，上海：上海古籍出版社，2004 年。

汤用彤著：《汉魏两晋南北朝佛教史》，北京：北京大学出版社，1997 年。

陶新华著：《北魏孝文帝以后北朝官僚管理制度研究》，成都：巴蜀书社，
    2004 年。

唐长孺著：《唐长孺社会文化史论丛》，武汉：武汉大学出版社，2001 年。

唐长孺著：《魏晋南北朝史论丛（外一种）》，石家庄：河北教育出版社，
    2002 年。

唐长孺著，《魏晋南北朝史论丛》，北京：中华书局，2011 年。

唐长儒著：《魏晋南北朝史拾遗》，北京：中华书局，1983 年。

唐长孺著：《魏晋南北朝隋唐史三论》，武汉：武汉大学出版社，1993 年。

唐长孺著，朱雷、唐刚卯选编：《唐长孺文存》，上海：上海古籍出版社，
    2006 年。

田青编著：《20 世纪中国音乐史论研究文献综录·宗教音乐卷》，北京：人
    民音乐出版社，2005 年。

田余庆著：《秦汉魏晋史探微》，北京：中华书局，2004 年。

田余庆著：《拓跋史探》，北京：三联书店，2011 年。

童岭主编：《皇帝·单于·士人：中古中国与周边世界》，上海：中西书局，
    2014 年。

W

汪波著：《魏晋北朝并州地区研究》，北京：人民出版社，2001 年。

汪春泓著：《文史探真》，北京：昆仑出版社，2004 年。

王承略、刘心明主编：《二十五史艺文经籍志考补萃编》，北京：清华大学出
    版社，2012 年。

王恒著：《云冈石窟佛教造像》，太原：书海出版社，2004 年。

王昆吾著：《隋唐五代燕乐杂言歌辞研究》，北京：中华书局，1996 年。

王昆吾著：《中国早期艺术与宗教》，上海：东方出版中心，1998 年。

王力著：《王力语言学论文集》，北京：商务印书馆，2003 年。

王连龙著：《新见北朝墓志集释》，北京：中国书籍出版社，2013 年。

王美秀著：《北魏文学与汉化关系之研究》，新北：花木兰文化出版社，
    2009 年。

王青著：《魏晋南北朝时期佛教与神话》，北京：中国社会科学出版社，
    2001 年。

王青著:《西域文化影响下的中古小说》,北京:中国社会科学出版社,2006年。

王蕊著:《魏晋十六国青徐兖地域政局研究》,济南:齐鲁书社,2008年。

王淑梅著:《北朝乐府诗研究》,北京:社会科学文献出版社,2013年。

王怡辰著:《东魏北齐的统治集团》,台北:文津出版社,2006年。

王伊同著:《王伊同学术论文集》,北京:中华书局,2006年。

王银田等著:《北魏平城考古研究:公元五世纪中国都城的演变》,北京:科学出版社,2017年。

王永平著:《中古士人迁徙与文化交流》,北京:社会科学文献出版社,2005年。

王永平著:《迁洛元魏皇族与士族社会文化史论》,北京:中国社会科学出版社,2017年。

王云路、方一新编:《中古汉语研究》,北京:商务印书馆,2004年。

王运熙、顾易生主编:《中国文学批评通史》(魏晋南北朝卷),上海:上海古籍出版社,2007年。

王志刚著:《家国、夷夏与天人——十六国北朝史学探研》,北京:北京师范大学出版社,2013年。

王志远著:《中国佛教表现艺术》,北京:中国社会科学出版社,2006年。

王仲荦著:《魏晋南北朝史》,北京:中华书局,2007年。

王仲荦著:《北周六典》,北京:中华书局,2007年。

王仲荦著:《北周地理志》,北京:中华书局,2007年。

王壮弘、马成名著:《六朝墓志检要》,上海:上海书店出版社,2008年。

王壮弘著:《艺林杂谈》,上海:上海书店出版社,2008年。

王子云著:《从长安到雅典——中外美术考古游记》,长沙:岳麓书社,2005年。

韦正著:《将毋同:魏晋南北朝图像与历史》,上海:上海古籍出版社,2019年。

韦正主编:《洞烛幽微:"赵郡李氏与唐文化高端论坛"文集》,上海:上海古籍出版社,2020年。

韦正著:《南北朝墓葬礼制研究》,上海:上海古籍出版社,2022年。

魏宏利著:《北朝碑志文研究》,北京:中国社会科学出版社,2016年。

吴海勇著:《中古汉译佛经叙事文学研究》,北京:学苑出版社,2004年。

吴先宁著:《北朝文化特质与文学进程》,北京:东方出版社,1997年。

毋有江著:《北魏政治地理研究》,北京:科学出版社,2018年。

X

夏炎著:《中古世家大族清河崔氏研究》,天津:天津古籍出版社,2004年。

夏炎主编:《中古中国的都市与社会:南开中古社会史工作坊系列文集(一)》,上海:中西书局,2019年。
夏炎主编:《中古中国的知识与社会:南开中古社会史工作坊系列文集(二)》,上海:中西书局,2020年。
项楚著:《敦煌歌词总编匡补》,成都:巴蜀书社,2000年。
萧涤非著:《汉魏六朝乐府文学史》,北京:人民文学出版社,1998年。
萧涤非著:《乐府诗词论薮》,济南:齐鲁书社,1985年。
邢义田、林丽月主编:《社会变迁》,北京:中国大百科全书出版社,2005年。
熊德基著:《六朝史考实》,北京:中华书局,2000年。
徐宝余著:《庾信研究》,上海:学林出版社,2003年。
徐冲著:《中古时代的历史书写与皇帝权利起源》,上海:上海古籍出版社,2012年。
徐冲著:《观书辨音:历史书写与魏晋精英的政治文化》,北京:北京大学出版社,2020年。
徐蜀著:《魏晋南北朝正史订补文献汇编》,北京:北京图书馆出版社,2004年。
许云和著:《汉魏六朝文学考论》,上海:上海古籍出版社,2006年。
薛天纬、朱玉麒主编:《中国文学与地域风情》,北京:学苑出版社,2005年。

Y

阎爱民著:《汉晋家族研究》,上海:上海人民出版社,2005年。
阎步克著:《察举制度变迁史稿》,北京:中国人民大学出版社,2009年。
阎步克著:《乐师与史官》,北京,生活·读书·新知三联书店,2001年。
阎文儒著:《中国石窟艺术总论》,桂林:广西师范大学出版社,2003年。
阎文儒著:《云冈石窟研究》,桂林:广西师范大学出版社,2003年。
严耀中著:《魏晋南北朝史考论》,上海:上海人民出版社,2010年。
严耕望著:《魏晋南北朝佛教地理稿》,上海:上海古籍出版社,2007年。
严耕望著:《严耕望史学论文选集》,北京:中华书局,2006年。
杨泓著:《汉唐美术考古和佛教艺术》,北京:科学出版社,2000年。
姚薇元著:《北朝胡姓考》,北京:中华书局,2007年。
叶昌炽、柯昌泗著:《语石·语石异同评》,北京:中华书局,1994年。
殷宪、马志强著:《北朝研究》(第一辑),北京:北京燕山出版社,2008年。
殷宪、马志强著:《北朝研究》(第二辑),北京:北京燕山出版社,2008年。
殷宪主编:《北朝史研究:中国魏晋南北朝史国际学术研讨会论文集》,北京:商务印书馆,2005年。

殷宪著：《平城史稿》，北京：科学出版社，2012年。
于涌著：《北朝文学南传研究》，中国社会科学出版社，2016年。
俞鹿年著：《北魏职官制度考》，北京：社会科学文献出版社，2008年。
余太山撰：《两汉魏晋南北朝正史西域传要注》，北京：中华书局，2005年。
余欣主编：《中古时代的礼仪、宗教与制度》，上海：上海古籍出版社，2012年。
余欣主编：《中古中国研究》（第一卷），上海：中西书局，2017年。
余欣主编：《中古中国研究》（第二卷），上海：中西书局，2019年。
余欣主编：《中古中国研究》（第三卷），上海：中西书局，2020年。
云冈石窟研究院编：《2005年云冈国际学术研讨会论文·研究卷》，北京：文物出版社，2006年。

Z

张灿辉著：《两汉魏晋凉州政治史研究》，长沙：岳麓书社，2008年。
张灿辉著：《六朝区域史研究》，长沙：岳麓书社，2008年。
张弓：《汉唐佛寺文化史》，北京：中国社会科学出版社，1997年。
张继昊著：《从拓跋到北魏——北魏王朝创建历史的考察》，新北：稻乡出版社，2003年。
张建坤著：《齐梁陈隋押韵材料的数理分析》，哈尔滨：黑龙江大学出版社，2008年。
张金龙著：《北魏政治与制度论稿》，兰州：甘肃教育出版社，2003年。
张金龙著：《北魏政治史》，兰州：甘肃教育出版社，2008年。
张昆将编：《东亚视域中的"中华"意识》，台北：台湾大学人文社会高等研究院、东亚儒学研究中心，2017年。
张丽著：《北齐隋唐河东家族文化与文学研究》，北京：中国社会科学出版社，2016年。
张鹏著：《北魏儒学与文学》，北京：中国社会科学出版社，2012年。
张庆捷，李书吉，李钢主编：《4—6世纪的北中国与欧亚大陆》，北京：科学出版社，2006年。
张树国著：《汉—唐国家祭祀形态与郊庙歌辞研究》，北京：人民出版社，2013年。
张学锋著：《汉唐考古与历史研究》，生活·读书·新知三联书店，2012年。
张学锋编：《"都城圈"与"都城圈社会"研究文集：以六朝建康为中心》，南京：南京大学出版社，2021年。
章和义著：《地域集团与南朝政治》，上海：华东师范大学出版社，2002年。
赵超著：《中国古代石刻概论》，北京：文物出版社，1997年。

赵超著：《古代墓志通论》，北京：紫禁城出版社，2003年。
赵超著：《试谈北魏墓志的等级制度》，中原文物，2002年第1期。
郑钦仁著：《北魏官僚机构研究》，台北：稻禾出版社，1995年。
郑钦仁著：《北魏官僚机构研究续篇》，台北：稻禾出版社，1995年。
郑汝中著：《敦煌壁画乐舞研究》，兰州：甘肃教育出版社，2002年。
郑振铎著：《中国俗文学史》，北京：东方出版社，1996年。
中国佛教协会编：《中国佛教(二)》，上海：东方出版中心，1996年。
中国魏晋南北朝史学会，武汉大学中国三至九世纪研究所编：《魏晋南北朝史研究：回顾与探索——中国魏晋南北朝史学会第九届年会论文集》，武汉：湖北教育出版社，2009年。
钟涛著：《六朝骈文形式及其文化意蕴》，北京：东方出版社，1997年。
中原石刻艺术馆编：《河南碑志叙录(二)》，郑州：河南美术出版社，1997年。
周广荣著：《梵语〈悉昙章〉在中国的传播与影响》，北京：宗教文化出版社，2004年。
周建江著：《太和十五年——北魏政治文化变革研究》，广州：广东人民出版社，2001年。
周一良著：《魏晋南北朝史札记》，北京：中华书局，2007年。
周征松著：《魏晋隋唐间的河东裴氏》，太原：山西教育出版社，2000年。
周祖谟著：《周祖谟语言文史论集》，北京：学苑出版社，2004年。
周祖谟著：《问学集》，北京：中华书局，2004年。
周祖谟著：《周祖谟语言学论文集》，北京：商务印书馆，2001年。
朱大渭等著：《魏晋南北朝社会生活史》，北京：中国社会科学出版社，1998年。
朱庆之编：《佛教汉语研究》，北京：商务印书馆，2009年。
朱庆之编：《中古汉语研究(二)》，北京：商务印书馆，2005年。
朱振宏著：《跬步集：从中古民族与史学研析洞悉历史的发展与真相》，新北：台湾商务印书馆，2020年。
朱祖延著：《北魏佚书考》，郑州：中州古籍出版社，1985年。

期刊论文

2000年及以前

缪钺著：《魏收年谱》，《四川大学学报(社会科学版)》，1957年第3期。
汪之明、余冠英：《隋代文学是北朝文学的尾声还是唐代文学的先驱》，《文学评论》，1963年第1期。

费海玑著：《北齐文林馆》，《大陆杂志语文丛书》第 2 辑第 5 册，1964 年。

吉联抗著：《从〈洛阳伽蓝记〉看北魏"伎乐之盛"》，《人民音乐》，1982 年第 4 期。

鲁同群著：《庾信入北仕历及其主要作品的写作年代》，《文史》第 19 辑，1983 年。

李德芳著：《北朝民歌的社会风俗史研究》，《北京师范大学学报（社会科学版）》，1984 年第 5 期。

刘琳著：《北朝士族的兴衰》，《中国魏晋南北朝史学会成立大会暨首届学术讨论会论文集》，1984 年。

洪廷彦著：《北朝前期之儒学——南北史札记之一》，《中国历史博物馆馆刊》，1985 年第 3 期。

张皓著：《北朝诗风刍议》，《江汉论坛》，1985 年第 8 期。

祝注先著：《北朝时代鲜卑族的诗人和诗作》，《广西民族学院学报（哲学社会科学版）》，1986 年第 3 期。

严耀中著：《北魏中书学及其政治作用》，《中国魏晋南北朝史学会第二届学术讨论会论文集》，1986 年。

刘志伟著：《从庾信看北朝后期的文人"节操"问题》，《兰州大学学报（社会科学版）》，1988 年第 1 期。

关友惠著：《敦煌北朝石窟中的南朝艺术之风（摘要）》，《敦煌研究》，1988 年第 2 期。

彭体用著：《试论北朝门阀士族与皇权的关系》，《中南民族学院学报（哲学社会科学版）》，1988 年第 2 期。

罗华庆著：《9 至 11 世纪敦煌的行像和浴佛活动》，《敦煌研究》，1988 年第 4 期。

阎采平著：《北朝乐府民歌的南流及其对南朝文坛的影响》，《湘潭大学学报（社会科学版）》，1989 年第 1 期。

荣远大著：《汉晋集议制度初探》，《南充师院学报（哲学社会科学版）》1989 年第 1 期。

韩杰著：《北魏时期"十六国史"的撰述》，《史学史研究》，1989 年第 3 期。

李星著：《隋代文学的地位及杨素、薛道衡的诗作》，《汉中师院学报》，1989 年第 3 期。

董淮平著：《论北魏名臣高允的悲剧命运》，《北京师范大学学报》，1989 年第 5 期。

鲁同群著：《庾信在北朝的真实处境及其乡关之思产生的深层原因》，《南京师大学报(社会科学版)》,1990 年第 1 期。

周一良著:《略论南朝北朝史学之异同》,《北京大学学报(哲学社会科学版)》,1990 年第 3 期。

欧阳小桃著:《汉族士大夫与北魏政权》,《江西社会科学》,1991 年第 2 期。

张国星著:《北朝文化主潮与文学的式微》,《社会科学辑刊》,1991 年第 3 期。

曹道衡著:《略论北朝辞赋及其与南朝辞赋的异同》,《文史哲》,1991 年第 6 期。

何德章著:《北魏国号与正统问题》,《历史研究》,1992 年第 3 期。

高国兴著:《北朝文化的几个问题略说》,《北方文物》,1992 年第 3 期。

余世明著:《北朝的学校及学校教育》,《贵州大学学报》,1992 年第 4 期。

陈朝晖著:《北魏的儒学与士人》,《文史哲》,1992 年第 4 期。

吴先宁著:《〈北朝三书〉文学论》,《江淮论坛》,1992 年第 5 期。

田青著:《梁武帝与佛乐》,《佛教文化》,1993 年第 1 期。

张弓著:《北朝儒释道论议与北方学风流变》,《孔子研究》,1993 年第 3 期。

张金龙著:《十六国北朝文化区的再认识》,《文史哲》,1993 年第 3 期。

周建江著:《北魏皇室文学述论》,《西北师大学报(社会科学版)》,1993 年第 3 期。

唐长孺著:《论南朝文学的北传》,《武汉大学学报(社会科学版)》,1993 年第 6 期。

臧清著:《枯树意象:庾信在北朝》,《中国文化研究》,1994 年夏之卷。

夏毅辉著:《北朝皇后与佛教》,《学术月刊》,1994 年第 11 期。

罗新著:《青齐豪族与宋齐政治》,载《原学》第一辑,北京:中国广播电视出版社,1994 年。

张金龙著:《河西士人在北魏的政治境遇及其文化影响》,《兰州大学学报(社会科学版)》,1995 年第 2 期。

吉定著:《庾信诗中"徐报"小考》,《文学遗产》,1995 年第 5 期。

李炳海著:《北朝民族融合与纪实型边塞诗》,《民族文学研究》,1996 年第 1 期。

李炳海著:《北朝文人的临战心态及边塞诗的格调》,《晋阳学刊》,1996 年第 1 期。

李方元、李渝梅著:《北魏宫廷音乐机构考》,《音乐研究》,1996 年第 2 期。

何德章著:《北朝鲜卑族人名的汉化——读北朝碑志札记之一》,《魏晋南北朝隋唐史资料》,1996 年。

[日]樋口泰裕著:《北朝诗格律化趋势及其进程》,《社会科学战线》,1996年第6期。

王记录著:《北朝史学与北朝政治》,《烟台师范学院学报(哲社版)》,1997年第1期。

高诗敏著:《北朝范阳卢氏形成冠冕之首的诸因素》,《首都师范大学学报(社会科学版)》,1997年第2期。

阎步克:《北朝对南朝的制度回馈——以萧梁、北魏官品改革为线索》,《传统文化与现代化》,1997年第3期。

侯旭东著:《十六国北朝时期僧人游方及其作用述略》,《佳木斯师专学报》,1997年第4期。

罗新著:《五燕政权下的华北士族》,载《国学研究》第四卷,北京:北京大学出版社,1997年。

李方元、俞梅著:《北魏宫廷音乐考述》,《中国音乐学》,1998年第2期。

罗国威著:《温子升年谱》,《辽宁大学学报(社会科学版)》,1998年第3期,第4期。

杨洪权著:《关于北魏青齐土民的几个问题》,《魏晋南北朝隋唐史资料》,1998年。

李必友著:《魏晋南北朝家族教育的特点》,《安徽师范大学学报》,1999年第2期。

王静著:《北魏四夷馆论考》,《民族研究》,1999年第4期。

高诗敏著:《北朝清河崔氏的曲折发展及其特征》,《首都师范大学学报(社会科学版)》,2000年第2期。

高诗敏著:《十六国北朝时期渤海封氏的变迁》,《大同职业技术学院学报》,2000年第3期。

孙兰著:《北朝诗论探析》,《贵州社会科学》,2000年第4期。

孔定芳著:《论北朝文化的姿质》,《湖北工学院学报》,2000年第4期。

霍然著:《论北朝西部乐舞及其与隋唐乐舞的源流关系》,《西域研究》,2000年第4期。

牛贵琥著:《庾信入北的实际情况及与作品的关系》,《文学遗产》,2000年第5期。

古正美著:《北凉佛教与北魏太武帝发展佛教意识形态的历程》,《中华佛学学报》第13期,2000年。

2001年

周建江著:《论北朝社会对入北南朝士人文学的改造》,《西北师大学报(社会科学版)》,2001 年第 4 期。

[韩]姜必任著:《庾信对北朝文化环境的接受》,《文学遗产》,2001 年第 5 期。

2002 年

霍然著:《论北朝民族大融合对唐代文化的影响》,《新疆大学学报(社会科学版)》,2002 年第 1 期。

吉定著:《南朝文学盛于北朝的原因》,《东南大学学报(哲学社会科学版)》,2002 年第 2 期。

张泉著:《北魏行人的文学表现》,《福建论坛(人文社会科学版)》,2002 年第 3 期。

2003 年

陈德弟著:《北魏官府藏书活动考述》,《图书馆杂志》,2003 年第 7 期。

何德章著:《北魏迁洛后鲜卑贵族的文士化——读北朝碑志札记之三》:《魏晋南北朝隋唐史资料》,2003 年。

胡大雷著:《注重典故与场面化叙写的北朝描摹女性之作》,《厦门教育学院学报》,2003 年 6 月。

刘怀荣著:《北魏的汉化历程与歌诗艺术考论》,《中国诗歌研究》第 2 辑,2003 年。

阮忠著:《北朝风习与北朝散文的南化》,《海南师范学院学报(社会科学版)》,2003 年第 6 期。

王华山著:《近二十年来十六国北朝儒学研究述评》,《孔子研究》,2003 年第 2 期。

2004 年

蔡鸿著:《北朝诗韵字举误》,《南京社会科学》,2004 年第 8 期。

陈德弟著:《十六国北朝官府藏书活动述论》,《图书馆工作与研究》,2004 年第 3 期。

陈友冰著:《民族和解的历史见证和胡汉交融的典型诗例——对北朝乐府〈敕勒歌〉的另类解读》,《文学前沿》,2004 年第 1 期。

董志翘著:《中古佛教文献词语零札》,《南京大学学报》,2004 年第 5 期。

高贤栋著:《北朝时政谣谚与民间信仰》,《民俗研究》,2004 年第 1 期。

李静杰著:《北朝佛传雕刻所见佛教美术的东方化过程——以诞生前后的场面为中心》,《故宫博物院院刊》,2004 年第 4 期。

黎国韬著:《乐部尚书考略——北魏宫廷乐官制度的重新审察》,《魏晋南北朝史论文集——中国魏晋南北朝史学会第八届年会暨缪钺先生百年诞辰国际学术研讨会论文集》,2004年。

李俊著:《北朝后期诗歌创作心理的本土认同》,《南都学坛(人文社会科学学版)》,2004年第2期。

李俊著:《北朝后期诗歌创作心理的本土认同》,《南都学坛(人文社会科学学版)》,2004年第2期。

李中华著:《苏绰〈六条诏书〉的儒学思想评析——兼谈北朝儒学》,《纪念孔子诞生2555周年国际学术研讨会论文集(卷三)》,2004年。

梁满仓著:《北魏中书学》,《魏晋南北朝史论文集——中国魏晋南北朝史学会第八届年会暨缪钺先生百年诞辰国际学术研讨会论文集》,2004年。

罗新著:《说〈文馆词林〉魏收〈征南将军和安碑铭〉》,《中国史研究》,2004年第1期。

2005年

曹道衡著:《北朝社会环境对学术和文艺的影响》,《周口师范学院学报》,2005年第1期。

宋冰著:《北魏文化发展史上的崔浩时代》,《贵州大学学报(社会科学版)》,2005年第5期。

王志清著:《庾信乐府诗创作与北朝历史文化之关系》,《大同职业技术学院学报》,2005年12月。

魏斌著:《北魏末年的青齐士风》,《魏晋南北朝隋唐史资料》,2005年。

2006年

白贤著:《北魏儒风与河西文化之东渐》,《河西学院学报》,2006年第1期。

邓乐群著:《北魏统一中原前十六国政权的汉化先声》,《清华大学学报(哲学社会科学版)》,2006年第2期。

逄成华著:《北朝"褒衣博带"装束渊源考辨》,《学术交流》,2006年第4期。

李建栋著:《邢邵年谱》,《大同职业技术学院学报》,2006年第3期。

李文才著:《北朝国家编撰出版机构略论》,《求索》,2006年第7期。

刘涛著:《由经学的传承发展看北朝儒学的时代特点》,《石河子大学学报(哲学社会科学版)》,2006年第3期。

尚永琪著:《北朝胡人与佛教的传播》,《吉林大学社会科学学报》,2006年第2期。

宋冰著:《北魏早期汉族士人的文学观念与散文传统形成之关系》,《晋阳学刊》,2006年第1期。

宋冰著:《论凉州士人在北魏的文化学术活动及其影响》,《学术交流》,2006年第2期。

宋燕鹏著:《论北齐文士的地理分布——以"待诏文林馆"籍贯为考察中心》,《中国历史地理论丛》第 21 卷第 4 缉,2006 年。

王玫著:《建安文学在十六国及北朝的接受状况》,《沈阳师范大学学报(社会科学版)》,2006 年第 3 期。

吴相洲著:《关于构建乐府学的思考》,《北京大学学院(哲学社会科学版)》,2006 年第 3 期。

2007 年

郭建勋著:《北朝骚体文学概说》,《中国楚辞学》第九辑,北京:学苑出版社,2007 年。

杭红梅著:《试谈北朝民歌的艺术特色》,《内蒙古艺术》,2007 年第 2 期。

侯迎华著:《论〈颜氏家训〉及北朝的公文理论》,《河南社会科学》,2007 年第 6 期。

李嘎著:《北魏崔猷墓志及相关问题》,《考古》,2007 年第 1 期。

李建栋著:《西域胡戎乐在北魏的传播与被接受》,《学术月刊》,2007 年第 5 期。

罗新著:《中国国家博物馆藏北魏元则、元宥墓志疏解》,《中国历史文物》,2007 年第 2 期。

石冬梅著:《北魏太和新官制并未模仿南朝》,《天府新论》,2007 年第 3 期。

宋冰著:《北朝散文"笔"盛于"文"原因探析》,《江西师范大学学报(哲学社会科学版)》,2007 年第 5 期。

孙光:《河北士族对北朝文学的影响》,《北方论丛》,2007 年第 2 期。

王松山著:《北魏博士略论》,《牡丹江大学学报》,2007 年第 3 期。

袁卧雪著:《薛道衡年谱》,《中国古典文献学丛刊》(第六卷),2007 年。

张建坤著:《北魏墓志铭用韵研究》,《广东广播电视大学学报》,2007 年第 4 期。

张鹏著:《北朝佛教造像记的文学意义》,《西南交通大学学报(社会科学版)》,2007 年第 5 期。

赵超著:《中国国家博物馆藏北朝封氏诸墓志会考》,《中国历史文物》,2007 年第 2 期。

赵雷著:《坞堡的社会组织形式对北朝学术、士风及文学的影响》,《社会科学辑刊》,2007 年第 6 期。

赵青山著:《敦煌地区寺院行像活动财政考》,《敦煌学辑刊》,2007 年第 4 期。

2008 年

胡胜源著:《武风壮盛到重文轻武——再论北齐倾覆之因》,《兴大历史学报》第 20 期,2008 年。

胡胜源著:《"人心思魏"与魏齐禅代》,《台大历史学报》第 42 期,2008 年。

李凭著:《魏晋南北朝时期的移民运动与中华文明的整体升华》,《北朝研究》(第六辑),北京:科学出版社,2008 年。

李童著:《汉魏六朝佛诞节仪考述》,《宗教学研究》,2008 年第 4 期。

邵正坤著:《试论北朝以传承儒学为主的家学及其嬗变》,《孔子研究》,2008 年第 3 期。

宋燕鹏,孙继民著:《论六世纪邺城文学在北朝文学史上的地位》,《邯郸学院学报》,2008 年第 4 期。

宋燕鹏、吴克燕著:《论北魏后期的文学活动》,《兰台世界》,2008 年 7 月上半月。

王珊著:《北魏僧芝墓志考释》,《北大史学》第 13 期,2008 年。

王志刚著:《十六国北朝的史官制度与史学发展》,《史学史研究》,2008 年第 1 期。

徐宝余著:《宇文氏政治文化形态与庾信士人品格的生成、转化》,《北朝研究》(第 6 辑),北京:科学出版社,2008 年。

于英丽:《论薛道衡及其诗歌》,《福州大学学报(哲学社会科学版)》,2008 年第 4 期。

张建坤著:《北朝后期诗文用韵研究(阳声韵、入声韵部分)》,《阜阳师范学院学报(社会科学版)》,2008 年第 3 期。

张树国著:《汉—唐郊祀制度沿革及郊祀歌辞研究》,载《乐府学》第 3 辑,2008 年。

[日]稻畑耕一郎著:《历代地方志中习俗记载的利用价值及其问题——以"佛诞节"习俗为例》,《中国典籍与文化》,2008 年第 3 期。

2009 年

马立军著:《论北朝以志为史的文体观》,《中国典籍与文化》,2009 年第 3 期。

牛润珍著:《北魏史官制度与国史纂修》,《史学史研究》,2009 年第 2 期。

钱慧著:《论萧子良、梁武帝对佛教音乐本土化的贡献》,《南京艺术学院学报》,2009 年第 4 期。

孙艳庆著:《北朝王昕之名士风度及其交游考述——从一个侧面看北朝后期士风的变化》,《扬州大学学报(人文社会科学版)》,2009 年第 2 期。

王永平著:《略论北魏孝文帝之文化修养及其表现与影响》,《史学集刊》,2009 年 5 月。

王永平著:《北朝时期之玄学及其相关文化风尚考述》,《学术研究》,2009 年第 11 期。

王志刚著:《民族文化认同与北朝史官制度的发展》,《史学集刊》,2009 年第 3 期。

吴栓虎著:《略论北朝环境对庾信后期诗歌创作的影响》,《内蒙古大学学报(哲学社会科学版)》,2009 年第 1 期。

尹建东著:《试论北魏统治时期关东豪族士族化的过程及特点》,《思想战线》2009 年人文社会科学专辑。

翟景运著:《略论北朝前期音乐及其影响》,《乐府学》第 4 辑,北京:学苑出版社,2009 年。

张鹤泉著:《略论北朝儒生对"三礼"的传授》,《社会科学战线》,2009 年第 7 期。

赵兰香著:《从墓志解读北魏时期的文献传承》,《兰台世界》,2009 年第 2 期。

2010 年

柏俊才著:《北魏前期的文化政策与文学精神》,《中国海洋大学学报(社会科学版)》,2010 年第 1 期。

韩高年著:《士人文化心态对北朝诗赋文体的吁求——对北朝诗赋特质成因的文体学考察》,《辽东学院学报(社会科学版)》,2010 年第 2 期。

魏宏利著:《私家藏书与北朝学术文化之发展》,《内蒙古社会科学(汉文版)》,2010 年第 1 期。

2011

李建栋著:《北齐时代的西域胡戎乐东渐及其对政治的影响》,载《安徽大学学报(哲学社会科学版)》,2011 年第 1 期。

童岭著:《六朝时期"东亚文明圈"民族关系研究的另一种视角》,《云南民族大学学报(哲学社会科学版)》,2011 年第 4 期。

2012

范兆飞著:《论北魏太原士族群的集体复兴》,《社会科学战线》,2012 年第 1 期。

高欣著:《略论渤海高氏在北朝的变迁——北魏至北齐初》,《三峡大学学报》,2012 年增刊。

郭可慤著:《汉魏西晋北魏时期洛阳的音乐舞蹈百戏》,《洛阳师范学院学报》,2012 年第 7 期。

胡鸿著:《北魏初期的爵本位社会及其历史书写——以〈魏书·官氏志〉为中心》,《历史研究》,2012 年第 4 期。

李晓红著:《"以数立言"与九言诗之兴——谢庄〈宋明堂歌〉文体新变考论》,《中山大学学报(社会科学版)》,2012 年第 4 期。

马晓丽、崔明德著:《对拓跋鲜卑及北朝汉化问题的总体考察》,《中国边疆史地研究》,2012 年第 1 期。

阎步克著:《论北朝位阶体制变迁之全面领先南朝》,《文史》,2012 年第三辑。

杨龙著:《北魏前期汉族士人的社会交往初探》,《史学集刊》,2012 年第 4 期。

杨龙著:《北魏道武帝时期的汉族士人》,《贵州社会科学》,2012 年第 5 期。

杨龙著:《汉族官僚与北魏的地方文化教育》,《社会科学战线》,2012 年第 5 期。

殷宪著:《北魏平城营建孔庙本事考》,《学习与探索》,2012 年第 4 期。

曾智安著:《以数立言:庾信〈周五声调曲〉以文法、赋法为歌及其礼乐背景》,《河北师范大学学报(哲学社会科学版)》,2012 年第 6 期。

张云华著:《北魏宗室与"五姓"婚姻关系简论》,《郑州大学学报》,2012 年第 3 期。

2013

韩雪松著:《北魏外交文书试探》,《史学集刊》,2013 年第 1 期。

刘军著:《元举墓志与北魏迁洛宗室的士族化》,《史林》,2013 年第 3 期。

刘凯著:《北魏"神部"问题研究》,《历史研究》,2013 年第 3 期。

刘浦江著:《南北朝的历史遗产与隋唐时代的正统论》,《文史》,2013 年第 2 辑。

仇鹿鸣著:《高允与崔浩之死臆测——兼及对北魏前期政治史研究方法的一些反思》,《社会科学战线》,2013 年第 3 期。

王娟、汤勤福著:《南北朝时期亡命士人刍议》,《求是学刊》,2013 年第 3 期。

王淑梅著:《北朝乐府内乐辞的入乐情况考察》,载《乐府学》第 8 辑,2013 年。

夏志刚著:《南北朝释奠推行模式比较》,《阅江学刊》2013 年第 3 期。

徐美莉著:《再论北魏前期尚书制度的置废与变革》,《聊城大学学报》,2013 年第 2 期。

2014

蔡丹君著:《"乡论"社会与十六国文学的基本价值观念》,《文艺理论研究》,2014年第5期。

程刚著:《北魏初至北周中的司马楚之家族兴替》,《中南大学学报》,2014年第3期。

胡鸿著:《星空中的华夷秩序——两汉至南北朝时期有关华夷的星占言说》,《文史》,2014年第1辑。

胡鸿著:《中古前期有关异族的知识建构——正史异族传的基础性研究》,《中国中古史研究:中国中古史青年学者联谊会会刊》第4卷,北京:中华书局,2014年。

李晓红著:《南朝雅乐歌辞文体新变论析——以五帝歌为中心》,载《文学遗产》,2014年第5期。

刘跃进、徐建伟、罗剑波、童岭、林晓光、程苏东、孙少华著:《钞本时代的经典研读与存在的问题(笔谈)》,《求是学刊》,2014年第5期。

陆帅、胡阿祥著:《〈明昙憘墓志〉所见南朝境内的"青齐土民"》,《东岳论丛》,2014年第3期。

孙英刚著:《洛阳测影与"洛州无影"——中古知识世界与政治中心观》,《复旦学报》,2014年第1期。

孙英刚著:《"黄旗紫盖"与"帝出乎震"——中古时代术数语境下的政权对立》,《中国中古史研究:中国中古史青年学者联谊会会刊》第4卷,中华书局,2014年。

汤勤福著:《长安新出墓志所见南人北迁之迹考释——以南北朝隋初为例》,《首都师范大学学报》,2014年第2期。

2015

曹晓卿著:《古青州北朝佛教造像中的飞天伎乐用乐研究》,《中国音乐》,2015年第1期。

胡鸿著:《十六国的华夏化:"史相"与"史实"之间》,《中国史研究》,2015年第1期。

姜望来著:《皇权象征与信仰竞争:刘宋、北魏对峙时期之嵩岳》,《魏晋南北朝隋唐史资料》第31辑。

何德章著:《〈魏书〉校读丛札》,《文史》,2015年第4辑。

李海著:《北魏乐律学研究》,《山西大同大学学报(自然科学版)》,2015年第6期。

李娟著:《云冈石窟乐器图像期刊文献述评》,载《黄河之声》,2015年第22期。

倪润安著:《北齐墓葬文化格局论》,《故宫博物院院刊》,2015年第2期。
徐冲著:《元渊之死与北魏末年政局:以新出元渊墓志为线索》,《历史研究》,2015年第1期。
赵昆雨著:《古道西风别样薰——北魏平城时代的胡风乐舞》,《敦煌研究》,2015年第3期。
赵昆雨著:《戎华兼采,鲜卑当歌——北魏平城时代乐舞文化中的鲜卑因素》,《中国音乐》,2015年第4期。

2016

范兆飞著:《中古地域集团学说的运用及流变——以关陇集团理论的影响为线索》,《厦门大学学报》,2016年第1期。
胡克森著:《北魏州郡学的统一建立与拓跋鲜卑的汉化改革——兼谈北魏汉族士人儒学复兴的艰辛历程》,《史学月刊》,2016年第6期。
黄桢著:《北魏前期的官制结构:侍臣、内职与外臣》,《民族研究》,2016年第3期。
李凭著:《〈北史〉中的宗族与北朝历史系统——兼论中华文明长存不衰的历史原因》,《中国社会科学》,2016年第5期。
廖基添著:《论魏齐之际"河南—河北"政治格局的演变——从东魏张琼父子墓志说起》,《文史》,2016年第3期。
刘跃进、孙少华、徐建委、童岭、林晓光、程苏东、罗剑波著:《周秦汉唐经典的形成与诠释(笔谈)》,《复旦学报》,2016年第1期。
楼劲著:《谶纬与北魏建国》,《历史研究》,2016年第1期。
任方冰著:《中古入华粟特乐舞及其影响》,载《音乐研究》,2016年第4期。
沈丽华著:《邺城地区东魏北齐墓葬布局研究》,《考古》,2016年第3期。
史睿著:《北朝士族音韵之学与南北交聘》,《文史》,2016年第4辑。
孙正军著:《魏晋南北朝史研究中的史料批判研究》,《文史哲》,2016年第1期。
毋有江著:《北朝政治进程中的行政区划变动》,《中国中古史集刊》第2辑,北京:商务印书馆,2016年。
夏滟洲著:《北魏乐人——乐户制度形成考论》,《音乐艺术》,2016年3月。
夏滟洲著:《中古乐人身份制度与伎乐演化研究成果综述》,《交响——西安音乐学院学报》,2016年第1期。
徐冲著:《历史书写与中古王权》,《中国史研究动态》,2016年第4期。
许继起著:《魏晋南北朝清商乐署考论》,《中南民族大学学报(人文社会科学版)》,2016年第6期。

闫运利著:《北朝郊祀歌辞留存状况考》,《唐山学院学报》,2016年第2期。

刘薇著:《北魏乐籍制度考——兼论"乐籍"概念的界定》,《黄钟(武汉音乐学院学报)》,2016年第3期。

殷杰茹著:《乐府官署的变革与魏晋南北朝乐府歌诗的发展》,《保定学院学报》,2016年第4期。

2017

柏俊才著:《北魏乐府制度与乐府诗发覆》,载《兰州学刊》,2017年第7期。

蔡丹君著:《乡里社会与十六国北朝文学的本土复兴》,《文学遗产》,2017年第1期。

范兆飞、夏炎、林晓光、王彬著:《笔谈:中古士族研究再出发》,《中国史研究动态》,2017年第1期。

林晓光著:《比较视域下的回顾与批判:日本六朝贵族制研究平议》,《文史哲》,2017年第5期。

仇鹿鸣著:《十余年来中古墓志整理与刊布情况述评》,《唐宋历史评论》,2017年第4辑。

吴巧云、姬红兵著:《云冈石窟音乐窟中的北魏音乐》,载《天津音乐学院学报》,2017年第3期。

夏炎著:《士族社会史研究范式重建及其理论意义》,《中国史研究动态》,2017年第1期。

阎步克著:《族群互动与"南北朝"现象:一个体制问题的政治学思考》,《思想战线》,2018年第3期。

杨龙著:《北魏汉族士人地方治理模式简论》,《北朝研究》(第八辑),北京:科学出版社,2017年。

赵永磊著:《塑造正统:北魏太庙制度的构建》,《历史研究》,2017年第6期。

[日]佐川英治著:《从西郊到圆丘——〈文馆词林·后魏孝文帝祭圆丘大赦诏〉所见孝文帝的祭天礼仪》,载《中古中国研究》第一卷《重绘中古中国的时代格:知识、信仰与社会的交互视角专号》,上海:中西书局,2017年。

2018

蔡丹君著:《鲜卑贵族与北魏洛阳文学风气的形成》,《民族文学研究》,2018年第2期。

郭硕著:《五德利运与十六国北魏华夷观的变迁》,《中央民族大学学报(哲学社会科学版)》,2018年第5期。

郭硕著:《中古源氏的郡望变迁与身份认同》,《魏晋南北朝隋唐史资料》第38辑,2018年。

胡克森著:《从〈元经〉看王通北魏正统的确立依据——兼评孝文帝的门阀制度重建》,《史林》,2018年第1期。

李磊著:《〈魏书·岛夷萧衍传〉的叙事与魏齐易代之际的南北观》,《史学月刊》,2018年第11期。

刘军著:《北魏门阀士族制度窥管——以新建封之秉墓志为中心》,《社会科学》,2018年第9期。

刘军著:《从释褐看北魏"膏腴"群体的身份特质——以出土墓志为基础》,《四川师范大学学报(社会科学版)》,2018年第5期。

刘凯著:《北魏九锡名物略考——物化礼乐视角下的北魏礼制渊源与变迁窥管》,《中国中古史集刊》第5辑,2018年。

刘晓伟著:《正统化:北朝政权博弈与隋唐音乐的转型》,载《中国音乐学》,2018年第3期。

秦红发、孙险峰著:《论北魏西郊祭天》,《中州学刊》,2018年第2期。

仇鹿鸣著:《北魏客制小考》,《史学月刊》,2018年第11期。

仇鹿鸣著:《失焦:历史分期论证与中文世界的士族研究》,《文史哲》,2018年第6期。

仇鹿鸣著:《〈隋唐制度渊源略论稿〉中的王肃》,《中国中古史集刊》第5辑,2018年。

苏航著:《"汉儿"歧视与"胡姓"赐与——论北朝的权力边界与族类边界》,《民族研究》,2018年第1期。

宋燕鹏著:《梁末入邺文史之史事钩沉》,《北朝研究》(第9辑),北京:科学出版社,2018年。

王万盈、李央琳著:《北魏制度转型推动力探赜》,《北朝研究》(第9辑),北京:科学出版社,2018年。

席格著:《重识刁雍〈兴礼乐表〉的美学史价值》,载《河北师范大学学报(哲学社会科学版)》,2018年第2期。

夏滟洲著:《城市与音乐:中古时期发生在洛阳的乐工流动迁移与聚合》,载《音乐文化研究》,2018年第2期。

庄芸著:《论青齐学术在北朝的兴衰》,《江海学刊》,2018年第6期。

庄芸著:《魏齐之际文士交游新论》,《文学遗产》,2018年第1期。

2019

蔡丹君著:《基于乡里社会的十六国胡汉民族关系——以华北与关中地区

诸政权为例证》,《上海大学学报(社会科学版)》,2019年第5期。

胡胜源著:《孝文崇拜与东魏政治》,《政治大学历史学报》第51期,2019年。

黄桢著:《从"书写"到"阅读":中古制度文献研究的回顾与展望》,《中国中古史研究》第七卷"何谓制度"专号,2019年。

姜望来著:《中古史籍与道经中所见"六夷"与"中国"》,《魏晋南北朝隋唐史资料》第38辑,2019。

李磊著:《德性与政治——北魏士大夫政治的形成及其原因探析》,《北朝研究》(第10辑),北京:科学出版社,2019年。

仇鹿鸣著:《事件、过程与政治文化——近年来中古政治史研究的评述与思考》,《学术月刊》,2019年第10期。

孙正军著:《另一种"制度史观"——"制度取径"的历史研究刍议》,《中国中古史研究》第七卷"何谓制度"专号,2019年。

张庆捷著:《高欢旧友与东魏北齐政治》,《史志学刊》,2019年第1期。

[韩]崔珍烈著:《平城定都与北魏在北方的迅速崛起》,《北朝研究》(第10辑),北京:科学出版社,2019年。

2020

陈怀宇著:《中国中古史研究:从中国走向世界》,《历史研究》,2020年第4期。

范兆飞著:《文本与形制的共生:北魏司马金龙墓表释证》,《复旦学报(社会科学版)》,2020年第4期。

郭硕著:《"岛夷"称号与北朝华夷观的变迁》,《文史哲》,2020年第4期。

胡胜源著:《读〈北齐书·阳休之传〉论李德林的党派意识与历史书写》,《北朝研究》(第11辑),北京:科学出版社,2020年。

黄桢著:《龙舟上的北魏皇帝》,《唐研究》第二十五卷,北京:北京大学出版社,2020年。

寇陆著:《书信中的君王形象与心理战:拓跋焘(408—452)的国书和他的南方读者》,《岭南学报》第13辑,2020年。

刘芳著:《试论北魏冠服制度的形成——以孝文帝时期为中心》,《北朝研究》(第12辑),北京:科学出版社,2020年。

楼劲著:《北魏天兴定历及相关问题》,《社会科学战线》,2020年第12期。

魏斌、孙正军、仇鹿鸣、永田拓治、胡鸿、吴承翰著:《重绘中古史的可能性(笔谈)》,《文史哲》,2020年第6期。

吴洪琳著:《合为一家:十六国北魏时期的民族认同》,北京:社会文献出版社,2020 年。

徐美莉著:《北魏天兴、天赐与太和年间西郊祭天考论》,《北朝研究》(第 12 辑),北京:科学出版社,2020 年。

杨英著:《改革开放四十年来的中古礼学与礼制研究》,《文史哲》,2020 年第 5 期。

于溯著:《行走的书麓:中古时期的文献记忆与文献传播》,《文史哲》,2020 年第 1 期。

张勇耀著:《崔浩的平城功绩及其"国史之狱"原因探析》,《北朝研究》(第 12 辑),北京:科学出版社,2020 年。

赵永磊著:《争膺天命:北魏华夏天神祭祀考论》,《历史研究》,2020 年第 4 期。

2021

陈鹏著:《北朝顿丘李氏郡望形成考》,《中国史研究》,2021 年第 2 期。

范兆飞著:《中古早期谱系、谱牒与墓志关系辨证》,《中国史研究》第 2 期。

高人雄著:《河陇地域文化对北魏文化的深厚影响》,《北朝研究》(第 13 辑),北京:科学出版社,2021 年。

李敦庆著:《仪式理论视域下的魏晋南北朝五礼用乐研究》,北京:中国社会科学出版社,2021 年。

李贺文著:《北朝至隋唐陇右少数民族历史与文化:碑铭视角下的考察》,北京:社会科学出版社,2021 年。

李磊著:《历史论述与地域统合:刘曜的国号选择与十六国新法统之创建》,《中国史研究》,2021 年第 4 期。

李磊著:《中华制度认同与后赵天王体制的演变》,《西南民族大学学报(人文社会科学版)》,2021 年第 6 期。

刘凯著:《清整与转化:北魏杂祀简考》,《东岳论丛》,2021 年第 4 期。

刘莹著:《文成帝和平二年南巡史事再考——以〈南巡碑(并序)〉为中心》,《历史研究》,2021 年第 3 期。

彭丰文著:《北魏的历史记忆整合与国家认同建构——铸牢中华民族共同体意识的历史经验探究》,《西南民族大学学报(人文社会科学版)》,2021 年第 6 期。

苏航著:《从价值同构看北朝的文化变迁和民族凝聚》,《历史研究》,2021 年第 4 期。

孙正军著:《近十年来中古碑志研究的新动向》,《史学月刊》,2021 年第 4 期。

魏斌著:《传说与历史:并肆地区的北魏皇帝遗迹》,《文史》,2021年第2辑。

夏炎著:《〈朱岱林墓志〉与魏晋南北朝青齐家族再认识》,《南开学报(哲学社会科学版)》,2021年第3期。

张鹤泉著:《东魏北齐特进考》,《河北学刊》,2021年第2期。

赵永磊著:《神圣与世俗:北魏平城明堂礼仪发覆》,《学术月刊》,2021年第1期。

2022

黄桢著:《论北魏孝文帝太和十八年之北巡》,《文史》,2022年第2辑。

胡胜源著:《党派之争与颜之推的历史书写》,《社会科学战线》,2022年第6期。

姜望来著:《南北之间:东晋刘宋与北魏对峙时期之五岳归属于政治形势》,《中外论坛》第1期。

李煜东著:《北魏孝武帝即位因素再研究——兼说孝武西奔的意义》,《中华文史论丛》,2024年第4期。

陆帅著:《北魏中后期的青齐地方社会——以"土民"的分化、对立问题为中心》,《中国区域文化研究》第1期。

石硕著:《胡入中华:"中华"一词的产生及开放性特点——东晋南北朝至隋唐胡汉融合与"中华"词义嬗变》,《清华大学学报》,2022年第4期。

田可著:《"牛继马后"谶言语中国正统问题析论》,《魏晋南北朝隋唐史资料》第46辑,2022年。

王永平著:《南北融通与文质兼备——南北朝后期入北河东柳氏家族之文化风尚及其影响》,《南京晓庄学院学报》第2期。

薛海波著:《河北大族与东魏建立新论》,《社会科学战线》第6期。

于溯著:《隐蔽的网络:中古文献中的模块化书写》,《古典文献研究》第25辑上,南京:凤凰出版社,2022年。

庄芸著:《北齐文林馆考论》,《文学遗产》,2022年第1期。

庄芸著:《西魏北周"大诰体"兴废考论》,《北京大学学报(哲学社会科学版)》,2022年第2期。

2023

魏斌著:《北魏洛阳的汉晋想象——空间、古迹与记忆》,《北京大学学报(哲学社会科学版)》,2023年第3期。

周双林著:《关于南北朝时期范阳祖氏的几个问题》,《北朝研究》(第十四辑),北京:科学出版社,2023年。

2024

胡大雷著:《论北朝的文学竞争与创作精神》,《吉林师范大学学报(人文社会科学版)》,2024年第4期。

龙成松著:《出土墓志视野下的北朝民族文学新观察》,《北京社会科学》,2024年第9期。

[日]窪添庆文著:《论北朝墓志的性质与制作》,《复旦学报(社会科学版)》,2024年第4期。

博士论文

[韩]姜必任著:《论关陇、山东文化圈的嬗变及其文学创作》,北京大学,1999年。

江中柱著:《北朝文人心态研究》,福建师范大学,2003年。

黄寿成著:《论北朝后期区域文化趋同及比较——东魏北齐与西魏北周之比较》,陕西师范大学,2005年。

赵海丽著:《北朝墓志文献研究》,山东大学,2007年。

蔡丹君著:《从乡里到都城:历史与空间变迁视野中的北朝文学》,北京大学,2013年。

庄芸著:《北朝后期的文士群体与文学风貌》,北京大学,2020年。

外国汉学

著作类

[日]塚本善隆著:《支那佛教史研究(北魏篇)》,东京:弘文堂书房,1942年。

[日]塚本善隆著:《魏书释老志研究》,京都:佛教文化研究所出版部,1961年。

[日]铃木博士古稀记念祝贺会编:《铃木博士古稀记念东洋学论集》,东京:明德出版社,1972年。

[日]小杉一雄著:《中国佛教美术史研究》,东京:新树社,1980年。

[日]矢岛美都子著:《庾信研究》,东京:明治书院,2000年。

[日]谷川道雄著,马彪译:《中国中世社会与共同体》,北京:中华书局,2004年。

[日]谷川道雄著,李济沧译:《隋唐帝国形成史论》,上海:上海古籍出版社,2005年。

[日]宫崎市定著:《九品官人法研究:科举前史》,北京:中华书局,2008年。

［日］吉川忠夫著,王启发译:《六朝精神史研究》,南京:江苏人民出版社,2010 年。

［日］小林正美著,王皓月译:《中国的道教》,齐鲁书社,2010 年。

［日］窪添庆文著,赵立新等译:《魏晋南北朝官僚制研究》,台北:台湾大学出版中心,2015 年。

［日］窪添庆文著,赵立新、涂宗呈、胡云薇等译:《魏晋南北朝官僚制研究》,上海:复旦大学出版社,2017 年。

［日］窪添庆文著,《墓志を使用いた北魏史研究》,东京:汲古书院,2017 年。

［日］堀内淳一《北朝社会における南朝文化の受容:外交使节と亡命者の影响》,东京:东方书店,2018 年。

［日］金子修一著,徐璐、张子如译:《中国古代皇帝祭祀研究》,西安:西北大学出版社,2018 年。

［日］田村实造著,焦堃译:《中国史上的民族移动期——十六国北魏时代的政治与社会》,上海:中西书局,2024 年。

［法］马伯乐著,聂鸿音译:《唐代长安方言考》,北京:中华书局,2005 年。

［法］谢和耐著,耿升译:《中国社会史》,南京:江苏人民出版社,2005 年。

［法］谢和耐著,耿升译:《中国 5—10 世纪的寺院经济》,上海:上海古籍出版社,2005 年。

［美］梅维恒(Victor H. Mair)著,王邦维、荣新江、钱文忠译,季羡林审定:《绘画与表演——中国的看图讲故事和它的印度起源》,北京:北京燕京出版社,2000 年。

《法国汉学》丛书编辑委员会编:《法国汉学》第 5 辑(敦煌学专号),北京:中华书局,2000 年。

期刊类

［日］小杉一雄著:《行像——帕孜克里克的行像壁画》,《佛教艺术》19 号,1953 年。

［日］樋口泰裕著:《庾信研究文献目录初稿(2001 年止)》,《筑波中国文化论丛》21 号,2002 年。

［日］前岛佳孝著:《贺拔胜的经历和活动》,《东方学》第 103 辑,2002 年。

［日］大峠要著:《东魏—北齐的中书侍郎》,《史朋》第 36 期,北海道大学,2003 年。

［日］榎本あゆち:《魏後期・東魏の中書舍人について》,载《中國中世史研究:続編》,京都:京都大学学术出版会,1995 年。

后　　记

直到看到封面的设计图,我终于有了"这本书确实要出版了"的真实感。

图像往往能比文字更强烈地激发回忆。在手机花了几秒钟时间加载出高清全图的那一刻,伴随着平面的设计图,还有两段动态的画面,同时撞进我的大脑。

第一段画面是,我的老师袁行霈先生,带着他总是令人如沐春风的笑容,以及比平时更多一些的喜悦,递给我一张笺,问我:"你看看,这个题目怎么样?"

那张笺上写的,就是封面上的这个名字。但和通常在著作出版前求赐题签不同的是,这并不是在酝酿本书出版时发生的事情。这张笺的出现,不仅早于这本书,甚至早于它的原型——我的博士论文的完成。甚至连我都已不记得这件事的准确时间,只能模糊地记得,那大概是2009年前后的事情。

我的学术生涯是从南朝开始的。在北大中文系读本科时,我在傅刚老师的《中国古代文学史》课上第一次感受到南朝士族与南朝诗歌的吸引力,其后,在钱志熙老师的指导下,我完成了我的本科学年论文和毕业论文,分别以谢朓和王融为研究对象。在21世纪最初的几年,南齐还不是一个非常被关注的时代,尤其是关于王融的研究寥寥无几。但对永明体的研究,为我日后多年的学术发展打下了基础。硕士阶段,我转为研究诗歌吟诵与六朝诗体变革的关系,但论文的重头仍然放在永明年间的诗歌创作与传播。我正式发表的第一篇论文,就是在这一阶段与王小盾师合作的《经呗新声与永明时期的诗体变革》。跟随袁先生攻读博士之后,袁师本希望我在之前的基础上,继续深入南朝,做细做透。但年轻气盛、野心勃勃的我却觉得不满足——对当时的我来说,南北朝这个历史时期就像一个电脑游戏的地图,南朝这一部分已经逐渐显露出来,但北朝仍然笼罩在缭绕云雾里,并未向我敞开。一个游戏人物的升级,势必要走向更大的地图,去进行更多的搜寻。所以我对袁师夸下海口,说我想要去了解北朝,了解这片土地在这个时代里的全貌,从而更好地回望六朝。

但是,走出"新手村"、打开新副本,做起来谈何容易。经过差不多一年的广泛搜集文献进行阅读,我也只是粗略地想以"南北朝文化交流"这个似乎并不能看出多少新意的领域作为研究方向,具体该如何切入,一直迟迟不能确定。直到有一天,出现了这个"游戏"里至关重要的一个"通关道具"。

那原本只是寻常的一天,我去向袁师汇报研究进展。袁师从桌上拿起一张笺递过来,对我说:"你看看,这个题目怎么样?"

这本书的题目,就写在上面。

令人有点啼笑皆非的是,当时的我,正沉迷于"北朝对南朝的反馈"这个层面,在博士阶段,并没有完全依照袁师的构想,而是把题目调整成了"北朝文化对南朝文化的接纳与反馈"。直到2016年,国社科后期资助项目立项,我在准备文稿时,删掉了最后一章以"反馈"为切入点的内容,让项目名回归了它本来的样子。在一个月之前,我最后一遍修订完文稿之后,打开书桌抽屉,从压在最下面的文件夹里珍而重之地拿出这张已经放了大概15年的笺。在这个时候,我忍不住又按照老师在当年的描述,想象了一遍我在十几年中曾无数次想象过的那个场景:袁师是如何夜不能寐地替我酝酿博士论文的名字,如何在反复沉吟后披衣起身,打开书桌的灯,写下这两行字。——直到现在,想及此处,我仍忍不住会流泪,仍会忍不住觉得,我究竟是何德何能,居然能有这份幸运,成为袁先生的学生。

袁师的教导,对于塑造我的性情来说,是最为重要的基石。袁师所传授的不仅是学问和治学门径,更重要的是,他始终让我沉浸式地感受到中国文化中动人心魄的美,和身为学者令人心折的风骨与气度。我在博士论文的后记里,回忆了第一次和第二次见到袁师的场景,而在十二年后的今天,我仍然希望将这段文字拿出来,与各位分享:

> 我至今记得,第一次见到先生是在2004年本科毕业典礼上,中文系被安排在二层的角落里,几乎看不见台上人的相貌。但当先生古琴琴音一般低沉悦耳的声音响起来,我和所有本系同学一样用力鼓掌,希望能以此表达出对先生的景仰热爱。对那时的我来说,能跟随先生学习是做梦也不敢想的事情。所以当2007年四月的那一天,在国学研究院的入学面试中,看着坐在对面的袁先生的笑脸,我不禁有些恍惚。先生的微笑不仅和想象中一样儒雅从容,而且还有着溢于言表的亲切与关怀,令人如沐春风。在那一刻我才意识到我的梦想竟然真的实现了。

我自己成为一个老师之后，回过头去想读博时的情形，往往会惊讶地发现，一些"当时只道是寻常"的事情，其实都蕴含着老师含蓄但真切的关心。所以，袁师不仅塑造了我作为一个学者的人格，也塑造了我作为一个老师的习惯。我脑海里如此深刻地印着老师拿着笺递过来的那只手，这让我不由自主地，总是想要对我的学生也伸出手去——我是在这样的师长指引、关心以及保护之下成长起来的，这让我觉得，将这种师者风范传承下去，是我能对我的老师做出的最郑重、最有用的报答。

第二段画面，则是关于封面上这张图像——北魏司马金龙墓漆屏风中的"班婕妤"图。说起来，司马金龙作为入北的东晋宗室，其墓葬以胡风浓郁的石棺床与南朝风范的髹漆画屏相搭配，不论是其人的身份，还是文物的形态，都非常符合本书的主题，可以说是最适合本书的封面图。何况书中并没有涉及到孝文帝之前的入北南人，以这种方式加入进来，可以说是微妙地让这本书变得更加完整。然而，这幅图像的意义，对我来说还不止于此。

撞进我脑海中的画面是这样的——凌晨五点多的首都机场，我坐在登机口外，一边翻一本南北朝研究的书，一边看停机坪上方的天空一点一点亮起来。

作为一件稀世之宝，司马金龙墓漆屏至今保持着基本完整的形态和极其美丽的色泽，正因如此，对它的保护也是极其严格的。虽然在山西博物院、大同博物馆的常设展览，以及各地的一些特展中，都常常能看到它的复制品，但其原件极少展出。

2018年9月，山西博物院举办了《碰撞·融合：长城文化展》，展出一系列重要文物，其中最引人瞩目的就是司马金龙墓漆屏的原件——但它只短暂地展陈一段时间，就会被替换为复制品。于是我仗着住处离机场不远，迅速买了一张最早一班飞往太原的机票，凌晨四点一跃而起往机场跑。还不到九点，我已经冲进了山西博物院。

我现在已经记不太清站在漆屏原件前到底想了什么，观察了哪些细节。有据可查的是，虽然一直是个拍十张糊八张的"手抖王"，我仍然趁着刚开馆人还很少，对着漆屏拍了百八十张照片——这本书的封面，就是其中的一张。虽然可能画质不那么清晰，构图不那么高明，但是由我亲手拍出的照片，成为了我的著作的封面。这实在是非常难得的一件事。

刚刚博士入学时，我曾兴冲冲地对袁师说，"我以读书为乐事"。没想到，袁师对这句话念念不忘，几乎每次和别人介绍我时都会提起，甚至在本书的序言中，仍然用它当做结尾。

现在想想，这种被袁师所赞赏的"不改其乐"确实伴随我，甚至支撑我，度过了很多岁月。不管是躲在书房里，还是"违背懒人天性"地全国各种地方去追展和探访历史遗迹，都在让我得到内心充实的同时，也给我勇气，让我哪怕在最进退维谷的时候，也从来没有真的想要放弃过。

今年暑假，我又干了一次差不多的事情。八月份的时候，南京市博物馆和河北博物院几乎同时举办了一个南北朝交流融合主题的特展。我就像2018年时一样，在半个小时里，定好了一个三天之内闪现在南京、石家庄再回到北京的"特种兵"行程。付好所有机票住宿费用后，我忍不住有点雀跃，甚至真的在书房里蹦跶了几下——特展质量如何倒是其次，但是作为一个越来越被各种事务缠身，常年带着睡眠不足的疲态的中年人，仍然可以这样说走就走，这虽算不上"老夫聊发少年狂"，但对于"我仍然如此爱着我的专业"这件事的认知，给了我意料之外的鼓舞。

从这两个画面中抽出身来，说说这本书本身吧。它原本早该问世，却被我在结项之后，又拖了三年。从一个意想不到的方面来说，它竟然是一件好事：这么多年来，国家社科后期资助项目一直是统一封面，直到最近方改成可以自行设计封面。这直接使得我的书可以让老师的题签和我自己拍的图片同时出现在封面上。对我来说，这实在是一种很特别的缘分，甚至让我开玩笑说，是"对于拖延症的奖赏"。然而，从另一个方面来说，之所以拖了这么久，除了工作性质变化，被各种事务牵涉了太多精力以外，最重要的一个原因，是"近乡情怯"，是我迟迟不敢确定它"已经可以了"。

我非常清楚地知道，从博士论文写作阶段直到现在，虽然经历了几次修改结构增删内容，我始终对这本书不够满意。我的数位严师，都曾经对它提过切中肯綮的意见——直到前一段时间请傅刚老师赐序，傅师都有点遗憾地提到，新增加的部分，终究和其他部分没有足够好地贴合起来，以至于结构看上去不太够圆融。看到这个意见时，我不禁感慨，傅老师毕竟是论文开题开始，就看着它逐渐搭建起来，哪怕是十几年后，仍然是一语中的。

一直以来，我非常想要写出一部足够好的书稿，能够和袁师拟定的题目相匹配。时至今日，这个目的仍没有完全实现。把它这样呈现出来，心中不免还是会有博士论文送审时的那种忐忑。但是真正看完一遍校样，我还是高兴了起来，并且因此想起了很多人。

首先，必须要再次感谢袁先生，作为一个羞于口头表达的人，我从来没有亲口对您说过，我觉得自己有多么的幸运，又是多么珍惜和您学习的时光。

我至今仍然会梦到在未名湖畔读书的岁月。除了袁师之外，很多老师给予我的谆谆教诲，都令我受益终生。傅刚老师和钱志熙老师引导我建立了古代文学研究的方法意识，让我发现了自己感兴趣的领域。在博士阶段，两位老师也参加了我的一系列考核，对我的博士论文给出至关重要的意见。阎步克老师则让我在大一时就明白了"事实判断"和"主观判断"的差别，从而改变了看待事物的方式，建立了恪守至今的学术伦理观念。葛晓音老师和张鸣老师一同讲授的文学史课上，不同时代各具其态的文风诗风，与两位先生各有其美的文采风流交相辉映，令我回味至今。博士时，在中文系和国学研究院中与更多大学者更为近距离的交流，让我能够迅速打开视野，开阔思维，成长为一个比较成熟的学者。在我入学的时候，国学研究院的导师组除袁师之外，还有田余庆先生、严文明先生、蒋绍愚先生、楼宇烈先生、邓小南老师和阎步克老师。我们跟着楼先生读《礼记·乐记》，跟着袁师读《陶渊明集》，跟着阎老师读《汉书·百官公卿表》，跟着邓老师读《宋史·王旦传》，那是怎样一段神仙不换的日子呢！程郁缀、刘玉才、杜晓勤、潘建国等诸位老师，在学习生活、论文写作、学术考察以及助研工作中，都给予我很多关照。孙钦善、常森、卢永璘等老师及中国社会科学院的陶文鹏先生、北京语言大学的韩经太先生和首都师范大学的邓小军先生也都拨冗指导了我的论文写作。每思及此，都非常感谢各位老师的关怀与指点。

我的师母杨贺松教授，让我深切地感受到一位有着极高人格魅力的女性学者的刚强与温柔，让我在备受关爱的同时，也树立起非常具体的榜样。我无比敬爱和怀念她。国学研究院的耿琴老师和国际汉学家研修基地的顾晓玲老师始终像母亲一样关照着我们，让我对这两个"虚体办实事"的学术机构，始终有着"家"的感觉。感谢她们。

"嘤其鸣矣，求其友声。"同门之间的情谊和学界友人的把酒言欢，为我提供了非常重要的归属感。前一段时间，我重新梳理了一遍近十年来的相关研究，一边感慨"果然一代有一代之学术"，一边也为这本书里所体现出的一些和目前文史界中坚力量不谋而合的切入点和方法论暗自欣喜。感谢徐建委、曾祥波、王晓萌、徐晓峰、赵翔、程苏东、王媛、田媛、马里扬、孟飞等诸位博士期间的同门学长，很高兴我们至今保持着读书时那种畅快"剧谈"的习惯。我总是很骄傲地跟别人说，"师门之中皆是君子"，我为忝列其间感到幸福。感谢博士班中的各位好友，以及张耐冬、郭文仪、朱雯、叶晓锋等知交，在这些年里为我提供的丰沛的学术建议与情绪价值。

这本书能够在2024年底问世，最需要感谢的是本书责任编辑常德荣兄。从2016年至今，德荣兄一直温和而又严格地监督着这本书的进度，总是为我提供着稳准狠的专业支持,既尊重着我的一拖再拖,又在关键时间节点上以极强的行动力和意志力督促我,让我终于卡在最后关头交稿。非常感谢德荣兄为本书付出的诸多辛劳。此外,本书中的一些章节,曾先后在《国学研究》《音乐研究》《艺术学研究》《岭南学报》等刊物发表,感谢许逸民先生、蔡宗齐教授、任方冰教授、崔金丽老师,和诸位匿名评审专家所提出的精到意见。同样感谢我的硕士生刘舒、尹梦媛,在书稿审校过程中,协助我认真地校对了一部分校样。

感谢我的硕士导师与博士后合作导师王小盾先生。本书的第四章中很大一部分内容来自于博士后阶段对于北朝时期音乐文献辑佚的心得。王师曾为我在音乐史学领域的文集赐名《四达集》,意在鼓励我研究制度、音乐、文学和文献的关系,而在最近几年里,我确实已经感到越来越能用辑佚学、史源学的方法处理具体文献,与对于历史发展脉络、观念演变的研究结合起来。感谢王师给了我尝试打通不同的研究对象和研究方法的机会。

博士毕业后,我在中国音乐学院进行博士后研究,并于2016年留校任教,主要研究方向转向了中古音乐史和中国音乐文献学。来到一个新的环境和新的领域,曾经确实让我感到紧张。感谢中国乐派研究院和音乐学系的各位老师,给予我包容、鼓励和帮助,让我在立足新领域的同时,也继续关注我原本的研究方向。尤其是要感谢毕明辉老师,让我在国音仍能感受到在北大时的氛围,这些年来进行了数不清的酣畅讨论;感谢肖明老师从我刚刚入站,"茫然四顾,举目无亲"时,就向我表达了莫大的善意;感谢刘嵘老师鼓励我承担我自己并不清楚是否能胜任的工作,并且督促我真正成长为一名老师;感谢我的学生们,虽然曾像个新手家长一样感到束手无策,但手把手带你们读书、带你们田野调查,一起在大雨之后深一脚浅一脚地去爬永固陵,从督促你们到反过来被你们督促,让我体会到了"带娃"的快乐。

最后,感谢我的父母。在小时候,我曾经认为你们对我过于严厉,但是在人到中年之后再去想想,你们其实尊重了我从小到大每一个重要的、会影响人生的决定,你们的严厉,其实未尝不是为了让我在做出决定的同时,也意识到可能存在的风险,做好防范。越是上年纪,越是能明白你们用来保护我的方式。最近十几年里,我们一家三口一起经历了很多事情,经历了很多纠结、焦虑和释然,我越来越明白,我有多爱你们,多想保护你们。也希望你们会因为我成长为现在这个样子,而感到骄傲。感谢陪伴我将近十年的爱猫起起。十年真的太短了,但你是我一生中非常重要的家人。

啰嗦到这里,我突然觉得,我的人生就像是写出这部书稿的过程:起调很高,曾经铺展开指点江山的雄心壮志,但在推进中,经历了很多没有预想到的问题,遇到过很多让人意识到"有心无力"的困境,会不得不做出割舍,留下一个又一个意难平。然而,真正等到彻底尘埃落定时回头再看,却又发现,它所记录下来的仍然主要是快乐,甚至时不时点缀着奇妙缘分与意外之喜,而它所呈现出来的,大概足以当得起一个"倒也还行"的评价。

这足够了。

是为记。

金　溪

2024 年 12 月 10 日

于京郊万字千钟斋

图书在版编目（CIP）数据

北朝文学的本土性及其对南朝文学的接纳 / 金溪著.
上海：上海古籍出版社，2024.12. -- ISBN 978-7
-5732-1463-8

Ⅰ.Ⅰ206.39

中国国家版本馆 CIP 数据核字第 20243V393Y 号

北朝文学的本土性及其对南朝文学的接纳
金 溪 著
上海古籍出版社出版发行
（上海市闵行区号景路 159 弄 1－5 号 A 座 5F 邮政编码 201101）
（1）网址：www.guji.com.cn
（2）E-mail: guji1@guji.com.cn
（3）易文网网址：www.ewen.co
商务印书馆上海印刷有限公司印刷
开本 700×1000 1/16 印张 26 插页 2 字数 453,000
2024 年 12 月第 1 版 2024 年 12 月第 1 次印刷
印数：1—1,500
ISBN 978－7－5732－1463－8
Ⅰ·3888 定价：118.00 元
如有质量问题，请与承印公司联系